Niko Mahle, Jahrgang 1980, lebt seit vielen Jahren gemeinsam mit seiner Frau im Herzen Stuttgarts. Er hat Wirtschaftsinformatik studiert und arbeitet als IT-Führungskraft für ein mittelständisches Stuttgarter Unternehmen. Neben Informatik interessiert er sich für Sport, Fremdsprachen, Serienstreaming, Computerspiele, Musik, Kultur – und er liebt besonders die Spannungsliteratur aus den Bereichen Thriller, Horror und Science Fiction. Seine Berufung zum Schreiben hat Niko Mahle 2018 entdeckt. Er fühlt sich in den Genres Thriller und Krimi zu Hause und schöpft aus dem Stuttgarter Alltag und dem World Wide Web seine Inspirationen.

NIKO MAHLE

VER
SCHWUNDEN

Erstausgabe August 2024

Verschwunden

ISBN 978-3-98998-459-2
E-Book-ISBN 978-3-98998-289-5

Unter Verwendung eines Zitats aus *Deine Schuld*, M/T: Farin Urlaub, V: Edition Fuhuru/PMS Musikverlag GmbH, Die Ärzte

Covergestaltung: Nadine Most
Umschlaggestaltung: ART.Core Design

Unter Verwendung von Abbildungen von
shutterstock.com: © Maderla, © LIUSHENGFILM, © QinJin,
© faestock
Lektorat: textundgeschick.de
Korrektorat: Katrin Gönnewig
Satz: dp DIGITAL PUBLISHERS GmbH
Druck und Bindung: Books on Demand GmbH, Norderstedt

*„Es ist nicht deine Schuld,
dass die Welt ist, wie sie ist.
Es wär' nur deine Schuld,
wenn sie so bleibt."*

aus: Deine Schuld, Die Ärzte, 2004

1

5. August, nach Mitternacht

„Showtime", flüsterte Nesra, als Jegor endlich aus dem dunklen SUV stieg. Der fast ein Meter neunzig große Mann mit der bulligen Figur stand im Scheinwerferlicht seines riesigen Wagens, steckte sich eine Zigarette an und drängte dann mit einer lässigen Handbewegung seine auf Befehle wartenden Männer zur Eile.

Nesra kannte Jegor und jeden seiner fünf Handlanger besser, als ihr lieb war. Ihre Namen und ihr Vorstrafenregister. Es waren dieselben fünf, die auch schon in den beiden vergangenen Nächten im verlassenen Gewerbegebiet am Rande von Karlsruhe auf ihren Boss gewartet hatten.

Genau wie Nesra.

Und im Gegensatz zu ihr waren die Russen äußerst nervös gewesen, ein sicheres Zeichen, dass Bewegung in die Sache kam. Endlich. Sie war schon mehr als vier Monate undercover unterwegs, und als sie irgendwann frustriert dachte, sie müsste den Fall mit leeren Händen abgeben, ging plötzlich alles ganz schnell. Wie so oft in ihrem Job zahlte sich Geduld aus. Und ihr Jagdinstinkt. Denn jetzt, um kurz nach 5 Uhr, der dritten Nacht in Folge auf dem Blechdach der gegenüber-liegenden Lagerhalle, hatte Jegor die Aktion endlich ins Rollen gebracht. Hoffentlich.

Sie wartete, bis Jegors Männer das große Rolltor des Lagerhauses geöffnet und den Transporter mit den zwei Anhängern draußen abgestellt hatten, dann packte sie ihr Nachtsichtgerät ein und zog sich langsam zurück.

Sie musste vom Dach, sie musste näher ran. Mit eigenen Augen sehen, dass die Ware wirklich hier war, und das so schnell wie möglich. Ihr Team wartete auf ihre Bestätigung.

Das Adrenalin, das mit dem Auftauchen Jegors in ihren Körper geschossen war, ließ sie die Schmerzen in den Ellbogen und den steifen Rücken vergessen. Das stundenlange und regungslose Warten auf dem Dach war eine schmerzhafte Geduldsprobe gewesen, doch auch das gehörte zu ihrem Job. Wenigstens war das sonnenheiße Blech des Daches inzwischen abgekühlt. Nur eine leichte Brise und die noch immer milden Temperaturen erinnerten an die Hitze des vergangenen Tages.

Nachdem sie auf der Rückseite des Gebäudes heruntergeklettert war, schlich sich Nesra im Schutz der Dunkelheit an die Lagerhalle heran. Sie musste unbedingt einen Blick auf die großen Kisten werfen, die von Jegor und seinen Leuten gerade verladen wurden.

Sie presste ihren Rücken an den Rauputz der Außenwand und zählte bis drei.

Jegor hatte mittlerweile seine Zigarette zu Ende geraucht und schnippte den Filter in die Dunkelheit. Für einen kurzen Moment hielt er inne und blickte genau in Nesras Richtung.

Sie hielt den Atem an.

„Er kann mich nicht sehen“, beruhigte sie sich. Der Lichtkegel des am Lagerhallendach angebrachten Scheinwerfers reichte nicht bis zu ihr hinüber. Das hatte sie vor ein paar Nächten überprüft. Sie stand im Schatten des Gebäudes und bewegte sich keinen Millimeter.

Plötzlich wurde Jegor von irgendetwas abgelenkt, vielleicht einem Nachtfalter, der um seinen Kopf schwirrte, denn er schlug genervt um sich und konzentrierte sich dann wieder auf seine Männer.

Ein Gabelstapler fuhr aus dem Hangar, auf seinen eisernen Fangarmen eine große Metallkiste. An den Seiten waren Luftschlitze in den Verstrebungen angebracht. Nesra musste den Inhalt der Kisten eindeutig identifizieren, erst dann konnte sie den Kollegen das Signal geben. Sie zog ihr Fernglas aus der Oberschenkeltasche und stellte scharf. Als der Stapler sich um seine eigene Achse drehte, um die Kiste in einen der geöffneten Anhänger zu verfrachten, hatte sie endlich Gewissheit.

Für einen kurzen Augenblick war ein helles, mit schwarzen Mustern durchzogenes Fell durch die Schlitze der Kiste zu sehen. Na also! Nesra musste grinsen.

Mit einem lauten Knall setzte der Gabelstapler die Kiste auf der Verladefläche des Anhängers auf. Wie zur Bestätigung drang ein wütendes Fauchen aus dem Inneren der Kiste, das jeden Zweifel verstummen ließ.

„Pass doch auf! Dummer Mandjuk!“, schrie Jegor dem Typ im Stapler entgegen. Der zog den Kopf ein und steuerte sofort wieder in den Hangar, um die nächste Kiste zu holen.

Nesra betätigte die Sprechtaste an ihrem Knopf im Ohr, ohne die Szenerie auf dem Hof der Spedition aus den Augen zu lassen.

„Hier Zwei-Zwei-Neun, kommen Einsatzzentrale", flüsterte sie ins Mikro.

„Hier Einsatzzentrale, wir hören, kommen Zwei-Zwei-Neun", ertönte es blechern in ihrem linken Ohr.

„ZP bestätigt, ich wiederhole, ZP bestätigt – Zugriff kann erfolgen, bitte Weitergabe an ZUZ."

„Verstanden – Weitergabe erfolgt."

„Ich gebe Bescheid, wenn sie unterwegs sind."

„Verstanden", antwortete die Stimme in ihrem Ohr, dann war Stille.

Nesra machte einige Fotos mit ihrer Nikon D6 Spiegelreflexkamera und beobachtete das Verladen der restlichen Kisten, bis alle Wildtiere in den beiden Anhängern verschwunden waren. Erst als die Männer mit ihrer kostbaren Fracht vom Gelände fuhren, gab sie das Zeichen für den Zugriff.

Eine Einsatzgruppe der ZUZ hielt sich bereit. Sie würde den Transport nach ungefähr einem Kilometer stoppen, die Schmuggler verhaften und die Wildkatzen sicherstellen. Damit würde ihnen Jegor, einer der größeren Fische im weißrussischen Schmugglerring „Matyliok", endlich ins Netz gehen. Und die Reise der Wildkatzen, die aus Mittelamerika über Guadeloupe nach Frankreich und von dort nach Karlsruhe geschmuggelt worden waren, vorerst enden. Vermutlich würden die Tiere erst einmal in einem Zoo untergebracht werden. Die Aussicht auf das triste Käfigleben war zwar auch nicht das Gelbe vom Ei, aber immer noch besser, als für irgendeinen gelangweilten

Millionär das Hauskätzchen zu spielen, bis der die Lust verlor. Die Tiere waren nämlich, so hatte Nesra über einen Informanten erfahren, für einen Oligarchen in Minsk bestimmt.

Monatelang hatte Nesra in einem Frankfurter Edelklub, dem „Rich House", Drinks serviert und nach und nach Kontakte mit verschiedenen Mitgliedern der Matyliok-Bande geknüpft. Mischa, ein junger Fahrer des Syndikats, hatte sich in sie verliebt und sie über Wochen immer wieder mit kleinen Geschenken überhäuft. Nesra wusste, dass ihn das den Kopf kosten könnte und entsprechend unterkühlt reagiert. Mischa hatte sich davon aber nicht beeindrucken lassen und war hartnäckig geblieben. Irgendwann war Nesra dann mit ihm in die Kiste gestiegen. Vor zwei Wochen hatte er dann erstmals von seinen Fahrten mit exotischen Tieren geprahlt und dass er demnächst wieder für ein paar Tage weg sein würde – leider.

Nesra zählte zwei und zwei zusammen und gab die Info direkt an Marc, ihren VE-Führer in Stuttgart, weiter. Da Mischa zudem noch über ein paar „einsame Nächte in Karlsruhe" gejammert hatte, war das Ziel ihrer Aktion eingegrenzt. Über die Auswertung der Handydaten kam das Observationsteam auf ein Gewerbegebiet im Karlsruher Norden, und der Rest war Routine. Innerhalb weniger Stunden war der Einsatzplan wasserdicht. Nesra hatte darauf bestanden, selbst vor Ort zu sein, was Marc ein paar Telefonate über Zuständigkeiten gekostet hatte, aber er wusste, was er seiner besten Ermittlerin schuldig war und wie sehr sie diesen großen Knall am Ende eines Einsatzes genoss.

Mit ihrem Signal für den Zugriff war ihr Job fürs Erste beendet.

***

Sie stieg in den in einem Seitenweg geparkten Kleinwagen, der zu ihrer Tarnidentität gehörte, und gönnte sich eine Zigarette. Am Horizont dämmerte es bereits. Halb erleichtert, halb nervös blies sie den Rauch an die Autodecke und fuhr sich durch die dichten Haare, die sie normalerweise auf fünf Millimeter rasiert trug. Ihr skeptischer Blick fiel auf ihr Bild im Rückspiegel. Inzwischen waren ihre Haare bestimmt fünf Zentimeter lang.

„Da sie nun eh schon so lang sind, könnte ich sie mal wieder wachsen lassen", lenkte sie sich mit Nebensächlichkeiten ab. Sie merkte, dass sie immer noch nervös war.

Verdammt, warum dauert der Zugriff so lange? Die Meldung der Einsatzgruppe war überfällig.

Nach der Verhaftung würden die Schmuggler zum Verhör ins Zollfahndungsamt nach Stuttgart überführt werden. Dort würde man sie dann dem zuständigen Haftrichter vorführen.

Auch für Nesra war Stuttgart das Ziel, denn sie hatte mit Marc vereinbart, sich dort noch heute mit ihm im ZFA, dem Zollfahndungsamt, zu treffen. Ihr VE-Führer hatte darauf bestanden, was ungewöhnlich war, aber Nesra war zu müde gewesen, um zu protestieren. Außerdem wohnte sie in Stuttgart und war zwischendurch immer nur für wenige Stunden zu Hause gewesen. Jetzt ging es zunächst nur darum, den Fall offiziell abzuschließen und ein paar Tage auszuspannen. Denn sie hatte Urlaub dringend nötig. Die ständigen Nacht-schichten im „Rich House" hatten mehr geschlaucht, als sie gedacht hatte, und auch die gelegentlichen Champagnerpartys waren kein Vergnügen gewesen ...

Eine Stimme in ihrem Ohr meldete sich:

„Hier Einsatzzentrale, kommen Zwei-Zwei-Neun."

„Hier Zwei-Zwei-Neun, ich höre", antwortete Nesra mit nervöser Stimme.

„Zugriff erfolgt. Verhaftung erfolgreich. Einsatz beendet."

„Gut gemacht – over and out", sagte sie erleichtert, fügte in Gedanken noch ein „ab nach Hause" hinzu und startete den Motor.

***

Als Nesra eine knappe Stunde später auf den Park-platz des Zollfahndungsamts einbog, war es schon tag-hell. Der wolkenlose Morgenhimmel kündigte einen weiteren erdrückend heißen Sommertag an und das hieß in Stuttgart, der Kessellage sei Dank, dass ohne Klimaanlage die Chancen auf einen angenehmen Tag gleich null waren. Schwitzend quälte sie sich aus dem Kleinwagen.

Sie steuerte das mittlere der drei kasernenartigen Ge-bäude an. Trotz ihres Alters hatten die Gebäude einen gewissen Charme. Das ZFA lag etwas unscheinbar in der Nähe eines S-Bahn-Gleises in einer grünen, oasen-gleichen Parkanlage. Die riesigen Eichenbäume strahl-ten eine stoische Ruhe aus, die sich nach Nesras Emp-finden perfekt mit der Patina der Zollbehörde ergänzte.

Sie arbeitete jetzt schon seit acht Jahren als Zollfahn-derin, überwiegend als verdeckte Ermittlerin. Meist

12

hatte sie mit Drogenhändlern und Waffenschiebern zu tun. Aber manchmal, so wie in diesem Fall, wurden auch exotische Tiere geschmuggelt.

In der Regel war sie nicht direkt bei einem Zugriff dabei, dafür war die Observationseinheit des Zolls, die OEZ, oder die Zentrale Unterstützungsgruppe, die ZUZ, zuständig. Obwohl die Funktionen streng getrennt waren, gab es Spielraum, in dem der Ermittlungsbereich nach eigenem Ermessen an Observationen und Zugriffen teilnehmen konnte. Und den nutzte Nesra sehr gerne aus. Solange sie niemandem in die Quere kam, wurde sie stillschweigend akzeptiert. Dass die Lorbeeren von den Einsatzgruppen vor Ort eingestrichen wurden, machte Nesra nichts aus. Ihr Job bedeutete ihr mehr als Ruhm, Karriere oder bloßes Geldverdienen. Sie tat es aus Leidenschaft. Es war mehr Berufung als Beruf.

Ihre Aufträge bekam sie direkt aus der Zentrale in Köln, doch ihr VE-Führer, Marc Voss, war genauso wie Nesra in Stuttgart beheimatet. Er hatte im ZFA auch ein eigenes Büro. Nesra nicht. Sie war ohnehin meist im Außendienst unterwegs, undercover.

***

Auf dem Weg zum Haupteingang kam ihr trotz der frühen Morgenstunde schon ein Kollege entgegen. Als sie ihn erkannte, war sie nicht überrascht.

Rico Schwarz war einer der aufstrebenden Zollbeamten der Behörde. Smart, gut aussehend und meistens gut gelaunt. Allerdings verhielt er sich ihr gegenüber auffallend zurückhaltend, und Nesra hatte den Verdacht, dass sein dezentes Grinsen nichts mit

Schüchternheit zu tun hatte, sondern mehr mit Arroganz. Ihr war von Kollegen zugetragen worden, dass Rico ein Problem mit selbstbewussten Frauen hatte. Vor allem, wenn sie dunkelhäutig waren. Obwohl Nesra auf diese Art des Flurfunks wenig gab, musste sie zugeben, dass sie ihn genau aus diesem Grund umso überschwänglicher begrüßte. Heute war ihr allerdings nicht nach Provokation zumute.

„Hi, Rico", sagte sie deshalb nur.

„Ah, Nesra Bukhari, so früh im Haus? Ich habe gerade gehört, dass der Einsatz in Karlsruhe erfolgreich war."

„Ja, danke", sagte Nesra und gähnte herzhaft. „War ein hartes Stück Arbeit. Der Schmuggel mit exotischen Tieren ist komplexer, als du dir vorstellen kannst."

Anders als Nesra, die schon in allen Bereichen ermittelt hatte, war Rico Schwarz nur im Ermittlungsbereich „VuB Waffen" tätig und hatte daher ausschließlich mit Waffenschmuggel über die deutsche Landesgrenze zu tun.

Als er jetzt vor Nesra stand, fiel ihr sein verändertes Outfit auf. Eigentlich war er ein klassischer Jeanstyp, aber heute hatte er anscheinend noch einen wichtigen Termin. Er trug einen eleganten, etwas zu engen dunklen Anzug, der an seinen Schultern spannte, und dazu ein weißes Hemd, dessen oberster Kragenknopf geschlossen war. Die eng geknotete schwarze Krawatte ließ ihn eher wie einen Dressman aussehen.

„Und du, schon so früh unterwegs?", fragte sie mehr aus Höflichkeit.

„Die Verbrecher stehen früh auf, also stehe ich fünf Minuten früher auf", antwortete er und verzog den Mund zu einem maliziösen Lächeln.

Nesra nickte etwas geistesabwesend, dann deutete sie mit einer vagen Handbewegung an, dass sie erwartet wurde. „Sei mir nicht böse, aber ich muss zu Marc, außerdem bin ich stehend k. o."

Rico nickte lächelnd und trat zur Seite.

„Alles klar, bis bald. Und schöne Grüße an deinen Chef", hörte sie Rico noch sagen, als sie die drei Stufen zum Haupteingang in einem Satz nahm.

Sie gab die vier Ziffern für den Zutrittscode ein, und der vertraute Summton, mit dem die Tür sich öffnete, vermittelte ihr tatsächlich das Gefühl, nach Hause zu kommen. Vielleicht lag es auch an dem Duft des frischen Kaffees, der sie direkt den langen Gang entlang zu Marcs Büro führte.

***

Ein paar Minuten später saß sie vor seinem Bürotisch und wartete auf ihr heiß geliebtes Koffeingetränk. Hinter ihr hantierte Marc mit seiner sündhaft teuren Siebträgermaschine.

Während Nesra auf ihre Tasse wartete, beobachtete sie das Leben vor dem Fenster. Ein Eichhörnchen war früh am Morgen schon aktiv und rannte über die Wiese im Park, der das Zollamt von den S-Bahn-Schienen trennte.

Sie erschrak kurz, als sich Marc zu ihr setzte.

„Hier, so wie du ihn magst." Vorsichtig, damit ja kein Tropfen verschüttet wurde, stellte er den köstlich duftenden Kaffee auf einen Stoff-Untersetzer. Natürlich exakt in die Mitte.

Nesra konnte sich das Grinsen nicht verkneifen. Alles auf Marcs Tisch musste seine Ordnung haben und perfekt zueinander in Symmetrie stehen. Das Familienfoto mit seinen beiden Töchtern und seiner Frau, das Telefon, die Tastatur, die Maus, der Stiftehalter und eben auch die Kaffeetasse.

Während er seine eigene Tasse akkurat auf dem Schreibtisch ausrichtete, betrachtete sie ihren Chef mit kritischem Blick. Marc sah schlecht aus. Schwarze Ringe unter seinen blauen Augen. Er war schmaler als sonst. Auch sein Teint wirkte blasser, und sie hatte den Eindruck, dass Marc in den letzten Monaten, in denen sie sich nicht gesehen hatten, um Jahre gealtert war.

Hatte er private Sorgen? Gesundheitliche Probleme? Der Matyliok-Fall dürfte ihm wohl kaum so viel Kopfzerbrechen bereitet haben. Schließlich war im Grunde alles nach Plan gelaufen. Sie nahm sich vor, ihn später nach seinem Befinden zu fragen. Denn jetzt hatte sie definitiv nicht die Energie dafür.

„Danke, Boss", sagte sie und nahm dann einen großen Schluck von dem Edel-Wachmacher. Köstlich!

„Lass das. Du weißt, dass ich das Wort ‚Boss' nicht mag."

Nesra grinste schief und suchte dann wieder nach dem Eichhörnchen im Park.

Marc schob die Kaffeetasse einen Hauch nach links, nur um sie einen Augenblick später wieder in die ursprüngliche Position zu bringen. Eine typische Marc-Aktion, leider. Er war früher einmal, genauso wie sie, als verdeckter Ermittler unterwegs gewesen.

Doch irgendwann forderte der ständige Undercover-Stress seinen Tribut, und Marc hatte Ticks entwickelt, die zwar nicht schlimm oder gefährlich waren, aber als verdeckter Ermittler ein No-Go. Mit einer schönen

Empfehlung vom Amtsarzt wechselte er in den Innendienst. Schließlich wurde er ihr VE-Führer und war damit das Bindeglied zwischen ihr und den Fällen, die sie bearbeiteten. Er war ihre einzige Kontaktperson während der Undercover-Aktionen und koordinierte die Einsätze, entschied über die nächsten Schritte und konnte aus der Ferne stets einen kühlen Kopf bewahren. Nesra vertraute ihm. Nur ihm.

Mit der Zeit hatte sie sich angewöhnt, ihn „Boss" zu nennen, auch wenn das rein formal nicht stimmte. Anfangs wollte sie ihn damit nur aufziehen, mittlerweile war es mehr Gewohnheit. Ihre kleine Retourkutsche für seine zahlreichen Ticks, die sie manchmal zur Weißglut trieben. Jetzt stellte sie den Kaffee wieder auf den Untersetzer und beobachtete halb belustigt, halb genervt, wie er ihre Tasse erneut mit Feuereifer mittig ausrichtete.

„Jegor Ratkovin und seine Bande befinden sich unten in den Arrestzellen. Wir verhören sie gleich. Wird nur Formsache sein, schließlich haben wir sie auf frischer Tat geschnappt. Dann geht's ab zum Haftrichter", sagte er nüchtern, nachdem er Nesras Tasse erneut perfekt positioniert hatte. Anschließend lehnte er sich mit einem zufriedenen Grinsen in seinem Bürostuhl zurück.

Nesra ertappte sich bei dem Gedanken, was ihn wohl zufriedener machte: die Ausrichtung der Tasse oder Jegors Verhaftung?

„Die Tiere sind übrigens wohlauf", sagte er nach einer Weile.

Nesra nickte, allerdings hatte sie auch nichts anderes erwartet, denn für Jegor hatten nur gesunde Tiere einen Wert.

„Wir haben zwei Pumas, einen Jaguar und ein Ozelot-Pärchen in den Käfigen sichergestellt. Die sind schon auf dem Weg in die Wilhelma und werden dort versorgt, bis klar ist, wie es mit ihnen weitergeht."

Auch das hatte Nesra schon vermutet. Die Wilhelma, Stuttgarts stadtbekannter Zoo, war für die Tiere sicherlich erst einmal die naheliegendste Zwischenstation.

Vorsichtig nippte sie ein weiteres Mal an ihrem Kaffee. Ein Traum. Während ihres Einsatzes in Frankfurt hatte sie sich über Wochen zwangsweise nur von Energydrinks und Fast Food ernährt. Für einen kurzen Moment drifteten ihre Gedanken wieder in das Frankfurter Nachtleben ab.

„Nesra?"

„Hm?" Marcs bestimmender Ton brachte sie ins Hier und Jetzt zurück.

„Ich habe gesagt, der Fall ist damit für dich offiziell erledigt. Den Abschlussbericht mache ich fertig, du kannst die Tage ja mal drüberschauen. Jetzt geh bitte gleich runter zu Caro und gib dein Equipment ab."

Nesra nickte müde und nahm einen weiteren Schluck aus ihrer Tasse: „Ich bin schon so gut wie weg."

Caro, eine wortkarge Verwaltungsbeamtin Ende vierzig, nahm wenig später all das wieder in Empfang, was Nesra für ihren verdeckten Einsatz benötigt hatte: ihre gefälschten Ausweispapiere, den Autoschlüssel, einen nicht-polizei-typischen 9-mm-Revolver, das Walkie-Talkie und andere Dinge, die zur Standardausrüstung gehörten. Ihre Undercover-Identität.

Anschließend öffnete sie ihren privaten Spind und holte ihre Dienstwaffe, die Walther P5, ihren Dienstausweis, Schlüssel und ihr Handy heraus.

Als sie die Umkleideräume verließ, fühlte sie sich völlig übernächtigt. Sie widerstand dem Drang, im Untergeschoss vorbeizuschauen und Jegor durch den Türspion in der engen Arrestzelle sitzen zu sehen. Stattdessen machte sie sich auf den Weg nach Hause.

Nach solchen Einsätzen war es üblich, erst mal ein paar Tage Freizeitausgleich zu nehmen, um Abstand vom gerade Erlebten zu bekommen. Auch wenn Nesra im Hochgefühl eines erfolgreich abgeschlossenen Falles in der Regel gleich wieder loslegen wollte, so hatte sie diesmal das Gefühl, dass es ihr guttun würde, *wirklich* ein paar Tage auszuspannen.

***

Als Nesra in die S-Bahn einstieg und sich einen freien Fensterplatz suchte, lehnte sie ihren Kopf an die Scheibe und war schon nach ein paar Minuten im Begriff, richtig einzudösen.

Die Bahn war nur zu einem Viertel besetzt und fuhr ruhig und lautlos in Richtung Stadtmitte.

Plötzlich hörte sie weiter hinten aufgeregte Stimmen, die Nesra aus ihrem Dämmerzustand rissen.

„Lass mich endlich in Ruhe!", flehte eine Frau, deren ängstliche Stimme im gesamten Bahnabteil zu hören war.

Und noch mal: „Verschwinde endlich!"

Dann hörte sie ein Geräusch, das wie ein Schlag klang, danach einen Schmerzensschrei. Alarmiert öffnete Nesra die Augen und löste ihren Kopf von der Scheibe.

„Stell dich nicht so an, du Schlampe!"

Nesra drehte sich um. Einige Sitzgruppen von ihr entfernt beugte sich ein junger Mann über eine Frau.

Ein Teenager, der ihr schräg gegenübersaß und dicke Kopfhörer über den Ohren trug, warf ihr einen fragenden Blick zu. Eine ältere Frau in der Sitzgruppe nebenan beobachtete interessiert, was weiter hinten passierte. Sie hatte sich nach vorne gebeugt, stützte sich auf ihren Einkaufstrolley und war anscheinend dankbar über so viel morgendliche Aufregung. Sie rührte sich keinen Millimeter, sondern starrte nur gebannt auf das, was gleich passieren würde.

„Hilfe! Kann mir bitte jemand helfen!", rief die Frau nun verzweifelt, und der Ton in ihrer Stimme verriet, dass sie Angst hatte.

Nesra sprang auf.

Mit ein paar schnellen Schritten hatte sie die beiden erreicht. Die junge Frau kauerte auf einem Sitz und hielt die Hände schützend über den Kopf. Davor stand ein groß gewachsener, schlaksiger Mann, noch jünger als die Frau, kaum zwanzig. Er war inzwischen aufgestanden, hielt sich mit beiden Armen an den Haltestangen fest und wollte gerade mit einem Bein auf die Frau eintreten. Dabei schrie er: „Du Schlampe, du blöde Schlampe!"

Nesra zögerte keine Sekunde.

Im Nu war sie neben ihm, schlug dem Angreifer mit der Faust in die Achsel, sodass er die Haltestange loslassen musste. Er brauchte einen Augenblick, um das Gleichgewicht wiederzufinden, und warf Nesra einen verblüfften Blick zu, der sich dann aber sofort in blanke Wut verwandelte:

„Hey, was soll das? Scheiße! Verpiss dich, du Schlampe!"

„Ich bin Polizeibeamtin. Sie sind festgenommen", antwortete Nesra trocken und versuchte, ihre eigene Wut unter Kontrolle zu halten.

Der junge Mann taxierte Nesra einen Moment, als ob er seine Chancen abschätzen wollte. Oder er fragte sich, ob sie die Wahrheit gesagt hatte und wirklich von der Polizei war. Erst in dem kurzen Moment der Stille fiel Nesra auf, dass sie nicht allein waren. Um sie herum hatte sich inzwischen ein buntes Publikum versammelt. Es fehlte nur noch, dass jemand die Wetteinsätze einsammelte.

Die Frau auf der Sitzbank wimmerte mittlerweile leise vor sich hin, blutete an der Unterlippe, noch dazu war ihre linke Gesichtshälfte rot und geschwollen. Der Typ musste sie richtig erwischt haben.

„Dann zeig doch mal deinen Ausweis, du Schlampe!", schrie er plötzlich in Nesras Richtung.

„Ich zeig dir gar nichts", antwortete sie ruhig, „aber du lässt jetzt die Frau in Ruhe, und ich rufe eine Streife." Bei den Worten zog sie ihr Handy aus der Hosentasche. Als der Kerl bemerkte, dass Nesra ihn komplett ignorierte, rastete er völlig aus. „Du Scheiß-Tussi!", rief er, dann ging er auf Nesra los.

Sie hatte fast darauf gehofft. Als sie sah, dass er mit dem rechten Arm zu einem Schlag ausholen wollte, packte sie sein Handgelenk, nutzte den Schwung seines Körpers, duckte sich unter seinem Arm durch und drehte ihn auf seinen Rücken.

Es knackte laut, und der Rest war ein armseliges Gewimmer.

Einen Atemzug später war der ungleiche Kampf schon wieder beendet. Den Arm auf den Rücken gedreht, das Handgelenk abgeknickt und den Kopf auf den Sitz gedrückt, konnte der junge Mann sich keinen Millimeter rühren. Nesra signalisierte ihm mit einem vernichtenden Blick, dass sie nicht zögern würde, ihm die Schulter auszukugeln, wenn er nicht brav wäre.

Ein schmerzverzerrtes „Aahhhh" war alles, was er noch zu sagen hatte. Nesra roch den Alkohol in seinem Atem und einen beißenden Schweißgeruch. „Kann mal jemand das Fenster aufmachen", wollte Nesra sagen, bis ihr einfiel, dass diese modernen Bahnen nur mit Klimaanlage arbeiteten. Pech gehabt, dachte sie sich.

Eine lange Minute verharrten beide im Gang der Bahn, umringt von Neugierigen, die sich langsam wieder um ihre Angelegenheiten kümmerten. Nesra hielt den Kerl weiter im Polizeigriff fest, die Frau weinte leise vor sich hin, und die meisten Mitreisenden fingen bereits an, ihre frischen Handyvideos an Freunde und Bekannte zu posten.

An der nächsten Haltestelle entschied Nesra, dass es nun genug Videos von ihnen gab.

„Wir steigen jetzt aus", sagte sie entschieden und wandte sich an die Frau: „Sie kommen auch mit, okay?"

Die Frau nickte still, schnäuzte in ein Taschentuch und erhob sich.

Als sie zusammen an der Haltestelle „Stadtmitte" ausstiegen, hatte sich der jugendliche Schläger kleinlaut seinem Schicksal ergeben. Vielleicht war er auch einfach zu müde, um noch Widerstand zu leisten. Wortlos verfrachtete ihn Nesra auf die Bank an der Haltestelle, zog ihre Handschellen heraus und kettete ihn mit einem Arm an die Banklehne.

„Hey", protestierte er halbherzig, doch Nesras Blick ließ ihn sofort verstummen.

Dann rief sie mit dem Handy eine Streife, gab ihre Position durch, nannte dazu noch Namen und Dienstgrad und wandte sich dann wieder der Frau zu: „Kennen Sie den Mann überhaupt?"

Sie schüttelte den Kopf: „Nein, keine Ahnung, er hat mich schon beim Einsteigen belästigt und wollte mir dann während der Bahnfahrt an die Wäsche. Als ich das nicht wollte, ist er plötzlich auf mich losgegangen. Ich ... Ich habe den Typ noch nie zuvor gesehen." Bei den Worten fing sie wieder an zu weinen.

Nesra nahm ihre Hand: „Hören Sie, die Kollegen sind gleich da. Sie müssen in jedem Fall Anzeige erstatten. Unbedingt. Mit so was ist nicht zu spaßen. Der Arsch muss dafür bestraft werden, sonst macht er das morgen wieder. Haben Sie das verstanden?"

Die Frau schluckte schwer und nickte.

„Gut", sagte Nesra und zwang sich zu einem Lächeln. „Das bekommen Sie schon hin. Ich werde alles bezeugen."

„Sind Sie wirklich Polizistin?"

„Ja, bin ich", antwortete Nesra und war froh, als sie die zwei Beamten von der Schutzpolizei sah, die auf sie zukamen.

„Tausend Dank", sagte die Frau und umarmte Nesra länger und fester, als dieser lieb war.

„Dafür nicht", antwortete sie, „da sind auch schon die Kollegen, und ich muss jetzt wirklich nach Hause. Schlafen."

Sie übergab den Kerl in Handschellen an die Kollegen von der Streife, erklärte kurz den Sachverhalt und steckte einem der beiden eine Visitenkarte zu, da sie der jungen Frau versprochen hatte, als Zeugin auszusagen.

Dann verabschiedete sie sich, stieg in die nächste Bahn, die gerade ihre Türen öffnete, und suchte sich den nächsten Fensterplatz. Wenn sie Glück hatte, wäre sie gleich zu Hause.

Einige Minuten später stand sie endlich vor dem Haus, in dessen Obergeschoss ihr ein riesiges Loft gehörte.

Obwohl sie todmüde war, ließ sie den Aufzug links liegen und zwang sich die sechs Stockwerke über die Treppe nach oben. Eine alte Angewohnheit: In den Anfangsjahren ihrer Zoll-Karriere hatte sie einmal eine Verbrecherbande gejagt, die ihre wahre Identität herausbekommen hatte. Daraufhin hatten ihre Gegenspieler einen Aufzug so präpariert, dass sie beinahe mit ihm abgestürzt wäre, wenn nicht ein glücklicher Zufall dazwischengekommen wäre. Seitdem mied sie Aufzüge, wann immer es nur ging.

Auch wenn es der Aufzug zu ihrer Wohnung war.

Nesra beschlich ein seltsames Gefühl, als sie die Tür zu ihrer Wohnung aufschloss und nach langer Zeit das erste Mal wieder ihr Zuhause betrat. Sie fühlte sich wie eine Fremde, als sie in der Diele den Lichtschalter betätigte, die Tür zum Wohnzimmer öffnete und die Atmosphäre des riesigen Raumes aufsog.

Die Art und Weise, wie sie privat wohnte, stand im krassen Gegensatz zu den Absteigen, in denen Nesra während ihrer Einsätze unterkam. In Frankfurt hatte sie in einer schäbigen WG mit einer anderen Kellnerin des „Rich House" gewohnt.

Jetzt betrat sie einhundertvierundfünfzig Quadratmeter puren Luxus, den sie ihren äußerst wohlhabenden Eltern verdankte. Ein Teil davon steckte in diesem Loft, das in einer der teuersten Ecken Stuttgarts lag, natürlich in Halbhöhenlage und mit Blick über den Stuttgarter Talkessel.

Sie warf ihren Hausschlüssel in die Walnuss-Holzschale auf dem Sideboard und registrierte mit einem Anflug von Traurigkeit den Zweitschlüssel in der Schale, an dem noch der Vespa-Schlüssel von Luke, ihrem Ex-Freund, befestigt war. Sie hatte es noch immer nicht über das Herz gebracht, Lukes Spuren in ihrem Leben zu verwischen, und so stand auch sein Roller noch immer in ihrer Garage.

Luke war vor über zwei Jahren erstochen worden, direkt vor ihren Augen. Auch wenn das, in was sie und Luke damals hineingezogen wurden, gar nichts mit ihrem Job zu tun hatte. Ausgangspunkt waren die Ereignisse um ihre damalige gemeinsame Freundin Vicky gewesen. Trotzdem machte sich Nesra noch immer große Vorwürfe, denn der Fall, bei dem es schluss-endlich um ein Attentat in der Stuttgarter Liederhalle ging, war da eigentlich schon längst aufgeklärt gewesen. Sie hatten daher auch nicht mehr an die noch flüchtige Frau gedacht, als sie ein paar Wochen später mit einem Messer in der Hand vor Nesra, Luke und Vicky aufgetaucht war. Nesra hatte es zwar geschafft, sich selbst zu verteidigen, den Stich, der Luke tötete, konnte sie allerdings nicht verhindern.

Das war nun über zwei Jahre her, und noch immer fühlte sich dieser Tag wie eine komplette Niederlage an. Es war, als würde die Zeit in diesem Augenblick vollkommen stillstehen. In ihrem Inneren breitete sich tiefe Dunkelheit aus. Sie versuchte es zu ignorieren, schüttelte die stärker werdende Traurigkeit ab, schluckte die schmerzhafte Vergangenheit herunter und ließ sich mit einem Stoßseufzer in ihren Lieblingssessel fallen.

Bei der Innenausstattung hatte sich Nesra an dem Stil der Bauhaus-Ära orientiert. Alle Möbel und Designelemente strahlten Geradlinigkeit und Eleganz aus. Das riesige, schneeweiße Ledersofa, der schnörkellose Glastisch mit Natursteinfundament sowie die dahinter angrenzende offene Küche mit der schiefergrauen Kücheninsel sorgten für Klarheit, Ruhe und Entspannung.

Ihr Blick suchte die voll verglaste Fensterfront, durch die die Morgensonne gerade das Wohnzimmer in einem zarten Orange flutete. Es war kurz nach halb 8 Uhr morgens. Wo steckte Lucky? Dann entdeckte sie ihren Mitbewohner zusammengerollt an seinem Lieblingsplatz liegen. Er hatte sie schon bemerkt und blickte sie durch die leuchtend grünen Augen für einen Moment an. Dann erhob er sich und tänzelte graziös und elegant zu ihr herüber.

Einen Augenblick später rieb er sein kurzes, seidig glänzendes Fell an ihrem Bein, so als müsste er sich erneut an sie gewöhnen, blickte interessiert zu ihr hoch und begrüßte sie mit einem lang gezogenen „Miau".

Nesra bückte sich und kraulte ihn zwischen den Ohren. Er genoss die Begrüßung, sprang dann aber mit wenigen Sätzen auf das Sofa und ließ sich dort nieder.

Für einen Augenblick blickte sie ihm lächelnd nach.

Wie durch einen Wink des Schicksals hatte sie Lucky, ihren orientalischen Kurzhaar-Kater mit dem schlanken und doch muskulösen Körper, den etwas zu lang geratenen Beinen und dem schwarz-weiß gefleckten Fell, entdeckt. Vor knapp zwei Jahren, ziemlich genau nach dem tragischen Unglück mit Luke und inmitten der schwierigsten und traurigsten Wochen ihres Lebens, hatten Stuttgarter Zollbeamte bei einer Kontrolle am Flughafen mehrere Transportboxen mit über vierzig Jungkatzen gefunden. Die Schmuggler wurden verhaftet, und die Katzen mussten schnellstens artgerecht untergebracht werden. Da aber alle Tierheime kurz vor den Ferien wie üblich wieder überliefen, waren sie übergangsweise für zwei Nächte in den Zellen des Zollfahndungsamtes untergekommen. Eher zufällig war Nesra über die ungewöhnlichen Gäste gestolpert und hatte Lucky sofort ins Herz geschlossen. Es war Fluch und Segen zugleich, dass sein Name auf der Metallmarke um seinen Hals sie nun jedes Mal an ihren verstorbenen Freund erinnerte.

Sie schnappte sich einen Apfel aus der frisch aufgefüllten Obstschale. Frau Metzger, die rüstige Rentnerin, die im dritten Stock eine kleine Zwei-Zimmer-Wohnung bewohnte und gleichzeitig ihre Haushälterin war, hatte ihre Arbeit wie immer ernst genommen, denn sie hielt die Wohnung tadellos in Schuss, goss die Pflanzen und kümmerte sich um Nesras Katze, auch und vor allem, wenn Nesra monatelang auf Achse war.

Nesra drückte auf den Schalter neben der breiten Fensterfront, der mit einem Summen die Glaselemente automatisch zur Seite bewegte und so fast die komplette Südostseite des Wohnzimmers öffnete. Von unten klangen die morgendlichen Stadtgeräusche Stuttgarts nach oben. Typischer Straßenlärm, Kindergeschrei und aus dem gegenüberliegenden Haus Gitarrenmusik eines übermotivierten Musikers. Noch war es angenehm kühl, doch in einigen Stunden würde es wieder drückend heiß sein. Stuttgarts berühmt-berüchtigte Kessellage sorgte im Sommer dafür, dass es sich in der Innenstadt kochtopfartig aufheizte. Daran änderte auch die Halbhöhenlage ihrer Wohnung nicht viel. Beim Blick über die staubige Stadt bekam Nesra das dringende Verlangen nach kühlem Nass auf ihrer Haut. Sie biss noch einmal in den Apfel, schloss die Fensterfront wieder und zog sich auf dem Weg ins Bad aus: Bluse, Hose, Socken, Unterwäsche.

Die Kleider ließ sie einfach auf dem Weg ins Bad liegen.

Als sie unter der lauwarmen Dusche stand und das Wasser ihr auf den Rücken prasselte, fielen die Anstrengungen der letzten Wochen und Monate von ihr ab. Erst wenn der Adrenalinpegel wieder auf null war, merkte sie, wie sehr sie die ganze Zeit unter Strom gestanden hatte. Dann würden auch die Verspannungen im Nacken, im Rücken oder Kopfschmerzen in den nächsten Tagen verschwinden.

Die ausgiebige Dusche half ihr dabei, den ersten Schritt zurück in ihr echtes Leben zu finden und den Fall wirklich abzuschließen. Erst dann konnte sie damit beginnen, in ihrem Innern aufzuräumen und Jegor und seine Handlanger gedanklich in der Schublade bei den anderen gelösten Fällen zu verstauen.

Eine halbe Stunde später fühlte sich Nesra deutlich entspannter und schlief in ihrem riesigen Wasserbett und mit Lucky im Arm innerhalb weniger Minuten ein.

***

Später Nachmittag

Ein schepperndes Geräusch riss Nesra aus dem Schlaf.

„Wo bin ich?"

Sie saß senkrecht in ihrem Bett und brauchte einen Augenblick, um festzustellen, dass sie nicht mehr Undercover-Jessy in Frankfurt, sondern wieder Nesra in Stuttgart war.

Wieder dieses Geschepper. Es kam aus der Küche.

Ein absurder Gedanke schoss ihr durch den Kopf: „Einbrecher?"

Sie hielt den Atem an, zog ihre Dienstwaffe aus dem gesicherten Kurzwaffenkoffer unter dem Bett hervor und sprang möglichst lautlos auf die Beine.

Als sie, mit der Waffe im Anschlag, um die Ecke in die Küche schielte, atmete sie erleichtert aus.

„Frau Metzger", begrüßte Nesra erleichtert die alte Dame, die sich in ihrer Küche zu schaffen machte und ihr einen mehrdeutigen Blick zuwarf. Ihre Waffe hatte sie mit einer eleganten Bewegung hinter ihrem Rücken verschwinden lassen und stand nackt, wie Gott sie schuf, vor ihrer Haushälterin.

„Sie haben mich fast zu Tode erschreckt", sagte Nesra und versuchte, es nicht wie einen Vorwurf klingen zu lassen.

Denn sie schätzte Frau Metzger, für die der Begriff „Ur-Schwäbin" erfunden wurde, sehr. Abgesehen von der Tatsache, dass sie bei der Sauberkeit keine Kompromisse machte, war sie vertrauenswürdig und nur in Maßen neugierig. Auch jetzt kommentierte sie Nesras Auftritt mit keinem Blick, sondern grüßte nur über die Schulter hinweg in dem breitesten Schwäbisch: „Ko mo scho wach sai um diese Uhrzeid, Frolei Bukhari? Ond überhaupd, was isch des eigendlich für a Bgrüßung?" Hoppla, dachte Nesra, Frau Metzger nimmt es mit der Zeit heute mal wieder ganz genau. Und das Wort „Fräulein" sollte Nesra daran erinnern, dass sie noch immer ledig und ohne Kinder war.

Trotz des harschen Tonfalls, den Frau Metzger öfter an den Tag legte, mochte Nesra die alte Dame mehr, als sie sich eingestehen wollte.

Wenn sie genauer darüber nachdachte, hatte sie Frau Metzger und sogar ihre eigentümliche Ausdrucksweise in den letzten Monaten vermisst.

„Kaum sind Se wiedr da, lieged scho ieberall die Klamodda rum!"

Nesra bemerkte erstaunt, dass Frau Metzger ihre Spuren schon wieder eingesammelt hatte.

Seit wann war sie eigentlich hier?

Nesras Blick fiel auf das Display ihres Designerbackofens.

Es war später Nachmittag. Sie hatte fast neun Stunden geschlafen.

Sie erwiderte nichts, sondern zuckte nur mit den Schultern, verließ die Küche, versteckte die Waffe wieder unter ihrem Bett und zog frische Unterwäsche, knappe Shorts und ein T-Shirt aus dem Schrank. Dann ließ sie sich auf einem der Küchenhocker nieder und rieb sich die Müdigkeit aus den Augen. Normalerweise hatte Nesra einen leichten Schlaf. Berufsbedingt. Jetzt musste Nesra sich verwundert eingestehen, dass Frau Metzger still und heimlich in ihre Wohnung geschlichen war, nur, um ihr endlich wieder einmal ein richtig deftiges spätes Frühstück zu machen.

In den ersten Nächten nach dem Ende eines Einsatzes schlief Nesra meistens tief und fest, allerdings geplagt von den wildesten Träumen. Auch diesmal war es nicht anders. Sie erinnerte sich an Bilder, in denen sie mit den geretteten Wildkatzen zusammen in einem Käfig saß und Jegor sie von draußen auslachte. Sie versuchte, die Gedanken an den Weißrussen abzuschütteln, und war dankbar, als Frau Metzger ihr eine Tasse mit dampfendem Kaffee hinstellte.

Nesra bedankte sich mit einem dezenten Kopfnicken, trank vorsichtig einen Schluck und beobachtete dabei Lucky, der auf die Kücheninsel hochsprang und sie und Frau Metzger abwechselnd bettelnd ansah.

„Dafür ned, Schätzele." Frau Metzger grinste versöhnlich und schob ihre dicke Brille, die wie immer ständig von der kleinen Nase zu rutschen drohte, wieder an ihren Platz.

Als Nesra erneut am Kaffee nippte und zum ersten Mal nach über drei Monaten ihr privates Handy einschaltete, war es um die sonst übliche Zurückhaltung von Frau Metzger geschehen: „Und wo wared Se diesmal, Frolei Bukhari? Hamburg, Paris, London? Wen habed Se dingfest g'machd?"

Frau Metzger wusste, dass Nesra für den Zoll arbeitete und dass sie berufsbedingt viel unterwegs war, meistens in Deutschland, manchmal aber auch im europäischen Ausland. Nesra hatte nie mehr als nötig von ihren Einsätzen erzählt, doch Frau Metzger hatte, wie viele andere auch, ein wenig realistisches Bild von Zollfahndern im Kopf, das vor allem durch schlechte Fernsehkrimis geprägt war.

„Frankfurt", antwortete Nesra. Zur Abwechslung mal die Wahrheit. Sie hatte keine Lust auf Nachfragen und hoffte, dass Frau Metzger damit das Interesse verlor.

Frankfurt war eben nicht Paris. Und tatsächlich, es wirkte. Frau Metzger schien nicht besonders beeindruckt. Die Neugier in ihren Augen erlosch und sie beschäftigte sich wieder mit der Herdplatte.

Während Nesra ihren Kaffee genoss, scrollte sie durch die eingegangenen Nachrichten und entgangenen Anrufe der letzten Monate, die auf ihrem Handy im Sekundentakt aufploppten.

Sie war nicht besonders erpicht darauf, nachzusehen, von wem sie waren.

Außerdem: Wer sollte schon etwas von ihr wollen? Freunde oder selbst Bekannte hatte sie nicht mehr viele. Vor allem seit der Sache mit Luke. Die Narbe auf ihrem Handrücken begann wieder zu jucken und Nesra wusste, sie durfte sich jetzt nicht damit beschäftigen. Verdrängen und ignorieren war das, was am besten half. Zumindest für den Moment.

Um sich abzulenken und um ihren verspannten Rücken wieder in den Griff zu bekommen, entschied sie sich für sechzig Minuten Yoga. Eine der vielen Sportaktivitäten, die Nesra dabei halfen, den Kopf frei zu bekommen und gleichzeitig fit zu bleiben. Neben Yoga waren Schwimmen und manchmal Kampfsport ihre

Leidenschaft. Fürs Erste musste der Sonnengruß reichen, um den Rhythmus und ihre innere Mitte zu finden.

Eine halbe Stunde später kamen allerdings so leckere Gerüche aus der Küche, dass Nesra sich dazu entschied, die Übungsstunde abzubrechen und sich wieder an den Küchentisch zu Frau Metzger zu setzen. Ein eher untypisches Schwabenbüfett wartete auf sie: Spiegeleier mit Sucuk, einer türkischen, kräftig gewürzten Rindswurst, Ziegenkäse und Toast. Dazu Kefir und frisch aufgeschnittene Gurke, Tomaten und grüne Paprika. Frau Metzger kannte nicht nur Nesras Frühstücksgewohnheiten, sondern auch ihren ungewöhnlichen Tagesrhythmus, auch wenn sie ihn nicht billigte. Ihr vorwurfsvoller Augenaufschlag war legendär, aber das war auch schon alles, was Nesra an Beschwerden vorzubringen hatte. Alles in allem war Frau Metzger eine zuverlässige Haushälterin, die alles tat, damit sich ihr Schützling wohlfühlte.

Nesra machte sich hungrig wie ein Wolf über das Festmahl her und begann gierig, ihren Proteinhaushalt in Ordnung zu bringen. Als sie Lucky, der seit Minuten neben ihrem Teller verharrte und vorwurfsvoll auf die Sucuk-Scheiben starrte, ein Stück der Rindswurst vor die Nase hielt, blinkte ihr Handy. Ein erneuter Anruf in Abwesenheit. Um sich abzulenken und weil sie wusste, dass Frau Metzger schon mit den Hufen scharrte, fragte sie spitzbübisch: „Was gibt es Neues, Frau Metzger? Erzählen Sie."

Wie auf Kommando leuchteten Frau Metzgers Augen auf und sie beugte sich geheimnisvoll zwinkernd über den Küchentisch: „Passed Se auf, Frolei Bukhari, Sie wissed ja, i ben normalerweis' verschwiegä wie a Grab, aber Sie kenned doch den Sohn vom altä Elektro-Lohmann, vom ersten Stock, den Ronnie. Ronnie Lohmann."

Nesra nickte pflichtschuldig, hatte allerdings keine Ahnung, auf wen Frau Metzger anspielte. Gesichter konnte sie sich gut merken, eine Berufskrankheit. Aber Namen waren ein anderes Thema, vor allem, wer wo im Haus oder in der Straße wohnte, da musste sie passen. Sie war ja sowieso kaum zu Hause und wenn doch, dann war sie froh, wenn sie ihre Ruhe hatte.

Frau Metzger war jetzt in ihrem Element: „Also der Sohn, der Ronnie, der had sich doch tatsächlich umbracht. Mi'm Strick. Und seine Eldern lässd er aufm riesigä Schuldenberg sitze. Und das, obwohl er noch im Frühling den Zuschuss vom Amt kriegd had. Und kurz davor han i no zur Gitti g'sagt, dass der doch bestimmt koi sechs Monat mehr durchhäld und jetzt des. Als ob i's gwussd häd. Eine Tragödie isch des!"

Die Entrüstung oder der Schrecken im Blick von Frau Metzger bettelten förmlich um eine Antwort. Nesra tat ihr den Gefallen und hob überrascht die Augenbrauen. „Das ist schlimm, da haben Sie recht", sagte sie mit Nachdruck. Dann aß sie seelenruhig weiter.

Wenn es so war, wie Frau Metzger berichtete, dann war es ein weiterer Selbstmord aus Verzweiflung. Traurig. Aber seit Corona auch keine Seltenheit mehr.

Die nächste Stunde erzählte Frau Metzger von verschiedenen Leuten, die scheinbar im Haus, in der Straße oder im Viertel wohnten, deren Namen Nesra aber meist nicht kannte, weshalb sie nur mit einem Ohr zuhörte.

Bei fast allen Neuigkeiten ging es ums Geld, um Streitigkeiten, Einzelschicksale und die damit verbundene wirtschaftliche Situation, in der sie sich befanden.

Irgendwann hatte Nesra in all dem Elend den Faden verloren, als ihr Handy klingelte.

Es war Marc.

„Hey Nesra", begrüßte er sie mit zitternder Stimme, „Wir müssen uns sehen. Heute noch."

„Okay", antwortete Nesra etwas verwundert über den Unterton.

„Am besten sofort", schob er unmissverständlich nach. Mit einem Mal war Nesra wieder hellwach. Marcs Stimme klang besorgt. Besorgter als sonst. Irgendetwas musste passiert sein.

2

9 Tage zuvor, 22:13 Uhr
Stadtteil Stuttgart-Nord – „Aladdin Palace"

Die beiden schweren SUVs parkten hintereinander in zweiter Reihe. Die Warnblinkanlage des zweiten BMW ging an. Es war schon dunkel und die Straßenlaternen spendeten nur ein milchiges Licht. Leise öffneten sich die Fahrer- und Beifahrertüren der großen schwarzen Autos. Insgesamt fünf Männer stiegen aus. Sie trugen dunkle Trainingsanzüge und ihre Gesichter waren vermummt. In ihren Händen hielten sie Sturmgewehre und halb automatische Pistolen. Mit einem kurzen „Los geht's" setzten sich die beiden größeren Männer in Bewegung, die drei anderen folgten. Ihr Ziel lag knapp fünfzig Meter gegenüber auf der anderen Straßenseite.

Das Aladdin Palace war erst vor ein paar Wochen eröffnet worden und Teil einer arabischen Restaurant-Kette, deren Filialen allesamt „Palace" im Namen trugen und von denen es mittlerweile schon mehrere in Stuttgart gab. Das Essensangebot bestand hauptsächlich aus Fladen, Hummus, Rindfleisch und Reis oder Nudeln, war landestypisch gewürzt und spielte eher im mittleren Qualitäts- und Preissegment. Die Zielgruppe waren junge Erwachsene zwischen zwanzig und dreißig, aber auch Geschäftsleute, die nach der Arbeit oder während der Mittagspause eine Kleinigkeit essen wollten.

Das Aladdin Palace war an diesem Abend fast bis auf den letzten Platz gefüllt.

Einige Gäste aßen etwas, andere tranken Tee oder Cocktails oder tippten auf die Tablets, die in die Tische eingelassen waren und gleichzeitig als Speisekarten und Order-System dienten. Zwei arabisch aussehende Geschäftsmänner hatten sich in einer Ecke an einem kleinen Tisch niedergelassen. Mit ihren fast identisch ausrasierten Bärten hätten sie Zwillingsbrüder sein können. Sie trugen Sonnenbrillen, was ein bisschen übertrieben war, denn das Aladdin Palace war nur mäßig und ausschließlich in warmen Farben ausgeleuchtet. Einen Tisch weiter saß eine Gruppe Abiturienten, die sich so laut amüsierte, dass die orientalische Musik, die aus versteckten Boxen kam, fast nicht mehr zu hören war. Die beiden Männer in der Ecke interessierte das nicht weiter. Sie rückten ihre Anzüge zurecht, schoben die Sonnenbrille auf dem Nasenrücken nach oben und unterhielten sich über den Tisch gebeugt leise und eindringlich miteinander.

Die Luft war schwer und stickig, gekocht wurde in einer offenen Küche, und alles sah nach einem normalen Abend im Aladdin Palace aus, als plötzlich die Tür aufflog und die maskierten Männer mit ihren Waffen hereinstürmten.

Vier von ihnen bewegten sich militärisch präzise in schnellen Schritten vorwärts, der fünfte wartete am Ausgang. Sie trugen die schweren Sturmgewehre mit beiden Händen im Anschlag. Jeder der vermummten Männer sicherte dabei seinen Vordermann und dessen

Position ab und hielt dabei die Waffe auf alles und jeden gerichtet, der ihm in den Weg kam.

Es dauerte einen Herzschlag, bis die ersten Gäste bemerkten, was los war. Eine kurze Sekunde war es mucksmäuschenstill, dann war das ohrenbetäubende Geräusch der Waffen zu hören, die ihre Magazine in den Raum entluden. Plötzlich passierte alles zugleich: Schreie von Verwundeten und von Flüchtenden, die sich unter die Tische warfen, Kugeln, die durch den Raum surrten, zersplitternde Fenster und Gläser, Raumteiler, die umgeworfen wurden. Über all dem lag ein Nebel aus Munitionspulver, und unter das Aroma der Gewürze hatte sich eine metallische Nuance geschmuggelt, die nach Blut roch, und dann war es still.

Das Aladdin Palace war ein Ort des Todes geworden.

Auch die beiden Männer in der Ecke hatten keine Chance gehabt. Sie lagen auf dem Boden, blutüberströmt und reglos. Die maskierten Männer waren noch nicht fertig. Der Größte von allen näherte sich den beiden und setzte aus nächster Nähe zwei Kopfschüsse ab. Die anderen sicherten mit erhobenen Waffen die Umgebung.

Anschließend gaben sie sich kurze, prägnante Handzeichen und verließen das Aladdin Palace so schnell und leise, wie sie hereingekommen waren. Innerhalb von einer halben Minute hatten sie ihre SUVs erreicht, waren eingestiegen und provozierend langsam davongefahren.

Im Aladdin Palace dauerte es noch ein paar Augenblicke, bis die Gäste aus ihrer Angststarre erwachten und vorsichtig hinter ihrer Deckung hervorkamen.

Die meisten waren geschockt von dem, was sie sahen. Einige mussten sich auf der Stelle übergeben. Die ersten Handys leuchteten auf.

Zurück blieben neben dem Gestank von Blut, Urin und abgestandenem Essen verzweifelte Menschen, denen die Todesangst ins Gesicht geschrieben stand und die nur dankbar waren, dass sie das Massaker überlebt hatten.

Acht Tote, darunter zwei Männer, bei denen es sich, wie sich später im Laufe der Ermittlungen herausstellen würde, um zwei Mitglieder des arabischstämmigen Clans „Al-Aka" handelte, der in der Stuttgarter Unterwelt aktiv war.

Der Al-Aka-Clan schwor noch in derselben Nacht Blutrache für den feigen Anschlag auf die beiden Clanbrüder. Der Staatsschutz schaltete sich ein. Doch es blieb auch in den nächsten Tagen weiterhin unklar, wer die maskierten Täter gewesen waren und in welchem Auftrag sie gehandelt hatten.

3

6. August, kurz vor 16 Uhr

„Ich. Muss. Hier. Raus", skandierte Olaf in seinem Kopf.

Er hatte seine Kollegen, das ständige Lächeln und affektierte Getue so satt, dass er es kaum in Worte fassen konnte. Ganz besonders dann, wenn alle zu einer Besprechung zusammenkamen. Zu einem MEETING. Da sein Chef, Möbius Franzen, oder wie ihn Olaf nannte: „Franzenstein", anwesend war, machten alle gute Miene zum bösen Spiel. Jeder versuchte, dem Abteilungsleiter in den Hintern zu kriechen und gut dazustehen. Olafs Blick machte die Runde. Jeder einzelne ein Schoßsitzer. Jeder. Außer Olaf. Für ihn war das hier alles Zeitverschwendung.

Der Besprechungsraum war wie immer brechend voll. Franzen stand vorne am Kopfende des langen Tisches und führte das Wort, laberte irgendetwas von Projektverzug und von drohenden Kosteneinsparungen. Sie sollten die Projekte schneller und billiger abschließen.

Na prima. Grandiose Idee. Schneller und billiger. Da war vorher garantiert noch niemand draufgekommen. In letzter Zeit wurde es immer schlimmer, denn obwohl sie mit der Arbeit kaum noch hinterherkamen, wurden immer mehr Aufträge an Land gezogen.

Irgendwann schaltete Olaf einfach ab. Das tat er in letzter Zeit öfter. Er hatte sich auf den Stuhl gesetzt, der dem Ausgang am nächsten war, da er keine Sekunde länger Teil dieser Witzveranstaltung sein wollte als nötig.

Hier konnte er schnellstmöglich verschwinden, wenn die Farce ein Ende hatte. So schnell wie möglich – oder wie Franzen es so gerne ausdrückte: Asap. As Soon as possible – mit großem S – äffte Olaf seinen Chef in Gedanken nach, während der Idiot mal wieder versuchte, seine Mitarbeiter unter Druck zu setzen.

Bei dem Gedanken an Franzens dämliches Grinsen kam ihm die Galle hoch. Er wagte es nicht, in seine Richtung zu blicken, stattdessen fixierte er das Glas in seinen Händen.

Warum war er nur hier gelandet? Seit über fünf Jahren arbeitete er schon für Expand DPS.

Das DPS stand für Defence und Public Security. DPS war ein mittelständisches Unternehmen, das von der Bundeswehr als Subunternehmer für militärische Großprojekte beauftragt wurde. Bei den Aufträgen, die Olaf meist auf den Tisch bekam, handelte es sich um Logistikdienstleistungen, Gütertransporte oder Unterbringungsmanagement für Auslandseinsätze der Bundeswehrsoldaten.

Früher einmal, als die Welt noch auf seiner Seite gewesen war, war Olaf selbst an der Front gewesen. Als Unteroffizier im Südsudan. Bis zu dem Tag, an dem alles schiefgelaufen war. Dieser eine verdammte Tag. Die Erinnerung so frisch, als wäre es gestern gewesen. Die stechend heiße Sonne, die trockene, staubige Luft und der Schweißgeruch der Kameraden um ihn herum auf der Ladefläche des Lastwagens, auf dem sie alle saßen. Olaf ganz hinten, ganz außen. Und dann dieser eine unsägliche Moment: Sie fuhren durch eines dieser riesigen Schlaglöcher in den Lehmstraßen Nordostafrikas. Olaf verlor für einen Bruchteil einer Sekunde das Gleichgewicht, reagierte zu spät und fiel kopfüber vom Laster. Beim Versuch, sich abzufangen, brach er sich die Ellenbogen und zertrümmerte eine Kniescheibe. Ganz dummer Unfall, ganz dumme Geschichte, hörte er später die Ärzte immer und immer wieder sagen, während sie Olafs Röntgenbilder gegen das Licht hielten und dabei Mühe hatten, sich ein Grinsen zu verkneifen. So viel Pech musste man erst einmal haben. Nach drei Operationen war er monatelang in der Reha, doch damals war klar, dass sein Leben als Berufssoldat vorbei war.

Für ihn selbst war etwas anderes entscheidend: Die Ärzte hatten gepfuscht. Sie waren verantwortlich für den viel zu langen Heilungsverlauf. Das Knie schmerzte bis heute bei der kleinsten Anstrengung, und ohne Tabletten ging dann nichts. Auch die Gelenke der Ellenbogen waren nie mehr richtig zusammengewachsen. Es hatten sich Wasseransammlungen gebildet, die seine Ellenbogen auf die Größe von Orangen anschwellen ließen. Die Reha brachte kaum Besserung. Bis zuletzt hatte er sich an den Funken Hoffnung geklammert, dass er in den aktiven Dienst zurückkehren könnte. Aber irgendwann blieb ihm nichts anderes übrig, als die bittere Wahrheit zu akzeptieren. Irgendwie. Er gab auf, fiel in ein tiefes Loch. Depression nannte es der Hausarzt, posttraumatische Belastungsstörung der Psychotherapeut. Die Tatsache, dass dieses Drama beim „Von-dem-Laster-fallen" passiert war, ließ Olaf noch jetzt vor Scham im Boden versinken. Wenn es doch wenigstens beim Kampfeinsatz mit direktem Feindkontakt passiert wäre. Irgendwann schaffte er es dann so weit aus dem mentalen Tief heraus, dass er an einem der Umschulungsprogramme teilnehmen konnte, die die Bundeswehr ihm angeboten hatte. Schließlich landete er bei Expand DPS. In der Abteilung für Ressourcen- und Warenkoordination. Für etwas anderes war er scheinbar nicht mehr zu gebrauchen. Als Projektsachbearbeiter plante er mögliche Transportrouten, berechnete Einsatzkosten für die Verpflegung der Truppen und anderen Routinekram.

„Ganz dummer Unfall, ganz dumme Geschichte", war das Einzige, was er den Kollegen beim Start seines neuen Jobs zu sagen hatte.

Und er hasste diesen Job von Anfang an. Ihm waren die Aufgaben, für die er zuständig war, völlig schnuppe, und er wurde auch nicht warm mit seinen Kollegen. Und seinen Chef hätte er am liebsten erwürgt. Daher flüchtete sich Olaf meistens in Tagträume in die Zeit *vor* diesem Unfall, wenn er an Meetings teilnehmen musste. Oder er stellte sich vor, wie Franzen oder die Kollegen ums Leben kamen. Manchmal war es ein Unfall oder eine Krankheit, manchmal erledigte er es selbst. Heute war es Mutter Natur: Olaf drehte das Glas Wasser in seinen Händen immer schneller und beobachtete den kleinen Wasserstrudel, der durch die Rotation entstand. Wie ein Tsunami, in dem sein Chef, seine ganze Abteilung, ach, am besten die ganze beschissene Firma, absaufen würde.

„Herr Gallweber?"

Olaf zuckte dabei zusammen und verschüttete eine Pfütze Wasser auf dem Tisch.

Alle Augen waren auf ihn gerichtet. Franzen stand noch immer am Kopfende, hatte sich vornübergebeugt und schaute ihn grinsend an. Wartete er auf eine Antwort? Auf eine Reaktion?

In Franzens Gesichtsausdruck lag ein Hauch Herablassung und fast noch schlimmer: eine Prise Mitleid.

Olaf fing an zu schwitzen, wollte diesem blöden Grinsen etwas Souveränes entgegensetzen, brachte aber nur ein klägliches „Was?" heraus.

„Nicht so wichtig, Herr Gallweber, hat jemand anderes die Zahlen parat?", fragte Franzen in die Runde.

Dabei wurde sein Grinsen breiter und Olaf hatte das Gefühl, dass es ihn förmlich anschrie: Loser, Olaf! Loser!

Olaf hasste dieses Grinsen. Um nicht die Beherrschung zu verlieren, blickte er in die Runde der Kollegen, die fast alle peinlich berührt auf den Besprechungstisch oder ins Leere starrten.

Frau Riemann, die Kollegin, die ihm am nächsten saß, rutschte mit ihrem Stuhl ein paar Zentimeter von ihm weg.

Der neue Kollege aus dem Büro am Ende des Ganges räusperte sich und blickte verstohlen auf Olafs dicke Ellenbogen, die trotz des weiten Flanellhemds nicht zu übersehen waren.

Dann erbarmte sich einer der anderen Kollegen und antwortete an seiner Stelle. Das Meeting nahm seinen üblichen Gang. Business as usual.

Olaf schielte auf sein Handy. Kurz vor vier. Bald war es vorbei.

Er orientierte sich in seinem Stuhl Richtung Tür, machte sich bereit, wie ein Sprinter am Startblock, der auf den Startschuss wartete, damit er „as Soon as possible" verschwinden konnte. Soon mit großem S.

Er wollte so schnell wie möglich nach Hause, denn sein Kumpel Gerry hatte ihm vorhin eine Nachricht geschickt. Sein Päckchen war endlich angekommen. Und das hatte Gerry angenommen, ohne zu wissen, welches Geheimnis sich darin verbarg. Sein Geheimnis. Wer weiß, vielleicht würde Olaf es Gerry irgendwann erzählen. Bei dem Gedanken daran spürte Olaf ein Kribbeln in seinen Oberarmen, das auf die Ellenbogen übersprang und bis in die Fingerspitzen wanderte.

Dann flüchtete sich Olaf in den nächsten Tagtraum:

Es waren mannshohe Spieße, auf denen die abgeschlagenen Köpfe seiner Kollegen steckten.

Über allen, thronend auf dem höchsten Spieß, der Kopf von Franzen.

Sein verdammtes Grinsen war endlich verschwunden.

4

5. August, abends

Zwanzig Minuten nach dem Anruf von Marc schoss Nesras rote Ducati Monster durch die Straßen Stuttgarts. Aufgrund der Hitze hatte sie sich für eines ihrer beiden Motorräder entschieden und war schon nach wenigen Augenblicken im kühlenden Fahrtwind zufrieden mit ihrer Entscheidung. Und nicht nur das:

Wie hatte sie das Gefühl der Kraft ihrer Rennmaschine in den letzten Monaten vermisst. Sie beschloss, an einem der nächsten Tage einen Ausflug zu machen. Richtung Bodensee. Oder nach Freiburg.

Außerdem war sie mit ihrer Ducati schneller bei Marc.

Denn eins stand spätestens mit der Wahl des Treffpunkts und Marcs seltsamem Anruf fest: Irgendetwas stimmte nicht.

Marc hatte nämlich darauf bestanden, sie nicht im Büro zu treffen. „Wir treffen uns draußen. Ich gebe dir gleich meinen Standort durch", hatte er gesagt. Dabei war Marc absolut kein Draußen-Typ, was die Sache noch rätselhafter machte. Und je schneller sie bei ihm war, desto eher konnte er ihre neugierigen Fragen beantworten. Sie drehte den Gaszug weiter auf, und die 200 PS der Ducati machten einen Satz nach vorne. Ein paar Augenblicke später bog sie in die Zielgerade ab und fuhr direkt auf die Karlshöhe zu. Auf dem etwa 300 Meter hohen Berg, der sich mitten im Südwesten der Stadt befand und von dem man eine wunderschöne Aussicht über den Süden Stuttgarts hatte, gab es einen Biergarten, in dem sich Marc mit Nesra treffen wollte.

Das Motorrad ließ sie am Fuße des Hügels stehen, schulterte die kurze, schwarze Lederjacke und begann den Aufstieg durch die Parkanlage, die im englischen Stil um den historischen Steinbruch angelegt war.

Oben angekommen, klebte Nesras Haar vor Schweiß an der Kopfhaut. Der Biergarten war um diese Zeit natürlich ein beliebter Treffpunkt. Sämtliche Tische waren besetzt, und viele Gäste hatten es sich auch an den Hängen des Berges gemütlich gemacht. Manche genossen den lauen Sommerabend bei einer Flasche Sekt oder einem kühlen Bier, manche bauten gerade einen kleinen Gasgrill auf, andere ließen eine Wasserpfeife kreisen.

Nesra hatte allerdings keinen Blick für die wunderschöne Aussicht über die Stadt, für die die Karlshöhe so berühmt war.

Sie hatte nur eins im Sinn: Wo war Marc?

Er saß etwas abseits an einem kleinen Tisch und gab ihr ein Zeichen, als sie ihn bemerkte.

Nesra nahm auf dem Stuhl ihm gegenüber Platz.

„Danke, dass du so schnell gekommen bist", stammelte er, als er den Gästen an den Nachbartischen einen misstrauischen Blick zuwarf, so, als ob er sich vergewissern wollte, dass niemand zuhörte.

„Marc, was ist denn los?"

Ihr war heiß, und sie hatte Durst, aber wenig Lust, sich gerade jetzt an der Schlange für die Getränke anzustellen. Ihre Laune ging in den Keller, gleichzeitig war sie neugierig, was Marc ihr sagen wollte. Und dass er aus irgendeinem Grund beunruhigt war, spürte sie.

„Was ist los, Marc? Geht es um Jegor und die Matyliok-Bande?"

„Nein, es geht nicht um unseren letzten Fall. Es geht um was anderes."

Nervös richtete er den Salzstreuer auf dem Tisch aus.

Nesra nahm ihm den Streuer aus der Hand und schaute ihn eindringlich an. „Marc, jetzt beruhige dich. Fang einfach an zu erzählen. Von Anfang an."

Er holte tief Luft. Erneut fiel ihr auf, wie mitgenommen er aussah. Eingefallene Wangen, die Stirn schweißnass, die Ticks immer intensiver. Noch schlimmer als heute Morgen. Nervös fuhr er sich mit den Händen durch die verschwitzten Haare. Sie merkte, wie sie langsam ärgerlich wurde.

Nesra legte ihre Hand auf seine. „Raus mit der Sprache!"

Marc schluckte und riss sich zusammen: „Okay, also von vorne. Du kennst doch Fränkie aus der ZFA."

Natürlich kannte sie Fränkie, der eigentlich Frank Leschmitz hieß und schon seit über dreißig Jahren bei der Zollfahndung arbeitete. Ein Ermittler der alten Schule. Der Typ Zollfahnder, der um moderne Ermittlungsmethoden liebend gern einen Bogen machte und die Dinge lieber so anging, wie er es aus den Neunzigern gewohnt war. Mehr Telefon als Computer, hatte Marc einmal gesagt. Aber Fränkie war erfolgreich, weil auch Beharrlichkeit, Einsatzwillen und Erfahrung zum Ziel führten. Sie selbst hatte bisher nicht mit ihm zusammengearbeitet, trotzdem war er schon so lange dabei, dass ihn einfach jeder in der Behörde kannte.

Sie gab Marc ein Zeichen, fortzufahren:

„Ich kenne Fränkie seit Jahren, viel länger, als wir beide uns kennen, und wir gehen oft zusammen Mittagessen. Und ja, na ja, wie soll ich es sagen ...“

Marcs Finger wanderten wieder über den Tisch, streiften kurz den Salzstreuer. Nesra war genervt. Am liebsten hätte sie seine Hände festgehalten. Als er wieder nach dem Salzstreuer greifen wollte, gab sie ihm einen festen Klaps auf den Handrücken.

„Marc, bitte komm endlich zur Sache!“, zischte sie über den Tisch, vielleicht eine Spur aggressiver, als sie beabsichtigt hatte.

„Fränkie ... Er ist verschwunden“, sagte Marc leise.

„Wie verschwunden?“

„Na ja. Wie vom Erdboden verschluckt.“

„Was meinst du damit?“

„Er war seit mehreren Tagen nicht mehr im Büro. Auf Anrufe und meine Nachrichten reagiert er auch nicht. Sein Handy ist ausgestellt. Und das ist überhaupt nicht typisch für Fränkie.“

Das war es also, was ihm so Sorgen machte. Sein Freund und Kollege meldete sich nicht. Aber dafür konnte es doch eine einfache Erklärung geben. Automatisch schaltete sie in den Ermittlungsmodus. „Hat er Familie? Eine Frau oder Kinder? Enge Freunde?“

Marc schüttelte den Kopf: „Fränkie ist seit Jahren geschieden. Seine Ex-Frau weiß nicht, wo er ist. Das habe ich schon überprüft. Er hat auch keine neue Beziehung, das hätte er erzählt. Auch sonst hat er keine Familie, von der ich wüsste. Und du weißt doch, wie das mit den

Freunden in unserem Beruf ist. Fränkie ist mit Haut und Haaren Zollfahnder, da ist nicht viel mit Privatleben."

„Vielleicht ist er krank geworden? Eine Operation oder Ähnliches, und er hat einfach vergessen, dir Bescheid zu geben."

„Daran habe ich auch schon gedacht, auch wenn das für Fränkie absolut untypisch wäre. Aber dann hätte er doch zumindest eine Krankmeldung abgegeben, oder?" Nesra musste zugeben, dass Marcs Besorgnis nicht aus der Luft gegriffen war.

„Ich war auch schon bei ihm zu Hause. Er war nicht da. Zumindest hat er nicht aufgemacht."

„Hast du schon Kilberta gefragt?"

Kilberta, genauer gesagt Dr. Kilberta, die über alles erhabene Dienststellenleiterin des Zollfahndungsamtes in Stuttgart und damit ihrer aller Chefin, wusste in der Regel über jeden ihrer Mitarbeiter Bescheid.

Marc nickte schwach. „Ja, sie hat mir nur gesagt, dass er kurzfristig Urlaub eingereicht hat. Per SMS! Aufgrund eines privaten Notfalls."

„Da hast du es. Dann hat er sich doch abgemeldet, eben nur nicht bei dir. Kann ja mal vorkommen."

Marc schaute sie einen Augenblick hoffnungsvoll an, dann schüttelte er den Kopf.

„Ich weiß nicht. Das sieht ihm gar nicht ähnlich. Schon gar nicht eine Nachricht per SMS. Er hasst dieses Zeug. Und überhaupt: Was soll das für ein privater Notfall sein? Da stimmt was nicht ..."

„Vielleicht hat er den Notfall nur vorgeschoben, weil ihm irgendetwas peinlich war. Geht er nicht ab und zu wandern mit ein paar Freunden?"

„Ich habe schon versucht, jemanden aus seiner Wandergruppe zu erreichen. Allerdings bisher ohne Erfolg. Ich warte auf einen Rückruf."

Bei den Worten blickte Marc Nesra bedrückt an, dann sortierte er die Bierdeckel mit der für ihn richtigen Seite nach oben und steckte sie wieder in die Halterung auf dem Tisch.

Nesra lehnte sich zurück, streckte den Rücken durch und sagte mehr zu sich selbst: „Hoffen wir mal, dass sich das mit Fränkie schnell aufklärt. Aber seltsam ist es irgendwie schon."

„Seltsam trifft es ganz gut, Nesra", sagte Marc und beugte sich verschwörerisch über den Tisch.

„Ich habe mich an etwas erinnert, das er mir vor ein paar Wochen erzählt hat. Irgendwas mit Waffen bei der Bundeswehr. Genaueres wollte er mir nicht sagen. Noch nicht. Er meinte nur, dass es da Ungereimtheiten gebe, er aber noch nicht offiziell ermitteln könne, weil er noch nicht mit Kilberta gesprochen habe."

„Waffen bei der Bundeswehr?", dachte Nesra laut. „Was meinte er denn damit? Dass da Waffen verschwinden? Das ist jetzt auch nichts so Sensationelles, oder? Außerdem: Ist das nicht Sache des MAD?"

Marc zuckte nur mit den Schultern. „Es ging um etwas anderes, so viel habe ich verstanden. Und so ernst habe ich das auch nicht genommen. Fränkie hat sich ja manchmal in etwas verbissen."

„Also kann uns Kilberta nicht weiterhelfen?"

„Nein. Fränkie hat ihr nichts von seinem Verdacht erzählt. Ich habe sie gefragt, ob er an etwas dran war und wer die Ermittlung jetzt übernehmen würde. Sie hat mich nur mit großen Augen angeguckt und darauf beharrt, dass es im Augenblick keinen offiziellen Fall gebe und daher auch keine Vertretung organisiert werden müsse. Außerdem gehe mich das nichts an und ich solle mich lieber um meine eigenen Fälle kümmern."

„Seltsam", meinte Nesra. „Aber wenn Kilberta das sagt, dann ist das auch so."

Denn eins stand fest: Einen Fall, über den Kilberta nicht Bescheid wusste, den gab es nicht. Nicht einmal inoffiziell. Wenn Fränkie an irgendeiner großen Sache dran gewesen wäre, wäre Kilberta eingeweiht gewesen. Und dass sie Marc nicht die Wahrheit gesagt hatte, konnte sich Nesra nicht vorstellen. Kilberta war manchmal schwierig zu durchschauen, aber integer. Und sie hielt ihren Leuten bedingungslos den Rücken frei, wenn es sein musste. Noch ein Grund, warum sie es merkwürdig fand, dass Fränkie nicht mit ihr gesprochen hatte. War er vor seinem Urlaub einfach nicht mehr dazu gekommen?

„Nachdem ich Kilberta auf Fränkie angesprochen hatte, kam sie öfter als sonst bei mir vorbei, hat mich zum Matyliok-Fall ausgefragt und massiv Druck gemacht, dass wir endlich Ergebnisse liefern. Gott sei Dank hast du dann von den Wildkatzen erfahren."

„Marc, du hast halt den Drachen geweckt. Kein Wunder, dass Kilberta dir Druck macht, wenn du in fremden Gewässern fischst."

Er ignorierte Nesras Spitze und sagte nur: „Ich weiß, es klingt verrückt, aber langsam fange ich an zu glauben, dass Kilberta mit Absicht vermeiden will, dass ich rausfinde, was mit Fränkie los ist."

„Schluss damit, Marc. Das grenzt schon an Paranoia. Ich vermute eher, dass Kilberta selbst besorgt ist und es sich nicht anmerken lassen will."

Marc presste nur die Lippen aufeinander und blickte sich unauffällig um.

„Okay, Marc, du hast recht, Fränkie ist trotzdem verschwunden, auch wenn wir nicht wissen, warum. Was sollen wir tun? Was schlägst du vor?"

„Ich möchte, dass du dich umschaust, natürlich inoffiziell."

„Und mit umschauen meinst du, in Fränkies Leben herumzuschnüffeln, nehme ich an."

Marc nickte.

Nesra überlegte kurz. Fränkie war einer der wenigen Freunde Marcs. Ihm zuliebe könnte sie in den nächsten Tagen ein paar Routineabfragen machen, genug Zeit hatte sie ja.

„Okay, ich könnte mir ja mal später die Wohnung von Fränkie anschauen. Mal klingeln, und wenn niemand da ist ..."

„Daran dachte ich auch. Ich schicke dir gleich die Adresse", dann hielt er kurz inne, runzelte die Stirn und beobachtete einen Mann, der sich gerade an den Tisch gegenübergesetzt hatte, fast flüsternd fuhr er fort: „und ich schaue morgen mal in Fränkies Büro, ob ich irgendwelche Hinweise finden kann."

Sein Blick verweilte noch eine Weile bei dem Mann am Nachbartisch, dann sagte er mit ernster Miene: „Was ich dir erzählt habe, muss erst mal unter uns bleiben."

„Ich melde mich", antwortete Nesra und erhob sich.

Marc deutete auf seine halb leere Weinschorle: „Ich bleibe noch ein bisschen. Pass auf dich auf, Nesra.“

Ein schüchternes Lächeln huschte über sein Gesicht, da er selbst bemerkte, wie seltsam dieser Satz klang.

Als sie Marc zum Abschied umarmte, spürte sie seine Dienstwaffe unter seinem Hemd. Sie hielt überrascht inne. Egal wie übertrieben sie Marcs Sorge um Fränkie fand: Er selbst nahm die Geschichte verdammt ernst.

***

Als Nesra sich wieder auf ihre Ducati schwang, war sie in Gedanken noch immer bei Marc. Sie wusste für den Moment nicht, wohin sie sollte. Eigentlich hatte sie sich vorgenommen, heute schwimmen zu gehen. Ein paar Bahnen im kühlen Nass würden ihrer Seele und ihrem steifen Rücken sicherlich guttun. Doch bei dem Gedanken an Marc und der Geschichte über Fränkies plötzlichen Urlaub musste das Wasser noch warten. Dafür war sie zu sehr Polizistin. Marcs Nervosität beunruhigte sie so sehr, dass sie irgendetwas dagegen tun wollte, und zwar am besten gleich.

Sie entschied sich, direkt bei Fränkie vorbeizufahren. Vielleicht hatte sie Glück, Fränkie würde mit großen Augen die Tür öffnen und sie könnte Marc noch am Abend eine SMS schicken, von wegen, er würde nur Gespenster sehen. Das Problem war nur, dass sie selbst nicht daran glaubte.

***

Eine Stunde später hatte Nesra die Gewissheit: Sie würde Marc keine SMS mit einer Entwarnung schicken.

Fränkie wohnte im dritten Stock in einem Mehrfamilienhaus in einem gutbürgerlichen Vorort von Stuttgart. An den Klingelschildern standen ausschließlich deutsch klingende Nachnamen. Kirstein, Lindl, Mayer. Allein Fränkies Nachname zeugte von einem Migrationshintergrund in grauer Vorzeit. Leschmitz klang eher französisch oder belgisch. Sorgfältig überprüfte sie seinen Briefkasten. Er war leer, nicht einmal Prospekte steckten darin. Was merkwürdig war.

Nach mehrmaligem erfolglosem Klingeln versuchte sie es bei den Nachbarn.

„Ja?", erklang es blechern aus der Gegensprechanlage. Nesra konnte nicht genau bestimmen, ob es eine Frauen- oder eine Männerstimme war. Wahrscheinlich eine Frau.

„Guten Abend, ich bin eine Freundin von Frank Leschmitz, würden Sie mir bitte öffnen?"

„Wieso?", kam es als Gegenfrage zurück.

„Weil er nicht da zu sein scheint und ich gerne kurz mit Ihnen sprechen würde."

„Wieso?", kam es erneut aus dem Lautsprecher.

Nesra seufzte. Dann eben anders. „Ich bin von der Polizei und ich ..."

Nesra wurde direkt unterbrochen. „Zweiter Stock", kam es deutlich aus dem Lautsprecher. Gefolgt vom Summen des Türöffners.

Sie drückte die Tür mit der Schulter auf und betrat das Treppenhaus. Direkt neben dem Aufzug hing das

Blatt mit der Hausordnung und den Kontaktdaten der Hausverwaltung, daneben der in Stuttgart so geliebte Kehrwochenkalender. Ein kurzer Blick darauf verriet Nesra, dass Fränkie bereits nächste Woche an der Reihe war. Was würde wohl die Hausgemeinschaft sagen, wenn Fränkie seinen Treppendienst schuldig blieb? Vermutlich ein mittelgroßer Aufstand.

Auf dem Weg nach oben über die Treppe bemerkte sie den Geruch von Gekochtem und Gebratenem, der ihr ziemlich aufdringlich in die Nase zog. Sie könnte hier niemals leben.

Im zweiten Stock angelangt, erwartete sie eine Frau in den Fünfzigern, die vor Neugier von einem Fuß auf den anderen trat. Nachdem Nesra mehrmals versichert hatte, dass Fränkie nichts angestellt hatte und auch nicht polizeilich gesucht wurde, konnte sie endlich selbst Fragen stellen.

Leider wusste die Frau absolut nichts über Fränkies Verbleib. Während sie ohne Unterlass den dicken Mops auf ihrem Arm streichelte, betonte sie immer wieder, dass sie den Herrn Leschmitz schon seit Tagen nicht mehr gesehen hatte.

„Heißt?", fragte Nesra neugierig. „Also, wann zuletzt?"

Die Nachbarin überlegte, dann zuckte sie mit den Schultern. „Montag oder Dienstag, ich bin mir nicht ganz sicher." Dann riss sie die Augen auf.

„Vielleicht ist er tot und sein Körper verwest in der Wohnung über mir", mutmaßte die Frau mit einem erschrockenen Gesichtsausdruck. „Oh Gott. Ein Toter in unserem Haus! Was sollen die Nachbarn denken?" Dabei hielt sie sich die Hand vor den Mund, so, als ob sie etwas Verbotenes gesagt hatte. Für den Moment vergaß sie sogar, ihren Mops zu streicheln, der sie irritiert anstarrte.

Nesra schaute sie wortlos an und war froh über den Anruf von Marc, der ihr half, sich von der seltsamen Frau und ihrem Mops zu verabschieden und einen Stock höher zu Fränkies Wohnung zu steigen.

„Hi, Marc, was gibt's?"

„Jemand von Fränkies Wandergruppe hat zurückgerufen", begann Marc. „Er hat mir erzählt, dass Fränkie jedes Jahr genau einmal in den Urlaub geht, schon seit zwanzig Jahren. Ende April, Anfang Mai fliegt er für zwei Wochen nach Spanien, genauer gesagt nach Nordspanien, zum Wandern. Dort läuft er einen Teil des Jakobswegs. So wie ich es vermutet habe."

„Ausgeschlossen, dass er den Trip dieses Jahr zweimal macht?", hakte Nesra nach, während sie an Fränkies Tür klopfte.

„Ausgeschlossen", antwortete Marc, „viel zu viele Touristen und für Fränkie auch viel zu warm um diese Jahreszeit. Der Typ, mit dem ich geredet habe, hat extra auf meine Bitte hin noch mit seinen anderen Wanderkumpanen im Verein gesprochen. Niemand weiß, wo er sein könnte."

„Hm", sagte Nesra nur, beäugte Fränkies Tür, das Türschloss und legte ein Ohr an das dunkelbraune Holz. Im Innern der Wohnung war es absolut still. Langsam beschlich sie das Gefühl, dass wirklich etwas nicht stimmte. Warum hatte Fränkie überstürzt Urlaub genommen? Und wo, verdammte Axt, steckte er jetzt? Was für eine Art Mensch war Frank Leschmitz eigentlich? Als sie die Stockwerke durch das Treppenhaus nach unten lief, verabschiedete sie sich von Marc und nahm sich vor, sich morgen Nacht in aller Ruhe in Fränkies Wohnung umzuschauen. Die Frau mit dem Mops war wieder in ihrer Wohnung verschwunden.

***

7. August, nach Mitternacht

Es war halb 1, als sie sich auf ihren nächtlichen Ausflug vorbereitete.

Sie zog die schwere Stofftasche unter ihrem Bett hervor, in der sie ihre private Ausrüstung aufbewahrte, und pickte sich ein paar Werkzeuge heraus, die sie erfahrungsgemäß für so eine Aktion benötigte: Schraubenzieher, ein kleiner Hammer, Messer, Taschenlampe, Zange, Handschuhe, eine unauffällige Stoffmütze und ein Prepaid-Handy. Alles kam in einen schwarzen Rucksack, der leicht und gleichzeitig stabil genug war.

Das Stemmeisen und die Flex schob sie zur Seite, sie waren viel zu laut, zu schwer und wahrscheinlich unnötig. Sie hatte sich das Türschloss zum Mehrfamilienhaus gestern unauffällig angesehen. Das sollte unkompliziert werden. Auch die Wohnungstür dürfte kein Problem sein.

Sie entschied sich für ein Dietrich-Set in einem handlichen Lederetui und einen „Multipick Kronos", eine elektrische Dietrichpistole, mit der sie schon häufiger haushaltsübliche Schlösser geöffnet hatte. Natürlich nur im Auftrag der Zollfahndung.

Zum Schluss packte sie noch ein Luminol-Spray in den Rucksack, um abgewaschene Blutspuren sichtbar zu machen. Man konnte nie wissen …

Einige Minuten später verließ sie das Loft.

Ihr Smartphone ließ sie zu Hause. Sie wollte vermeiden, dass ihre GPS-Daten sie heute Nacht mit der Wohnung von Fränkie in Verbindung bringen würden.

Als Nesra die Mütze und die Handschuhe anzog und unauffällig auf das Haus zuging, stieg ihre Anspannung. Nervös war sie allerdings nicht – zu oft war sie in ähnlichen Einsätzen unterwegs gewesen, um wirklich ernsthaftes Nervenflattern zu bekommen. Denn jetzt war sie in ihrem Element. Im Einsatz. Wie ein Fisch im Wasser. Der Schuss Adrenalin gehörte dazu. Für sie war es zumindest für den Moment ein Verbündeter, der ihr half, klar zu denken, schnell zu handeln und ihre Sinne zu schärfen.

Sie stoppte die Zeit mit ihrer Armbanduhr und trat aus dem Schatten des Hauses. Jetzt musste es schnell gehen.

Das Schloss der Haustür war kein Hindernis. Sie hatte die Tür in wenigen Augenblicken mit dem Multipick geöffnet. Kurze Zeit später machte sie sich schon an Fränkies Wohnungstür zu schaffen. Aus der Wohnung unter ihr hörte sie das Knurren des Mopses, gefolgt von dem Schimpfen der Frau. Sie atmete durch. Einen Klick später öffnete sich Fränkies Tür.

Lautlos schlüpfte sie in die dunkle Wohnung. Sie brauchte einen Augenblick, um sich an die Lichtverhältnisse zu gewöhnen, dann schloss sie leise die Wohnungstür.

Zuerst fiel ihr der muffige, staubige Geruch auf. Hier hatte schon länger niemand mehr gelüftet.

Nachdem sie sich mit der Umgebung vertraut gemacht hatte, vergewisserte sich Nesra Zimmer für Zimmer, dass niemand zu Hause war. Dabei hielt sie die Taschenlampe so weit am Boden, dass der Lichtkegel von außen nicht zu sehen war. Zum Glück lag die Wohnung von Fränkie sehr weit oben, dachte Nesra. Ihre Walther P5 hatte sie nicht aus dem Hüftholster gezogen. Das hielt sie für übertrieben. Trotzdem war sie auf alles vorbereitet. Von irgendwoher kam ein Autohupen, das Nesra kurz hochschrecken ließ, doch dann riss sie sich zusammen und konzentrierte sich auf ihre Arbeit.

Nach einer ausgiebigen Durchsuchung war Nesra zwar zu drei Erkenntnissen gelangt, aber wo Fränkie steckte, wusste sie nun immer noch nicht.

Erstens, die Wohnung war schon seit Längerem verwaist.

Zweitens, einen größeren Urlaub hatte Fränkie nicht angetreten, denn der Kleiderschrank war prall gefüllt. Und es sah nicht so aus, als ob etwas fehlen würde.

Drittens, entweder war er nicht sehr ordentlich oder jemand hatte die Wohnung schon vor ihr durchsucht. In den Schubladen im Flur und im Wohnzimmer herrschte ein heilloses Durcheinander, und egal, was Nesra öffnete, alles sah durchwühlt aus. Umso mehr wunderte sie das Erscheinungsbild des kleinen Arbeitszimmers, das an das Schlafzimmer angrenzte. Der kleine Schreibtisch an der Wand wirkte wie ein Fremdkörper, weil er gänzlich leer war. Außer einem Monitor, dessen nicht angeschlossene Kabel lose auf dem Tisch lagen. Auch das Sideboard daneben wäre nichts mehr als ein Staubfänger gewesen, wenn nicht ein paar verräterische Spuren darauf hingewiesen hätten, dass hier noch vor Kurzem ein paar Aktenordner gestanden hatten.

Entweder hatte Fränkie aus irgendeinem Grund beschlossen, in seiner Wohnung Tabula rasa zu machen, oder jemand anders hatte gründlich aufgeräumt. Je länger Nesra über die beiden Möglichkeiten nachdachte, desto sicherer war sie sich, dass nur die zweite Möglichkeit Sinn ergab. Und das bereitete ihr Kopfzerbrechen.

Stirnrunzelnd ging Nesra wieder Richtung Ausgang. Hier würde sie keinen Hinweis auf Fränkies Verbleib finden. Kurz bevor sie die Tür öffnete, um wieder zu verschwinden, fiel ihr Blick auf den Boden unter dem Esstisch. Etwas, das von dem Licht der Straßenbeleuchtung reflektiert wurde, erregte ihre Aufmerksamkeit.

Sie überlegte kurz und blickte auf den Timer ihrer Armbanduhr. Eigentlich war sie schon viel zu lange in der Wohnung und sie konnte nicht ausschließen, dass ein Nachbar den Schein ihrer Taschenlampe bemerkt und die Polizei gerufen hatte. Doch ein paar Minuten konnte sie sicherlich noch riskieren.

Mit schnellen Schritten huschte sie zurück zum Esstisch, bückte sich und hob das kleine Ding auf, das hinter dem Stuhlbein lag. Ein Zahn, genauer ein Backenzahn. Eher braun als weiß und zudem noch blutverschmiert. Fränkies Zahn?

Sie zog das Luminol-Spray aus dem Rucksack und sprühte es großzügig über den Essbereich, über die Stühle, den Tisch und den Teppich.

Sofort reagierten die mit bloßem Auge nicht sichtbaren Blutreste mit dem Luminol und leuchteten strahlend blau. Sie kniete sich hin, strich mit der Hand über den Teppich und roch daran: Ein leichter Geruch von Wasserstoffperoxid-Resten zog in ihre Nase, den sie bisher nicht bemerkt hatte.

„Verdammter Mist!" Marc hatte also recht. Oder hatte Fränkie eine tiefe Abneigung gegen Zahnärzte und behandelte sich in seinem Wohnzimmer selbst? Dann musste er dabei aber ziemlich ungeschickt vorgegangen sein, bei all dem Blut ... Nein, Nesra war sich sicher, dass es einen Kampf gegeben hatte. Auf jeden Fall hatte jemand anschließend sauber gemacht und versucht, Spuren zu beseitigen. Und das auch noch sehr schlampig, was bedeuten würde, dass der oder die Täter keine Zeit gehabt hatten.

Ob der Zahn von Fränkie stammte oder nicht, war damit eigentlich egal.

Ein kleiner Blitz auf dem Dach des gegenüberliegenden Hauses schreckte Nesra auf. Ihr Blick irrte suchend an der Fassade des Hauses entlang nach oben.

Nesra erkannte die Silhouette eines Mannes auf einem Hausdach auf der anderen Straßenseite. Sie standen sich fast gegenüber, auch wenn die Dunkelheit nur die Konturen des Beobachters erahnen ließ. Er stand auf dem Flachdach im Schutze eines Schornsteines und blickte zu ihr herunter.

Und er hielt mit beiden Händen etwas vor das Gesicht. Ein Fernglas oder eine Kamera, Nesra tippte auf Letzteres. Ein weiterer greller Blitz bestätigte ihre Vermutung. Der Fremde gegenüber fotografierte. Und so wie es aussah, interessierte er sich für Fränkies Wohnung.

Als der Mann bemerkte, dass Nesra ihn entdeckt hatte, verschwand er hastig in der Dunkelheit.

Nesra überlegte kurz, ob sie die Verfolgung aufnehmen sollte. Doch bis sie drüben auf der anderen Straßenseite war, wäre er längst über alle Berge. Sie konzentrierte sich auf die geparkten Autos vor dem Haus, in der Hoffnung, der merkwürdige Beobachter würde sich so zu erkennen geben, doch es blieb ruhig. Wäre auch zu einfach gewesen, dachte Nesra und packte ihre Sachen zusammen. Ein kurzer Blick zurück in Fränkies verlassene Wohnung, dann war sie aus dem Haus und wie der Unbekannte über alle Berge.

Auf dem Weg zu ihrer Wohnung hatte sie das Gefühl, verfolgt zu werden. Sie drehte mit ihrem Motorrad mehrere Runden in der Stadt, bis sie sicher war, dass sie mögliche Verfolger abgehängt hatte. Erst nach etwa einer Stunde fuhr sie nach Hause.

***

Sie musste dringend mit Marc sprechen. Sich mit ihm trotz der späten Uhrzeit über die neuesten Erkenntnisse austauschen. Sie war sich sicher, dass er noch arbeitete. Doch Marc ging nicht ans Telefon. Stattdessen nur die Mailbox. Sie zögerte kurz und legte dann auf. Sie wollte keine Sprachnachricht hinterlassen. Er würde sich schon melden, wenn er ihre Nummer im Display sah. Sie hatte richtig vermutet. Schon eine Minute später kam eine Nachricht von Marc:

Ich kann gerade nicht sprechen.

Nesra starrte auf das Display und wunderte sich. Marcs Verhalten wurde immer seltsamer. Nein, dieser

Fall wurde immer seltsamer. Erneut blinkte eine Nachricht auf ihrem Display auf.

14 Uhr. LM.

LM stand für Lindenmuseum. Einer der Orte, an denen sie sich in der Vergangenheit oft getroffen hatten, wenn Nesra undercover unterwegs war und mit Marc vertrauliche Informationen austauschen musste.

Gut. Dann erst morgen. Beziehungsweise heute Nachmittag. Nesra schüttelte den Kopf und machte sich stattdessen Gedanken über das, was sie jetzt erfahren hatte. Über Fränkies verlassene Wohnung, das Blut, den Zahn und die verschwundenen Akten. Hier stimmte definitiv etwas nicht. Und der Mann auf dem Dach gab dem Ganzen erstmals ein Gesicht. Wenn auch eines, das noch im Schatten lag.

Noch ein weiterer Punkt beunruhigte sie: Wer auch immer sie in der Wohnung gesehen hatte, wusste jetzt, dass Fränkies Verschwinden bemerkt worden war. Bei dem Gedanken daran, dass der Mann sie die ganze Zeit über beobachtet haben könnte, lief es ihr kalt den Rücken herunter. In was war Fränkie da bloß hineingeraten?

Sicherheitshalber schloss sie ihre Wohnungstür ab, legte ihre Dienstwaffe griffbereit auf den Wohnzimmertisch vor sich und mixte sich einen Gin Tonic aus ihrer Hausbar. Es war nach zwei Uhr und totenstill im Haus.

Sie brauchte jetzt dringend etwas, um herunterzukommen. Und bis zum Nachmittag war noch verdammt viel Zeit.

5

Schwerfällig stieg Nesra von ihrer Ducati Monster. Sie hatte etwas zu viel getrunken und danach kaum geschlafen.

Immer wieder waren ihre Gedanken zu dem unbekannten Mann auf dem Dach des gegenüberliegenden Hauses zurückgekehrt. Vielleicht hatte er bei seiner Aktion verwertbare Spuren hinterlassen. Und weil die Idee sie nicht losgelassen hatte, war sie, bevor sie hierhergekommen war, noch mal zu Fränkies Adresse zurückgekehrt.

Als sie dann auf dem Dach gegenüberstand, direkt neben dem Schornstein, ziemlich genau an der Stelle, an der der Unbekannte sie beobachtet haben musste, war sie verblüfft, wie perfekt die Sicht in Fränkies Wohnung war. Das Wohnzimmer, das Schlafzimmer und sogar das kleine Büro lagen direkt vor ihr. Mit einem Fernglas wäre einem Beobachter nichts entgangen. Bei der Vorstellung daran, dass der Unbekannte die ganze Zeit hier gestanden und ihr beim Durchsuchen der Wohnung zugeschaut hatte, breitete sich auf Nesras Haut ein unangenehmes Kribbeln aus. Mit zunehmender Wut konzentrierte sie sich auf die Spurensuche. Doch der geheimnisvolle Fremde war wie erwartet vorsichtig gewesen. Bis auf etwas Müll wie ein paar

Zigarettenstummel, ein Kaugummi und eine alte Plastikflasche, alles Dinge, die aussahen, als würden sie schon länger als eine Nacht auf dem Dach liegen, hatte sie nichts gefunden. Zur Sicherheit steckte sie alles in eine Beweismitteltüte in der Aufbewahrungsbox ihres Motorrads. Da es offiziell keinen Fall gab, konnte sie die Beweismittel vorerst nicht analysieren lassen. Noch nicht.

Das Stuttgarter Museum für Völkerkunde, das zentral neben dem Uni-Park lag, hatte Marc vor Jahren für sich entdeckt und entschieden, dass es ein idealer Ort wäre, um sich ungestört zu unterhalten. Aber warum er ausgerechnet jetzt diesen Treffpunkt gewählt hatte, war ihr trotzdem ein Rätsel. Fühlte er sich auch beobachtet? Sie dachte an den Mann auf dem Dach und ihr eigenes Unbehagen. Wusste er etwas, was sie noch nicht wusste?

Beim Abstellen des Motorrads fiel ihr Blick auf ein Plakat, das ihr auch schon an anderer Stelle in Stuttgart begegnet war. Es rief zu einer Protestdemo gegen die Bundesregierung und deren Asyl- und Migrationspolitik auf. „Mut zur Wahrheit – Hoffnung Heimat" stand in schwarzen Großbuchstaben fett auf dem Plakat. Darunter war ein mit schwarzen Linien stilisiertes Haus auf weißem Grund abgebildet. Die Linien an der Spitze des Hausdachs kreuzten sich, knickten erneut im rechten Winkel ab und bildeten so ein kleines schwarzes Karo über dem Dach. Nesra fand, dass das Haussymbol einer Rune oder einer etwas ungleichmäßigen Acht ähnelte.

Auf dem Plakat stand geschrieben:

„Kundgebung: Jeden Donnerstag, 18 Uhr, am Marienplatz"

Die Hoffnung Heimat hatte es mit ihren regelmäßigen Protestaktionen schon vor Monaten bis in die Tagesschau geschafft. Nesra hatte im Zuge regelmäßiger Briefings durch das Landesamt für Verfassungsschutz erstmals von dem Verein gehört. Eine Gruppe von Verschwörungstheoretikern, Impfgegnern und Querdenkern, die mit Beginn der Coronakrise großen Zuspruch erfahren hatte und von immer mehr Bürgern unterstützt wurde.

Missbilligend schüttelte Nesra den Kopf und steuerte auf den Museumseingang zu. Sie konnte solchen unreflektierten Protestaktionen einfach nichts abgewinnen. Menschen, die einfach immer nur dagegen waren und die Augen vor der Realität verschlossen, machten sie wütend. Das Leben war kompliziert, na und? Natürlich war in Deutschland seit dem Coronaausbruch und dem Krieg in der Ukraine vieles schiefgegangen, aber Nesra hatte keine Lust darauf, diesen Idioten eine Plattform zu bieten. Einfache Lösungen hatten die Tendenz, in der Katastrophe zu enden.

Sie betrat das Museumsgebäude und ging direkt zum Schalter, um sich ein Ticket für die aktuelle Ausstellung zu kaufen. Sie war privat unterwegs und wollte sich nicht als Polizistin zu erkennen geben und damit unnötige Nachfragen beim Museumspersonal provozieren. Ihr Blick fiel auf den Mann am Schalter, der es schaffte, ihr ein Ticket zu verkaufen, ohne nur eine Sekunde von seinem Smartphone aufzublicken. Das Museum war praktisch leer. Nur vereinzelt schlenderten Besucher durch die Museumshallen.

In diesen Zeiten hatten viele kulturelle Einrichtungen, und dazu gehörten auch die Museen, mit der schwierigen wirtschaftlichen Situation zu kämpfen. Die Leute hatten Angst um ihre Jobs, sofern sie überhaupt noch welche hatten. Viele waren in Kurzarbeit. Da saß das Geld nicht so locker wie früher und das Erste, an dem viele Bürger sparten, waren Ausgaben für Kunst und Kultur.

Immerhin war es in den Ausstellungsräumen angenehm kühl. Die Klimaanlage lief auf Hochtouren. Die ausgestellten Exponate mussten vor der Affenhitze geschützt werden.

Auf der Suche nach Marc schlenderte Nesra an den aktuellen Ausstellungsstücken vorbei: Federhauben, Tipis, Lederkleidern der indigenen Gesellschaft Nordamerikas. Ihr kam eine Familie entgegen, die sich den Museumsbesuch scheinbar noch leisten konnte. Die Mutter schob mechanisch einen Kinderwagen vor sich her, genervt blickte sie ab und an nach links oder rechts und betrachtete die Ausstellungsstücke, allerdings ohne sie richtig wahrzunehmen. Der Vater lief mit gesenktem Kopf hinterher, neben ihm ein kleiner Junge, vielleicht sieben Jahre alt. In den Händen hielt er ein Waffeleis, das über seine kleinen Finger lief und auf den Boden tropfte. Die Museumsregeln wurden wohl nicht mehr so strikt eingehalten, dachte Nesra belustigt. Als der Kleine ihren Blick bemerkte, starrte er sie mit seinen Knopfaugen skeptisch an. Dann wanderte sein Blick an ihr herunter und blieb an ihrem Pistolenholster hängen, das sie seitlich am Gürtel ihrer Hose trug. Die Knopfaugen wurden größer. Nesra biss sich auf die Unterlippe, zog ihr Shirt tiefer, um die

Dienstwaffe besser zu verbergen, und drehte sich von ihrem neuesten Bewunderer weg, um ihren Kollegen zu suchen.

„Wo steckst du, Marc?", fluchte sie leise, als sie ungeduldig durch die Gänge eilte.

Im 2. Stock fand sie ihn endlich. Er stand vor einer kriegerisch anmutenden Totenmaske, vielleicht aus Zentralamerika und wahrscheinlich ein paar Hundert Jahre alt.

„Hey", sagte sie und stellte sich neben ihn.

Obwohl Marc sich Mühe gab zu lächeln, sah er mit seinen übermüdeten Augen einfach nur traurig aus.

Überhaupt machte er den Eindruck, als hätte er keine Minute geschlafen.

Die kurzen, braunen Haare standen ungekämmt in alle Richtungen ab, kurze Bartstoppeln an seinem Kinn zeugten davon, dass er sich nicht rasiert hatte.

Er trug ein kurzärmeliges, kariertes Hemd, das achtlos in die Hose gesteckt war. Der rechte Hemdzipfel hing vorne über den Gürtel.

Die Sache mit Fränkie machte ihm mehr zu schaffen, als Nesra gedacht hatte.

„Hallo", erwiderte er leise und verzog sein Gesicht zu einer Grimasse, die seine Falten um die Augen in tiefe Gruben verwandelte. Dann wendete er sich wieder der Maske an der Wand zu.

Für einen Moment betrachteten beide das eindrucksvolle Ausstellungsstück. Es erinnerte Nesra an diese mexikanischen Totenschädel, die in den Filmen so bunt verziert und bemalt waren.

„Ich war heute Nacht in Fränkies Wohnung", sagte sie, weil Marc immer noch schwieg und sie die Stille nicht länger ertragen konnte. Sie warf kurz einen Blick über die Schulter, um sich zu vergewissern, dass sie ungestört waren, und berichtete ihm dann von ihrem nächtlichen Ausflug, dem verdächtigen Zustand der Wohnung, dem gefundenen Backenzahn und dem Beobachter auf dem Dach gegenüber.

Als sie mit dem Bericht am Ende war, atmete sie tief durch und blickte Marc neugierig an. Er starrte noch immer auf die Maske an der Wand.

„Marc, verdammt, hast du mir eigentlich zugehört?"

Nach einer weiteren endlosen Sekunde drehte er sich endlich zu ihr um. Sein Blick war ernst. „Ich sagte doch, mit Fränkie ist etwas passiert. Dein Bericht passt gut zu dem, was ich entdeckt habe. Mir ist nämlich eingefallen, dass Fränkie seit Jahren ein graues Notizbuch benutzt, in dem er einfach alles Wichtige zu seinen aktuellen Fällen festhält, um seine Gedanken zu ordnen. Darum war ich gestern in seinem Büro. Das Interessante war, dass sein Büro komplett aufgeräumt war. Keine aktuellen Fallakten auf dem Tisch, keine Post-its und keine Zettel auf dem Tisch. Und natürlich auch kein Notizbuch. Auch in seinem Rollcontainer unter dem Tisch war nichts zu finden. Sehr untypisch für Fränkie."

„Wie auf seinem Schreibtisch zu Hause", stimmte Nesra ihm zu.

„Heute Morgen in der ZFA bin ich dann zu einem Kollegen aus der IT, ich glaube, er heißt Sören, der sich dann den Computer von Fränkie angeschaut hat. Inoffiziell natürlich. Und auch nur, weil er mir noch was schuldig ist."

Nesra kannte Sören nicht, aber sie wusste, dass Marc mit einigen Kollegen aus der IT-Abteilung eine gemeinsame Liebe zu einer bestimmten Raumschiff-Serie pflegte.

Sie konzentrierte sich wieder auf Marc. „Sören hat rausgefunden, dass Fränkies Computer komplett plattgemacht wurde."

„Das heißt …" „Das heißt, dass überhaupt nichts mehr auf dem Computer zu finden ist. Jedenfalls, wenn man keine Ahnung von Datenforensik hat. Sören meinte zwar, man könnte die Festplatte zum Teil wiederherstellen, aber das wäre aufwendig und teuer. Mit anderen Worten: Irgendjemand wollte sämtliche Spuren verwischen, und dieser jemand muss sich sicher gewesen sein, dass es niemanden wirklich interessiert."

„Könnte Fränkie nicht selbst …?"

„Warum sollte er? Nein, das war er nicht."

„Du meinst: Jemand von außen hat sich über das Netzwerk der ZFA an Fränkies Computer zu schaffen gemacht? Oder war es jemand innerhalb der ZFA?"

„Sören hat alle Firewallprotokolle und Serverlogs überprüft. Es gibt keinen Hinweis darauf, dass sich jemand Externes Zugriff auf Fränkies Computer verschafft hat."

„Also jemand vom ZFA selbst", sagte Nesra, spitzte die Lippen und pfiff dann leise durch die Zähne.

Marc nickte. „Ja, es sieht so aus, als ob jemand aus dem Haus mit Fränkies Verschwinden zu tun hat."

Der Fall, der eigentlich gar keiner war, wurde immer mysteriöser. Jetzt verstand Nesra auch, warum Marc sich hier mit ihr treffen wollte und nicht im Büro. Sie konnten niemandem mehr trauen. Nicht mal ihren engsten Kollegen.

***

Marc widmete seine Aufmerksamkeit wieder der Maske. Seinem verkniffenen Gesichtsausdruck nach zu urteilen, hatte er offensichtlich ein Problem.

„Findest du nicht auch, dass die Maske schief hängt?"

„Marc!", sagte Nesra etwas unwirsch, „wir müssen besprechen, wie wir weitermachen wollen."

„Hm", brummte Marc nur und machte mit den Händen eine Geste, so als ob er mit einer imaginären Wasserwaage die Hängung der Maske überprüfen wollte.

„Marc!", ermahnte ihn Nesra, um dann erneut nachzufragen: „Was sollen wir jetzt tun?"

„Ich weiß es noch nicht genau, lass mir etwas Zeit. Vielleicht kommen wir über die Sache, die Fränkie mir gegenüber erwähnt hat, weiter."

„Du meinst diese Geschichte mit den Waffen?"

„Genau."

„Was genau hatte er denn wirklich gesagt? Ich meine, der Zoll kümmert sich doch nur darum, wenn Waffen über Landesgrenzen hinweg verschwinden."

„Fränkie hat davon gesprochen, dass Waffen der Bundeswehr und der NATO verdächtig häufig den Standort wechseln, und dies auch über Ländergrenzen hinweg. Er hat einen Standort in Frankreich erwähnt."

„Aber selbst, wenn die Waffen nach Frankreich befördert werden, ist das kein Thema für den Zoll. Da kommt ein Stempel drauf, gesehen und genehmigt, das war's. Das passiert ständig, und deswegen verschwindet doch kein Zollbeamter." „Fränkie war offensichtlich der

Meinung, dass irgendetwas an den Waffenlieferungen ungewöhnlich war." Nesra überlegte kurz. „Sind Waffen verschwunden? Das passiert ja, aber selbst dann ..."

„Ich weiß, ich weiß", fiel ihr Marc ins Wort, „selbst dann regelt so was die Bundeswehr intern."

„Oder der militärische Abschirmdienst ermittelt."

Nesra hatte in der Vergangenheit schon einmal mit dem MAD zusammengearbeitet. Der MAD war für eine Vielzahl von Straftatbeständen innerhalb der Bundeswehr zuständig. Dem Zoll wurden häufiger Informationen zugespielt, die für den MAD relevant waren.

„Sprich doch mal mit Rico aus dem Bereich VuB Waffen. Vielleicht kann er mit Fränkies Äußerungen etwas anfangen", schlug Nesra vor und dachte an ihre Begegnung mit dem Kollegen vor dem Hauptgebäude der Behörde.

„Meinst du?", fragte Marc. Nesra wusste, dass die beiden sich aus dem Weg gingen.

„Rico ist okay. Vielleicht ein bisschen zu ehrgeizig, aber ich glaube nicht, dass er zu Kilberta rennt, wenn du ihm ein paar merkwürdige Fragen stellst. Er wird schließlich auch wissen wollen, wo Fränkie steckt."

Marc war nicht überzeugt, aber dann nickte er.

„Was soll ich als Nächstes tun?" Nesra hasste es, untätig herumzusitzen, und sie wollte nicht nur Fränkie finden, sondern auch wissen, wer der Mann war, der sie in Fränkies Wohnung fotografiert hatte.

Marc zuckte mit den Schultern. „Da fallen mir mehrere Dinge ein, die du überprüfen könntest. Aber vielleicht spreche ich erst mal mit dem Kollegen. Und dann sehen wir weiter. Außerdem hast du offiziell Urlaub", fügte er scherzhaft hinzu.

„Witzig", sagte Nesra mit einem gequälten Lächeln, „jetzt, wo du mich schon so neugierig gemacht hast."

„Ich verspreche dir, dass ich mich bei dir melde." Wieder wandte sich Marc der Maske zu, die vor ihnen an der Wand hing.

„Man müsste sie hier nur ein bisschen nach oben schieben", sagte Marc mehr zu sich selbst.

Nesra seufzte. „Melde dich, sobald ich was tun kann." Dann verabschiedete sie sich. Sie zögerte kurz, dann drückte sie ihm einen freundschaftlichen Kuss auf die Wange und machte sich auf den Weg.

Marc war in Gedanken längst irgendwo anders. Bei der Maske oder bei Fränkie, wer wusste das schon so genau.

Als sie ein Stockwerk tiefer angekommen war, ertönte ein grelles Alarmsignal.

Er hatte es also wirklich getan.

Ein in die Jahre gekommener Sicherheitsmann kämpfte sich schwer schnaufend an Nesra vorbei die Treppe hoch. Richtung Marc.

Was war im Gehirn ihres Kollegen nur falsch verdrahtet, fragte sich Nesra, und ertappte sich bei einem Lächeln.

Sie verließ das Museum, schob die Gedanken an Marcs Marotten beiseite und beschloss, dass es höchste Zeit war, selbst aktiv zu werden. Auf keinen Fall würde sie zu Hause sitzen und Däumchen drehen, bis ihr Kollege sich melden würde.

Sie hatte auch schon eine Idee. Und je länger sie darüber nachdachte, desto besser gefiel sie ihr. Sie drehte den Gaszug der Ducati Monster auf und grinste voller Vorfreude in den Helm hinein.

Das schwere Motorrad machte einen Satz nach vorne und schoss mit einem tiefen Brummen vom Vorplatz des Museums auf die Straße.

6

Kurz nach 16 Uhr

Ungeduldig stand Olaf Gallweber in der S1 und fuhr in den Feierabend. Wieder einmal war die S-Bahn brechend voll und zu seinem Pech war auch noch die Klimaanlage ausgefallen. Draußen waren locker noch dreißig Grad und deshalb glich die Bahn einer überfüllten Sauna. Die Luft war stickig und die Ausdünstungen der Menschen, die viel zu nah und viel zu eng um Olaf herumstanden, waren unerträglich. Dabei war für Olaf nicht einmal der Geruch das Schlimmste, sondern die Menschen selbst. Er mochte Menschenansammlungen nicht. Er war kein Menschenfeind und er verachtete Menschen auch nicht, es war eher so, dass er Menschen, mit denen er zu tun hatte, mit denen er arbeitete, die mit ihm im Supermarkt an der Kasse anstanden oder die mit ihm eng an eng standen, lieber aus dem Weg ging. Es war also kein Wunder, dass er den Corona-Lockdown mit den Abstandsregeln genossen hatte. Wehmütig dachte er an die leeren Abteile zurück. Diese Zeit war leider vorbei.

Sanft stoppte die rollende Sauna und die Türen öffneten sich. Einige, für Olafs Geschmack deutlich zu wenige, verließen das Abteil, noch mehr Mitmenschen strömten hinein. Nächster Halt, nächster Aufguss.

Es wurde noch enger. Und noch heißer. Warum wurde diese verflixte Bahn eigentlich immer voller und nicht leerer?

Sein genervter Blick fiel auf eine junge Frau, vielleicht achtzehn, die lauthals mit jemandem Sprachnachrichten austauschte.

„Ja, ich dich auch, mein Schatz, mein sexy Baby. Ich habe dich den ganzen Tag vermisst, doppelsafe und ich freu mich so sehr auf nachher. Dann gibt es eine Überraschung, die du …"

Olaf drehte sich um und versuchte wegzuhören, was gar nicht so einfach war, denn zwischen ihm und dem Liebesgesäusel befand sich nur ein junger Typ, der mit glasigen Augen ins Nichts blickte, während viel zu laut „Despacito" durch seine Kopfhörer wummerte.

Ruckartig fuhr die Bahn wieder an. Eine Frau mit Rollkoffer und ein paar Kilo zu viel verlor kurz den Halt und prallte in Olafs Rücken. Fluchend griff er nach einem Haltegurt, um nicht selbst das Gleichgewicht zu verlieren.

Von irgendwoher kam ein asthmatisches Husten, dann säuselte wieder die frisch Verliebte hinter Olafs Rücken: „Oh, du bist sooo süß, mein Schatz, mein Traumprinz."

Gott, wie er diese verliebten, glücklichen Menschen verachtete.

Glückliche Menschen machten Olaf wütend. Vielleicht, weil sie glücklich waren und er nicht. Vielleicht auch einfach so, ohne Grund.

Die Bahn fuhr in einen Tunnel.

Von irgendwoher wehte eine hoch dosierte Prise Schweiß herüber. Es roch nach einem penetranten

Deoverweigerer. Bestimmt der Typ mit der schrecklichen Mucke, dachte Olaf angewidert. Vielleicht war es auch Mundgeruch. Er wollte es nicht genau wissen und zwang sich, nicht in die Richtung zu starren, aus der der Geruch kam, sondern betrachtete stattdessen sein Spiegelbild, das er in der Glasscheibe der S-Bahn-Tür entdeckte.

Das verzerrte Bild eines leicht adipösen Mannes Ende vierzig, mit rundlichen, geröteten Bäckchen, tief liegenden Augen und fliehendem Kinn.

Leider hatte Olaf durch seinen Unfall jegliches Interesse an Sport oder gesunder Ernährung verloren. Die vielen Monate auf dem Bürostuhl hatten den Rest erledigt: Da, wo früher sein Hals war, hatte sich ein Specknacken gebildet.

Nicht schön, ging es ihm durch den Kopf, nein, schlimmer: Er sah echt beschissen aus.

Auch der militärische Kurzhaarschnitt war nicht besonders vorteilhaft, den er aus alter Gewohnheit an seine aktive Dienstzeit beibehalten hatte.

Sein Spiegelbild löste einen leichten Anfall von Übelkeit in ihm aus. Wenn er doch damals im Sudan besser aufgepasst hätte. Und schon waren seine Gedanken wieder bei diesem einen beschissenen Tag, der alles verändert hatte.

Der Refrain von „Despacito" riss ihn aus seinem Selbstmitleid.

Dieser Idiot mit den Kopfhörern neben ihm.

Dann wurde es wieder hell. Die Bahn hatte den Tunnel verlassen und hielt an der Haltestelle Österfeld. Bald war er daheim, noch wenige Minuten bis Böblingen.

Dann könnte er sich endlich die neue Lieferung anschauen.

Außerdem wollte Gerry mit ihm sprechen, irgendwas Besonderes hatte er angekündigt. Vermutlich wollte er am nächsten Wochenende wieder auf einen Planespotting-Trip gehen.

Gerry war Olafs einziger Freund. Er war mal Polizist gewesen, Streifenpolizist in Stuttgart, doch irgendwas war vorgefallen, sodass er seinen Job gekündigt hatte und nun bei einer Security-Firma arbeitete. Anstatt die Bürger zu schützen, bewachte er nun Industriebrachen und Lagerhallen. Als sie sich zufällig im Wartezimmer ihres Hausarztes getroffen hatten, waren sie miteinander ins Gespräch gekommen, was Olaf immer noch verwunderte. Dabei hatten sie festgestellt, dass sie ein gemeinsames Hobby haben: Planespotting, das Beobachten von Flugzeugen. Seitdem fuhren sie öfter zusammen nach Filderstadt raus und beobachteten Flugzeuge durch Ferngläser. Doch Olaf hatte noch ein anderes Hobby, dem seine wahre Leidenschaft galt.

Von diesem Hobby im Keller wusste niemand.

Nicht einmal Gerry.

Er hatte es vor den seltenen Besuchern immer geheim gehalten.

Wer weiß, wie Gerry reagieren würde, wenn er Bescheid wüsste.

Immerhin war er mal Polizist gewesen.

***

Eine Stunde später stand Olaf im Flur seines kleinen Reihenhauses und hielt sein lang ersehntes Paket in den Händen.

Er hatte es gerade bei Gerry abgeholt, der nur ein paar Häuser entfernt wohnte. Es war ungemein praktisch, dass Gerry als Wachmann häufig Spätschichten hatte, so konnte Olaf das Paket bei Gerry abgeben lassen. Das Angenehme an Gerry war, dass er nie nachfragte, was Olaf da bestellte, auch wenn er sonst verdammt anhänglich war. Aber in den sauren Apfel musste Olaf beißen.

Auch heute konnte er es kaum abwarten, sich von Gerry loszueisen, und um ihn nicht vor den Kopf zu stoßen, hatte Olaf hoch und heilig versprochen, endlich zum nächsten Treffen seines Vereins mitzukommen. Die Mitglieder des Klubs nannten sich „Sithonen". Laut Gerry waren es hauptsächlich Soldaten und Polizisten, teilweise noch im aktiven Dienst, die sich regelmäßig trafen, Karten spielten und ein oder zwei Bierchen tranken.

Gerry bekniete Olaf schon länger, mitzukommen, aber bisher hatte er immer eine Ausrede parat gehabt. Nur heute nicht. Also hatte er zugesagt. Gerry hatte über beide Ohren gestrahlt.

Olaf wusste, dass Gerry ihn mochte. Wahrscheinlich mehr, als sich Olaf selbst mochte.

Für Olaf war Gerry der einzige Mensch, in dessen Gegenwart er sich einigermaßen wohlfühlte. Meistens jedenfalls.

Er wischte die Gedanken an Gerry und die Sithonen beiseite, da er sich nun ganz auf seinen neuesten Fang in dem Paket konzentrieren musste. Mit zitternden Fingern riss er das Paket auf, bis er die etwa dreißig mal zwanzig Zentimeter große, mit Schaumstoff geschützte Plastikbox vorsichtig herausheben konnte.

Als er die Box öffnete, schlug ihm vor Aufregung das Herz fast bis zum Hals.

Es war noch schöner, als es auf den Bildern im Internet ausgesehen hatte.

7

9. August, nachmittags

„Einen doppelten Espresso, bitte."

Der attraktive Kellner des Café Poskok deutete ein Nicken an, dass die Bestellung angekommen war, und entfernte sich lächelnd.

Nesra lehnte sich auf dem Stuhl zurück, schlug die Beine übereinander und steckte sich eine Zigarette an.

Sie wartete auf einen alten Freund, der zufällig auch der Besitzer des Cafés und wie immer zu spät dran war. Sie saß am Rand des Marktplatzes und betrachtete interessiert das Gewusel vor ihr.

Passanten schleppten volle Einkaufstüten über den Platz. Touristen machten Fotos von dem neu errichteten Brunnen. Oder sie knipsten das Rathausgebäude, dessen eigenwilliges Design immer noch für Gesprächsstoff sorgte. Die meisten Stuttgarter hielten es für eine der größten Bausünden der fünfziger Jahre und wünschten sich das alte Gebäude aus der Vorkriegszeit zurück. Nesra war anderer Meinung. Es gab bestimmt schönere Gebäude in Stuttgart, aber sie hatte mal gehört, dass man nach dem Krieg ganz bewusst nicht mehr den alten Stil kopieren, sondern etwas Neues wagen wollte. Um ein Zeichen zu setzen und die Nazizeit auch mit solchen Symbolen hinter sich zu lassen. Der Gedanke gefiel ihr.

Eine Gruppe von jugendlichen Skatern hatte sich in der Nähe des Cafés unter die Schatten spendenden Bäume an einen Brunnen gesetzt. Einer von ihnen, ein sommersprossiger Rotschopf, verteilte Bier aus einem Sixpack an seine Freunde. Ein anderer, Typ Bohnenstange, oben ohne, das zusammengewickelte Shirt in den Gürtel geschoben und die langen Haare zu einem Zopf gebunden, zeigte seine Skills auf dem Longboard. Seine Freunde feuerten ihn lauthals an.

Ein älterer Mann, viel zu warm angezogen für die heißen Tage, ganz in Grau und mit einem Alte-Männer-Hut auf dem Kopf, zog eine weinrote, fleckige Rolltasche hinter sich her. Als er langsam an der Skatergruppe vorbeischlurfte, murmelte er etwas in ihre Richtung.

Nesra musste die Worte nicht verstehen, dem trüben, grimmigen Blick des alten Mannes war auch so anzusehen, was er von den Skatern hielt.

Stuttgart – meine Stadt, ging es ihr durch den Kopf. Wie sehr hatte sie diese typische Mischung aus moderner Landeshauptstadt und spießigem Kleinbürgertum vermisst.

Weil ihr Bekannter immer noch nicht da war, fiel ihr Blick auf den Mann am Nebentisch, der die einzige Stuttgarter Tageszeitung las. Die fetten Schlagzeilen auf der Titelseite waren nicht zu übersehen.

Die Überschrift lautete:

Erneut Terroranschlag auf arabisches Restaurant

Etwas kleiner darunter stand:

München in Angst

Nach dem Überfall auf das Aladdin Palace in Stuttgart vor fast zwei Wochen war das der zweite Vorfall, der den Behörden offensichtlich Rätsel aufgab. Wie in Stuttgart waren auch in München mehrere Menschen getötet und schwer verwundet worden. Natürlich hatte Nesra auch von dem Tod der beiden Al-Aka-Clan-Brüder gehört. Sie konnte ihre Neugier nicht unterdrücken, nahm ihr Smartphone in die Hand, rief die Online-Seite der Süddeutschen Zeitung auf und überflog kurz den Teil des Artikels, der frei zugänglich war. Diesmal war eine Bar in der Innenstadt Münchens Ziel des Überfalls gewesen. Die Vorgehensweise war wieder genau dieselbe wie in Stuttgart gewesen. Die maskierten Täter waren urplötzlich aufgetaucht, hatten um sich geschossen und waren wieder in dunklen SUVs mit gefälschten Kennzeichen verschwunden. Unter den sechs Toten und zwölf schwer verletzten Gästen waren auch drei Mitglieder der serbischen Davola-Familie, die im süddeutschen Raum im Glücksspielgeschäft mitmischte und mehrere Spielcasinos betrieb.

Bei dem Gedanken an dieses Todeskommando, wie die Presse die Killer mittlerweile nannte, teilte Nesra das ungute Gefühl ihrer Kollegen. Bisher hatte man in Ermittlerkreisen das Motiv für den Mord an den Al-Aka-Mitgliedern als Vergeltungsschlag einer rivalisierenden Bande im Milieu vermutet, weshalb das LKA auch bei den Ermittlungen den Hut aufhatte. Warum dieselben Killer nun die Serben ins Visier genommen haben sollen, noch dazu zweihundert Kilometer entfernt in München, passte allerdings nicht zu dieser

Theorie. Nesra nahm sich vor, ihren alten Freund und Kollegen Hektor Cordes zu kontaktieren. Es war ohnehin viel zu lange her, dass sie miteinander gesprochen hatten, und auch wenn er mit der Ermittlung nicht selbst betraut war, so würde er doch als Kommissar der Mordkommission mehr wissen. Bei diesen Gedanken erinnerte sich Nesra wieder daran, warum sie hier im Café saß und wer sie hier schmoren ließ.

Sie trank den Rest des Espressos in einem Zug, genoss den bitteren, starken Abgang auf der Zunge und blickte seufzend auf die Uhr.

Ja, an seiner Gewohnheit, die Leute warten zu lassen, hatte sich nichts geändert. Nicht einmal für sie machte er eine Ausnahme.

Um sich die Zeit zu vertreiben, nahm sie die Getränkekarte vom Tisch. Das schwarze Papier fühlte sich dick und hochwertig an.

„Café Poskok" war in goldenen Lettern in einem leichten Halbkreis aufs Deckblatt eingestanzt. Unter dem Namen war das Logo des Cafés abgebildet. Eine Kaffeetasse, aus deren Dampf eine zischelnde Schlange emporstieg.

Nesra musste neidlos anerkennen, dass Drago einmal mehr den richtigen Riecher gehabt hatte.

Das Café hatte erst letztes Jahr eröffnet und gehörte zu dem ebenfalls brandneuen Hotelrestaurant Hobotnica. Beide, Café und Restaurant, standen seitdem auf der Liste der gastronomischen Hotspots ganz oben. Das Restaurant war erst vor ein paar Wochen mit einem Michelin-Stern ausgezeichnet worden. Die spek-takuläre Location hatte sicherlich auch seinen Teil dazu beigetragen. Profitierte das Café Poskok durch seine Lage am Rande des gut frequentierten Marktplatzes, wurde es durch den Standort des Hobotnica noch getoppt. Das Hotel befand sich direkt unter dem Marktplatz, buchstäblich unter Nesras Füßen, aus den Ruinen eines alten Bunkers entstanden. In Kriegszeiten hatte er Hunderten Menschen Schutz geboten, danach war der Bunker zum Hotel umgebaut worden und hatte in den Achtzigerjahren schließen müssen. Über drei Jahrzehnte hatte das Gebäude leer gestanden und war dann von Drago gekauft worden. Mittlerweile waren die Räumlichkeiten von Grund auf saniert und letztes Jahr mit großem Tamtam wieder eröffnet worden.

Drago war mit seinem überregional bekannten Nachtklub „Ocsid" zu Geld und vielen Neidern gekommen, hatte das Szene-Lokal aber vor etwa zwei Jahren verkauft und sich dann für die klassische Gastronomie entschieden.

Auch wenn sie beide, Drago und Nesra, beruflich eher am anderen Ende des Gesetzes unterwegs waren, standen sie sich privat nahe.

Sie hatten zu Zeiten des Ocsid denselben Bekanntenkreis und damit auch eine gemeinsame Vergangenheit.

Seit Luke tot war, war der Kontakt seltener geworden, dennoch hatten sie sich nie aus den Augen verloren.

Dass Drago jahrelang einer der großen Strippenzieher in der Stuttgarter Halbwelt gewesen war, hatte Nesra zwar das ein oder andere Mal moralisch in Schwierigkeiten gebracht, doch beruflich waren sie sich nie begegnet. Dragos Geschäfte waren nie in den Zuständigkeitsbereich der Zollbehörde gefallen. Im Gegenteil. Drago war mit seinen Kontakten gelegentlich von unschätzbarem Wert gewesen, weshalb die

Polizeiführung den Ball in seinem Fall flach hielt. Er spielte zwar nach seinen eigenen Regeln, aber immerhin waren es Regeln.

Solange er den Behörden bei seinen Geschäften nicht im Weg stand, ließ man ihn in Ruhe. Und seit er sich ganz seiner Rolle als Top-Gastronom widmete, bestimmte nur noch die Qualität seiner Küche die Schlagzeilen.

Der Schatten, der sich vor ihrem Tisch auftürmte, kam Nesra dann sehr bekannt vor.

„Du siehst gut aus", begrüßte sie Dragos tiefe Bassstimme.

Nesra drückte die Zigarette aus und hob den Kopf.

Drago war noch immer eine imposante Erscheinung. Er hatte einige Kilo zugelegt, was ihm aber gut zu Gesicht stand. Die schwarz glänzenden Haare waren etwas kürzer als in Nesras Erinnerung. Dazu trug er einen gepflegten, dichten Vollbart, der sein breites Gesicht zusätzlich betonte.

Eine schicke, dunkle Anzughose und ein schneeweißes, eng geschnittenes Hemd signalisierten Seriosität. Die asiatische Lotusseide erkannte Nesra sofort. Für so was hatte sie berufsbedingt ein Auge.

Nesra schenkte ihm ein ehrliches Lächeln und erhob sich.

„Lass dich drücken!" Und ohne auf eine Reaktion zu warten, nahm er sie in seine kräftigen Arme.

Als sie an seiner Schulter vorbeiblickte, bemerkte sie den Leibwächter im dunklen Anzug, der ein paar Meter hinter Drago stand und die Umgebung im Auge behielt.

Bei den Küssen auf die Wangen registrierte sie einen Hauch von Minzöl, den sein Gesicht verströmte. Sein

Atem roch nach Zigarren, war aber dennoch frisch und nicht unangenehm.

„Hast etwas zugenommen", meinte sie zu ihm und boxte ihm verspielt auf den leichten Bauchansatz.

Es gab nicht viele Menschen, die sich solche Späße bei Drago erlauben konnten. Nesra schon.

Drago lachte kehlig und hob entschuldigend die Hände. „Das Essen ist einfach zu gut in meinem Restaurant. Was bleibt mir anderes übrig?"

Sie verließen das Café und suchten sich einen Stock tiefer im Hobotnica einen Platz. Die kleine Nische etwas abseits der normalen Gästetische war anscheinend für Drago reserviert.

Während er, ganz Geschäftsführer, einige Unterlagen unterschrieb, die man ihm am Eingang in einer Mappe überreicht hatte, blickte Nesra sich im Restaurant um.

Das Hobotnica war modern eingerichtet. Nicht die ungemütliche Sorte von modern, sondern die Art, mit der man sich sofort wohlfühlte. Das Mobiliar war eine Mischung aus dunkelbraunem Holz, Metall und samtigen Stoffelementen. Alles wirkte hochwertig und mit Geschmack ausgewählt. Der Boden war so glatt poliert, dass sich auf ihm die Beleuchtung widerspiegelte. Durch diesen Effekt war das ganze Restaurant in ein warmes Licht getaucht. Obwohl sich Nesra mehrere Meter unter der Erde befand, hätte sie nicht damit gerechnet, dass es so geräumig wirkte. Erst auf den zweiten Blick kam ihr in den Sinn, dass dies auch an den geschickt angebrachten Spiegelelementen an den hohen Wänden lag.

Ihr Blick wanderte zurück zur Bar. Dragos Bodyguard trank Cola durch einen Strohhalm und ließ sie nicht aus den Augen. Nesra bewunderte den pompös ausgeleuchteten Check-in des Hotelbereichs, der ebenfalls zum Hobotnica gehörte. Neben dem Empfang war ein Schild angebracht, auf dem „Zu den Suiten“ stand.

Sie dachte gerade darüber nach, wie viele Zimmer das Hotel wohl hatte, als Dragos Stimme ihre Gedanken unterbrach.

„Gefällt es dir?“

„Geschmack hattest du schon immer“, antwortete sie vielsagend, „und einen guten Riecher fürs Geschäftliche natürlich auch.“ Dabei nickte sie in Richtung der vollen Tische und war ehrlich beeindruckt.

Dragos Antwort ließ seine weißen Zähne aufblitzen. „Ausgebucht, für die nächsten sechs Wochen. Die Tische und die Zimmer.“

Nesra zuckte mit den Schultern. Die Zielgruppe des Hobotnica spielte in einer eigenen Liga, der Champions League. Diesen Leuten würde es immer gut gehen. Egal zu welchen Zeiten, egal wie groß die Krise war.

„Ich hab gehört, dass du kürzlich einen Job erfolgreich beendet hast?“, fragte Drago beiläufig.

„Erfolgreich?“ Nesra verstand im ersten Moment nicht, worauf er anspielte.

„Die Matyliok-Bande. Jegor und seine Kätzchen, grrrr.“ Dabei machte er mit der rechten Hand eine Kratzbewegung in ihre Richtung. Die schlechteste Katzenparodie ever.

Nesra wunderte sich, warum sie überrascht war. Natürlich wusste er Bescheid. Drago wusste immer Bescheid. Hatte noch immer hervorragende Kontakte und war bestens vernetzt. Betriebskapital nannte er das. Das war auch der Grund, warum er vom Zoll damals für Informationen gelegentlich bezahlt worden war. Wenn sie genau darüber nachdachte, wäre es eigentlich eher eine Überraschung gewesen, wenn er es nicht gewusst hätte. Auch wenn Jegors Verhaftung erst ein paar Tage her war. Die Presse war allerdings noch nicht informiert worden, denn einige Hintermänner befanden sich noch auf freiem Fuß.

Auch wenn sie wusste, dass es zwecklos war, wagte sie dennoch einen Versuch. „Von wem hast du die Info?"

„Jetzt enttäuschst du mich. Du weißt doch, dass ich schweige wie ein Grab."

„Schade. Dann kann ich dir auch dazu nicht viel erzählen."

„Na ja, das meiste weiß ich eh schon. Für mich ist nur wichtig, dass meine Interessen in Frankfurt keinen Schaden nehmen."

„In Frankfurt?", hakte Nesra zuckersüß nach.

Drago hob entschuldigend die Hände. „Hey, ich bin so sauber wie ein frisch geschlüpftes Küken. Du weißt doch, dass ich nicht mehr aktiv in dem Geschäft mitmische, sondern nur noch am Spielfeldrand stehe. Aber interessieren tut es mich natürlich immer noch."

„Klar. Natürlich. Drago, der große Zuschauer. Am Spielfeldrand", erwiderte Nesra sarkastisch. Drago verzog sein Gesicht zu einer schlecht gespielten Grimasse. „Dein Misstrauen kränkt mich sehr, alte Freundin."

„Wen nennst du hier alt?", gab sie zurück und lehnte sich lässig zurück.

Nesra liebte das Spiel zwischen ihnen. Sie hatte Drago vermisst und war froh über die Entscheidung, hergekommen zu sein. Außerdem würde er ihr helfen, wenn er konnte.

Als ob Drago ihre Gedanken lesen könnte, kam er zur Sache: „Warum bist du hier? Wolltest du nur mit einem Freund plaudern oder gibt es etwas, was ich für dich tun kann?"

Nesras Miene verfinsterte sich, als sie sich über den Tisch beugte. „Ich bin tatsächlich hier, weil ich deine Hilfe brauche."

Dragos Blick ermunterte sie, fortzufahren. „Ein Kollege aus der Zollfahndung ist plötzlich verschwunden. Offiziell hat er wegen eines Notfalls per SMS Urlaub eingereicht, aber Marc Voss und ich haben unsere Zweifel daran. Das Problem ist, wir ermitteln nicht offiziell, weshalb wir ein paar grundlegende Dinge nicht überprüfen können, z. B. Kontobewegungen oder seine Telefonkontakte. Nur eines wissen wir ziemlich genau: Er kann nicht im Urlaub sein, das passt einfach nicht zu ihm. Er hat keine Familie, keine Partnerin und geht nur einmal im Jahr mit einem Wanderverein in den Urlaub. Aber nicht jetzt, nicht Mitte August."

Drago sah sie fragend an, dann meinte er trocken: „Das war noch nicht alles, oder?"

Nesra zögerte kurz, dann sagte sie: „Ich war in seiner Wohnung. Er war seit Tagen nicht mehr da, außerdem ist sie durchsucht worden. Und es gibt in seiner Wohnung Anzeichen für einen Kampf, bei dem viel Blut geflossen ist."

Sie dachte kurz nach, ob sie von seinen Ermittlungen erzählen sollte, entschied sich aber dagegen. Erstens wussten sie und Marc noch gar nicht, ob die

Waffengeschichte etwas mit Fränkies Verschwinden zu tun hatte, und zweitens spielte es für Drago keine Rolle.

„Klingt tatsächlich merkwürdig." Drago machte ein nachdenkliches Gesicht und kratzte sich am Kinn. „Und es ist ausgeschlossen, dass er nicht doch irgendwo Urlaub macht und alles ein Missverständnis ist und er morgen wieder auftaucht?"

Nesra zuckte mit den Schultern. „Ausgeschlossen ist nichts. Aber es gibt noch zu viel, was wir nicht wissen: Hatte Fränkie Kontakte ins Milieu, Spielschulden oder ein Problem mit einem Dealer und solche Sachen? Oder stand er noch bei irgendjemand auf der Lohnliste, der mit ihm nicht zufrieden war. Kommt auch beim Zoll vor."

„Ich nehme an, das ist der Grund, warum du bei mir anklopfst."

„Exakt. Wenn einer da fündig wird, dann du. Ach ja, bevor ich es vergesse: Ich glaube, ich wurde beobachtet, als ich bei Fränkie in der Wohnung war."

„Klingt tatsächlich nicht so, als würde euer Kollege Urlaub auf den Malediven machen."

„Du siehst, wir stecken mit den Nachforschungen in einer Sackgasse."

„Vor allem, weil ihr nicht wirklich ermitteln dürft?"

Nesra nickte bedächtig. Drago kannte Kilberta sehr gut und wusste, dass sie viel Wert auf den korrekten Dienstweg hielt.

„Wie heißt denn der Kollege mit vollem Namen?"

„Frank Leschmitz."

Drago steckte sich eine Zigarette an, nahm einen tiefen Zug und dachte nach.

Dann sagte er schließlich: „Okay, ich brauche ein bis zwei Tage, dann weiß ich mehr."

„Das passt", sagte Nesra, „denn am Montag müsste er eigentlich wieder offiziell zum Dienst erscheinen. Wir befürchten, dass er das nicht tun wird, nicht tun kann. Mit deinen Ergebnissen und dem, was ich dir schon gesteckt habe, haben wir dann hoffentlich genug in der Hand, um bei Kilberta eine offizielle Untersuchung zu beantragen. Vorher wird nichts passieren, fürchte ich."

Drago legte seine mächtige Hand auf ihren Unterarm.

„Wie gesagt, ich brauche maximal zwei Tage. Ich rufe dich an, wenn ich Neuigkeiten habe."

„Danke", antwortete Nesra erleichtert.

Drago schenkte Nesra ein herzliches Lächeln. Dann wurde er plötzlich von etwas abgelenkt. Er stand auf, entschuldigte sich und ging schnellen Schrittes Richtung Eingangsbereich. Der voll verglaste Aufzug, der die Gäste von oben in das Restaurant herunterbrachte, öffnete sich und ein Mann im Anzug und Schlips betrat das Restaurant. Drago begrüßte ihn mit einer jovialen Umarmung und führte ihn an einen oval geformten Tisch, an dem schon andere Gäste, alles Anzugträger, zu warten schienen.

Nesra blickte ihm bewundernd hinterher.

„Es ist schon erstaunlich, wie er immer wieder auf die Füße fällt", hörte Nesra hinter sich eine bekannte Stimme. „Hallo, Nesra."

„Hallo, Vic."

„Jetzt nur noch Vicky. Vic ist Vergangenheit", sagte die attraktive Frau, strich sich die lockigen, blonden Haarsträhnen hinter die Ohren und lächelte breit. Sie freute sich offensichtlich, Nesra zu treffen.

Die Freude war beidseitig. Nesra hatte Vicky bestimmt ein Jahr nicht mehr gesehen. Seit Lukes Tod waren sie getrennte Wege gegangen. In ihr Bewusstsein drängten sich alte Erinnerungen. Bilder aus einer anderen Zeit. Einer glücklichen, unbeschwerten Zeit. Mit Vic und Luke. Luke. Da war er wieder, der unerwartete Seelenschmerz, der sich wie ein dunkler Schatten in Nesra ausbreitete. Die Narbe auf ihrem Handrücken fing an zu brennen und ihr Mund wurde trocken.

Sie riss sich zusammen und betrachtete die frühere Freundin mit aufrichtiger Bewunderung. Beeindruckend, welche Entwicklung sie genommen hatte.

Früher eine verlorene Seele, eine Streunerin, unsicher und immer mit dem Kopf durch die Wand. Nur Dummheiten wie Drogen und krumme Dinger im Kopf. Jetzt eine Geschäftsfrau, Dragos rechte Hand, in schicken Klamotten, die sie wie selbstverständlich trug.

Nesra fielen auch Kleinigkeiten auf, die sich verändert hatten. Manikürte Fingernägel, gepflegte Haut, Lippenstift. Sie wirkte auch kräftiger als früher, der eng anliegende Hosenanzug betonte ihren durchtrainierten Körper.

Schade, dass sie kaum noch Kontakt zueinander hatten. Luke war immer der Klebstoff zwischen Nesra und Vicky gewesen. Sein Tod hatte sie wie gleich gerichtete Magneten auseinandergetrieben und sie hatten danach ihr eigenes Leben gelebt.

„Wie geht's dir?", versuchte sich Nesra im Small Talk, um sich von ihren Dämonen abzulenken.

„Die Sonne geht auf, die Sonne geht unter", antwortete Vicky lächelnd.

„Setz dich. Drago ist offensichtlich – beschäftigt."
Beide schauten zu dem Tisch hinüber, an dem gerade
lautstark diskutiert wurde, Drago wie üblich im Mittelpunkt.

„Das ganz links ist der Fraktionsvorsitzende der CDU
im Stadtrat. Ein wichtiger Gast", erklärte Vicky.

Politiker, ja, das passte, ging es Nesra durch den Kopf.
Sie wollte gar nicht wissen, was Drago schon wieder für
Strippen zog.

„Du meinst, Drago kommt so schnell nicht wieder,
oder?"

„Keine Chance."

„Hör mal", begann Vicky und blickte dabei auf den
Tisch.

„Ich weiß, was du sagen willst. Aber glaub mir, das ist
nicht nötig. Es ist einfach passiert. Es ist vorbei", unterbrach Nesra sie.

Nesra berührte mit ihrer Hand Vickys Unterarm und
Vicky wiederholte: „Vorbei ist vorbei."

Vicky blickte dabei auf Nesras Handrücken und
konnte die Augen nicht von der hellrosa Narbe lassen,
die sich quer über ihren Handrücken zog.

Als Nesra begann, sich unwohl zu fühlen, konzentrierte sie sich wieder darauf, warum sie hier war.
Auf Frank Leschmitz. Drago würde ihr helfen, ihn zu
finden.

Nesra entschied, dass es Zeit war, zu gehen.
„Mach's gut, Vicky. Bis demnächst vielleicht einmal.
Und du hast ja recht: Vorbei ist vorbei."

Bevor sie das Restaurant verließ, warf sie Drago noch
einen kurzen Blick zu. Instinktiv hob er seinen Kopf

und blinzelte ihr zu, bevor er sich wieder seinen Gästen
widmete.

8

12. August, frühmorgens

Die absolute Ruhe beim Eintauchen, der Druck auf den Ohren, das angenehme Gefühl des Wassers auf der Haut, die Konzentration auf die Technik und die Atmung. Nesra spürte schon nach der ersten durchkraulten Bahn die Glückshormone in ihrem Körper. Obwohl sie schon eine ganze Weile nicht mehr geschwommen war, wechselte sie fast instinktiv in den für sie typischen meditativen Flow.

Sie war extra früh aufgestanden, um die Bahn im Becken für sich allein zu haben. Außerdem lag die Wassertemperatur jetzt noch bei angenehmen neunzehn Grad. Ihr Stammschwimmbad befand sich in Sindelfingen, der bekannten Autostadt mit dem Stern, etwa fünfzehn Minuten von Stuttgart entfernt. Nur neun Minuten mit einer Ducati Monster, wenn der Berufsverkehr noch nicht eingesetzt hatte. Aber heute war Sonntag, da waren die Straßen um diese Zeit noch autofrei. Sie hatte dort so eine Art Premium-Mitgliedschaft, sprich einen eigenen Spind und einen Wäscheservice, sodass sie jederzeit ein paar Bahnen ziehen konnte.

Nach etwas mehr als einer Dreiviertelstunde, sie war nach der langen Schwimmpause nicht in Höchstform, hatte sie ihr Pensum absolviert. Jetzt stand sie unter der Dusche und genoss das warme Wasser.

Während sie gleichmäßig ihre Bahnen gezogen hatte, hatte sie sich gedanklich auf den aktuellen Fall konzentriert, auch einer der Gründe, warum sie das Schwimmen liebte. Fränkie war immer noch verschwunden, und am gestrigen Abend hatte sich Drago endlich mit ersten Ergebnissen gemeldet. Seine Nachforschungen hatten nichts Belastendes zutage gefördert, was leider bedeutete, dass Fränkies Verschwinden ein Mysterium blieb. Ihr Kollege war wenig überraschend ein unbescholtener Bürger ohne Drogenprobleme oder Wettschulden, und er stand auch nicht bei dubiosen Hehlern auf der Lohnliste. Damit waren seine Ermittlungen zu den Waffenlieferungen der einzige Ansatzpunkt, der ihnen noch blieb. Daher hatte Marc sich in den letzten Tagen aus Interesse einige Lieferscheine der Bundeswehr aus dem System gezogen, zumindest diejenigen, die Waffen nach Frankreich exportierten oder Waffen aus Frankreich importierten. Nesra wusste, dass die Bundeswehr auch auf der französischen Seite Soldaten stationiert hatte, deshalb waren die Lieferungen im Grunde nichts Besonderes. Jetzt wartete sie darauf, dass Marc sich meldete.

Als sie im Umkleideraum einen Blick auf ihr Handy warf, registrierte sie überrascht, dass er genau das gemacht hatte.

Sie rief ihn direkt zurück.

Er nahm nach dem ersten Klingeln ab.

„Sorry, ich war schwimmen.“

„Hab ich mir fast schon gedacht.“

„Was gibt's?“

„Ich habe etwas entdeckt – es könnte tatsächlich um Waffenlieferungen gehen."

Nesras Puls beschleunigte sich.

„Wo bist du?", fragte sie unvermittelt.

„Im Büro."

„Am Sonntag? Gut, warte dort, ich komme zu dir."

„Keine gute Idee. Lass uns lieber draußen treffen", schlug Marc vor.

Bei dem Gedanken an ihr letztes Treffen im Lindenmuseum und Marcs Aktion mit der Maske hatte Nesra große Zweifel, ob sie dort überhaupt hineinkämen.

„Nein, bleib im Büro", sagte sie entschieden und schob etwas versöhnlicher hinterher: „Heute dürfte das ZFA der beste Treffpunkt sein. Alle sind im Wochenende."

Ohne auf eine Antwort zu warten, beendete Nesra das Gespräch und begann, sich anzuziehen.

***

Das Sicherheitssystem am Eingangsbereich der Zollfahndungsbehörde bestätigte Nesras korrekte Eingabe des Zutrittscodes und entriegelte mit einem leisen Piepen die Eingangstür.

Erwartungsvoll und energiegeladen drückte Nesra die Tür mit der Schulter auf und betrat das Hauptgebäude. Sie hatte es eilig, denn Marc hatte endlich Neuigkeiten.

Mit schnellen Schritten bog sie in den Gang zu Marcs Büro ein und sah schon von Weitem, dass die Tür offen stand. Sie klopfte kurz an den Türrahmen, schlüpfte hinein und schloss die Tür hinter sich.

Marc saß hinter seinem Schreibtisch und schien sie überhaupt nicht zur Kenntnis zu nehmen. Er war mit seinen Gedanken komplett woanders.

Vor ihm auf dem Tisch hatte er wie üblich eine Armada an Stiften in Reih und Glied sortiert. Mit geschlossenen Augen hielt er sich gerade einen Kugelschreiber unter die Nase und schnüffelte daran. Offensichtlich ein neuer Spleen, dachte Nesra. Er öffnete die Augen, schüttelte den Kopf und steckte den Stift zu den anderen Schreibgeräten zurück.

Dann machte er durch die geschlossenen Lippen ein Geräusch, das wie ein zufriedenes Brummen klang, schnappte sich den nächsten Stift und wiederholte die Schnüffelprozedur. Noch immer hatte er Nesra nicht bemerkt.

Oh Gott, dachte Nesra, jetzt ist er völlig weggetreten. Sie stand noch immer bewegungslos an der Tür und beobachtete kopfschüttelnd Marcs Stifte-Geruchs-Zeremonie und überlegte, was sie am besten tun sollte.

Es war ihr ein Rätsel, wie jemand, der offenkundig ein psychisches Problem hatte, das sich in den verrücktesten Marotten äußerte, trotzdem einen so hervorragenden Job im analytischen Bereich machen konnte.

Erst als Marc wie in Trance einen weiteren Stift in die Hände nahm, hatte Nesra endgültig genug. Sie räusperte sich.

Ruckartig sah Marc Richtung Tür: „Ah, Nesra. Da bist du endlich. Setz dich.“

Sie seufzte, überlegte sich, ob sie noch etwas sagen sollte, ließ es bleiben und nahm einfach Platz.

„Ich habe dich hoffentlich nicht bei etwas Wichtigem gestört?“

„Irgendwas riecht hier komisch."

Er reichte Nesra einen Textmarker über den Tisch: „Riech du mal."

„Auf gar keinen Fall, Marc." Sie versuchte, ernst zu bleiben und kam einfach zur Sache. „Du hast am Telefon gesagt, dass du was entdeckt hast?"

Marc blickte sie mit großen, verständnislosen Augen an.

Nesra schüttelte verständnislos den Kopf: „Fränkie? Die Waffenlieferungen?"

„Ach ja, klar. Entschuldige, der Geruch hier drin macht mich noch wahnsinnig." Er verstaute die Sammlung seiner Stifte in einer der Schreibtischschubladen und zauberte eine Mappe hervor.

„Hier, schau dir das an", begann er, während er mehrere Blätter Papier so vor sich ausbreitete, dass Nesra sie lesen konnte.

Sie beugte sich über den Tisch.

„Ich habe mir über sechzig verschiedene Lieferscheine der Bundeswehr genauer angeschaut, was gar nicht so leicht war, denn so einfach kommt man da eigentlich nicht dran. Erst habe ich Rico um Hilfe gebeten, doch der hat mich nur komisch angeguckt und hat sich wegen eines wichtigen Termins davongemacht. War irgendwie seltsam drauf. Sören von der IT hat mir dann schlussendlich geholfen."

Netter Typ, dieser Sören, dachte Nesra nur und ermunterte Marc, fortzufahren.

„Was ich nicht wusste, ist, dass es in unseren Systemen eine Übersicht über sämtliche Waffentransporte gibt. Eigentlich ganz einfach, wenn man weiß, wie man darankommt. Ich habe mich auf die Lieferungen konzentriert, die mit Frankreich zu tun haben. Eine weitere Überraschung für mich war, dass es in Frankreich nur eine Dienststelle der Bundeswehr gibt. In Illkirch-Graffenstaden. Eine kleine Gemeinde, südlich von Straßburg."

„Ah, da klingelt irgendetwas bei mir", entgegnete Nesra, „das ist so eine Art Verteilzentrum, richtig?"

Marc nickte.

„Richtig. Ein ziemlich großer Standort, der andere Bundeswehrinlands und -auslandsstandorte in den Nachbarländern versorgt. Und jetzt sieh dir das an." Er breitete eine weitere Reihe von DIN-A4-Blättern aus.

Nesra nahm das erste Papier in die Hand, offensichtlich ein Lieferschein der Bundeswehr. Rechts oben das Logo der Bundeswehr. Als Absender war die Reichspräsident-Ebert-Kaserne in Hamburg angegeben.

Auf dem Dokument waren verschiedene Lieferpositionen gelistet:

1438 x HK P30 ... 210 x G3 ... 52 x G36 ... 24 x G95 ... 75 x MP5 ...

Verschiedene Typen von Pistolen, Sturmgewehren und Maschinenpistolen, aber auch schwerere Geschütze wie vollautomatische Maschinengewehre und Panzerfäuste, die aktuell bei der Bundeswehr in Verwendung waren. Laut dem Dokument waren die Waffen vor einigen Monaten nach Illkirch-Graffenstaden geliefert worden.

Stirnrunzelnd legte sie das erste Blatt zur Seite und nahm das nächste vom Tisch.

Diesmal ging es um eine Lieferung von Illkirch-Graffenstaden nach Deutschland. In die Graf-Zeppelin-Kaserne in Calw am Rande des Schwarzwalds. Sie überflog die Lieferpositionen:

1438 x HK P30 ... 210 x G3 ... 52 x G36 ... 24 x G95 ... 75 x MP5 ...

„Moment."

Sie nahm den ersten Lieferschein noch mal zur Hand und verglich die Positionen.

„Genau dieselbe Menge. Und genau dieselben Waffentypen."

Marc grinste vielsagend.

„Von Frankreich nach Calw wurden genau dieselben Positionen geliefert wie davor von Hamburg nach Frankreich."

Marcs Grinsen wurde noch breiter.

Sie nahm den nächsten Lieferschein unter die Lupe.

Es handelte sich diesmal um Lieferungen von Calw nach Hamburg. Und zwar genau die Waffen, die zuvor aus Frankreich gekommen waren. Sie verglich die Positionen. Sie waren wieder identisch. Dieselbe Anzahl und dieselben Waffentypen. Calw hatte einfach sämtliche Waffen, die aus Frankreich gekommen waren, nach Hamburg weitergeleitet.

Dann nahm sie den vierten Lieferschein in Augenschein.

Diesmal handelte es sich um eine Lieferung von Hamburg nach Frankreich. Nesra konzentrierte sich wieder auf die Positionen. Verrückt! Wieder das gleiche Spiel wie zuvor.

„Seltsam", dachte Nesra laut, „sie verschicken immer wieder dieselben Waffen. Jedenfalls sieht es so aus."

Auf dem letzten Lieferschein war, Nesra hatte es schon geahnt, eine Lieferung von Frankreich nach Calw dokumentiert. Wieder genau dieselben Posten, die schon aus Hamburg gekommen waren.

„Warum verschieben die Bundeswehrlager Hamburg, Calw und die Dienststelle in Frankreich ständig dieselben Waffen im Kreis?"

„Das ist eine sehr gute Frage. Dasselbe Muster, allerdings nicht mit Waffen, sondern mit anderen Waren, kannst du hier feststellen."

Er legte ihr erneut fünf Blätter Papier hin, die Nesra schnell überflog.

Diesmal waren die Burgwald-Kaserne in Frankenberg in Hessen und der Truppenübungsplatz im bayrischen Wildflecken involviert. Die beiden Standorte schickten verzinkten NATO-Stacheldraht, Stahl-Halterformen, Übersteigschutz-Winkel und Metallzaun-Elemente nach Frankreich und wieder zurück.

Nesra dachte darüber nach, was dieser ständige Ringtausch bedeuten könnte. Klar, sie hatte von Kollegen öfter von dem abstrusen Waffen- und Materialmanagement bei der Bundeswehr gehört. Bürokratie, unklare Entscheidungsprozesse und ein kompliziertes Beschaffungswesen waren legendär. Darüber hinaus gab es die üblichen Seilschaften und zu viele politische Ränkespiele im Hintergrund. Von den Eifersüchteleien zwischen den Waffengattungen gar nicht zu reden. Doch dieser Ringtausch von Waffen und Ausrüstung war selbst für die Bundeswehr ein starkes Stück.

„Dieser ineffiziente Transport“, sagte Nesra einigermaßen ratlos, „muss doch irgendjemandem auffallen.“

„Warum sollte er auffallen?“, stellte Marc die rhetorische Gegenfrage, „da sehen doch die Behörden den Wald vor lauter Bäumen nicht.“

„Hm, aber was steckt dann dahinter? Und wer?“

„Ich glaube nicht, dass es Zufall ist“, sagte Marc und kratzte sich nachdenklich am Kinn. „Oder ein Fehler im System. Die Karussell-Lieferungen, wie ich sie nenne, habe ich noch fünf weitere Male entdeckt. Bis jetzt. Und ich bin sicher, ich finde noch mehr davon. Es werden seit einiger Zeit ständig Waffen, Munition, sogar Sprengstoff und allerlei Geräte im Kreis geliefert.“

„Aber …“ Nesra suchte nach einer Erklärung, was das bedeuten könnte.

„Und ja, du hast recht“, fuhr Marc fort.

„Mit was?“

„Diese Waffenlieferungen haben einen Grund. Und es gibt jemanden, der sie in Auftrag gibt.“ Marc klopfte mit dem Zeigefinger auf eine Stelle auf einem der Lieferscheine. „Schau mal, wer diese Karussell-Lieferungen abwickelt.“

Nesras Blick wanderte an die Stelle, die Marc mit einem gelben Marker hervorgehoben hatte.

„Optimum Logistics.“

„Genau“, antwortete Marc. „Immer wieder Optimum Logistics. Für die Abwicklung aller Karussell-Lieferungen ist stets ein und dieselbe Firma verantwortlich.“

Nesra überflog die anderen Lieferscheine, die vor ihr lagen.

„Du hast recht.“

„Ich habe auch andere Lieferscheine geprüft. Karussell-Lieferungen gab es nur mit Optimum Logistics." In Marcs Stimme schwang ein triumphaler Unterton mit. Jetzt hatten sie eine Spur, etwas, über das sie weiter nachdenken konnten.

„Allerdings habe ich keine Ahnung, was das bedeutet", sagte Marc zerknirscht.

Und noch eine Frage kam Nesra in den Sinn. „Haben diese Karussell-Lieferungen etwas mit Fränkies Verschwinden zu tun?"

Bei der Erwähnung von Fränkies Namen musste Marc schlucken.

„Das weiß ich leider auch nicht", sagte er ernüchtert. „Noch nicht. Ich weiß nur, dass Fränkie sich genau mit diesen Vorgängen beschäftigt hat."

Nesra legte ihre Hand auf Marcs Schulter. „Dann werden wir es herausfinden, denn jetzt haben wir endlich einen Ermittlungsansatz."

9

Mittwoch, 15. August, vormittags

„Ihre Suite steht Ihnen jetzt zur Verfügung, Frau Bukhari", sagte der Mann an der Rezeption und legte die Schlüsselkarte vor Nesra auf den Tresen.

Der Rezeptionist war der Typ Spartaner wie aus dem Film „300", austrainiert, lange dunkle Haare zu einem losen Zopf nach hinten gebunden und sonnengebräunt. Die weiß-rote Hoteluniform war ihm mindestens zwei Nummern zu klein und das Hemd spannte sich so eng über den Oberkörper, dass Nesra jeden Augenblick damit rechnete, dass der Stoff unter dem Druck einfach zerriss. Es waren aber nicht Figur und Waschbrettbauch, die Nesra faszinierten, sondern seine Augen: olivgrün, Tiefsinn, Verletzlichkeit, Romantik und einen Schuss Traurigkeit ausstrahlend. Ein kurzer Blick auf das Namensschild verriet seinen Namen – Paris Pavlidis. Entzückend, dachte Nesra verschämt, während sie sich gleichzeitig zur Ordnung rief. Sie war schließlich nicht zu ihrem Vergnügen hier.

„Danke." Sie lächelte ihn an, nahm die Schlüsselkarte entgegen, ließ sich zu einem Zwinkern hinreißen und hoffte, dass die Anmache nicht so plump wirkte, wie sie in Wirklichkeit war.

Als Antwort erhielt sie ein zurückhaltendes Lächeln.

So wie Nesra und Marc erwartet hatten, war Fränkie am Montag nicht wieder im ZFA aufgetaucht. Stattdessen hatte Kilberta eine zweite SMS mit einer weiteren Urlaubsverlängerung erhalten. Nachdem das Handy danach direkt wieder ausgeschaltet worden war, blieb Nesra und Marc nur noch die Möglichkeit, in Richtung der Karussell-Lieferungen und der damit verbundenen Spedition zu ermitteln. Aus diesem Grund befand sich Nesra nun in Mannheim.

Sie hatte sich für ein Mittelklasse-Hotel in zentraler Lage entschieden. Die Büroadresse von Optimum Logistics lag nur ein paar Häuserblocks entfernt. Marc hatte herausgefunden, dass die Lieferungen nie direkt zwischen den einzelnen Bundeswehrstandorten verschickt, sondern stets bei Optimum Logistics zwischengelagert wurden, und das teilweise mehrere Wochen. Nesra wusste von einem Kontaktmann bei der Bundeswehr, dass diese Praxis nicht üblich war, sondern nur in Ausnahmefällen genehmigt wurde, weil sie natürlich höhere Kosten verursachte. Aber nicht nur das: Mit jedem Tag in den Hallen einer Speditionsfirma stieg das Risiko, dass Waffen und Material in die falschen Hände gerieten. Ein weiterer Grund, warum diese Karussell-Lieferungen äußerst ungewöhnlich waren.

Das Hotel lag eine knappe halbe Stunde von den Lagerhallen der Optimum Logistics entfernt. Es verfügte über ein klein wenig Luxus, den sich Nesra ab und an gönnte. Da sie quasi privat unterwegs war und alles aus eigener Tasche zahlte, musste sie sich auch nicht vor Kilberta rechtfertigen.

Auf dem Weg in ihre Suite dachte sie an die grünen Augen von Paris.

Mal sehen, was der weitere Tag noch bringen würde.

Wahrscheinlich stand Paris sowieso auf Männer. Die Männer, die Nesra attraktiv fand, waren meistens schwul. Mit einem Seufzer Weltschmerz, der sie selbst überraschte, öffnete Nesra die Tür zu ihrer Suite und trat ein.

Sie war wie erhofft groß und geräumig. Die Einrichtung war ansprechend und modern. Die Klimaanlage schnurrte dezent vor sich hin und sorgte für eine angenehme Kühle im Raum.

Sie wuchtete den Rollkoffer aufs Bett, öffnete den Reißverschluss und platzierte ihre Ausrüstung auf der Tagesdecke des Kingsizebettes.

Sie hatte im Vorfeld ein bisschen über die Optimum Logistics recherchiert. Das Schifffahrts- und Speditionsunternehmen hatte mehr als tausend Mitarbeiter. Die Büros der Hauptverwaltung lagen zentral in Mannheim, einen Katzensprung entfernt von dem Hotel, das sie ausgewählt hatte. Da sie weder im System des Zolls noch im World Wide Web etwas Auffälliges über die Firma herausgefunden hatte, hatte sich Nesra entschieden, der Hauptverwaltung selbst einen Besuch abzustatten. Heute Nacht würde sie dann die Lagerhallen in der Nähe des Hafens in Augenschein nehmen.

Für ihren Auftritt in den Büros der Optimum Logistics brauchte sie noch unbedingt einen Kuchen, am besten eine große, auffällige Torte. Sie schnappte sich das Telefon an ihrem Bett und drückte die Nummer der Rezeption. Der attraktive Grieche an der Rezeption half ihr gern weiter. Eine knappe Dreiviertelstunde später meldete er sich und informierte sie mit einem leichten Akzent, dass die Torte geliefert worden sei.

Kurze Zeit später klackerte Nesra über den Platz auf den hochmodernen Eingangsbereich der Optimum Logistics zu. Sie hatte sich für einen engen Minirock und hochhackige Stilettos entschieden. Dazu trug sie eine dicke Schicht Make-up und roten Lippenstift und hoffte, dass sie als die Kandidatin für die ausgeschriebene Assistenz der Geschäftsleitung durchging, die heute ihren ersten Arbeitstag hatte. Für neugierige Nachfragen hatte Marc ihr ein Einladungsschreiben für einen Probetag sowie einen Lebenslauf erstellt. Die Papiere mit dem Logo der Optimum Logistics hatte sie im Hotel noch schnell ausgedruckt und steckten jetzt in ihrer Handtasche. Sobald sie die Security und die Rückfragen am Empfang hinter sich hatte, war die schwierigste Klippe umschifft.

Sie hatte allerdings die Rechnung ohne ihren eigentlichen Gegner gemacht. Die drückende Schwüle, die draußen vor dem Haupteingang herrschte, brachte Nesra schon nach wenigen Metern ins Schwitzen. Die lange, lockige Perücke auf dem Kopf juckte, als sie mit der Torte auf dem Arm durch die Drehtür ins Innere des Gebäudes ging. Mit der Schwarzwälder Kirschtorte stöckelte sie lächelnd auf Pfennigabsätzen Richtung Aufzug. Sie drückte auf den Knopf, der den Aufzug anforderte, und drehte sich dann mit einem entschuldigenden Lächeln Richtung der neugierigen Dame am Empfang. Ihre Lippen formten ein lautloses „Probetag", dann war sie im Aufzug verschwunden. Die zwei Herren, die mit nach oben fuhren, sahen sie erwartungsvoll an. „Vierter Stock", flötete Nesra, „zu Herrn Neumann." Herr Neumann war, so hatte sie im Vorfeld recherchiert, stellvertretender Abteilungsleiter bei

Optimum Logistics und unter anderem für den Bereich „Transport Sicherheitstechnik" zuständig. Einer der beiden Männer drückte auf die „vier", lächelte und flüsterte seinem Kollegen ein „der Glückspilz" zu. Schweigend fuhren sie nach oben. Als sich dann im vierten Stock die Aufzugtür öffnete, sagte Nesra noch höflich „Danke schön, bis später vielleicht", schlüpfte hinaus und schaute sich neugierig um. Ein großer Flurbereich, daneben der Eingang zum Treppenhaus und auf beiden Seiten ein Zugang zu den Büros, jeweils gesichert über einen Chipsensor. Mist!

Als sie mit der Torte auf dem Arm vor der Glastür zu den Büros stand, hielt ihr ein Mitarbeiter, ohne zu zögern, die Tür auf und lächelte sie breit an. Nesra machte ein entschuldigendes Gesicht, hielt die Torte noch etwas mehr in seine Richtung und lächelte zurück. Und dann war sie drin.

Sie stöckelte durch die Bürogänge und suchte zielsicher den Weg zur Teeküche. Jedes Büro in Deutschland besaß eine Kaffeeküche, und hier war der Ort, an dem man mit jedem ins Gespräch kommen konnte. Auf dem Weg an den geöffneten Bürotüren vorbei, hielt sie Blickkontakt mit den neuen Kollegen und grüßte freundlich. Nesra wusste, dass es in so einer Situation am besten war, nicht aufzufallen, indem man eben doch auffiel. Hörte sich zwar blöd an, war aber so.

Wenige Minuten später fand sie die Kaffeeküche und stellte die Torte ab. Wie selbstverständlich öffnete sie den Hochschrank und schaute hinein. Wunderbar, ein paar Teller. Schnell hatte sie auch Messer und Tortenheber gefunden und fing an, Kuchenstücke auf den Tellern zu verteilen. Wenige Augenblicke später schaute schon das erste neugierige Gesicht herein. Es trug eine Dauerwelle aus den Achtzigern und stellte sich als Tatti vor. Eine Sekretärin. Als Nesra ihr erzählte, dass sie heute ihren ersten Arbeitstag habe, ein bisschen nervös sei und zum Einstand ein Stück Torte mitgebracht habe, nahm Tatti sie sofort unter ihre Fittiche. Nesra wurden natürlich Löcher in den Bauch gefragt, aber darauf war sie vorbereitet. Woher sie kam, wo sie schon alles gearbeitet hatte und warum sie nun hier anfing. Wie selbstverständlich erzählte Nesra aus ihrem Leben als Speditionskauffrau und war Marc unglaublich dankbar, dass er ihr auch ein paar Einzelheiten über die vermeintlichen Kollegen an die Hand gegeben hatte. Schnell war Tatti überzeugt, in Zukunft hier im Büro eine enge und zuverlässige Verbündete zu haben. Während sie Nesra mit Dingen, die sie über „OL" dringend wissen sollte, fütterte, durfte Nesra auch immer wieder neue Kollegen begrüßen, die sich über ein Stück Schwarzwälder Kirschtorte hermachten und dann meist wieder schnell verschwunden waren. Nur Nesras neue Kollegin mit der eigenwilligen Frisur und dem bunten Blumenkleid hatte offensichtlich viel Zeit, und so wusste Nesra nach einer Viertelstunde mehr über Optimum Logistics, als sie sich hätte träumen lassen. Zum Beispiel, dass momentan großes Chaos herrschte. Es hatte vor einigen Monaten einen Führungswechsel gegeben, der für schlechte Stimmung gesorgt hatte. Ältere verdiente Mitarbeiter waren gekündigt worden, dafür kamen neue Kollegen, deutlich jünger und billiger für das Unternehmen. Erprobte Arbeitsabläufe wurden verändert. Langjährigen Stammkunden wurde gekündigt und durch neue Kunden ersetzt, was viel mehr Zeitaufwand bedeutete. Das Pensum, das sie ableisten mussten, war immens gestiegen. Nesra hörte interessiert zu. Dieses Chaos zwischen den Abläufen und den zusätzlichen Aufträgen erklärte auch, warum es so leicht gewesen war, bis hierher zu kommen. Sie war einfach ein Gesicht unter vielen Neuen, die in der letzten Zeit hier angefangen hatten.

Tatti tat Nesra fast leid. Sie wechselte mit ihren Ausführungen nun ins Private und erzählte Nesra von ihrem Freund, der gerade Schluss gemacht hatte, obwohl sie so sicher gewesen war, dass er nun der Eine, der Richtige, gewesen wäre. Im wahren Leben wäre Nesra schon längst aufgestanden und gegangen. Sie versuchte, das Thema weg von Tattis privater Leidensgeschichte wieder auf die Firma zu lenken. Das war allerdings schwerer als gedacht. Gerade begann die vom Pech verfolgte Assistentin von diversen Krankheiten zu erzählen, unter denen sie litt, da gesellten sich, Gott sei Dank, weitere Kollegen dazu. Als sie mitbekamen, dass Nesra neu war, wurde eiligst Sekt herbeigeschafft und Nesra musste erneut aus ihrem Leben erzählen.

Wie von selbst füllte sich die Kaffeeküche mit weiteren Kollegen, die, scheinbar wie Fliegen, von der Torte und dem Sekt angelockt wurden. Einige nahmen schüchtern ein Stück Kuchen oder stürzten ein Glas Sekt herunter und verschwanden direkt wieder, andere plauderten munter drauflos, froh darüber, dass es mal wieder einen Grund zum Feiern gab. Noch mehr Sekt wurde geöffnet. Ein kleiner, rundlicher Kerl, der Nesra an den Zwerg aus Herr der Ringe erinnerte, nur eben in kurzen Jeanshosen und ausgetretenen Birkenstocks, lud sich gerade das zweite Stück

Schwarzwälder auf den Teller, als er in das Wehklagen der Kollegen einfiel: „Derzeit ist es wirklich eine Katastrophe. Fast täglich kommt von oben die Anweisung, noch mehr Lagerflächen anzumieten, das könnt ihr euch nicht vorstellen. So viel Unruhe gab es bei OL noch nie, und ich hatte immerhin im Februar mein Zwanzigjähriges.“

Ein anderer Kollege, schlaksig und hochgewachsen, mit langem, grau meliertem Haar, das streng nach hinten zu einem Zopf gebunden war, war ebenfalls angesäuert. „Alles wird auf den Kopf gestellt. Nichts ist mehr, wie es mal war. Diese Scheißbundeswehr! Seit wir die als Kunden haben, muss alles am besten schon seit vorgestern erledigt werden. Und dabei zahlen die noch beschissen.“

Die beiden ernteten kopfschüttelnde Zustimmung.

„Was transportieren wir denn für die Bundeswehr?“, fragte Nesra zögernd, so als wollte sie sich dafür entschuldigen, dass sie so neugierig war.

„Technisches Gerät, also Waffen“, antwortete Tatti, noch bevor irgendjemand anderes antworten konnte. „Wenn das Zeug nicht wochenlang bei uns in den Hallen rumsteht.“

„Bist du bei Neumann in der Abteilung gelandet?“, fragte der hochgewachsene Kollege mit dem grau melierten Zopf unvermittelt. In seinen Augen lag kein Misstrauen, aber Nesra musste trotzdem schlucken. Plötzlich war es mucksmäuschenstill.

Alle Augenpaare drehten sich in ihre Richtung und warteten auf eine Antwort.

„Ja, genau", antwortete Nesra ausweichend, als Tatti sie verwundert anschaute: „Haben sie den nicht letzte Woche entlassen?"

„Neumann?" Nesra konnte förmlich sehen, wie der Kollege darüber nachdachte, wo Neumann steckte. Immerhin war er vom Sekt mehr als angetrunken, denn sein Blick hatte etwas Glasiges und er schielte leicht.

Tatti war jetzt in ihrem Element. „Ja, ganz sicher. Ute aus der Buchhaltung hat mir erzählt, dass dem Neumann ein Abfindungspaket auf den Tisch gelegt worden war, das sich sehen lassen kann. Es ist wie immer: Die Bosse fallen weich."

Nesra überlegte fieberhaft, wie sie aus der Situation herauskommen konnte. So langsam wurde es brenzlig.

Doch sie hatte die Rechnung ohne Tatti gemacht. „So ein Scheißladen. Da kommt eine neue Kollegin zur Arbeit und sie teilen ihr noch nicht einmal mit, dass ihrem Chef gekündigt wurde." Empörtes Gemurmel unter den Kollegen, einige schüttelten den Kopf. „Aber sag mal, bei wem fängst du denn jetzt an?", stellte Tatti die entscheidende Frage.

Nesra schaute in Gesichter, die zwischen Ratlosigkeit und Neugier schwankten. Die Kollegen starrten sie nun an wie eine Außerirdische.

„Das", sagte Nesra, stand dabei auf und setzte ein fröhliches Lächeln auf, „versuche ich jetzt erst einmal in der Personalabteilung herauszukriegen. Ich muss sowieso ganz kurz ums Eck, den Sekt wegbringen, und dann klär ich dieses Kuddelmuddel. Wäre doch gelacht, wenn ich umsonst gekommen wäre." Mit diesen Worten verschwand Nesra aus der Kaffeeküche und strebte Richtung der Aufzüge.

Nach einigen Metern drehte sie sich noch einmal um, nur für den Fall, dass ihr jemand folgte. Fehlanzeige, die Kollegen waren wohl noch beim letzten Stück Torte.

„Puh, das war knapp", murmelte Nesra leise, als sie an einem gläsernen Konferenzsaal vorbeikam, der ihre Aufmerksamkeit weckte. Eine junge Frau saß vor einer Gruppe Anzugträger, die wie Schulbuben vor der strengen Lehrerin standen. Die junge Frau schlug mit der flachen Hand auf den Tisch. Ihre Geste wirkte klar und wohlkalkuliert, und die Männer blickten verschämt auf den Tisch oder zur Seite.

Irgendetwas zwang Nesra, stehen zu bleiben. Obwohl sie so jung war, vielleicht Mitte oder Ende zwanzig, genoss die junge Frau die volle Aufmerksamkeit ihrer Zuhörer. Ihr Ton war nicht laut, aber sehr bestimmt, und in ihrer Körpersprache lag eine Art der Arroganz, die man nicht lernen konnte. Einer ihrer Zuhörer wollte scheinbar etwas sagen, allerdings verstummte er sofort wieder, als sich ihre Blicke begegneten.

Erst als sie ihm mit einer Geste andeutete, dass sie fertig war, schluckte er und begann sichtlich nervös zu sprechen. Nesra war zwar ganz gut im Lippenlesen, doch der Mann stammelte so leise vor sich hin, dass Nesra durch die Glasfenster nichts verstehen konnte, bis auf ein Wort: „Bundeswehr".

Die junge Frau hob den Zeigefinger, schüttelte kurz, aber entschieden ihr blondes Pony und wandte sich dann dem nächsten Mitarbeiter zu.

Da er mit dem Rücken zu Nesra saß, konnte sie nicht erraten, um was es in seinen Ausführungen ging. Dann reichte er ihr eine Akte. Dem spöttischen Gesichtsausdruck der Frau zu urteilen, war es allerdings nicht das, was sie hören oder sehen wollte. Alles in ihrem Blick strahlte Strenge aus. Als sie keine Anstalten machte, die Akte entgegenzunehmen, legte der Mitarbeiter sie unschlüssig vor ihr auf den Tisch. Sie beachtete ihn nicht weiter, sondern taxierte kopfschüttelnd die goldene Uhr an ihrem Handgelenk.

„Was um alles in der Welt …?" Nesra war ernsthaft fasziniert und konnte ihren Blick nicht von dem skurrilen Schauspiel abwenden. Die junge Frau hatte die Akte inzwischen mit angewidertem Blick geöffnet und zerriss nun das erste Blatt in kleine niedliche Streifen, die sie auf den Tisch fallen ließ.

Nesra hielt einen älteren Mann an, der mit einem Stapel Umschläge an ihr vorbeilief: „Entschuldigung, wenn ich frage, aber ich bin neu hier. Wer ist denn die Frau da im Besprechungsraum?"

Der Mann antwortete grinsend: „Lesen Sie keine Zeitung, Schätzchen? Wenn Sie hier länger arbeiten wollen, sollten Sie es lieber wissen."

Nesra sah ihn entschuldigend an.

Der ältere Herr seufzte. „Das ist unsere neue Geschäftsführerin. Cleopatra von Hasselberg. Und mit der ist nicht gut Kirschen essen, wie Sie noch merken werden."

„Von Hasselberg – die von Hasselbergs?", hakte Nesra nach.

„Genau. Die von Hasselbergs. Sie ist die Tochter. Jung, hübsch, adlig und sehr ehrgeizig." Bei den Worten zog er die Augenbrauen theatralisch nach oben und schwenkte die Briefe in seiner Hand zum Zeichen, dass die Arbeit keinen Aufschub mehr duldete.

Nesra bedankte sich mit einem Lächeln und dachte über das nach, was sie erfahren hatte. Über Optimum Logistics. Und über die von Hasselbergs.

Ein milliardenschweres Unternehmerehepaar, das vornehmlich im Süden Deutschlands als Sponsor, Mäzen und Investor großen Einfluss hatte. Und blaues Blut in ihren Adern – die von Hasselbergs waren angeblich über ein paar Ecken mit Kaiser Wilhelm verwandt.

Die junge Frau im Besprechungsraum war also die Tochter. Jung, schön und sehr selbstbewusst. Nesra fand sie in ihrer kühlen Arroganz verdammt attraktiv und sexy. Sie hatte ein Faible für starke Frauen. In diesem Augenblick schenkte Cleopatra von Hasselberg ihre Aufmerksamkeit einer Bewegung, die sie aus dem Augenwinkel wahrnahm. Ein kurzer Moment, in dem sich ihre Blicke trafen und Nesra sich wünschte, dass sie keine Perücke trug. Der fragende Blick der attraktiven Frau löste in Nesra ein Kribbeln aus, das sie gerade sehr unpassend fand. Es war höchste Zeit zu verschwinden. Denn irgendwann würden auch Tatti und ihre Kollegen nachsehen, wo ihre neue Kollegin blieb. Und Nesra hatte überhaupt keine Lust, neugierige Fragen der Security zu beantworten. Denn langsam wurde es hier zu heiß. Im wahrsten Sinne des Wortes. Ein paar Atemzüge später stand sie vor den Aufzugtüren, ließ diese allerdings links liegen, zog die High Heels aus und nahm die Treppen. Während sie durch die gläserne Drehtür das Gebäude verließ, musste sie lächeln. Der Besuch und die Torte hatten sich gelohnt.

Sie wusste nun, dass bei Optimum Logistics große Unruhe herrschte. Der Grund dafür war augenscheinlich Cleopatra von Hasselberg. Wie hieß es so schön, dachte

Nesra: Neue Besen kehren gut. Sie war dabei, die Firmenstrategie zu verändern, was Stellen kostete. Gleichzeitig gab es viele neue Gesichter. Der interessanteste Punkt war allerdings der Hinweis auf die Lagerflächen, die massiv erweitert wurden. Das Unternehmen schien sich für noch mehr Großprojekte zu wappnen. Und das anscheinend vor allem für Projekte, die im Zusammenhang mit der Bundeswehr, dem neuen Großkunden, standen. Nesra war sich sicher, dass diese neuen Kunden nicht allein auf Cleopatras Mist gewachsen waren. Höchste Zeit, sich mal näher mit ihren Eltern zu beschäftigen.

Nur, was das alles mit Fränkies Ermittlungen und seinem Verschwinden zu tun hatte, blieb weiterhin ein Rätsel.

Vielleicht würde der Besuch in den Lagerhallen der Optimum Logistics Licht ins Dunkel dieses rätselhaften Falles bringen. Denn dass dies ein Fall war, da war sich Nesra inzwischen sicher. Kurz darauf bog sie um die Ecke des gegenüberliegenden Gebäudes und warf die verschwitzte Perücke in den nächsten Abfalleimer.

***

Den Nachmittag verbrachte sie im Hotelzimmer und recherchierte im Netz noch eine Weile über Optimum Logistics. Doch sie fand nichts Hilfreiches. Tatsächlich war Cleopatra von Hasselberg vor etwa einem halben Jahr an die Spitze der Speditionsfirma berufen worden. Obwohl es dem Unternehmen finanziell nicht besonders gut ging, hatte der alte Geschäftsführer bis dahin fest im Sattel gesessen. Das sagte zumindest der Online-Artikel der Mannheimer Morgenzeitung. Umso überraschter war dann sein Rücktritt aufgenommen worden. Nur wenige Tage später hatten die Gesellschafter von Optimum Logistics die Tochter des Unternehmerehepaars von Hasselberg zur Geschäftsführerin gemacht. Sie sollte den logistischen Bereich auf Vordermann und damit dem Unternehmen wieder den gewünschten Erfolg bringen.

Nesra änderte ihre Google-Suchanfrage und innerhalb weniger Sekunden spuckte die Suchmaschine über dreihundert Treffer zu Cleopatra von Hasselberg aus. Laut Wikipedia hatte sie in Rekordzeit Jura studiert und war tatsächlich erst fünfundzwanzig Jahre jung. Bevor sie in das Unternehmen einstieg, war sie auf einer Business-School in London gewesen.

Die Stelle als Geschäftsführerin der Optimum Logistics war ihr erster richtiger Job. In einigen Berichten wurden Stellungnahmen aus dem Kreis der Gesellschafter zitiert, die „sich angesichts der neuen Leitung sehr erfreut zeigten“. Im selben Atemzug wurde fast überall auch auf die Bedeutung ihrer Eltern für den Wirtschaftsstandort Süddeutschland verwiesen. „Das hat Cleopatra ganz bestimmt nicht gefallen“, dachte Nesra laut.

Ein Klick auf die Bildersuche zeigte sie auf etlichen Partys, Charity- oder Preisverleihungen. Meistens war sie allein abgelichtet. Auf roten Teppichen, beim Tanzen in exklusiven Klubs oder auf Geschäftsveranstaltungen ganz geschäftsmäßig vor meterlangen Sponsorenwänden.

Auf den Bildern trug sie ausnahmslos teuer aussehende Abendkleider oder kurze Röcke und sah tatsächlich atemberaubend aus. Nesra seufzte: Jeder Look war etwas Besonderes, immer eine Spur zu selbstbewusst und mit einer gewissen Eleganz, die für so eine junge Frau ungewöhnlich war. Sie war sich sicher: Das Selbstbewusstsein, das Cleopatra von Hasselberg auf den Bildern im Netz ausstrahlte, und die Härte und Unerbittlichkeit, die Nesra bei Optimum Logistics live miterlebt hatte, rührten von einer Kindheit in einer standesbewussten Familiendynastie und einer gnadenlos strengen Erziehung her, dominiert von Etikette und irrwitzigen Regeln. Zumindest würde das ein Küchenpsychologe vermuten. In jedem Fall war sie ein Mediendarling.

Nesra ging noch einmal die Bilder von ihr in den Abendkleidern durch. Vor einigen Jahren, in Nesras wilden Zeiten, wäre das Milliardärsgirl genau ihr Typ gewesen. Blond, sportlich und jung. Nesra musste zugeben, dass ihr Geschmack in diesem Bereich nicht besonders ausgefallen war. Zumindest nicht, was Äußerlichkeiten betraf. Emotional hingezogen fühlte sich Nesra zu Frauen, die entweder als Rebellinnen die Welt gegen sich aufbrachten oder starke Anführerinnen, die genau wussten, was sie wollten, ambitioniert waren und zu einem gewissen Grad auch eine Spur Rücksichtslosigkeit an den Tag legten. Das war schon ausgefallener, darauf stolz war Nesra trotzdem nicht. Cleopatra von Hasselberg gehörte definitiv in ihr Beuteschema, wobei ihr noch nicht klar war, ob sie auf die Seite der Rebellinnen oder die Seite des Imperiums gehörte. Nesra versuchte sich daran zu erinnern, wann sie das letzte Mal mit einer Frau zusammen gewesen war. Es war viel zu lange her. Seufzend klappte sie den Laptop zu, ließ sich aufs Bett fallen und versuchte,

Energie für ihren Nachteinsatz zu tanken. Sie durfte sich jetzt nicht ablenken lassen, sie musste sich auf den Job konzentrieren. Auf Fränkies Verschwinden und die erste Spur, die sie momentan hatten: die Waffen in den Lagerhallen der Optimum Logistics.

***

Es war schon dunkel, als Nesra das Hotel verließ. Sie fuhr mit ihrem Mercedes, bei dem sie in der Tiefgarage noch die Nummernschilder ausgetauscht hatte, Richtung Industriegebiet. Im Kofferraum lag ihre persönliche Observationsausrüstung, die noch einen Tick hochwertiger als die der Behörde war. Marc hatte ihr die Adressen von zwei Lagerhallen genannt, die er aus dem Zollarchiv in Berichten aus früheren Routineuntersuchungen gefunden hatte. Ein Lager im Industriehafen am Rhein und eine Halle im Nordosten der Stadt, versteckt in einem Gewerbegebiet. Nachdem sie beide Standorte bei Google Maps ausgekundschaftet hatte, entschied sie sich zuerst für die Lagerhalle im Gewerbegebiet.

Ihr Navi brachte sie innerhalb von fünfzehn Minuten in den Nordosten. Die Übersichtstafel am Eingang zeigte ihr, dass sie richtig war. Sie orientierte sich kurz an ihrem Lageplan, hielt ein paar Hundert Meter von der ersten Lagerhalle entfernt, schulterte den Rucksack mit der Ausrüstung und marschierte zu Fuß weiter. Die Lagerhalle lag am Ende einer Sackgasse und war auf drei Seiten von einem kleinen Waldstück umgeben. Die Front mit den Rolltoren, die Seite zur Straße hin, war gut einsehbar. Der Betriebshof war so weitläufig, dass ein- und ausfahrende Laster gut rangieren konnten.

Nesra ging ein paar Hundert Meter zurück und näherte sich der Lagerhalle von Westen. Der Wind kam von Osten, was für den Fall, dass das Grundstück von Hunden bewacht wurde, ein großer Vorteil war. Denn bei Gegenwind würden Hunde sie nicht so schnell wittern. Nachdem sie das Grundstück und die Umgebung einige Minuten durch ihr Fernglas genauer beobachtet hatte, stellte sie fest, dass Hunde das geringste Problem waren. Trotz der späten Stunde herrschte geschäftiges Treiben auf dem Gelände. Ein Laster, es war schon der zweite seit Nesras Ankunft, fuhr gerade über den Hof, an dem Wachhäuschen vorbei und verließ das Grundstück. Der nächste Lkw bog fast zeitgleich auf das Gelände ein, hielt am Wachhaus und der Fahrer reichte seine Papiere aus dem Fenster dem Wachpersonal entgegen. Nesra musste zugeben: Das Grundstück war überraschend gut gesichert und bewacht.

Zu gut, für ihren Geschmack.

Sie hatte mit dem Fernglas acht Kameras gezählt, zwei Wachen mit Hund drehten am bestimmt drei Meter hohen Stacheldrahtzaun ihre Runden und im Häuschen am Eingang identifizierte Nesra noch mal vier Männer. Drei davon waren bewaffnet, zwei hatten Gewehre geschultert und einer trug ein schwarzes Schulterholster über dem weißen Hemd, das trotz der Entfernung gut sichtbar war.

Keine Chance, unbemerkt auf das Gelände zu kommen.

Vorsichtig umrundete sie das Areal, wobei sie peinlich genau darauf achtete, dass der Hund sie nicht witterte. Nach einer knappen halben Stunde gab sie auf. Zu viel Aufmerksamkeit, zu viel Betrieb. Sie entschied, sich zurückzuziehen. In diesem Augenblick fuhren ein paar Männer mit Hubwagen aus einem der Rolltore der Lagerhalle. Im Nu hatte Nesra ihre Nikon D6 aus dem Rucksack gezogen und legte sich flach auf den Bauch. Sie drückte die Ellenbogen in den vertrockneten Moosboden, um festen Halt zu haben, zwang sich, ruhig zu bleiben, und stellte das Zoom-Objektiv scharf. Die Männer hievten innerhalb weniger Minuten mit dem Hubwagen große, dunkelgraue Kisten aus dem Laster, drehten um und fuhren Richtung Lagerhalle. Das Ganze wiederholte sich mehrere Male.

Nesra stellte das Objektiv etwas schärfer, um die Beschriftung der Kisten zu identifizieren.

Es waren Munitions- und Waffenkisten, auf denen klar und deutlich das Eiserne Kreuz und der Schriftzug der Bundeswehr zu erkennen waren. Auch ohne das Wappen hätte Nesra die Kisten als Waffenkisten des Heeres ausgemacht. Kleine Mengen an Waffen wurden immer wieder von Deutschland in die Nachbarländer und retour in allen erdenklichen Verstecken geschmuggelt. Verbaut in Luxuskarossen, in Kühlschränken, eingegossen in Betonsockel oder getarnt als Spielzeug. Größere Mengen wurden häufig in den originalen Kisten belassen. Daher hatte Nesra im Laufe ihrer Karriere fast alle handelsüblichen Varianten irgendwann zu Gesicht bekommen. Wenn nicht höchstpersönlich, dann doch zumindest bei Teamsitzungen auf Fotos oder Videos der Kollegen. Die Kisten, die hier gerade verladen wurden, könnten Sturmgewehre und MGs enthalten, in den größeren waren vermutlich Panzerabwehrwaffen verpackt. Was Nesra allerdings Kopfzerbrechen machte, war, dass der Umschlag der

Waffen ja genau das war, was eine Logistikfirma tun sollte. Was sie hier sah und fotografierte, war exakt das, was auch die Lieferscheine dokumentierten. Zumindest, soweit sie das von ihrem Standort beurteilen konnte. Was diese Verladeaktion nun mit den ominösen Karussell-Lieferungen auf sich hatte, blieb nach wie vor ein Rätsel. Nesra machte noch ein paar Fotos und entschied sich dann endgültig für den Rückzug. Schließlich hatte sie noch ein anderes Ziel. Vielleicht hatte sie beim zweiten Standort von Optimum Logistics mehr Glück.

Das Lager im Industriehafen erwies sich tatsächlich als die leichtere Übung. Zwar war auch dieses bewacht, allerdings mit deutlich geringerem Aufwand. Das Sicherheitspersonal, offensichtlich von einem externen Security-Unternehmen, bestand aus zwei Personen in einem Opel Astra, die lustlos alle dreißig Minuten eine Runde um das Gelände drehten und sich danach in ein Kabuff verzogen. Die Lagerhalle der Optimum Logistics lag mitten im Hafenzentrum. In der Regel wurden Waren und Güter aus dem Industriehafen über den Rhein angeliefert oder verschifft. Sie kannte solche Industriehäfen aus ganz Deutschland und sogar einige aus dem Ausland. Als sie von Gebäude zu Gebäude schlich, erinnerte sie sich an einen Spruch, den sie vor Jahren mal von einem altgedienten Kollegen gehört hatte: „Kennst du einen, kennst du alle." Häfen waren aufgrund ihrer Funktionsweise gleich oder zumindest ähnlich aufgebaut und organisiert.

Ein paar Minuten später hatte sie die richtige Lagerhalle gefunden. Das Logo der Optimum Logistics war kaum zu übersehen. Das Türschloss ergab sich nach einigen Versuchen fast widerstandslos Nesras Multipick Kronos. Das ging schnell, freute sie sich, als sie lautlos durch die Tür schlüpfte.

Im Innern der Halle herrschte eine muffige Hitze. So, als ob sie schon eine Weile nicht mehr betreten worden war. Es roch nach Staub und Dreck. Das Klicken der Taschenlampe hallte in dem weitläufigen Gebäude nach. Von außen war es ihr gar nicht so groß vorgekommen. Hier drinnen wirkte es endlos. Die Lagerflächen waren so groß, dass der Lichtkegel ihrer Taschenlampe nicht bis an das Ende reichte. Die Halle war gut gefüllt. Überall standen Kisten, Paletten mit eingeschweißten Paketen, Kartonagen und Fässer herum.

Nesra zählte leise bis drei, dann begann sie mit der Durchsuchung.

Zuerst machte sie sich an einigen hüfthohen Kisten zu schaffen, auf denen tellergroße Aufkleber angebracht waren. Darauf war neben zwei Barcodes auch die Empfängeradresse angebracht, das Logo der Optimum Logistics und ein Stempel der Bundeswehr. Nesra identifizierte mehrere Zahlenreihen, die ähnlich wie die Material- und Liefernummern auf Marcs Lieferscheinen aussahen. Sie machte ein paar Fotos der Aufkleber, nahm dann das Brecheisen zur Hand und stemmte die erste Kiste auf. Der Deckel aus Holz und das Verpackungsmaterial im Innern ließen sich nur umständlich beiseiteschieben. Als sie jedoch sah, was sich in der Kiste befand, stieß sie einen Pfiff aus.

Ziegelsteine. In der Kiste befinden sich Ziegelsteine, dachte sie verblüfft.

Es dauerte einen Augenblick, in dem Nesra versuchte, zu begreifen, was sie dort sah. Sie verstand es nicht, wischte sich den Schweiß von der Stirn und nahm einige Steine aus der Kiste, die in mehreren Reihen und übereinander aufgeschichtet waren. Was sie in den Händen hielt, waren schlichte dunkelrote Ziegelsteine.

Dann öffnete sie die nächste Kiste. Auch darin lagen nur Steine. Dunkelrote Ziegelsteine.

Sie machte weitere Fotos und überprüfte die nächsten, noch größeren Kisten, die Platz für Panzerfäuste boten. Sie checkte den Lieferaufkleber und den Bundeswehrstempel, der seitlich angebracht war, fotografierte und machte sich auch hier an das Aufstemmen. Der gleiche Inhalt wie in den anderen Kisten. Ebenfalls nur Steine.

Nesra schüttelte immer noch verblüfft den Kopf, zwang sich, nicht weiter über das nachzudenken, was sie hier sah, und machte einfach nur Beweisfotos und überprüfte dann die nächste Kiste. Überall das Gleiche, in jeder Kiste nur rote Ziegelsteine. Aber was, verdammt noch mal, war mit den Waffen passiert?

Nachdem sie mit allen Kisten durch war, machte sich Nesra auf demselben Weg aus dem Industriehafen, auf dem sie hereingekommen war.

Erst als sie in ihrem Auto saß, weit weg von dem Lager, und sich eine Zigarette ansteckte, erlaubte sie sich, laut nachzudenken.

Offensichtlich war das Waffenkarussell nur Fassade. Denn was immer in Bewegung war, wurde nicht mehr auf den Inhalt überprüft. Irgendwo wurden die Kisten geöffnet und der Inhalt ausgetauscht. Ziegelsteine statt Waffen. Und, darauf würde Nesra wetten, garantiert exakt so schwer wie die Panzerfäuste oder die

Maschinengewehre. Solange das Gewicht stimmte, würden keine Fragen gestellt.

Wurden die Waffen also hier bei Optimum Logistics ausgetauscht und verschwanden so aus dem System? Ganz offensichtlich. War es das, was Fränkie entdeckt hatte? War er vielleicht sogar deswegen verschwunden?

Sie musste dringend mit Marc sprechen. Sie mussten die Nummern der Aufkleber auf den Kisten mit den Lieferscheinen vergleichen. Nesra überlegte kurz, ihn direkt anzurufen, aber ein Blick auf die Uhr sagte ihr, dass es besser war, bis morgen zu warten. Es war kurz nach 4 Uhr.

Als sie voller Adrenalin in ihr Hotel zurückkehrte, saß Paris noch immer oder schon wieder am Rezeptionsschalter. Sein unschuldiger Blick war verschwunden und einem fordernden und gleichzeitig sinnlichen Verlangen gewichen. Seine dunkelgrünen Augen funkelten sie geheimnisvoll an.

Nesra lächelte ihm unzweideutig zu, während sie an ihm vorbei die Richtung der Suiten ansteuerte.

Einige Augenblicke später stand sie in ihrer Suite und schälte sich aus ihren verschwitzten Klamotten. Sie brauchte jetzt unbedingt eine Dusche. Am liebsten hätte sie Paris direkt mit in ihr Zimmer genommen, doch sie hatte sich gerade noch beherrschen können. Diesen Teil ihres Lebens hatte sie hinter sich gelassen. Trotzdem: Sie wollte wenigstens für ein paar Stunden diese ganze verrückte Geschichte rund um Fränkies Verschwinden, ominöse Waffenlieferungen und Ziegelsteine in Kisten vergessen. Plötzlich klopfte es an der Tür. Als Nesra öffnete, quittierte sie den Anblick des

Schönlings und die Tatsache, dass er schon die obersten drei Knöpfe seines Hemdes geöffnet hatte, mit einem Schmunzeln.

Das muss Schicksal sein, sagte sie sich grinsend. Vielleicht waren die besonders attraktiven Männer doch nicht schwul. Einen Moment standen sie sich nur regungslos gegenüber, dann trat sie zur Seite und zog ihn am Hemd ins Zimmer und Richtung Dusche.

10

Olaf drehte die Klimaanlage immer weiter auf. Draußen war es noch immer drückend schwül und obwohl es fast Mitternacht war, würde es in den nächsten Stunden nicht wirklich angenehmer werden.

Als ihm bewusst wurde, dass die Rückfahrt noch fast eine Stunde dauern würde, verkniff er sich einen Seufzer und blickte aus dem Seitenfenster. Er konnte es kaum abwarten, in seinen kühlen Keller zurückzukehren und sich wieder seinem Hobby zu widmen. Ihm war eine Idee für eine seiner Neuerwerbungen gekommen und er wollte heute unbedingt noch ausprobieren, ob es funktionieren würde.

Aber jetzt saß er noch neben Gerry, der ruckartig vom Waldweg herunterfuhr und auf die Landstraße in Richtung Autobahn abbog.

Olaf blickte ihn aus den Augenwinkeln heraus an. Gerry wirkte angespannt. Seine Augen waren weit aufgerissen und schienen zu leuchten. Er saß wie elektrisiert hinter dem Steuer und umklammerte das Lenkrad so fest, dass seine spitzen Fingerknöchel vor Anstrengung ganz weiß waren.

Dann bemerkte Gerry, dass Olaf ihn ansah.

„Und? Was sagste?", fragte er, ohne seine Augen von der Fahrbahn abzuwenden. Olaf musste lächeln. Er hatte mit der Frage gerechnet, aber bisher keine Lust gehabt, darüber nachzudenken. Dabei war der heutige Abend überraschend angenehm verlaufen.

Sie waren auf einem Treffen der Sithonen gewesen, bei denen jedes Mitglied einen Interessenten mitbringen durfte. „Anwärtertreffen" hatte Gerry es genannt.

Sie waren am späten Nachmittag aufgebrochen. Er hatte nichts von dem Abend erwartet, denn zu oft hatten andere Leute schon versucht, ihn für eine Gruppe, einen Verein oder einen anderen langweiligen Mist zu begeistern. Er hatte immer abgeblockt, vor allem seit dem Unfall. Olaf war lieber allein und ging solchen Veranstaltungen aus dem Weg. Wenn er dann doch mal in den sauren Apfel beißen musste, machten sich die Leute, die er dann kennenlernte, entweder über ihn lustig oder ignorierten ihn. Meistens war ihm Letzteres lieber, aber für das Ignoriertwerden musste er nicht extra auf ein Treffen gehen, so sah sein Alltag ohnehin aus.

So hatte er auch keine großen Erwartungen, als er vor einigen Stunden in Gerrys Auto gestiegen und der mit ihm etwa siebzig Kilometer Richtung Würzburg gefahren war. Irgendwie würde er den Abend schon rumkriegen. Kurz vor Würzburg waren sie dann von der Autobahn runter auf eine Landstraße und durch Käffer durchgekommen, von denen Olaf noch nie etwas gehört hatte. Auch wenn die Dörfer nur aus einer Straße und einer Handvoll Bauernhöfe bestanden, so standen doch überall diese neuen grauen Tempoblitzer, die Gerry dazu zwangen, mit angezogener Handbremse zu fahren.

Das Treffen der Sithonen fand auf einem mittelalterlich wirkenden Landsitz statt, der den Namen

Teufelsmühle trug. Mit seinen roh gemauerten Steinwänden und dem rechteckigen Turm erinnerte er an eine Festung aus einer anderen Ära. Das Anwesen war von einem dichten Wald umgeben, der dem Landsitz eine geheimnisvolle und abgelegene Atmosphäre verlieh. Die angrenzenden Stallungen waren alt und verwittert, ihre hölzernen Balken zeugten von vergangenen Zeiten des Glanzes. Auf der Koppel, die sich hinter dem Anwesen erstreckte, hatte bestimmt schon seit Jahren kein Pferd mehr gestanden.

An der Tür zur Mühle lehnte ein breitschultriger, humorlos dreinblickender Kerl, der von allen, die zu den Anwärtern zählten, die Handys einkassierte und sie in einem Wäschekorb aufbewahrte. Da kamen schon einige zusammen, was Olaf etwas nervös machte. Genau wie die Tätowierungen auf den Oberarmen des Türstehers, die wie keltische Runen aussahen, und der Schriftzug auf dem schwarzen, engen T-Shirt, dessen Stoff sich über seine breite Brust spannte. „Odin statt Jesus" – Olaf wusste nicht, was er von dem in weißer, altdeutscher Schrift geschriebenen Spruch halten sollte.

Kaum hatte er den Eingang der Mühle passiert, wurde von ihm ein Handyfoto gemacht. Da auch alle anderen widerspruchslos in die Kamera grinsten, zwang sich Olaf ebenfalls zu einem Lächeln, als einer der Sithonen auf den Auslöser drückte. Mit klammem Gefühl folgte er Gerry in das Innere der Mühle.

Er fühlte sich wie in einer mittelalterlichen, massiv ausgebauten Jagdhütte. Die Wände bestanden aus Sandstein, der grob verputzt war. Von der holzvertäfelten Decke hingen eingestaubte Kronleuchter. Obwohl es draußen noch taghell war, herrschte in der Mühle ein angenehmes Zwielicht. Außerdem war es überraschend kühl. Weniger überrascht war Olaf über die Innenausstattung des Gemäuers: Überall Geweihe an den Wänden, alte ausgeblichene, grau gewordene Wandteppiche, eine Ritterrüstung in der Ecke und eine riesige Holztafel, an der bestimmt die Hälfte der Dutzenden herumstehenden Anwesenden Platz finden würde. Der Empfang war, das musste Olaf zugeben, überaus herzlich gewesen.

Der Präsident der Sithonen, ein grobschlächtiger Mann mit feistem Gesicht, dessen auffälligstes Merkmal ein hängendes Augenlid war, hatte sich mit Bruno vorgestellt und wirkte ausgesprochen jovial. Er bedankte sich überschwänglich bei Olaf für die Zeit, die er für dieses Treffen opferte. Noch bevor Olaf irgendetwas erwidern konnte, hatte Bruno ihm schon ein kaltes Bier in die Hand gedrückt und ihn vor den anderen Anwärtern beiseitegenommen.

„Für dich machen wir eine Ausnahme", hatte er ihm verschwörerisch zugeraunt, dabei mit dem Bier angestoßen und ihm noch Lutz, einem leicht hinkenden Kerl mit kahl rasiertem Kopf, grau durchsetztem Bart und blassblauen Augen, als Kameraden vorgestellt.

Olaf hatte Gerry schnell aus den Augen verloren und so blieb ihm nichts anderes übrig, als sich von Lutz in Beschlag nehmen zu lassen.

Nachdem er erfahren hatte, dass Lutz ungefähr zur selben Zeit im Sudan im Einsatz gewesen war wie er, verbrachten sie eine Weile zusammen in einer gemütlichen Sitzecke, was den Vorteil hatte, dass Olaf vergaß, wie viele Leute überhaupt da waren. Denn inzwischen bevölkerten über fünfzig Sithonen und ein gutes Dutzend Anwärter die alte Mühle. Dabei war leicht zu unterscheiden, wer Sithone war und wer nicht. Sithonen trugen weiße Tücher mit einer aufgestickten blauen Blüte um den rechten Oberarm. Auch Gerry hatte sich vor dem Eintreten ein Tuch um den Arm gebunden. Mit Verwunderung hatte Olaf registriert, dass sich Sithonen untereinander überschwänglich begrüßten. Irgendwie erinnerte ihn die Stimmung an ein Klassentreffen. Zumindest stellte es sich Olaf so vor, denn er war in seinem Leben noch nie auf einem gewesen. Für die Anwärter, die deutlich in der Minderheit waren, denn nicht jeder Sithone hatte jemanden mitgebracht, begannen kleine Gruppenführungen durch die Räumlichkeiten, abgerundet von einem Info-Film, der die Werte und die Grundsätze der Sithonen vorstellen sollte.

Olaf war froh, dass er sich das Programm sparen konnte. Stattdessen saß er in der Ecke, trank in aller Ruhe ein kühles Bier und schwelgte mit Lutz in alten Erinnerungen.

Ein paar Getränke später machte Olaf die feuchte Luft in dem alten Gemäuer zu schaffen. Seine Ellenbogen begannen zu jucken und die frisch aufgekratzten Stellen brannten unangenehm.

Als Lutz seine Unruhe bemerkte, sprach er Olaf darauf an: „Scheiße, oder? Das mit den Ellenbogen?"

Olaf nickte beschämt, konnte aber nicht aufhören, seine Fingernägel über die juckende Haut zu ziehen.

„Mach dir keinen Kopf, das geht irgendwann vorbei", versuchte Lutz ihm Mut zu machen.

Olaf zwang sich, das Lächeln zu erwidern, obwohl er genervt war. Von seinen Ellenbogen, aber auch von Lutz.

„Weißt du, was *richtig* beschissen ist?", fragte der, wartete Olafs Antwort allerdings nicht ab, sondern zog sein rechtes Hosenbein bis zum Knie hoch und streckte das Bein vor Olaf aus.

Zum Vorschein kam eine Beinprothese aus Carbon, die in dem schummrigen Licht silbern glänzte und terminatorgleich in Lutz' Turnschuh verschwand.

Olaf brachte nur ein verblüfftes „Oh" über die Lippen.

„Im Einsatz passiert. War 'ne M14", erklärte Lutz lapidar, so als wäre es das Normalste der Welt.

„Tut mir leid", sagte Olaf und so meinte er es auch.

„Hat mir das halbe Bein weggefetzt. Dass ich überhaupt noch lebe, habe ich nur meinen Kameraden zu verdanken."

Olaf war sich nicht sicher, ob Lutz die Kameraden der Bundeswehr, die Sithonen oder sogar beide meinte, traute sich aber nicht nachzufragen.

Er hatte Mitleid mit Lutz, und das war ein ungewohntes Gefühl. Normalerweise tat er sich vor allem selbst leid.

Vielleicht hatten die Sithonen und er doch mehr gemeinsam, als er gedacht hatte.

Für einen Augenblick schwieg Olaf betreten.

Als Lutz Olafs Gesicht bemerkte, machte er mit einer Handbewegung eine wegwerfende Geste und grinste.

„Hast du vielleicht doch Lust auf eine Führung?" Ohne Olafs Reaktion abzuwarten, hatte er sich schon erhoben.

„Komm, du bekommst von mir 'ne private Tour und vielleicht hast du am Ende auch Lust auf den Film."

„Hm, na gut", sagte Olaf. Eigentlich, fand er, war Lutz richtig nett. Und aufmerksam.

Die Teufelsmühle war deutlich größer, als Olaf gedacht hatte. Lutz führte ihn herum und gab Olaf einen Einblick in die Geschichte des Gebäudes. Sie war im Mittelalter tatsächlich einmal eine Festung eines Grafen gewesen und hatte die Jahrhunderte relativ unbeschadet überstanden. Nach dem Zweiten Weltkrieg diente sie als Versteck einiger hochrangiger NSDAP-Funktionäre, die den Nürnberger Prozessen entkommen wollten. Irgendwann hatte ein Sithone die leer stehende Mühle erworben und daraus einen Rückzugsort für den Klub geschaffen, in dem zum Beispiel Interessententreffen abgehalten wurden oder im Sommer gegrillt wurde, wie Lutz ihm mit einem Augenzwinkern erzählte.

„Willst du noch was Abgefahrenes sehen?", flüsterte er verschwörerisch.

„Na sicher", antwortete Olaf gespannt.

Lutz führte ihn aus dem Hauptsaal heraus, einen langen Gang entlang, an dessen Ende Olaf auf beiden Seiten zwei schwere, mit Eisen beschlagene, geschlossene Holztüren erspähte. Lutz drückte die Klinke der linken Tür herunter und warf sich mit der Schulter dagegen, um die Tür zu öffnen. Er ging hinein, schaltete das Licht an und bat Olaf mit einer einladenden Geste herein.

Olaf trat neugierig ein und fand sich in einem kleinen Nebenraum wieder, der ihn an einen Erker ohne Fenster erinnerte. Dann musste er fast lachen. In der Mitte des Raums stand ein riesiger, knapp zwei Meter fünfzig großer, ausgestopfter Braunbär und blickte Olaf mit leeren Augen an. Das Maul weit geöffnet, die Zähne bedrohlich groß und die fingerlangen Krallen der Vorderpfoten in Richtung Tür ausgefahren.

Lutz ließ Olaf Zeit, das kuriose Ungetüm in seiner ganzen Pracht zu würdigen.

„Eindrucksvoll", kommentierte Olaf, ohne den Blick von dem Bären abzuwenden.

„Ja, oder? Der hat bestimmt mal sechshundert Kilo gewogen. Jetzt natürlich nicht mehr. Es steckt halt nur noch Heu drin." Bei den letzten Worten lächelte Lutz und entblößte eine Reihe feiner, spitzer Zähne. Dabei stupste er dem Bären mit dem Zeigefinger in die Seite. Olaf tat es ihm gleich, obwohl er fand, dass der Bär ziemlich muffig roch.

Lutz erzählte von den verschiedenen Überlieferungen, die den ausgestopften Bären und seine Verbindung zu der Teufelsmühle erklären würden. Dann war das Bier alle und sie beschlossen, für Nachschub zu sorgen.

Auf dem Rückweg in den großen Saal kamen Lutz und Olaf an einer Tür vorbei, die nur halb geschlossen war. Dahinter war eine aufgeregte Stimme zu hören. Der Präsident, Bruno, telefonierte offensichtlich. Er klang sauer und wütend, jeder joviale Ton war verschwunden. „Wie kann man nur so ein Schwachkopf sein, erklär mir das mal, Fausti!"

Lutz warf Olaf einen „Vorsicht"-Blick zu und signalisierte mit dem Zeigefinger vor dem Mund, dass sie mucksmäuschenstill sein müssten.

„Das ist mir scheißegal, es gibt keine Entschuldigung für so einen Fehler. Was habt ihr mit ihm gemacht?

Hast du mit deinem Erbsenhirn nur die entfernteste Ahnung, was passieren kann, wenn das rauskommt? Damit setzt du alles aufs Spiel, die ganze Sache, die ganze Operation ..."

Verwundert registrierte Olaf, dass Lutz ungewöhnlich nervös wirkte. Sein Blick sprang unruhig hin und her und er wischte sich Schweiß von der Stirn.

„Das bringst du wieder in Ordnung", hörten sie Bruno sagen, und er klang jetzt etwas versöhnlicher.

„Du rufst Marek an, der arbeitet beim Grünflächenamt. Dem wird schon was einfallen, wie wir das Problem lösen. Danach wirst du ihm dabei helfen, die Sauerei aufzuräumen, damit das klar ist!"

Olaf verstand nur Bahnhof, aber was er verstand, war, dass mit Bruno nicht gut Kirschen essen war, wenn die Dinge nicht so liefen, wie er sich das vorstellte. Von wegen jovial. Er nahm sich vor, Bruno erst einmal aus dem Weg zu gehen. Auch Lutz hatte es auf einmal eilig. „Komm, lass uns verschwinden", flüsterte er und zog Olaf hinter sich her.

Als sie schließlich wieder in den Hauptsaal zurückkehrten, hatte sich die Anzahl der Anwärter deutlich gelichtet. Eine halbe Stunde später hatte Olaf das Telefonat von Bruno schon wieder vergessen. Weil Gerry noch immer nicht wieder aufgetaucht war, hatte er sich mit Lutz noch den offiziellen Info-Film angeschaut. Kurz vor dem Ende war auch Gerry plötzlich wieder da und setzte sich neben Olaf.

Der Film war nicht schlecht gemacht, musste Olaf zugeben, ja, eigentlich richtig professionell, wie eine Art Dokumentation, in der ausführlich die Grundsätze und Werte der Sithonen erklärt wurden, auf denen ihre

Vereinigung beruhte: Mut zur Wahrheit, Schutz der Gemeinschaft und gegenseitige, bedingungslose Unterstützung waren die drei Grundpfeiler der Sithonen.

Das gefiel Olaf. Auch wenn er Kontakt zu anderen Menschen bislang vermieden hatte, bei den Sithonen könnte er sich das vielleicht vorstellen. Nur der letzte Punkt, den der Film verkündet hatte, gab ihm zu denken. Die Sithonen lehnten die Demokratie ab und bekannten sich offen zur Monarchie, was immer das bedeuten sollte.

„Und?", fragte Gerry neugierig.

Olaf schaute Gerry irritiert an, weil er ihn aus seinen Gedanken gerissen hatte. Er versuchte, sich zu orientieren, und beobachtete die weißen Begrenzungspfosten, die im Lichtkegel der Autoscheinwerfer auftauchten, an ihm vorbeihuschten und immer wieder in der Dunkelheit verschwanden. Sie befanden sich wieder auf der Heimfahrt nach Böblingen. Bruno hatte ihm zum Abschluss noch einmal die Hand geschüttelt und gesagt, wie sehr er sich über sein Interesse an den Sithonen freuen würde.

Ja, es war wirklich ein spannender Abend gewesen, und Olaf bereute es nicht, mitgegangen zu sein. Auch die anderen, allen voran Lutz, waren überaus freundlich zu ihm gewesen und hatten ihn zu keinem Zeitpunkt des Abends bedrängt. Und, noch wichtiger, sie hatten sich nicht über ihn lustig gemacht oder ihn von oben herab behandelt.

Vielleicht würde er ja auch wieder auf das nächste Treffen mitgehen. Ja, sehr wahrscheinlich sogar. Ein kurzer Blick zu Gerry, der vor Ungeduld platzte. Olaf lächelte und beobachtete weiter die vorbeihuschenden Begrenzungspfosten.

„Ja“, sagte er nach einer Weile, „ich bin beim nächsten Mal wieder mit dabei.“

Olaf spürte förmlich, wie die Anspannung aus Gerry entwich. Sein Griff um das Lenkrad des alten Volvos lockerte sich und die Knöchel seiner Finger nahmen wieder eine gesunde Farbe an.

11

„Vollpfosten!“, schimpfte Nesra, als laute Motorengeräusche ihre Kopfschmerzen wie Brennspiritus das Feuer anzuheizen begannen.

Der Hausmeister, der auf einem dieser fahrbaren Rasenmäher saß und die Wiese rund um die Zollfahndungsbehörde mähte, grinste über beide Ohren, so als wüsste er, was er in Nesras Kopf anrichtete.

Nesra erwiderte das Grinsen mit zusammengekniffenen Augen und versuchte, den Hausmeister mit Blicken zu töten, leider vergeblich. Schließlich beschleunigte sie ihre Schritte und steuerte den Eingangsbereich an.

Sie hatte seit Mannheim nicht viel geschlafen, was nicht nur an ihrem nächtlichen Ausflug lag, sondern vor allem an Paris, dem attraktiven Griechen von der Rezeption, der sie die ganze Nacht wachgehalten hatte.

Nach einem kurzen Frühstück war sie nach Stuttgart geheizt, um noch vor dem einsetzenden Berufsverkehr im ZFA zu sein. Jetzt freute sie sich auf einen Kaffee bei Marc.

Als sie sein Büro betrat, wurde ihre Laune allerdings noch einen Tick schlechter.

Marc kniete vor seinem Schreibtisch auf dem Boden. Um ihn herum waren die verschiedensten Lappen,

Schwämme, Bürsten sowie verschiedene Putz-Chemikalien wie die Reinigungsarmee der Apokalypse aufgereiht. Die Schubladen des Tisches waren ausgezogen und der Inhalt, Dokumente, Stifte und anderer Bürokram, auf dem Schreibtisch verteilt.

Nesra rümpfte die Nase und trat an den Schreibtisch. Marc schrubbte wie vom Teufel besessen mit einer kleinen Bürste die Schubladen aus. Erst als sie direkt vor ihm stand, schaute er überrascht auf. Seine Stirn glänzte, Schweißperlen rannen ihm über das Gesicht.

„Guten Morgen", presste er zwischen den Zähnen hervor, blickte sie mit entschuldigendem Gesichtsausdruck an und schrubbte weiter, als wäre sein Putzzwang das Normalste der Welt.

Sie schluckte den Kraftausdruck herunter, der ihr auf der Zunge lag, und entschied sich dafür, die seltsame Szenerie zu ignorieren: „Guten Morgen, Marc", sagte sie betont ruhig und lächelte ihn honigsüß an. „Gibt's Kaffee?"

Marc schaute sie mit einem Gesichtsausdruck an, als gäbe es keine absurdere Frage auf der Welt.

„Jetzt?", keuchte er. Seine Augen verrieten, was er von ihrer Bitte hielt: nichts.

„Warum musst du mich ausgerechnet jetzt stören?"

Nesra zwang sich zur Ruhe und zuckte dann mit den Schultern: „Putz du mal weiter, ich kann mir auch selbst einen machen." Dann taxierte sie die italienische Siebträgermaschine, die glänzend auf dem Sideboard stand.

„Geht bestimmt ganz easy, oder?", sagte sie so laut, dass Marc es nicht überhören konnte. Dann ließ sie per

Knopfdruck heißes Wasser aus der Dampfdüse zischen.

„Nein!", rief Marc mit Panik in der Stimme, „warte, ich mach das."

Umständlich zog er sich die Gummihandschuhe aus und legte das Putzzeug zur Seite. „Bin eh fast fertig."

Lächelnd ließ Nesra ihm den Vortritt, schüttelte den Kopf und ließ sich auf den einzigen freien Stuhl fallen. Niemals würde Marc irgendjemanden an die teure Maschine lassen.

Sie massierte ihre Schläfen und wartete auf das heiße, schwarze Gebräu. Diese verdammten Kopfschmerzen.

Kurz darauf hielt sie eine dampfende Tasse in der Hand.

„Ich hatte dich nicht so früh erwartet", erklärte Marc, nachdem er sich wieder auf den Boden gesetzt hatte und seinen Reinigungsauftrag offensichtlich vollenden wollte.

Nesras Blick fiel auf die geöffneten Schubladen des Schreibtischs. Sie waren leer und das Holz im Innern glänzte. Hatte sie jemals *in* ihren Schubladen geputzt? Wer machte so was? Niemand außer Marc. Dann kam sie zur Sache.

„Interessiert es dich nicht, was ich in Mannheim rausgefunden habe?"

„Ich bin ganz Ohr", erwiderte Marc, während er mit der Bürste die nächste Schublade in Angriff nahm.

Dann erzählte Nesra von ihrem Besuch in der Zentrale der Optimum Logistics. Von den Mitarbeitern, die sich über den neuen Kunden, die Bundeswehr, und die neue Geschäftspolitik beschwerten und über

Milliardärstochter Cleopatra von Hasselberg, die mit eiserner Hand die Führung übernommen hatte.

Marc hörte trotz seiner Schrubberei aufmerksam zu, bei der Erwähnung des Namens von Hasselberg hielt er allerdings lächelnd inne.

„Höre ich da Bewunderung, Nesra?", meinte er trocken und putzte dann ungerührt weiter. Erst als Nesra vom Inhalt der Kisten in der Lagerhalle im Industriehafen erzählte, unterbrach er seine Tätigkeit, die Nesra zunehmend auf die Nerven ging. „Interessant", sagte er nur und schwieg eine Weile, so, als müsste er über etwas nachdenken.

Schließlich schob Nesra ihr Handy über den Tisch: „Hier die Fotos, die ich in der Lagerhalle geschossen habe."

Marc beugte sich neugierig über den Tisch.

Sie gab ihm Zeit, ihre Beute in aller Ruhe zu studieren, und schaute aus dem Fenster. Sie suchte nach dem Eichhörnchen im Park, das sie vor ein paar Tagen gesehen hatte. Vergeblich.

Zunächst sagte Marc gar nichts, sondern betrachtete ein Foto nach dem anderen. Dann fragte er: „Wo hast du die Fotos gespeichert?"

„In meiner privaten Cloud. Gesichert, verschlüsselt und ohne Spuren zum Zoll."

Marc ließ ein zufriedenes Brummen hören, ohne seinen Blick von den Fotos abzuwenden. „Diese Steine", sagte er dann, „dir ist klar, was das bedeutet?"

„Ich tippe mal auf Unterschlagung von Waffen, Munition und anderen Bundeswehrmaterialien. Die Steine sind nur in den Kisten, damit das Gewicht stimmt."

„Das denke ich auch. Und wenn die Liefernummern auf den Aufklebern mit den Karussell-Lieferungen übereinstimmen, spricht das dafür, dass sich hier jemand sehr große Mühe gegeben hat, den Diebstahl zu vertuschen.“

Nesra stimmte zu. „Ja, solange die Lieferungen in Bewegung sind, wird niemand reinschauen. Die jeweiligen Transportdienstleister und Bundeswehrdienststellen vertrauen auf das, was auf den Lieferscheinen steht. Oder sie halten die Hand auf und schauen absichtlich weg.“

„Die Kisten werden normalerweise nur dann aufgemacht, wenn es einen entsprechenden Befehl gibt. Wenn das nicht der Fall ist, schaut auch niemand hinein.“

„Du meinst ...“

„... Waffen, die gerade von A nach B transportiert werden“, sagte Marc, „werden auch nicht vermisst.“ Nesra blickte Marc fragend an: „Das Ganze scheint eine richtig große Geschichte zu sein. Allein in dem Lager in Mannheim stehen Dutzende Kisten, die jetzt leer sind. Hier geht es nicht um einen handelsüblichen Diebstahl, Marc.“

„Du hast recht. Zumal der Aufwand, um diesen Diebstahl zu verschleiern, riesengroß ist. So einen Ringtausch organisierst du nicht, wenn du ein kleiner Feldwebel bist. Da stecken größere Strukturen dahinter. Ich würde sagen, bis hoch zur obersten Führungsebene.“ Nesras Blick verdunkelte sich.

„Was haben die mit den Waffen vor? Und wo steckt Fränkie?“

Marc schwieg eine Weile, dann sagte er mit neuem Elan: „Wir wissen jetzt, dass in diesen Kisten nicht das drin ist, was drin sein sollte. Das könnte der Grund sein, warum Fränkie ermittelt hat, aber das nützt uns nichts, weil es keinen offiziellen Auftrag gibt. Aber heute ist Donnerstag, oder?"

Nesra nickte.

„Dann müsste Fränkie spätestens am kommenden Montag auch wieder zum Dienst erscheinen, wenn er den Urlaub nicht noch ein zweites Mal per SMS verlängert. Und da wir uns jetzt sicher sind, dass er dies nicht tun wird, werden wir bei Kilberta im Büro stehen und das auf den Tisch legen, was wir haben. Es sollte dem Teufel zugehen, wenn ..." Marc erstarrte mitten im Satz. Erschrocken blickte er Richtung Tür. Noch bevor sie sich umdrehen konnte, hörte sie hinter sich eine bekannte Stimme, die mächtig verärgert war.

„Frau Bukhari. Herr Voss. Dürfte ich erfahren, was Sie, Frau Bukhari, während Ihres Urlaubs im Büro zu tun haben?"

Dr. Kilberta, die Dienststellenleiterin des ZFA, stand im Türrahmen und hatte ihre Arme demonstrativ vor ihrem schlanken Oberkörper verschränkt.

Kein Zweifel, Kilberta ahnte, dass irgendetwas vor sich ging. Sie hatte nur noch nicht herausgefunden, was es war. Doch ihre Miene verriet, dass sie eine Antwort wollte. Nesra schaute Marc fragend an, doch der beschäftigte sich ausgerechnet wieder mit der blitzsauberen Schublade.

„Also?"

„Mir ist zu Hause die Decke auf den Kopf gefallen", gab Nesra keck zurück.

„Das war nicht meine Frage", Kilbertas Ton wurde rauer.

„Und sparen Sie sich Ihre Ausflüchte, Frau Bukhari! Also, warum sind Sie hier und halten Herrn Voss von der Arbeit ab?"

Plötzlich vibrierte Nesras Smartphone, das vor ihr auf dem Tisch lag. Das Display leuchtete auf.

Es war eine Nachricht von Drago:

Bad news.

Dann erlosch das Display.

Nesra bemühte sich um einen gleichgültigen Gesichtsausdruck, auch wenn sie liebend gern sofort mit Drago gesprochen hätte. Aber Kilberta mochte Drago nicht besonders, und sie wollte ihr keinen Grund geben, weitere Fragen zu stellen.

„Habe ich irgendwas verpasst, Frau Bukhari? Welche Nachricht ist so wichtig, dass Sie sie genau in diesem Augenblick lesen müssen", fuhr Kilberta sie ungehalten an. Dann klingelte ihr eigenes Handy.

Mit einem gequälten Lächeln fingerte sie ihr Smartphone aus der Innentasche ihres Blousons und nahm den Anruf entgegen, ohne Nesra oder Marc nur einen Moment aus den Augen zu lassen.

„Ja, was gibt es so Dringendes", bellte sie wütend ins Telefon. Kurzes Warten, gefolgt von einem „Hm."

Dann veränderte sich ihr Gesichtsausdruck. Anscheinend keine guten Nachrichten.

Dann ein Seufzen und ein „Oh Gott, das ist er." Dr. Kilberta erbleichte und musste sich kurz am Türpfosten abstützen, dann hatte sie sich wieder unter Kontrolle.

„Ja, danke. Ich schicke gleich jemanden."

Ohne sich zu verabschieden, legte sie auf und steckte das Smartphone weg.

Einen Herzschlag kurz ging ihr Blick ins Leere, dann wandte sie sich an Nesra. „Jetzt ist Ihr Urlaub in der Tat vorbei, Frau Bukhari." Ihre Stimme zitterte. „Im Rosensteinpark wurde eine Leiche gefunden."

„Was haben wir damit zu tun?", fragte Nesra mit einem flauen Gefühl im Magen.

Kilberta wusste für einen Moment nicht, wohin mit ihren Händen, dann verschränkte sie sie hinter dem Rücken und antwortete: „Der Tote ist Frank Leschmitz. Er wurde zweifelsfrei identifiziert."

Jetzt lag blankes Entsetzen in dem Blick, den sich Marc und Nesra zuwarfen.

Nesra schloss einen Moment die Augen, als Marc etwas sagen wollte. Doch er brachte nur ein Geräusch heraus, das sich wie ein trockenes Husten anhörte.

Kilberta zögerte kurz, als wollte sie noch etwas sagen, dann verließ sie schweigend Marcs Büro.

An der Tür drehte sie sich noch einmal um. „Morgen um 10 Uhr bitte zur Besprechung in meinem Büro. Dann können Sie erzählen, was Sie wissen. Wenn Sie etwas wissen." Dann war sie verschwunden.

Nesra schaute Marc mit fragendem Blick an, der völlig versteinert auf dem Boden saß.

Sie hatte plötzlich das Gefühl, als würde sie ersticken. Sie musste hier raus. Jetzt.

11:15 Uhr

Hauptkommissar Cordes fummelte umständlich etwas aus seiner Hosentasche und hielt Nesra anschließend ein Bonbon hin.

Nesra schüttelte den Kopf. „Danke. Warum du immer diese Mentholdrops lutschst, werde ich nie verstehen."

Sie kannte den Kommissar, besser gesagt Hauptkommissar Hektor Cordes, schon fast ihr gesamtes Berufsleben und schon immer hatte er seine grünen Bonbons bei sich. Irgendwo zu Hause musste er ein riesiges Depot haben.

Sie selbst hatte es nicht so mit Zucker, sondern steckte sich lieber eine Zigarette an.

Hektor zuckte mit den Schultern, schob sich ein Bonbon in den Mund und ließ das grüne Papier in der Hosentasche verschwinden.

Nesras Blick wanderte zu Fränkies Leiche, die in einem breiten Erdloch lag, in das locker ein Auto gepasst hätte. Zwei Mitarbeiter der Spurensicherung in weißen Ganzkörperanzügen und Schuhüberziehern legten Fränkies leblosen Körper Stück für Stück frei, befreiten ihn von der Erde, die ihn fast komplett bedeckt hatte, und platzierten kleine, gelbe Plastikaufsteller mit Nummern neben Zigarettenstummeln und anderem Müll, der unweit der Leiche lag. Ein dritter Mann, ebenfalls ganz in Weiß gekleidet, mit einem iPad und einem kleinen Köfferchen bewaffnet, und in dem Nesra den Rechtsmediziner vermutete, untersuchte die Leiche. Ein vierter Mitarbeiter der SpuSi machte Fotos vom Tatort.

„Wann genau habt ihr ihn gefunden?“, fragte Nesra nach einer Weile.

„Vor einer Stunde. Die Landschaftsgärtner wollten heute Grünzeug pflanzen“, sagte Hektor und deutete in die Richtung einer Gruppe ausgewachsener Bäume, die auf der Wiese standen. Die Wurzeln waren zu Transportzwecken mit einem Jutetuch und Maschendraht zu einer Art Ballen zusammengepackt.

„Die entsprechenden Pflanzgruben sind schon vor ein paar Tagen ausgehoben worden. Es war reines Glück, dass noch jemand in die Grube geguckt hat. Einem der Bauarbeiter ist das Handy ins Loch gefallen und als er unten steht, stolpert er über Fränkie.“

„Du kanntest Fränkie?“, fragte Nesra.

Lustvoll zerbiss Hektor das Bonbon in seinem Mund.

„Ja. Ab und zu hatten wir bei Ermittlungen miteinander zu tun. Netter Kerl. Noch bevor ich die SpuSi informiert habe, habe ich Kilberta angerufen. Ich dachte mir, dass jemand von euch dabei sein sollte.“

Nesra nickte traurig.

„Kanntest du ihn denn gut?“, fragte Cordes leise.

„Nicht wirklich.“ Nesra überlegte kurz und fügte dann hinzu: „Ich meine, er war ein Kollege. Natürlich ist man sich gelegentlich über den Weg gelaufen. Er hatte seine Macken, ein alter Hase aus einer anderen Generation, aber er war einer von uns. Und er war hilfsbereit, gerade gegenüber jüngeren Kollegen. Nicht so einer, der seine Erfahrung raushängen ließ. Das hat man heute nicht mehr so oft. Verstehst du, was ich meine?“

Cordes reagierte nicht. Stattdessen holte er das nächste Bonbon aus der Hosentasche und seufzte.

„Wenn der Bauarbeiter nicht so unachtsam gewesen wäre, hätten wir ihn nie gefunden, dann wäre er ein für alle Mal unter einer dieser Stieleichen vergraben geblieben."

„Stieleichen?"

„Deutsche Stieleichen. Der Rosensteinpark soll aufgeforstet werden. Normalerweise werden die Bäume im Frühling verpflanzt. Aufgrund ein paar neunmalkluger Umweltschützer, die wohl eine besondere Art von Larven …" – Hektor überlegte kurz und blätterte dann in seinem grauen Notizheft herum – „Larven, irgendwelche Köcher… Koffer… Käferlarven."

Dann gab er auf. „Larven halt. Ist letztlich auch unwichtig. Diese Larven jedenfalls sollen sich mit den Stieleichen hier nicht vertragen. Das hat alles etwas in die Länge gezogen und daher die verspätete Pflanzung der Bäume."

Nesra wunderte sich über Cordes' botanische Kenntnisse und warf ihm einen amüsierten Blick zu.

„Schau mich nicht so an, ich musste mir das alles vor einer halben Stunde von dem zuständigen Beamten des Grünflächenamts erklären lassen. Es ist nicht so, dass ich vorher schon etwas von einer Stieleiche gehört hätte. Aber wenn ich darüber nachdenke, war es sicherlich kein Zufall, dass er genau hier abgelegt wurde. Wer immer ihn umgebracht hat, wusste, dass die Bäume hier in Kürze eingesetzt werden, nur …"

„… nur hat derjenige nicht mit einem schussligen Bauarbeiter des Grünflächenamts gerechnet", beendete Nesra Cordes' Gedankengang.

Einige Meter weiter am abgesperrten Fußgängerweg hatte sich eine Menschentraube gebildet.

Eine Nordic-Walking-Gruppe in bunten Farben diskutierte gerade mit einem Polizisten. „Lassen Sie uns durch" und „Seit über zehn Jahren ist das unsere Strecke", probten die älteren Herrschaften den Aufstand. Natürlich ohne Erfolg. Die Kollegen von der Streife ließen niemanden passieren.

Als einer der Rentner mit seinem Walkingstock versuchte, das Absperrband zu durchschlagen, wurde es einem Beamten zu bunt. Er nahm dem älteren Herrn einfach die Stöcke ab. Zwei weitere Kollegen eilten herbei und versuchten nun, die Sache in den Griff zu bekommen, bevor die Situation komplett eskalierte.

Was für ein beschissener Tag, dachte Nesra und spürte das erste Mal seit langer Zeit so etwas wie Ratlosigkeit. Fränkie war tot. Verdammter Mist. Erschöpft riss sie den Blick von dem renitenten Querulanten los.

Der Mann, der am Tatort das Sagen hatte, kletterte mühsam aus dem Erdloch zu ihnen herauf. Er zog die weiße Plastikkapuze vom Kopf, unter der lange, fettig aussehende Haare und ein rundliches Gesicht zum Vorschein kamen, und wischte sich mit dem Ärmel den Schweiß von der Stirn. Die Gläser seiner kleinen runden Brille waren dreckig. Er nahm sie umständlich ab und versuchte mit seinen Gummihandschuhen für Klarsicht zu sorgen, was natürlich nicht gelang.

Cordes stellte sie einander vor.

„Dr. Jürgen Milbauer, Rechtsmediziner aus der Pathologie des Robert-Bosch-Krankenhauses. Nesra Bukhari, Zollfahnderin und Kollegin des Toten."

„Mein Beileid", murmelte Milbauer anstelle einer Begrüßung.

„Danke", sagte Nesra, kam aber gleich zur Sache: „Wie lange ist er schon tot?"

Milbauer schaute Cordes fragend an, der dann kaum merklich nickte.

„Aufgrund der Verfärbungen der Haut, die sich schon vom unteren Bauchbereich über den ganzen Körper ausbreiten ..."

„... mindestens drei Tage", fiel ihm Nesra ins Wort.

„Ja, ich tippe aber eher auf vier bis fünf Tage, genauer geht's leider noch nicht. Die Leichenstarre hat sich schon seit Tagen gelöst und hilft mir nach so langer Zeit nicht weiter. Vielleicht kann ich den Zeitpunkt des Todes anhand des Insektenbefalls noch eingrenzen, aber das wird ein bisschen dauern."

Nesra überschlug das voraussichtliche Zeitfenster. Das würde bedeuten, dass Fränkie schon letzten Samstag gestorben wäre. Noch bevor sie überhaupt irgendetwas von den Karussell-Lieferungen und der Spedition in Mannheim gewusst hatten. Schlecht gelaunt fuhr sie sich mit der Hand durch die kurzen Haare und kämpfte mit Gewissensbissen.

„Die Todesursache ist eindeutig, oder?", fragte Cordes.

Milbauer nickte. „Zwei Schüsse: einer in die linke Schulter, vermutlich aus einigen Metern Entfernung. Wirkt auf mich nicht besonders professionell. Der zweite Schuss war dann tödlich. Ein Kopfschuss aus nächster Nähe. Die Waffe wurde an der linken Schläfe angesetzt und dann abgefeuert. Man kann die Oberhautverletzung und eine Stanzmarke gut erkennen. Die Laufmündung der Waffe, vermutlich eine Pistole, muss richtig dagegen gepresst worden sein. Ich bin sicher, dass bei der forensischen Untersuchung

Treibsatzrückstände an der Haut gefunden werden. Interessanter ist aber: Ihr Kollege wurde offensichtlich gefoltert. Ich muss ihn mir auf meinem Tisch in Ruhe anschauen, aber auf den ersten Blick sieht es so aus, dass einige Finger gebrochen sind und die rechte Kniescheibe zertrümmert ist. Dazu kommen Strangulierungsmerkmale am Hals, außerdem hat er Hämatome im Gesicht. Und es fehlt ihm ein Zahn.“

Der Zahn.

Nesra blickte auf Fränkies zerschundenen Körper, der gerade in einem Leichensack verschnürt wurde. Sein brutaler Tod hatte die Dinge mit einem Mal komplett verändert. Jetzt kam das große Besteck zum Einsatz, jeder Stein würde umgedreht werden. Und das würde auch bedeuten, dass sie und Marc erst einmal aus der Ermittlung raus wären. Jetzt ging es um ein Tötungsdelikt, kein Zollvergehen. Sie und Marc müssten ein paar unangenehme Fragen beantworten. Zum Beispiel, warum sie nicht eher zu ihrer Dienststellenleiterin Dr. Kilberta gegangen sind.

Sie konnte den Gedanken nicht verdrängen, dass sie und Marc vielleicht etwas übersehen hatten.

Auf jeden Fall hatten sie die Situation falsch eingeschätzt. Unterschätzt. Fränkies Tod musste mit den Waffenlieferungen zusammenhängen, alles andere ergab keinen Sinn. Allerdings hatte sie keine Antwort auf die Frage, wo Fränkie in den letzten zehn Tagen gesteckt hatte. Was hatte seine Nachbarin gesagt? Montag oder Dienstag vorletzter Woche hatte sie ihn zuletzt gesehen. Was hieß, dass er fast zwei Wochen irgendwo gesteckt haben musste. Aber wo? Und wer hatte ihn umgebracht?

Hektors Hand auf ihrer Schulter unterbrach ihr Gedankenkarussell.

„Nesra, alles klar mit dir?", fragte er vorsichtig. „Ich meine, unter diesen Umständen. Immerhin war er ein Kollege von dir, aber du wirkst so geschockt."

Nesra bemühte sich um ein gequältes Lächeln. Gleichzeitig wusste sie, dass sie Hektor Cordes nichts vormachen brauchte. Sie waren nicht nur befreundet, sondern auch Kollegen, die sich vertrauten.

In unzähligen Fällen hatten sie zusammen ermittelt oder sich gegenseitig Informationen zugeschanzt. Sie erledigten Dinge gerne auf dem kurzen Dienstweg und tranken auch mal ein Bier zusammen. Gleichzeitig legten sie beide Wert auf Professionalität, Ehrlichkeit und Loyalität.

Für einen kurzen Moment dachte sie daran, ihm auf der Stelle von ihren inoffiziellen Ermittlungen zu erzählen, verwarf den Gedanken aber wieder. Sie musste erst mit Marc und Dr. Kilberta sprechen. Außerdem konnte es nicht schaden, wenn Hektor die Sache zunächst als normale Mordermittlung angehen würde. Vielleicht lagen Marc und sie ja auch falsch. Und wenn nicht, früher oder später würde er sowieso beim Zoll anklopfen, nämlich spätestens dann, wenn kein anderes Motiv gefunden würde. Wenn es wahrscheinlich war, dass Fränkies Tod mit seiner Arbeit zu tun hatte. Nesra verdrehte die Augen, schluckte einmal und sah Cordes einen Moment ernst an. Er war knapp über fünfzig, aber er sah älter aus. Seine dünner werdenden, rotblonden Haare waren zu einem Seitenscheitel gekämmt. Die hohe Stirn hatte er in Falten gelegt. Seine wachen Augen musterten sie aufmerksam. Noch immer wartete er auf eine Antwort.

Sie schüttelte den Kopf: „Ist grad nur ein bisschen viel, Hektor."

„Du hast meine Nummer", sagte er nur, und sie wusste, dass er ihr kein Wort glaubte.

Mittlerweile waren die Kriminaltechniker dabei, Fränkies Leiche nach oben zu hieven.

„Ich halte dich auf dem Laufenden, okay?", meinte er zu ihr und zeigte damit, dass sie weiterhin auf ihn zählen konnte.

Nesra nickte still.

Sie warteten noch, bis sich die Tür des Leichenwagens schloss, dann verabschiedeten sie sich voneinander.

***

Kurz vor 13:00 Uhr

Niedergeschlagen saß Nesra im Auto und starrte noch einen Moment auf die Polizeibeamten, die den Weg nahe dem Leichenfundort wieder freigaben. Die Nordic-Walking-Gruppe jubelte und stolzierte mit erhobener Brust und neugierigen Blicken an dem abgesperrten Erdloch vorbei. Sie hatten doch tatsächlich mehr als eine Stunde geduldig an dem Absperrband ausgeharrt.

Nesra zögerte einen Moment, dann rief sie Marc an.

„Ist er es?", fragte er nur.

Nesra bestätigte, schob ein schwaches, aber ernst gemeintes „Tut mir leid" hinterher und wartete auf eine Reaktion.

Sie hörte nur ein befremdliches Knistern durch die Lautsprecher ihres Smartphones.

„Marc, bist du noch dran?"

Marc räusperte sich und sagte dann mit gedrückter Stimme: „Ich weiß auch nicht, was wir jetzt tun sollen. Ich muss mich sortieren. Ich muss ... Ich muss erst mal über alles nachdenken."

„Marc, wir müssen mit Kilberta sprechen, und zwar so schnell wie möglich. Wir können nicht mehr länger warten. Durch Fränkies Tod hat sich alles geändert. Es wird keine vierundzwanzig Stunden dauern, dann werden unangenehme Fragen gestellt. Wir beide wissen, dass sein Tod kein Zufall ist, und das heißt, wir müssen reden."

Marc schwieg eine Weile.

„Du hast ja recht, Nesra. Aber gib mir trotzdem ein paar Stunden. Ich muss mir überlegen, wie wir das angehen sollten."

„Aber nur ein paar Stunden, Marc." Nesra hatte ihrer Stimme mehr Nachdruck verliehen, als sie beabsichtigt hatte. Dann hatte sie sich wieder im Griff.

„Cordes hat den Fall übernommen."

„Na, wenigstens etwas." Marc wusste, dass Nesra und Cordes sich gut verstanden. Und er wusste auch, dass Cordes ein sehr guter Ermittler war.

„Und was soll ich jetzt machen?"

„Du fährst nach Hause und lenkst dich ab."

Nesra wollte protestieren, spürte aber in dem Moment, dass ihr die Kraft fehlte. Ein paar Stunden Ruhe würden ihr guttun.

Als sie sich von Marc verabschiedet hatte, fiel ihr die SMS von Drago wieder ein, die er ihr geschickt hatte.

Auf keinen Fall würde sie ein Auge zumachen können, wenn sie zuvor nicht Dragos Nachricht gelesen und mit ihm geredet hatte. Viel hatten Marc und sie bisher nicht herausbekommen, also klammerte sie sich an jeden Strohhalm.

Sie startete den Wagen und fuhr in Richtung Innenstadt.

***

Nesra parkte den Jaguar im Halteverbot der Eberhardstraße und ging die letzten Meter zum Marktplatz zu Fuß. Schon als sie am Hauptgebäude des Einkaufszentrums Breuninger vorbeilief und auf den Marktplatz trat, entdeckte sie Dragos imposante Gestalt. Er saß an einem der Tische in seinem Café und unterhielt sich angeregt mit einem Mann, der einen weißen Strohhut trug. Als sie näher kam, blinzelte Drago ihr kurz zu und signalisierte ihr, dass er gleich Zeit für sie hätte. Sie setzte sich ein paar Meter entfernt an einen freien Tisch und bestellte ein Sandwich und ein Tonic Water.

Sie war nicht allein im Café, im Gegenteil. Das Poskok war um die Mittagszeit gut besucht.

Ihr Blick verharrte bei einer vierköpfigen Familie. Der Tisch, an dem sie saßen, glich einem Schlachtfeld. Essensreste, zerrissene Servietten und Besteck lagen verstreut auf dem Tisch herum. Ein Glas Orangensaft hatte die weiße Tischdecke zu großen Teilen in einen gelben See verwandelt. Wespen flogen wie Polizeihubschrauber darüber und patrouillierten. Die Mutter, eine Frau in den Dreißigern und stark geschminkt, kümmerte das nicht. Sie leerte gerade ein Glas

Champagner und schnippte nach dem Kellner. Der Vater hatte alle Hände voll zu tun, das jüngere Kind in Schach zu halten. Es versuchte ständig, aus dem Kindersitz zu klettern. Der größere Bruder saß seelenruhig an seinem Platz, aß mit vollem Körpereinsatz Pfannkuchen mit Schokocreme und starrte wie hypnotisiert auf das Tablet vor ihm, auf dem offensichtlich ein Kinderzeichentrickfilm lief.

Als sie von der Familienidylle genug hatte, drehte sich Nesra zu Drago um. Er redete gestenreich auf seinen Gast ein. Nesra musste wieder einmal neidlos anerkennen, dass er eine gute Figur machte. Feinste Seide, die Ärmel hochgekrempelt und die obersten drei Knöpfe offen. Sein dicker Silberschmuck, den er am Handgelenk und um den Hals trug, funkelte im Licht der Mittagssonne. Ihre Aufmerksamkeit wanderte zu Dragos Gesprächspartner. Als er den Strohhut vom Kopf nahm, um sich kurz über die Stirn zu wischen, erkannte sie ihn. Besser gesagt sein unverwechselbares Erkennungsmerkmal.

Es war Toni Moretti, der Neffe von Andrea Moretti, dem inzwischen unzählige Pizzarestaurants in Deutschland gehörten. Moretti wurden Kontakte zur sizilianischen Mafia nachgesagt und mehr als einmal hatte der Zoll vergeblich konkrete Hinweise verfolgt, dass der Moretti-Clan nicht nur leckere Steinofen-Pizza backen konnte, sondern sich auch auf lukrative Geldwäsche verstand.

Leider beschäftigten die Morettis nicht nur gute Pizzabäcker, sondern noch bessere Anwälte, daher waren sie vor dem Gesetz bisher so weiß wie ihre teuersten Tischdecken geblieben.

Toni Moretti war allerdings so etwas wie das drollige Schaf der Familie, denn er war noch unter einem anderen Namen bekannt. Einem Spitznamen. Viele nannten ihn nur Italian Kisser, weil er ständig und überall seine Lippen spitzte, so als ob er seinem Gegenüber einen Luftkuss zuwerfen würde. Ein scheinbar irreparabler Nervenschaden. Aus diesem Grund wirkte Toni Moretti nach außen auch wie ein aufdringlicher, aber harmloser Staubsaugervertreter. Aber Nesra wusste es besser. Er war in Wirklichkeit eine Art Cleaner, jemand, der unliebsame Zeugen beseitigte, der Denkzettel verabreichte, die schmutzigen Jobs erledigte. Was durch die Tatsache gestützt wurde, dass er wohl einem Mitarbeiter, der ihn offen bei seinem Spitznamen genannt hatte, eigenhändig die Lippen abgeschnitten hatte. Zu einer Anklage war es natürlich nicht gekommen. Man einigte sich bei der Mafia gern außergerichtlich.

Bevor sich Nesra noch groß darüber wundern konnte, was ein Mitglied der Familie Moretti von Drago wollte, war der Italian Kisser auch schon aufgestanden, hatte Drago noch einen Luftkuss zugeworfen und war dann verschwunden.

Kurz darauf hatte sie den Platz von Toni Moretti eingenommen.

Sie ließ sich noch einen Espresso bringen. Drago nahm auch einen und dazu ein Glas Cognac.

„Das wärmste Jäckchen ist ein Cognac-chen", murmelte er. Er sah nicht so aus, als hätte ihm die Begegnung mit Moretti gefallen. Sein Leibwächter, der ihm nicht von der Seite wich, reichte ihm eine seiner dicken Zigarren.

Nesra spürte, dass Drago irgendwas Sorgen bereitete. Sie kannte Drago gut, sehr gut. Seine finstere Miene sprach Bände.

Dann hatte Drago von jetzt auf gleich wieder sein Pokerface aufgelegt. Die Falten verschwanden, die Mundwinkel wanderten wie auf Knopfdruck nach oben, und er roch genüsslich an seiner exquisiten Zigarre. Der kurze Moment, in dem Nesra in sein Inneres blicken durfte, war vorbei.

Sie kam gleich zur Sache: „Danke für deine SMS. Allerdings wurden wir ein paar Sekunden später auch offiziell informiert."

„Du weißt also schon, dass dein Kollege tot ist?", fragte er, als er an der Zigarre paffte.

„Ich komme gerade vom Tatort. Die Kripo war so nett, uns sofort zu informieren."

„Ah, stimmt. Cordes bearbeitet den Fall. Ich hätte mir denken können, dass er sich direkt bei euch meldet."

Die Tatsache, dass Drago schon über Fränkies Tod Bescheid wusste, überraschte Nesra nicht wirklich. Und ein toter Zollbeamter war etwas, was ihn interessieren musste. Schließlich hatte sie ihn genau aus diesem Grund um Hilfe gebeten und aus demselben Grund saß sie ihm nun wieder gegenüber.

Sie beschloss, die Karten auf den Tisch zu legen.

„Du weißt ja bereits, dass wir uns wegen Fränkies Verschwinden große Sorgen gemacht haben." Drago schwieg.

„Es gab einfach keine schlüssige Erklärung dafür. Das ist auch der Grund, warum ich dich letzte Woche kontaktiert habe."

Drago schwieg immer noch.

„Und nachdem du uns auch nicht weiterhelfen konntest, haben Marc und ich etwas tiefer gegraben."

Jetzt schwieg Nesra und Drago schaute sie belustigt an. „Nesra, komm zur Sache."

Nervös spielte sie mit der Tasse in ihren Händen.

Wie viel durfte sie Drago erzählen, ohne zu viel aus den Ermittlungen preiszugeben? Er war kein Polizeibeamter. Trotzdem, sie war nun einmal hier. Bei ihm. Sie wollte etwas von ihm, nicht umgekehrt. Sie musste ihm ein Stück weit vertrauen und entschied sich dafür, ihn in ein paar Details einzuweihen.

„Wir vermuten, dass Fränkie an einer größeren Sache dran war. Nein, wir wissen es eigentlich ziemlich genau. Es gibt da einige merkwürdige Vorgänge bei der Bundeswehr."

„Waffenhandel?", fragte Drago ziemlich unverblümt.

Nesra stockte kurz. „Nicht direkt. Irgendjemand schickt im großen Stil größere Waffenbestände permanent von A nach B nach C und wieder zurück. Das ist jedenfalls wohl das, was Fränkie entdeckt hat, und genau deshalb wird sich Fränkie ein paar Fragen gestellt haben. Das Problem ist, dass er keine offizielle Ermittlung eingeleitet hat, das heißt, es gibt keine Fallakte. Wir vermuten, dass er irgendwo angerufen hat, um ein paar Dinge zu klären. Dabei hat er möglicherweise in ein Wespennest gestochen. Was dann passiert ist, ist Spekulation. Zuletzt gesehen wurde er Anfang vorletzter Woche. Dann reicht er von heute auf morgen per SMS kurzfristig Urlaub ein. Am Montag hätte er wieder zum Dienst erscheinen müssen. Mit einer zweiten SMS hat er seinen Urlaub noch einmal verlängert. Wie wir jetzt wissen, war er da schon längst tot. Im Laufe der

Woche sind noch einige handschriftliche Notizen von seinem Schreibtisch verschwunden. Und außerdem wurde sein Computer neu formatiert."

Drago lehnte sich lässig im Stuhl zurück, strich sich durch den dichten Bart und stellte dann fest: „Und jetzt ist er tot."

Nesra nickte knapp. „Er wurde gefoltert und dann erschossen. Wie ein Hund."

„Was denkst du?"

Sie beugte sich nach vorn und antwortete eine Spur leiser: „Irgendjemand ist bei Fränkies Recherchen so nervös geworden, dass er ihn aus dem Weg räumen musste."

„Die Bundeswehr? Nesra, ich bitte dich."

„Die eher weniger", sagte Nesra und schüttelte den Kopf. „Aber es gibt da eine Speditionsfirma, auf die wir gestoßen sind. Die Waffenlieferungen werden über eine Firma namens Optimum Logistics abgewick..."

Drago schaute sie verblüfft an.

„...ickelt. Du kennst die Spedition, stimmt's?"

Er ließ sich Zeit, zupfte an seinem Hemdärmel und sagte dann: „Ja, tue ich. Mit der Optimum Logistics konnte man früher gut zusammenarbeiten."

„Du meinst bei Geschäften wie Schwarzhandel und Schmuggel? Du weißt schon, dass du mir nichts sagen darfst, was mich dazu zwingt, mich damit näher zu beschäftigen."

„Ich sagte nicht ‚ich', ich sagte ‚man'. Außerdem würde ich den Terminus Geschäfte im Graubereich bevorzugen."

„Kannst du mal ein Beispiel nennen, was du unter Graubereich verstehst?"

„Nimm einmal an, jemand handelt mit Luxusuhren und will aus der Schweiz 100 Rolex oder Patek Philippe mit einem Durchschnittsstückpreis von vielleicht dreißigtausend Schweizer Franken ausführen, dann kommen bei der Einfuhr noch Steuer und Zoll dazu, das heißt, die Uhren verteuern sich um ca. fünfundzwanzig Prozent. Das macht bei 7.500 Schweizer Franken pro Stück und einhundert Uhren 800.000 Euro, die von der Marge des Einkäufers abgehen. Es sei denn, man lässt den Import nicht über die Bücher laufen."

„Du weißt schon, dass das, was du da beschreibst, klassischer Warenschmuggel ist?"

Drago zuckte gelangweilt mit den Schultern und fuhr dann fort: „In jedem Fall hat Optimum Logistics neben dem offiziellen Speditionsgeschäft für solche Fälle eine Art Spezialservice. Sie haben sich dann um den Transport und die gefakten Papiere gekümmert. Für diesen Spezialservice wurde, so habe ich gehört, vergleichsweise wenig verlangt."

„Was heißt vergleichsweise wenig?"

„So etwa zehn Prozent vom offiziellen Warenwert. Dann hast du immer noch fünfzehn Prozent eingespart."

Nesra pfiff leise durch die Zähne.

„Und das machen sie immer noch so?"

„Keine Ahnung. Da müsstest du aber mal bei deinem eigenen Verein nachfragen, ob die Optimum Logistics auf der schwarzen Liste steht."

„In unserem Fall geht es ja nicht um klassischen Schmuggel oder bloße Steuertricks. Es geht nicht um ein paar Gauner, die den Staat um eine halbe Million bescheißen wollen." Nesra musste schlucken, als sie sich selbst der Tragweite ihres Gedankens bewusst wurde. „Mit den Waffen, über die wir hier sprechen, kannst du vermutlich einen kleinen Krieg beginnen – und ihn womöglich sogar gewinnen."

„Ich verstehe, was du meinst. Ich kann mich auf jeden Fall mal umhören, ob Optimum Logistics immer noch im Graubereich tätig ist", schlug er vor.

Nesra grübelte wieder. Selbst wenn Optimum Logistics ihr Geschäftsmodell jetzt auf den Waffenschmuggel ausgedehnt hatte, waren sie wohl kaum der Auftraggeber. Nein, je länger sie darüber nachdachte, desto sicherer war Nesra, dass das nicht alles war. Es musste da jemanden im Hintergrund geben, der Optimum Logistics beauftragte und bezahlte. Die spannende Frage war nur, warum?

„Ja", sagte Nesra nachdenklich, „vielleicht kannst du dich wirklich umhören."

„Ich glaube, dass Fränkie da tatsächlich in ein Wespennest gestochen hat", sagte Drago.

„Wie meinst du das?"

„Ich habe da so ein Gefühl. Irgendetwas ist im Busch. Es passieren in letzter Zeit Dinge, die ich so bisher auch noch nicht erlebt habe."

„Was für Dinge?", fragte Nesra neugierig. So nachdenklich hatte sie Drago schon länger nicht mehr erlebt.

„Hey, Nesra, keine Sorge, ich stehe momentan nicht in Lohn und Brot bei euch. Seit ich mich zur Ruhe gesetzt habe, erzählt man mir sowieso nicht mehr alles. Aber wenn du es genau wissen willst: Es herrscht gerade eine totale Unruhe im Geschäft. Es scheint einen neuen Player zu geben, der sich in allen Bereichen breitmachen will: Drogen, Waffen, Prostitution. Und keiner weiß so genau, wer das ist. Es gibt auf einmal eine Flut an neuen Mitspielern. Der Schwarzmarkt ändert sich. Und mit ihm die Preise."

Nesra war überrascht über den Ton, der in Dragos Worten mitschwang. Wenn sie es nicht besser wüsste, hätte sie es als Nervosität oder Unsicherheit eingeordnet. Aber bei Drago? Das war außergewöhnlich. Und beunruhigend.

Nach einer kurzen Pause fuhr er fort: „Ehemalige Geschäftspartner, die schon jahrzehntelang dabei sind, klagen mir ihr Leid. Es war wohl alles besser, als ich selbst noch den Markt mitgemischt habe. Versteh mich nicht falsch, Veränderungen gehören dazu. Das ist der Lauf der Dinge. Aber diese neue Brutalität? Die, die bisher profitieren, die albanische Mafia, die Italiener, die vorherrschenden Rockerbanden, das sind die, die nervös werden, denn sie haben die größten Stücke vom Kuchen und damit auch das meiste zu verlieren."

„Was meinst du mit neuer Brutalität?"

„Ich spreche von diesen mysteriösen Todeskommandos. Frag mal bei Cordes nach, wie weit die Bullen mit den Ermittlungen sind. Erst das Blutbad beim Al-Aka-Clan, dann ..."

„... die Davola-Familie. Danke, Drago, ich schaue auch Nachrichten."

Drago war tatsächlich besorgt, wie Nesra überrascht feststellte. Das hat es bisher in Stuttgart nicht gegeben, dass bewaffnete Killer auftauchen und scheinbar ohne Rücksicht auf Verluste Mitglieder aus dem Milieu umlegen. Das ging gezielt gegen das organisierte Verbrechen, aber warum? Keiner beanspruchte das

Territorium. Keiner stellte Forderungen, keiner forderte die Clan-Familien offen heraus. Die Täter kamen, töteten und verwüsteten, dann verschwanden sie wieder.

Drago war tatsächlich im höchsten Maß beunruhigt, und deshalb war es Nesra auch. Aber was hatte das mit dem Mord an Fränkie Leschmitz zu tun?

„Glaub mir, Nesra. So alt bin ich auch wieder nicht und auch wenn ich jetzt in Kobe-Fleisch und Blauflossen-Thunfisch-Filet investiere, habe ich nicht vergessen, dass es so etwas wie Zufall in dieser Branche nicht gibt.“

Drago hatte recht, nach Zufall sah das nicht aus. Aber nach einem Plan auch nicht. „Und du hast keinen Namen? Eine Organisation? Irgendetwas?“

Drago zuckte mit den Schultern. „Leider nicht. Warum sollte ich schlauer sein als das LKA? Wenn du da was hörst, gib mir Bescheid, ich kenne eine Menge Leute, die sich gerne bei ihnen bedanken würden.“ Das Wort „bedanken“ setzte Drago mit einer Geste in ironische Anführungszeichen.

„Vielleicht ist Optimum Logistics der Schlüssel, der eine Tür in diese Richtung öffnet“, dachte Nesra laut nach.

Dann kam ihr noch ein Gedanke. „Sag mal, kennst du eine Cleopatra von Hasselberg?“

Drago legte den Kopf schief. „Die Tochter der Milliardäre von Hasselberg? Ist die nicht jetzt als Managerin unterwegs?“

„Ja, bei Optimum Logistics.“

„Hört, hört." Drago überlegte einen Augenblick. „Man war mal auf der ein oder anderen gemeinsamen Party, mehr aber auch nicht." Dann grinste er.

„Mein Eindruck ist, dass sie nur ein neues, hübsches Gesicht ist, das in die Kamera lächeln und der Firma zu etwas Glamour verhelfen soll. Du weißt doch, wie das bei diesen Leuten so gemacht wird. Soweit ich weiß, pudert sie sich auch ganz schön oft das Näschen, wenn du verstehst, was ich meine."

„Wenn du meinst", sagte Nesra schulterzuckend und hakte nach: „Und ihre Eltern? Kennst du sie?"

„An die Alten kommt man nicht ran. Mit jemandem wie mir lassen die sich nicht ein. Die blütenreine Weste darf nicht beschmutzt werden, Graugeschäfte hin, Schwarzmarkt her."

Nesra verstand.

Drago nahm einen Schluck von seinem Cognac.

„Was hast du eigentlich mit den Morettis zu schaffen? Ich dachte, du hättest dich aus dem Geschäft zurückgezogen?", neckte sie ihn, ohne eine ernsthafte Antwort zu erwarten. Schließlich war sie noch immer Zollfahnderin. Auch wenn sie beide sich lange kannten und sich auf eine merkwürdige Art auch vertrauten, würden sie sich niemals alles erzählen. Sie spielten beruflich nicht in derselben Liga.

Drago zog genüsslich an seiner Zigarre: „Das hat indirekt mit diesen Veränderungen zu tun, die ich vorhin erwähnt habe."

Nesra hob fragend die Brauen.

„Die Italiener machen sich in die Hose. Sehen ihre Felle davonschwimmen. Jetzt wollen sie zurück ins klassische Schutzgeldgeschäft." Drago machte eine kurze Pause. „Und dann schicken die tatsächlich diesen Lutscher zu mir. Der wollte mir doch tatsächlich drohen."

Drago wirkte ernsthaft verärgert. „Mir!" Dann lachte er unvermittelt laut auf. Es klang etwa wie das Pfeifen im Walde. „Ich kenne die Familie schon ein halbes Leben lang. Mit Andrea, dem Oberhaupt der Morettis, dem alten Halunken, habe ich schon in den Achtzigern Geschäfte gemacht."

Nesra fragte sich plötzlich, wie alt Drago eigentlich war. Sie nahm sich vor, in einer ruhigen Minute in den Unterlagen des Zolls nachzusehen, sofern die dort hinterlegten Daten stimmten.

Sie bemerkte, wie sich Dragos teures Hemd unter der Anspannung seiner Muskeln bedrohlich spannte. Seine riesigen Hände waren zu mächtigen Fäusten geballt.

„Es gab Zeiten, da gab es in Stuttgart keinen Laden, der nicht für meinen Schutz bezahlte, egal ob es das teuerste Hotel der Stadt oder ein kleiner Kiosk im Westen war. Vielleicht nicht gleich von Anfang an, aber glaub mir: Zum Schluss haben alle bezahlt. Auf die ein oder andere Weise. Und dafür konnten alle in Ruhe ihren Geschäften nachgehen. Und jetzt, nachdem ich raus bin, taucht dieser Pausenclown bei mir auf. Ich habe ihn direkt wieder nach Hause geschickt, mit vielen Grüßen an seinen Onkel. Wenn er sich noch mal hier blicken lässt ..."

Seine Augen glühten vor Wut und sein Ton wurde rauer, lauter. „Respekt! Das hat mit Respekt zu tun!" Dann schlugen seine Fäuste krachend auf den Tisch, sodass die Espresso-Tassen scheppernd umfielen. Nesra zuckte zusammen.

Die Gäste um sie herum drehten erschrocken die Gesichter in ihre Richtung. Der Leibwächter in Dragos Rücken wurde unruhig, traute sich aber nicht einzuschreiten.

Der Gedanke daran, dass Drago in Stuttgart Schutzgeld für seine Restaurants bezahlen würde, war auch für Nesra aberwitzig.

12

Samstag, 18. August, kurz vor Mitternacht

„Es ist so weit", brummte Mampe.

Eigentlich hieß er Manfred, doch die Sithonen nannten ihn Mampe. Ein Wortspiel aus Manfred und Wampe. Der Grund war nicht zu übersehen. Die Fettschürze hing ihm so massiv über den eng gespannten Hosengürtel, dass es für Olaf ein Rätsel war, wie Mampe es schaffte, sich ohne fremde Hilfe eine Hose anzuziehen. Und auch wenn Olaf selbst weiß Gott kein Adonis war, war er doch erleichtert, dass er gegen Mampe geradezu schlank wirkte. Dessen Körperstatur erinnerte ihn an einen Orang-Utan, der statt Bananen Schokoriegel in sich reinstopfte und einen Baumwipfel schon lange nur noch von unten gesehen hatte.

Bei dem Gedanken an den Affen blitzte in Olaf eine Erinnerung aus seiner Kindheit auf. Sein alter Herr hatte immer gerne Tierdokus mit ihm gesehen. Leider die einzig positive Erinnerung, die Olaf mit seinem Vater verband.

„Na, komm schon", sagte Mampe ungeduldig und legte Olaf eine seiner tellergroßen Pranken auf die Schulter. Olaf stand auf und folgte Mampe mit zitternden Knien.

So wie Gerry es ihm vorgeschlagen hatte, war Olaf kurz vor Mitternacht im Klubhaus der Sithonen aufgetaucht.

Das Klubhaus war das Hauptquartier der Sithonen. Es befand sich in einem alten Klinkergebäude am nördlichen Stadtrand Stuttgarts, etwas versteckt im Industriegebiet. Gerry hatte ihm erzählt, dass hier normalerweise das Klirren von Biergläsern, Rockmusik und lautes Gelächter in der Luft lagen. Heute war es anders. Nur Olaf und Mampe hielten sich in dem großen Gemeinschaftsraum auf. Denn heute war ein besonderer Tag. Olaf würde heute bei den Sithonen aufgenommen werden. Als Mitglied. Als Kamerad. Vorausgesetzt, er würde das Aufnahmeritual bestehen. Er wusste nicht viel über diese Prozedur, die anderen, selbst Gerry, hatten ihm nicht viel erzählt. Denn es war verboten, über diese Zeremonie, die den Sithonen heilig war, zu sprechen.

Eigentlich hätte es mit dem Ritual direkt losgehen sollen, doch irgendetwas, von dem Olaf nichts wusste, war schiefgelaufen. Und jetzt hatten die Sithonen offensichtlich Stress. Richtig Stress. Als Mampe ihm das zweite Bier brachte, machte er eine entschuldigende Geste und erzählte Olaf, dass die Chefs bei den Sithonen seit ein paar Tagen dauernd irgendwelche supergeheimen Sitzungen hätten. Auch die aus den anderen Städten. „Da ist was passiert, was nicht hätte passieren dürfen." Mit diesen Worten ließ Mampe Olaf in der Ecke sitzen. Das sorgte dafür, dass er sich noch mehr Fragen stellte. Gleichzeitig verstärkte es in ihm den Wunsch, ein Sithone zu werden. Er wollte dazugehören

und nicht immer nur mit halb garen Erklärungen ab-
gespeist werden.

Wenn er an das Treffen in der Mühle zurückdachte,
so fühlte er seit Langem mal wieder so etwas wie Selbst-
achtung. Und das hatte er Kameraden wie Mampe und
Gerry zu verdanken. Er war zuvor nur einmal Teil einer
Gemeinschaft gewesen. Bei der Bundeswehr. Im Einsatz. Und er vermisste das Gefühl. Auch wenn er es sich
lange nicht eingestehen wollte, war er sich nun sicher,
dass der heutige Schritt der Beginn für etwas Neues
sein könnte. Zwar nur ein erster Schritt, aber immerhin ein wichtiger Schritt. In die richtige Richtung. Er
würde endlich dazugehören. Ein Sithone werden. Ganz
unten in der Hierarchie, aber ein Teil davon. Und er
wusste, dass Gerry sich für ihn mächtig ins Zeug gelegt
hatte. Wenn Olaf sich nicht bewährte, dann würde sich
auch Gerry einiges anhören müssen. Daher hatte sich
Olaf vorgenommen, alles zu geben. Sich anzustrengen.
Um das Aufnahmeritual zu bestehen.

Als er Mampe in den Keller des Klubhauses folgte und
den engen, dunklen Gang entlangging, spürte er plötzlich Gänsehaut auf seinen Armen. Nach ein paar Metern endete der Gang vor einer geschlossenen Tür.
Mampe blieb stehen und wartete, bis Olaf auf seiner
Höhe war. Mampes flackernder Blick signalisierte ihm,
dass es ernst wurde. Sie standen vor der Tür, hinter der
sich seine Zukunft entscheiden würde, so jedenfalls
fühlte es Olaf. Diese Tür bestand aus massivem Holz
und war mit wilden Malereien übersät. Er erkannte einen Soldaten mit breitem Helm und erhobenen Fäusten, mit groben Pinselstrichen in verschiedenen Grau-
und Schwarztönen gemalt. Das Gesicht des Soldaten

wirkte eingefallen und blickte Olaf mit bedrohlich wirkenden Augen an. Der spürte einen Knoten im Magen, leichte Übelkeit stieg in ihm auf.

„Bereit?", fragte Mampe etwas großspurig, wischte sich die Hände an seiner speckigen Jeans ab und zog eine Grimasse, die wohl ein Lächeln sein sollte.

Olaf versuchte zu schlucken, doch sein Mund war zu trocken. Dann nickte er knapp, bevor er durch die Tür trat.

Im Kellerraum hatten sich ein Dutzend Klubmitglieder versammelt.

Soweit Olaf es überblicken konnte, waren nur hochrangige Sithonen anwesend. Die einzige Ausnahme war Gerry, der im Falle von Olafs erfolgreicher Aufnahmeprüfung für die Zeit danach sein Pate sein würde. Er stand in zweiter Reihe und nickte Olaf aufmunternd zu. Dabei biss er sich nervös auf die Unterlippe. Der Knoten in Olafs Magen wuchs auf die Größe einer Tomate an.

Die Gesichter der Anwesenden wirkten ernst, fast weihevoll. Olafs Blick wanderte von einem Gesicht zum anderen, dann sah er sich in dem Kellerraum um. Er war natürlich noch nie hier gewesen. Die Wände waren mit hellem Holz vertäfelt und gaben dem Raum etwas Altmodisches. Trotz des schummrigen Lichts erkannte Olaf Bilder von Männern in Uniformen und Porträts von hochrangigen Soldaten in verrosteten Bilderrahmen. Wimpel an den Wänden und verblassende Urkunden in altdeutscher Schrift. Olaf war beeindruckt.

In der Ecke stand ein Schallplattenspieler auf einem Sideboard. Darüber kreuzten zwei Schwerter die schmalen Klingen.

Nur zwei seltsam aussehende Lumpen, die an einer Wäscheleine hingen, passten nicht wirklich hierher. Oder doch?

Eine weihevolle Ruhe hatte sich über den Raum gelegt, bis Bruno, der Präsident, mit einem Mal seine Stimme so laut erhob, dass Olaf erschrocken zusammenfuhr: „Brüder! Kameraden! Wir sind heute zusammengekommen, um ein neues Mitglied in unsere Reihen aufzunehmen."

Erst jetzt bemerkte Olaf, dass die versammelten Sithonen einen Kreis um ihn gebildet hatten. Bruno stand jetzt direkt vor ihm, legte ihm die Hand auf die Schulter: „Olaf, du hast dich sehr intensiv um unsere Gemeinschaft bemüht. Unser Kamerad Gerry hat deshalb vorgeschlagen, dich als Gefreiten der Sithonen aufzunehmen, obwohl wir dich erst vor einer Woche kennenlernen durften."

Er winkte Gerry zu sich in den Kreis. Der kam zögernd näher.

Bruno ergriff wieder das Wort: „Wenn du bereit bist, dann beginnen wir."

„Ich bin bereit", krächzte Olaf. Seine Stimme klang seltsam fremd.

„Blut und Boden", sagte Bruno bedeutungsschwer und ließ seinen Blick langsam über die Kameraden gleiten. Die Klubmitglieder standen kerzengerade und wiederholten Brunos Worte: „Blut und Boden." Dabei verzog keiner der Anwesenden eine Miene.

Aus der Ecke des Schallplattenspielers erklang nun altertümliche Musik, die von dumpfen, langen Trommelschlägen begleitet wurde.

Bruno kam noch näher, nahm Olafs Hände in seine und hielt sie mit der Innenseite nach oben: „Schwörst du bei Gott den heiligen Eid, dass du deinen Kameraden allzeit treu und redlich dienen wirst?"

„Ich schwöre", antwortete Olaf nun mit fester Stimme.

Bruno gab Gerry ein Zeichen, der daraufhin seinen Platz neben Olaf verließ.

„Dann beweise es!", sagte Bruno und trat einen Schritt zurück.

Gerry trat wieder in den Kreis und hielt jetzt eine flache, silbern schimmernde Schale in den Händen. Darauf lagen die beiden Lumpen, die vorher an der Leine gehangen hatten. Jetzt erkannte Olaf auch, dass es sich bei den Lumpen um einfache Ofenhandschuhe handelte, die schon bessere Tage gesehen hatten. Er sah Bruno fragend an.

„Trage die Handschuhe als Zeichen deiner Willensstärke."

Olaf schaute den Chef der Sithonen irritiert an und fragte sich, was das Ganze sollte. Ein paar ramponierte Ofenhandschuhe überstreifen? Das sollte die große Herausforderung sein?

Er streckte neugierig die Arme aus und Gerry zog ihm umständlich die Handschuhe über. Sie fühlten sich im Innern sehr merkwürdig an. Gerry band sie mit einer dünnen Kordel an den Handgelenken fest. Die Musik vom Schallplattenspieler war nun so laut, dass Olaf die Worte nicht mehr verstand, die Gerry ihm noch zurief, bevor er mit schnellen Schritten in die zweite Reihe zurücktrat.

Er blickte die Handschuhe verblüfft an. Irgendwas in ihnen kitzelte Olaf. Ein Gefühl, als würde sich etwas in ihnen bewegen. Er drehte die Handschuhe um und bemerkte jetzt kleine schwarze Insekten, die hektisch hin und her liefen und wie Käfer aussahen. Oder Würmer. Nein! Ameisen! Sie kletterten aus den Handschuhen auf seine Unterarme.

Noch bevor er registrierte, was sich da hin und her bewegte, traf ihn der Schmerz wie ein Donnerschlag.

Ein Schmerz, der alles in den Schatten stellte, was Olaf in seinem Leben erlebt hatte. Ein unmenschlicher, stechender Schmerz, als ob seine Hände in Flammen ständen. Er war so intensiv, so stark, dass er das Gefühl hatte, ihn keine Sekunde länger auszuhalten. Er schüttelte die Handschuhe, um sie sich abzustreifen, doch die rührten sich keinen Millimeter. Er schrie. Doch die Musik war nun so laut, dass er sich selbst nicht hörte. Aber er wusste, dass er schrie. Er schrie alles aus sich heraus, fing an zu schwitzen, stark zu schwitzen. Seine Arme zitterten vor Schmerz, er wurde blind vor Schmerz. Verlor jedes Gefühl für Raum und Zeit. Drehte sich im Kreis. Die Schmerzen wogten wie Wellen durch seinen Körper und sein Körper reagierte, fing an zu zucken. Vor und zurück. Wusste nicht, wohin mit sich. Er wollte nur, dass dieser Schmerz aufhörte, aber er wusste nicht, wie. Verzweiflung stieg in ihm auf. Schweiß lief ihm in die Augen. Er konnte ihn nicht wegwischen, denn er trug ja noch immer die Handschuhe. Diese verdammten Handschuhe. Ihm wurde übel, nein, richtig schlecht. Übergab sich. Plötzlich sank er auf die

Knie. Im Hintergrund noch immer diese grauenhaft laute Musik und diese grässlichen Trommeln, nie wieder würde er diese Musik vergessen. Nie wieder diesen Schmerz vergessen. Wenn er es überhaupt überlebte. Er hoffte, dass ihm irgendjemand die Handschuhe abnahm, er selbst schaffte es einfach nicht, er hatte Panik, er würde sie für immer tragen. Je mehr er sich bewegte, desto schlimmer wurde es. Er wusste nicht mehr, was er tat, was er sagte, was er schrie. Mittlerweile lag er am Boden. Auf dem Rücken, zappelte und drehte sich. Wand sich hin und her und schlug mit den Beinen und Armen um sich. Versuchte, die Ameisen an den Handschuhen auf dem Boden zu erschlagen.

Er schmeckte Blut im Mund, hatte er sich auf die Zunge gebissen? Ihm wurde schwindelig.

Das Letzte, was er sah, waren die glühenden Blicke der Kameraden, die um ihn herumstanden und sich immer noch nicht rührten.

Dann hüllte ihn ein schwarzer Schleier ein und er verlor das Bewusstsein.

***

Sonntag, früher Nachmittag

Olaf öffnete langsam die Augen und sah Gerrys Gesicht vor sich, das ihn besorgt musterte.

„Na, guten Tag, Kamerad", sagte er, dann stahl sich ein erleichtertes Grinsen in sein Gesicht.

Das Wort „Kamerad" betonte Gerry voller Stolz. Olaf wollte etwas erwidern, doch er bekam kein Wort heraus. Seine Lippen waren wie versiegelt, alles war taub. Gerry hielt ihm ein Glas Wasser hin, in dem ein

Strohhalm steckte. Dankbar und gierig trank er. Das kalte Wasser tat seiner trockenen Kehle gut.

Es dauerte noch einige Minuten, bis Olafs Gehirn wieder klar denken konnte. Er blickte sich langsam um. Er lag auf dem Rücken auf einer Art Pritsche. Als Gerry Olafs fragenden Blick registrierte, sagte er: „Du bist im Obergeschoss unseres Klubhauses."

Olaf blickte an sich herab. Seine Hände waren in dicke Verbände gepackt. Als er seinen Arm hob, spürte er einen stechenden Schmerz, der seinen ganzen Körper verkrampfen ließ. Das erinnerte ihn an die Tortur mit den Handschuhen. Die Handschuhe des Grauens.

Er musste vor Schmerzen bewusstlos geworden sein. Ein segensreicher Schutzmechanismus seines Körpers, um nicht völlig den Verstand zu verlieren. Olaf hatte das Gefühl, dass er den Schmerz keine Sekunde länger ausgehalten hätte.

Sein Blick fiel auf das Fenster. Draußen war es taghell.

„Wie spät ist es?", fragte er überrascht.

„Du warst über zwölf Stunden weggetreten, es ist fast 14 Uhr", antwortete Gerry, klopfte Olaf kameradschaftlich auf die Schulter und seine Miene verriet Stolz. Auf sich und auf Olaf. „Du hast es überstanden, du bist jetzt einer von uns. Ein Mitglied. Ein Kamerad. Ein Sithone. Ich war die ganze Nacht bei dir. Ich weiß, wie schmerzhaft das Ritual ist, jeder von uns hat das durchgemacht."

„Meine Hände?", fragte Olaf und versuchte, sie zu heben, sofort setzte der Schmerz wieder ein.

„Die werden wieder. Keine Sorge", antwortete Gerry leichthin, als wäre das offensichtlich.

„Was … Was waren das für Dinger in den Handschuhen?“, fragte Olaf, obwohl er eigentlich möglichst wenig Details über die Viecher hören wollte.

„Gewehrkugelameisen aus Südamerika. Sie werden bis zu zwei Zentimeter groß. Ihr Gift ist mit das Schmerzhafteste, was es in der Tierwelt gibt“, erklärte Gerry. Seine Augen leuchteten fast. „Sie werden lebend mit ihrem Stachel in die Handschuhe genäht. Aber manchmal können sie sich befreien …“

„Der Schmerz war unvorstellbar. So was habe ich noch nie erlebt.“

Gerry zuckte nur mit den Schultern: „Darum geht es ja.“

„Darum?“, fragte Olaf irritiert, „um den Schmerz?“

„Es handelt sich um ein altes Ritual, das ein deutsches Regiment, genauer gesagt die ‚Blaue Division‘, erfunden hat. Hitler und Franco haben dieses Regiment zur Unterstützung der deutschen Streitkräfte in Russland gegründet. Die Soldaten der Division, die hauptsächlich aus Venezuela, Chile und Spanien stammten und Anhänger des Deutschen Reichs waren, brachten das Ritual und die fiesen kleinen Insekten mit nach Deutschland. Bei uns lebt diese besondere Tradition weiter. Du bist bereit, für die eigenen Kameraden Höllenqualen zu erleiden. Erst wenn man dieses Ritual hinter sich gebracht hat, ist man ein würdiger Sithone.“

Nach kurzer Pause fügte Gerry hinzu: „So wie du jetzt.“ Er war sichtlich stolz auf Olaf.

Der wusste nicht, was er dazu sagen sollte, also schwieg er. Stattdessen schaute er betrübt auf seine verbundenen Hände.

„Wie lange bleibt das so?“, fragte er schließlich.

„Die Schwellung wird in ein, zwei Tagen zurückge-
hen. Du wirst noch ein bisschen länger Probleme beim
Greifen haben, aber die Schmerzen sollten spätestens
bis morgen weg sein", meinte Gerry.

Als Olaf weiter skeptisch erst die Verbände und dann
Gerry anschaute, schob der hinterher: „Vertrau mir,
das wird besser. Jetzt bist du einer von uns. Ab jetzt
wird alles gut."

Viel schlechter konnte es nicht mehr werden, dachte
Olaf genervt.

13

Das Klingeln ihres Handys riss Nesra aus einem Traum, der sie nicht loslassen wollte. Als sie die Benommenheit abgeschüttelt und ihre Beine aus dem Bett geschwungen hatte, spukten noch immer Bruchstücke der Erinnerung durch ihren Kopf.

Eine dunkle Halle mit vielen, sarggroßen Holzkisten, die in Reihe und Glied gelagert wurden. Im Traum hatte sie immer und immer wieder diese eine Kiste aufgestemmt und stets dasselbe vorgefunden. Fränkies bleichen, leblosen Körper. Mit einer Schusswunde im Kopf und einer im Herzen.

Sie griff sich das Smartphone, denn das Klingeln hatte noch immer nicht aufgehört, fuhr sich mit der Hand durch die kurzen Haare und nahm den Anruf entgegen.

Es war Marc.

„Hey, Nesra."

„Hmmm", antwortete sie verschlafen.

„Bist du schon wach?"

„Jetzt schon." Sie stöhnte und warf einen Blick auf den Wecker. 8:25 Uhr.

Sie hatte sich nach dem Besuch bei Drago nicht mehr bei Marc gemeldet. Ein paar Tage Abstand taten ihr gut, um einen klaren Kopf zu bekommen und über die

Dinge, die Drago erzählt hatte, und Fränkies Tod nachzudenken.

„Gibt's Neuigkeiten?", fragte sie und unterdrückte ein Gähnen.

„Und ob! Heute Nacht hat es an meiner Tür geklingelt. Also, eigentlich war es früher Morgen. Lucia ist fast durchgedreht und die Zwillinge sind auch aufgewacht."

Nesra mochte Marcs Frau, Lucia, ziemlich gern, auch wenn sie etwas anstrengend war. Der Typ Übermutter, der alles perfekt machen wollte. Außerdem hatte sie italienische Wurzeln und auch das berühmte Temperament, was manchmal mit der Perfektion auf Kriegsfuß stand. Es war nicht schwer, sich vorzustellen, wie schnell sie auf hundertachtzig war, wenn nachts plötzlich jemand vor der Tür stand und ihre Kinder aus dem Bett klingelte.

„Ich bin runter an die Tür und hab mir fast in die Hose gemacht. Es war niemand da, aber es lag ein Päckchen auf dem Absatz."

„Päckchen?"

„Ja, ein ganzes Paket, mit allen möglichen Unterlagen und Notizen."

Nesra kratzte sich am Kopf, stand umständlich auf und trottete Richtung Küche. „Und?"

„So wie es aussieht, kommt das Päckchen von Fränkie."

„Was?" Nesra wäre fast die Kaffeetasse aus der Hand gefallen, die sie gerade aus dem Schrank zog.

„Ja, also ich bin ziemlich sicher. Ich erkenne seine Handschrift auf den Notizen. Ich bin seitdem dabei, die Unterlagen zu sichten und zu verstehen, was ich da vor mir habe. Aber es scheint so, dass wir im Großen und

Ganzen mit unserer Vermutung recht hatten. Auch wenn ich noch nicht ganz überblicke, was Fränkie für Schlüsse daraus gezogen hat. Wenn er schon so weit war …"

Nesra fragte sich sofort, wer Marc das Päckchen mitten in der Nacht vor die Tür gelegt haben könnte. Einen Tag, nachdem Fränkie erschossen in einem Erdloch gefunden wurde. Definitiv kein Zufall.

„Ich schätze, unser unbekannter Paketbote hat keine Absenderadresse hinterlassen, oder?"

Sie lehnte sich mit dem Rücken gegen den Kühlschrank und beobachtete Lucky, der sich von seinem Lieblingsplatz am Fenster erhoben hatte und mit aufrecht gestelltem Schwanz auf sie zutänzelte.

„Natürlich nicht. Es sind einfach Ermittlungsunterlagen, Dokumente, Notizen und so weiter. Und eine externe Festplatte ist im Übrigen auch dabei."

„Entweder hat er schon einen Kurier beauftragt, bevor er gekidnappt wurde, das würde aber bedeuten, es wäre fast zwei Wochen her." Nesra dachte an den Zahn, den sie in seiner Wohnung gefunden hatte. „Oder er hat eine Art Tot-Mann-Schalter benutzt. Wenn er sich soundso lange nicht bei jemandem meldet, werden seine bisherigen Ermittlungsstände und seine Backupfestplatte an dich geschickt."

Lucky war inzwischen auf die Kücheninsel hochgesprungen und gab ein hungriges „Miauu" von sich. Nesra kraulte sein geflecktes Fell und hörte, wie Marc tief Luft holte: „Ja, daran habe ich auch schon gedacht. Das wäre typisch für Fränkie. Wie in einem alten Spionagefilm. Das wäre genau sein Stil. Vor allem, wenn er davon ausgehen musste, dass er in Gefahr war. Er hatte das Päckchen bestimmt irgendwo hinterlegt und sich regelmäßig bei jemandem gemeldet. Als er dann entführt wurde und sein Kontakt von ihm nichts mehr gehört hat, wusste sein Bote, was zu tun ist."

„Was dafür spricht, dass Fränkie möglicherweise schon länger in großen Schwierigkeiten war. Seine Ermordung war dann nur der Schlusspunkt."

„Du meinst, er ist entführt worden?"

„Die Spuren in seiner Wohnung sprechen dafür, oder?"

Nesra überlegte kurz. „Soll ich kommen und dir mit den Unterlagen helfen?"

„Nein, nicht nötig. Außerdem haben wir keine Zeit. Hast du vergessen, dass Kilberta uns um 10 Uhr im Büro sprechen wollte?"

Nesra stöhnte auf. Das Gespräch mit ihrer Dienststellenleiterin hatte sie tatsächlich komplett verdrängt. „Dann bis gleich", sagte sie missmutig und sah auf die Uhr. Eine heiße Dusche und ein schnelles Frühstück würden wohl noch drin sein, auch wenn die samstägliche Stuttgarter Blechlawine Richtung Innenstadt ihren zeitlichen Tribut fordern würde.

14

Mittwoch, 22. August

Olafs Hände hatten sich tatsächlich wieder erholt.

Genau so, wie Gerry es vorausgesagt hatte. Olaf hatte Schlimmes befürchtet. Aber nach einigen Tagen war auch die Schwellung abgeklungen, sodass er die Hände wieder normal benutzen konnte. Von den Sithonen, besser gesagt von einem Klubkameraden, Dr. Fleischmann, den sie alle nur den Doc oder Fleischmann nannten und der in Stuttgart eine Arztpraxis führte, hatte er eine entzündungshemmende Salbe sowie eine Krankmeldung für die nächsten Tage erhalten. Die ersten Tage war Gerry noch bei Olaf geblieben und hatte sich um ihn gekümmert. In der Zeit fühlte sich Olaf wie ein Pflegefall. Nicht nur, weil die Schmerzen in seinen geschwollenen Händen selbst einfachste Dinge unmöglich machten, sondern weil auch die Erinnerungen an die Zeit nach dem Unfall im Sudan wieder hochkamen. „Doch diesmal wird es anders werden", sagte er sich, aber seine Hilflosigkeit ärgerte ihn.

Immerhin war es kein Unfall, der ihn aussehen ließ wie ein vollkommener Trottel, sondern er war auf dem besten Weg, Teil von etwas Größerem und Wichtigerem zu werden. Ein Sithone. Das war jeden Schmerz wert, sagte sich Olaf und versuchte zu lächeln.

Außerdem fand er es irritierenderweise sehr angenehm, von Gerry bemuttert zu werden.

Er kaufte für Olaf ein, bestellte Essen beim Lieferdienst und leistete ihm ausdauernd Gesellschaft, munterte ihn auf. Gerry schien sehr viel Zeit zu haben, und Olaf fragte sich, wie er das mit seinem Job als Wachmann zusammenbrachte. Jeden Tag kam er vorbei, schaute mit Olaf Netflix-Serien oder sie spielten auf der Playstation Ballerspiele. Besser gesagt, Gerry spielte Playstation, Olaf war zum Zuschauen verdammt. Seine Hände waren zwar wieder abgeschwollen, aber für das erfolgreiche Zocken mit den Pads reichte es noch nicht.

Er dachte über sein Hobby im Keller nach, das er jetzt notgedrungen auf Eis gelegt hatte, denn selbst dafür brauchte er viel Fingergeschick, und damit blieb ihm nichts anderes übrig, als abzuwarten. Außerdem war er meist nicht allein. Er hatte den Keller abgeschlossen und gehofft, Gerry würde keine Fragen stellen. Denn er war nicht bereit, sein Hobby mit jemandem zu teilen. Noch nicht. Dumme Kommentare wollte er im Augenblick nicht hören, nicht einmal von Gerry.

Die anderen Klubkameraden und auch Bruno hatten ihm über Gerry Grüße ausrichten lassen. Und als Olaf gestern Abend das erste Mal wieder im Klubhaus vorbeigeschaut hatte, klopften sie ihm alle auf die Schulter, gaben ihm nett gemeinte Nackenklatscher oder gratulierten ihm. Dann wurden reichlich Bier und Schnaps ausgeschenkt.

Kein Zweifel, Olaf hatte das Gefühl, dass er jetzt richtig dazugehörte. Und er merkte, wie wichtig ihm diese besondere Art von Kameradschaft war. Und es würde noch besser werden. Der nächste Schritt war die

Erlaubnis, die Farben der Sithonen, ihr Erkennungszeichen, tragen zu dürfen. Die blaue Kornblume, die sich um ein weißes S auf schwarzem Hintergrund schlängelte, trugen viele Kameraden als Aufnäher auf der Kleidung oder als Tätowierung auf dem Hals, manchmal auf dem Handrücken. Für den Anfang würde Olaf der Aufnäher reichen, doch von Gerry wusste er, dass er sich dafür noch weiter bewähren musste. Die Handschuhe waren nur der erste Schritt gewesen. Als Nächstes musste er irgendeine Aufgabe für seine neuen Kameraden erledigen.

Er wusste allerdings noch nicht, was, und er wusste noch nicht, wann.

Gerry hatte ihm erklärt, dass die Zeit dafür kommen würde und dass er mit seinem Einsatz den Sithonen noch sehr helfen könnte. Er musste einfach Geduld haben und auf diese Gelegenheit warten.

15

Samstag, 18. August, gegen 10 Uhr

„Sag mal! Geht's noch!", schrie eine junge Frau auf einem Fahrrad. Sie konnte gerade noch so der Autotür ausweichen, die Cordes vor einer Millisekunde aufgestoßen hatte. Dann fuhr sie einen Schlenker, drehte sich noch einmal kurz um und zeigte ihm wütend einen Vogel.

„Scheiße", sagte er anstelle einer Entschuldigung, denn die Frau war schon viel zu weit weg, als dass sie ihn hätte hören können. Er blickte ihr mit schlechtem Gewissen nach, bewunderte noch den pinkfarbenen Fahrradhelm, der in der Sonne glitzerte, als wären Hunderte Strasssteinchen auf der Oberfläche befestigt. Dann bog sie um die Straßenecke und verschwand aus seinem Blickfeld.

„Das war knapp." Cordes pustete einmal tief durch, warf zerknirscht einen Blick über die Schulter und stieg dann aus.

Er musste sich eingestehen, dass er gerade nicht in bester Verfassung war. Überarbeitet, müde und hungrig.

Auch heute Morgen hatte das Frühstück leider nicht die oberste Priorität gehabt. Nach einer intensiven Arbeitsnacht und nur mit zwei Stunden Schlaf hatte er sich zuerst mit seinem Team besprochen, das, so wie er, fast rund um die Uhr an der Aufklärung des Mordes an Frank Leschmitz arbeitete.

Leider hatten sie noch nicht besonders viel herausgefunden. Es waren knapp achtundvierzig Stunden seit dem Fund der Leiche vergangen. Fränkie war laut Gerichtsmedizin zu diesem Zeitpunkt schon mehrere Tage tot, und sie stocherten noch völlig im Nebel.

Die Spurensicherung hatte in Frank Leschmitz' Wohnung Spuren von Blut, Bleiche und Luminol gefunden, wobei Letzteres Cordes einige Kopfschmerzen bereitete. War Bleiche doch äußerst effektiv in der Beseitigung von Blutspuren, machte Luminol genau das Gegenteil und brachte Blut wieder zum Vorschein. Was ihn einigermaßen verwirrte.

Außerdem hatten sie mehrere Fingerabdrücke, die im System keinen Treffer brachten, und DNA-Spuren, wie Hautschuppen, Wimpern und einzelne Haare, sichergestellt. Eine DNA-Analyse war natürlich schon in Arbeit, das dauerte nur leider etwas, bis das Ergebnis da war, denn die Labore waren mal wieder überlastet. Außerdem hatten sie Einbruchsspuren in Form von kleinen Kratzern am Türschloss gefunden, die auf einen Dietrich hindeuteten.

Und dann war da noch der Zustand von Fränkies Wohnung. Alles schien durchwühlt und dann wieder provisorisch aufgeräumt worden zu sein. Cordes versuchte sich in der noch frühen Phase einer Mordermittlung nicht zu schnell von einer bestimmten Theorie beeinflussen zu lassen. So etwas konnte dazu führen, dass man die nötige Objektivität verlor und dann ein winziges, aber vielleicht entscheidendes Detail übersah. Trotzdem deutete alles darauf hin, dass mindestens zweimal in die Wohnung eingebrochen worden war. Und es sprach einiges dafür, dass Frank Leschmitz hier überwältigt und möglicherweise gefoltert worden war. Die Schmauchspurenanalyse hatte zwar ergeben, dass die Wohnung nicht der Tatort war, was aber bedeutete, dass die Täter Frank Leschmitz aus seiner Wohnung entführt hatten. Nur warum und wohin, das war ihm zu diesem Zeitpunkt völlig schleierhaft.

Und obwohl der Staatsanwalt vor einer Stunde die detaillierte Funkzellenabfrage für Fränkies Wohnung durchgewinkt hatte, machte sich Cordes nichts vor. Erstens würde es noch einige Tage dauern, bis die Mobilfunk-Provider die Daten bereitstellen würden, und zweitens würde es ein kaum zu bewältigender Datenberg sein: Welches Handy hat sich in der entsprechenden Funkzelle registriert, wer hat mit wem telefoniert, wer hat wem wann eine SMS geschickt und so weiter. Und das auf mindestens einen Zeitraum von vierundzwanzig Stunden im Umkreis von fünfhundert Metern des Tatorts. Selbst wenn man mögliche Fluchtwege der Täter nicht mit einbeziehen würde, rechnete Cordes mit einigen Tausend Personen, die herausgerastert werden würden. Er stöhnte. Seit dem Massaker in dem Nachtklub vor drei Wochen hatte er einige Kollegen an die Soko verloren, in der LKA und Kriminalpolizei zusammen ermittelten. Es gab zwar ein paar kluge Köpfe bei der Kripo, die ein Faible für Datenanalyse hatten, aber letztlich blieb die Auswertung reine Fleißarbeit. Mehr versprach er sich von Leschmitz' Handydaten. Aber auch hier würde er noch ein bisschen Geduld brauchen. In der Zwischenzeit sollte er auf jeden Fall bei Dr. Kilberta in der Martha-Schmidtmann-Straße vorbeischauen. Er hatte sich schon gefragt, warum ausgerechnet Nesra am Fundort von Fränkies Leiche erschienen war.

***

10 Uhr im ZFA

Es war genau 10 Uhr, als Nesra und Marc an Dr. Kilbertas Bürotür klopften und zögernd eintraten. Nesras Herzschlag beschleunigte sich, als sie den strengen Blick ihrer Chefin sah. Die Dienststellenleiterin saß an ihrem Schreibtisch und wirkte äußerst unzufrieden.

„Setzen", befahl sie unmissverständlich. Nesra und Marc nahmen auf den beiden Stühlen vor dem Schreibtisch Platz. Die Anspannung war mit Händen zu greifen.

„Wie erwartet hat sich Kriminalhauptkommissar Cordes für heute bei mir angekündigt", begann Kilberta mit scharfem Tonfall.

„Er wird jeden Moment auftauchen und Fragen zu dem tragischen Tod von Frank Leschmitz stellen."

Dr. Kilberta beugte sich nach vorn und fragte mit leiser Stimme: „Gibt es etwas, das ich wissen sollte?"

Nesra und Marc tauschten einen kurzen, bedeutungsvollen Blick aus, dann ergriff Marc das Wort. „Wir glauben, dass Frank Leschmitz ermordet wurde, weil er Ermittlungen angestellt hat, die offensichtlich irgendjemandem nicht gefallen haben."

„Sie sprechen in Rätseln, Herr Voss. Von was für Ermittlungen sprechen Sie? In meinem Haus werden keine Ermittlungen durchgeführt, wenn ich nicht den Auftrag dazu gegeben habe. Wie kommen Sie beide also

192

darauf, dass Frank Leschmitz' Tod mit etwas zu tun hat, von dem ich nichts weiß?"

Nesra und Marc sahen sich unsicher an. Sollten sie ...?

„Um was für eine Ermittlung handelt es sich denn?", fragte Dr. Kilberta jetzt in einem versöhnlicheren Ton.

„Frank Leschmitz hat mir gegenüber vor ein paar Wochen erwähnt, dass er durch Zufall auf einige Lieferscheine der Bundeswehr gestoßen ist", erklärte Marc schnell, „und dass ihm etwas Merkwürdiges aufgefallen ist."

„Wieso hat Leschmitz in Sachen Waffentransporte recherchiert?", fragte Dr. Kilberta konsterniert. „Das gehört überhaupt nicht in sein Aufgabengebiet. Wenn Rico Schwarz das hört, wird er wenig erbaut sein. Aber egal: Was hat Herr Leschmitz denn so Wichtiges herausbekommen? Und gibt es irgendwelche schriftlichen Aufzeichnungen? Wir können Cordes nicht mit irgendwelchen Gesprächen zwischen Tür und Angel kommen."

Marc schüttelte betrübt den Kopf und dachte an das Päckchen, das er vor ein paar Stunden erhalten hatte. „Es gibt keine Aufzeichnungen. Jedenfalls nichts, was wir Cordes präsentieren können. Aber es gibt zwei Punkte, die wir nicht ignorieren sollten. Punkt eins: Wer hat die Urlaubsmeldung von Leschmitz geschickt und warum? Punkt zwei: Wer hat das Büro von Leschmitz gesäubert."

„Gesäubert?" Kilberta schaute Marc mit großen Augen an.

„Nennen Sie es, wie Sie wollen, aber da finden Sie nichts mehr, was auf Fränkies Recherchen hindeutet. Und sein Rechner im Büro ... nada, nichts mehr."

Dr. Kilbertas Miene wurde aschfahl. Anscheinend überschlug sie gerade die Konsequenzen, die Marcs Äußerungen hatten. „Gut, dann werde ich Rico Schwarz auf die Recherchen von Leschmitz ansetzen. Was immer an der Sache dran ist, der Kollege wird es finden."

Marc und Nesra sahen sich mit einem Achselzucken an, aber Kilberta war noch nicht fertig. „Und was Cordes betrifft: Erst einmal kein Wort zu den Waffentransporten und den sogenannten Ermittlungen. Spekulationen bringen uns derzeit nicht weiter. Haben wir uns verstanden?" Marc und Nesra nickten pflichtschuldig. Und dann klopfte es an der Tür.

***

10:20 Uhr

Als Cordes in Kilbertas Büro eintrat, bot sich ihm ein unerwarteter Anblick. Nesra und Marc Voss saßen vor der Dienststellenleiterin und sagten kein Wort. Vor ein paar Sekunden hatte er noch eine laute Stimme durch die Tür gehört, doch jetzt war sie verstummt. Hier lag etwas in der Luft, das er nicht greifen konnte. Für einen kurzen Augenblick musterte er alle drei mit einem neugierigen Blick, dann setzte er sich auf den einzigen freien Stuhl.

Kilberta begrüßte ihn mit einem knappen Nicken und einem Gesichtsausdruck, aus dem man alles und nichts lesen konnte. Dr. Kilberta war eine Meisterin darin, ihre Emotionen zu verbergen.

„Kriminalhauptkommissar Cordes, schön, dass Sie uns auf den neuesten Stand der Ermittlungen bringen wollen", sagte sie mit einer freundlichen Stimme.

Cordes suchte Nesras Blick, aber auch sie hatte eine Wand hochgezogen, hinter der nichts zu sehen war. Keine Emotion, keine Reaktion.

„Dr. Kilberta, ich hoffe, ich störe keine wichtige Besprechung. Ging es vielleicht um Frank Leschmitz?", fragte er grinsend.

Kilbertas Mienenspiel blieb undurchdringlich. „Es ging um interne Angelegenheiten, Herr Cordes. Nichts, was mit Frank Leschmitz zu tun hat."

Cordes spürte, dass sie ihm nicht die Wahrheit sagte, doch er entschied sich dafür, es dabei zu belassen. Vorerst.

„Frau Bukhari und Herr Voss wollten sowieso gerade gehen."

Nesra und Marc Voss, die noch immer kein Wort gesagt hatten, erhoben sich zögernd, tauschten einen vielsagenden Blick mit Kilberta aus und verließen das Büro. Wenn sich Cordes über das Verhalten der Leiterin der Zollbehörde wunderte, ließ er es sich nicht anmerken. Stattdessen schob er sich in aller Ruhe ein Eukalyptus-Bonbon in den Mund.

Dann richtete er seine Aufmerksamkeit auf die Dienststellenleiterin des ZFA. „Dr. Kilberta, zuerst einmal mein aufrichtiges Beileid zu dem Verlust Ihres Kollegen. Eine furchtbare Tragödie ...", Cordes suchte nach den richtigen Worten, „ich habe das leider auch schon erleben müssen."

Kilberta hob langsam ihren Blick und Cordes suchte eine Spur von Schmerz in ihren Augen, doch er fand nur kühle Professionalität. Sie nickte kurz, dann ging sie zur Tagesordnung über.

„Danke. Aber deshalb sind Sie nicht hier, oder?"

„Nicht nur, nein. Wir stehen leider noch ganz am Anfang. Wir suchen vor allem nach dem Motiv für diesen Mord. Bisher gibt es jedoch keine Anhaltspunkte, dass sich die Tat mit persönlichen Problemen in Verbindung bringen lässt, obwohl da noch nicht alle Ergebnisse vorliegen. Eine Beziehungstat schließen wir allerdings aus, dafür sind die Umstände und auch die Auffindesituation der Tat zu ungewöhnlich. Es gibt natürlich trotzdem einen Ermittlungsansatz, den wir priorisieren. Daher sollten wir vor allem über die aktuellen Fälle sprechen, die er bearbeitet hat."

Kilberta lächelte ihn an und erhob sich.

„Ich hole uns erst mal einen starken Kaffee." Und schon hatte sie das Büro verlassen.

Cordes schaute ihr verdutzt hinterher. Was war das denn für eine Aktion? Er bekam immer mehr das Gefühl, dass ihn das Gespräch mit der Dienststellenleiterin in seinen Ermittlungen keinen Millimeter weiterbringen würde.

Die ganze Sache wurde immer merkwürdiger.

16

Donnerstag, 23. August, früher Abend

Olaf zog gerade das neue Hemd an, das Gerry ihm geschenkt hatte. Der Schnitt des schwarzen Poloshirts mit dem goldenen Lorbeerkranz auf der linken Brust kaschierte seine breiten Hüften und ließ ihn an den Schultern geradezu sportlich aussehen. Zufrieden betrachtete er sich im Spiegel und spielte mit dem Kragen. Aufgestellt oder nicht? Er entschied sich dafür, den Kragen hochzuklappen. Dann fuhr er sich mit der Bürste durch die kurzen Stoppelhaare. Von draußen hörte er plötzlich ungeduldiges Hupen.

Na, endlich, dachte er zufrieden, ging zum Fenster und zog die weiße Scheibengardine mit der Häkelborte, die er aus dem Haus seiner Mutter übernommen hatte, zur Seite.

Ein schwarzer SUV stand vor seiner Tür, parkte halb auf dem Bürgersteig, halb auf der Straße. Doc Fleischmann, der sich um Olafs Hände gekümmert hatte, saß am Steuer und drückte erneut auf die Hupe.

Gerry lümmelte sich neben ihm auf dem Beifahrersitz und hob lässig die Hand.

Eine Mischung aus Unruhe und Vorfreude erfüllte Olaf.

Die Kundgebung wurde von der Hoffnung Heimat organisiert. Immer am Donnerstagabend. Olaf hatte mitbekommen, dass die Sithonen schon seit längerer Zeit mit einer größeren Gruppe teilnahmen. Es war so eine Art Protestdemo, hatte Gerry ihm zugeflüstert, die sich gegen die Migrationspolitik der Regierung in Berlin stellte. Allerdings wurde das Thema Asylanten vermieden, es ging mehr um die damit verbundenen hohen Kosten und die Freiheitsrechte der deutschen Bürger, die missachtet wurden. Richtig verstanden hatte Olaf das Ganze nicht, aber was er wusste, war, dass ihn sein Job und sein Leben momentan ankotzte. Und so ging es auch vielen anderen Sithonen, wenn sie überhaupt noch einen Job hatten. Aus mehreren Gesprächen im Klubhaus wusste Olaf, dass sich viele seiner Kameraden Sorgen um die eigene Zukunft machten. Olaf hatte zwar noch einen Job, aber einen, der ihn zunehmend nervte. Inzwischen bekam er immer mehr langweilige Arbeit auf den Tisch und Franzen, diese Luftpumpe, erhöhte wöchentlich den Druck. Einige Sithonen behaupteten, dass dahinter ein ausgeklügeltes System stecken würde, damit sich die oberen Zehntausend einfach noch mehr bereichern konnten. Die scheffeln die Kohle und der kleine Mann muss schuften. Für Olaf hörte sich das logisch an. Irgendwo musste das ganze Geld ja landen, nur nicht bei ihm. Er war jetzt ein Sithone und wollte nicht mehr nur am Spielfeldrand stehen. Er wollte mitspielen. Aber nicht als Marionette, wie so viele andere, sondern lieber als Strippenzieher. Für den ersten Schritt hieß das, Farbe zu bekennen, auf dieser Demo.

Gerry hatte ihn strahlend angeguckt, als er ihm gesagt hatte, dass er am Donnerstag dabei wäre.

Jetzt zog Olaf hastig seine Turnschuhe an und beeilte sich, aus dem Haus zu kommen. Er wollte die Kameraden nicht warten lassen.

„Hey, wie isses?“, begrüßte ihn Gerry, als Olaf die Autotür öffnete und auf dem Rücksitz Platz nahm.

Olaf nickte: „Alles gut.“

„Dann kann's ja losgehen“, sagte Fleischmann ausdruckslos und drückte das Gaspedal durch.

Eine halbe Stunde später, der Doc hatte den SUV auf einem Parkplatz seiner Arztpraxis im Stuttgarter Süden geparkt, liefen die drei Richtung Marienplatz. Von dort aus startete jeden Donnerstag die Demonstration und bewegte sich dann über die Tübingerstraße in die Innenstadt Stuttgarts zum Schloßplatz, auf dem dann die Abschlusskundgebung stattfand.

Olaf fühlte ein merkwürdiges Grummeln im Magen.

Je näher sie dem Marienplatz kamen, desto voller wurden die Straßen. Die meisten Passanten waren auf dem Weg in dieselbe Richtung. Gleichgesinnte trafen sich und schlossen sich zu kleineren oder größeren Gruppen zusammen. Einige hatten Plakate aus Pappe an Brettern oder Besenstielen befestigt oder trugen Deutschlandfahnen und Stoffbanner mit sich.

„Da drüben sind Arbeitskollegen von mir“, sagte Gerry und zeigte auf ein paar Demonstranten auf der gegenüberliegenden Straßenseite. „Heyyyy! Bernhard!“, schrie er rüber.

Zwei Männer drehten sich um, erkannten Gerry und kamen über die Straße auf ihn zu.

„Mahlzeit, Gerald“, sagte der Kleinere der beiden. Sie schüttelten die Hände. Gerry stellte die Kollegen, Olaf und Fleischmann einander vor.

Der Größere trug ein Schild mit einer Holzlatte, das er nun stolz an der Schulter abstützte. Mit groben Pinselstrichen war „only Dönitz can jutge me" darauf zu lesen. Olaf konnte mit dem Spruch nichts anfangen. Von Dönitz hatte er mal beim Bund gehört, aber wurde „jutge" nicht ganz anders geschrieben? Als Gerrys Kollege Olafs skeptischen Blick bemerkte, nickte er dem Kerl pflichtschuldig zu.

Der Kleinere reichte einen Flachmann herum: „Hier, zum Lockerwerden", sein Grinsen entblößte gelbbraune, schräg sitzende Zähne.

Nacheinander nahmen alle einen Schluck aus der Pulle. Der Obstler brannte in der Kehle. Olaf begann zu schwitzen. Ein kühles Bier wäre ihm jetzt lieber gewesen. Es war nämlich immer noch verdammt heiß. Die Luft stand förmlich über dem Asphalt und flimmerte. Dazu kam, dass es absolut windstill war. Die feuchte Kleidung klebte am ganzen Körper fest. Der wolkenlose, immer noch tiefblaue Himmel versprach, dass auch der heutige Abend keine Änderung bringen würde. Eine weitere schwülheiße Sommernacht wartete.

„Es ist gleich sechs", sagte Fleischmann beim Blick auf die Uhr und deutete mit einer Geste an, einen Gang zuzulegen.

Die neu formierte Gruppe beeilte sich, nicht zu spät zu kommen.

Als sie um die Ecke bogen, verschlug es Olaf fast die Sprache.

Der Platz war rammelvoll. Das mussten Tausende Menschen sein.

Gerry und Olaf sahen sich mit großen Augen an. Offensichtlich war auch Gerry beeindruckt.

Die Sithonen überquerten die breite Straße und liefen an einer Gruppe Polizeibeamter vorbei, die in schwerer, dunkelblauer Kampfmontur Stellung bezogen hatte. Die Visiere der Einsatzhelme waren heruntergeklappt und nicht wenige Polizisten hatten einen hüfthohen Schutzschild aus Plexiglas vor sich abgestellt. Dienstpistole, ein armlanger Schlagstock, Reizgas und Handfesseln signalisierten staatliche Macht. Die Hände der Einsatzkräfte steckten in dicken Handschuhen, die an den Knöcheln und am Handrücken mit Plastikkappen verstärkt waren. Obwohl Olaf diese Ausrüstung aus seiner eigenen Dienstzeit im Sudan kannte, fühlte er sich eingeschüchtert.

„Ich muss kurz jemandem Hallo sagen. Geht schon mal vor, ich komme nach", rief Gerry und zeigte in Richtung des Pavillons in der Mitte des Platzes.

Aus Olafs Neugier wurde Verwunderung, als er sah, dass Gerry auf eine Gruppe Polizisten zuging und einige mit Handschlag begrüßte.

Während Gerry alte Bekanntschaften auffrischte, bewegten sich Fleischmann, Olaf und die anderen in die Mitte des Platzes.

Je näher sie dem Pavillon im Zentrum kamen, desto lauter und enger wurde es. Von irgendwoher dröhnte „Take me down to the Paradise City" von Guns N' Roses über eine Soundanlage, und wenig später standen sie dicht an dicht inmitten unzähliger klebriger, schwitziger Körper. Die Luft roch abgestanden und nach billigen Deos, was Olaf nervös machte. Wie auf Kommando begannen seine Ellenbogen zu jucken. Zu viele

Menschen, zu nah aufeinander. Lange würde er das nicht aushalten.

Neben ihm zog jemand an einem Joint und blies ihm den Rauch direkt ins Gesicht. Er musste husten.

Fleischmann hielt bei ein paar Jugendlichen an, die inmitten der Menge auf einem Klapptisch Dosenbier für zwei Euro verkauften. Er orderte gleich vier, steckte zwei Dosen in seinen Rucksack, reichte ein Bier an Olaf weiter. Olaf schenkte Fleischmann ein dankbares Lächeln, prostete ihm zu und trank das kühle Bier auf Ex. Fleischmann grinste anerkennend und machte es ihm nach.

Dann trafen sie neben dem Pavillon auf die anderen Klubkameraden.

Bruno und etwa zehn weitere Sithonen standen im Kreis zusammen, vertrieben sich rauchend und trinkend die Zeit, bis sich der Zug in Bewegung setzen würde. Sie waren von den anderen Demonstranten gut zu unterscheiden. Einige der Sithonen trugen identische Klub-Shirts, auf denen das Erkennungszeichen, die blaue Kornblume, aufgedruckt war. Die übrigen hatten ein Fred-Perry-Polohemd an, so wie Olaf.

Bruno stand in der Mitte der Gruppe und erzählte wohl gerade eine Geschichte. Als Olaf und Fleischmann zur Gruppe hinzustießen, war Bruno gerade bei der Pointe angekommen: „... ist betrunken vom Wachturm gefallen!“

Das kehlige Lachen der Klubmitglieder rund um Bruno übertönte die Geräusche um sie herum. Bruno lachte selbst am lautesten, als er die Neuankömmlinge bemerkte.

„Ah, Jungs, schön, dass ihr es noch pünktlich geschafft habt."

„Klaro", erwiderte Fleischmann, klatschte die ihm ausgestreckte Hand ab und nickte ihm respektvoll zu.

Olaf begrüßte Bruno und die anderen mit einem schüchternen Nicken und hielt sich dann zurück. In größeren Gruppen fühlte er sich unsicher und das war auch bei den Sithonen nicht anders. Sein Blick suchte Gerry und er war heilfroh, als der ein paar Minuten später endlich zu ihnen stieß. Noch mehr freute er sich über das nächste Bier, das ihm Gerry in die Hand drückte und ihm dabei freundschaftlich in die Seite boxte.

Dumpfe Trommelschläge vom Rande des Platzes kündigten an, dass es bald losgehen würde. Trotzdem dauerte es noch einige Minuten, bis sich der Demonstrationszug in Bewegung setzte. Langsam zog der Tross durch die Tübingerstraße Richtung Innenstadt.

Olaf lief zwischen Gerry und einem Kerl, den er bisher noch nie bei den Sithonen gesehen hatte. Er war hochgewachsen und wirkte austrainiert wie ein Kampfsportler. Seine rasierte Glatze glänzte in der Abendsonne vor Schweiß und seine weit aufgerissenen Augen irrten von links nach rechts, so als suchte er etwas oder jemanden. Auf seinem T-Shirt, das unter den Muskelbergen fast zu platzen drohte, war eine schwarze Sonne mit der Aufschrift „Sonnenstudio 88" aufgedruckt. Als er einige Schritte nach vorne drängte, registrierte Olaf den Schriftzug „Wir sind braun" auf seinem Rücken. Olaf schüttelte angewidert den Kopf. Der rassistische Spruch war ihm zuwider. Olaf war nicht blöd. Er hatte natürlich mitbekommen, dass einige der Sithonen etwas gegen Ausländer hatten und entsprechend hetzten. Bisher hatte er darüber großzügig hinweggesehen. Sprüche waren schließlich keine Taten. Doch dieser Typ sah nicht so aus, als würde er nur dumm daherreden.

„Die Jungs von der Fackel-17", hörte er ihn plötzlich sagen. Der Glatzkopf zeigte auf ein paar martialisch aussehende Typen, die trotz der Hitze schwarze Kapuzenpullover trugen. Sie reihten sich in den Demozug ein und schlossen wie selbstverständlich zu den Sithonen auf.

„Heil Hitler", sagte der Anführer der Gruppe trocken und gab dem Glatzkopf neben Olaf brüderlich die Hand.

Olaf fühlte sich zunehmend unwohler. Sein Blick suchte Gerry, der sich gerade eine Zigarette ansteckte und Probleme hatte, dem älteren Ehepaar vor ihm nicht in die Hacken zu laufen.

„Oh Mann! Lauft schneller oder geht zum Sterben an die Seite", motzte er sie an. So einen groben Ton kannte Olaf von Gerry gar nicht. Das Ehepaar drehte sich um und warf ihnen böse Blicke zu. Auf dem Kopf trugen beide kunstvoll gefaltete Aluhüte.

„The Walking Dead", sagte irgendjemand und Olaf hörte kehliges Lachen.

Jetzt wurde es den beiden Rentnern zu heiß und sie ließen die Sithonen schnell vorbei.

***

Olaf und die anderen zogen in der Menschenmasse die Tübingerstraße entlang. Vorbei an offenen Geschäften und Straßencafés, in denen neugierige, kopfschüttelnde oder entsetzte Blicke auf lautstarke und teils schon angetrunkene Demonstranten trafen. Olafs Blick fiel auf ein Bettlaken, das aus einem Fenster hing und auf dem in roter Farbe „Querdenker = Leerdenker" geschrieben stand. Mit gemischten Gefühlen und einem schalen Beigeschmack im Mund versuchte er sich in der Menge unsichtbar zu machen und hielt sich hinter Gerry versteckt.

Als sie von der Tübingerstraße in die Eberhardstraße einbogen, wurde die Atmosphäre hitziger. Von links kam ihnen eine Gruppe Gegendemonstranten entgegen, die Anti-Nazi-Slogans skandierten und Antifa-Plakate trugen. Noch bevor die beiden Gruppen aufeinandertrafen, wurden sie schon von einer Hundertschaft Polizisten in Kampfanzügen isoliert.

Eine Demonstrantin, etwas älter als Olaf, die ein paar Meter vor ihm lief, schrie immer und immer wieder in Richtung der Gegendemonstranten: „Ihr macht uns nicht mundtot!", dabei ballte sie energisch die rechte Faust in den Himmel. Einige andere fielen mit ein, was wiederum die andere Seite provozierte.

Die Stimmung heizte sich noch weiter auf, als sie schließlich auf dem Schloßplatz von immer mehr Polizisten empfangen und regelrecht eingekesselt wurden.

Der u-förmige Vorplatz des neuen Schlosses war mit Polizeieinsatzwagen überfüllt, deren flackerndes Blaulicht den Platz trotz der frühen Dämmerung in eine klaustrophobische Atmosphäre hüllte.

Olaf sah, dass sich aus Richtung des Hauptbahnhofs über die Königstraße eine Reiterstaffel der Polizei näherte. Außerdem wartete in der Ecke des

Schlossplatzes ein Unimog mit einem auf dem Dach montierten Wasserwerfer.

Olaf spürte, dass sich die Spannung, die mit Händen zu greifen war, gleich entladen würde, und so bemühte er sich, Gerry und die anderen nicht aus den Augen zu verlieren. Er wollte auf keinen Fall zurückfallen und dann auf sich allein gestellt sein.

Aus dem Nichts tauchte plötzlich eine weitere Gruppe von Gegendemonstranten von der Seite aus Richtung des Schlossgartens auf. Der schwarze Block war größtenteils vermummt und bewegte sich direkt auf die Sithonen zu.

Olaf blickte sich um und sah, wie seine Kameraden sich auf das Unvermeidliche vorbereiteten. Ihre Gruppe wurde von einer unerklärlichen Energie erfasst. Sie drängten mit Macht an die Spitze des Demozugs. Weiter vorne versuchten die Einsatzkräfte, die von Minute zu Minute wilder werdende Masse in Schach zu halten und zurückzudrängen. Von hinten hielten die nachkommenden Demonstranten dagegen.

Olaf blieb keine Wahl. Entweder abhauen oder mitmachen. Es wurde rund um ihn herum so eng und stickig, dass er das Gefühl hatte, dass er keine Luft mehr bekam. Sie standen nun Körper an Körper. Und er musste die Arme heben und sich mit Gewalt durchboxen, um nicht den Anschluss an die Kameraden zu verlieren.

„Scheiß linke Zecken!", schrie der Glatzkopf, der sich plötzlich wieder in Olafs Nähe befand, in Richtung des schwarzen Blocks, der nur noch einige Meter entfernt war und von den Polizisten noch gerade so zurückgehalten wurde. Immer mehr Menschen drängten auf den Platz, die Polizisten zwischen den gegnerischen Gruppen waren zunehmend überfordert. Olaf ahnte, dass hier jeden Moment die Bombe explodieren würde. Die Zündschnur wartete nur darauf, angezündet zu werden.

Und dann passierte es.

***

Das Streichholz, das die Bombe schließlich explodieren ließ und die Situation damit in ein völliges Chaos stürzte, waren ein paar vermummte Jungs im Schwarzen Block, die leere Sekt- und Bierflaschen in hohem Bogen auf die Demonstranten warfen.

Als die erste Flasche ein paar Meter neben Olaf eine Frau an der Schulter traf und sie schreiend zu Boden ging, eskalierte alles.

Die etwa zwanzig Sithonen, unterstützt durch die befreundete Bande, die sich Fackel-17 nannte, und ein paar weitere Demonstranten durchbrachen die dünne Polizeilinie und gingen sofort auf die Gegendemonstranten los. Die überforderten Polizisten wurden einfach überrannt.

Von überall dröhnte lautes Geschrei, das von ohrenbetäubendem Sirenengeheul übertönt wurde. Aus irgendeiner Richtung waren Fetzen von Polizeidurchsagen zu hören, die niemanden interessierten.

Bruno stand auf einem Brunnen und schrie irgendwelche Befehle, die Olaf aufgrund der tobenden Menge um ihn herum nicht verstand.

Olafs Blick suchte Gerry, doch in dem heillosen Durcheinander fand er ihn nicht, stattdessen blieb sein Blick erschrocken an dem muskulösen Glatzkopf hängen. Der Riese beugte sich gerade zu einem am Boden liegenden Polizisten herunter, riss ihm mit einer einzigen Bewegung den Helm vom Kopf und warf ihn mit Wucht in die Gruppe der Gegner. Dann brüllte er mit weit aufgerissenen Augen irgendetwas in die Menge, sprang über den noch immer am Boden liegenden Polizisten und warf sich auf zwei Typen aus dem Schwarzen Block.

Plötzlich wurde Olaf von der Seite angerempelt. Ein älterer Mann mit grau meliertem Vollbart und einem weinenden Kleinkind auf dem Arm versuchte, sich auf die sichere Seite zu retten. Blut lief ihm die Schläfe herunter. Geschockt machte Olaf einen Schritt zur Seite und suchte mit wachsender Panik nach einem bekannten Gesicht in der Menge. „Wo, verflixt noch mal, bist du, Gerry?"

***

Als Olaf ihn endlich entdeckte, zog sich sein Magen zusammen. Ein Mann, klein, schmal und mit schwarzem, strohigem Haar, hielt Gerry im Schwitzkasten und drückte ihm die Luft ab. Gerrys Gesicht wechselte gerade von Dunkelrot ins Dunkelbläuliche. Er war vollkommen wehrlos, und seinem Blick zufolge war er kurz davor, das Bewusstsein zu verlieren.

„Nein", brüllte Olaf und stürmte los.

Leider stolperte er über das Bein eines vor ihm auf dem Boden liegenden Mannes und fiel einem vor ihm kämpfenden Antifa-Typen in den Rücken. Er kümmerte sich nicht um das wütende Geschrei des Mannes und rappelte sich wieder auf. Vor ihm stand jetzt der Kerl, der Gerry in der Mangel hatte. Olaf bekam gerade noch die Hände vors Gesicht, als der Typ zuschlug. Dann drehte er sich um und versuchte, den Angreifer wegzudrücken. Irgendwie gelang es ihm tatsächlich, den Mann auf Distanz zu halten. Sie schauten sich wortlos an und belauerten sich eine Weile, bis der andere wieder zum Angriff überging. Olaf schloss die Augen, riss instinktiv die Arme hoch und spürte, wie sein rechter Ellenbogen auf etwas Hartes traf. Als er die Augen öffnete, sah er noch, wie sein Gegner die Augen verdrehte und zu Boden ging. Olaf hatte ihn mehr zufällig mit dem Ellenbogen direkt am Kinn getroffen und damit bewusstlos geschlagen.

Fleischmann, der Doc, stand plötzlich neben ihm und stützte Gerry, der nach Luft rang, aber offensichtlich nicht ernsthaft verletzt war.

„Gut gemacht, Olaf! Hast ihm ordentlich eine verpasst! Lass uns jetzt verschwinden!", brüllte Fleischmann und bedeutete Olaf, ihm bei Gerry zu helfen.

Ein beißend scharfer, pfefferartiger Geruch lag plötzlich in der Luft. Bruno und andere Kameraden kamen plötzlich angerannt. „Reizgas", schrie Bruno, „die Bullen räumen jetzt den Platz! Wir verziehen uns! Treffpunkt Klubhaus!", bellte er und gab Fersengeld. Die anderen folgten ihm so schnell sie konnten.

Eine halbe Stunde später waren die meisten im Klubhaus angekommen. Die Stimmung war, so fand Olaf, erstaunlich aufgekratzt.

***

„Dem Schlitzauge hat Olaf 'ne ordentliche Abreibung gegeben", sagte Fleischmann, „der war komplett aus dem Spiel."

„Wirklich?" Bruno machte ein überraschtes Gesicht. Er hatte wie die meisten ein paar kleinere Blessuren von der Schlägerei davongetragen. Seine Unterlippe war dick und sein linkes Auge rot und angeschwollen.

„Ja, hab's genau gesehen. Mit dem Ellenbogen. Voll auf die Zwölf." Dabei holte Fleischmann mit seinem linken Arm aus und spielte die Szene nach.

„Gut gemacht", sagte Bruno, lehnte sich sichtlich zufrieden in seinem Stuhl zurück und hielt sich eine Bierflasche zur Kühlung an die linke Gesichtshälfte.

Fleischmann reichte Olaf ebenfalls ein frisches Helles.

„Danke", murmelte Olaf. Jetzt nahm er die Flasche entgegen und blickte verstohlen zu Gerry rüber, der ihm schräg gegenübersaß und wieder halbwegs auf der Höhe wirkte. Sein Gesicht hatte wieder seine normale Farbe angenommen. Ein blasser Teint mit rötlichen Wangen. Seine Stimme war noch etwas heiser, ansonsten war er ganz der Alte.

Olaf wusste natürlich, dass er einfach Glück gehabt hatte. Als der Typ, der Gerry in der Mangel hatte, plötzlich vor ihm stand, hatte er einfach instinktiv reagiert. Auf jeden Fall war es nicht seine Absicht gewesen, ihn mit dem Ellenbogen bewusstlos zu schlagen.

Doch das würde er vor den Sithonen natürlich nicht zugeben. Jetzt war er gerade ein Held, wenn auch nur ein kleiner. Aber an diesen Gedanken könnte er sich gewöhnen. Ja, auf keinen Fall würde er zugeben, dass es

reines Glück war, dass er den Asiaten ausgeknockt
hatte.

Zufrieden blickte er in die Runde und hoffte insgeheim, dass er beim nächsten Mal nicht so viel Glück
brauchen würde. Das würde er, so fürchtete er, nämlich kein zweites Mal haben. Also nahm er sich vor, das
nächste Mal besser vorbereitet zu sein.

17

19. August, Sonntagmittag

Etwas frustriert zerbiss Cordes das Eukalyptus-Bonbon in seinem Mund, als er durch die menschenleeren Straßen der Innenstadt lief.

Das Gespräch mit Dr. Kilberta am Vortag hatte nicht die erhofften Antworten gebracht, im Gegenteil: Eigentlich hatte es ihn mehr verstört als irgendetwas anderes.

Er hatte durchaus registriert, dass Dr. Kilberta nicht mit offenen Karten spielte, aber er verstand nicht, wieso. Was wusste sie, was er zu diesem Zeitpunkt nicht erfahren durfte? Und warum hatte sie Nesra und ihren Kollegen demonstrativ vor ihm nach draußen befördert? Er spürte, dass seine Ermittlungen nicht von der Stelle kamen. Und auch sein Versuch, mit Nesra zu sprechen, war gescheitert. Ihr Handy blieb ausgestellt.

Dieser Fall war zum Mäusemelken!

Er musste endlich Fortschritte bei den Ermittlungen machen. Und das fing beim Motiv an: Warum wurde Frank Leschmitz gefoltert, ermordet und in einem Erdloch verscharrt?

Ein Hupen riss Cordes aus seinen Gedanken. Er ließ das Auto passieren, überquerte dann die Straße und steuerte auf den Dönerladen zu, von dem er wusste, dass die Kollegen vom Gesundheitsamt hier ebenfalls regelmäßig zu Mittag aßen. Und die mussten schließlich wissen, wo man guten Döner essen konnte.

Gott sei Dank war an einem Sonntag nicht viel los, vielleicht war es einfach zu heiß für das Fleisch vom Drehspieß, aber Cordes hatte sich entschieden, sich eine kurze Auszeit zu gönnen, einen Happen zu essen und seine Gedanken zu sortieren.

Du bist nicht du, wenn du hungrig bist, ging ihm ein alter Werbeslogan eines Schokoriegels durch den Kopf.

Nachdem er bestellt hatte, suchte er sich einen freien Stehtisch vor dem Laden und dachte nach. Dabei ging er noch einmal durch, was er bisher wusste.

Leschmitz hatte keine Schulden gehabt, keine ungewöhnlichen Banktransaktionen getätigt und auch sonst keine sprichwörtlichen Leichen im Keller. Zumindest hatten sie bisher keine entdeckt.

Cordes' Team hatte schon einige der Fälle, in denen Leschmitz der führende Ermittler gewesen war, unter die Lupe genommen, um ein mögliches Rachemotiv eines verknackten Kriminellen auszuschließen. Dabei war nichts Brauchbares herausgekommen. Aktuelle Fälle waren in der Regel bis zu mehreren Monaten gesperrt. Genau deswegen hatte er mit Dr. Kilberta sprechen wollen, aber sie hatte ihn eiskalt auflaufen lassen. Frank Leschmitz, so seine Chefin, hatte aktuell an keinem Fall gearbeitet. Kilbertas Reserviertheit und das reservierte Verhalten von Nesra kamen ihm zwar seltsam vor, aber mehr als ein schlechtes Bauchgefühl hatte er nicht zu bieten.

Ein paar Minuten später brachte ihm jemand einen Döner „mit extra scharf" und eine eiskalte Flasche Sprite. Während er hungrig in den Döner biss, versuchte er für einen Moment abzuschalten und nicht an den Fall zu denken, in dem sich partout keine Tür für die Ermittlung öffnen wollte. Er musste dringend mit Nesra sprechen.

Hektor Cordes hatte in den vielen Jahren bei der Mordkommission schon an einigen außergewöhnlichen Fällen gearbeitet. Vom blutigen Totschlag an einem Lokalpolitiker, einem religiös-fanatisch motivierten Armbrust-Mord, der Teil eines größeren Plans gewesen war und fast in einem Giftgas-Attentat geendet hätte, bis hin zu verscharrten Leichen dreier Kinder in einem Waldstück am Rande Stuttgarts.

Daher hatte er sich ein dickes Fell zugelegt, das auch bei hohem Mediendruck nicht juckte. Doch diesmal ging es ihm anders, nämlich ungewöhnlich nahe. Ja, regelrecht an die Nieren. Er wusste allerdings nicht, aus welchem Grund. Ein Zollfahnder war tot. Brutal ermordet. Hingerichtet. So traurig es auch war, war das nicht das erste Mal, dass er so einen Fall aufklären musste. Der Umstand, dass er den Kollegen gekannt hatte, war ebenfalls nichts Neues. Auch der Anruf des Bürgermeisters war nichts, was ihn normalerweise aus der Ruhe brachte.

„Woran liegt es also, dass mir dieser Fall so viel Kopfzerbrechen bereitet?“ Er nahm einen weiteren Schluck Sprite und wischte sich mit einer Serviette über den Mund. Dabei dachte er an Frank Leschmitz. Und er dachte an das Massaker in dem Stuttgarter Restaurant vor einigen Wochen, an die ähnliche Tat in München, und er hatte einen Augenblick die wahnwitzige Idee, dass das alles irgendwie zusammenhängen könnte.

„Cordes, du Idiot", schalt er sich und fasste einen Plan. Er musste mit Nesra sprechen. Ganz dringend.

Das Vibrieren seines Handys erinnerte ihn daran, dass es Zeit wurde, aufzubrechen.

Es war Mattheo, ein junger Kommissar, mit dem Cordes das erste Mal in einer Soko zusammenarbeitete. Die Brisanz des Falls machte leider nicht vor einem Sonntag halt und daher hatte er heute Morgen Mattheo und einen anderen Kollegen angewiesen, noch mal in die Wohnung von Leschmitz zu fahren, um weitere Nachbarn zu befragen.

„Ja?", sagte Cordes anstelle einer Begrüßung in den Lautsprecher seines Handys und bemerkte zeitgleich einen großen Fleck Dönersoße auf dem Hemdkragen.

„Hallo, Hektor. Ich wollte dir nur Bescheid geben, dass wir mit der Befragung der Hausbewohner durch sind und jetzt zurück ins Revier fahren."

„Und?", hakte er nach, während er mit der Serviette versuchte, sein Hemd zu reinigen. Der Fettfleck wurde leider nur größer.

„Fehlanzeige. Wir haben eigentlich nichts Hilfreiches erfahren. Niemand hat anscheinend etwas gesehen oder gehört. Eine Familie haben wir noch nicht erreicht, die sind seit über zehn Tagen in Italien und werden erst Ende der Woche wiederkommen. Ach ja, die Nachbarin, eine gewisse Frau Lindl, steht auch noch auf unserem Zettel. Die haben wir bisher noch nicht angetroffen."

„Hm", machte Cordes, „bei der Familie können wir warten, denn die waren zum Zeitpunkt von Leschmitz' Verschwinden sowieso nicht zu Hause. Und diese Frau Lindl fehlt uns noch?"

„Ja, sie wohnt direkt unter der Wohnung von Leschmitz. Im zweiten Stock. Sie könnte also eine spannende Zeugin sein. Wir sind jetzt schon auf dem Weg ins Revier, sollen wir zurückfahren, auf sie warten oder eine Streife hinbeordern?"

Cordes überlegte. „Nein, lasst mal. Ich bin sowieso noch unterwegs. Ich probiere es gleich selbst, vielleicht ist sie ja nur spazieren oder mit dem Hund unterwegs. Ich fahre bei Frau Lindl vorbei und komme dann im Anschluss ins Revier."

Dann legte Cordes auf, trank seine Sprite aus und streckte sich mit frischem Elan.

Der Frust war dabei einer neuen Entschlossenheit gewichen. Noch würde er nicht die Flinte ins Korn werfen.

Cordes schloss die Eingangstür mit dem Schlüssel auf, den er von der Hausverwaltung erhalten hatte. Der säuerliche Geruch, der im Treppenhaus hing, kitzelte in der Nase. Irgendjemand im Haus kochte zum Mittagessen Kohl oder Sauerkraut. Er schüttelte sich bei dem Gedanken an Hausmannskost, sein Bedarf an deftigem Essen war nach dem Döner erst mal gedeckt. Er seufzte, nahm den Aufzug und hoffte, dass er Leschmitz' Nachbarin endlich antreffen würde. Im zweiten Stock stieg er aus und lief die Wohnungstüren ab, bis er vor dem Klingelschild von Gisela Lindl stand.

Er drückte die Schelle und wartete geduldig. Nach gefühlten fünf Minuten klingelte er erneut und klopfte zusätzlich an die Tür.

„Frau Lindl! Mein Name ist Hektor Cordes, ich bin Kriminalhauptkommissar in der Mordkommission.

Ich leite die Ermittlungen in dem Fall Leschmitz. Kann ich kurz mit Ihnen sprechen?"

Er hielt sein Ohr an die Tür und lauschte auf etwas, was sich in der Wohnung tat. Leider war alles still. Sein Blick fiel auf die Fußmatte vor seinen Füßen. Ein glückliches Mopsgesicht grinste ihn mit treuen Augen an. Darunter stand in kitschig geschwungenen Lettern: „Hier wohnt Milo."

Cordes zog die Augenbrauen hoch, er mochte keine Hunde und er hasste Möpse. Dann klingelte er ein letztes Mal und machte sich enttäuscht wieder auf den Weg nach unten.

Als er den Aufzug im Erdgeschoss verließ, kam ihm eine mittelalte Frau in einem türkisfarbenen Top entgegen, das deutlich zu eng geraten war. Auf dem Arm trug sie einen hechelnden Hund. Einen Mops.

„Frau Lindl?", fragte Cordes mit einem falschen Lächeln. Die Frau schreckte zusammen, sah ihn argwöhnisch an. Weil sie aber keine Anstalten machte, zu antworten, versuchte Cordes es noch einmal.

„Meine Kollegen waren schon mal hier. Wir müssen mit Ihnen über Frank Leschmitz sprechen."

Die Frau presste die Lippen zusammen und blickte Cordes feindselig an.

„Entschuldigung. Mein Name ist Hektor Cordes. Kriminalpolizei. Ich ermittle im Tötungsdelikt Frank Leschmitz." Cordes ging davon aus, dass jeder im Haus von Leschmitz' Tod wusste. So was sprach sich schnell herum, vor allem bei den vielen Polizeibeamten, der Kripo und den Kollegen von der SpuSi, die seit dem Fund der Leiche hier dauernd ein und aus gegangen waren. Sogar der ein oder andere Journalist war schon vor dem Haus gesichtet worden.

„Ich müsste Ihnen ein paar Fragen stellen", sagte er leicht genervt, weil Frau Lindl noch immer regungslos dastand und keinen Mucks sagte. Dann streichelte sie ihren Mops, der Cordes mit schwarzen Knopfaugen anstarrte und asthmatisch hechelte. Endlich stahl sich ein scheues Lächeln auf ihr Gesicht. „Ich bin oft mit Milo draußen. Er hat in letzter Zeit so starke Darmprobleme. Der Tierarzt meint, dass es an den Leckerlis liegt, die er von mir bekommt, aber ich denke, es ist die Hitze." Dabei hob sie Milo mit einer entschuldigenden Geste noch ein paar Zentimeter höher, damit Cordes ihn noch besser bewundern konnte.

„Bestimmt ist es die Hitze", sagte Cordes schnell, weil er glaubte, dass sie genau das hören wollte.

Frau Lindl nickte zufrieden.

„Was möchten Sie denn wissen?" Jetzt deutlich freundlicher. Hektor Cordes hatte den Mops-Test wohl bestanden.

„Wann haben Sie Herrn Leschmitz zuletzt gesehen?"

„Das ist schon eine Weile her", sagte Frau Lindl betrübt, „bestimmt zwei Wochen oder so."

„Und in der letzten Woche, ist Ihnen da irgendetwas Besonderes aufgefallen?"

„Besonderes?", fragte sie ratlos. „Was meinen Sie damit?"

„Waren vielleicht Personen im Haus, die Sie vorher hier noch nie gesehen haben? Irgendwelche Dinge, die Ihnen komisch vorkamen?"

„Hm", sagte Frau Lindl und blickte ihren Mops nachdenklich an. Doch Milo hechelte nur.

„Meinen Sie denn, Herr Leschmitz wurde hier im Hause umgebracht?"

„Dazu kann ich Ihnen nichts sagen."

„Oh Gott, ich wusste es. Er ist bestimmt direkt über mir gestorben."

„Das ist Spekulation, Frau Lindl", sagte Cordes. „Und wenn es Sie beruhigt: Nein, er wurde nicht in seiner Wohnung umgebracht."

Für einen Moment schien Frau Lindl über diese Information nachzudenken, dann schüttelte sie energisch den Kopf. „Mir ist nichts Besonderes aufgefallen. Eigentlich war alles wie immer. Herr Leschmitz war sowieso selten zu Hause und kein netter Nachbar. Ich glaube, er mochte Milo nicht. Ich habe mich nicht oft mit ihm unterhalten."

Dann blickte sie wieder in die treuen Augen ihres Mopses. „Trotzdem, so was hat er nicht verdient", sagte sie wieder halbwegs mit der Welt versöhnt.

„Verstehe", antwortete Cordes, „und gesehen haben Sie ihn zuletzt vor etwa zwei Wochen, sagten Sie?"

Frau Lindl schaute ihn ratlos an, dann schüttelte sie den Kopf: „Das könnte auch länger her sein. Das hatte ich Ihrer Kollegin aber auch schon erzählt."

„Meiner Kollegin?"

„Ja, der hübschen Frau mit der dunklen Haut. Sie hat gesagt, sie wäre auch von der Polizei und hat sich ebenfalls nach Frank Leschmitz erkundigt. Leider hatte sie viel zu kurze Haare. Wissen Sie, ich finde, eine attraktive Frau sollte doch lange Haare haben, oder?"

Cordes ging nicht darauf ein. Seine Miene war wie versteinert, denn das war eine Information, die einiges veränderte. Er kannte nur eine Polizistin, auf die diese

Beschreibung zutraf. Und die hatte bisher mit keinem Wort erwähnt, dass sie selbst schon nach Frank Leschmitz gesucht hatte.

„Wann genau war meine Kollegin denn bei Ihnen?", wollte Cordes nun wissen.

„Na, das ist länger her. Vor zwei Wochen oder so."

Cordes' Lippen wurden schmal. Das wurde immer besser.

Es dauerte einen kurzen Moment, bis er die Tragweite dessen, was er gerade erfahren hatte, richtig sortiert hatte.

Wenn Nesra schon vorletzte Woche hier gewesen war und sich nach Leschmitz erkundigt hatte, veränderte das den Fall auf ganzer Linie, denn es würde bedeuten, dass Leschmitz schon länger verschwunden war und dass diese Tatsache Nesra und ihren Kollegen auf den Plan gerufen hatte. Nesra musste etwas wissen, was er nicht wusste, und das ärgerte ihn maßlos.

Mit einem Mal ergab auch das Luminol in der Wohnung Sinn. Nesra hatte nach Blutspuren gesucht. Ja, je länger er darüber nachdachte, desto besser passte dieses Vorgehen zu seiner alten Kollegin. Seiner alten Freundin. Von der er scheinbar die ganze Zeit an der Nase herumgeführt wurde.

Dabei fiel ihm Frau Lindl wieder ein, die noch immer vor ihm stand und ihn mit vor Neugierde leuchtenden Augen anstarrte.

Er bedankte sich pflichtschuldig bei der Nachbarin für ihre „wichtige Aussage" und machte sich dann auf den Weg ins Polizeipräsidium.

Er musste dringend über seine nächsten Schritte nachdenken.

18

Dienstag, 21. August, früher Abend

Nesra schnappte sich das letzte Lachs-Maki mit den Essstäbchen vom Teller, tunkte es in das kleine Schälchen, in dem sie Sojasauce mit ordentlich Wasabi gemischt hatte, und ließ es dann in ihrem Mund verschwinden. Genüsslich kauend betrachtete sie Lucky, der auf dem Couchtisch neben ihrem Teller saß und sie vorwurfsvoll anbettelte.

„Schau nicht so entgeistert", sagte sie mit vollem Mund. Dabei deutete sie mit dem Stäbchen auf eine kleine Schale, die vor seiner Schnauze auf dem Tisch stand.

„Du hast doch selbst eins."

Lucky prüfte das letzte Stück Sushi in seiner Schale, das auch in Sojasauce schwamm. Ohne Wasabi, denn das vertrug der Kater nicht.

Zufrieden beobachtete sie, wie er sich dann behaglich schnurrend über die Reste hermachte.

Dann waren ihre Gedanken wieder im Sorgenmodus. Seit Marc Fränkies Päckchen bekommen hatte, waren schon drei Tage vergangen und er hatte sich immer noch nicht bei ihr gemeldet, auf ihre Anrufe und Nachrichten nicht reagiert. Langsam machte sie sich Sorgen. Einmal hatte sie in der ZFA in seinem Büro vorbeigeschaut, doch Marc war seit dem Gespräch mit

Dr. Kilberta nicht mehr im Haus gewesen. Vermutlich ging er der Dienststellenleiterin genauso aus dem Weg wie Nesra. Sie beschloss, Marc noch einen weiteren Tag Zeit zu geben. Danach würde sie bei ihm zu Hause vorbeifahren. Das Warten machte sie nämlich langsam wahnsinnig.

Die Kripo Stuttgart arbeitete derweil weiterhin mit Hochdruck an der Aufklärung der Ermordung Fränkies. Cordes hatte sie in den letzten Tagen immer wieder angerufen, sich aber merkwürdig bedeckt gehalten. Nein, es gäbe keine Fortschritte, hatte er stereotyp behauptet, und überhaupt, ob sie ihm nicht etwas zu sagen habe. Nesra war sich sicher, dass Cordes etwas von ihren eigenen Ermittlungen ahnte, doch die Ansage von Kilberta war unmissverständlich gewesen. Keine Informationen an die Kripo, bis sie selbst etwas wusste. Auch deshalb hoffte Nesra darauf, dass Marc in dem Päckchen etwas fand, das als hieb- und stichfesten Beweis herhalten könnte. Cordes hatte sie nämlich gefragt, ob sie diese Woche noch zusammen auf ein Bier gehen könnten. Normalerweise war das nichts Außergewöhnliches, doch irgendwas in Cordes' Ton hatte Nesra dazu bewogen, ihn noch etwas hinzuhalten und nicht direkt zuzusagen. Hatte es mit ihrem Alleingang zu tun? Klar, inzwischen wusste Cordes garantiert von ihren Ermittlungen wegen Fränkies Verschwinden, dafür war er ein viel zu guter Polizist. Und auch bei den Spuren von Luminol in der Wohnung würde er zwei und zwei zusammenzählen. Eine typische Nesra-Aktion nannte er es, wenn er gute Laune hatte. Hatte er noch gute Laune? Inzwischen nagte das schlechte Gewissen an ihr. Sie ließ nicht gerne einen so guten und alten Freund im Unklaren, aber sie musste sich vor sich selbst schützen. Sie würde irgendwann reden und damit eine Dienstaufsichtsbeschwerde riskieren. Das war der Hauptgrund, warum sie nicht direkt zugesagt hatte. Sie hatte keine Lust mehr zu lügen und ging ihm daher vorerst aus dem Weg. Solange es ging.

Ansonsten gab es zumindest laut Cordes bisher kaum neue Erkenntnisse. Auch die Auswertung der Spuren in Fränkies Wohnung hatte nichts ergeben. Es musste einen heftigen Kampf gegeben haben, aber weder Zeitpunkt noch das genaue Tatgeschehen konnten ermittelt werden. Niemand in der Nachbarschaft hatte etwas Verdächtiges gehört oder gesehen. Fingerabdrücke, Faserspuren, Blutreste – alles nur von Fränkie. Es war wie verhext. Immerhin hatte sie selbst keine Spuren hinterlassen, von dem Türschloss einmal abgesehen. Je länger sie über den Fall nachdachte, desto schlechter wurde ihre Laune. Und so hatte sich Nesra in den vergangenen Tagen abgelenkt, indem sie sich um ihre eigenen Angelegenheiten kümmerte: ein paar Einkäufe erledigen, Finanzen checken und sich mit Sport fit halten. Auch eine intensive Schwimmeinheit hatte sie sich wieder gegönnt.

Im Laufe des Nachmittags war ihr ein Satz von Drago über das Milliardärsehepaar von Hasselberg wieder eingefallen, und der schwirrte ihr den ganzen Tag schon im Kopf herum: „Die blütenweiße Weste darf nicht beschmutzt werden", hatte er gesagt. Vielleicht war es Intuition, vielleicht wollte ihr Unterbewusstsein auch irgendetwas mitteilen, in jedem Fall war ihre Neugier geweckt.

Sie griff nach ihrem iPad und warf die Suchmaschine an.

Überraschenderweise war nicht besonders viel über das Unternehmerpaar zu finden, was Nesra höchst erstaunlich fand. Allerdings gab es ein Interview auf YouTube, das die von Hasselbergs in einer Abendshow beim SWR zeigte. Neugierig startete Nesra den Clip und drehte die Lautstärke auf: „... freue ich mich ganz besonders, heute das Unternehmerehepaar und die Gründer der Hasselberg-Stiftung begrüßen zu dürfen. Arite und Arian von Hasselberg."

Der Moderator schenkte den beiden ein schmieriges Lächeln, und dann brandete enthusiastischer Beifall auf, der auf Nesra vor allem künstlich wirkte. Als ob er vom Band käme. Dann nahm die Kamera die beiden in den Blick.

Arian von Hasselberg war schlank und hochgewachsen. Seine Haut sah zwar faltig aus, seine himmelblauen Augen wirkten jedoch wach und voller Energie und spiegelten den Stolz von rund siebzig Jahren Lebenserfahrung wider. Er trug ein safranfarbenes Hemd, dazu eine dunkelrote Chino und diese besondere Art von Bootsschuhen, die alte, reiche Männer normalerweise nur auf Segeltörns oder vielleicht beim Austern-Frühstück in der Bretagne trugen. Die Beine lässig übereinandergeschlagen sonnte er sich sichtlich zufrieden in der Aufmerksamkeit der Studiogäste.

Seine Frau Arite war ebenfalls von schlanker Statur. Nesra schätzte sie deutlich jünger als ihren Mann. Vielleicht Anfang fünfzig. Sie war etwas zu hell geschminkt, sodass das dunkel gebräunte Dekolleté,

Nesra tippte auf die Sonne Monacos, einen nicht zu übersehbaren Kontrast bildete.

Das elegante, ärmellose Abendkleid betonte ihre sehnigen Arme, denen das tägliche Training anzusehen war. Die Lippen, die Nase und die Stirn verrieten ihre zweite Freizeitbeschäftigung: regelmäßige Sitzungen beim Beauty-Doc. Sie hatte wie selbstverständlich ihre Hand auf dem Oberschenkel ihres Mannes abgelegt und schenkte dem Moderator ein einstudiertes Lächeln.

Alles, die Kleidung, die Gesten, die Mimik, alles an den beiden wirkte perfekt aufeinander abgestimmt. Nesra hatte in ihrer Kindheit oft mit sehr reichen und mit richtig reichen Leuten zu tun gehabt. Wenn ihre Eltern mal wieder ein Dinner ausgerichtet hatten und sie, als Einzelkind, das Vorzeigepüppchen spielen sollte, hatte sie sich ein Spiel daraus gemacht, die Gäste an den langweiligen Abenden zu beobachten. Es waren die kleinen Dinge, an denen man die Unterschiede ausmachte. Wie man erkennen konnte, wer dazugehörte und wer ausgeschlossen wurde. Als Kind hätte sie nie gedacht, dass ihr diese Erfahrung im Job einmal zum Vorteil gereichen würde.

Als der Applaus abebbte, wandte sich der Moderator direkt an seine VIP-Gäste. „Herzlich willkommen in meiner Sendung. Eigentlich muss ich Sie beide gar nicht vorstellen, ich tue es aber trotzdem sehr gerne und von Herzen.“

Nesra ging der Moderator schon jetzt auf den Wecker. Gegelte Haare, ein zu enger italienischer Anzug und bunte Möchtegern-Hipster-Socken passten wunderbar zu der aufgesetzten Affektiertheit, mit der er die von Hasselbergs hofierte.

Und die Huldigung nahm kein Ende. „Sie haben über die letzten Jahrzehnte ein Milliardenimperium aufgebaut, fast aus dem Nichts, und dabei immer ein starkes Bekenntnis zu dem Wirtschaftsstandort Süddeutschland abgelegt."

Wieder enthusiastischer Beifall aus dem Publikum.

Nach einer kurzen Pause fuhr der Moderator fort: „Und jetzt, da die Wirtschaft in Deutschland aufgrund der Folgen der Corona- und der Energiekrise am Boden liegt, stellen sich natürlich viele unserer Zuschauer die Frage, ob Sie auch hier wieder helfen werden. Und wenn ja, was werden Sie tun?"

Mein Gott – wie billig, dachte Nesra, und das in den Öffentlich-Rechtlichen.

Ihr wurde gerade klar, dass der Auftritt eine reine Werbesendung für die Hasselbergs war. Der gelackte Affe würde keine einzige kritische Frage stellen. Trotzdem war Nesra neugierig, was die von Hasselbergs antworten würden. „Vielen Dank. Es freut mich sehr, dass wir beide, meine Frau und ich, heute zu Ihnen eingeladen worden sind", salbaderte Arian von Hasselberg. Seine tiefe und raue Stimme erinnerte Nesra an Christian Bale in einem seiner Batman-Filme.

„Wenn Sie gestatten, würde ich gerne ein paar grundsätzliche Dinge vorausschicken", fuhr Hasselberg fort.

„Bitte …", sagte der Moderator und nickte wie ein Jünger Jesu, dem gerade die Heiligsprechung in Aussicht gestellt wurde. Dann drehte die Kamera Hasselberg im Porträt auf.

„Um der Wirtschaftsregion Stuttgart zu helfen, haben wir vor einigen Jahren eigens eine Stiftung gegründet. Sie richtet sich gezielt an kleine und mittelständische Unternehmen und bietet Unterstützung zu sehr attraktiven Konditionen an. Außerdem stellen wir unentgeltlich unsere Experten zur Verfügung, die in Schieflage geratene Unternehmen bei der Reorganisation und Umstrukturierung beraten."

Dabei blickte er kurz zu seiner Frau Arite, die ihm aufmunternd zulächelte und ihm bestärkend über den Arm strich.

Als ob der Moderator Nesras Gedanken gelesen hatte, hakte er nach: „Nach welchen Kriterien wählen Sie die unterstützten Unternehmen aus?"

„Nach den Grundsätzen unserer Stiftung. Sie ist eine der größten gemeinnützigen Stiftungen in Süddeutschland. Sie wird ausschließlich durch das Privatvermögen und die Unternehmungen meiner Frau und mir finanziert. Unsere Grundsätze sind in der Stiftungsurkunde hinterlegt."

„Könnten Sie diese Grundsätze nochmals für das Publikum erläutern?"

„Aber natürlich. Die Hasselberg-Stiftung reagiert auf gesellschaftliche Herausforderungen und fördert die Entwicklung und Bewahrung der freiheitlichen Bürgergesellschaft. Dabei achten wir ganz besonders auf den Erhalt von Traditionen und den Fortbestand und die Förderung eines wertkonservativen Gemeinwesens."

„Und wie sieht so was beispielsweise in der Praxis aus?"

„Wir verfolgen Hunderte stiftungsinterne Projekte, bei denen es um Unterstützung von Gemeinden und Landkreisen in Fragen zur Leitkultur oder der Gestaltung einer von der Bevölkerung getragenen Einwanderungsgesellschaft geht. Aber wir helfen auch einzelnen in Not geratenen Bürgern, die sich um das Gemeinwohl verdient gemacht haben. Und wir unterstützen immer wieder Unternehmen, die Ziele im Sinne der Stiftungssatzung verfolgen."

„Aha, und was genau heißt in diesem Fall unterstützen?"

„Das kann zum Beispiel ein besonders günstiger Kredit sein oder eine Anschubfinanzierung, die an eine spätere Beteiligung gekoppelt ist, um so den Erfolg der Unternehmung bestmöglich zu gewährleisten."

„Ich verstehe." Der Moderator nickte. Ob er wirklich verstand, da war sich Nesra nicht so sicher.

Von Hasselberg lehnte sich in seinem Stuhl zurück und faltete zufrieden die Hände vor der Brust zusammen. Nesra fiel ein großer Siegelring, breite, haarige Hände und einige Altersflecken auf den Handrücken auf. Dann ergriff er erneut das Wort: „Wissen Sie, ich bin schon lange im Geschäft, ich habe viele Jahre Ministerpräsident Lothar Späth in unserem schönen Baden-Württemberg beraten und gehörte zum engen Expertenkreis von Altkanzler Kohl, wenn es um gesamtgesellschaftliche Probleme in unserem Land ging. Mir liegt sehr viel an Deutschland, und natürlich haben wir, meine Frau und ich, eine ganz besondere Beziehung zur süddeutschen Region. Ich habe vieles erlebt, Höhen und Tiefen, aber das, was gerade passiert, der rapide Anstieg der Arbeitslosigkeit, die Insolvenzen, der

Werteverfall in der Gesellschaft und der stetig wachsende Unmut der Bevölkerung, speziell auch im Süden Deutschlands, das ist besorgniserregend. Nein, entsetzlich.“

So, so, dachte Nesra etwas gelangweilt und scrollte auf dem iPad nach unten. Das Video war knapp sechs Monate alt, hatte fast eine Million Aufrufe und über 100.000 erhobene Daumen. Erstaunlicherweise war die Kommentarfunktion für dieses Video deaktiviert, was dafürsprach, dass die Reaktionen nicht nur positiv waren.

So viel zum Thema blütenweiße Weste, dachte Nesra vergnügt.

Das Klingeln ihres Handys ließ sie hochfahren.

Es war Marc. Endlich!

Doch es war nicht Marcs Stimme, die am anderen Ende der Leitung zu hören war, sondern die von seiner Frau Lucia. „Nesra?“

„Ja“, erwiderte Nesra alarmiert.

„Kannst du herkommen?“, fragte sie flüsternd.

„Ist was passiert?“

„Nein, nicht wirklich. Aber ...“ Das kurze Zögern und die Unsicherheit in Lucias Stimme wirkten alles andere als beruhigend. „... Marc steht seit ein paar Tagen komplett neben sich. Er isst fast nichts, er schläft kaum, er hat sich in seinem Arbeitszimmer versteckt und vergräbt sich in den Unterlagen, die er vor ein paar Tagen bekommen hat.“

„Hm“, nuschelte Nesra, nur um irgendetwas zu sagen.

„Ich habe versucht, mit ihm zu reden, aber er will niemanden sehen, er schreit wütend rum und schmeißt mich immer gleich wieder aus seinem Arbeitszimmer, wenn ich was zu essen bringe. Er ist völlig von der Rolle.“

„Was hältst du davon, wenn ich jetzt vorbeikomme und mit ihm rede“, schlug Nesra vor.

„Ja, ich denke, das wäre gut“, antwortete Lucia erleichtert, „und danke, Nesra.“

„Ist doch selbstverständlich, ich mach mich gleich auf den Weg“, sagte Nesra und beendete das Gespräch.

***

Marc wohnte mit seiner Frau und den Zwillingen in einem Vorort, der zu dem Stuttgarter Speckgürtel gehörte.

Es war halb 9 Uhr abends durch, als Nesra vor dem adretten Reihenhaus stand, das Marc vor einigen Jahren von seinen Eltern geerbt hatte.

Nesra wartete einen Augenblick ab und genoss die warme Luft des Sommerabends. Trotz der einsetzenden Dämmerung waren die Temperaturen angenehm. Vereinzelt schwirrten Mückenschwärme durch die Luft, und von irgendwoher hörte man Kindergeschrei. Sie überquerte den gepflegten Rasen, vorbei an der akkurat geschnittenen Hecke, und bemerkte die zwei pinken Fahrräder, die an die Hauswand gelehnt standen. Bunte Glitzerschnüre, die beim Fahren wie zauberhafte Kometenschweife wirkten, hingen an den weißen Griffen der Lenker und bewegten sich kaum merklich in dem leichten Abendwind.

Die Tür öffnete sich, noch bevor Nesra klingeln konnte.

Lucia stand lächelnd vor ihr. „Hallo, Nesra.“ Ihr ganzer Blick drückte große Erleichterung aus.

Dann erst umarmten sie sich wie alte Freundinnen. Sie sieht schlecht aus, dachte Nesra, auch wenn sie sich fast ein Jahr nicht mehr gesehen hatten. Man konnte förmlich sehen, dass sie sich Sorgen um Marc machte. Nesra registrierte die dunklen Ringe unter Lucias Augen. Die Falten, die wie kleine Sonnenstrahlen Lucias große, dunkelbraune Augen umrahmten, waren ebenfalls neu. Die schwarzen Haare hatte sie zu einem Dutt gebunden. Sie trug ein schickes und gleichzeitig bequem aussehendes Sommerkleid, das ihr bis zu den Knien reichte.

„Die Kids schlafen schon", sagte sie und deutete mit einer Handbewegung an, leise zu sein, als sie hinter Nesra die Haustür schloss und durch den Flur in Richtung Wohnzimmer ging.

Nesra folgte ihr auf Zehenspitzen. Sie hatte jetzt keine Lust auf Kindergeschrei, sie wollte so schnell wie möglich mit Marc sprechen.

Im Wohnzimmer schnappte sich Lucia das halb leere Weinglas vom Tisch. „Ich würde dir ja was anbieten, aber du solltest vielleicht direkt mit Marc reden", sagte sie und nahm selbst einen großen Schluck.

„Das werde ich", sagte Nesra bestimmt. Aber sie hatte noch eine Frage. „Hat Marc etwas zu den Unterlagen gesagt?"

Lucia schüttelte den Kopf. „Mir gegenüber nicht. Du weißt doch: Alles streng vertraulich." Nach einem kurzen Moment der Stille fragte sie mit leiser Stimme: „Muss ich mir Sorgen machen?"

Ja, was sonst, dachte Nesra kurz, dann schüttelte sie den Kopf. „Ich denke nicht."

Sie schenkte Lucia noch ein aufmunterndes Lächeln und ließ sie allein.

Auf dem Weg in den Keller, in dem Marc sein Arbeitszimmer eingerichtet hatte, dachte Nesra über ihr Verhältnis zu Lucia nach. Es war nicht so, dass sie ein Problem miteinander hatten, doch Nesras intensive Zusammenarbeit mit Marc machte ihr zu schaffen. Vielleicht war es die Zeit, die Marc und sie miteinander verbrachten, vielleicht auch das absolute Einvernehmen, das zwischen ihnen herrschte.

Es hatte sich zwar gebessert, seit sich Marc aus dem operativen Bereich zurückgezogen hatte, dennoch stand etwas zwischen ihnen, das Nesra nie richtig greifen konnte. Es stimmte: Sie und Marc teilten Dinge, Geheimnisse und Fälle, die Marc mit seiner Ehefrau nicht teilen konnte. Vielleicht war es auch Nesras Lebensstil, der so völlig anders als Lucias war.

Eine Stoffpuppe, die auf der Kellertreppe lag, blickte Nesra aus großen, vorwurfsvollen Augen an. Ja, mein Leben war und ist ein völlig anderes, dachte sie, als sie über die Puppe hinwegstieg.

Sie klopfte an die nur halb geschlossene Kellertür und wartete einen Augenblick.

Als keine Antwort kam, schob sie die Tür langsam auf.

Verbrauchte, muffige Luft schlug ihr aus dem Arbeitszimmer entgegen.

„Marc?"

Das Büro sah aus wie Ground Zero nach einem Bombenanschlag in einer Bibliothek. Überall waren Unterlagen, aufgeklappte Ordner, Papiere und Zettel verteilt.

Marc stand mittendrin und schien völlig versunken in ein Blatt Papier, das er in den Händen hielt.

Der weitläufige L-förmige Schreibtisch neben ihm war unter den ganzen Dokumenten und Unterlagen kaum auszumachen. Die Korktapete an den Wänden zeugte von Marcs manischer Arbeitsweise. Ein einziges Chaos, nur für Marc ergab es hoffentlich Sinn. Papiere, Zettel, Zeitungsartikel und Fotos. Einige waren mit Fäden und Reißzwecken verbunden und an manchen hingen Post-its mit Notizen.

So wie es hier aussah, wunderte es Nesra nicht, dass sie in den letzten Tagen nichts von ihm gehört hatte. Er war, das musste sie neidlos anerkennen, einfach sehr beschäftigt gewesen.

„Marc!", sagte Nesra noch einmal, diesmal lauter.

Jetzt löste er sich aus seiner Starre und schaute sie direkt an. Ein üppiger Dreitagebart bedeckte seine Wangen. Seine Haare standen ungekämmt in alle Richtungen ab. Die Augen waren unterlaufen und sahen müde aus.

„Ah, gut, dass du da bist." Er seufzte, so als ob es das Normalste der Welt wäre, sie in seinem Keller anzutreffen.

„Marc, ich dachte, du meldest dich bei mir?"

„Was? Ach, sorry, keine Ahnung, wo mein Handy ist." Dabei machte er mit dem Papier in der Hand eine schwer zu deutende Geste. „Komm, ich muss dir was zeigen", murmelte er und ging zu einem niedrigen Sideboard, das vor der Korkwand an der Wand lehnte. Nesra folgte ihm mit ihren Blicken.

„Das ist von Fränkie." Er zeigte auf ein weißes, leeres Päckchen, etwas größer als ein Schuhkarton.

„Fingerabdrücke?“, fragte Nesra und kannte die Antwort bereits.

„Auf dem Paket selbst nicht, das habe ich gecheckt. Ich bin zwar nicht von der KTU, aber …“

„Schon gut“, unterbrach ihn Nesra. Sie wusste, wie gründlich Marc arbeitete und ein Päckchen auf Fingerabdrücke zu untersuchen, war für ihn ein Kinderspiel.

„Sind die Unterlagen alle von Fränkie?“, fragte sie und deutete auf das Durcheinander auf dem Schreibtisch.

Marc nickte. „Das meiste ja. Darauf sind überall dieselben Fingerabdrücke. Ich vermute, es sind die von Fränkie, das müssten wir noch überprüfen. Unauffällig. Und einige der Dokumente“, dabei zeigte er auf den rechten Teil des Tisches, „habe ich selbst ausgedruckt. Die habe ich auf der Festplatte gefunden, die auch im Päckchen war.“

Bei dem Anblick der bloßen Menge an Unterlagen pfiff Nesra leise durch die Zähne.

„Das hier lag auch darin.“ Marc hielt eine kleine Schnapsflasche mit grünem Etikett hoch.

„Kümmerling?“

„Fränkies Lieblingslikör.“ Marc musste kurz innehalten. Er schluckte schwer. Dann fuhr er fort: „Er hat immer gerne nach dem Mittagessen einen getrunken. ‚Zom Abschluss einen Absaggr‘“, ahmte er Fränkies schwäbischen Dialekt nach. „Ich hasse das Zeug. Hat er mir immer wieder angeboten. Habe ich immer abgelehnt.“ Bei den Worten huschte ein dunkler Schatten über Marcs Gesicht.

Nesra nickte mechanisch.

Einen Atemzug lang starrten sie beide nur still auf die kleine Flasche in Marcs Händen.

Sie sah Marc ins Gesicht, und ihr war klar, was sie beide dachten. Fränkie hatte die Flasche reingelegt, damit klar war, dass er das Päckchen geschickt hatte.

Dann fiel Nesras Blick auf einige Leitz-Ordner, die den typischen grünen Einband des Zollamts trugen.

Marcs Augen folgten ihrem Blick. „Die sind aus dem Archiv. Habe ich mir gestern Nacht ausgeborgt."

„Ausgeborgt – so, so", sagte Nesra und nahm wahllos eine Kopie vom Tisch. Es sah aus wie eine schlecht gemachte Fotografie eines Lieferscheins. Darauf waren kilometerlanger verzinkter NATO-Stacheldraht, Hunderte von Stahl-Halterformen, Übersteigschutz-Winkel und Metallzaun-Elemente aufgelistet.

Beim Blick auf die Kopie runzelte Nesra die Stirn. „Was haben denn diese kilometerlangen Stacheldraht-lieferungen zu bedeuten? Gehört das auch zu unseren Karussell-Lieferungen?"

Beim Blick auf den Lieferanten war nicht das Logo von Optimum Logistics verzeichnet, sondern eine andere Speditionsfirma. Aus Stuttgart.

Statt einer Erklärung nahm Marc ihr das Dokument aus der Hand und legte es wieder an seinen Platz. „Bring mir jetzt bloß keine Unordnung rein!" Seine Stimme klang wie ein hysterischer Teenager, dem man das Handy wegnehmen wollte.

„Nachdem mir klar war, was ich suchen musste, war es einfacher, aber ... Moment!" Sein Blick verharrte auf dem Dokument und sein rechtes Auge fing an, nervös zu zucken.

„Nach was du suchen musstest?", fragte Nesra und versuchte, Marcs Tick zu ignorieren. Er sah völlig übernächtigt aus. Sie hatte Angst, dass er gleich zusammenbrechen würde.

„Hm?"

„Du sagtest, es war einfacher, nachdem du wusstest, nach was du suchen musstest."

„Also", Marc massierte mit der rechten Hand seinen Nacken und konzentrierte sich erneut, „im Grunde lagen wir mit unserem Verdacht richtig. Das Ganze ist nur viel größer, als es für uns den Anschein hatte. Wenn ich alle Dokumente, die Fränkie zusammengetragen hat, zusammennehme, dann geht es um Tausende von Dingen, die in den letzten Wochen und Monaten systematisch aus Bundeswehrbeständen auf die Reise geschickt wurden. Maschinengewehre, Panzerfäuste, Sturmgewehre, Handgranaten, aber auch NATO-Draht, Versorgungspakete mit Konserven und Wasser, Decken und jede Menge Kleinscheiß. Es wirkt so, als wollte da jemand einen Privatkrieg führen, wenn es nicht so absurd klingen würde."

„Aber das muss doch jemand bei der Bundeswehr auffallen."

„Ja und nein", sagte Marc. Dann durchwühlte er einen Stapel auf dem Schreibtisch. Kurze Zeit später hielt er triumphierend ein DIN-A4-Blatt hoch. „Ich weiß nicht, wie Fränkie da rangekommen ist, aber das sind Meldedokumente und Berichte der Bundeswehr über das Verschwinden von Waffen. Diese wurden abgezeichnet und archiviert, ohne dass der Zoll oder die Kripo darüber informiert wurden."

„Das heißt, es werden auch immer mehr Waren unterschlagen und die Bundeswehr weiß sogar davon, aber irgendjemand heftet das einfach bei den Akten ab?", fragte Nesra entgeistert.

Marc reagierte nicht, sondern starrte weiter auf das Blatt in seiner Hand.

„Und keinem fällt das auf? Dem Zoll nicht, der Kripo nicht, der Innenrevision auch nicht? Niemandem?" Sie konnte es noch immer nicht ganz begreifen.

„Scheinbar nicht."

„Oder sie werden fürs Wegschauen bezahlt."

Marc seufzte laut. „Fakt ist, dass alle Dinge irgendwann im Großraum Stuttgart landen. Zumindest legen das die Frachtbriefe nahe. Offiziell wird das Material in den Frachtzentren verschiedenster Speditionen gelagert, nicht nur bei Optimum Logistics. Nun wissen wir ja, dass in den Kisten nicht mehr das drin ist, was drin sein sollte."

Es war Nesra, die die Königsfrage stellte. „Was soll das Ganze? Wer steckt dahinter? Und warum?"

„Es gibt einen großen weißen Zettel, auf dem Fränkie genau das in Großbuchstaben gekritzelt hat: WAS SOLL DAS? Viel mehr steht auch nicht drauf, nur noch ein paar Stichworte, die er notiert hat. Zum Beispiel ‚Hoffnung Heimat'. Oder ‚Verschwörung'. Allerdings mit einem dicken Fragezeichen."

„Hoffnung Heimat", wiederholte Nesra und runzelte die Stirn, „irgendetwas klingelt da. Ist das nicht dieser Verein voller Verschwörungstheoretiker und Querdenker?"

Sie dachte an die Fernsehbilder der Donnerstagsdemos und die Plakate, die überall in der Stadt hingen. Und an das Symbol: das stilisierte Haus mit dem schwarzen Karo auf dem Dach, das einer Rune ähnelte.

„Genau. Das sind aber mehr als nur ein paar Spinner, die gegen die Regierung wettern. Ich habe mir die mal etwas genauer angeschaut. Bei der ZFA ist über sie nicht viel zu finden, aber der Verfassungsschutz beobachtet sie seit einiger Zeit. Verschwörungstheoretiker, Impfgegner, aber auch Nazis, Rockerbanden und komischerweise auch Teile der organisierten Kriminalität tummeln sich unter dem Dach der Hoffnung Heimat.“

Was hatte Drago noch mal gesagt? *Dinge verändern sich, neue Player auf dem Markt, neue Organisation.*

Aber hatte das wirklich etwas mit Fränkies Entführung und Ermordung zu tun? Nesra hatte ihre Zweifel.

„Wer steckt eigentlich hinter der Hoffnung Heimat?“

„Das ist ziemlich unübersichtlich. Es gibt keinen Verein, der unter dem Namen angemeldet ist und auch sonst keine offiziellen Strukturen. Es gibt nur eine Website, die so heißt, und die wird von einem Mann verantwortet, der laut Impressum Franz Weißgerber heißt.“

„Kennt man den?“, fragte Nesra.

„Ja. Offiziell ist er zweiundneunzig Jahre alt und wohnt laut Einwohnermeldeamt in einem Altenheim in Mannheim.“

„Ein Fake?“

„Zumindest macht sich da jemand die Mühe, unter dem Radar zu agieren.“

Marc reichte Nesra mehrere Schwarz-Weiß-Kopien mit Fotos von Gesichtern, die auf einer Demonstration fotografiert wurden.

„Diese Bilder waren ebenfalls im Päckchen. Die muss ich noch überprüfen. Ich hatte noch keine Zeit, sie durch das System laufen zu lassen. Und in den

Aufzeichnungen von Fränkie habe ich dazu bisher auch nichts gefunden."

Nesra blätterte durch einige Fotos. Die meisten Gesichter kannte sie nicht. Bei einem Foto hielt sie inne, denn die Person war unverkennbar: wasserstoffblonde Haare, katzenhafte Augen, der wilde Blick.

Überrascht hielt sie das Foto hoch. „Cleopatra von Hasselberg?"

Marc stutzte. „Hm", erwiderte er nur achselzuckend.

„Immerhin ist sie die Geschäftsführerin der Firma, die einen großen Teil der Lieferungen organisiert hat."

„Warte, ich habe da noch was", sagte Marc und suchte die voll gehängte Korkwand ab.

Auf dem Tisch entdeckte Nesra eine Dose Guarana-Kapseln. Vermutlich hatte sich Marc damit die letzten Tage auf den Beinen gehalten. Sein fettiges Haar, sein verschwitztes Hemd, der Schweißfilm auf der Stirn, dazu seine Ticks – ihr Kollege gehörte dringend unter die Dusche und dann ins Bett.

„Marc, wir müssen Kilberta über den Stand der Ermittlungen informieren. Wir kommen in Teufels Küche, wenn wir hier weiter unser eigenes Ding machen. Du sagst ja selbst, dass wir so viel Material haben, dass du kaum damit fertig wirst. Wir brauchen viel mehr Manpower, wir brauchen ein ganzes Team, um wirklich weiterzukommen."

„Glaubst du wirklich, dass uns Kilberta eine Hilfe ist? Du weißt ja, was sie in der letzten Besprechung gesagt hat."

„Dass wir uns raushalten sollen und den Fall der Mordkommission überlassen sollen? Ja, aber inzwischen sind ein paar Tage vergangen und Cordes hat immer noch keine konkrete Spur. Ich glaube aber, dass wir das Material aus Fränkies Paket nicht mehr länger zurückhalten können. Wir bekommen sowieso mächtig Ärger."

„Wenn Cordes fragt, haben wir es eben erst gestern bekommen. Und dass es von Fränkie ist, wissen wir ja nur, weil wir es aufgemacht haben. Es hat seinen Grund, dass er es an mich geschickt hat."

„Trotzdem, Marc, wir müssen Cordes informieren."

„Okay, okay, du hast ja recht. Eines muss ich dir aber noch zeigen."

Marc wedelte mit einem Blatt Papier, das er von der Korkwand genommen hatte.

Es war ein Bericht aus dem Münchner Merkur, der drei Wochen alt war. Die Überschrift lautete:

BMW-Personality-Gala – Verleihung des Smart Thinker Awards

Nesra überflog die nächsten Zeilen:

...die Ehrung für besondere Vordenker und besonders mutige Initiativen im Wirtschafts- und Gesellschaftsbereich findet am Mittwoch, den 22. August im Bayerischen Hof statt. Eingeladen ist das Who-is-Who der süddeutschen Wirtschaft.

„Das ist schon morgen", bemerkte Nesra. „Schön und gut, da kommen wichtige Leute zusammen. Aber was hat das mit unserem Fall zu tun?"

„Das weiß ich nicht, aber ich habe mehrere Artikel über die Preisverleihung in Fränkies Unterlagen gefunden. In seinen Notizen taucht die Gala auch immer wieder auf. Noch interessanter: Er hat eine Einladung zu der Veranstaltung, außerdem gibt es eine Reservierungsbestätigung auf seinen Namen im Bayerischen Hof. Ich weiß nicht, wie diese Veranstaltung mit unserem Fall zusammenhängt, aber Fränkie muss sie für so wichtig befunden haben, dass er sich eine Einladung besorgt hat."

„Aber wie ist er da rangekommen? Ich meine, das ist offensichtlich eine geschlossene Veranstaltung?", fragte Nesra verblüfft.

Marc zuckte mit den Schultern. „Ich habe keine Ahnung."

Nesra dachte an die Fotos von Cleopatra von Hasselberg, die sie auf verschiedensten Partys und Veranstaltungen gezeigt hatten. „Jede Wette, dass die von Hasselberg auch da sein wird. Denkst du dasselbe, was ich denke?"

Marc legte den Kopf nur schief und sah sie verständnislos an.

„Für mich wird es mal wieder Zeit, ein schickes Kleid anzuziehen."

„Hm", sagte er knapp, „und nach was willst du Ausschau halten?"

„Wenn ich das wüsste. Aber wir haben aktuell nichts Besseres und da Fränkie tot ist, mache ich es eben. Du lässt die Reservierung im Bayerischen Hof auf mich umschreiben. Und mit der Einladungskarte, wie auch immer Fränkie da rangekommen ist, kann ich auf die Gala gehen und mich unauffällig umschauen. Vielleicht finde ich was heraus."

Marc dachte über den Vorschlag nach. Nesra wartete einfach ab, denn sie wusste, dass Marc das Für und Wider erst im Kopf durchspielen musste. Sie war sich sicher, dass er ihrem Plan zustimmen würde, denn was hatten sie schon zu verlieren?

„Okay", sagte er nach einer gefühlten Ewigkeit. „Ich mache die Dokumente bis morgen früh fertig. Du kannst sie dir dann runterladen."

„Sehr gut", sagte sie und fügte hinzu: „Ich habe da auch schon eine Idee." Bei dem Satz dachte sie für einen Augenblick an die wilden Katzenaugen von Cleopatra von Hasselberg.

Doch Marc hatte ihr schon nicht mehr zugehört, stattdessen sah sie, wie sich seine Miene aufhellte. „Gut, dann sichte ich weiter Fränkies Dokumente. Ich warte immer noch darauf, dass irgendein Name auftaucht, der uns einen konkreten Ermittlungsansatz gibt. Das Ganze ist verdammt schwer zu greifen. Ich habe keinen Plan, auf was das hinausläuft."

Dann hatte er Nesra schon wieder vergessen. Amüsiert musterte sie ihren verschwitzten Kollegen. Auch wenn er in den letzten Jahren so manche schräge Marotte entwickelt hatte, musste sie zugeben, dass er immer noch ein verdammt guter Ermittler war. Sie wusste, wenn es in den Unterlagen noch etwas zu finden gab, würde er es finden.

„Brauchst du noch etwas? Zusätzliches Equipment?", fragte Marc.

Nesra schüttelte den Kopf. „Ich bin ausgerüstet."

Marc nickte, dann war er schon wieder in den Stapel Unterlagen vertieft, der vor ihm auf dem Tisch lag.

Zeit zu gehen, sagte sich Nesra.

„Ich melde mich nach der Gala“, sagte sie, doch Marc hörte nicht mehr zu. Er grübelte über einem Blatt Papier, das er in den Händen hielt, und hatte sie vollkommen vergessen.

Kopfschüttelnd verließ Nesra den Keller.

Als sie noch einmal kurz in das Wohnzimmer schaute, hatte Lucia schon wieder ein volles Weinglas in der Hand. Lucia schwankte leicht, als sie Nesra an die Tür begleitete.

„Was meinst du, Nesra, muss ich mir Sorgen machen?“ Der ängstliche Blick von vorhin war einem leichten Silberblick gewichen. Lucia gähnte herzhaft.

„Du weißt ja selbst am besten, wie Marc tickt. Wenn er sich in einen Fall verbissen hat, dann …“ Nesra zögerte kurz. „Sorg einfach dafür, dass er mal ein paar Stunden schläft. Den Rest bekommen wir in den Griff.“

„In den Griff“, echote Lucia und machte dabei ein Geräusch, das wohl ein Lachen sein sollte.

Nesra nahm Marcs Frau kurz in den Arm und verließ dann mit gemischten Gefühlen das Haus. Als sie in ihren Wagen stieg, fasste sie einen Entschluss. Sie drehte sich um und überprüfte die kleine Tasche, die wie immer auf dem Rücksitz lag. Frische Unterwäsche, zwei T-Shirts, eine Jeans, Sneakersöckchen. Mehr brauchte sie nicht. Wenn sie sich beeilte, konnte sie kurz nach Mitternacht einchecken. Dann startete sie den Sportwagen, setzte den Blinker und war innerhalb weniger Minuten auf der A8 nach München.

19

Mittwoch, 22. August, am Morgen

„Hier, frischer Kaffee“, bei den Worten stellte Gruppenleiterin Amari eine große Tasse mit dem dampfenden Wachmacher vor Cordes auf den Schreibtisch.

Cordes hatte die Ellenbogen auf dem Tisch abgestützt, rieb sich die Schläfen und hob den Kopf.

„Danke“, murmelte er.

Amari drehte sich um und warf einen konsternierten Blick auf das Chaos, das Cordes sein Büro nannte. Dann nahm sie ein paar Aktenordner vom Stuhl, um sich zu setzen.

„Was gibt's Neues im Fall Frank Leschmitz?“ Sie lehnte sich im Stuhl zurück, schlug die Beine übereinander und sah ihn mit großen Augen an.

Cordes setzte vorsichtig die Tasse an die Lippen.

Amari schaute ihn immer noch erwartungsvoll an.

„Herr Cordes, ich muss spätestens heute Mittag den aktuellen Stand an das Büro des Oberbürgermeisters berichten und der Polizeipräsident will heute auch noch was hören.“ Er nahm einen Schluck von dem Kaffee und begann schließlich mit seinem Bericht. „Inzwischen liegt das Ergebnis des Blutabgleichs vor. Sie wissen schon, das Blut, das wir in der Wohnung gefunden haben. Es ist definitiv Leschmitz' Blut.“

„Das war ja zu erwarten", kommentierte Amari trocken.

Cordes ignorierte die kleine Spitze, nahm eine dünne Mappe vom Tisch und zog ein Blatt Papier heraus.

„Und hier haben wir das Ergebnis von den Kollegen aus der Ballistik zu den zwei Kugeln, die in Leschmitz' Körper steckten. Kaliber 9 mm. Ziemlich weitverbreitet. Wird im Übrigen nicht nur von der Polizei eingesetzt, sondern auch von der Bundeswehr."

Amari wollte etwas sagen, doch Cordes kam ihr zuvor: „Und bevor Sie fragen: Nein, das Profil der beiden Projektile ist nicht im System. Die Waffe, mit der Leschmitz erschossen wurde, kann keiner anderen Straftat zugeordnet werden."

Amari zog bedauernd die Augenbrauen nach oben. „Na gut, das wäre auch zu schön gewesen."

Cordes trank noch einen Schluck Kaffee.

„Wir sind mittlerweile auch Leschmitz' Fälle aus den letzten Jahren durchgegangen. Das ZFA hat uns die Akten zur Verfügung gestellt. Leider auch das eine Sackgasse. Wir haben zwei Fälle identifiziert, die uns interessant vorkamen, aber falscher Alarm."

„Heißt?"

„Persönliche Rachemotive. Entweder weil die Ermittlungen des Zolls Freiheitsstrafen zur Folge hatten oder hohe Geldstrafen. In dem einen Fall sitzt der Täter noch für ein halbes Jahr in Stammheim ein, im anderen Fall hat er sich ins Ausland abgesetzt. In keinem Fall gab es persönliche Drohungen gegen Frank Leschmitz, schon gar nichts, was einen Mord rechtfertigen würde."

„Und woran hat er aktuell gearbeitet?"

Cordes musste lächeln. Wenn man sich auf eines verlassen konnte, dann darauf, dass Aliya Amari die richtigen Fragen stellen würde.

„Das ist in der Tat etwas seltsam."

Amari hob fragend die dunklen Brauen.

„Laut Dienststellenleiterin Kilberta gab es derzeit keine offizielle Ermittlung. Alles, was reinkommt, läuft über ihren Schreibtisch. Sie teilt die Fälle zu und laut Kilberta war Leschmitz noch mit den Protokollen für eine ältere Ermittlung im Rückstand. Da war sie sehr deutlich. Allerdings ..."

„Und was ist mit inoffiziellen Ermittlungen? Ich meine, beim Zoll arbeiten doch keine Beamten, das sind Ermittler. Wenn die einen Fall riechen, ziehen die los."

„Darauf wollte ich gerade kommen. Es gibt ein paar Dinge, die seltsam sind. Zum Beispiel, dass Frank Leschmitz' Büro aussieht, als sollte es neu vermietet werden."

Jetzt hatte Cordes die volle Aufmerksamkeit seiner Vorgesetzten.

„Sein Kollege Marc Voss hat den Verdacht, dass es gesäubert worden ist."

„Vielleicht hat er vor seinem Urlaub noch einmal aufgeräumt."

„Sein Urlaub ist auch so eine Merkwürdigkeit. Es gibt keinen offiziellen Urlaubsantrag, sondern nur eine SMS, in der er sich für ein paar Tage freinimmt. Ein paar Tage später dann eine weitere mit der Information, dass er den Urlaub verlängern muss. Wie wir jetzt wissen, dürfte er den Urlaub nicht freiwillig genommen haben. Und die zweite SMS wurde verschickt, als er schon tot war."

„Also doch eine aktuelle Ermittlung?“

„Ziemlich sicher. Und laut seinem Kollegen Marc Voss auch eine mit erheblicher Sprengkraft.“

„Nämlich?“

„Waffen aus Bundeswehrbeständen.“

Aliya Amari atmete tief durch. „Und was sagt Dr. Kilberta dazu?“

„Mauert. Wie gesagt, es gibt keinen offiziellen Fall.“

„Hat die Funkzellenabfrage irgendetwas ergeben?“

„Wir haben die Daten noch nicht, aber davon verspreche ich mir nicht viel. Da werden wir nur mit Datenmüll geflutet, was uns von sinnvoller Ermittlungsarbeit abhalten wird.“

„Wo wir gerade vom Datenmüll reden. Haben Sie Leschmitz’ Computer im ZFA sichergestellt?“

Cordes sah seine Chefin fragend an.

„Da ist nichts zu holen. Ich glaube nicht, dass Dr. Kilberta darüber erfreut wäre.“

„Herr Cordes, wir ermitteln in einem Mordfall, dessen Motiv wir nicht kennen. Da verlasse ich mich nicht auf die Aussage einer geschätzten Kollegin. Ich besorge Ihnen einen Beschluss vom Staatsanwalt, dann holen Sie sich den Computer. Unsere Spezialisten sollen sich den auf jeden Fall einmal genauer ansehen.“

Cordes nahm ein Eukalyptus-Bonbon aus der obersten Schublade seines Schreibtischs, verzichtete darauf, seiner Vorgesetzten eines anzubieten, da er ohnehin wusste, dass sie ablehnen würde, und ließ es im Mund verschwinden.

„Sie haben recht, das war ein Fehler. Wird korrigiert. Trotzdem werde ich mir noch mal genauer Leschmitz’ Privatleben angucken. Vielleicht haben wir beim ersten Mal etwas übersehen. Versteckte Schulden, heimlicher Fetisch, Spielsucht, irgendein klassisches Mordmotiv eben." Cordes zögerte einen Moment und dachte an Frau Lindl, die unter Leschmitz wohnte und was sie gesagt hatte. Und an Nesra, die sich einige Tage, bevor Leschmitz gefunden wurde, im Haus und in der Wohnung umgesehen hatte, wie sie ihm gestern Abend am Telefon gestanden hatte.

„Und außerdem muss ich noch einmal dringend mit Herrn Voss und Frau Bukhari reden. Ich glaube, die wissen mehr, als sie ihrer Chefin bisher gesagt haben."

Amari nickte. „Tun Sie das."

Ihr Handy klingelte. „Ich muss los. Der Polizeipräsident. Hoffentlich gibt er sich mit unserem Ermittlungsstand erst mal zufrieden", sagte sie bei einem Blick auf das Display. Sie grinste schief und machte sich auf den Weg zur Tür. Kurz bevor sie Cordes' Büro verließ, drehte sie sich noch einmal um. „Herr Cordes. Sie machen das schon. So wie immer. Melden Sie sich, wenn Sie mehr Unterstützung brauchen."

Cordes rang sich ein Lächeln ab, dann war Amari verschwunden.

Er dachte an das Gespräch mit Nesra am gestrigen Abend zurück. Höchste Zeit, noch einmal direkt bei ihr vorbeizuschauen.

Plötzlich wurde seine Bürotür aufgerissen. Mattheo Klein stand im Türrahmen und strahlte.

„Wir haben jetzt die Einzelverbindungsnachweise."

Cordes' Miene hellte sich auf. „Na, dann her damit."

„Werden gerade per Mail an dich weitergeleitet", antwortete Mattheo, machte mit den Fingern eine Pistole

und schoss auf den alten Computer, der unter Cordes'
Tisch stand.

„Geht doch. Danke", antwortete Cordes, wandte sich
seinem Bildschirm zu und öffnete das speziell gesicherte Mailprogramm der Kripo. Im Anhang der Mail
die versprochene PDF-Datei mit sämtlichen Anrufen,
die Leschmitz in den Tagen vor seinem Tod geführt
hatte. Bei jedem Anruf waren Datum, Anschlussnummer, Zielnummer, Dauer der Verbindung bzw. deren
Anfang und Ende penibel aufgelistet. Die Anzahl der
Verbindungen war jedoch wie erwartet überschaubar.
In den letzten dreißig Tagen hatte Leschmitz lediglich
fünf Anrufe getätigt. Entweder besaß er noch ein zweites Handy, von dem niemand etwas wusste, oder Leschmitz hatte es nicht so mit Telefonieren.

Er brauchte einen Moment, um die fünf Nummern im
Auskunftssystem der Kripo einzugeben und die jeweiligen Namen hinter den Nummern zu identifizieren.

Als er die Münchner Festnetznummer eintippte, legte
er die Stirn in Falten.

„Das ist aber seltsam", sagte er und griff zum Telefonhörer.

20

22. August, Mittwochabend

Umwerfend war das Wort, das ihr als Erstes in den Sinn kam. Sie sah einfach umwerfend aus.

Das cremefarbene Kleid des tunesischen Designers Alaia saß wie angegossen. Dazu trug sie ein feines Diamantcollier und ein extravagantes Federschmuck-Armband aus der Werkstatt des Schmuckdesigners Artemishian.

Die High Heels von Manolo Blahnik waren zwar deutlich bequemer als gedacht, sie entschied sich aber für die flachen Schuhe von Valentino. In den eleganten Römersandalen konnte sie sich besser bewegen und groß genug war sie sowieso. „Bloß nicht übertreiben", sagte sie zu ihrem Spiegelbild und betrachtete sich zufrieden im Wandspiegel, der in der Diele ihrer Suite hing. Sie war am späten Abend noch nach München gerast und hatte sich heute Vormittag mit einem Shopping-Trip durch die Topboutiquen Münchens belohnt.

Nesra war natürlich klar, dass sich im Glanz der süddeutschen Wirtschaftselite jede Menge attraktivere und vor allem deutlich jüngere Frauen sonnen würden. Der Trick lag darin, den richtigen Grad an Luxus und Exklusivität zu wählen, um nicht zu sehr aufzufallen. Denn zu viel Aufmerksamkeit, und sie stünde zu sehr im Mittelpunkt, die Presse würde sich auf einmal für sie interessieren und auf unliebsame Publicity konnte Nesra definitiv verzichten. Sie wollte auf keinem Galafoto landen. Außerdem hatte sie genug Erfahrung, um in diverse Rollen zu schlüpfen. Im Prinzip war jeder Fall anders und doch wieder gleich. Daher machte es für sie keinen Unterschied, ob es sich um einen Drogendeal mit der armenischen Mafia an einem verlassenen Gleis am Frankfurter Bahnhof oder um ein langweiliges Galadinner in einem der teuersten Münchner Hotels handelte. Bei dem Gedanken an die seltsamen Dinge, die sie in den letzten Tagen erfahren hatte, strich sie das Wort langweilig gleich wieder. Außerdem hoffte sie auf eine Begegnung mit Cleopatra von Hasselberg. Die attraktive Milliardärstochter hatte ihre Neugier geweckt und die war nicht rein beruflich. Nesra öffnete das Fenster und steckte sich eine Zigarette an. Dabei schüttelte sie den Gedanken an Cleopatra von Hasselberg ab, denn es gab noch einige andere Dinge, die sie im Blick behalten musste.

Die massiven Sicherheitskontrollen zum Beispiel. Selten hatte sie so ein Aufgebot an Security-Mitarbeitern erlebt. Auch wenn auf der Gala viele VIP-Gäste geladen waren, die Rang und Namen hatten, standen für Nesra Aufwand und Nutzen in keinem sinnvollen Verhältnis. Dreimal hatte sie sich ausweisen müssen, und auch die Einladung zum Dinner war minutiös geprüft worden. Sie hatte nicht damit gerechnet, dass der Kreis der Teilnehmer am Galadinner so exklusiv gehalten werden sollte. Oder hatten die Veranstalter einen Hang zur Paranoia?

Nachdenklich blies sie eine Rauchwolke aus dem geöffneten Fenster.

Immerhin hatte sie sich nach den Sicherheitschecks relativ frei im Hotel umsehen können.

Noch vor dem Mittagessen kannte sie sämtliche Positionen der Security-Mitarbeiter und den kompletten Abendablauf, der vormittags zweimal vom Hotelpersonal einstudiert wurde. Mehr durch Zufall war sie noch an das Dossier eines Mitarbeiters des Eventmanagements gekommen und so auch an den Sitzplan der geladenen Gäste. Eigentlich ein krasses Sicherheitsvergehen, für das der Mitarbeiter direkt gefeuert werden könnte. Ein Glück für ihn, dass es Nesra war, die die kleine Mappe auf dem Tisch gefunden und an sich genommen hatte.

Außerdem hatte Marc wie gewohnt ganze Arbeit geleistet. Er hatte für sie nicht nur einen gefälschten Ausweis organisiert, sondern auch eine neue Identität angelegt und Fränkies Suitereservierung auf den Namen Leonie Oberhäuser ändern lassen. Genauer auf *Leonie Oberhäuser, Exclusive Estate Immobilien*.

Sie drückte die Zigarette auf dem Fensterbrett aus und schloss das Fenster.

***

Einige Zeit später verließ Nesra ihre Suite und ging durch das Treppenhaus hinunter in die Hotelaula, von der man zur Gala gelangte.

In der Hand hielt sie eine silberfarbene Gucci-Clutch, in der ihr Smartphone Platz gefunden hatte.

Die Lobby war dem Anlass entsprechend prunkvoll geschmückt. Die Beleuchtung tauchte die Umgebung in sanftes Licht und vereinzelt sorgten kleine LED-Spots für etwas Glamour. Sie stellte sich an den Rand der

Aula, schräg gegenüber dem Haupteingang, sodass sie sowohl die Rezeption, die Aufzüge und den roten Teppich, der draußen vor dem Haupteingang begann und sich durch die Aula hindurch in den großen Festsaal erstreckte, im Auge behalten konnte. Für den Standort hatte sie sich schon am Mittag entschieden.

Das Hotel selbst war weniger frequentiert als gedacht, nur vereinzelt huschten Hotelangestellte durch die Aula.

Vor dem Haupteingang drängten sich die ersten Fotografen und machten Bilder von den Menschen in Smokings und teuren Abendkleidern. Der Andrang wurde von Minute zu Minute größer. Das Blitzlichtgewitter begann und damit auch der Konkurrenzkampf der Fotografen. Die ersten VIPs flanierten über den roten Teppich ins Hotelinnere, man reichte ihnen ein Glas Champagner und führte sie in den Festsaal.

Die Mitarbeiter der Security machten, wie Nesra anerkennen musste, einen ordentlichen Job. Sie hatten die Augen überall, blieben aber trotzdem dezent im Hintergrund. Einem ungeübten Betrachter wären sie gar nicht aufgefallen. Nesra erkannte sie an der Körperhaltung, dem durchsichtigen Knopf im Ohr und an dem jahrelang einstudierten Gesichtsausdruck, der eine Mischung aus Langeweile und Arroganz ausstrahlte.

Sie beobachtete das Treiben noch eine Weile und entschied sich dann dafür, im Festsaal nach ihrem Platz zu suchen.

Aus dem Dossier wusste sie, dass dort nicht nur ein Sieben-Gänge-Menü mit Abendprogramm und Preisverleihung auf sie wartete, sondern auch noch eine

exklusive Afterparty im Blue Spa des Hotels, einem
Poolbereich mit offenem Glasdach und einer opulenten
Cocktailbar.

Die meisten Gäste waren Nesra trotz der vermeintlichen Prominenz unbekannt. Sie hatte zwar einige Namen gegoogelt, doch die richtig große Prominenz war
nicht darunter. Lokalpolitiker, Wirtschaftsbosse, Vor-
standsvorsitzende von Unternehmen, ein paar Ge-
werkschafter und auch einige wenige Künstler. Insgesamt fast fünfhundert handverlesene Gäste, jedenfalls
laut Liste.

Da nur der geladenen Presse der Eintritt ins Hotel erlaubt war, waren die Galateilnehmer mehr oder weniger unter sich.

Nesra betrat den Festsaal, hielt einer jungen Frau mit
einem Knopf im Ohr ihre Einladungskarte unter die
Nase, nahm sich einen Bellini-Cocktail vom Tablett und
wurde anschließend von einer streichholzzarten Hos-
tess, die sie wie zufällig abpasste, an ihren Platz geführt.

Der Saal war rechteckig angelegt, mit schweren Kronleuchtern an der hohen Decke und einer Bühne auf der
gegenüberliegenden Seite. Runde Tische waren wie
weiße Seerosen auf einem Teich angeordnet.

Sie spürte die Blicke einiger Gäste auf sich und mit
ihnen das altbekannte Gefühl, dass die Aufmerksamkeit nicht ihr selbst, sondern ihrer dunklen Hautfarbe
galt. Die meisten Gäste waren männlich, weiß und jen-
seits der sechzig. Natürlich meistens in Begleitung von
attraktiven Frauen, die allermeisten davon deutlich
jünger. Wie ein lächelndes Accessoire hatten sie sich
bei ihren Männern untergehakt oder stöckelten ihnen

hinterher. Nesra fühlte sich wie auf einer Zeitreise in das mittlere zwanzigste Jahrhundert.

Bevor ihre schlechte Laune bei anderen zum Thema würde, setzte sie sich auf ihren Platz. Ihr Tisch war im hinteren Bereich, mittig im Saal, etwas weit weg von der Bühne, aber mit guter Sicht.

„Durchatmen, du machst das für Marc und für Fränkie", redete sie sich ein. „Konzentrieren und arbeiten."

Sie war die Erste an ihrem Tisch. Vor ihr lag Silberbesteck, teures Porzellan und in der Mitte ein aufwendiges Blumengesteck.

Nach und nach strömten mehr Gäste in den Saal. Die Haus-Band, die im Hintergrund für Unterhaltung sorgen sollte, lieferte innerhalb weniger Minuten genau das: ein jazziges Backgroundgeräusch, das nach und nach im allgemeinen Gemurmel unterging.

Nesra beobachtete die hereinkommenden Gäste und hielt Ausschau nach Cleopatra von Hasselberg.

Der Saal war mittlerweile gut gefüllt, doch noch immer keine Spur von ihr. Der Tisch genau vor der Bühne, an dem sie laut Sitzplan mit ihren Eltern sitzen sollte, war noch unbesetzt. Na gut, dachte Nesra, die wichtigsten Gäste kommen immer zum Schluss.

An Nesras Tisch waren nun alle Plätze besetzt. Ihr Blick taxierte die neuen Gesichter. Ausschließlich gesetzte Herren und ihre Begleitungen. Sie hatte ihre Tischnachbarn, soweit es möglich war, im Vorfeld überprüft – ein paar waren wichtige Entscheidungsträger aus mittelständischen Unternehmen in Süddeutschland.

Nesra hatte sich als Leonie Oberhäuser vorgestellt. Niemand ihrer Tischnachbarn war auf die Idee gekommen, sie zu fragen, was sie beruflich machte. Vielleicht gingen sie davon aus, dass sie nur als hübsches Beiwerk mit am Tisch saß. Sie war sich noch nicht sicher, ob sie darüber lachen oder sich ärgern sollte, und nahm sich vor, charmante Miene zum bösen Spiel zu machen.

Plötzlich wurde es unruhig. Instinktiv blickte Nesra zum Eingang des Saals.

Das Unternehmerehepaar Arite und Arian von Hasselberg war eingetroffen und hielt Hof.

Er trug einen klassischen Smoking. Weißes Hemd und Fliege.

Sie hatte ein schulterfreies weiß-blaues Kleid angelegt, das bis zum Boden reichte und sie über das Holzparkett des Ballsaals schweben ließ.

Cleopatra von Hasselberg folgte ihren Eltern mit gebührendem Abstand. Ihr Outfit war deutlich gesetzter. Ein dunkelblauer, geschäftsmäßig wirkender Hosenanzug betonte ihre sportliche Figur. Um ihren Hals baumelte ein fingerdickes Kreuz, dessen Brillanten in dem Scheinwerferlicht auffällig funkelten. Ihre lockigen, blonden Haare waren zu einem aufwendig geflochtenen Zopf gebändigt. Die Ähnlichkeit zwischen Mutter und Tochter war nicht zu übersehen. Beide waren ungewöhnlich groß, hatten die gleiche schlanke Statur und erinnerten an Hochspringerinnen bei einer Olympiade.

Im Gegensatz zu dem nahezu majestätischen Auftreten ihrer Eltern wirkte Cleopatra von Hasselberg allerdings angespannt, fast schon beunruhigt.

Einzelne Gäste erhoben sich und klatschten den Ehrengästen Beifall, ein Tischnachbar zu Nesras Rechten, ein fülliger Mann in den Sechzigern mit ausgedünntem Haar, erhob sich ebenfalls und ließ sich sogar zu Bravo-Bravo-Rufen hinreißen.

Etwas überrascht von der Begeisterung, mit der die von Hasselbergs hier empfangen wurden, stand Nesra ebenfalls auf. Sie sah mit an, wie zahlreiche Hände geschüttelt wurden, gefolgt von Umarmungen, da ein Handkuss, dort ein Lächeln – kein Zweifel, die von Hasselbergs hatten ein Heimspiel. Das Unternehmerehepaar kannte offensichtlich viele der Gäste persönlich. Alles alte Freunde oder Geschäftspartner. Wie lautete noch einmal dieser alte Kalenderspruch, den ihre Großmutter gern zitierte: „Reiche Leute haben viele Freunde." Eine kluge Frau, ihre Großmutter, dachte Nesra lächelnd.

Als die Hasselbergs an ihrem Tisch Platz genommen hatten, beruhigte sich der Saal wieder. Das Licht der Kronleuchter wurde gedimmt und die Band hörte auf zu spielen.

Ein hochgewachsener Mann betrat die Bühne. Seine drahtige Gestalt steckte in einem grauen Anzug, der ihm wie angegossen passte. Nesra schätzte ihn auf Mitte fünfzig. Sein dichtes, braunes Haar war zu einer perfekt sitzenden Seitenscheitelfrisur gekämmt, und als er sich räusperte, wusste Nesra auch, woher er ihr bekannt vorkam.

„Guten Abend, meine geschätzten Damen und Herren. Herzlich willkommen auf der diesjährigen BMW-Personality-Gala. Mein Name ist Michael Kaiser und es ist mir eine große Ehre und ein ganz besonderes Vergnügen, Sie heute Abend durch die Gala zu führen." Der Ex-Fernsehstar und Moderator, den Nesra und offensichtlich auch die meisten anderen im Saal aus etlichen Shows im Privatfernsehen kannten, begann eine weitschweifige Laudatio auf die von Hasselbergs, schwadronierte noch über Anlass und Event, und so wurden aus einer Minute schnell zehn.

Zeit genug, um sich intensiver um die Gäste zu kümmern. Sie blieb bei einem Mann an dem Seiteneingang links von der Bühne hängen. Rotblonde Haare, enge Jeans und zerknittertes Sakko. Er stand mit dem Rücken an die Wand gelehnt. Ein Mann, den Nesra sehr gut kannte und mit dem sie hier am wenigsten gerechnet hatte.

Hektor Cordes.

Er hielt die Arme verschränkt, wechselte sein Standbein und starrte ausdruckslos von Tisch zu Tisch.

Dann entdeckte er Nesra.

Cordes war professionell genug, um sich seine Überraschung nicht anmerken zu lassen. Er nickte nur dezent und schaute dann wieder zur Bühne. Nesra tat es ihm gleich. Sie konzentrierte sich auf ihre Atmung und versuchte, ruhig zu bleiben. In ihrem Innern sah es jedoch ganz anders aus. Ihr wurde gleichzeitig heiß und kalt, und sie fing an zu schwitzen. Ausgeschlossen, dass Hektor Cordes zufällig hier war. Aber wie hatte er von der Gala erfahren? Sie selbst hatte ihm nichts erzählt.

Endlich kam der Moderator zum Ende seiner Rede, wünschte den Gästen einen angenehmen Abend und verließ unter müdem Applaus die Bühne.

Dann öffneten sich die Saaltüren und der erste Gang wurde serviert. Saibling mit Dill und Kaviar.

„Entschuldigen Sie mich bitte für einen Augenblick", sagte Nesra, stand vom Tisch auf und lief durch den

Saal Richtung Ausgang. Hektor Cordes verfolgte sie aus dem Augenwinkel und blickte sie dann fragend an. Sie gab ihm zu verstehen, dass sie draußen auf ihn warten würde.

Fast gleichzeitig verließen sie den Ballsaal, Cordes aus dem vorderen Eingang, Nesra aus dem hinteren.

In der Aula des Hotels standen vereinzelt Gäste, die telefonierten oder mit ihren Handys spielten.

Nesra lief an Cordes vorbei und flüsterte ihm zu: „Komm mit."

Der wartete eine halbe Minute, dann folgte er ihr.

Nesra erwartete ihn in einer kleinen Ecke. Hier waren sie ungestört.

***

„Was machst du denn hier?", platzte es aus ihr heraus.

„Dasselbe wollte ich dich auch gerade fragen", zischte er wütend. Ein dezenter und für Cordes typischer Eukalyptus-Atem wehte ihr entgegen.

„Zuerst du", drängte sie ihn, auch um Zeit zu gewinnen.

Cordes wollte erst protestieren, gab sich dann aber geschlagen. „Ganz einfache Ermittlungsarbeit. Diesem Hotel gehört eine der letzten Nummern, die Frank Leschmitz vor seinem Tod angerufen hat. Zweimal, um genau zu sein. Also habe ich nachgefragt. So habe ich erfahren, dass er auf seinen Namen für die heutige Nacht ein Zimmer gebucht hat. Aber nicht nur das: Man hat mir auch gesagt, dass er als Gast auf der BMW-Gala sein würde, was ich einigermaßen verblüffend fand. Was macht ein einfacher Zollbeamter auf so einer exklusiven Gala?" Cordes schaute Nesra mit einem süffisanten Lächeln an. „Aber es kommt noch besser: Ich will dem Hotel gerade mitteilen, dass Frank Leschmitz wahrscheinlich nicht kommen wird, da erfahre ich, dass die Reservierung am Vormittag auf eine Leonie Oberhäuser umgeschrieben wurde.“

Nesra schwieg betreten.

„Natürlich war ich neugierig, wer diese Leonie Oberhäuser eigentlich ist. Also bin ich selbst nach München gefahren.“ Nesras kleinlauter Blick signalisierte, dass sie wusste, was kommen würde.

„Seid ihr beiden eigentlich vollkommen verrückt?“, bellte Cordes und sah Nesra dabei wütend an. „Es ist offensichtlich, dass du mir nur das erzählt hast, was ich eh schon weiß. Was aber überhaupt nicht geht, ist, dass Marc und du weiter euer eigenes Ding macht. Weißt du eigentlich, in was für eine Lage du mich bringst?“

„Pst.“ Nesra deutete ihm an, leiser zu sprechen.

„Nix pst. Ich bin stinksauer, Nesra. Eure Solotouren sind schlimm genug, aber dafür wird euch Kilberta den Kopf waschen. Aber was gar nicht geht: Informationen zurückhalten, die für meine Ermittlungen wichtig sind.“

Nesra schwieg einen Moment, bis Cordes sich wieder beruhigt hatte, dann sagte sie im geschäftsmäßigen Ton: „Hektor, wir halten gar nichts zurück. Außerdem haben Marc und ich unsere Gründe, warum wir das nicht an die große Glocke hängen. Du hast ja gehört, wie Kilberta die Sache sieht, als wir den Verdacht geäußert haben, dass Fränkie möglicherweise wegen einer Sache ermordet wurde, der er auf der Spur war. Sie hat total gemauert und uns praktisch mit dienstrechtlichen Schritten gedroht, wenn wir mit diesen

Informationen zu dir gehen." Nesra machte eine kurze Pause, dann sagte sie: „Trotzdem habe ich dir von unserem Verdacht erzählt. Und zwar auch deswegen, weil Marc und ich davon ausgehen, dass es im ZFA jemanden gibt, der mit Fränkies Tod zu tun hat."

„Dr. Kilberta?", fragte Cordes verblüfft.

„Nein, ausgeschlossen. Ihre Reaktion hat mit dir zu tun. Ich bin mir sicher, dass sie die Angelegenheit erst einmal intern untersuchen lässt. Sie will das ZFA natürlich schützen."

„Bleibt trotzdem die Frage, warum du hier in München bist? Woher weißt *du* von Franks Plänen?"

„Das ist jetzt unwichtig, Hektor. Aber ich glaube auch, dass der Schlüssel zu seinem Tod hier zu finden sein könnte." Nesra hoffte inständig, dass Cordes sich mit ihrer Antwort zufriedengeben würde. Von der Existenz des Päckchens wollte sie ohne Marcs Einverständnis nichts erzählen. Hektor würde dann erst recht mächtig sauer sein. Auf der anderen Seite hatten sie nichts gefunden, was ihn bei der Mordermittlung entscheidend weitergebracht hätte, tröstete sie sich.

„Eine Information habe ich noch für dich", sagte Nesra, „die neue Chefin der Firma, die einen Teil der Waffentransporte für die Bundeswehr managt, ist die Tochter der von Hasselbergs."

„Cleopatra von Hasselberg?"

„Richtig."

„Das ist ja ein Ding!" Cordes kratzte sich an seinen rötlich schimmernden Bartstoppeln und machte dabei ein Gesicht wie beim Zahnarzt.

„Mann, Nesra! Warum überlasst ihr das nicht mir? Diese Aktionen müssen Teil einer offiziellen Entwicklung sein."

„Ach komm schon, du kennst mich doch", versuchte es Nesra auf die charmante Art.

Cordes schaute sie fassungslos an, schüttelte den Kopf und sagte dann: „Ich fasse es nicht. Ihr habt Beweise dafür, dass die Hasselberg etwas mit Fränkie Leschmitz' Tod zu tun hat?" Cordes versuchte, jeden Strohhalm zu greifen, der ihn in der Mordermittlung weiterbrachte.

„Beweise? Nein. Nur Vermutungen, Spekulationen und irgendwas dazwischen. Bisher drehen Marc und ich nur ein paar Steine um und gucken, was darunterliegt."

Ein Mann im Anzug und mit Smartphone in der Hand bog um die Ecke und lief fast in die beiden hinein.

„Sorry, ich suche nur einen Ort zum Telefonieren", sagte er entschuldigend, hielt weiter das Handy ans Ohr und verschwand dann wieder mit einem verkniffenen Gesichtsausdruck, so als ob er etwas gesehen hätte, was ihm ein bisschen peinlich war.

Nesra blickte dem Mann hinterher und fragte dann: „Bist du auch auf der Afterparty?"

„Da bisher nichts Spannendes passiert ist, ja."

„Dann lass uns da weiterreden, da mischt sich ja dann sowieso das Publikum, da fallen wir weniger auf, trotz deines Casual-Looks. Wir sollten jetzt zurück zur Preisverleihung. Aus irgendeinem Grund wollte Fränkie hierher und ich will wissen, warum."

„Okay, aber verhalte dich bitte unauffällig."

„Du Witzbold. *Unauffällig* ist mein zweiter Name!“ Kopfschüttelnd ließ Nesra ihn stehen und marschierte wieder in den Ballsaal.

Eine Minute später saß Nesra wieder an ihrem Tisch. Die meisten Gäste waren in Gespräche mit ihren Tischnachbarn vertieft. Auch Hektor Cordes hatte wieder seinen Platz neben dem Eingang eingenommen. Ihn quälte sicher derselbe Gedanke wie sie: Was zum Teufel war der Grund, warum Fränkie unbedingt an dieser Gala teilnehmen wollte?

Sie schüttelte frustriert den Kopf, dann setzte sie ein strahlendes Lächeln auf und konzentrierte sich auf das Gespräch, das gerade an ihrem Tisch geführt wurde.

„...aber waret Sie schomal im Olivo in Schduddgard essä?“, fragte ein älterer Herr im breitesten Schwäbisch. Dicke Schweißperlen rannen ihm unter seinem Toupet über die Stirn. Aus einem unerklärlichen Grund, wie Nesra fand, denn trotz der vielen Gäste und den vielen Kronleuchtern war es im Saal angenehm kühl. Die Klimaanlage leistete gute Dienste. Der schwitzende ältere Herr hatte Nesras Sitznachbarn zu ihrer Linken im Blick, besser gesagt im Visier wie ein Jäger. Seine rot geäderten Augen blickten seine Beute grimmig an.

Nesra musterte den Mann neben ihr. Er fiel hier genauso aus dem Raster wie Hektor Cordes. Jünger als der Tischdurchschnitt, vielleicht Ende vierzig, mit bulligem Oberkörper und einem wenig freundlichen Gesicht Marke Bulldogge. Am auffälligsten war ein hängendes Lid über seinem rechten Auge, das ihn müde oder traurig wirken ließ. Und er war offensichtlich nicht allein da, sondern mit einem anderen Mann, vielleicht einem Freund oder Geschäftspartner, der zu seiner Linken saß. Er schaute sich immer wieder nervös um, so als wäre er auf dem Sprung. Nesra beobachtete ihn aus den Augenwinkeln, und schnell bemerkte sie das Offensichtliche: Die beiden Männer passten nicht hierher. Ihre Anzüge wirkten wie von C&A, und die Tatsache, dass die beiden die Einzigen am Tisch waren, die keine Uhr trugen, die mindestens zehntausend Euro wert war, sagte Nesra, dass sie womöglich nicht freiwillig hier waren. Und sie fühlten sich in ihrer Haut nicht wohl. Vor allem der Kleinere der beiden, ein hagerer Typ mit braunen, kurzen Haaren und krummer Körperhaltung, rutschte ständig wie auf heißen Kohlen auf seinem Stuhl herum. Als Nesra ihn direkt anschaute, grinste er sie unsicher an und versuchte, die schief sitzende Krawatte um seinen Hals zu lockern.

Der Mann mit dem hängenden Augenlid setzte gerade zu einer Antwort an, doch der schwäbische Gourmet mit den roten Schweinsaugen befand sich bereits auf seiner kulinarischen Mission. „Da müsset Se hin! Das beschde Kalbsbries, das Sie je gegessen haben. Das sag ich Ihnen." Dabei gestikulierte er mit dem Messer gefährlich nahe an der Nasenspitze seines Sitznachbarn vorbei. Der zuckte zusammen und machte ein bedröppeltes Gesicht.

„Ein Genuss! Ein Hochgenuss!", betonte der Mann mit dem Messer noch einmal, beugte sich etwas weiter über den Tisch und machte sich schmatzend über den nächsten Gang her: Gänsestopfleber.

Nesra hasste Leber. Auch wenn sie Sterneküche schon als Kind zu schätzen gelernt hatte, Leber konnte sie einfach nicht ausstehen. Sie schob den Teller von sich, lehnte sich zurück und blickte entschuldigend in die Runde.

Die Begleitung des Schwaben hätte seine Freundin, aber auch seine Tochter sein können, denn sie war nicht einmal halb so alt, die Lippen stark aufgespritzt und die Silikonbrüste ruhten im Dekolleté wie zwei riesige Eier in einem Vogelnest. Sie wollte sich gerade in die Unterhaltung einklinken, traute sich dann aber doch nicht und beließ es bei einem zögernden Kopfnicken.

Der bullige Typ mit dem hängenden Auge und dem C&A-Anzug beugte sich über seinen Teller und verschlang das Stück Leber in einem Stück. Dabei starrte er ausdauernd in die Mitte des Tischs und verzog keine Miene.

Immerhin, die Leute an den anderen Tischen amüsierten sich prächtig. Die Stimmung war ausgelassen, fast euphorisch. Hin und wieder trat einer der Gäste an den Tisch vor der Bühne, den Tisch mit den Ehrengästen, verneigte sich vor den von Hasselbergs oder schüttelte respektvoll die Hände. Die von Hasselbergs kamen kaum zum Essen. Immer wieder musste Arian von Hasselberg aufstehen und jemanden umarmen.

Nachdem auch der siebte und letzte Gang serviert worden war, mittlerweile waren mehr als zwei Stunden vergangen, betrat der Moderator wieder die Bühne und ergriff das Wort: „Sehr geehrte Damen und Herren, liebe Gäste, ich hoffe, Sie haben den Abend und das Essen wie ich bisher genossen. Wir kommen jetzt zu dem Höhepunkt unseres Galadinners, der Preisverleihung. Wer diese außergewöhnliche Anerkennung in diesem Jahr bekommen wird, ist kein Geheimnis." Dabei wanderte sein Blick direkt hin zum Tisch, an dem die von Hasselbergs saßen. „Um Sie nicht weiter auf die Folter zu spannen: Die Gewinner des diesjährigen Smart Thinker Awards für außergewöhnliche Initiativen sind Arite und Arian von Hasselberg.“

Applaus brandete auf.

Die von Hasselbergs erhoben sich, zeigten ihr schönstes Zahnpastalächeln und ließen sich von ihrer Tochter Cleopatra und den applaudierenden Sitznachbarn hochleben. Als sie die Bühne betraten, bekam der Applaus Orkanstärke. Der Moderator umarmte die beiden ein wenig ungelenk, dann überreichte er den Award, der wie ein länglicher Springbrunnen aus Glas aussah, und ließ sich zu einer peinlichen Verbeugung hinreißen.

Nachdem Arian von Hasselberg das Mikrofon auf seine Größe nachjustiert hatte, wurde es mucksmäuschenstill im Saal.

„Guten Abend, geschätzte Freundinnen und Freunde!“ Seine Stimme kam tief und satt über das Audiosystem des Saals. „Vielen herzlichen Dank für die Auszeichnung. Wir fühlen uns sehr geehrt und auch wenn er noch so bedeutend ist, steht er nur für einen der vielen Preise, die wir mit der Stiftung noch gewinnen werden.“

Wieder brandete Applaus auf. Geduldig und mit zufriedenem Gesichtsausdruck wartete er, bis es wieder ruhig wurde. Seine Frau stand mit durchgedrücktem Rücken und erhobenem Kopf neben ihm und strahlte in die Menge. Sie ist verdammt stolz, dachte Nesra und fragte sich, ob in ihrem Gesicht auch so etwas wie Triumph lag.

„Ich weiß, dass ihr uns diesen Preis nicht grundlos verleiht. Ihr habt es getan, weil ihr dieselben Ziele teilt wie wir. Weil ihr die Werte und Grundsätze der Stiftung auch als eure eigenen Werte anseht. Und das erfüllt mich mit Stolz. Das zeigt mir, und natürlich auch meiner Frau, dass wir auf dem richtigen Weg sind. Dass wir auch weiterhin neue Projekte mit der Stiftung unterstützen und dass wir die bestehenden Projekte erfolgreich meistern werden." Arian von Hasselberg wartete einen Augenblick, um seinen Worten Nachdruck zu verleihen, dann sprach er weiter: „Ich", dann drehte er sich kurz zu seiner Frau und verbesserte sich, „nein, wir haben einen Traum. Und zwar, dass die zukünftigen Generationen in einer besseren, in einer gerechteren Welt aufwachsen können. In einer Welt, in der Heimatverbundenheit, Tradition und verbindliche Werte noch etwas zählen und unser Leben bestimmen. Das ist unsere Hoffnung. Unser Glaube. Und dafür kämpfen wir. Dafür steht die Hasselberg-Stiftung und das ist enorm wichtig, denn wir haben alle zusammen noch sehr viel vor." Arian von Hasselberg trat noch ein kleines bisschen näher an das Vortragspult und hielt es mit beiden Händen fest umklammert, so als ob er es umarmen wollte. „Wisst ihr, Freunde: Wenn ich in diesen Tagen die Zeitung aufschlage, dann lese ich nur von Terror und Angst. Von kaltblütigen Killern. Von Morden in Stuttgart und München. Da marschieren Killerbrigaden in Cafés und Restaurants und erschießen wahllos Menschen. Ein Klima der Angst breitet sich in unserem schönen Land aus und der Staat und die zuständigen Behörden schauen tatenlos zu. Nach Wochen der Ermittlungen gibt es noch keine einzige Verhaftung. Das darf nicht sein! Hier muss etwas passieren, damit unschuldige Bürger geschützt werden. Auch diesem Problem wird sich die Stiftung annehmen. Wir müssen diese Kultur der Einschüchterung und des Terrors bekämpfen und das werden wir. Der schwache Staat muss wieder stark werden."

Nach seinen letzten Worten breitete sich ein bedrückendes, fast ehrfürchtiges Schweigen im ganzen Saal aus.

Und erst als von Hasselberg vom Pult wegtrat, eine Verbeugung andeutete und dann gemeinsam mit seiner Frau die Bühne verließ, hielt es das Publikum nicht mehr auf den Stühlen. Noch Minuten, nachdem die beiden wieder Platz genommen hatten, wurde weiter Beifall geklatscht. Arian von Hasselberg stand noch einmal auf und machte eine tiefe Verbeugung, was zu erneutem frenetischem Applaus führte.

Nesra taten langsam die Hände weh, so sehr hatte sie sich von der Stimmung im Saal mitreißen lassen. Während sich langsam wieder alle beruhigten und sich wieder hinsetzten, schaltete sich wieder ihr Verstand ein.

Ein befremdlicher Auftritt war das gewesen. Eigentlich hatte von Hasselberg sich nur bedankt und immer wieder seine Stiftung erwähnt. Klar, dafür wurde er geehrt, aber sein Exkurs auf die viel beschworenen Werte hatte etwas zutiefst Missionarisches gehabt. Und musste man seine letzte Bemerkung zu der Rolle des Staates nicht als Drohung verstehen?

Nesra hatte das Gefühl, dass sie und Marc sich die Stiftung der von Hasselbergs noch viel genauer anschauen mussten.

Dass das Publikum nach dieser Rede euphorisiert war, kam für Nesra nicht überraschend, denn von Hasselberg hatte ihnen etwas versprochen, was ehrbare und auch weniger ehrbare Kaufleute schätzten: Ruhe und Ordnung. Das waren die Bedingungen, in denen sie ihren Geschäften nachgehen konnten, und deshalb versprachen sich alle einen Vorteil von Hasselbergs Initiativen. Sie war gespannt, was Hektor Cordes zu dieser Rede zu sagen hatte. Vielleicht wusste er über die Stiftung mehr? Doch ihr Blick suchte ihn leider vergeblich. Er stand nicht mehr an seinem Platz am Seiteneingang, er war verschwunden.

***

Nach der Preisverleihung und dem irritierenden Auftritt von Arian von Hasselberg servierte die Küche noch drei kulinarische Grüße, dann war das Galadinner offiziell beendet. Zur Afterparty waren nur noch ausgewählte Gäste geladen.

Fränkies Einladungskarte galt wundersamerweise auch dafür.

Anders als der Festsaal war die Rooftop-Bar eindeutig moderner eingerichtet. Ein sternförmiger Pool nahm etwa ein Drittel der Fläche ein.

Der DJ, der hinter dem Pool auf einem kleinen Podest stand, legte dezente House-Musik auf. Vor ihm eine Tanzfläche, auf der sich schon einige Gäste amüsierten.

Zwischen den Gästen stolzierten Serviererinnen in knappen Miniröcken und hohen Stöckelschuhen umher und versorgten die Gäste mit Champagner, Zigarren und einem kostenlosen Blick in das Dekolleté oder auf die schlanken Beine.

Im hinteren Bereich befanden sich lederne Sitzecken und Stehtische, die halbkreisförmig angeordnet waren.

Dahinter imponierte eine eindrucksvolle Bar, deren Tresen einer Welle nachempfunden war, und emsige Barkeeper mixten fleißig Cocktails.

Das verglaste Dach über den Gästen, deren oval eingelassene Fensterelemente noch geöffnet oder gekippt waren, gab Nesra das Gefühl, in einem futuristischen Raumschiff zu sitzen.

Es war schon nach Mitternacht und die Sterne am wolkenlosen Himmel leuchteten.

***

Nesra suchte Cordes, und tatsächlich, er war nicht zu übersehen.

Lässig lehnte er mit dem Rücken am Tresen der Bar und beobachtete die Szenerie. Er hielt für einen Wimpernschlag inne, als er den Notausgang taxierte. Nesra war sich sicher, dass er sie schon beim Reinkommen bemerkt hatte, jetzt ließ er sich allerdings nichts anmerken. Während sie sich neben ihm niederließ, musste sie neidlos anerkennen, dass Cordes auch als verdeckter Ermittler eine gute Figur machte. Wie er fast gelangweilt ein Soda durch ein Röhrchen trank, strahlte er eine vollendete Gelassenheit aus. Aber natürlich wusste Nesra, dass das nur Fassade war.

Sie winkte den Kellner zu sich und bestellte einen Martini. Sie war zwar im Dienst, aber mit Mineralwasser hätte sie sich ungleich verdächtiger gemacht.

Cordes schaute sie nicht an, als er sie von der Seite ansprach: „Hast du dich schon mal gefragt, wie Fränkie an eine Einladungskarte zu dieser exklusiven Veranstaltung gekommen ist?“

Natürlich hatte Nesra darüber nachgedacht. „Ich tippe mal, er hat bei irgendjemandem einen Gefallen eingefordert.“

Cordes sah sie verständnislos an.

„Zumindest hätte ich es so gemacht“, sagte sie achselzuckend.

„Aber warum? Was wollte er ausgerechnet hier?“

„Ich habe keine Ahnung.“

Sie nippte an ihrem Martiniglas und registrierte aus den Augenwinkeln, dass auf der anderen Seite des Raumes Unruhe aufkam. Der Grund war schnell klar: Die Ehrengäste waren eingetroffen.

„Was weißt du über die von Hasselbergs?“, fragte Nesra.

„Das, was alle wissen, die die Wirtschaftsseiten ihrer Zeitung lesen“, antwortete Cordes lapidar.

„Sie gehören zu den wohlhabendsten Unternehmerfamilien Deutschlands. Ihr Vermögen wird auf einen zweistelligen Milliardenbetrag geschätzt. Sie machen die meiste Kohle im Transportgeschäft, aber ihr Geld investieren sie überall da, wo die Renditen groß sind. Und überwiegend in Deutschland.“

„Das ist in der Tat das, was in der Zeitung steht“, bestätigte Nesra. „Aber das meine ich nicht. Ich meine, was weißt du über sie persönlich?“

„Hm“, Cordes schürzte die Lippen, „da muss ich passen. Aber es klingt so, als ob du dich mit den beiden schon näher beschäftigt hättest.“

„Geht so. Er ist aus dem Schwabenland und sie aus Bayern, und ich glaube, in beiden fließt adliges

Hohenzollernblut, wenn ich mich richtig erinnere", sagte Nesra.

„Und nach allem, was man so hört, sind sie sehr wertkonservativ und heimatverbunden. Ihre Stiftung unterstützt vor allem Projekte in Süddeutschland." Cordes schob sich ein Eukalyptus-Bonbon in den Mund. „Wobei sie sich auch karitativ engagieren."

„Aber sie legen schon Wert darauf, dass jeder davon erfährt." Nesras Sarkasmus blieb Cordes nicht verborgen.

„Da könntest du recht haben. Ich tippe mal, dass es kaum eine Veranstaltung gibt, zu der sie nicht eingeladen werden."

„Das hilft ihnen sicherlich bei ihrer Stiftung, oder?"

Statt einer Antwort prostete Cordes Nesra mit seinem Soda zu. „Cheers!"

Nesra schenkte ihm ein Lächeln, dann wanderte ihr Blick wieder zu den von Hasselbergs.

Beide posierten gerade für ein Selfie mit Gästen. Arite von Hasselbergs blau-weißes Kleid erinnerte Nesra an die bayrische Landesfahne. Zufall? Wohl eher nicht.

Cordes und Nesra beobachteten eine Weile schweigend, wer zu den Gästen der Afterparty gehörte, in der Hoffnung, irgendeine Art Hinweis zu bekommen, warum Frank Leschmitz eine Eintrittskarte haben wollte. Aber weder Cordes noch Nesra wussten, nach was sie suchen mussten, geschweige denn nach wem. Nesra überlegte schon frustriert, sich auf ihr Zimmer zurückzuziehen, als gegen 1 Uhr Cleopatra von Hasselberg auftauchte.

Ein Mann im Anzug begleitete sie. Groß, breite Schultern, das Gesicht glattrasiert und mit grimmigem Blick.

Definitiv Sicherheitspersonal. Zielgerichtet steuerte von Hasselberg auf ihren Vater zu. Nachdem sie einige Worte gewechselt hatten, sagte sie etwas zu ihrem Bodyguard, der dann durch den Raum eilte.

Nesras Interesse war geweckt.

Der Mann von der Security steuerte zielsicher eine Sitzecke im hinteren Bereich an. Dann beugte er sich zu einem Mann herunter, der offensichtlich Teil einer feuchtfröhlichen Runde war. Nesra erkannte ihn sofort wieder, ihren Tischnachbarn mit dem hängenden Augenlid. Der knittrige graue Anzug und das kugelrunde, aufgedunsene Gesicht gaben ihm etwas Prolliges. Er hatte die Krawatte um den Hals gelockert, saß tief in den Sessel versunken da, mit einer Flasche Bier in der Hand. Neben ihm sein Kompagnon, der auch an Nesras Tisch gesessen hatte.

Von Hasselbergs Bote flüsterte dem Kerl etwas ins Ohr. Der Mann nahm einen letzten tiefen Schluck aus der Flasche, erhob sich schwerfällig und verschwand dann durch den Haupteingang.

Nachdem Nesra sich im Kopf eine Notiz gemacht hatte, schenkte sie ihre Aufmerksamkeit Cleopatra von Hasselberg. Offensichtlich hatte sie die Szene nicht mitbekommen, jedenfalls unterhielt sie sich lebhaft mit anderen Gästen und leerte ein Glas Champagner.

„Hübsche Schale, harter Kern", sagte Nesra an Cordes gewandt, ohne Cleopatra von Hasselberg aus den Augen zu lassen.

Cordes schmunzelte, dann richtete sich sein Blick interessiert nach vorn. Cleopatra steuerte nun direkt auf sie zu.

Nesra schaute sie mit einem kühlen Lächeln an.

Die Milliardärstochter suchte sich den Platz direkt neben Nesra, beugte sich über den Bartresen und signalisierte dem Barkeeper, dass sie einen Wunsch hatte.

Während sie wartete, blickte sie sich ungeduldig um.

Als der Barkeeper endlich zur Stelle war, bellte sie: „Einen Old Fashioned – ohne Eis!"

Von ihr könnte selbst Drago noch etwas lernen, dachte Nesra amüsiert und betrachtete ihr Profil genauer. Cleopatra von Hasselberg war in der Tat eine Schönheit, wenn auch eine, die kurz vorm Platzen stand. Nesra dachte an die Szene bei Optimum Logistics zurück, als eine versammelte Truppe erfahrener Manager vor ihr kuschte. Die Finger der jungen Frau trommelten mit wachsender Ungeduld auf dem Tresen herum, während sie auf ihren Drink wartete.

Jetzt nahm Cleopatra von Hasselberg Nesra ganz unverblümt ins Visier. Erkannte sie sie etwa? Nein, beruhigte sich Nesra, ihre Nummer mit der Perücke war wasserdicht. In ihrem Innern tobte der ewige Kampf zwischen Aufs-Ganze-Gehen oder die sichere Nummer wählen. Auch wenn sie diese Seite an sich selbst nicht mochte. Aber sie hatte das Gefühl, dass sie bei dem reichen Töchterchen landen und so auch eine Abkürzung nehmen könnte, um an Informationen zu gelangen. Informationen, die dabei helfen würden, endlich Licht in den Fall von Fränkies Ermordung zu bringen.

Jetzt oder nie. Ein letzter, kurzer Blick zu Cordes, der die Szene gespannt verfolgte. Im nächsten Moment drehte sich Nesra zu Cleopatra von Hasselberg um und warf die sprichwörtliche Angel aus. „Ist das nicht ein Alte-Männer-Drink?"

Cleopatra von Hasselberg legte irritiert die Stirn in Falten. „Entschuldige, kennen wir uns?“

Nesra schaute gelangweilt und antwortete mit dem arrogantesten Ton, den sie im Repertoire hatte: „Noch nicht.“

Hasselberg stutzte. Für einen Moment sagten beide nichts.

Komm schon, betete Nesra im Stillen.

Die Milliardärstochter musterte sie, so als suchte sie etwas in Nesras Gesicht, das sie nicht finden konnte. Nach einer kleinen Ewigkeit sagte sie etwas kleinlaut: „Du kommst mir bekannt vor.“

„Du mir nicht“, sagte Nesra kühl und betrachtete eingehend ihre perfekt manikürten Fingernägel. Sie hatte einen Moment Angst, dass sie zu weit gegangen war, und doch hatte sie das Gefühl, dass der Fisch gleich anbeißen würde. Dann atmete sie demonstrativ gelangweilt aus und blickte auf die Tanzfläche.

Cleopatra von Hasselberg kam jetzt noch einen Schritt näher. „Wie heißt du?“

Bingo! Der Fisch hing am Haken. Jetzt nur noch einholen. „Leonie, und du?“

Die hübsche von Hasselberg lachte kurz auf, als ob Nesra etwas völlig Abwegiges gefragt hatte.

„Nenn mich Cleo.“

Nesra spürte das erotische Knistern zwischen sich und Cleo fast körperlich. Cleos Blicke zogen sie förmlich aus und sie machte keinerlei Anstalten, das zu verbergen.

„Hallo, Cleo“, sagte sie langsam und deutete ein Zwinkern an.

Dabei spitzte sie arrogant die Lippen.

Statt einer Antwort sagte Cleo im selben Ton, mit dem sie gerade ihren Whiskey bestellt hatte: „Komm in zwei Stunden in die Belvedere Suite. Ich gebe nachher noch eine kleine Privatparty."

Dann strich sie Nesra mit dem Finger über die Wange, nahm ihren Drink und drehte sich um.

Ohne ein weiteres Wort verschwand sie und wurde schon einige Augenblicke später von einer Traube von Männern umringt.

„Was war das denn bitte?", zischte Cordes, als Cleo außer Hörweite war.

„Das war eine Einladung für später." Nesra grinste und nippte an ihrem Martini.

„Ähm ... okay. Machst du das immer auf diese Tour?" Auf Cordes' Gesicht mischte sich Überraschung, leichte Empörung und vielleicht auch ein Hauch Bewunderung.

„Was denn? Wir wollen doch endlich Antworten, oder?", sagte sie, trank ihren Drink in einem Zug aus und mischte sich unter die VIP-Gäste auf der Tanzfläche. Sie wollte diese Nesra, diese alte Nesra, die eigentlich keinen Platz mehr in ihrem jetzigen Leben hatte, zumindest für den Moment vergessen. In zwei Stunden müsste sie die allerdings wieder hervorzaubern. Und das fühlte sich schon jetzt nicht richtig an.

***

Donnerstag, 23. August

Als Nesra ein paar Stunden später den Frühstücksraum betrat, war das Servicepersonal des Hotels gerade dabei, die Reste des Büfetts wieder abzubauen. Sie

setzte sich an einen freien Tisch am Fenster und
checkte ihr Handy. Es war kurz nach 11 Uhr.

Müde rieb sie sich die Augen, denn die Nacht war anstrengend und kurz gewesen. Sie war mit leichter Verspätung vor der Belvedere Suite erschienen und von
Cleopatra von Hasselbergs muskelbepacktem Aufpas-
ser mürrisch empfangen worden. Schon bevor sie das
Wohnzimmer der Suite betrat, hatte sie so eine Ahnung, was Cleopatra von Hasselberg unter einer kleinen Privatparty verstand. Lang gezogene, warme
Klänge aus dem Chillout-Ambient-Bereich, die von einer Frau mit Dreadlocks hinter einem schmalen, im-
provisierten DJ-Pult zusammengemixt wurden. Jede
Menge teurer Alkohol und andere, härtere Drogen und
unheimlich attraktiv aussehende Millionärssöhne und
-töchter in den Zwanzigern, die das vermutlich auch ihr
Leben lang bleiben würden. Die Party war gerade dabei, heiß zu laufen. Einige Gäste in der Mitte des Wohnzimmers bewegten ihre Hüften zu den Beats der DJane.
Andere spielten in der Ecke Bierpong mit teurem
Wodka. Nesra fühlte sich in längst vergangene Zeiten
zurückversetzt, als sie auf der Suche nach Cleo durch
die Räume der Suite ging. In einem kleinen Büro störte
sie zwei knutschende Emo-Jungs, eng umschlungen in
einem bequem aussehenden Ohrensessel einer Sitzecke. Ihnen gegenüber waren zwei blonde Schönhei-
ten, die Zwillingsschwestern hätten sein können, mit
einem athletisch aussehenden Burschen zugange. Sie
winkten Nesra zu sich, doch die verneinte lächelnd und
suchte weiter.

Schließlich fand sie Cleo mit einem Glas Champagner
auf dem Balkon. Allein.

Der eindeutige Blick der Gastgeberin hatte dazu geführt, dass es nicht lange gedauert hatte, bis Cleo sich mit Nesra in ein Schlafzimmer zurückgezogen und die Nacht den erhofften Verlauf nahm.

Erst gegen 7 Uhr hatte Nesra die Privatparty verlassen und sich in ihr eigenes Zimmer verzogen, um wenigstens noch ein paar Stunden zu schlafen. Da sie irgendwann konsequent bei Sekt geblieben war und die Drogen verschmäht hatte, weil sie einen kühlen Kopf bewahren wollte, fühlte sie sich einigermaßen frisch.

Nesra gähnte herzhaft und musste lächeln. Ja, sie hatte die Nacht mit Cleopatra durchaus genossen. Mehr noch, sie hatte das Gefühl, dass sie die junge Frau wiedersehen wollte.

Plötzlich stand jemand vor ihr und riss sie aus ihren Gedanken. „Guten Morgen, möchten Sie noch was? Wir bauen gleich das Büfett ab.“

Nesra räusperte sich. „Morgen, ja, ich hätte gerne einen großen Kaffee, schwarz und stark.“

„Kaffee schwarz“, bestätigte die Kellnerin, „sonst noch was?“

„Eier. Rühreier.“ Nesra spürte erst jetzt, wie hungrig sie war. „Eine doppelte Portion, bitte.“

Die Kellnerin nickte und verschwand.

Nesra rieb sich die Schläfe, um den leichten Kater wegzumassieren, und warf einen Blick auf ihr Handy.

Eine Nachricht von Cleo.

Fortsetzung erwünscht?

Ein Lächeln stahl sich auf Nesras Gesicht. Sehr gerne, junge Frau, dachte sie und spürte, wie sie eine Gänsehaut bekam.

Einen Moment später stand eine vertraute Gestalt vor ihr. Hektor Cordes.

„Guten Morgen, Frau Bukhari. Angenehme Nacht gehabt?" Dabei versuchte er erfolglos, ein Grinsen zu unterdrücken.

„Ich glaube nicht, dass wir hier zusammen gesehen werden sollten", meinte Nesra, doch Cordes antwortete lässig: „Kein Problem, die von Hasselbergs haben heute Nacht nicht hier übernachtet und die Tochter hat zusammen mit ihrer Entourage gegen 8 Uhr das Hotel verlassen."

Nesra schaute etwas verdutzt. „Dann hat sie durchgemacht, ich bin um 7 Uhr auf mein Zimmer, um wenigstens noch etwas Schlaf zu bekommen."

„Hm, sie sah durchaus topfit aus." Cordes zögerte kurz. „Aber sie ist ja auch etwas jünger als du."

Nesra verzog das Gesicht zu einer Grimasse: „Das sagt der Richtige." Cordes sah so zerknittert aus wie immer.

Die junge Bedienung brachte den Kaffee und das Rührei. Cordes bestellte das Gleiche.

„Ist noch was Interessantes auf der VIP-Party passiert?", fragte sie mit vollem Mund, auch um keine Details von ihrer Nacht mit Cleo preisgeben zu müssen.

„Schwer zu sagen. Die von Hasselbergs haben sich noch mit den Managern der Firmen Degussa, pro aurum und der Auvesta in einen Nebenraum zurückgezogen."

„Degussa, handeln die nicht mit ...?"

„... mit Gold. Aber nicht nur. Auch mit Silber, Platin und anderen Edelmetallen“, ergänzte Cordes. „Die anderen Firmen kommen aus derselben Branche. Edelmetallhändler. Alle aus dem süddeutschen Raum.“

„Woher weißt du denn so viel über Edelmetallhändler?“, fragte Nesra verdutzt.

Cordes zuckte mit den Schultern. „Wir hatten mal einen Mordfall, bei dem das Mordopfer, ein Familienvater aus Darmstadt, der bei der Degussa als Vertragsmanager gearbeitet hatte, erstochen aufgefunden wurde. Long story short: Das Ganze stellte sich als mittelschwerer Betrugsfall heraus. Mein damaliger Kollege von der Kripo Frankfurt und ich waren so oft bei der Degussa zu Besuch, dass ich der Dame am Empfang noch immer Geburtstagsgrüße schicke.“

Bei den letzten Worten breitete sich schelmisches Lächeln auf Cordes Gesicht aus, sodass Nesra unwillkürlich lachen musste. Dann wurde er wieder ernst. „Ich hatte heute Nacht das Gefühl, dass die werten Herren von der Degussa und Co. nicht nur wegen des guten Essens und der Preisverleihung gekommen waren. Sie haben die After-Party alle zusammen gegen halb fünf verlassen. Ich bin ihnen bis zur Garderobe gefolgt. Dabei hatten alle einen Aktenkoffer in der Hand, den sie wahrscheinlich bei der Anreise noch nicht im Gepäck hatten.“

„Hm, du willst mir jetzt aber nicht erzählen, dass wir hier über Schmiergeld reden, oder? Wir sind ja nicht bei Pulp Fiction? Schwarze Koffer mit Goldbarren, deren Glanz beim Öffnen den ganzen Raum erfüllen?“

„Na ja, ich weiß auch nicht, was in den Koffern ist, aber ich trage nur ein paar Fakten zusammen: Ein einflussreiches Unternehmer-Ehepaar lädt Vertreter der wichtigsten Goldhändler Deutschlands auf sein privates Galadinner ein. Man versteht sich scheinbar prächtig, zieht sich zu später Stunde in private Räume zurück, und keine zwei Stunden später gehen alle diese guten Bekannten mit einem identisch aussehenden Koffer von der Party nach Hause. Die anderen Gastgeschenke sahen in jedem Fall anders aus, das kann ich dir sagen."

Nesra blickte nachdenklich aus dem Fenster. Zwei Tauben auf dem Gehweg stritten sich um etwas, das wie ein Stück Brot aussah.

Sie dachte darüber nach, was die Neuigkeiten von Cordes mit ihrem Fall zu tun hatten. Wahrscheinlich nichts. Außerdem, was interessierte sie die Tatsache, dass Manager Gastgeschenke im Koffer bekamen? Sie war schließlich nicht für die Abteilung Wirtschaftskriminalität unterwegs. Interessanter waren da schon die beiden Männer, die bei ihr am Tisch gesessen hatten. Laut Sitzplan hießen die beiden Gestalten Bruno Blomkowski und André Bornemann. Warum waren sie eingeladen? Kannten sie die von Hasselbergs persönlich? Und was verband sie miteinander? Nesra hatte das Gefühl, dass sie irgendetwas übersah. Es kribbelte hinter ihren Augen, doch sie konnte nicht sagen, warum. Sie dachte an die Lagerhallen in Mannheim und an die Waffenkisten, gefüllt mit Steinen, aber es gelang ihr nicht, die Puzzleteile zu einem schlüssigen Bild zusammenzusetzen. Sie musste dringend mit Marc reden.

„Und du? Was hast du Neues? Hat die Hasselberg irgendwas erzählt?", fragte Cordes.

Nesra schüttelte den Kopf. „Nicht wirklich."

Um Zeit zu gewinnen, nahm Nesra einen großen Schluck Kaffee und dachte an die Nacht zurück.

Auch wenn sie versucht hatte, die Kontrolle zu behalten, war Cleo doch einnehmend gewesen. Sehr einnehmend. Was für eine Frau. Sie hatte eine Energie, die unvergleichbar war. Cleo hatte sich eine Kokain-Line nach der anderen gelegt, als wäre es Puderzucker.

Teilweise waren Erinnerungen verschwommen. Doch Nesra war vorsichtig geblieben. Trotzdem spürte sie bei dem Gedanken an Cleos durchtrainierten Körper ein unverhofftes körperliches Verlangen. Sie müsste lügen, wenn sie behaupten würde, es hätte ihr keinen Spaß gemacht.

Außerdem hatte es sich gelohnt. Nicht, weil sie viel erfahren hätte, sondern weil Cleo sie auf ihre nächste Privatparty eingeladen hatte. Die SMS war eindeutig gewesen. Dann aber bei Cleo zu Hause. Dort würde sie vielleicht mehr herausfinden. Sie war sich sicher, dass die Verbindung noch anderweitig Früchte tragen würde.

„Hallo! Erde an Nesra." Cordes schaute sie neugierig an.

Ein großes Fragezeichen stand ihm ins Gesicht geschrieben.

„Während wir in ihrer Suite waren", sagte Nesra zögernd, „bekam sie einen Anruf, der offensichtlich geschäftlich war. Jedenfalls hat sie mit dem Typen am Telefon länger diskutiert. Sie hat den Mann Franzen genannt und eine Firma namens Expand DPS erwähnt. Sagt dir die Firma etwas?"

Cordes schüttelte den Kopf. „Nie gehört, schon gegoogelt?"

„Noch nicht dazugekommen.“

„Na dann“, Cordes zog sein Handy heraus und tippte. Einen Moment später las er vor: „Expand DPS – Defence und Public Security. Ein Logistikdienstleister aus Stuttgart. Vielleicht ein Geschäftspartner. Oder die Konkurrenz?“

„Ich habe leider nur Bruchteile verstanden. Als das Handy geklingelt hat, ist sie zum Telefonieren in ein Nebenzimmer verschwunden. Aber das Gespräch muss wichtig gewesen sein, denn sie hat alle Gäste aus dem Zimmer geworfen und die Tür zugezogen, allerdings nicht ganz geschlossen. Ein paar Worte habe ich verstehen können. Worte wie ‚das kann nicht Ihr Ernst sein‘ und ‚inkompetentes Pack‘ sind gefallen. Irgendwas ging ihr nicht schnell genug, mit der Zahl Tausendvierhundertvierzig. Und sie sprach davon, dass sie irgendetwas übernehmen würde. Ach, und ein Datum hat sie noch erwähnt. Den 1. September. Gleich zweimal.“

„1. September? Das ist … Moment …“ Cordes öffnete den Kalender seines Smartphones. „Das ist ein Samstag. Hört sich nach Projektstress an. Da bin ich raus. Mit Fränkie Leschmitz kann das nichts zu tun haben, oder?“ Cordes kratzte sich an den Bartstoppeln an seinem Hals.

„Keine Ahnung. Es schien so, als ob sie einen Auftrag an eine andere Firma vergeben hatte und die nun das nicht hinbekommen.“ Nesra zuckte mit den Schultern. Tief in ihrem Innern ahnte sie, dass es hier schon lange nicht mehr nur um Fränkie Leschmitz ging. Sie musste an Marc und den Inhalt in Fränkies Päckchen denken und blickte wieder aus dem Fenster.

Die zwei Tauben waren verschwunden.

21

Montag, 27. August

Heute musste Olaf das erste Mal nach seiner Krankschreibung ins Büro.

Er hatte die halbe Nacht nicht geschlafen, denn er empfand nur großen Widerwillen, wenn er an seine Arbeit, seine Kollegen und vor allem an Franzen dachte. Er musste sich stark überwinden, überhaupt noch etwas für diesen Idioten zu erledigen.

Umso erstaunter war er über seine gute Laune, als er pfeifend durch das Großraumbüro ging. Vielleicht lag es an seinen neuen Kameraden, ja vielleicht war er durch die Mitgliedschaft bei den Sithonen ein anderer Mensch geworden. Vielleicht hatte er tatsächlich eine Art Reinigung oder Wiedererweckung durch die schmerzhafte Aufnahmeprüfung erlebt. Vielleicht interpretierte er auch seine Gefühle völlig falsch und schnappte bald über.

Wie immer vermied er direkten Augenkontakt, wenn er den Kollegen gegenüberstand. Die meisten ignorierten ihn ohnehin. Nur wenn es gar nicht anders ging und sie ihn begrüßten, nickte er stumm und versuchte zu lächeln.

Als er sich an seinen Platz setzte, blickte er stumm auf den Monitor und überlegte, wie er die nächsten

Stunden totschlagen könnte. Er fühlte sich noch mehr als sonst völlig fehl am Platz.

Plötzlich stand Franzen hinter ihm.

„Ah, Gallweber, schön, dass Sie wieder gesund sind." Seinem Gesichtsausdruck nach zu urteilen, war die Freude allerdings schon wieder verflogen.

Olaf nuschelte ein „Hallo" und versuchte ansonsten, möglichst beschäftigt zu wirken. In der Hoffnung, dass Franzen sich schnell wieder verzog. Leider tat er ihm den Gefallen nicht.

Er blieb an seinem Schreibtisch stehen und fingerte an Olafs Stiften herum. Olaf mochte es nicht, wenn man seine Sachen anfasste. Sein Chef nahm nach und nach alle Stifte aus dem Stiftehalter in die Hand und drehte sie unnatürlich lange zwischen seinen Fingerspitzen. Als Olaf gerade entschieden hatte, die Stifte nachher wegzuwerfen, rückte Franzen endlich mit der Sprache heraus: „Ich habe einen Spezialauftrag für Sie."

Olafs Verblüffung war offensichtlich, aber Franzen achtete sowieso nicht auf ihn.

„Normalerweise hätte ich ja einen erfahreneren und passenderen Mitarbeiter dafür ausgewählt, aber ..."

Olaf dachte: Dann lass mich doch in Ruhe.

„... aber die Entscheidung lag nicht bei mir", ergänzte Franzen.

Olaf schaute ihn verdutzt an.

„Es ist ein Auftrag, der von einer Schwesterfirma aus Mannheim kommt. Ein Spezialauftrag für einen Kunden. Allerdings müssen Sie mit einem Mannheimer Kollegen zusammenarbeiten."

Olaf verstand nur Bahnhof.

Franzen seufzte, bevor er weitersprach: „Der Kollege müsste jeden Moment da sein. Ah, da hinten ist er schon." Er winkte einen jungen Mann im Anzug heran. Einen Augenblick später bekam Olaf eine ausgestreckte Hand gereicht. „Jürgen Bloschke." Dann setzte sich der junge Mann gegenüber an den Schreibtisch.

„Viel Erfolg, euch beiden", sagte Franzen. Ein spöttisches Lächeln legte sich auf sein Gesicht. Und zu Olaf sagte er nur: „Vermasseln Sie es nicht!"

Dann war Franzen so schnell verschwunden, wie er gekommen war.

Olaf interessierte das dumme Geschwätz seines Chefs nicht. Allerdings war es bisher noch nicht passiert, dass Franzen ihm einen Spezialauftrag anvertraut hatte. Er musterte den Burschen ihm gegenüber. Jürgen Bloschke hieß er also. Trotzdem konnte sich noch immer keinen Reim auf die ganze Sache machen. Als ob sein Gegenüber Olafs Gedanken gelesen hatte, beugte er sich nach vorn, legte den rechten Arm auf den Schreibtisch und zog dann langsam den Hemdsärmel nach oben. Ein Tattoo. Ein Tattoo, das Olaf sehr bekannt vorkam.

Eine Kornblume, die sich um ein weißes „S" auf schwarzem Grund schlängelte.

Dann grinste er verschwörerisch. „Es wird Zeit für deine erste gute Tat, Kamerad."

***

22 Uhr

Olaf saß zufrieden im Klubhaus und nippte an dem Bier, das Mampe ihm gebracht hatte. Das naturtrübe Kellerbier, das die Sithonen wegatmeten wie Fische Wasser, schmeckte außerordentlich würzig und war ganz nach Olafs Geschmack. Außer ihm saßen noch Jürgen, der vermeintliche Kollege aus Mannheim, und Bruno am Tisch.

Mampe war wieder hinter dem Tresen verschwunden und reinigte gerade die Zapfanlage. Drei weitere Kameraden, die Olaf nur vom Sehen kannte, hingen im hinteren Teil des Klubhauses ab und spielten Dart. Auf der Dartscheibe hing das Bild des Zeitenwende-Bundeskanzlers und bei jedem erfolgreichen Treffer auf die Augenklappe hoben sie grölend das Schnapsglas.

„Auf dich", sagte Bruno und prostete Olaf zu. Die anderen stießen ebenfalls mit an. Bloschke, der direkt neben Olaf saß, klopfte ihm auf die Schulter.

„Hat Olaf super gemacht heute. Ein echter Gewinn."

Olaf verspürte Stolz, wenn er auch nicht genau wusste, wofür eigentlich. Wie sich heute Vormittag herausgestellt hatte, arbeitete Jürgen bei einer Logistikfirma, der Optimum Logistics, und war aus Mannheim gekommen, um mit Olaf zusammen einen besonderen Job zu erledigen.

Es ging um den kurzfristigen Transport und die Unterbringung von tausendvierhundertvierzig Personen aus Hessen, Thüringen und Sachsen.

Wer die Leute seien, hatte Olaf kurz nachgefragt, aber Bloschke hatte nur gesagt, dass ihn das nichts angehe.

Dann hatte er Olaf einen USB-Stick in die Hand gedrückt, damit er die Personen nach einem ganz bestimmten System auf unterschiedliche Hotels und Pensionen verteilen konnte. Die Unterkünfte hatten unterschiedliche Kategorien, aber allen gemeinsam war, dass sie für den 31. August eingebucht werden sollten. Für die Rechnungen sollten verschiedene Firmenkreditkarten belastet werden, die Olaf nichts sagten. Bloschke hatte ihm immer nur eingeschärft, sich an die Vorgaben auf dem Stick zu halten.

Das fand er ungewöhnlich, aber als er nachfragte, hatte Jürgen geantwortet, dass das mit dem Budget des Kunden und verschiedenen Freigaberegularien zu tun hatte.

Olaf hatte nur mit den Schultern gezuckt. Er vermutete ganz profane Steuertricks dahinter. Da er aber Jürgen beeindrucken und seinen ersten Auftrag für die Sithonen nicht vermasseln wollte, hatte er versucht, alles genau so umzusetzen, wie Jürgen es ihm aufgetragen hatte.

Der junge Mann hatte ihn schnell mit den Zahleneingaben in Ruhe gelassen. Dafür aber heimlich zwei Bier ins Büro mitgebracht, die sie zusammen in der Mittagspause wegpetzten.

„Auf die Kameradschaft." Dabei war sein Grinsen so breit wie sein Gesicht gewesen. Dann war er wieder verschwunden und hatte Olaf mit den Buchungen allein gelassen. Olaf hatte mit den Schultern gezuckt und sich wieder auf die Excel-Tabellen auf dem Bildschirm konzentriert. Einer musste ja den Kleinkram machen, tröstete er sich. Immerhin gehörte er jetzt zu den Sithonen und alles, was ihn im Augenblick interessierte, war ein guter Eindruck bei seinen neuen Kameraden. Immerhin konnte er auch mit ein paar alternativen Routen für die Planstrecken der Transporte punkten. Jürgen fand Olafs Hinweise super, und was ihn wirklich überraschte, war, dass ihm sein Job zum ersten Mal auch Spaß gemacht hatte.

Leider hatte er erst später gemerkt, dass ihm ein Fehler unterlaufen war: Sämtliche Buchungen im System waren mit ein und derselben Referenznummer und damit auch mit derselben Firmenadresse verknüpft. Er hatte bei der ganzen Euphorie und seinen Tagträumereien über die neuen Freundschaften vergessen, jeweils die Buchungsnummer zu variieren, so wie Jürgen das eigentlich gewollt hatte.

Erst war es ihm heiß und kalt den Rücken runtergelaufen. Dann war ihm klar geworden, dass er das mit ein paar Klicks nachträglich im System korrigieren konnte. Er löste entsprechende Änderungsaufträge an das Buchungsportal und die Bankensoftware aus. Das würde bestimmt keinem auffallen.

Jürgen hatte zufrieden gewirkt, ihm war Olafs Fehler gar nicht aufgefallen, und daher saßen sie nun zusammen und tranken ein weiteres Bierchen, nicht ohne sich ein ums andere Mal zufrieden zuzuprosten.

***

Plötzlich flog die Tür des Klubhauses auf und zwei Typen kamen herein.

Der Kleinere war ein Sithone, den Olaf in den letzten Wochen schon ein paar Mal an der Seite von Bruno gesehen hatte. Drahtig und mit einem krummen Gang, der ihn älter wirken ließ. Die dunkelbraunen Haare trug er kurz geschoren und mit Pomade oder Wachs zu einem Seitenscheitel glatt gezogen. Das weiße T-Shirt mit dem Consdaple-Schriftzug hatte er straff in die enge Jeans gesteckt, sodass Olaf ohne Mühe das Hakenkreuz auf der großen, silbernen Gürtelschnalle bemerkte.

Den anderen sah Olaf zum ersten Mal. Er war deutlich größer, kräftiger gebaut, eher der Typ Südländer mit muskulösen, stark behaarten Armen. Er hatte einen Armee-Rucksack geschultert und ließ seinen grimmigen Blick durch das Klubhaus wandern.

„Chef, André ist da", rief Mampe nach hinten.

„Endlich", erwiderte Bruno, trank noch einen Schluck Bier und erhob sich. „Kameraden, die Pflicht ruft."

Dann begrüßte er André mit Handschlag und einer herzlichen Umarmung. Andrés Grinsen entblößte eine Reihe kleiner Zähne. Olaf mochte ihn nicht besonders, vor allem, weil er mit ihm noch kein Wort gewechselt hatte. Trotzdem hätte er gern mehr über André erfahren, denn es war offensichtlich, dass dieser Typ in Brunos Gunst ziemlich weit oben stand. Olaf wusste allerdings nicht wo und schon gar nicht wieso. Das Pyramidensystem der Sithonen war dermaßen verschachtelt, dass er es bislang noch nicht durchschaut hatte. Bisher hatte er nur verstanden, dass die besser gestellten Kameraden die Kornblume als Tätowierung tragen durften.

Olaf rätselte, welchen Rang André bei den Sithonen innehatte, denn er hatte offensichtlich keine Tätowierung, dennoch war er ständig an Brunos Seite. Olaf selbst war ein sogenannter Frischling. Damit war er ganz unten in der Nahrungskette. Sozusagen der

Bodensatz. Und musste sich daher auch von allen etwas sagen lassen. Ihm war der Status allerdings vorerst egal, er war einfach froh, überhaupt dazuzugehören.

„Das ist Latif", stellte André seinen Begleiter vor, „der, von dem ich dir erzählt habe. Er ist bei den Osmans 88, unseren türkischen Freunden."

Der Klubpräsident nickte Latif zu: „André hat nur Gutes über dich berichtet. Mitglieder der Osmans sind bei uns immer herzlich willkommen."

Latif murmelte etwas, das Olaf nicht verstand.

„Du hast eine Kostprobe dabei?", fragte Bruno.

Statt einer Antwort zog Latif seinen Rucksack von der Schulter.

„Mampe, die Tür!", befahl Bruno, nahm den Rucksack entgegen und setzte sich an den Nachbartisch.

André und Latif setzten sich dazu.

Mampe kam hinter dem Tresen hervor, zog einen Schlüsselbund aus der ausgeleierten Hosentasche hervor und verriegelte die Tür. Erst das Schloss in der Mitte, dann noch ein Vorhängeschloss etwas weiter oben. Dann schlurfte er wieder gemächlich hinter den Tresen.

Olaf beobachtete gespannt, was Bruno vorhatte. Die anderen starrten ebenfalls herüber und machten keinen Mucks. Nur die drei Sithonen im hinteren Bereich an der Dartscheibe hatten nicht mitbekommen, was vorne passierte. Sie spielten weiterhin ihr Spiel und durchsiebten das Gesicht des Kanzlers. Einer der drei hatte schon so heftig Schlagseite, dass er beim Werfen des Dartpfeils ausrutschte und hinfiel. Das Lachen der beiden anderen dröhnte scheppernd durchs Klubhaus.

Wenn Bruno sich über die drei ärgerte, so ließ er es sich nicht anmerken, seine volle Aufmerksamkeit galt dem Rucksack. Als er sich daran zu schaffen machte, legte ihm Latif die Hand auf den Arm. „Die Fenster", sagte er und blickte dabei in die Richtung der Fensterfront des Klubhauses.

Bruno starrte den Türken überrascht an.

Olaf spürte, wie Jürgen neben ihm tief einatmete. Auch die anderen Kameraden schauten grimmig. Kein Zweifel – sie erwarteten mehr Respekt vor dem Präsidenten. Vor allem von einem Türken. Mit verkniffenen Mienen taxierten sie Latif.

„Keine Sorge. Von außen verdunkelt", antwortete Bruno entspannt, befreite sich aus Latifs Griff, leckte sich über die Lippen und fügte hinzu: „Bleib locker. Niemand kann uns beobachten."

Latif nickte zögernd und lehnte sich zurück.

Bruno rief Mampe, der wieder am Tresen stand und mit Inbrunst Gläser polierte, zu: „Mampe! Bring unserem Gast mal ein Bier oder besser noch einen Schnaps. Damit er sich ein bisschen entspannt."

Brunos dröhnendes Lachen lockerte die Situation auf. Auch ein paar Sithonen keckerten herum, während der Osmane sich entspannte.

Dann zog Bruno ein backsteingroßes Paket aus dem Rucksack und legte es vor sich auf den Tisch. Es war in Plastikfolie eingepackt und mit Klebeband fest verschnürt.

Drogen, dachte Olaf verblüfft. Kokain oder Heroin, so was kannte er aus den Gangster-Filmen, in denen mexikanische Drogenkartelle solche eingewickelten Päckchen durch die Welt schmuggelten. Sofort spürte Olaf

Nervosität. Mit Drogen wollte er nichts zu tun haben. Er hatte Angst vor ihnen. Ihm reichten seine Bierchen und gelegentlich ein Schnaps. Alles andere war nichts für ihn.

Mampe kam vom Tresen rüber und stellte Bruno, André und Latif ein frisch gezapftes Bier auf den Tisch.

„Mampe?", fragte Bruno mit einer merkwürdig verstellten Stimme, so wie ein Vierzehnjähriger, der einen Freund zu einer Mutprobe anstacheln will.

„Ja, Boss?"

„Lust auf eine kleine Kostprobe Kokain?" Bruno deutete mit dem Zeigefinger auf das Päckchen und grinste breit.

„Klaro, Boss." Mampe schnappte sich das Kokain und ging zum Tresen zurück.

„Vergiss das Wiegen nicht", rief ihm Bruno hinterher.

Bruno spendierte in der Zwischenzeit eine Runde Zigaretten, nahm einen ersten Zug und spülte mit Bier nach.

Mit Bedauern bemerkte Olaf, dass sein eigenes Glas schon wieder leer war. Er wollte auf keinen Fall die Aufmerksamkeit auf sich ziehen und entschied sich daher, erst einmal stillzubleiben. Ein echter Drogendeal war immerhin auch für ihn eine Premiere. In seinem Innern wechselten sich Faszination, Aufregung und Angst ab. Und tatsächlich, er hatte Gänsehaut.

„Genau eins Komma zwei fünf Kilo, Boss", rief Mampe.

„Qualität?"

„Sekunde", rief Mampe, zog ein Messer unter dem Tresen hervor und hantierte mit dem Päckchen herum.

„Verfluchte Sch...", schrie Mampe plötzlich.

„Was ist?", fragte Bruno ungeduldig.

„Verdammter Mist." Mampe hielt hektisch den rechten Arm in die Höhe.

„Mampe, was ist los?" Bruno zog an der Zigarette und blies den Rauch aus den Lungen.

„Ich ..."

Jetzt drehte sich Bruno genervt in Richtung Tresen. „Sag mal, blutest du?"

„Ein bisschen", knurrte Mampe.

Jetzt hatte Mampe auch die Aufmerksamkeit der drei Sithonen, die Darts spielten.

„Der Idiot hat sich geschnitten", prustete Gerry los.

„Mampe, du bist nicht nur fett. Du bist auch noch blöd!", rief André lachend und sprach damit das aus, was alle dachten. Auch Olaf hatte Mühe, ein Grinsen zu vermeiden.

Sogar Latifs Augen blitzten.

Dann grölten alle gleichzeitig los. Alle bis auf Mampe, dessen Gesichtsfarbe in Sekundenschnelle von blass in dunkelrot wechselte. Fluchend wickelte er sich ein Küchentuch um die Hand und versuchte, die Blutung zu stoppen.

Lachend stand Bruno auf, um Mampe zu helfen.

Latif wollte sich ebenfalls erheben, doch André bedeutete ihm mit einem Kopfschütteln, sitzen zu bleiben.

„Zeig mal her", sagte Bruno, als er am Tresen stand. „Ach du Scheiße! Das nennst du ein bisschen?"

Nun hielt es niemanden mehr auf seinem Platz.

Mampe hatte es irgendwie fertiggebracht, sich das Messer beim Aufschneiden des Pakets zwischen Daumen und Zeigefinger über den Handrücken zu ziehen.

Der halbe Tresen schwamm in einer Blutlache und das Päckchen lag halb aufgeschnitten und voller Blutflecken vor ihm.

„Mannomann." Bruno kratzte sich ratlos am Hinterkopf. „Gerry! Verbandszeug ist im Keller, hol das mal."

Gerry verschwand Richtung Keller.

Dann nahm Bruno das Mobiltelefon aus der Ladestation und hielt es Olaf hin. „Hier, ruf Detlef an, er ist im Telefonbuch unter Dr. D gespeichert. Er soll herkommen. Und sag ihm, dass er seinen Arztkoffer mitbringen soll. Die Wunde muss genäht werden."

Olaf war stolz, dass Bruno ihm diese Aufgabe übertragen hatte.

Er fand den entsprechenden Eintrag im Adressverzeichnis und rief Doc Fleischmann an, der schon nach dem ersten Klingeln am Apparat war. Während Olaf Brunos Anweisungen durchgab, beobachtete er, wie Bruno die Theke abwischte, das blutverschmierte Drogenpäckchen der Länge nach aufschnitt und ein paar Lines auf dem Tresen vorbereitete.

Er drehte ein Röhrchen aus einem Fünfzigeuroschein und zog die erste Line selbst, dann kamen André, anschließend Jürgen und dann Gerry dran, der gerade wieder mit einem orangenen Verbandskasten unterm Arm auftauchte.

Den Abschluss machte der notdürftig verbundene Mampe, der die Line wohl am nötigsten hatte.

Als Olaf das Mobiltelefon zurückgab, hatte die Aufregung sich wieder gelegt und alle schauten sich grinsend an. Das Kokain tat seine Wirkung.

Dann hielt Bruno Olaf den zusammengerollten Fünfzigeuroschein hin.

Olaf schluckte. Tausend Gedanken gingen ihm gleichzeitig durch den Kopf. Er hatte doch noch nie harte Drogen genommen und hatte das auch nicht vor. Mist. Sollte er kneifen? Er dachte an seinen augenblicklichen Status und an das, was er noch erreichen konnte. Dann gab er sich einen Ruck, nahm den Schein in die Hand und zog die Line ein.

Sofort setzte ein prickelnd heißes Gefühl ein, das sich in Windeseile von seiner Nase bis in sein Gehirn zog. Wie ein Blitz, der seine Synapsen kitzelte. Ein wohliges Hochgefühl breitete sich in seinem Körper aus und ließ alle Bedenken verstummen.

Bruno begann zu lachen und klopfte Mampe auf die Schulter. „Alter, die Geschichte werden wir uns noch in Jahren erzählen. Mampe und das Kokain-Päckchen.“

Das kameradschaftliche Gegröle der anderen dröhnte durchs Klubhaus. Mampe machte gute Miene zum bösen Spiel und hielt das Küchentuch noch immer fest auf die Hand gedrückt.

Olaf war froh, dass nicht er die Hauptrolle in dieser Geschichte spielte, sondern jemand anderes.

Irgendjemand in seiner Nähe lachte besonders laut. Es dauerte einen Augenblick, bis er bemerkte, dass er es war.

22

23. August, 13 Uhr

„Hallo, Marc", sagte Nesra, als er nach endlosem Klingeln endlich an sein Handy ging. Sie saß in ihrer Suite auf gepackten Koffern und wartete auf Cordes.

„Hi", hörte sie seine müde Stimme durchs Telefon.

In knappen Worten brachte Nesra Marc auf den aktuellen Stand. Sie berichtete ihm von der Preisverleihung, von der Überraschung, auf Cordes zu treffen, von ihrem Anbandeln mit Cleo, dem Telefonat mit diesem Franzen von Expand DPS und Cordes' seltsamen Beobachtungen des Abgangs dieser Manager aus der Edelmetallbranche.

„Ich schicke dir gleich noch die Fotos der Sitzpläne aufs Handy, vielleicht wird das ja noch wichtig", schlug sie vor und fügte hinzu: „Dann fahre ich mit Cordes zurück."

„Warum muss Cordes mitfahren?"

„Seine einzig wahre Liebe, der Mini Cooper, ist wohl schon wieder in der Werkstatt und er ist doch tatsächlich mit der Bahn angereist. Gütig wie ich bin, lass ich ihn auf meinen Beifahrersitz."

„Ah", kam es von der anderen Seite der Leitung nur zurück. Ihren Versuch, witzig zu sein, hatte Marc wie erwartet nicht zur Kenntnis genommen, er war wohl mit den Gedanken woanders.

„Alles okay bei dir?", fragte sie. „Ich meine zu Hause?"

„Was? Ja, ja. Alles okay. Lucia, die Zwillinge, ach, das mit Fränkie geht mir einfach näher, als ich gedacht habe", antwortete Marc überraschend offen.

„Das tut mir leid."

Marc räusperte sich. „Also, was ist nun mit Cordes? Hat er etwas herausbekommen, was wir nicht wissen? Und hat er sich nicht gewundert, was du in München machst?"

„Cordes weiß ja, dass wir schon vor Fränkies Tod Nachforschungen angestellt haben. Trotzdem war er natürlich stinkig, mich auf der Gala zu treffen. Ich habe mich da ein bisschen rausgewunden, aber für die Rückfahrt muss ich mir was ausdenken. Er wird sich mit Ausflüchten nicht mehr hinhalten lassen. Und er hat recht: Wir müssen ab jetzt mit offenen Karten spielen, weil wir sonst ein Problem bekommen. Wir müssen ihm von dem Päckchen erzählen. Wird eh schwer genug zu erklären, warum wir diese Sache bisher unter dem Deckel gehalten haben."

„Hmm", machte Marc.

„Marc, ich denke, es wird Zeit, dass wir ihn einweihen. Und bevor du was sagst, denk dran, dass ich ihn schon ewig kenne und schon so oft gemeinsam mit ihm ermittelt habe. Ich vertraue ihm."

„Ist ja gut", antwortete Marc nach kurzem Zögern.

„Schön", sagte Nesra erleichtert.

Dann klopfte es an ihrer Tür.

„Ich muss los, bis später", sagte sie, verabschiedete sich von Marc und öffnete ihre Zimmertür.

Cordes stand mit einer braunen, abgewetzten Weekender-Tasche über der Schulter vor ihr.

„Kann's losgehen?"

„Sekunde." Der frenetische Beifall ihres Smartphones bestätigte ihr das erfolgreiche Versenden der Gästeliste und des Sitzplans. Dann schnappte sie sich ihren Rollkoffer und drückte sich an Cordes vorbei in den Hotelflur.

***

Als sie vor dem Hotel standen und der Fahrer des Hotels mit Nesras Auto vorfuhr, musste Nesra über Cordes' verblüfften Gesichtsausdruck lächeln. Sie war froh, dass sie nicht mit ihrem Mercedes, sondern ihrem Sportwagen nach München gefahren war. Einem weißmatten Jaguar F-Type. Die Luxuskarosse hatte ein paar Pferdestärken mehr unter der Haube und versprach daher mehr Spaß auf der Autobahn. Wortlos stieg Cordes ein und schnallte sich an. Dann schaute er stur nach vorn, so als wüsste er, was kommen würde.

Nesra beschleunigte über den Promenadenplatz, schaltete in den nächsten Gang, ließ den Maximiliansplatz und den Botanischen Garten zu ihrer Rechten hinter sich und drückte dann das Gaspedal durch. Ein paar Minuten später befanden sie sich auf der A8 Richtung Stuttgart.

Nesra blieb konsequent auf der linken Spur und während aus den Bose-Boxen „Glamorous" von Fergie für Entspannung sorgte, verscheuchte sie mit Lichthupe und Linksblinker die wenigen mutigen Schlafmützen vor sich.

Irgendwann hielt es Cordes nicht mehr aus. „Sag mal, wir kennen uns jetzt echt schon lange, aber du hast mir nie erzählt, woher du das nötige Kleingeld für diesen ganzen Luxus hast." Dabei strich er mit der Hand über das Armaturenbrett, das wie das restliche Interieur des Jaguars mit rotem Windsor-Leder überzogen war. „Mache ich irgendwas falsch bei der Geldanlage oder arbeite ich einfach für die falsche Behörde?"

„Vielleicht hättest du einfach meine Akte lesen sollen", antwortete Nesra belustigt, ohne den Blick von der Fahrbahn zu nehmen.

„So einfach ist das nicht mit den Akten. Zumindest nicht bei der Kripo und nicht bei Kollegen von der Zollfahndung und vor allem bei Freunden", erklärte er resignierend und dann versöhnlicher: „Ist okay. Geht mich auch nichts an. Außerdem ist es ein toller Wagen."

Nesra zögerte kurz, ob sie Cordes wirklich *diesen* Teil ihrer Familiengeschichte erzählen sollte, und entschied sich dann für die Wahrheit. „Ich hatte einfach Glück, in die richtige Familie geboren worden zu sein." Sie versuchte erst gar nicht, den sarkastischen Unterton zu unterdrücken.

„Mein Vater kam aus reichem ägyptischem Elternhaus. Bevor er meine Mutter kennengelernt hatte, war er hochrangiger Beamter in Kairo. Als sie mit mir schwanger war, wurde meinem Vater ein Diplomatenjob in Berlin angeboten. Du weißt ja, wie das läuft: Diplomatenviertel, riesiges Anwesen, Chauffeur und Security. Das ganze Programm."

Cordes sah sie fragend an.

Für einen Moment wurde Nesra von Bildern aus ihrer Kindheit überwältigt. Sie sah sich mit ihrer Mutter, dachte an die vielen Spaziergänge durch den Zoologischen Garten und an Ausflüge an den Wannsee. Oft trafen sie ihren Vater vor dem Eingang der ägyptischen Botschaft, um mit ihm gemeinsam Mittag zu essen. Auch wenn er nicht viel Zeit für sie hatte, war er immer der liebe Daddy gewesen, den man sich als Tochter so wünschte. Sie konnte sich nicht daran erinnern, dass er einmal laut geworden wäre oder sie ausgeschimpft hätte. Für die Erziehung war ihre Mutter verantwortlich gewesen.

Als die Bilder aus dieser Zeit wieder verblassten, fuhr sie fort: „Ich hatte eigentlich eine schöne Kindheit und eine wilde Jugend, typisch Berlin eben. Aber irgendwie hatte ich schon als Kind mitbekommen, dass in unserer Familie etwas anders war als bei meinen Freundinnen. Oft waren fremde Gäste in unserem Haus. Mein Vater tat dann immer geheimnisvoll und verschwörerisch. Und das war auch immer wieder ein Thema zwischen meinen Eltern." Nesra wechselte auf die mittlere Spur, nahm den Fuß vom Gas. „Das ging einige Jahre so. Als ich neunzehn wurde, ich hatte mein Abitur in der Tasche, wurde plötzlich mein komplettes Leben auf den Kopf gestellt. Eines Morgens standen zwei BKA-Beamte vor der Tür. Mit einem Haftbefehl und einer Ermächtigung der ägyptischen Regierung, die die diplomatische Immunität meines Vaters aufhob."

Nesra ging noch weiter vom Gas, lichthupte einen weißen Opel Kadett zurück auf die rechte Spur und beschleunigte wieder.

„Was war passiert?" Cordes hielt sich weiter verkrampft mit der rechten Hand an dem Türgriff fest.

Sie seufzte und beschleunigte wieder auf über 200 km/h. Trotz der Geschwindigkeit lag der Wagen absolut ruhig. „Die kurze Version lautet: Es stellte sich heraus, dass mein Vater in einen Antiquitätenschmuggel von historischem Ausmaß verstrickt war. Er hatte angeblich über Jahre antike Kostbarkeiten zwischen Deutschland und Ägypten verschoben. Er plädierte zwar auf unschuldig und behauptete, dass alles mit Wissen der ägyptischen Regierung passiert war, doch das half ihm nichts. Er wurde nach Kairo abgeschoben, dort angeklagt und zu lebenslanger Haft verurteilt. Er ist dort vor knapp zehn Jahren unter ungeklärten Umständen gestorben. Ich habe ihn nie wiedergesehen.“

Für eine Weile sagte keiner ein Wort.

Schließlich fragte Cordes: „Und deine Mutter?“

„Sie wurde der Mitwisserschaft angeklagt, allerdings merkwürdigerweise in allen Punkten freigesprochen. Ich vermute, sie ist einen Deal mit der Regierung eingegangen. Jedenfalls ist auch sie von einem Tag auf den anderen aus meinem Leben verschwunden. Bis heute.“

„Puh“, sagte Cordes und fragte: „Hat sie sich nie bei dir gemeldet? Oder hast du nie versucht, sie zu finden?“

Nesra schüttelte den Kopf. „Anfangs konnte ich es nicht glauben, war fassungslos, wie gelähmt, später war ich nur noch wütend auf sie. Auf sie beide. Immerhin war ich mutterseelenallein in Berlin. Aus unserem Haus musste ich auch raus, aber ich hatte Gott sei Dank ein paar Freunde, die mich in dieser Situation aufgefangen haben. Es hat etwas gedauert, bis ich akzeptiert habe, dass sie wohl nicht mehr zurückkommen werden. Mittlerweile habe ich meinen Frieden damit geschlossen. Immerhin haben sie mir ein großzügiges Abschiedsgeschenk hinterlassen. Ein Festgeldkonto mit so viel Geld, dass ich es in diesem Leben nicht ausgeben kann.“

Cordes schwieg. Nesra zuckte mit den Schultern. „Vielleicht gehörte das zum Deal meiner Mutter mit den Behörden in Kairo. Oder in Berlin. Keine Ahnung."

Als die Stille zwischen ihnen schmerzhaft wurde, fragte Nesra: „Was ist mit dir?", fragte sie und scherzte: „Auch Schmugglereltern und ein paar Millionen auf dem Konto?"

Cordes lachte. „Nein, leider nicht. Ganz im Gegenteil. Mein Vater kommt aus England ..."

Das laute Klingeln von Nesras Handy unterbrach Hektor Cordes' Lebensgeschichte. Nesra seufzte und nahm über die Freisprechanlage entgegen. „Hallo", tönte Marcs Stimme aus den Lautsprechern.

„Hey", erwiderte Nesra und erklärte: „Hektor Cordes und ich sind auf dem Weg nach Stuttgart. Du kannst sprechen."

„Hm, nun gut. Ich habe gerade die Namen der Gästeliste durch das System laufen lassen. Da sind ja ein paar echte Schwergewichte dabei."

„Was genau meinst du mit Schwergewichten?"

„Der absolute Geldadel Süddeutschlands. Nicht nur Industrie, Film, Medien und Handel, sondern auch ausgewählte Politiker, hauptsächlich aus dem rechten und ganz rechten Lager, dazu ein paar einflussreiche Männer, die zwar nicht direkt aktenkundig sind, die aber auf verschiedenen Beobachtungslisten stehen."

Nesra und Cordes warfen sich für einen Moment vielsagende Blicke zu.

„An deinem Tisch saß übrigens jemand, den sogar der Verfassungsschutz auf dem Zettel hat."

„Was?" Nesra überlegte, wen Marc meinen könnte. Und was das für ihren Fall bedeuten könnte.

„Der Mann heißt Bruno Blomkowski. Er steht unter Beobachtung, weil er der Präsident oder Chef oder was auch immer einer Gruppierung ist, die sich Sithonen nennt.“

„Sithonen?“, wiederholte Cordes verwirrt.

„Ein Verein von Ex-Polizisten und ehemaligen Soldaten, der vom Verfassungsschutz aufgrund rechtsextremer und verfassungsfeindlicher Aktivitäten unter Beobachtung steht“, sagte Marc, der offensichtlich gerade aus einem Dossier zitierte. Einen Moment hörten sie ihn schwer atmen. „Einzelne Mitglieder sind aufgrund von Verstößen gegen Waffen- und Sprengstoffgesetze vorbestraft. Durch den starken Zulauf von Mitgliedern aus bekannten rechtsterroristischen Gruppen stufte der Verfassungsschutz den Verein letztes Jahr zum Verdachtsfall für verfassungsfeindliche Bestrebungen hoch. Das heißt, sie stehen kurz vor dem Verbot.“

„Na, toll!“, entfuhr es Nesra, „also ein Haufen verblendeter Querdenker, gewaltbereiter Nazis und ignoranter Reichsbürger!“

„Und genau dieser Blomkowski saß beim Essen an deinem Tisch. Laut Sitzordnung muss er dein Sitznachbar gewesen sein.“

„Ein bulliger Typ mit hängendem Auge?“

„Könnte sein. So gut sind die Fotos in dem Dossier auch wieder nicht“, meinte Marc trocken. „Mir ist er nicht aufgefallen“, sagte Cordes.

„Aber mir. Und er war nicht allein. Da gab es noch jemand anderes. So ein nervöser Typ mit braunen ausrasierten Haaren. Er saß neben Blomkowski.“

„Moment, das müsste laut Sitzplan ein André Bornemann sein. Der Name sagt mir nichts, und er steht auch nicht im System. Nicht vorbestraft."

Nesra erinnerte sich dunkel an die Namen. Sie hatte den Sitzplan zwar vor der Gala studiert, sich dabei aber mehr auf Cleopatra von Hasselberg und andere Gäste konzentriert. Dann fiel ihr noch etwas ein.

„Cleopatras Bodyguard hat diesem Blomkowski auf der After-Party eine Nachricht überbracht, kurz darauf ist Blomkowski dann verschwunden. Vielleicht waren die beiden der Grund, warum Fränkie auf die Gala wollte."

„Mittlerweile glaube ich, dass Fränkie den Grund selbst nicht kannte. Er muss genauso im Trüben gefischt haben wie wir", sagte Marc resignierend.

Nesra zuckte mit den Schultern. „Möglich."

„Ich verstehe nur Bahnhof. Könnte mich mal jemand aufklären?", verlangte Cordes, der ihre Unterhaltung mit wachsendem Interesse verfolgt hatte.

„Marc?", fragte Nesra vorsichtig.

„Ja, ist schon gut. Bring ihn auf unseren Wissensstand und wir sprechen uns später wieder. In der Zwischenzeit versuche ich, mehr über Blomkowski und diesen Bornemann rauszufinden." Dann beendete Marc das Gespräch.

Nesra ignorierte Cordes' strengen Blick, konzentrierte sich wieder auf die Straße und versuchte, möglichst unbefangen zu wirken. „Am besten, ich fange ganz vorne an."

***

„Also, um es noch einmal durchzugehen, damit ich sicher bin, dass ich alles verstanden habe“, wiederholte Cordes, der seine schlechte Laune gar nicht erst zu verbergen versuchte. „Fränkie Leschmitz hat Recherchen in einem merkwürdigen Fall von Waffentransporten unternommen, bei denen geheimnisvolle Kisten aus Bundeswehrbeständen quer durch Deutschland nach Frankreich und wieder zurück transportiert worden sind. Da er diese Recherchen ohne das Wissen seiner Chefin gemacht hat, gibt es keine offiziellen Akten zu diesem Vorgang. Dann verschwindet er, was Marc und dich überhaupt erst auf den Plan gerufen hat. Daraufhin schaust du dich in seiner Wohnung um, im Übrigen ohne Durchsuchungsbeschluss, findest einen ausgeschlagenen Zahn und jede Menge Blut. Diesen Zahn, der ein Beweismittel in einem Mordfall ist, hast du mal eben unterschlagen und der liegt jetzt bei dir auf der Kommode.“

Cordes sah Nesra mit einem ungemütlichen Blick an, dann fuhr er fort.

„Dann wurde anscheinend noch Leschmitz’ Arbeitsplatz komplett aufgeräumt, und keiner weiß, wo Fränkie steckt. Und kurz nachdem Fränkies Leiche gefunden wird, taucht ein Paket auf, das offensichtlich von Fränkie stammt und wichtige Informationen darüber enthält, warum er ermordet wurde.“ Cordes sah Nesra entgeistert an. „Weißt du eigentlich, was du und Marc da für eine Scheiße anrichtet? Wollt ihr euch neue Jobs suchen? Das wird dienstrechtliche Konsequenzen haben, das ist dir doch klar.“

Nesra schwieg, weil sie wusste, dass Cordes natürlich recht hatte. „Das mit dem Paket ist noch ganz frisch", verteidigte sie sich leise, „und bisher gab es keine wirklichen Beweise dafür, dass Fränkies Tod mit seinen Recherchen zu tun hat. Bisher jedenfalls."

Nesra bemerkte, dass Cordes über irgendetwas nachdachte. Ein gutes Zeichen, wie sie hoffte.

„Okay, erzähl mir mehr über diese Waffengeschichte."

„Sie verschwinden nicht zufällig oder so, sondern es ist eher eine Art Muster, ein Trick, sozusagen", sagte sie. „Das Muster ist seit einigen Monaten immer dasselbe: Die Waffen werden nach Frankreich, genauer gesagt nach Illkirch-Graffenstaden in die dortige Verwaltungsdienststelle bewegt. Alles normal, würde ein Außenstehender sagen. Wobei schon der Umfang der Transporte und die Häufigkeit nicht normal sein kann. Dann werden eben genau dieselben Waffen wieder zurückgeschickt, zum Beispiel nach Calw. Das geht dann mehrmals so im Kreis, Marc hat das Karussell-Lieferungen genannt."

„Und weiter, wo ist das Problem?", fragte Cordes ungeduldig.

„Das Problem ist, dass ...", sagte Nesra und tippte auf ihr Smartphone in der Freisprechanlage, bis sich das Fotoarchiv öffnete, „... irgendwann keine Waffen mehr in den Kisten sind. Es werden nur noch Ziegelsteine transportiert. Solange die Waffen unterwegs, verschlossen und versiegelt sind und darüber hinaus die Lieferscheine sauber aussehen, macht sich niemand die Mühe, die Ware zu prüfen."

Cordes klickte sich mit wachsender Verblüffung durch das Bildarchiv.

„Wo hast du die Bilder her? Bist du irgendwo eingebrochen? Das ist immerhin die Bundeswehr. Das ist Wahnsinn, Nesra."

„Wenn es dich beruhigt, die Bilder habe ich in einer Mannheimer Spedition gemacht. Ganz so teuer wird es also nicht." Nesra stieß einen tiefen Seufzer aus, der alles bedeuten konnte. „Aber ja, das ist eigentlich ein Fall für den MAD. Waffendiebstähle fallen in den Bereich des militärischen Abschirmdienstes, meist in Zusammenarbeit mit bundeswehrinternen Ermittlungsgruppen. Der Zoll ist da eher selten dabei, eher wenn es um Graubereiche geht. Das kommt auf die Staatsanwaltschaft an, wenn es sich um den Verstoß gegen das Kriegswaffenkontrollgesetz handeln würde, vielleicht tut es das in diesem Fall, dann wäre sogar die Generalbundesanwaltschaft zuständig und dann wäre auch die Zollfahndung mit im Boot."

„Stattdessen also Marc und Nesra gegen den Rest der Welt?", fragte Cordes sarkastisch.

„Ja, wir ermitteln bisher auf eigene Faust, weil Kilberta daraus keine offizielle Sache machen will. Weiß der Himmel, warum. Es gibt zwar ein paar Kollegen aus dem Zoll, die Marc helfen, aber die wissen überhaupt nicht wieso, er fordert dort nur Gefallen ein. Du bist tatsächlich der Erste, dem wir erzählen, was wir entdeckt haben."

„Vielen Dank dafür." Cordes rieb sich die Schläfen. „Das heißt, ihr habt überhaupt kein Mandat, also nicht mal von eurer Chefin, wenn ihr bei der Bundeswehr anklopft."

Nesra bemühte sich um einen neutralen Gesichtsausdruck und starrte weiterhin auf die Straße. Sie waren inzwischen kurz vor Stuttgart.

„Okay, lassen wir das erst einmal. Wie heißt noch mal die Spedition, in der die Kisten mit den Steinen stehen?“

„Optimum Logistics.“

„Also eine Logistikfirma aus Mannheim. Dort hast du dann erst undercover die Büros besucht und Cleopatra von Hasselberg kennengelernt. Und später bist du noch in deren Lagerhallen eingestiegen und hast fleißig Steine fotografiert“, schob er mit ernster Miene hinterher.

„Ja, die Steine in den Kisten, ich habe sie mit eigenen Augen gesehen. Tonnenweise Steine statt Waffen, Munition, Sprengstoff und andere Dinge“, ergänzte sie.

„Bleibt die spannende Frage, wo die Waffen jetzt sind, oder? Hast du da auch eine Idee?“ Nesra sah schweigend zu, wie Cordes ein Bonbon aus der Hosentasche zog, es mühselig aus dem Papier wickelte und genüsslich im Mund verschwinden ließ.

„Vielleicht. Es gibt zwei Lager von Optimum Logistics in Mannheim. Eins davon ist auffällig gut gesichert.“

„Okay, nehmen wir an, dass die Waffen heimlich durch Steine ausgetauscht und beiseitegeschafft werden. Bleibt die Frage: Warum? Was läuft da für eine Geschichte?“

„Hektor, ich fürchte, die Sache wächst uns über den Kopf. Fränkie ist gestorben, weil er irgendjemandem auf die Füße getreten ist. Und dieser jemand dreht an einem großen Rad. Und ich habe keine Ahnung, wer noch mitspielt. Die von Hasselbergs? Und was ist mit diesem komischen Verein, diesen Sithonen? Ich denke, dass diese beiden schrägen Typen, die neben mir am Tisch saßen, nicht zufällig da waren.“

„Okay, dann schau ich mir diesen Klub an, bevor wir mit dem Fall weiter oben anklopfen. Die Sithonen könnten im Zusammenhang mit Leschmitz stehen und es wird deshalb kein Problem sein, den Laden offiziell unter die Lupe zu nehmen. Notfalls erzähle ich was von einem anonymen Tipp.“

„Einverstanden. Und ich bleib an Cleopatra von Hasselberg dran. Ich bin davon überzeugt, dass ich von ihr noch irgendwas Wichtiges erfahren könnte.“

„Meinst du, sie weiß, wohin die Waffen verschwinden?“

„Immerhin ist sie ja seit einigen Monaten die neue Chefin von dem Laden, sie wird also Bescheid wissen, oder?“

„Aber warum sollte sie das tun? Sie und ihre Eltern sind Milliardäre. Ums Geld kann es doch nicht gehen.“

Nesra seufzte. „Ich weiß es auch nicht. Das müssen wir eben herausfinden.“

Bei den Worten setzte sie auf die rechte Spur über, um in die nächste Ausfahrt nach Stuttgart einzufädeln.

23

Zwei Tage später

„Ahhhh, ein Gedicht." Cleo stöhnte genüsslich, während sie die hellbraune, fast golden wirkende Zigarre zwischen den Fingern drehte und mit fasziniertem Blick die Glut an der Spitze beobachtete. Sie paffte erneut an der daumendicken Zigarre einer Cohiba Behike, der teuersten Zigarre, die man in „Churchills Wohnzimmer" erwerben konnte. In diesem exklusiven Klub, benannt nach dem legendären britischen Premierminister und seiner größten Leidenschaft, war Nesra zum ersten Mal. Die Lounge hatte den Ruf, eine der vornehmsten Locations Stuttgarts zu sein. Beim Betreten des Wohnzimmers hatte sie sich verstohlen umgeschaut, da sie insgeheim Angst hatte, Drago über den Weg zu laufen. Das hätte gepasst wie die berühmte Faust aufs Auge. Doch sie hatte Glück. Die Lounge war um diese Zeit spärlich besucht und ein Gast wie Drago wäre in jedem Fall direkt aufgefallen. „Churchills Wohnzimmer" war exakt so eingerichtet, wie sich Nesra eine Zigarrenlounge vorstellte: dunkle Ledermöbel mit in die Jahre gekommenen, aber auf Hochglanz polierten Couchtischen in kleinen Zweier- oder Vierer-Sitzgruppen arrangiert, die Raumluft geschwängert vom jahrelangen Zigarrenrauch und alles in warmes, gedämpftes Licht getaucht. In Holzrahmen gefasste

Ölbilder an den Wänden und leise Jazzmusik sorgten dafür, dass sich Nesra sofort wohlfühlte. Auch, weil sie mit Cleo hier war. Sie saßen in einer Art Separee, das für Cleo reserviert war, in schweren Ohrensesseln und tranken einen Whiskey aus kristallschweren Gläsern.

„Sicher, dass du nicht mal probieren willst?", fragte Cleo, nachdem sie wolkenartig Rauch aus dem Mund hatte entweichen lassen.

Nesra schüttelte den Kopf. Sie machte sich nichts aus Zigarren. Genauso wenig wie aus dem teuren Whiskey, den sie Cleo zuliebe in den Händen hielt. Sie nippte an dem dreißig Jahre alten Glenmorangie Malt. Weiche Butterbonbons, Rosinen und Feigen sollten die Geschmacksnerven identifizieren, doch sie fand, egal wie teuer Whiskey war, der Geschmack erinnerte sie immer nur an torfige Erde oder ranziges Fett. Dieser Whiskey brannte zudem auch noch eine Spur zu intensiv im Abgang. Doch Nesra ließ sich ihre mangelnde Begeisterung nicht anmerken.

Nach ihrer Rückkehr aus München hatte Cleo sie sowohl gleich am selben Abend als auch am darauffolgenden zu einer ihrer kleinen Privatpartys eingeladen. Beide Male in edle Luxushotels und jeweils in die teuersten Suiten. Die Nächte waren genauso abgelaufen wie nach der Afterparty in München. Nette, aber ziemlich farblose junge Leute, die Nesra mehr oder weniger als Cleos Party-Entourage ausgemacht hatte, Chillout-Musik, viel Alkohol und Drogen. Und am Ende landeten fast alle im Bett.

Doch trotz der sexuell aufgeladenen Atmosphäre hatte Cleo nicht wirklich entspannt gewirkt. Irgendwann hatte ihr Smartphone geklingelt, und nach dem

Anruf war ihre Laune eher schlecht. Dasselbe Spiel bei der zweiten Einladung. Es brauchte ein paar Champagnergläser und zwei, drei Lines, bis sie sich wieder halbwegs entspannt hatte.

Der heutige Abend war allerdings anders verlaufen, nur sie beide. Cleo hatte Nesra zum Essen eingeladen, natürlich Sterneküche, ein Mehrgangmenü mit erlesener Weinbegleitung. Sozusagen ein Candle-Light-Dinner für zwei. Anschließend hatte Cleo noch auf einen Drink in „Churchills Wohnzimmer" bestanden. Sie hatten den ganzen Abend nicht über die Arbeit oder Cleos Eltern gesprochen, und damit hatte Nesra auch nichts in Bezug auf die Waffenlieferungen oder Fränkies Tod erfahren. Vielleicht war Cleo entspannter als sonst. Dabei ertappte sich Nesra bei dem Gedanken, dass sie sich in Cleos Anwesenheit ausgesprochen wohlfühlte. Zum einen hatte sie nämlich vielleicht etwas mehr getrunken als sonst, zum anderen konnte sie nicht leugnen, dass sie Cleos Gesellschaft schätzte und gerne Zeit mit ihr verbrachte. Sie war klug, rebellisch und sah einfach verdammt sexy aus, erlaubte sich Nesra einen unprofessionellen Gedanken. Danach maßregelte sie sich selbst und rief sich in Erinnerung, warum sie hier war. Fränkies Tod. Diese merkwürdigen Waffenlieferungen. Seit Tagen keine Fortschritte.

Sie ließ sich tiefer in den Sessel sinken und überlegte, ob sie sich zur Abwechslung eine Cola bestellen sollte. Vielleicht wäre ein klarer Kopf nicht das Verkehrteste.

Plötzlich klingelte Cleos Handy.

„Mist, mein Vater", fluchte Cleo beim Blick auf das Display.

Nesra sah sie fragend an.

„Wenn er um diese Zeit anruft, kann das nichts Gutes bedeuten", kommentierte sie, drückte ihr Kreuz durch, legte die Zigarre auf dem Aschenbecher ab und nahm den Anruf entgegen. „Hallo, Arian", sagte Cleo ungewohnt schüchtern. Nesra wunderte sich, dass Cleo ihren Vater beim Vornamen nannte, dann hörte sie nur noch gedämpfte Wortfetzen, die für sie keinen Sinn ergaben. „Nein, nein, das ist nicht so, wie du das jetzt darstellst", sagte Cleo plötzlich aufgebracht. Ihre Stimme klang plötzlich fremd in Nesras Ohren. Klein und ungewöhnlich demütig.

„Nein, das entspricht nicht der Wahrheit, aber ...", versuchte Cleo sich zu rechtfertigen, wurde aber wieder unterbrochen. Nesra bemerkte, wie Cleo eine Hand zu einer Faust ballte, sodass ihre Fingerknöchel weiß wurden.

Es vergingen Minuten, während Cleo nur still dasaß und zuhörte, in denen sie kleiner und kleiner wurde. Zugleich spürte Nesra, wie Cleo immer wütender wurde und immer wieder ansetzte, um ihrem Vater zu widersprechen. Eine weitere Minute verdrehte Cleo demonstrativ die Augen, dann war es mit ihrer Selbstbeherrschung vorbei.

„Warum soll ich mit diesen Spinnern zusammenarbeiten? Nenn mir einen vernünftigen Grund dafür. Das sind doch alles hirnlose Proleten." Cleo schnaubte und senkte vor Nesra genervt den Daumen. Und dann: „Ja, das weiß ich doch. Ja, das habt ihr mir schon hundertmal erzählt. Mir ist bewusst, was für eine Vergangenheit du mit ihm teilst und wie viel du ihm verdankst und bla, bla, bla. Aber was geht mich das an? Du hast mir gesagt, dass ich den Laden endlich auf Vordermann bringen soll, dann lass mich gefälligst auch."

Cleo drehte ihren Sessel zum Ölgemälde an der Wand, das Nesra bislang nicht wahrgenommen hatte.

Es zeigte den Rücken einer dicken Frau, die auf einem dichten Teppich vor einem Kamin lag. Ein merkwürdiges Motiv, dachte Nesra verwundert. Fast schon ordinär. Dann konzentrierte sie sich wieder auf das Streitgespräch.

Cleo hatte sich inzwischen wieder beruhigt und ließ eine weitere Standpauke ihres Vaters über sich ergehen.

„Nein! Jetzt hörst du mir mal zu!", sagte Cleo irgendwann mit schneidender Kälte in der Stimme, denn offensichtlich hatte sie genug gehört. „Das ist doch alles rückwärtsgewandter, gefährlicher Mist! Völlig verqueres Weltbild. Es ist mir egal, wer da mit wem in welcher Verbindung war, ob sie in der Stiftung sind oder was ihr alten Männer da sonst so gemacht habt. Ich mache das, für was du mich an die Spitze dieser Firma gesetzt hast, um erfolgreich zu sein. Dafür habt ihr mich schließlich nach London geschickt. Wobei das praktisch überflüssig war, denn jeder BWL-Student im dritten Semester erkennt doch, dass diese Spezialaufträge von deinem komischen Verein die Spedition nur Geld kosten. Viel Geld."

Es verging eine weitere Minute, in der Cleo die Widerrede ihres Vaters über sich ergehen ließ. Er war scheinbar so aufgebracht, dass Nesra fast jedes Wort verstehen konnte, was ihr fast schon peinlich war.

„Ja, okay", sagte Cleo schließlich, etwas leiser und um Frieden bemüht, „ja, ich werde mich darum kümmern, das kommt nicht …" Dann warf Cleo irritiert einen Blick auf das Display ihres Handys. Ihr Vater hatte aufgelegt. Aufgebracht feuerte sie das Handy auf den Tisch. „Was für ein sturer, alter Bock!" Cleo zitterte vor Verärgerung.

Nesra gab Cleo ein paar Sekunden zum Durchschnaufen, dann fragte sie: „Cleo, ist alles in Ordnung?" Wohl wissend, dass gar nichts in Ordnung war.

Cleo blickte sie an, als hätte sie Nesra völlig vergessen, dann hatte sie sich wieder im Griff und lächelte. Ihr Lächeln wirkte allerdings, als würde ihr Gesicht wehtun, und nach einer Sekunde fiel ihre mühsam errichtete Fassade wieder in sich zusammen. „Ach, was soll's", knurrte sie, leerte ihren Whiskey in einem Zug und nahm die erloschene Zigarre wieder in die Hand.

„Weißt du", sagte sie, nachdem sie die Cohiba wieder in Brand gesetzt hatte, „mein Vater, also meine Mutter auch, aber vor allem mein Vater hängt so in der Vergangenheit fest, der versteht einfach nicht, wie man heutzutage ein Geschäft erfolgreich führen muss." Cleo winkte nach dem Kellner und bestellte noch zwei weitere Whiskey. Sehr zu Nesras Unwillen, die eigentlich mehr über den Inhalt von Cleos Gespräch erfahren wollte.

Was hatte Cleo zu ihrem Vater gesagt? Sie wolle nicht länger Geschäfte mit Leuten aus seiner Vergangenheit machen, denen er zu Dank verpflichtet war? Leute mit einem seltsamen Weltbild? Spinner und Proleten?

Nesra dachte sofort an Blomkowski und Bornemann.

„Er lässt mich einfach nicht die Firma so führen, wie ich das für richtig halte, sondern greift mir ständig ins Steuer."

„Hast du ein konkretes Beispiel?“

Cleo fuhr sich mit der Hand durch die Haare und wartete, bis der Kellner zwei Whiskey auf dem Tisch abgestellt hatte.

„Es geht um etwas Prinzipielles“, sagte Cleo, als der Kellner endlich verschwunden war, „um Vertrauen. Diese ständige Kontrolle, das durchgehende Kritisieren und Infragestellen meiner Entscheidungen, ständig habe ich das Gefühl, es nicht gut genug zu machen. Das geht mir wahnsinnig gegen den Strich. Das kannst du dir nicht vorstellen.“

„Doch, kann ich“, sagte Nesra nach einem kurzen Moment der Stille. In gewisser Weise hatten sie und Cleo mehr miteinander gemeinsam, als sie sich eingestehen wollte. Beide kamen aus einem reichen Elternhaus, in dem kein Widerspruch geduldet wurde. Cleo war zu dem Streben nach größtmöglichem Erfolg erzogen worden und sollte einmal die Fußstapfen ausfüllen, die ihre Eltern hinterlassen würden. Nur eben noch nicht jetzt. Ein Ding der Unmöglichkeit, wie Nesra aus eigener leidvoller Erfahrung wusste. Auch in ihr steckte der Stachel des übergroßen Ehrgeizes, der wohl ein Erbe ihres Vaters war.

„Wie meinst du das?“, fragte Cleo und schaute Nesra neugierig an.

Nesra musste schlucken. Jetzt war es an ihr, betreten zu schweigen. Dann sagte sie:

„Ich meinte eigentlich nur, dass du nicht die Einzige mit einer schwierigen Vergangenheit und einem kaputten Verhältnis zu deinen Eltern bist.“

„Na, darauf müssen wir anstoßen“, antwortete Cleo mit einem gehörigen Schuss Sarkasmus.

Nachdem sie beide einen kräftigen Schluck von dem Whiskey genommen hatten, stand Cleo auf: „Komm, wir verschwinden von hier. Ich brauch jetzt etwas Abwechslung."

Nesra hatte keine Einwände. Überhaupt keine.

24

Dienstag, 28. August, gegen 11 Uhr

LANDGERICHT war in großen, weißen Lettern über dem Haupteingang des Gebäudes zu lesen. Auf dem Vorplatz erhob sich die rechteckige „Verfassungssäule" des Bildhauers Hermann Kress. Aus den nach oben hin verjüngenden Kalksteinquadern wuchs eine imposante Engelsfigur, der „Genius des Rechtsfriedens", heraus.

Auf der Stirnseite der einzelnen Quader hatte der Künstler in den Fünfzigerjahren den 1. Artikel der Verfassung Baden-Württembergs herausgemeißelt.

Olaf wartete an der Säule, zusammen mit ein paar anderen Kameraden. Gerry und er waren die Ersten gewesen. Mittlerweile waren sie fast komplett. Neben Gerry kannte Olaf inzwischen noch Mischa, Koyle und Rudi näher. Sie hatten bei den letzten feuchtfröhlichen Abenden im Klubhaus mit am Tisch gesessen.

Heute war die Hauptverhandlung eines Sithonen, der seit einigen Monaten in U-Haft saß. Brunos Ansage war unmissverständlich gewesen. Anwesenheit für jeden Kameraden war Pflicht, nicht zu erscheinen musste entschuldigt werden. Nach und nach trafen immer mehr Sithonen ein, die Olaf nicht kannte. Brunos Befehl kam Olaf gerade recht, und so hatte er sich krankgemeldet, denn er war tausendmal lieber hier als im Büro für Franzen den Kasper zu spielen."

Doch je größer die Ansammlung der Kameraden vor dem Landgericht wurde, desto unwohler fühlte er sich. Er war wie selbstverständlich davon ausgegangen, dass man sich zu einer Gerichtsverhandlung ordentlich anzog, von wegen Respekt vor dem Richter und so, doch seine Kameraden sahen das offensichtlich nicht so. Mit seiner feinen Hose, dem karierten Hemd und dem Kordsakko, seinem einzigen Sakko, das er vor Jahren mal extra für die Arbeit gekauft hatte, stach er sofort heraus. Verschämt ließ Olaf seinen Blick durch die Runde wandern. Die anderen Sithonen sahen aus, als wären sie auf dem Weg zu einem Betriebsausflug: Aufreiß-Jogginghosen aus den Zweitausendern, kurze, ausgefranste Jeans plus T-Shirt oder die typischen Polohemden mit dem Logo von Fred Perry. Olaf ärgerte sich über sich selbst. Warum hatte er sich nicht im Vorfeld mit Gerry abgesprochen? Er hoffte nur, dass ihn niemand schief anschaute oder einen dummen Spruch brachte.

Der Auftritt des breitschultrigen Typs, der gerade mit einem braunschwarzen Schäferhund an der Leine um die Ecke bog, lenkte Olafs Aufmerksamkeit auf andere Dinge. Der Mann kam mit federnden Schritten direkt auf sie zu. Auch er fiel kleidungsmäßig auf, allerdings anders als Olaf: Er trug ein enges Tanktop-Shirt, das seinen durchtrainierten Oberkörper stark betonte und – natürlich – eine Trainingshose, deren weiß-silberne Adidas-Streifen an der Seite wie Reflektoren glänzten. Einige Sithonen, die ihn von Weitem erkannt hatten, skandierten lauthals: „Fausti! Fausti! Fausti!"

„Fausti?" Olaf guckte Gerry fragend an, der direkt neben ihm stand und den Neuankömmling eher missbilligend anblickte. Irgendwoher hatte er den Namen schon mal gehört, aber bevor er die Erinnerung richtig greifen konnte, war sie schon wieder verschwunden.

„Mike Faustmann", sagte Gerry fast ehrfurchtsvoll, „aber alle nennen ihn Fausti. Er ist einer von den ganz Harten. Dass er hier auftaucht, hätte ich nicht gedacht. Der hat echt Eier." Gerrys verkniffener Blick passte nicht ganz zu seiner bewundernden Äußerung. Er schien tatsächlich nicht viel von diesem Faustmann zu halten.

„Klär mich auf", verlangte Olaf ein bisschen zu barsch, doch er fand, dass er als Kamerad mehr Infos verdient hatte. Wenn Gerry sich über den Ton ärgerte, ließ er sich allerdings nichts anmerken.

„Fausti gehört zum harten Block. Zu den Leuten, die manchmal Dinge tun, die für den Rest von uns zu krass sind. Und es sind auch nicht immer alle einverstanden mit dem, was er tut und vor allem *wie* er es tut."

„Und außerdem", fügte Gerry hinzu, „liegt ein Haftbefehl gegen ihn vor."

Als Fausti mitten unter ihnen stand, grüßten einige mit militärischer Geste und breitem Lächeln, andere umarmten ihn herzlich oder schlugen mit einem High Five oder der Getto-Faust ab. Dann sah Fausti in Gerrys Richtung, der sich alle Mühe gab, ihn zu ignorieren. Fausti kümmerte sich nicht darum. Er bellte stattdessen einige Kameraden an, die damit beschäftigt waren, seinen Schäferhund zu ärgern. Der Hund fing an, nach ihnen zu schnappen, und knurrte verängstigt.

Für Olaf hatte Fausti keinen Blick übrig. War auch nicht anders zu erwarten, dachte Olaf, und blickte trotzdem immer wieder verstohlen in seine Richtung. Allein schon die Chuzpe, dass er hier vor dem Landgericht auftauchte, obwohl er von der Polizei gesucht wurde, imponierte Olaf. Und viele andere Kameraden sahen das wohl genauso. Fausti war, was immer man von ihm halten sollte, eine Respektsperson, zumindest bei den Kameraden, die ihn jetzt belagerten. Sie buhlten um seine Aufmerksamkeit. Für Fausti anscheinend das Normalste der Welt, er grinste, zog eine Zigarette aus seiner Gürteltasche, ließ sich Feuer geben und machte Witze.

„Da kommt Bruno", rief plötzlich jemand, und Olaf merkte, wie die ausgelassene Stimmung mit einem Mal kippte.

Und Bruno kam nicht allein. An seiner Seite der Kerl, der in letzter Zeit ständig in seiner Nähe war. André. Auch der neue Schatten des Präsidenten hatte sich etwas schicker gemacht. Trotz der hohen Temperaturen trug er ein Hemd, das bis zum obersten Knopf zugeknöpft war. Die Springerstiefel, in denen seine dunkle Stoffhose steckte, passten allerdings für Olafs Geschmack überhaupt nicht dazu. Bruno begrüßte jeden Einzelnen mit Handschlag, einer kurzen Umarmung und einem zufriedenen Lächeln. Auch Fausti. André machte es ihm nach. Als Olaf und Gerry an der Reihe waren, sprach André Olaf an: „Du hast doch letztens die Buchungen für die Kameraden mit Jürgen übernommen, oder?"

Olaf nickte.

„Wichtige Aktion", sagte André dann und klopfte ihm anerkennend auf die Schulter. Olaf musste sich beherrschen, um nicht wie ein Honigkuchenpferd zu grinsen.

Seine Angst, die falschen Klamotten zu tragen, kam ihm mit einem Mal ziemlich albern vor.

***

Kurz vor 14 Uhr erschien auch die Frau des Angeklagten vor dem Gerichtsgebäude. Susi. Mit der heulenden dreijährigen Tochter an der Hand und dem Bauch nach schon wieder in anderen Umständen, trotzdem aber in Minirock und High Heels, stöckelte sie über den Platz. Sie wirkte gestresst und nervös, was angesichts der Umstände für Olaf verständlich war. Immerhin war die Anklage keine Lappalie. Ihr Mann Thorsten stand wegen schwerer Körperverletzung vor Gericht, natürlich zu Unrecht, wie alle sich immer wieder versicherten.

Bruno nahm Susi sofort in die Arme. Von anderen Kameraden kamen mitfühlende Blicke und aufmunternde Worte. Ihre kleine Tochter wich ihr nicht von der Seite und wirkte angesichts der vielen Männer etwas eingeschüchtert oder einfach nur müde. Olaf war das ganz recht. Er konnte mit Kindern eh nicht viel anfangen.

Dann war es so weit, und die auf knapp dreißig Personen angewachsene Gruppe der Sithonen zog geschlossen in das Landgericht ein. Die Stimmung erinnerte Olaf an eine Hochzeitsgesellschaft. Entsprechend aufgekratzt passierte die Gruppe mit Bruno an der Spitze den Eingangsbereich und dann nach und nach den Metalldetektor. Ohne besondere Vorkommnisse, denn keiner der Sithonen war so dämlich, Schlagstock, Messer oder andere Waffen mit in den Gerichtssaal zu bringen. Nur Fausti hatte wegen seines Schäferhunds Probleme.

„Der kommt hier nicht rein", sagte einer der beiden Sicherheitsmänner so entschieden, dass eigentlich sofort jedem klar war, dass daran nichts zu rütteln war. Fausti probte trotzdem den Aufstand. „Ach kommt schon, Blondi tut niemandem was. Sie ist brav und still. Ich habe sie selbst dressiert, glaubt mir. Und ich werde sie ganz bestimmt nicht draußen irgendwo anbinden, wie ein Scheißfahrrad oder so!"

Doch die Sicherheitsbeamten blieben unnachsichtig. „Dann warte halt draußen", sagte Bruno genervt, dem es zu bunt wurde und dessen Ton selbst Fausti verstummen ließ. Missmutig zog er mit seinem Hund wieder von dannen.

Im Gerichtssaal setzten sich die Sithonen in die beiden hinteren Reihen auf blau bezogene, einfache Stühle.

Nur Bruno nahm in der ersten Reihe neben Susi und ihrer Tochter Platz. Gerry, Olaf und André saßen nebeneinander.
Olaf blickte sich neugierig um. Er war noch nie in einem Gerichtssaal gewesen.

Es sah tatsächlich aus wie im Fernsehen. Vorne mittig der Richterstuhl, der noch unbesetzt war. Links der Tisch der Anklage, die von zwei Staatsanwälten vertreten wurde, die von der Anwesenheit der über dreißig Klubmitglieder ein bisschen eingeschüchtert waren. Nervös rutschten sie auf ihren Stühlen hin und her und warfen sich irritierte Blicke zu. Auf der anderen Seite saß die Verteidigung. Thorstens Anwalt, der mit seiner kleinen, runden Drahtgestellbrille wie ein Buchhalter wirkte und noch kein einziges Mal aufgeschaut hatte, studierte aufmerksam die Akten, die er vor sich ausgebreitet hatte.

Es waren nicht nur Sithonen, die der Verhandlung beiwohnen wollten. „Die da", sagte Gerry und deutete unauffällig auf eine Frau und zwei Männer, die sich entspannt im Flüsterton unterhielten, „sind garantiert von der Lügenpresse. Wahrscheinlich Stuttgarter Nachrichten."

„Bei dem Typen da tippe ich auf 'nen Bullen." Er deutete auf einen Mann im mittleren Alter mit rötlichen Haaren, der ein enges, zerknittertes Hemd trug. Er saß etwas abseits und hatte dadurch eine hervorragende Sicht über alle Anwesenden. Seine wachen Augen wanderten von Klubmitglied zu Klubmitglied.

Bei Gerrys letzten Worten schaltete sich André ein: „Wirklich? Das ist ein Cop?"

„Ich bin mir ziemlich sicher. Ich kenne den irgendwoher … Außerdem war ich doch früher selbst bei dem Verein. Warum fragst du?", gab Gerry flüsternd zurück.

„Hmm", brummte André und schien über etwas nachzudenken. Plötzlich tauchte Bruno in ihrer Stuhlreihe auf, beugte sich zu André hinunter und sagte so leise, dass Olaf es gerade noch so verstand: „André, der Kerl da", dabei zeigte er unauffällig in Richtung des vermeintlichen Polizisten, „der war doch in München auf der Gala, oder irre ich mich?"

„Das ging mir auch gerade durch den Kopf. Gerry meint, das ist ein Bulle."

Bruno schaute Gerry ungläubig an. „Stimmt das?"

Gerry nickte. „Kein Zweifel.“

„Verdammte Kacke!“, entfuhr es ihm etwas lauter als beabsichtigt. Einige Leute drehten sich missbilligend um, nur um dann beim Anblick der Sithonen kleinlaut beizudrehen.

Bruno würdigte die anderen keines Blickes, sagte mit leiser Stimme zu André: „Ich hab den Typen auch auf der Afterparty mit dieser kurzhaarigen Schwarzen sprechen sehen, die bei uns am Tisch saß.“

André schien über Brunos Worte nachzudenken, er sagte aber nichts.

Unvermittelt stand Bruno auf und verließ den Gerichtssaal.

Olaf hatte keine Ahnung, was die ganze Aufregung sollte. So wahnsinnig Furcht einflößend wirkte der Polizist nicht, im Gegenteil.

Gerade fummelte er wieder ein Bonbon aus einem grünen Papierchen, schob es in den Mund und blickte Olaf unverwandt an. Weil er sich zunehmend unwohl fühlte, war Olaf erleichtert, als sich im Hintergrund eine große Tür öffnete.

Sein Kamerad Thorsten wurde von einem Sicherheitsbeamten in den Gerichtssaal geführt. Er musste sich dabei auf einen Gehstock stützen.

„Torti, altes Hinkebein!“, schrie jemand eine Reihe hinter Olaf. Die Folge war allgemeines Gelächter. Die beiden Staatsanwälte blickten sich besorgt an. Thorsten grinste wie ein Schauspieler, der bei den Oscar Awards auf die Preisverleihung wartete. Nur als er Susi und seine Tochter erblickte, huschte ein dunkler Schatten über sein Gesicht.

Der Sicherheitsbeamte platzierte Thorsten auf den Stuhl neben seinem Anwalt. Die beiden steckten sofort die Köpfe zusammen und begannen miteinander zu flüstern. Dann öffnete sich eine unscheinbare Holztür in der Wand hinter dem Richterstuhl. Ein älterer Mann betrat den Gerichtssaal. Der Richter. Er war genau so, wie ihn sich Olaf vorgestellt hatte. Grauhaarig. Mit Brille und etwas untersetzt. Unter der schwarzen Richterrobe zeichnete sich ein mächtiger Bauch ab.

Alle Anwesenden erhoben sich. Auch die Sithonen.

In diesem Moment schlüpfte Bruno wieder in den Gerichtssaal, machte eine entschuldigende Geste und setzte sich mit leicht gerötetem Kopf wieder in die erste Reihe neben Susi.

Der Richter eröffnete die Verhandlung mit ein paar Standardsätzen und übergab dann an die Staatsanwaltschaft. Einer der beiden Beamten erhob sich und verlas die Anklageschrift: „Thorsten Hubertus Halau, Ihnen wird schwere Körperverletzung im Sinne des Paragrafen § 223 StGB zur Last gelegt.“

Ein Raunen ging durch den Saal. Vereinzelte hämische Kommentare aus den Reihen der Sithonen. Der Staatsanwalt blickte von seinen Notizen auf, wartete, bis es wieder ruhiger wurde, und fixierte den Angeklagten. Der saß angespannt auf seinem Stuhl und starrte ins Leere. Dann fuhr der Staatsanwalt fort: „Am 15. März dieses Jahres haben Sie, Herr Halau, im Stuttgarter Cinemaxx Kino am Robert-Bosch-Platz 1, gegen 21:35 Uhr einen Streit mit Herrn Ramesh Sai Madan begonnen. Im Verlaufe der Auseinandersetzung, in dem es um das Klingeln des Handys von Herrn Sai Madan ging, stiegen Sie, Herr Halau, über die Sitzreihe nach hinten und schlugen auf Herrn Sai Madan ein. Dabei sind laut Augenzeugen unter anderem die Worte: ‚Dich mach ich fertig. Scheiß Paki-Sau!‘ von Ihnen getätigt worden. Nach mehreren Faustschlägen an Kopf und Körper wurde Herr Sai Madan bewusstlos. Sie selbst haben sich bei dem Versuch, auf den Kopf des Opfers zu treten, an der Kante des Kinosessels das Schienbein gebrochen. Mehrere Augenzeugen haben diese Version des Tathergangs schriftlich bestätigt.“

Wieder vereinzelte Zwischenrufe aus den Reihen der Sithonen.

Der Staatsanwalt ignorierte die aufkommende Unruhe, drehte sich wie ein schlechter Schauspieler zum Richter und fügte hinzu: „Herr Vorsitzender, ich möchte noch erwähnen, dass Herr Halau bei uns eine Akte hat, die ihn eindeutig als Intensivtäter ausweist. Er ist in der Vergangenheit schon mehrfach angeklagt und in zwei Fällen auch verurteilt worden. Darunter auch wegen schwerer Körperverletzung.“

Der Richter deutete mit einem Nicken an, dass er verstanden hatte, daraufhin setzten sich die beiden Staatsanwälte.

Olaf dachte über das nach, was der Staatsanwalt über seinen Kameraden gesagt hatte. Er konnte es kaum glauben. Thorsten machte auf ihn keinen unsympathischen Eindruck, außerdem hatte er doch ein kleines Kind. Sein Blick suchte den Angeklagten, der sich noch immer nicht rührte und auf die Tischplatte vor sich stierte.

Dann ergriff sein Anwalt das Wort: „Herr Halau verweigert die Aussage. Wir plädieren auf Notwehr und damit auf unschuldig.“

Ausgelassene Stimmung in den hinteren Reihen, die der Richter mit einem Kopfschütteln ignorierte. Auch die Staatsanwaltschaft ließ sich nicht aus der Ruhe bringen und legte im Anschluss weitere Details des mutmaßlichen Tathergangs dar. Während der weiteren Ausführungen kamen immer wieder hämische Kommentare aus den Reihen der Sithonen, die das Opfer schmähten. Es war nicht schwer zu erraten, welche Version sie für glaubwürdiger hielten.

Olaf dagegen versuchte, das Ganze einigermaßen neutral zu sehen, denn schließlich war er nicht dabei gewesen.

Als die Staatsanwaltschaft die Fotos des Opfers und deren Verletzungen auf einem Flachbildschirm präsentierte, war es mit der Neutralität vorbei. Jetzt war Olaf klar, warum der andere Mann nicht vor Gericht erschienen ist. Er hatte mehrere Wochen mit einem Schädelbasisbruch, Jochbeinbruch und mehreren angeknacksten Rippen auf der Intensivstation des Katharinenhospitals gelegen, war monatelang krankgeschrieben und befand sich immer noch in der Reha.

Kommentare wie „Der simuliert doch", „Verträgt halt nichts" oder „Ist halt dumm gelaufen" führten zu höhnischem Gelächter. Olaf war unangenehm berührt, er wandte den Kopf ab und blickte dabei André direkt in die Augen. Der schaute wie versteinert zurück. Olaf versuchte, Andrés Blick auszuweichen. Trotz der Abneigung, die er jetzt für Thorsten empfand, wollte er nicht als Kameradenschwein erscheinen.

Die Zwischenrufe aus den Reihen der Sithonen wurden lauter und deftiger, aber dem Richter schien es egal zu sein. Erst als zwei Sithonen, Mischa und Rudi, aufstanden, eine schwarze Fahne hochhielten, auf der in weißer, altdeutscher Schrift „Märtyrer sterben nie!“ geschrieben stand und die Stimmung im Saal sich wie bei einem Fußballspiel in der Kneipe entwickelte, hatte der Richter genug. Die Fahne wurde eingesammelt und an die Sicherheitsbeamten des Landgerichts übergeben. Mischa und Rudi bekamen eine letzte Verwarnung, durften aber bleiben.

Da die Staatsanwaltschaft leider keinen der Augenzeugen dazu bewegen konnte, vor Gericht auszusagen, wurde die Beweisaufnahme abgeschlossen. Bruno grinste über beide Ohren und auch sonst war die Stimmung unter den Sithonen bestens.

Nun war die Verteidigung an der Reihe. Thorstens Anwalt rief Susi, Thorstens Frau, in den Zeugenstand und stellte ihr ein paar Fragen, die darauf abzielten, Thorstens Rolle als fürsorglicher Vater und Ehemann hervorzuheben. Olaf war unangenehm berührt, weil Susi mehrmals über ihren hochschwangeren Bauch streichelte und gelegentlich schmerzhaft das Gesicht verzog. Offensichtlich eine spontan aufgetretene Übungswehe. Sie beendete ihre Aussage damit, dass sie sich nichts sehnlicher wünsche, als dass der Vater ihrer Kinder wieder nach Hause kommen würde. Nun war die Staatsanwaltschaft an der Reihe, Susi Fragen zu stellen.

Ihre Tochter saß währenddessen still neben Bruno auf dem Platz und rührte sich nicht. Plötzlich fing das kleine Mädchen aus heiterem Himmel an zu heulen und zu schreien und nach ihrem Papa zu rufen. Olaf konnte es kaum glauben, aber er hatte mit eigenen Augen gesehen, wie der Präsident das Mädchen kräftig in die Seite gekniffen hatte. Der Richter beendete die aufkommende Unruhe und damit auch die Befragung durch die Staatsanwälte und schickte Mutter und Tochter nach draußen.

Schluchzend hing die Kleine in den Armen ihrer Mutter, die mit schlecht gespielter Fürsorge versuchte, ihr Kind zu beruhigen.

Ein letztes Ass hatte der Verteidiger noch im Ärmel. Das Gericht rief die Personalchefin von Thorstens Arbeitgeber, einem Produktionsunternehmen für Geldautomaten, in den Zeugenstand. Sie bestätigte, dass Thorsten ein langjähriger Mitarbeiter der Abteilung und praktisch unersetzlich war. Dann war er noch zufälligerweise der Einzige in seiner Abteilung, der eine spezielle Maschine aus der Schweiz bedienen konnte. Seit er in Untersuchungshaft saß, hatte die Firma große Probleme, das Produktionstempo zu halten.

Der Blick der Personalchefin, die für Olafs Empfinden viel zu jung für so viel Verantwortung war, wanderte immer wieder ängstlich zu Bruno herüber. Kannten die beiden sich etwa? Der angebliche Polizist schien einen ähnlichen Gedanken zu haben, denn auch er betrachtete Brunos Mienenspiel mit großem Interesse und machte sich eifrig Notizen.

Im Schlussplädoyer forderte die Staatsanwaltschaft eine Freiheitsstrafe von drei Jahren – ohne Bewährung.

Buhrufe und „Scheißstaat"-Beleidigungen folgten, und Olaf wunderte sich einmal mehr, dass der Richter nicht eingriff. Thorsten schaute auf und grinste übers ganze Gesicht. Die Staatsanwaltschaft machte gute Miene zum bösen Spiel. Noch immer machte der Richter keine Anstalten, etwas gegen die Unruhe im

Gerichtssaal zu unternehmen. Das hatte Olaf im Fernsehen schon anders gesehen. Stattdessen erhob sich der Richter schwerfällig und unterbrach die Verhandlung, um sich zur Urteilsfindung zurückzuziehen.

Thorsten wurde wieder abgeführt. Das war das Signal für die anderen, nach draußen zu gehen, um eine Zigarette zu rauchen.

Zurück blieben nur Olaf, Gerry, André und Bruno.

„Kommt", sagte ein sichtlich gut gelaunter Präsident, „ich geb einen aus, hier in der Kantine gibt es einen ganz passablen Cappuccino für einen schlappen Euro."

Ein paar Minuten später saßen sie zu viert an einem hellbraunen Kaffeetisch, der schon bessere Tage gesehen hatte. „Du hast recht", sagte André an Bruno gewandt, „der Cappuccino ist wirklich gut."

Bruno zwinkerte ihm zu und fing an, sich eine Zigarette zu drehen.

Olaf fragte sich, wieso sich Bruno so gut mit den Preisen in der Gerichtskantine auskannte.

„Was meint ihr, wie lange der Richter für das Urteil brauchen wird?", fragte Gerry unvermittelt.

Bruno lachte. „Ich vermute, mehr wie einen Cappuccino werden wir nicht trinken können." Er wirkte sehr zufrieden mit sich und der Welt. Wahrscheinlich, so vermutete Olaf, weil er das Ergebnis der Verhandlung bereits kannte.

Dann klingelte Brunos Handy. Er hatte eine Nachricht bekommen, der er nur kurz seine Aufmerksamkeit schenkte.

„Kommt, ich will noch schnell eine Kippe rauchen. Viel Zeit bleibt uns nicht, denn ich glaube, es geht gleich schon weiter."

Es war genau so, wie Bruno gesagt hatte: Zeit für die Urteilsverkündung. Und das fiel zu Olafs Verwunderung erstaunlich milde aus. Achtzehn Monate auf Bewährung – zur Begründung verwies der Richter auf die positive Sozialprognose. Dann redete er Thorsten noch mal ins Gewissen, dass dieses Urteil so etwas wie die letzte Warnung sei. Alles in allem, so der Richter, hätten die stabilen Lebensverhältnisse und auch die wirtschaftlichen Interessen seines Arbeitgebers positiv auf die Urteilsfindung gewirkt. Außerdem verurteilte der Richter Thorsten noch zu einer Zahlung von 6000 Euro Schmerzensgeld an den jungen Mann, der von ihm geschlagen worden war. Bei der Höhe des Schmerzensgeldes waren vereinzelte Pfiffe zu hören, doch Bruno sorgte mit einer einzigen Handbewegung für Ruhe. Olaf hörte noch, wie Bruno André zuflüsterte, das übernehme der Verein.

Die beiden Staatsanwälte standen mit hängenden Schultern auf und schüttelten die Köpfe. Offensichtlich waren auch sie überrascht und sie überlegten, ob sie gegen das Urteil Einspruch einlegen sollten.

Thorstens Anwalt gratulierte Thorsten und klopfte ihm auf die Schulter.

Thorsten wurde sofort aus der U-Haft entlassen. Er war somit ein freier Mann. Natürlich unter der Bedingung, dass er den entsprechenden Bewährungsauflagen nachkommen würde.

Olaf war sich nicht sicher, was er von dem Urteil halten sollte. Er dachte an den verletzten jungen Mann und die Augenzeugen, die vor Gericht gekniffen hatten. Er war nicht naiv, und er mochte es nicht, wenn Gewalt siegte.

Andererseits bewunderte er die bedingungslose Solidarität der Sithonen. Diese Haltung gefiel ihm. Und schließlich war er ja jetzt auch ein Sithone. Teil dieser Gemeinschaft.

Als Thorsten seine Frau und die Tochter in den Arm nahm und die Sithonen ihn herzlich beglückwünschten, entschied Olaf, dass es jetzt genug war mit seinen negativen Gedanken.

Ein Kamerad war frei. Das war das Wichtigste. Das war die Art, wie er denken sollte. Wie er denken musste. Er war schließlich einer von ihnen.

Als sie ins Freie traten, warteten auf dem Vorplatz schon einige Reporter und Fotografen auf der Jagd nach ein paar guten Statements und noch besseren Schnappschüssen.

Brunos Ansage war klar und deutlich: „Kein Wort zur Lügenpresse! Schnauze halten und Abmarsch! Wir treffen uns im Klubhaus!“

„Könnten Sie mir kurz ein paar Fragen zu dem Prozess beantworten?“, fragte eine junge Frau an Bruno gewandt und hielt ihm ihr Smartphone wie ein Mikro vors Gesicht.

Bruno schlug ihre Hand zur Seite, würdigte sie keines Blickes und ließ sie einfach stehen.

Die Reporterin nahm sofort den nächsten Kameraden ins Visier. „Sind Sie ein Mitglied der Sithonen? Was halten Sie von dem Gerichtsurteil?“

„Sithonen? Nie gehört. Was soll das sein?“ oder „Komm mit zu mir, ich zeig dir meine Albino-Mamba!“, waren die Antworten, die sie erhielt.

Unverdrossen probierte sie es ein letztes Mal: „Was halten Sie von den rechtsradikalen Vorwürfen an die Sithonen?“

„Zieh Leine!“, rief ihr Mischa zu.

„Scheißlügenpresse!“, rief ein anderer.

Olaf versuchte, sich an Gerry zu halten, und der folgte Bruno. Sie beeilten sich, den Vorplatz zu verlassen und den Reportern zu entkommen.

Das Letzte, was Olaf auffiel, war der Polizist mit den rötlichen Haaren. Er stand etwas abseits an einer Straßenecke, hielt sein Handy vor die Brust und machte Fotos. Offenbar von ihnen. Nach ein paar Sekunden steckte er sein Handy ein, schob sich ein Bonbon in den Mund und verschwand in die entgegengesetzte Richtung.

25

Sonntag, 26. August, morgens

„Für dich auch?", fragte Cleo und hielt Nesra ein goldenes Pillendöschen hin.

Nesra winkte ab. „Ich muss noch arbeiten."

„Ich auch, deswegen werf ich sie ja ein", antwortete Cleo grinsend und nahm eine der weißen Tabletten zwischen Daumen und Zeigefinger. „Das ist reines Captagon, Schätzchen. Eine Tablette macht dich fit für den ganzen Tag." Sie schluckte die Pille herunter und spülte mit der Cola, die auf dem Nachtisch stand, nach.

„Sehr hochwertiger Stoff! Ich bekomme das Zeug direkt aus Holland, solltest du unbedingt mal probieren", sagte sie gelangweilt, so als ob sie über ein neues Rezept für einen Nudelauflauf sprechen würde.

Nesra kannte die weißen Pillen mit dem doppelten C-Aufdruck natürlich. Wer sie schluckte, verspürte keinen Hunger, keine Müdigkeit und auch keine Angst für mindestens zwölf Stunden. Die Wahrscheinlichkeit war sehr hoch, dass die Pillen, die Cleo bezog, aus Syrien nach Europa geschmuggelt wurden.

Dem Zoll war schon länger bekannt, dass diese amphetaminähnlichen Aufputschpillen millionenfach auf den europäischen Markt geworfen wurden. Cleo, eine junge, ehrgeizige Managerin, die tagsüber unter enormem beruflichem Druck stand und die Nächte gerne durchfeierte, war genau die Zielgruppe, die sich den nicht ganz billigen Stoff leisten konnte.

„Vielleicht beim nächsten Mal", antwortete Nesra, fuhr mit dem Zeigefinger an Cleos Oberschenkel hinauf, warf einen kurzen Blick auf das Display ihres Smartphones, es war 8 Uhr durch, und schenkte Cleo ein Lächeln.

Cleo zuckte verspielt mit den Schultern. „Na, dann nehme ich deine halt auch noch", erwiderte sie honigsüß und schmiss sich eine weitere Captagon-Tablette ein.

Nesra musterte Cleo aufmerksam. Sie wollte es sich nicht eingestehen, aber sie machte sich tatsächlich Sorgen um Cleo. Sie mochte sie, nicht nur ihren Körper.

Der gestrige Abend war genauso verlaufen wie die Abende davor. Sie hatten viel geredet, gut gegessen und waren dann zum gemütlicheren Teil übergegangen.

In einem Haus, das Cleos Eltern gehörte. Im Stuttgarter Süden. Gründerzeit-Villa mit Stuckdecken wie in einem Schloss, einem rechteckigen Pool aus Naturstein im Garten und einem Haushälter mit grauen Haaren und regungslosen Augen, von dem Nesra fand, dass er auch ohne Weiteres als Butler in einer Agatha-Christie-Verfilmung hätte mitspielen können.

Leider hatte Nesra seit Cleos Streit am Telefon mit ihrem Vater nicht wirklich mehr herausgefunden, was ihr weiterhalf. Da sie heute zum ersten Mal einen gemeinsamen Morgen mit Cleo verbrachte, wollte Nesra ihr nun etwas auf den Zahn fühlen. Sie entschied sich, etwas mehr ins Risiko zu gehen.

„Warum tust du dir das eigentlich an?", fragte sie unvermittelt.

Als Cleos Lächeln fast augenblicklich erlosch, ergänzte Nesra schnell: „Ich meine, du hast doch genug Geld und kannst eigentlich machen, was du willst.“

„Machst du denn deinen Job nur des Geldes wegen?“, antwortete Cleo mit einer Gegenfrage.

Nesra hatte ihr erzählt, dass sie als selbstständige Immobilienmaklerin arbeite. Deshalb auch ihre Anwesenheit auf der Gala. Sie hatte die Karte für das Galadinner über die Beziehungen eines Stammkunden erhalten. Sie hoffte, dass Cleo nicht weiter nachfragen würde, zumal sie davon ausging, dass sich Cleo für solche Feinheiten nicht wirklich interessieren würde – schließlich besaßen die von Hasselbergs genug Schlösser im Ländle. Und sie hatte recht gehabt.

„Nein, natürlich nicht“, meinte Nesra schnell.

Damit schien sich Cleo zufriedenzugeben, denn sie antwortete: „Auch ich habe Gründe. Wenn man in so eine Familie reingeboren wird, dann ist nicht immer alles so leicht, wie es von außen den Anschein hat. Du hast doch mitbekommen, wie mein Vater tickt“, gab sie noch immer sichtlich angefressen zurück und stieg entschlossen aus dem Bett.

Nesra wusste für einen Moment nicht, was sie entgegnen sollte.

Nackt stand Cleo vor ihr und wartete offensichtlich auf eine Antwort. Ihre Augen glühten plötzlich vor Wut. Oder waren das schon die Pillen? Nesra beschloss einzulenken, erhob sich ebenfalls und ergriff Cleos Hände. „So habe ich das nicht gemeint“, sagte sie in versöhnlichem Ton.

„Was hältst du davon, wenn wir noch zusammen unter die Dusche springen?“, fragte sie mit einem spitzbübischen Lächeln. Ohne die Antwort abzuwarten, küsste Nesra Cleo auf den Mund. Cleo erwiderte den Kuss und zog Nesra in Richtung Bad.

Eine Stunde später waren beide angezogen und so gut wie bereit, aufzubrechen.

Cleo trug eine weiße, klassische Bluse, eine feine Seidenhose und dazu schwarze High Heels von Louboutin.

„Sag mal, kann ich dich etwas zu deinen Eltern fragen? Ausnahmsweise", wagte Nesra einen erneuten Vorstoß.

„Wenn es sein muss", antwortete Cleo und zog mit dem Kajal noch einmal den Lidstrich nach.

„Ich habe mich gewundert, was für merkwürdige Gäste zur Gala eingeladen waren. An meinem Tisch saßen zum Beispiel zwei sehr seltsame Männer, die ich schwer mit deinen Eltern in Verbindung bringen kann."

„Ach, du meinst Bruno Blomkowski und seinen Kumpel? Oh Mann, die sind wirklich peinlich." Cleo kicherte kleinmädchenhaft. „Das sind alte Freunde von meinem Vater. Wobei, Freunde trifft es nicht so ganz."

Cleo suchte nach Worten. „Mein Vater hat mir nur erzählt, dass Blomkowski Vorsitzender eines Kulturvereins ist, der von der Stiftung unterstützt wird. Die kümmern sich um ehemalige Polizisten und Bundeswehrsoldaten, die in Schwierigkeiten geraten sind. Mehr weiß ich nicht. Aber du hast recht, die stehen eindeutig mehr auf Flaschenbier als auf einen guten Chianti."

Cleo betrachtete sich mit einem Lächeln im Spiegel und schien zufrieden.

Nesra fragte beiläufig: „Hast du mit den beiden beruflich zu tun?"

Cleo schaute Nesra belustigt an und legte den Kopf schief. „Mensch, du willst es aber echt genau wissen. Nee, Gott sei Dank nicht, ehrlich gesagt. Aber ich habe auch schon genug mit meinen Eltern zu tun. Und manche Dinge verstehe ich einfach nicht. Ich muss liefern, liefern, liefern … Aber wenn ich Fragen stelle, heißt es lapidar: ‚Das geht dich nichts an.‘ Oder: ‚Ich erklär’s dir ein andermal.‘ Ich blick echt nicht mehr durch. Und dass der neue Job bei der Optimum Logistics der blanke Horror ist, hast du ja schon mitbekommen. Der Laden ist im Grunde organisiert wie ein Freizeitverein. Und ausgerechnet jetzt soll ich die neuen Großaufträge für die Bundeswehr abwickeln. Was für ein Chaos, das kannst du dir nicht vorstellen."

Die Bundeswehr. Na endlich.

„Was für Großaufträge?"

„Ach, langweiliger Scheiß. Wir organisieren die Verlegung von Materialien für die Bundeswehr. Waffen, aber auch normale Ausrüstung. Eigentlich das übliche Speditionsgeschäft, nur es wird ständig mehr und die Aufträge immer kurzfristiger. Und dann die ganzen Sicherheitsauflagen. Wenn das nicht über meinen Vater gelaufen wäre und wenn ich nicht meinen Eltern beweisen müsste, dass ich was auf dem Kasten habe, dann würde ich den Auftrag wieder kündigen. Viel Aufwand, wenig Ertrag."

„Was meinst du damit?"

Cleo seufzte, so als hinge ihr das gesamte Thema zum Hals raus. „Die Bundeswehr zahlt für ihre Aufträge so gut wie nichts, und das auch noch mit großer Verspätung. Gleichzeitig verlangt sie, dass die Materialien ständig überwacht werden. Auf unsere Kosten. Unterm

Strich sind es nur Peanuts, die da bei uns hängen bleiben. Gleichzeitig sind die Aufträge super reglementiert und kompliziert in der Organisation. Bürokratie-Wahnsinn eben. Zudem bindet dieser Auftrag so viel Manpower und auch Lagerkapazitäten, dass ich anderen Kunden schon absagen musste, weil wir nicht für Terminaufträge garantieren können. Doch mein Vater besteht darauf, dass wir die Transporte für die Bundeswehr übernehmen. Angeblich schuldet er einem alten Freund einen Gefallen. Aber ich will dich nicht noch mehr mit diesen Geschichten langweilen."

„Du langweilst mich nicht", sagte Nesra. Zu gerne hätte sie weiter nachgehakt, doch sie spürte den dünnen Draht unter ihren Füßen, auf dem sie gerade balancierte.

„Immerhin", sagte Cleo mit einem großen Seufzer, „lange wird es nicht mehr so gehen. Bis Ende des Monats haben wir noch großen Stress, danach wird es ruhiger. Sagt mein Vater." Cleo, da war Nesra sich sicher, hatte tatsächlich keine Ahnung, was bei Optimum Logistics wirklich passierte.

Sie war viel zu beschäftigt damit, ihrem Vater etwas zu beweisen.

26

Donnerstag, 30. August, 11 Uhr

„Danke dir." Nesra lächelte der jungen Frau zu, die ihr gerade ein Glas Wasser und einen doppelten Espresso gebracht hatte. Die Kellnerin, die gleichzeitig die Besitzerin des kleinen, gemütlichen Cafés war, das sich Kiosko nannte, kannte Nesra schon seit Jahren. Sie kam oft hierher, wenn sie Ruhe und Zeit zum Nachdenken brauchte. Außerdem liebte Nesra den Feuersee. Der stadtbekannte historische Löschsee schlang sich in U-Form um die Johanneskirche, deren Spitze den Bomben des Zweiten Weltkriegs zum Opfer gefallen war. Die Spitze hatte man nicht wiederaufgebaut, das Fehlen diente nun als Mahnmal für die Grauen der Nazi-Diktatur. Das ansonsten schöne Panorama des Stadtparks lockte nicht nur Touristen an, auch viele Innenstädtler saßen im Sommer gerne am Feuersee oder in den umliegenden Cafés und genossen das Ambiente.

Heute war Nesra allerdings aus ganz anderen Gründen gekommen.

Marc hatte darauf bestanden, sich mit ihr und Hektor Cordes hier um 11 Uhr zu treffen.

Noch war keiner der beiden eingetroffen. Nesra lehnte sich einen Moment mit dem Rücken an die Bank, auf der sie saß, und schloss die Augen. Der aufkommende Sommerwind, der durch die breit

"

ausgelegte Johannesstraße wehte, sorgte für angenehme Abkühlung.

Aus dem Moment wurden zwei und Nesras Gedanken gingen auf Wanderschaft: Zusammenhanglose Szenen vom letzten Treffen mit Cleo kamen ihr in den Sinn. Wie schon vorher hatte sie das Gefühl, irgendwas zu übersehen, aber sie kam einfach nicht drauf, was es war. Immer, wenn sie dachte, sie könnte den Gedanken einfangen, verflüchtigte er sich wieder.

Kopfschüttelnd steckte sich Nesra eine Zigarette an.

Dann entdeckte sie Marc, der von der gegenüberliegenden Straßenseite auf sie zukam.

„Warum treffen wir uns hier?", fragte sie, nachdem sie sich kurz zur Begrüßung umarmt hatten.

„Im Lindenmuseum habe ich Hausverbot", antwortete Marc zerknirscht und ließ sich neben ihr nieder.

„Okay, aber ich meine, warum treffen wir uns nicht in der ZFA? Sondern außerhalb."

„Ich glaube, mein Büro ist verwanzt."

Nesra machte große Augen. „Ach komm, jetzt übertreibst du."

„Ich habe gestern Rico Schwarz in meinem Büro erwischt, wie er auf meinem Schreibtisch etwas gesucht hat. Als ich ihn darauf angesprochen habe, kam nur die billige Ausrede, dass er sich meinen Tacker ausleihen wollte. Aber das nehme ich ihm nicht ab." In Marcs Gesicht spiegelte sich aufrechte Empörung.

„Rico?"

„Ja", knurrte Marc.

„Hm. Vielleicht bildest du dir das nur ein, Marc? Wir sind alle ein bisschen nervös." Dann lächelte Nesra. „Hektor kommt." Der Kriminalkommissar trottete mit gesenktem Kopf auf das Café zu. Seine Hände steckten in den Hosentaschen seiner engen Jeans und sein Hemd sah so zerknittert aus wie immer. Er wirkte abwesend, so, als ob er über irgendetwas nachdächte. Erst als er vor ihnen stand, hellte sich seine Miene etwas auf. „Hey“, sagte er, begrüßte sie mit einer müden Geste und fuhr sich durch die dünnen Haare. Dann setzte er sich. „Warum treffen wir uns gerade hier?“

„Wegen Rico Schwarz, der …“, begann Marc, doch Nesra fiel ihm ins Wort: „Marc glaubt, dass ihn ein Kollege bespitzelt und sein Büro verwanzt hat.“

„Wie kommt er darauf?“, fragte Cordes.

„Er wäre nicht der Erste. Wir glauben, dass Fränkie genau dasselbe passiert ist.“

„Oh“, kommentierte Cordes nur. Nesra sah ihm an, dass er nicht wirklich überzeugt war.

„Rico kann in meinem Büro nichts Interessantes gefunden haben“, sagte Marc, „allerdings hatte ich auf meinem Bildschirm noch eine digitale Akte offen.“

„Um was ging es darin?“, fragte Nesra.

„Um einen stadtbekannten Reichsbürger. Er nennt sich König Heilmar. In Wirklichkeit heißt er Axel Adamycz.“

„Da klingelt irgendwas bei mir“, sagte Cordes, „ist das nicht dieser Verrückte, bei dem der Zoll vor einigen Jahren in einer groß angelegten Razzia Waffen und Munition sicherstellen konnte?“

Marc nickte. „Um genau zu sein, handelte es sich um mehrere Repetiergewehre und Handfeuerwaffen. Sie gehörten zu einer illegalen Waffenlieferung aus Belgien. Im Rahmen einer verdeckten Ermittlung konnten die Kollegen die Waffen auf dem Transport nach

Deutschland mit einem Peilsender ausstatten. Auf diese Weise wurden dann einige Abnehmer der Waffen und schlussendlich auch ein paar Leute des Schmugglerrings identifiziert und festgenommen."

„Und einer der Käufer war Axel Adamycz?", fragte Nesra.

„Ja, eben auch bekannt als König Heilmar. Er saß kurz in Untersuchungshaft und musste dann auf seine Verhandlung warten. Zum Prozess kam es dann aber nie. Der Richter hat die Verfahrenseröffnung nicht zugelassen. Scheinbar gab es ein Problem mit der Beweismittelkette."

„Wie denn das?", fragte Nesra verblüfft.

„Während der Durchsuchung von Adamycz' Keller hatte ein junger Kollege von der Kriminaltechnik einen fatalen Protokollfehler begangen. Das war der Anfang vom Ende. Alles in allem eigentlich eine Lappalie, nicht der Rede wert, und schon gar kein Grund, die bei Adamycz sichergestellten Waffen ihm nicht direkt zuzuordnen. Aber das deutsche Gerichtswesen ..." Marc ließ den Satz unvollendet und schüttelte stattdessen den Kopf. Er musste es nicht weiter ausführen. Nesra und Cordes wussten, dass die Staatsanwaltschaft vor Gericht keine Chance hatte, Adamycz zu überführen, wenn die Beweismittelkette nicht intakt war. In einer Verhandlung hätte jeder nur halbwegs talentierte Verteidiger den Prozess schon am ersten Verhandlungstag zum Platzen gebracht.

Für einen Moment sagte niemand ein Wort.

Dann schnalzte Marc laut mit der Zunge, was ihm einen irritierten Blick von Hektor Cordes und ein Augenrollen von Nesra einbrachte.

„Und was hat das alles mit unserem Fall zu tun?“, warf Cordes ein.

„Gute Frage. Darauf aufmerksam geworden bin ich, da in Fränkies Notizen Axel Adamycz in Verbindung mit einer Irene Laprich erwähnt wird.“

„Und wer ist das schon wieder?“, fragte Cordes ungeduldig. Er machte dabei ein Gesicht, als hätte er etwas Bitteres gegessen.

„Eine Österreicherin, die laut Fränkies Unterlagen in Wien in der österreichischen Staatsdruckerei arbeitet.“

„Jetzt wird's aber verdammt unübersichtlich.“ Nesra hatte Mühe, die Informationen noch alle zusammenzubekommen.

„Die stellen Ausweisdokumente her. Und einer dieser Ausweise ist damals bei der besagten Durchsuchung bei Adamycz aufgetaucht. Täuschend echt. Aber nachweislich gefälscht. Adamycz ist definitiv kein Österreicher. Er hatte sich damals mit einem privaten Auftrag an Frau Laprich herausgeredet“, fuhr Marc unbeirrt fort.

„Okay, aber noch mal, was hat das mit unserem Fall zu tun?“, fragte Cordes verstimmt.

„Ich habe absolut keine Ahnung“, verteidigte sich Marc und fing an, mit dem Finger imaginäre Rechtecke auf den Tisch zu zeichnen. „Noch nicht.“

Nesra zuckte mit den Schultern: „Vielleicht sollten wir jetzt über das sprechen, was wir sicher wissen.“

Für einen Moment war es still am Tisch.

Nesra räusperte sich. „Wir hatten ja vereinbart, dass ich mich intensiver mit Cleopatra von Hasselberg beschäftige. Ich habe mich in letzter Zeit ein paar Mal mit ihr getroffen. Wir haben uns also ein bisschen angefreundet." Nesra hoffte, dass die beiden ihre Verlegenheit nicht registrierten, aber Marc und Cordes blickten sie nur interessiert an.

„Ja und?", forderte Cordes sie auf, weiterzuerzählen.

„Ich denke nicht, dass sie weiß, was bei Optimum Logistics eigentlich passiert. Sie hat mir erzählt, dass die Bundeswehr ihr Kunde ist und dass sie ihn lieber heute als morgen wieder loswerden möchte, weil er finanziell nicht lukrativ sei. Ihr Vater besteht aber darauf, den Auftrag auszuführen. Angeblich ein Gefallen, den er irgendjemandem schuldet. Cleopatra von Hasselberg ist darüber mächtig angefressen, weil ihr dieser Auftrag die Bilanz verhagelt."

„Du meinst, sie hat keinen blassen Schimmer, was da vor sich geht?", hakte Cordes nach.

„Ja, genau. Sie ist die Geschäftsführerin, aber ich glaube nicht, dass sie weiß, was vor Ort wirklich passiert."

„Hört sich nicht völlig abwegig an", kommentierte Cordes. „Weiß sie, warum Blomkowski und sein Kumpel auf der Gala waren?"

„Sie behauptet, dass die Sithonen irgend so eine Art lustiger Kegelverein sind, der von der Stiftung ihrer Eltern unterstützt wird. Im Gegenzug übernehmen die Sithonen kleinere Aufträge für die Hasselbergs. Und Blomkowski ist der Chef."

„Ha, Kegelverein, dass ich nicht lache. Diese Woche gab es einen interessanten Termin am Landgericht. Einer dieser sogenannten Kegelbrüder stand vor Gericht wegen schwerer Körperverletzung. Er hatte in einem Kino eine Auseinandersetzung mit einem anderen Zuschauer. Dieses Arschloch hat so fest zugetreten, dass

347

er sich sein eigenes Schienbein gebrochen hat. Weitere Details will ich euch lieber ersparen." Cordes atmete kurz durch und presste die Lippen zusammen. Sein Gesicht färbte sich rot vor Wut.

„Gab es ein Urteil?", fragte Marc nach einer Weile.

„Genau das ist ja das Problem." Cordes fingerte eine Zigarette aus der Schachtel, überlegte es sich dann aber anders, steckte sie zurück und schob sich stattdessen ein Bonbon in den Mund.

„Es gab eine läppische Bewährungsstrafe, mehr nicht. Und das, obwohl der Dreckskerl schon wegen Körperverletzung vorbestraft war."

„Wie ist das möglich?"

„Ich würde es nicht glauben, wenn ich nicht selbst dabei gewesen wäre. Die ganze Verhandlung war eine einzige Showveranstaltung. Die Sithonen, allen voran Blomkowski, marschierten da mit über zwanzig Leuten auf. Die Staatsanwaltschaft lammfromm oder ... keine Ahnung. Der Verteidiger arbeitete mit billigen Tricks. Der Richter auffällig milde gestimmt. Ließ einfach alles durchgehen."

„Welcher Richter war es denn?", unterbrach ihn Marc.

„Richter Wallner."

„Wallner?"

„Ja, wieso?"

„Der Name kommt mir irgendwie bekannt vor. Moment." Marc wischte über sein Smartphone, als suchte er etwas. „Hier ist es. Derselbe Richter wie bei dem Prozess von König Heilmar, ich meine Adamycz, vor zwei Jahren."

„Was? Bist du sicher?"

„Ganz sicher", entgegnete Marc.

„Passt eigentlich gut ins Gesamtbild", antwortete Cordes bitter. „Wallner steht schon seit Langem im Verdacht, ein bisschen außerhalb des üblichen politischen Spektrums zu agieren. Er ist in der Vergangenheit für einige merkwürdige Urteile verantwortlich gewesen. Gerade bei Kleinkriminalität neigt er eigentlich zu sehr drakonischen Strafen."

„Das trifft dann eher Angeklagte mit Migrationshintergrund, vermute ich", warf Nesra ein.

„Stimmt. Aber als Richter genießt er natürlich Narrenfreiheit, von wegen Unabhängigkeit der Justiz." Kopfschüttelnd schob sich Cordes ein weiteres Bonbon in den Mund, bevor er fortfuhr: „Eins steht fest, das sind auf gar keinen Fall einfach nur ein paar Kegelkumpels. Diese Sithonen sind richtig schwere Jungs. Der Verfassungsschutz tut gut daran, diesen Verein im Auge zu behalten. Ich habe nach der Verhandlung ein paar Fotos gemacht."

Er öffnete die Foto-App auf seinem Display und legte sein Smartphone auf den Tisch. Langsam wischte er durch die Fotos. Nesra erkannte ihre beiden Tischnachbarn, Bruno Blomkowski und André Bornemann, vor dem Gerichtsgebäude. Daneben weitere, ihr unbekannte Gesichter, ein hagerer Kerl mit schmalem Gesicht und ein Typ im Sakko mit kurz geschorenem, etwas zu groß geratenem Kopf, der etwas angestrengt in die Kamera blickte.

„Ich habe die Fotos einer alten Freundin aus der SO-Abteilung geschickt, die gleichen die Fotos ab und suchen mir mal alles zu diesem Klub raus, dann sehen wir weiter. Das dauert aber leider auch schon wieder viel zu lange."

Cordes zündete sich nun doch eine Zigarette an, blies den Rauch in die Luft und blickte auf die Straße.

Für einen Moment herrschte Stille zwischen ihnen.

„Können wir ausschließen, dass das ein Zufall ist?" Bevor Nesra die Frage zu Ende formuliert hatte, war ihr die Antwort jedoch schon klar.

Hektor Cordes' versteinerter Blick sprach Bände.

Sie hatte Mühe, sich zu konzentrieren. Wie gerne wäre Nesra nun an einem ruhigeren Ort, um über die aktuelle Lage nachzudenken. In neunzehn Grad kaltem Wasser auf einer leeren Fünfzig-Meter-Bahn zum Beispiel oder auf dem Motorrad unterwegs in Richtung Bodensee. Kopfschüttelnd wandte sie sich wieder Cordes, Marc und ihren eigentlichen Problemen zu.

„Ich fasse mal kurz zusammen, was wir haben", begann sie und rutschte etwas näher an den Tisch heran.

„Verschwundene Waffen, ein Zollbeamter, der möglicherweise entführt und dann ermordet wird, ein einflussreiches Unternehmerehepaar, eine ahnungslose Tochter, ein schräger Kulturverein namens Sithonen, ein korrupter Richter. Und möglicherweise noch ein Kollege, der sich merkwürdig verhält. Irgendwelche Ideen, wie man diesen Knoten entwirren kann?" Marc starrte ins Leere und bewegte dabei lautlos die Lippen.

„Wir sollten auch mal darüber reden, wie wir *offiziell* weitermachen, das geht ja nicht ewig so. Ich meine, ich ermittle ja wenigstens in einem Mordfall. Aber ihr?"

Nesra warf Marc einen fragenden Blick zu, doch er schüttelte den Kopf.

Cordes war allerdings noch nicht fertig. „Schon allein das Nichtmelden des Päckchens könnte als Unterschlagung von Beweismitteln oder Behinderung der Justiz in einer Morduntersuchung ausgelegt werden."

„Jetzt mach mal halblang", warf Nesra ein. „Wir haben dir den Inhalt des Päckchens ja vor ein paar Tagen zur Verfügung gestellt."

Cordes hob die Hände. „Ich sag's ja nur. Nesra, du kennst mich gut, du weißt, dass ich auch gerne mal unkonventionelle Wege gehe. Aber irgendwann kommt der Punkt, da muss ich meiner Chefin gegenüber Klartext reden und auch ihr müsst zeitnah bei Kilberta die Hosen runterlassen. Lange fliegt unsere kleine, geheime Ermittlungsgruppe nicht mehr unter dem Radar. Du siehst ja", dabei zeigte er auf Marc, „bei euch schnüffeln schon die Kollegen im Büro herum."

Marc wollte gerade zu einer Antwort ansetzen, da kam ihm Nesra zuvor: „Du hast recht. Wir müssen mit Kilberta sprechen. Und zwar so schnell wie möglich."

Cordes zog an der Zigarette und nickte zufrieden.

Und Nesra meinte tatsächlich, was sie sagte. Es war höchste Zeit, ihre geheime Ermittlungsgruppe aufzulösen, um ganz offiziell an der Sache arbeiten zu können, sofern ihnen der Fall nicht entzogen wurde. So wie die Dinge jetzt standen, riskierten Marc und sie nicht nur ihre Jobs. Sie würden vielleicht auch nie herausfinden, wer Fränkie ermordet hatte und wo die Bundeswehrwaffen gelandet waren.

Ihr Unterbewusstsein meldete sich wieder und langsam bekam sie Kopfschmerzen davon.

Ein attraktiver junger Mann, der auf das Kiosko zusteuerte, sprang ihr ins Auge. Irgendwoher kam er ihr bekannt vor. Er war mittelgroß, sportlich gebaut und sein blank rasierter Kopf stand im krassen Gegensatz zu seinem dunklen Vollbart, der am Kinn schon mit grau melierten Strähnen durchzogen war. Am auffallendsten war jedoch sein Kleidungsstil. Er trug ein knallbuntes Versace-Hemd aus Seide, dazu eine enge schwarze Jeans und Boots mit Absätzen. Die Art von Kleidung, die nur extrovertierte Künstler, unterbeschäftigte Schauspieler oder narzisstische Dandys trugen.

Als er das Kiosko betrat und Nesra durchs Schaufenster beobachtete, wie die Besitzerin ihm eine Kuchenbox überreichte, fiel ihr wieder ein, woher sie ihn kannte: Er war einer von Dragos Leuten.

Wie sich die Zeiten doch verändert hatten: Früher kassierte Drago Schutzgeld von den Cafés und Bars in ganz Stuttgart, nun orderte er exquisite Konditorware für sein eigenes Café.

Bei dem Gedanken an Drago wandte sich Nesra an Marc und Cordes: „Ich denke, ich weiß vielleicht, wer uns bei dem Richter und den Sithonen weiterhelfen kann.“

27

Dienstag, 28. August, am Nachmittag

„Hase, du fährst!", befahl Bruno und warf ihm den Schlüssel über die Motorhaube. Hase, ein Kerl mit schmalen, hängenden Schultern und einem dazu passenden Gesichtsausdruck und der seinen Spitznamen seinen mächtigen Schneidezähnen zu verdanken hatte, setzte sich wortlos ans Steuer. Brunos Platz war selbstredend der Beifahrersitz. Neben Gerry und Olaf kletterte noch Ernst auf den Rücksitz des alten Volvos. Die anderen nannten ihn Ernie, manchmal auch Sandalen-Ernie, da er – egal bei welchem Wetter – ständig Sandalen trug. Er war schon ein bisschen älter, mit grauen, dünner werdenden Haaren, die er zu einer Vokuhila-Frisur trug. Auf seinem Gesicht lag, wie fast immer, ein Ausdruck von absoluter Gleichgültigkeit.

Die Türen waren noch nicht geschlossen, da startete Hase schon den Motor. Der weinrote Kombi hatte schon bessere Tage gesehen. Olaf hatte den Platz zwischen Gerry und Ernie erwischt. Der abgewetzte Kunststoff des Autositzes klebte ihm fast augenblicklich am Hintern fest, sodass er zu schwitzen begann. Als er dann noch die Ausdünstungen der anderen im Auto wahrnahm und Ernies kräftige Bierfahne roch, fühlte Olaf einen Anflug von Panik. Fünf Leute in einem alten Volvo, das war definitiv nicht seine Sache. Zu viele

Menschen! Ob das so eine gute Idee gewesen war, mitzukommen? Kurz spielte er mit dem Gedanken, wieder auszusteigen, aber jetzt war es zu spät. Mitgefangen, mitgehangen. Als er heute Morgen beim Landgericht von Bruno gefragt wurde, ob er helfen könne, hatte Olaf keine Ahnung, um was es ging. Doch den Moment, als er hätte fragen können, hatte er mal wieder verpasst, und jetzt ärgerte er sich über sich selbst. Hoffentlich würde die Fahrt nicht zu lange dauern.

Als ob Blomkowski Olafs Gedanken gelesen hätte, drehte er sich um und ergriff das Wort: „Also, Kameraden!", sagte er und sah die drei Sithonen auf der Rückbank so durchdringend an, dass ihm jeder seine ungeteilte Aufmerksamkeit schenkte.

„Wir fahren zu König Heilmar."

„Och nee", sagte Sandalen-Ernie und machte ein Gesicht wie sieben Tage Regenwetter. Missmutig lehnte er den Kopf an die Seitenscheibe.

„Hey! Ich will nichts hören!" Bruno hob den Zeigefinger zu einer unzweideutigen Geste und Olaf wusste, dass es keinen Widerspruch mehr geben würde.

„Ich hoffe, du hast deinen Reichspersonenausweis dabei", kicherte Gerry in Richtung Ernie. Gerrys Kommentar entlockte sogar Brunos ansonsten so ernster Miene ein zartes Grinsen.

„Reichspersonenausweis?" Olaf verstand nur Bahnhof.

Seine Verwunderung blieb auch Bruno nicht verborgen, also wandte er sich direkt an Olaf: „König Heilmar war früher einmal einer von uns. Da hieß er noch Axel. Dann ist er *etwas seltsam* geworden ..."

Bruno kratzte sich über den Dreitagebart und machte ein nachdenkliches Gesicht. „Du wirst schon sehen, was ich meine. Irgendwann war es für alle besser, dass er sich von den Sithonen verabschiedet hat und jetzt sein eigenes Ding macht."

„Mit seltsam meint Bruno durchgeknallt", raunte Sandalen-Ernie Olaf ins Ohr und erntete sofort einen vernichtenden Blick des Präsidenten. „Letzte Warnung, Ernie! Noch ein Wort, dann schmeiß ich dich aus der fahrenden Karre, oder noch besser, wir lassen dich gleich bei König Heilmar."

Wieder an alle gewandt, machte Bruno eine Ansage in einem Ton, der allen Anwesenden klarmachte, dass er die Faxen dicke hatte: „Ihr wisst, welche Verdienste sich Axel bei den Sithonen erworben hat, und egal, wie durchgeknallt er auch heute ist: Wir haben ihm viel zu verdanken und außerdem machen wir weiterhin mit ihm Geschäfte. Also reißt euch zusammen und spielt mit, egal, was ihr von seinen Regeln haltet."

„Schon gut, schon gut, Boss", beschwichtigte Ernie. „Was genau sollen wir denn für den König tun?" Bei dem Wort König malte Ernie mit den Händen Gänsefüßchen in die Luft.

„König Heilmar hat einen Tipp bekommen, dass die Bullen eine Durchsuchung bei ihm planen. Wir sollen daher etwas abholen und in Sicherheit bringen."

Mit der Antwort gaben sich die anderen erst mal zufrieden. Olaf hätte allerdings noch tausend Fragen gehabt, doch einstweilen war er damit beschäftigt, die Gerüche und Hitze um sich herum auszublenden.

Sie fuhren ein paar Minuten durch die Stadt, dann machte Hase die Stereoanlage an und drehte auf.

Brunos Lieblingsband Hämatom schleuderte ihre einfachen Riffs durch den Innenraum des Volvos. Vor allem den Refrain kannte Olaf von dem letzten Treffen schon fast auswendig: „Ficken unsren Kopf! …“

Nach vier weiteren Rocksongs, die Olaf nur mit Mühe ertragen hatte, bogen sie inmitten eines Vororts von Stuttgart in eine beschauliche Anwohnerstraße ein. Dann drehte Bruno endlich die Lautstärke runter. Olaf war erleichtert.

„Kameraden! Wir sind gleich da. Also: Schnauze halten und ernst bleiben.“

Sandalen-Ernie entfuhr ein leiser Seufzer. Als Olaf Gerrys nervösen Blick bemerkte, beugte er sich vor und flüsterte ihm zu: „Warst du schon mal bei Heilmar?“

„Zweimal, ist aber schon eine Weile her.“

„Du wirst dich vermutlich registrieren müssen“, sagte Bruno unvermittelt. „Du warst ja noch nie bei ihm. Du bist zwar nicht unbedingt der Typ dafür, aber trotzdem sage ich’s dir auch noch mal: Mach dir keinen Kopf und stell keine Fragen.“

Olaf nickte und zwang sich zu einem Lächeln. „Mann, ihr macht es echt spannend.“

Der Wagen hielt.

Ernie stieß die Tür auf und sagte geheimnisvoll: „Du hast ja keine Ahnung.“ Dann stieg er aus.

Sie hatten vor einem opulenten Anwesen geparkt, für das der Begriff Protzvilla gepasst hätte, wäre das Gebäude nicht von außen ein bisschen verwahrlost gewesen. Mit lang gezogener Auffahrt zum Haupteingang des mehrstöckigen Hauses und einem weitläufigen Rundum-Garten. Eine hüfthohe Mauer, auf der ein Zaun aus schwarzen Metallstreben angebracht war, fasste das Grundstück ein. Die Spitzen des Zauns waren nach außen gebogen und erinnerten Olaf an ein Gefängnis oder sogar einen Hochsicherheitstrakt. Nur dass hier niemand ausbrechen, sondern vermutlich niemand eindringen sollte.

Als alle ausgestiegen waren, ging die Gruppe mit Bruno an der Spitze auf das Doppeltor zu, das Olaf so massiv vorkam, dass sogar ein Panzer nicht ohne Weiteres durchbrechen könnte. Kein Zweifel, hier wollte jemand seine Ruhe haben. Olaf musste unvermittelt grinsen, weil er dieses Bedürfnis gut nachvollziehen konnte.

Über dem Tor war ein halbkreisförmiges Schild angeschraubt, auf dem in einer altertümlichen Schrift geschrieben stand: „Königreich freies Neu-Deutschland"

Mit dem Grinsen war es das jetzt. Hielt sich der Kerl, der hier wohnte, wirklich für einen König?

„Wir sind nicht allein", murmelte Bruno und deutete zur gegenüberliegenden Straßenseite. Dort stand ein Kleinwagen, in dem zwei Männer saßen. Einer machte Fotos von ihnen, der andere schrieb etwas in einen Block.

Hase spuckte so auffällig und herablassend wie möglich in ihre Richtung. „Scheißbullen!", schrie er rüber. Bruno, Gerry und Ernie beließen es bei feixenden Gesten. Olaf zuckte nur mit den Schultern. Er hatte nichts gegen die Polizei, solange sie ihn in Ruhe ließen. Einige seiner Kameraden waren da weniger zurückhaltend. Er dachte an die Gerichtsverhandlung vor einigen Tagen. Die Polizisten im Auto ließen sich allerdings nichts anmerken, sie blieben einfach im Auto sitzen.

Bruno machte einen Schritt auf das Tor zu, schaute noch einmal mit strengem Blick in die Runde, dann drückte er auf die antike messingfarbene Klingel und nahm Haltung an. Erst jetzt bemerkte Olaf die beiden Kameras in den Ecken des Tores.

„Bitte identifizieren Sie sich", tönte es blechern aus der Gegensprechanlage.

„Bruno Blomkowski", und nach kurzem Zögern fügte er hinzu: „Und vier Kameraden."

Für einen kurzen Moment geschah nichts, dann war der Summer zu hören und langsam öffnete sich das Tor.

Bruno drehte sich noch einmal Richtung Auto um, salutierte grinsend und ging dann durchs Tor. Die anderen Sithonen lachten, machten es ihm nach und folgten. Olaf warf einen letzten besorgten Blick auf die Polizisten und sah dann zu, dass er nicht den Anschluss verlor.

Sie gingen einen lang gezogenen Kiesweg entlang, der zum Eingang der Villa führte. Zu ihrer Rechten passierten sie ein rechteckiges Schild, das hüfthoch im Boden verankert war:

„Zutritt nur für Staatsangehörige und Zugehörige des Königreichs freies Neu-Deutschland".

Ein paar Meter weiter das nächste Schild: „Zuwiderhandlungen werden nach Ermessen seiner Majestät König Heilmars bestraft!"

Olaf kam sich vor wie in einer Freakshow. Wo war er da nur reingeraten?

Als Nächstes registrierte er einen verwitterten Fahnenmast, der in einiger Entfernung auf dem kurz geschnittenen Rasen stand. Eine Flagge in den Farben schwarz-weiß-rot, den Farben des Dritten Reiches, hing schlapp herunter. Das beklemmende Gefühl in Olaf wurde größer. Auch wenn einige der Sithonen ziemlich verdrehte Gedanken hatten, sie waren keine Nazis. Denn für die hatte er nicht viel übrig. Bei Heilmar war er sich da nicht so sicher ...

Als sie nur noch ein paar Schritte von der Eingangstür der Villa entfernt waren, erkannte Olaf, warum die Bleiglasfenster so dunkel wirkten. Sie waren an der ganzen Vorderfront von innen mit Holzpaneelen verrammelt. Hier nahm es jemand mit der Sicherheit sehr genau. Die Tür öffnete sich automatisch und mit Geräuschen, die alles andere als vertrauenswürdig klangen, just in dem Moment, in dem Bruno die Türschwelle betrat. Genauso stellte sich Olaf das Öffnen eines hermetisch verriegelten Safeschranks vor. Bruno zog etwas aus der Brusttasche seines karierten Hemds. Auch Hase, Gerry und Ernie hatten jetzt etwas in der Hand, das wie ein Ausweis aussah. Olaf kratzte sich nervös am Hals. Kurz darauf erschien ein junger Mann in der Tür und machte mit brüchiger Stimme eine Ansage: „Sehr geehrte Herren, bitte zeigen Sie mir bei der Einreise ein gültiges Reichsdokument vor, am besten den Reichspersonenausweis.“

Der Junge, Olaf schätzte ihn auf fünfzehn oder sechzehn, hatte rotblondes, kurz getrimmtes Haar, einen hellen Teint und trug wie selbstverständlich eine graue Uniform, die ihm mindestens eine Nummer zu groß war. In den Händen hielt er ein Klemmbrett und einen Stift. Olafs Blick wanderte zu Gerry, der ihm mit einem Finger an den geschlossenen Lippen zu verstehen gab, still zu sein. Einzeln und gewissenhaft kontrollierte der

Junge nacheinander die Ausweise. Dann tastete er jeden von ihnen rasch, aber gründlich ab. Als letzten
Schritt vor der Einreise mussten sie nacheinander
durch einen richtigen Metalldetektor gehen. Als Olaf
an der Reihe war, meldete sich Bruno zu Wort: „Olaf ist
das erste Mal im Königreich, er benötigt somit für den
heutigen Tag ein Visum. Und für spätere Besuche im
Königreich müssen wir einen Ausweis beantragen.“
Der Junge schenkte Olaf einen argwöhnischen Blick,
kritzelte dann etwas auf sein Klemmbrett und murmelte: „Wir werden sehen, ob er die Bedingungen erfüllt.“ Dann wandte er sich an Olaf: „Folgen Sie mir
bitte, ich hätte bezüglich der Einreise ein paar Fragen.“
Olaf kam die Situation einigermaßen skurril vor, er
hielt sich an Brunos Anweisung und damit den Mund.
König Heilmar hatte die Villa und den Garten offensichtlich zum unabhängigen Landesgebiet erklärt. Also
befand er sich gerade im Transit-Bereich nach Neu-
Deutschland. Olaf fühlte sich wie auf einem dieser Mit-
telaltermärkte, die wie Pilze aus dem Boden schossen.
Warum machten alle das Leben so kompliziert? Er befand sich doch immer noch in Deutschland, in Baden-
Württemberg, keine dreißig Minuten entfernt von
Stuttgarts Stadtzentrum, aber natürlich hatte er von
solchen Leuten gehört oder auch mal etwas im Fernsehen gesehen.
Was für ein Käse, dachte er nur, da aber die anderen
Sithonen das Prozedere so klaglos über sich hatten er-
gehen lassen und ihm noch Brunos eindrückliche
Worte im Ohr klangen, wollte er kein Theater machen.
Vielleicht war das Ganze auch ein Test und Bruno
wollte wissen, wie verlässlich er war. Er deutete ein

Schulterzucken an und signalisierte der pickeligen Grenzwache, dass er bereit wäre. Eine Minute später saß er in einer kleinen Schreibstube, die dem Grenzbeamten als Büro diente. Der Junge saß ihm gegenüber und suchte etwas in seinen Schubladen. Olafs Blick wanderte durch das Zimmer. An der Wand hing ein gerahmtes Porträtbild von König Heilmar. Er trug eine Krone und blickte staatstragend auf Olaf herunter. „König Heilmar der I." war in den goldenen Rahmen eingraviert. Olafs Blick ging weiter zu dem jungen Mann, dann kapierte er. Tatsächlich, die Ähnlichkeit zwischen ihm und Heilmar war nicht von der Hand zu weisen. Der junge Mann war der Sohn des Königs und sprach jetzt salbungsvoll zu Olaf: „So, jetzt kann es losgehen." Er strich ein offiziell aussehendes Formular glatt und füllte schweigend einige Dinge aus, dann war endlich Olaf an der Reihe.

„Name?"

„Olaf", antwortete Olaf.

„Nachname?"

Olaf zögerte kurz, irgendwie hatte er keine Lust, dem Jungen seinen Nachnamen zu nennen. Dann dachte er erneut an Bruno, Gerry und die anderen und entschied sich, das Spiel mitzuspielen. Was sollte schon passieren? „Gallweber."

„Geboren am?"

„11.03.1975." Olafs Blick blieb an einem Schal hängen, der über einem Sideboard hing: „Pegida Nürnberg Georgensgmünd 2016" war darauf zu lesen. Olaf runzelte die Stirn. Pegida? Also Demonstranten und Querdenker. Auch für diese Typen hatte Olaf nicht viel übrig. Die Energie oder besser gesagt penetrante

Leidenschaft, die sie für ihre Sache, egal für welche Sache, aufbrachten, ging ihm schon damals gegen den Strich.

„Männlich“, hakte der Junge ab, ohne aufzuschauen.

Wow, hat er ganz allein bemerkt. Der König wäre stolz auf seinen Prinzen, flüchtete sich Olaf in sarkastische Gedanken, denn langsam hatte er die Faxen dicke. Vor allem, weil er das hier nur für Zeitverschwendung hielt. Er wollte zurück zu den Kameraden.

„Deutsches oder artverwandtes Blut?“

„Bitte was?“

„Deutsches oder artverwandtes Blut?“, wiederholte der Junge nun etwas mürrischer.

„Deutsch“, antwortete Olaf verkniffen.

„Geimpft gegen SARS-CoV?“

„Was für eine Frage. Natürlich geimpft. Sie nicht?“

Nach der dreiundzwanzigsten Welle war damals wirklich jeder geimpft worden. Wirklich jeder?

Der Junge beugte sich ein wenig über den Tisch zu Olaf vor. „Glauben Sie ernsthaft, dass seine Majestät der König geimpft ist? Oder ich? Das ist pures Gift!“

„Verstehe“, antwortete Olaf knapp und fügte nichts hinzu, um sich auf keine Grundsatzdiskussion einzulassen. „Also ja, geimpft.“

Der Junge vermerkte das mit einem Kopfschütteln. „Jude?“

„Bitte was?“

„Gehören Sie dem Judentum an?“

„Nein, wieso?“

„Kein Jude.“ Der Junge hakte den Punkt ab, ohne weiter auf Olafs Frage einzugehen.

Noch ein paar weiteren Fragen, dann hielt er Olaf den Bogen hin: „Bitte hier unten rechts unterschreiben."

Olaf warf einen Blick auf das Formular. Es wirkte komplett unübersichtlich, als ob sich ein Anfänger mit Excel-Tabellen versucht hätte. Einige Kästchen waren nach rechts verrutscht, andere doppelzeilig. Immerhin gab es keine Hakenkreuze. Er überflog alles und unterschrieb dann. Der Junge nahm das Formular an sich, machte es mit einem großen, breiten Stempel reichswirksam und setzte seinen Otto neben Olafs Unterschrift.

„Sind wir dann fertig?", fragte Olaf.

„Fast. Ich bekomme noch die Bearbeitungsgebühr von 23,50 Heilmar Gulden für das temporäre Visum und 68,50 Heilmar Gulden für den Reichspersonenausweis, der dann befristet für drei Jahre gilt. Alles in allem dann also 92 Heilmar Gulden."

„Heilmar was?" Olaf wusste nicht, was ihn mehr aus der Fassung brachte. Die Tatsache, dass er für seinen Besuch beim König Geld bezahlen sollte, die Fantasie-Währung oder den Eintrittspreis ins Reich des Königs Heilmar.

„Heilmar Gulden", presste der Junge unwillig zwischen den Zähnen hervor, der so viele Fragen eines Untertanen offensichtlich nicht gewohnt war.

„Hab ich nicht. Natürlich nicht."

„Ich kann nur Heilmar Gulden akzeptieren, aber Sie können bei mir wechseln."

„Dachte ich mir schon."

Der Junge holte einen Taschenrechner aus der Schublade, öffnete eine Kasse und wartete.

„Wie viele Heilmar Gulden bekomme ich für 50 Euro?“, fragte Olaf.

„Der Wechselkurs steht bei 1:4,75, das heißt, für 50 Euro erhalten Sie 237,50 Heilmar Gulden, allerdings muss ich für das Geldwechseln noch mal zehn Prozent Courtage nehmen. Das wären dann 213,75 Heilmar Gulden.“

„Na klar“, sagte Olaf noch einmal, zog einen Fünfziger aus seiner Geldbörse und schob ihn über den Tisch.

Der Junge zählte das Geld ab. „Ich habe mir erlaubt, die 92 Heilmar Gulden für die Dokumente auch schon abzuziehen.“

„Kein Problem“, antwortete Olaf und vermied jeden weiteren Kommentar. Er wollte nur noch raus hier.

Er betrachtete die Geldscheine, die der Junge sorgsam vor ihm abgezählt hatte. Sie sahen aus wie Spielgeld. Allerdings prangte in der Mitte das Konterfei des Königs. Das Kleingeld war anscheinend in mühevoller Handarbeit selbst hergestellt worden. Unregelmäßig abgefeilt und unterschiedlich dick, erinnerte es an römische Münzen, wie er sie aus alten Geschichtsbüchern kannte. Nur dass auf diesen hier tatsächlich „Königreich Freies Neu-Deutschland“ eingraviert war. Ohne Rechtschreibfehler, immerhin.

Völlig verrückt, das Ganze.

„Gut, dann wären wir also fürs Erste fertig“, sagte der Junge, stand auf und reichte Olaf die Hand. „Dann haben Sie nun eine Ausnahmegenehmigung für das Aufenthaltsrecht, bis Ihr Ausweis fertig ist. Den können Sie in ein paar Tagen abholen.“

„In ein paar Tagen.“

„Sofern nichts gegen Ihre weitere Einreise spricht.“

Olaf schaute den Sohn des Königs neugierig an. Was sollte das denn bedeuten? Eine Drohung? Wenn jemand in seinem Privatleben herumschnüffelte, konnte das böse enden. Es gab Dinge, die niemanden etwas angingen. Er dachte an seinen Hobbykeller. Der Junge machte für den Ausweis noch ein Foto von Olaf, dann verließen sie das Büro. Er wurde in einen Salon geführt, in dem die restlichen Sithonen schon auf ihn warteten. Als er eintrat, blickte er in fragende Gesichter.

„Ich schätze, ich habe den Einwanderungstest bestanden", sagte er und machte mit einer Faust eine halbherzige Jubelgeste. Bruno grinste und die Kameraden lachten. Mitten in ihre Begrüßung platzte dann ein lauter Sirenenton. Als sie sich erschrocken umdrehten, stand der Junge vor ihnen, hatte eine Tröte in der Hand und versuchte sich an einer Fanfare. Die Töne waren so schief, dass Olaf fast Mitleid mit dem Jungen bekam. Nach ein paar Sekunden war der Spuk wieder vorbei.

„Seine Majestät, König Heilmar der I. von Gottes Gnaden König und Herrscher über das Königreich Freies Neu-Deutschland, Großherzog des Freistaats Jung-Sachsonia, Markgraf zu Brandenburg-Teutonia, Fürst gemäß der Chiemgauer Bulle Alman-Lothurgau und Regierungsoberhaupt über die kommissarische Reichsregierung Die-Dritte-Front gibt sich die Ehre."

Olaf hatte nun tatsächlich Mühe, ernst zu bleiben, und aus dem Augenwinkel konnte er sehen, dass er damit nicht allein war. Sandalen-Ernie biss sich auf die Unterlippe, nahm die Sonnenbrille ab und steckte sie sich ins gegelte Haar.

Dann trat der König mit großem Pomp vor seine Untergebenen. Olaf kam der Gedanke, dass das Porträt aus dem Büro schon einige Jahre auf dem Buckel haben musste. Denn dieser König hier war deutlich älter, dünner und weniger majestätisch als sein gepinseltes Alter Ego aus dem Büro. Immerhin trug er, was Olaf kaum glauben konnte, eine Krone auf dem Kopf und das mit einer geschäftsmäßigen Ernsthaftigkeit, wie sie nur ein echter Monarch beherrschte. Bei genauem Hinsehen bröckelte allerdings die Fassade. Gold und Edelsteine der Krone sahen matt und angelaufen aus. Der rote Samtumhang, den seine Heiligkeit trotz der gefühlten dreißig Grad um die Schultern gelegt hatte, wirkte fleckig und abgenutzt. Olaf wusste nicht, welche Schuhe für einen König standesgemäß wären, sicherlich aber keine goldenen Puschel-Badelatschen, die Olaf an den legendären Playboy-Mogul Hugh Hefner erinnerten.

Der König blieb einige Schritte vor ihnen stehen und wartete offensichtlich darauf, dass man ihm die Huld erwies, die er verdient hatte. Bruno machte schließlich den Anfang, ging auf ihn zu und war schon im Begriff, sich vor ihm hinzuknien, da quakte Heilmar schon los.

„Aber Bruno. Die Zeiten ändern sich. Heutzutage ist doch ein Knicks nicht mehr notwendig. Ein aufrichtiges ‚Eure Majestät‘ reicht vollkommen aus."

Bruno wirkte sichtlich erleichtert, lächelte kurz und begrüßte den König standesgemäß mit „Eure Majestät", dabei senkte er für einen kurzen Augenblick demütig den Kopf. Die anderen, auch Olaf, machten es ihm nach.

„Schön, dass ihr da seid, liebe Untertanen." Der König klatschte in die Hände. „Es gibt viel zu tun."

„Was sollen wir für Euch abholen, Majestät?", fragte Bruno.

„Ein paar Dinge, die ich für alte Freunde aufbewahre. Die müssten außer Landes gebracht werden, da ich momentan davon ausgehe, dass das Personal der sogenannten Bundesregierung, die, und das möchte ich noch mal ausdrücklich betonen, hier keine hoheitlichen Befugnisse hat, in Kürze plant, unrechtmäßig in mein Königreich einzudringen, um es zu durchsuchen." Nach einer Kunstpause fügte er mit ehrlicher Empörung hinzu: „Das wäre Plünderung, was nach dem geltenden Völkerrecht verboten wäre. Nach der Haager Landkriegsordnung könnte ich als König dann die Todesstrafe verhängen."

„Müssen wir davon ausgehen, dass die Durchsuchung in Kürze stattfindet? Wir haben draußen Polizei gesehen."

Der König schüttelte so heftig den Kopf, dass die Krone etwas verrutschte.

„Ich glaube nicht. Solange ihr hier seid, traut sich diese sogenannte Polizei nicht herein. Sie haben sicherlich Angst, dass die Durchsuchung in Anwesenheit der Sithonen eskalieren könnte."

Bruno nickte zufrieden. Gerrys Gesichtsausdruck sagte etwas anderes. Er war sich nicht so sicher, was die Strategie der Polizei anging. Und er war immerhin mal einer von ihnen gewesen.

Olaf hatte keine Lust auf Scherereien mit der Staatsgewalt, daher war er froh, dass der König aufs Tempo drückte und die Initiative ergriff. „Karl …", dabei deutete er in Richtung seines Thronfolgers, „… holt die Schaufeln und zeigt euch, wo ihr graben müsst."

„Graben?", platzte es nun aus Sandalen-Ernie heraus, was ihm einen tadelnden Blick von Bruno einbrachte.

„Ja, bitte folgen Sie mir in den hinteren Teil des Gartens", erklärte der Königssohn und verschwand durch eine offene Glastür nach draußen.

Ein warnender Blick von Bruno genügte und Ernie, Hase und Gerry trotteten mit hängenden Schultern hinterher. Die Vorfreude, bei der Hitze des Tages in der Erde herumzuwühlen, hielt sich in Grenzen.

Bruno bedeutete Olaf, einen Moment zu warten.

„Olaf ist einer unserer vielversprechenden Neuzugänge", sagte er an den König gewandt.

„Ja, es ist schwer, gutes Personal zu finden", sagte der König und schaute betrübt.

„Karl, zum Beispiel. Ich meine, er ist ein guter Junge, aber manchmal schwer von Begriff. Mit ihm stimmt einfach etwas nicht. Es ist oft nicht leicht, ihn zu unterrichten. Er ist manchmal ..." Er machte eine kurze Pause und atmete schwer. Olaf nahm eine leichte Alkoholfahne im Atem des Königs wahr. Ansonsten wunderte er sich über gar nichts mehr. Der Junge sollte es sein, mit dem etwas nicht stimmte? Nicht König Heilmar, Großfürst von irgendwas, Graf Dingensbummens? Ein kurzer Blick in Brunos Gesicht reichte Olaf, um zu erkennen, dass er ähnlich dachte.

Der König musste unvermittelt aufstoßen, dann war er wieder bei seinem Lieblingsthema: „Seine Mutter war schon etwas sonderbar. Typisch. Ich hätte mich nie auf eine Rothaarige einlassen sollen. Aber so sind sie eben." Über sein Gesicht huschte ein bitterer Gesichtsausdruck.

„Die Frauen?", fragte Bruno nur, um irgendetwas zu sagen.

„Die Rothaarigen", antwortete der König.

„Irgendwann war sie einfach weg. Nicht standhaft genug für das Königreich."

Dann schüttelte er die lästige Erinnerung ab und wandte sich an Olaf: „Wie gefällt es dir hier?"

Olafs und Brunos Blicke trafen sich, dann antwortete er: „Es ist beeindruckend."

Die Augen des Königs glänzten. „Nicht wahr? Und bald ...", er breitete seine Arme aus, „... wird das ganze Königreich noch viel größer werden."

Wahnsinn, dachte Olaf, Heilmar ist wahnsinnig. Nur Bruno schien sich an den Ausführungen des Königs nicht zu stören, im Gegenteil. Auch seine Augen leuchteten kurz auf, bevor er seinen Rücken durchstreckte.

„Am besten, wir schließen uns jetzt den anderen an", bemühte sich der Chef der Sithonen um einen ehrenvollen Abgang und schob Olaf in Richtung Garten. König Heilmar rührte sich noch immer nicht. Anscheinend verweilte er immer noch in seiner eigenen Fantasiewelt.

„Was meint er denn damit, dass das Königreich demnächst größer wird?", fragte Olaf irritiert.

„Wer weiß schon, was er meint, vielleicht will er sich noch ein Haus in der Nachbarschaft kaufen", sagte Bruno augenzwinkernd und drückte ihn dann unsanft durch die Tür nach draußen.

Gerry, Hase und Sandalen-Ernie hatten schon angefangen, ein Loch zu schaufeln. Der Schweiß auf ihren Gesichtern bestätigte, was Olaf schon geahnt hatte, dass das hier wirklich nach harter Arbeit aussah. Sandalen-Ernie hatte sich schon sein Hemd ausgezogen und präsentierte allen sein großes, etwas verblichenes Kleeblatt-Tattoo auf seiner sonnengegerbten Schulter.

Darunter ein A, ein B und die Zahl 666. Die Zahl des Teufels, wie Olaf noch aus einem alten Horrorfilm wusste. AB sagte ihm nichts. Irgendeine Abkürzung, die für die Sithonen von Bedeutung war. Er würde Gerry später danach fragen.

Karl, der die ganze Plackerei beaufsichtigte, hatte noch zwei Schaufeln aufgetrieben und hielt sie ihnen wortlos hin. Olaf zögerte einen Moment, dann dachte er an Brunos Worte, die er in Gegenwart des Königs gesagt hatte. „Vielversprechender Neuzugang", so hatte er ihn genannt. Obwohl er es nicht wollte, erfüllte ihn diese Bemerkung mit Stolz. Er nahm die Schaufel in die Hand und begann zu graben.

Nach einer guten Stunde waren sie fertig – mit dem Graben und ihrer Kondition. Der Boden war nach der wochenlangen Trockenheit knochenhart gewesen. Trotzdem hatten sie zwei mittelgroße Kisten aus dem Erdreich geholt. Sie waren vernagelt und keiner der Sithonen machte Anstalten zu fragen, was sich darin befand. Olaf war zwar neugierig, aber er war es ja gewohnt, dass ein guter Kamerad nicht alles wissen, sondern Befehle befolgen musste. Ganz so, wie damals im Einsatz. So langsam fand er wieder Gefallen an dieser Struktur.

„Nun müssen wir die Kisten nur noch in die Karre verfrachten und an einen sicheren Ort bringen." Bruno keuchte, nachdem er die Schaufel in die Ecke geschmissen und sich eine Zigarette angesteckt hatte.

Karl bot ihnen aber zunächst etwas zu trinken an. „Selbst gebrautes Bier. Die Hausmarke des Königreichs", sagte er und verteilte die Flaschen, die angenehm gekühlt waren.

„Aber wie schaffen wir die Kisten ins Auto, ohne dass es die Bullen mitkriegen?“, fragte Ernie, während er das Bier mit seinem Feuerzeug öffnete und daran roch.

Olaf betrachtete das Etikett, das auf die dunkelbraune Flasche aufgedruckt war: „Heilmars Kellerbier“ – natürlich mit dem Konterfei des Königs. Da er aber schon vor Stunden aufgehört hatte, sich über irgendetwas in dem Königreich zu wundern, nahm er einen Schluck. Überraschend lecker. Würzig, herb und erfrischend. Der Alkoholgehalt schien etwas stärker als normal zu sein, denn Olaf spürte fast sofort ein angenehm warmes Gefühl im Bauch. Gerry schien es ähnlich zu gehen, nach dem ersten Schluck schaute er anerkennend zu dem Jungen, prostete ihm zu und setzte noch mal an, um die Flasche in einem Zug zu leeren.

Olaf beobachtete, wie Gerry mit der leeren Flasche eine weitere Flasche öffnete und der Bierdeckel im hohen Bogen durch die Luft flog und vor Karls Füßen landete. Der Prinz verzog das Gesicht zu einer Grimasse und brabbelte etwas vor sich hin, während er den Deckel vom Boden aufhob.

Bei dem Anblick des Jungen kam Olaf eine Idee.

„Wegen der Polizei ... ich meine der Bullen ... Ich glaube, so könnte es funktionieren“, platzte es aus ihm heraus und er konnte sich ein Grinsen nicht verkneifen.

28

Ohne die anderen Gäste eines Blickes zu würdigen, schlängelte sich Nesra zwischen den Tischen, die im Schatten der Terrasse arrangiert waren, in Richtung Eingang. Über der Glastür, die in einen Metallrahmen eingelassen und mit getönter Folie verkleidet war, stand dick und breit in goldenen Lettern „Diamond Salon Marrakesch" geschrieben.

Nesra hatte nicht viel für Shishabars übrig, die sich in den letzten Jahren in Stuttgart ausgebreitet hatten und die oft als Tarnung für Geldwäsche und Drogenverkäufe dienten. Als sie eintrat, schwebte ihr eine feucht-dämpfige, süßliche Wolke entgegen.

Immerhin sorgte die Klimaanlage dafür, dass der Innenraum der Bar angenehm kühl war. Sofort starrten sie zwei Dutzend Augenpaare an. Die Gäste, meist Männer, steckten in Nesras Vorstellung in einer Schublade, für die sie kein Verständnis, sondern nur Verachtung übrig hatte.

Sie trafen sich in diesen Shishabars, um gemeinsam an einem Schlauch einer Wasserpfeife zu ziehen. Dabei unterhielten sie sich über dicke Karren, den neuesten Bushido-Rap und große Frauenhintern. Sie selbst waren fast alle etwas aus der Form, tranken Apfeltee aus Puppentassen, schwelgten in antiquierten

osmanischen Patriarchatsgedanken und machten auf
dicke Hose. In ihrer Art zu denken, waren sie nicht nur
homophob, sondern auch rückwärtsgewandt. Zu gerne
hätte Nesra diese Männer-Läden durch eine Razzia auf-
gemischt. Nur war das leider nicht Aufgabe des Zolls,
sondern der Polizei. Und jetzt war sie wegen etwas anderem hier. Etwas viel Wichtigerem.

Irritierenderweise hatte Drago diesen Ort ausgewählt, um sich hier mit ihr zu treffen. Ihr Blick taxierte
die Anwesenden, die sich zumeist nach einem kurzen
Moment wieder um ihre eigenen Dinge kümmerten.
Als sie Dragos imposante Erscheinung nirgends entdeckte, steuerte sie die Theke im hinteren Bereich an.
Auch hier keine Spur von ihm.

„Was willst du trinken? Oder rauchen?“, wurde Nesra
von der Kellnerin hinter der Bar gefragt. Die junge
Frau, deren Haut selbst im Halbdunkel aussah, als
würde sie die Nächte auf einer eingeschalteten Solari-
umbank verbringen, wusch gerade eine Wasserpfeife
aus.

Nesra wollte gerade nach Drago fragen, da entdeckte
sie Vicky in der Ecke an einem Tisch. Das konnte kein
Zufall sein. Einmal mehr imponierte ihr die äußere Erscheinung ihrer alten Freundin. Ein feiner, dunkler Hosenanzug und hochhackige, spitz zulaufende Sandalen.
Das alles passte zu ihr, als ob sie nie etwas anderes getragen hätte. Kein Vergleich mehr zur Vicky in Hoody,
Leggings und Doc-Martens-Stiefeln. Aber nicht nur ihr
Äußeres hatte sich geändert. So wie sie am Tisch saß,
erinnerte sie Nesra an eine Managerin aus dem Marke-
ting eines erfolgreichen Unternehmens. Den Rücken
durchgestreckt und ein aufgestelltes iPad mit Tastatur

vor sich, in irgendeine Mail vertieft, die sie fließend mit dem Zehnfingersystem beantwortete.

Nesra trat an ihren Tisch.

„Welch eine Überraschung", sagte sie anstelle einer Begrüßung.

„Hallo", sagte Vicky, klappte das iPad und die Tastatur zusammen und trank einen Schluck von ihrer Limo.

„Ich nehme an, dass Drago nicht kommt."

„Er ist leider verhindert, da musst du mit mir vorliebnehmen. Setz dich doch." Dabei deutete Vicky auf den Stuhl ihr gegenüber.

Nesra setzte sich. Ihre Enttäuschung schien ihr ins Gesicht geschrieben zu sein, denn Vicky erklärte selbstbewusst: „Keine Sorge, ich kann dir bestimmt auch weiterhelfen. Möchtest du etwas trinken? Ein Wasser oder einen Espresso?"

„Nein, danke."

„So eilig dein Problem? Also gut, worum geht es?"

Nach kurzem Zögern sagte Nesra: „Ich brauche Informationen über einen Richter am Landgericht. Er heißt Wallner. Gerhard Wallner."

„Wallner mit Doppel-L?", fragte Vicky, als würde sie ein Diktat aufnehmen.

„Ja, ich muss alles wissen, was Drago über ihn weiß. Auch, ob er schon mit ihm zu tun hatte."

„Verstehe", antwortete Vicky und tippte sich mit dem Zeigefinger ans Kinn, so als würde sie nachdenken.

„Und ich will wissen, was Drago über die Sithonen weiß. Über den Verein und die wichtigsten Mitglieder. Und in welcher Beziehung Wallner mit ihnen steht."

„Sithonen“, wiederholte Vicky gleichmütig, nickte aber konzentriert. „Ich nehme an, du brauchst die Infos so schnell wie möglich.“

Nesra zuckte mit den Achseln, so als wollte sie sich entschuldigen.

„Hm, das sollte kein Problem sein, ich melde mich dann bei dir“, sagte Vicky.

„Ja, so schnell wie möglich.“

Vicky legte ihr Smartphone zur Seite und sah Nesra mit ernstem Blick an. „Ich habe noch eine Nachricht für dich.“

Nesra legte die Stirn in Falten: „Von Drago?“

„Nein. Ich nehme an, ‚Scepter‘ ist dir ein Begriff?“

„Scepter?“

„Scepter, der Hacker.“

„Ah ja, okay. Ich weiß, wen du meinst.“

Scepter war ein IT-Spezialist, der in engem Kontakt zur weltweit dezentral organisierten Anonymous-Gruppe stand. Anonymous hatte den Behörden mehr als einmal wertvolle Informationen über Aktivitäten von Kinderporno-Ringen zugespielt. Sie hielten losen Kontakt zur Zollfahndung, zum LKA und zu anderen Polizeibehörden, allerdings immer nur temporär und nur zu ihren eigenen Bedingungen.

Nesra fragte sich, was Scepter mit Drago zu tun hatte. Die Frage schien ihr ins Gesicht geschrieben zu stehen, denn Vicky erklärte: „Auch Scepter hat manchmal Probleme, die sich nur in der wirklichen Welt lösen lassen. Und das ist dann der Punkt, an dem Drago ins Spiel kommt.“

Nesra wollte gar nicht wissen, welcher Art Scepters Probleme sein könnten. Beeindruckt war sie trotzdem.

„Scepter hat sich gestern mit Drago in Verbindung gesetzt. Anscheinend möchte er mit jemandem von der Zollbehörde sprechen."

„Okay", sagte Nesra verdutzt und hatte keine Ahnung, was er von ihr wollen könnte.

„Im Augenblick habe ich eigentlich keine Zeit. Sag ihm, wenn es …"

„Es geht um Fränkie Leschmitz."

Nesra dachte, sie hätte sich verhört. „Das ist ein Scherz, oder?"

Vicky warf ihr einen Blick zu, als wäre die Antwort offensichtlich.

Dann schrieb sie etwas auf einen Zettel.

„Hier, ganz altmodisch. Die Adresse, an der du ihn treffen sollst."

Nesra blickte auf den Zettel: „Hier in Stuttgart? Scepter ist hier in Stuttgart?"

„Scheinbar ist heute dein Glückstag."

„Hm. Okay", sagte Nesra unsicher, denn eigentlich war gar nichts okay.

Was hatte Scepter mit Frank Leschmitz zu tun?

„Du solltest den jungen Mann nicht lange warten lassen, ich denke, er will gleich mit dir reden. Und ich muss auch wieder los, mein zweiter Termin ist da", sagte Vicky, verabschiedete sich mit einem knappen Nicken, stand auf, packte ihr iPad in eine dunkelbraune Aktentasche und begrüßte mit einem strahlenden Lächeln zwei Männer, die soeben die Bar betreten hatten. Die beiden sahen aus wie Türsteher, die sich zum ersten Mal in einen Anzug gezwängt hatten. Mit breiten Schultern, grimmigem Blick und dunklen, nach hinten gegelten Haaren. Zwei wandelnde Klischees auf vier Beinen.

Nesra sah noch, wie Vicky die beiden Bodybuilder hinter die Bar und dann durch eine Tür nach hinten führte, dann erinnerte sie sich an den Zettel und machte sich auf den Weg.

***

14 Uhr

Nesra verließ die Shishabar und machte sich mit schnellen Schritten auf den Weg zum vereinbarten Treffpunkt. Sie kannte den Ort natürlich. Es war die alte Bahnhofshalle des Hauptbahnhofs, nur ein paar Minuten von der Bar entfernt. Einer der Vorteile einer Provinzhauptstadt wie Stuttgart. Irgendwie ist alles in Minuten zu Fuß oder mit der U-Bahn zu erreichen.

Sie wusste immer noch nicht, was jemand wie Scepter von ihr wollte, aber ihre Neugier war geweckt. Und sie hatte natürlich einige Fragen. Zum Beispiel, wer sich hinter dem Pseudonym Scepter verbarg, was er mit Fränkie zu tun hatte und woher er wusste, dass sie und Drago alte Bekannte waren.

Sie lief durch die teuren Einkaufsstraßen Stuttgarts, vorbei an den Schaufenstern, die mit Produkten gepflastert waren, deren Hersteller klingende Namen hatten: Louis Vuitton, Burberry, Montblanc und wie sie alle hießen. Anschließend passierte sie einen ihrer Lieblingsplätze, den Schillerplatz. Sie warf einen kurzen Blick auf die bronzene Schiller-Statue und hatte plötzlich das Gefühl, beobachtet zu werden. Ein junges Pärchen stand etwas abseits des Platzes unter einem

Torbogen. Die Frau hatte ihr Handy gezückt und hielt es in Nesras Richtung. Nesra legte einen Zahn zu und verließ den Schillerplatz in Richtung Königsstraße. Dort angekommen, drehte sie sich noch einmal um, konnte aber nichts Auffälliges entdecken. Nur gestresste Passanten auf Shopping-Tour, die Einkaufstüten schleppten oder auf ihre Handys starrten.

Ich sehe schon Gespenster, sagte sie sich und versuchte, klar zu denken.

Einige Minuten später war sie am unteren Teil der größten Einkaufsstraße Stuttgarts angelangt und wechselte noch einmal die Straßenseite. Sicher ist sicher! Jeden Moment würde sie den Hauptbahnhof erreichen und hätte damit hoffentlich Klarheit darüber, was Scepter mit ihr besprechen wollte. Dann erinnerte sie sich an die Theorie, dass hinter Scepter nicht eine einzelne Person, sondern in Wirklichkeit eine ganze Hacker-Gruppe stünde. Zumindest das würde sie gleich herausfinden.

Wenig später stand sie inmitten der Bahnhofshalle des Hauptbahnhofs, der noch immer einer Großbaustelle glich und Nesra mit seinen ruinenartigen Wänden umschloss. Bunte Graffitis schmückten seit Ewigkeiten die Mauern, von denen man seit Jahren durch den außen entlangführenden Tunnel zu den Bahnsteigen gelangte.

Zwischen den Graffitis bemerkte Nesra einige der Protestplakate, die sie auch schon vor dem Linden-museum gesehen hatte. Auf allen Plakaten war dieses spezielle Symbol abgebildet. Das Haus mit den an der Dachspitze sich überkreuzenden Linien, zu einer Karoform verbunden. Darüber der Slogan „Mit voller Kraft

– Die Wende – Hoffnung Heimat". Nesra verstand die Botschaft nicht wirklich, außerdem fand sie das Plakat unnötig pathetisch.

Mittlerweile stand sie schon einige Minuten mitten in der Halle und drehte sich ein weiteres Mal um sich selbst. Wo, verdammt, steckte Scepter? Und wie sollte sie ihn erkennen?

Ein Mann mittleren Alters und mit fliehender Stirn kam auf sie zu und lächelte. Als er nur noch zwei Schritte vor ihr war, lächelte sie zurück und wollte schon was sagen, da machte er einen Schritt zur Seite und umarmte eine junge Frau, die wahrscheinlich seine Tochter war.

Dann eben nicht, Scepter, ärgerte sich Nesra mit wachsender Ratlosigkeit, drehte sich wieder in die andere Richtung und suchte weiter nach einem Gesicht in der Menge, das sie nicht kannte.

Das Vibrieren in ihrer Hose ließ sie innehalten. Vermutlich Marc oder Cordes, doch stattdessen war es eine unbekannte Nummer mit einer knappen Textnachricht:

Ostausgang – Taxi Nummer 34.

Nesra wunderte sich kurz, dann lächelte sie. Die Tatsache, dass ein deutschlandweit bekannter Hacker die Nummer ihres Diensthandys besaß, sollte nicht überraschend sein, oder? Sie steckte ihr Smartphone ein und entschied sich, das Spielchen mitzuspielen, obwohl sie mit Szenen aus alten Agentenfilmen nicht viel anfangen konnte.

Sie nahm den Ostausgang, an dem wundersamerweise schon ein Taxi mit der Nummer 34 wartete. Der Fahrer, leichtes Übergewicht, verwuschelte Haare und Dreitagebart, ließ sie wortlos einsteigen, startete den Taxameter und fuhr sofort los.

Nach einigen Minuten Fahrt, die sie aus der Stadt herausgeführt hatte, hielt das Taxi plötzlich an. Nesra, die gerade eingegangene Nachrichten auf ihrem Smartphone durchgegangen war, schaute verdutzt nach draußen. Sie befanden sich in einem der nobleren Vororte Stuttgarts: Sonnenberg.

Das Taxi hielt vor einer weiß getünchten Villa. Nesra blickte den Taxifahrer fragend an, der blickte aber nur gelangweilt aus dem Auto, kaute auf seinem Zahnstocher und trommelte leise mit den Fingern auf sein Lenkrad.

Sie stieg aus, versicherte sich noch kurz, dass die Fahrt tatsächlich schon bezahlt war, und ging dann mit schnellen Schritten auf den Eingang des Hauses zu.

Der Garten der Villa begrüßte sie mit der Pracht eines englischen Parks. Die Bäume waren akkurat geschnitten, die Hecke dicht verwachsen und gut gepflegt und der Rasen frisch gemäht. An beiden Seiten zum Eingang des Gebäudes waren frische Rosen gesetzt worden.

Als sie die drei Stufen zum Eingang des Gebäudes in einer Bewegung nahm, fand sie sich vor einer Haustür wieder, die aus massivem Stahl gefertigt war und bei der es so schien, als ob keine Kosten und Mühen gescheut worden waren, um dieses Anwesen vor unerwünschten Eindringlingen zu schützen. Solche Türen waren in der Regel nicht nur durch eine Verriegelung aus Stahl, sondern auch durch einen komplexen Mehrfachverriegelungsmechanismus gesichert, der es selbst erfahreneren Einbrechern schier unmöglich machte, diese Tür gewaltsam zu öffnen. Rechts von der Tür erkannte Nesra ein Panel für Fingerabdruckscans und hinter dem harmlos aussehenden Türspion vermutete sie eine Kamera, die nicht nur als Retina-Scan, sondern auch als Infrarotsensor und Bewegungsmelder ihre Dienste tat.

Nesra wollte gerade auf den namenlosen Klingelknopf über dem Fingerabdruck-Panel drücken, da öffnete sich die Tür von selbst.

Nach kurzem Zögern trat sie ein. Durch die helle Diele erreichte sie eine Treppe im Erdgeschoss. Rechts daneben führte ein großer Gang in den hinteren Wohnbereich. Das Haus war schlicht, aber hochwertig eingerichtet. Und es wirkte nicht wirklich bewohnt. Auf dem kleinen Abstelltisch im Flur lagen Unterlagen einer Immobilienagentur. Neugierig blätterte Nesra darin herum. Das Haus hatte vor Kurzem noch zum Verkauf gestanden. Demnach hatte der Käufer einen hohen siebenstelligen Betrag auf den Tisch legen müssen.

Stirnrunzelnd betrat sie das große Wohnzimmer. „Hallo?“

Niemand antwortete.

Aus dem oberen Stock hörte Nesra Geräusche. Mit einem leichten Zögern nahm sie die geschwungene Treppe nach oben. Immer den Geräuschen nach. Es hörte sich so an, als liefe irgendwo ein Trickfilm. Der Ton kam aus einem der Schlafzimmer. Die Tür war halb geschlossen. Nesra konnte schon vom Flur aus erkennen, dass der Raum abgedunkelt war. Helle, kurze Blitze erhellten ihn in regelmäßigen Abständen.

Der Trickfilm war allerdings kein Trickfilm, sondern offensichtlich eine Szene aus einem Computerspiel. Und sie hörte jemanden sprechen.

Vorsichtig drückte Nesra die halb angelehnte Tür auf und schaute ins Zimmer.

Vor ihr eine Szene wie aus einem Science-Fiction-Film.

Ein blasser, dünner junger Mann, vielleicht Anfang zwanzig, saß an einem weit ausladenden, halbkreisförmigen Tisch. Was heißt saß – er lungerte in einem Drehsessel und hatte seine Füße auf den Tisch gelegt. Vor ihm flimmerten mehrere Monitore in unterschiedlichen Größen und tauchten den Raum in ein diffuses Licht. Auf den Bildschirmen waren die Außenkameras des Hauses, mehrere Diagrammcharts, die Nesra als Börsenkurse erkannte, und kryptische Codefragmente zu sehen. An zwei der Bildschirme spielte Scepter, da war sich Nesra sicher, ein Ballerspiel und war dabei so vertieft, dass er Nesra nicht beachtete. Soweit sie erkennen konnte, steuerte er eine Figur, halb Mensch, halb Pferd, durch einen Kampf mit anderen Helden und Monstern und schrie dabei hektisch in sein Headset: „Imion! Frostzauber! Das zieht den Biestern Pace ab, außerdem kommt meine Axt – Damage besser!"

Nesra verstand kein Wort. Die Pferdefigur schlug mit ihrer plötzlich blau leuchtenden Doppelaxt auf seine grünen, froschähnlich aussehenden Gegner ein.

Sie schaute sich das Schauspiel noch eine Weile an, dann räusperte sie sich. „Hey du, ich bin …"

„Warte kurz", fiel ihr Scepter ins Wort und spielte ungerührt weiter. Er hämmerte wie wild auf seiner bunt leuchtenden Tastatur herum.

„Hm", machte Nesra und verschränkte die Arme.

„Ich habe nicht ewig Zeit, junger Mann", sagte sie jetzt bestimmter, schaute ihm aber trotzdem fasziniert zu. Dieser halbstarke Gamer sollte tatsächlich Scepter sein? Der Gedanke kam ihr zunehmend absurder vor. Was sollte dieser Schmalhans über Fränkie wissen? Sie hatte weder Lust noch Zeit, Babysitter zu spielen. Noch eine Minute länger und sie würde dem Schauspiel ein Ende setzen und den Stecker ziehen. Wobei sie ehrlicherweise nicht wirklich wusste, welchen Stecker sie überhaupt ziehen musste.

Sogar unter dem Tisch surrten noch zahlreiche Computer, die alle in Betrieb waren. Ein Wirrwarr aus Kabeln verlief unter und über den Tisch und hielt die ganzen Geräte unter Spannung.

Überhaupt sah es in Scepters Arbeits- oder Wohnzimmer ziemlich unordentlich aus. In einer Ecke lag ein grauer Fatboy-Sitzsack, daneben alte Pizzakartons, leere Getränkedosen und Essensreste in Verpackungen.

Was für ein Saustall. Ganz anders als im Rest des Hauses.

In der Zwischenzeit hatte Scepter den Computer-Kampf für sich entschieden. Von seinen virtuellen Gegnern auf dem Bildschirm war nur noch grüne Grütze übrig.

„Great!", jubelte er und massierte sich die rechte Hand. „Das war ieez!"

Dann warf er einen Blick auf Nesra und sprach voller Ernst in sein Mikro:

„Leute, ich bin AFK.“ Nesra runzelte die Stirn und fühlte sich mit einem Mal unendlich alt. Sie konnte diesem Gamersprech überhaupt nicht folgen. Das war definitiv nicht mehr ihre Welt. Dann nahm Scepter das Headset ab, ließ seine Finger kurz über die Tastatur tanzen und das Computerspiel verschwand von den Bildschirmen.

Dann drehte er sich in seinem roten Bürostuhl, der an einen Pilotenschleudersitz erinnerte, zu Nesra um. Sein schwarzes T-Shirt mit dem Super-Mario-Aufdruck war ihm mindestens zwei Nummern zu groß, die Jogginghose schlabberte an seinen dünnen Beinen und die Füße steckten barfuß in trashigen Lidl-Adiletten.

Nesra probierte es erneut. „Hey, ich bin Nesra Bukhari.“

„Hey. Nice, dass du gekommen bist. Ich bin Scepter“, antwortete er und fuhr sich mit der Hand durch die blonden verstrubbelten Haare.

Nesra seufzte. Sie hatte es schon befürchtet, dass der international bekannte Hacker, eine Art lebende Legende, in Wirklichkeit ein blutjunger Nerd sein könnte, der kaum raus aus den Windeln war. Eigentlich hatte sie sich Scepter als nicht mehr ganz jungen Computerspezialisten vorgestellt, mit einhundert Kilo mehr auf den Rippen und mit einer kleinen panzerglasdicken Brille auf der Nase. Das hatte sie jetzt von ihren Vorurteilen. Und jetzt, als wollte er sein jugendliches Aussehen noch unterstreichen, nahm sich Scepter eine Müslischale vom Tisch, schaufelte ein paar Cornflakes in sie hinein und füllte die Schale mit dem Inhalt eines

Energydrinks auf. Dann rührte er in der weinroten Suppe herum und begann den Inhalt zu löffeln.

Nesra schaute ihn mit wachsender Verzweiflung an.

Als Scepter ihren Gesichtsausdruck bemerkte, fragte er irritiert: „Sorry, möchtest du auch was frühstücken?"

„Warum noch frühstücken?", fragte Nesra trocken, „es ist 15 Uhr durch." Ihr Blick wanderte zu den Cornflakes, die sich in dem sprudelnden Energydrink zu einer schleimigen grauen Masse aufgelöst hatten. Ihr wurde schlecht.

„Hör mal, Scepter", dabei sprach sie den Namen gedehnt aus, holte tief Luft und straffte sich, „Erwachsene haben jetzt keine Freizeit, sie müssen arbeiten. Wenn das hier ein Scherz sein soll, habe ich dafür keine Zeit." Nesra war schon im Begriff, den Raum zu verlassen.

„Wir müssen aber reden."

Nesra hielt kurz inne. Sie musterte ihn erneut, dann fragte sie: „Woher weiß ich, dass du wirklich *der* Scepter bist?"

Der junge Kerl überlegte kurz. „Hm, Moment."

Seine Hände flitzten wieder über die Tastatur: „Nesra Bukhari: Du arbeitest seit acht Jahren beim Zoll als verdeckte Ermittlerin. Hohe Erfolgsquote. Zuletzt hast du die Matyliok-Bande aus Frankfurt auffliegen lassen. Dank dir sitzt Jegor Ratkovin in Untersuchungshaft und wird die nächsten Jahre sicherlich keine Kätzchen mehr nach Weißrussland schmuggeln."

Nesra schaute Scepter misstrauisch an, als ihr Handy vibrierte. Cordes! Sie drückte ihn weg und steckte ihr Smartphone wieder in die Tasche.

„Das beweist nur, dass du meine Dienstakte und meine Fallakten gelesen hast", knurrte Nesra, „was natürlich völlig illegal ist. Und weiter."

„Ich kann dir auch gerne deinen Kontostand nennen. Oder den von deinem Kollegen Marc Voss. Oder was deine Chefin Dr. Kilberta abends im Netz so googelt."

„Okay, okay", sagte Nesra und hob die Hand. „Ich habe verstanden. Du bist also tatsächlich *der* Scepter."

„Safe, dann wäre das geklärt", entgegnete Scepter und lehnte sich entspannt in seinem Stuhl zurück.

„Darf ich dich was fragen?" Nesra war jetzt ziemlich ungeduldig.

„Jepp."

„Was hast du mit Drago zu tun?"

Scepters Gesicht verzog sich zu einem schiefen Grinsen. „Ich würde sagen, wir sind Geschäftspartner. Ab und zu braucht er jemanden wie mich und ich brauche ab und zu jemanden wie ihn."

„Jemanden, der dir so ein Haus hier besorgt, damit du in Ruhe deine Spiele spielen kannst?"

„Nein, das Haus kann ich mir schon selbst besorgen. Aber solange ich in Stuttgart bin, sorgt er für meine Sicherheit."

„Sicherheit? Ich sehe hier niemanden außer dir und mir."

„Wer sagt, dass ich allein in dem Haus bin?"

1:0 für den jungen Mann mit der Müslischale.

Wieder vibrierte ihr Handy. Wieder war es Cordes. Was wollte der bloß? Er musste sich noch ein wenig gedulden. Sie schickte seinen Anruf weiter auf die Mailbox.

„Was machst du überhaupt hier in Stuttgart?" Auch wenn Nesra ihre Heimatstadt liebte, so brachte sie eher Berlin, Frankfurt oder vielleicht noch Hamburg mit der Hackerszene in Verbindung. Und wie ein waschechter Schwabe hörte sich Scepter auch nicht an.

„Ich bin nur ein paar Tage in der Stadt", antwortete er und seine Stimme wurde ernst, konzentrierter: „Das hat auch damit zu tun, warum wir dringend miteinander reden müssen."

„Fränkie Leschmitz?", fragte Nesra.

„Fränkie Leschmitz. Ja, wir waren an einer Sache dran", sagte Scepter mit belegter Stimme, als wäre er mit dem älteren Kollegen schon seit Jahren befreundet.

„Woher kennst du Frank Leschmitz eigentlich?" Denn das war für Nesra das eigentliche Rätsel. Wie kommen ein junger Hacker und ein erfahrener Zollbeamter mit Computerallergie überhaupt zusammen?

Sie sah Scepter an, dass er nicht so cool war, wie er gerade tat, und sie spürte, dass da mehr war.

„Du hast das Päckchen an meinen Kollegen geschickt, oder?"

Scepter nickte.

„So war es abgemacht. Er hatte große Sorgen, dass ihm etwas passieren könnte, und damit seine Ermittlungen nicht umsonst waren, sollte ich sie dann an seinen Kollegen und Freund Marc Voss schicken. Ich habe das als Spinnerei abgetan. Ich dachte, er übertreibt."

Nesra blickte ihn wortlos an und wartete ab.

„Da habe ich mich dann wohl getäuscht. Ich wette, er ist genau deswegen gestorben." Scepter wirkte betrübt. „Und wegen dem, was ich für ihn rausbekommen habe."

Jetzt verstand Nesra nur Bahnhof.

Sie zog den Sitzsack an einer Palette Energydrinks und ein paar leeren Monitor- und Computerkartons vorbei zu ihm an den Tisch heran. Geräuschvoll ließ sie sich in den Sack plumpsen.

Aus der Nähe registrierte Nesra Scepters kläglichen Versuch, sich einen Bart stehen zu lassen. An der Oberlippe kultivierte er ein paar helle, einzelne Haare, deren Form er fein säuberlich ausrasiert hatte. Es gelang ihm nicht wirklich, denn er war bis auf die blonden Haare auf dem Kopf ziemlich blank.

„Was hast du denn herausgefunden?", fragte sie schließlich.

„Seit einigen Wochen gibt es an der Börse, vor allem im SDAX und MDAX, einige Auffälligkeiten. Wenn man weiß, auf was man achten muss."

Nesra blickte ihn fragend an.

„Es gibt vermehrt Aktienkäufe von Unternehmen, die im süddeutschen Raum ihren Standort haben. In Bayern und Baden-Württemberg. Es gibt zusätzlich eine Menge Leerverkäufe von Unternehmen, die ziemlich abhängig sind von Zulieferern oder Unternehmen, die aus dem süddeutschen Raum stammen."

„Aha, und das heißt?"

Scepter rief das digitale Abbild einer Landkarte von Deutschland auf einen der Bildschirme.

„Hier, sieh selbst, ich habe das mal visualisiert. Die roten Punkte sind Leerverkäufe. Das heißt, jemand wettet auf sinkende Kurse und das im großen Stil."

„Ich weiß, was Leerverkäufe sind", sagte Nesra schnell, bevor Scepter das weiter ausführen konnte.

„Die roten Linien zeigen regelmäßige Geschäftsbeziehungen zu anderen Unternehmen auf, zumindest soweit das bisher nachzuvollziehen ist."

Nesra verstand langsam. Die roten Linien führten aus ganz Deutschland von den jeweiligen Unternehmen, deren Aktienkurs laut den Leerverkaufswetten bald sinken würde, in den Süden Deutschlands. Nach Bayern und Baden-Württemberg.

„Und hier", fuhr Scepter fort, „die blauen Punkte sind Unternehmen, deren Aktien extrem nachgefragt werden. Es gibt von einigen Investoren massive Wetten auf diese Werte, dass die Kurse seit einigen Wochen deutlich ins Plus drehen."

Sämtliche blaue Punkte lagen wiederum in den beiden Bundesländern im Süden.

„Das heißt, eine Reihe von Investoren kauft vermehrt Aktien von Unternehmen, weil sie davon ausgehen, dass sie in Kürze steigen, und gleichzeitig wetten sie auf stark sinkende Kurse im Rest von Deutschland, vor allem bei den Unternehmen, die vom Süden Deutschlands abhängig sind?"

„Jepp. Allerdings ist es im Grunde eine Investorengruppe", sagte Scepter.

„Und die Börsenaufsicht hat das noch nicht bemerkt?"

Scepter zuckte mit den Schultern. „Grundsätzlich ist das nicht verboten. Sie haben schlicht keine Handhabe."

„Hm", machte Nesra und dachte darüber nach, ob dieses Puzzleteil zu ihrem Puzzle gehörte.

„Zwei Dinge sind ganz besonders interessant. Der erste Punkt betrifft das Datum, wann die Leerverkäufe realisiert werden sollen.“

„Nämlich?“

„Am 1. September. Null Uhr. Also übermorgen.“

„Gibt es dafür einen besonderen Grund?“, fragte Nesra, die verzweifelt nach dem Zusammenhang zu Fränkies Tod suchte.

„Nicht wirklich. Fränkie hatte da eine Idee, aber wir haben nicht darüber gesprochen. Leider.“

„Und was ist der zweite Punkt?“

„Die zweite Frage ist: Wer kauft da eigentlich?“

Nesra sah Scepter zweifelnd an. „Wie sollen wir das rausbekommen?“

„Haben wir schon. Ich und ein paar andere. Das Hackerkollektiv eben. Besorgte Netzbürger, so wie ich. Wir haben uns etwas umgeschaut und uns ein paar Konten bei ein paar Brokern genauer angeguckt“, sagte er nicht ohne Stolz.

„Besorgte Netzbürger? Angeguckt?“, sagte Nesra skeptisch.

Bevor Scepter etwas erwidern konnte, hob sie beschwichtigend die Hand. „Okay, verstehe schon.“ Nesra war bei dem Gedanken an weitere halbstarke Typen, für die Datenschutz nur eine Einladung war, das Internet als persönliche Spielwiese zu nutzen, nicht geheuer. Aber sie musste schließlich auch nicht alles wissen.

„Und, wer ist es? Wer kauft die Aktien?“

„Genau genommen ist es nicht eine einzelne Person, sondern ein Investmentfonds, der so massiv investiert. Die Fondsgesellschaft sitzt wie üblich auf den

Caymans. Sehr anonym, das Ganze. Allerdings konnten wir nachvollziehen, wer in den Fonds investiert. Und jetzt rate mal, welcher Unternehmer ganz vorne dabei ist."

Nesra musste nicht lange nachdenken. „Arian von Hasselberg", sagte sie leise.

„Headshot", triumphierte Scepter und hielt jubelnd eine Hand für ein High Five vor Nesras Nase.

Nesra ließ Scepters Hand in der Luft verhungern, sie war sich nicht sicher, ob sie sich über den Treffer freuen sollte.

„Natürlich nicht nur die von Hasselbergs. Es gibt auch andere Investoren, aber die Stiftung ist ganz vorne mit dabei", schob er erklärend hinterher.

Nesra blickte nachdenklich auf die Karte auf dem Bildschirm.

„Vielleicht geht es um Insiderhandel", dachte sie laut nach, „warum sonst sollten sie so massiv auf den Wirtschaftsstandort im Süden wetten."

„Möglich", antwortete Scepter, „aber es gibt noch eine andere Auffälligkeit." Sein jungenhaftes Gesicht strahlte wie ein Goldgräber, der auf ein riesiges Nugget gestoßen ist.

„Ja?", fragte Nesra neugierig.

„Das Fälligkeitsdatum der Leerverkäufe hat uns auf die Idee gebracht, nach anderen Auffälligkeiten zu schauen, die zu diesem Datum passen. Zum Beispiel Hotelbuchungen. Und siehe da: Auch hier gibt es Muster."

„Muster?"

„Spätestens an dem Tag, an dem die Leerverkäufe und Tausende Aktientrades getätigt werden sollen, gibt es in Süddeutschland so gut wie keine freien Betten in Hotels der gehobenen Kategorie. München, Stuttgart, Konstanz, Augsburg, egal wo man sucht: Nada. Wir haben das mit den Vorjahren verglichen, nach Messen und anderen Großveranstaltungen gesucht, aber keinen Anhaltspunkt gefunden. Dasselbe Muster ergibt sich bei Autovermietungen der Luxusklasse oder Erste-Klasse-Tickets bei der Bahn – bis zum 1. September ist eine ungewöhnlich große Zahl von Menschen nach Süddeutschland unterwegs."

„Und diese Menschen haben viel Geld?", fragte Nesra kopfschüttelnd.

„Sehr viel Geld. Auch viel altes Geld, wie Fränkie gesagt hat. Ich weiß aber nicht, was er damit gemeint hat."

„Er meint damit Leute wie Arian von Hasselberg. Leute mit einem ‚von' im Namen."

„Ach so. Klar, da hat er recht. Ich habe mich schon gewundert, wie viele von denen so komisch heißen."

Angestrengt blickte Nesra auf die Karte am Monitor. Irgendwas Großes braute sich da zusammen. Nur was?

„Ich habe mich in die Datenbank von ein paar Hotelanbietern gehackt und die Namen der Personen, die gebucht haben, mit anderen Aktivitäten im Netz abgeglichen. Nach Querverbindungen und Gemeinsamkeiten gesucht. Was haben sie gekauft, sich angeguckt, welche Websites haben sie besucht und so weiter."

„Und?"

„Viele Treffer auf Websites, die man als rechtsextrem bezeichnen könnte. Es gibt auch verstärkt Aktivitäten in rechtsextremen Chatgruppen, bei Threema, auch im Darknet. Dazu auffällig viele Suchanfragen zum

Thema ‚Selbstversorger‘, ‚Lebensmittelpakete‘ und ‚Selbstverteidigungswaffen‘. Und Stromgeneratoren sind in Baumärkten gerade der Renner. Und natürlich Klopapier. Wie damals während der Pandemie …“

Nesra schaute Scepter ungläubig an.

Der machte einfach weiter. „Es gibt zudem haufenweise Anspielungen auf Betriebsausflüge, Abenteuerurlaube und solche Formulierungen. Und immer wieder wird auf dieses spezielle Datum angespielt, ab dem man sich am besten in Süddeutschland aufhalten sollte.“

Der Umstand, dass Scepter und seine Hackerkollegen sich in diesen Szenen bewegen konnten, war tatsächlich ein Segen, dachte Nesra.

Dementsprechend war sie beeindruckt.

„Das heißt, die rechtsextremen Spinner ziehen alle in den Süden wie die Zugvögel?“

„Ja, nicht nur die Rechtsextremen, aber sehr viele davon. Sehr sus, das alles.“ Scepter angelte sich noch eine Energydose vom Tisch und öffnete sie zischend.

„Das sollte mal dein Kollege Marc Voss checken, der hat sicherlich Möglichkeiten, das zu überprüfen. Ich kann nicht alles für euch tun.“ Dabei lächelte er, als ob er den Witz der Woche gemacht hätte, und nahm einen großen Schluck aus der rotblauen Dose.

Sus, wiederholte Nesra in Gedanken. Sie verfluchte die sich ständig wechselnde Jugendsprache und erwiderte: „Was auch immer, ja, wir schauen uns das an.“

„Habt ihr schon etwas von dem Journalisten gehört?“

„Welchem Journalisten?“, fragte Nesra verdutzt.

„Fränkie stand mit einem Journalisten in Kontakt, der für eine Geschichte über so einen komischen

Kulturverein undercover recherchiert. Er wollte ihn in München treffen, soweit ich weiß, Dienstag oder Mittwoch letzte Woche, leider war er da ja schon nicht mehr am Leben."

„Letzte Woche in München?" Die Gala! Klar, das war es. Der Grund, warum Fränkie unbedingt in die bayerische Hauptstadt wollte.

Nesras Handy vibrierte ein drittes Mal. Sie warf einen Blick auf das Display. Zur Abwechslung war es nicht Cordes, sondern Kilberta.

Ein maues Gefühl im Magen meldete sich. Zweimal Cordes und jetzt Kilberta, das roch nach Ärger. Auf jeden Fall stimmte etwas nicht. Sie signalisierte Scepter, einen Augenblick still zu sein, und nahm den Anruf entgegen.

„Frau Bukhari?", hörte sie Kilbertas Stimme am anderen Ende der Leitung.

„Ja?"

„Wir haben ein Problem. Kommen Sie bitte sofort ins ZFA."

„Jetzt?"

„Sofort!"

Leicht beunruhigt überlegte Nesra, wie sie vorgehen sollte.

„Ist grad schlecht, ich komme später, ich wollte mich noch mit Marc Voss treffen."

„Darum geht es ja." Nesra bemerkte ein leichtes Zittern in Kilbertas Stimme. Ihre Anspannung wuchs.

„Bitte?"

„Herr Voss ist verschwunden."

„Wie? Verschwunden? Was meinen Sie damit?"

„Er wurde vor einer Stunde entführt."

„Was?" Ihre Stimme klang plötzlich seltsam fremd und leise, ihr Blick wanderte zu Scepter. „Das kann nicht sein, wir haben noch vor zwei Stunden miteinander gesprochen."

„Direkt danach muss er entführt worden sein. Gewaltsam. Vor den Augen von Kommissar Cordes."

Nesra blieb die Luft weg. Die Welt um sie herum schien stillzustehen. „Marc entführt? Und was hat Cordes gemacht? Ist er verletzt?"

„Cordes war zu weit weg, um einzugreifen. Sie sollten in jedem Fall sofort herkommen." Kilbertas Stimme war nun dünn wie Glas.

„Okay, ich verstehe." Mehr brachte Nesra nicht heraus.

„Wenn Sie nicht in dreißig Minuten hier sind, Frau Bukhari, können Sie sich als suspendiert betrachten." Kilbertas Stimme drang so laut durch den Lautsprecher, dass selbst Scepter zusammenzuckte.

Nesra nahm das Handy vom Ohr.

„Frau Bukhari." Kilbertas aufgeregte Stimme klang blechern aus dem Lautsprecher des Handys. Sie hatte noch gar nicht aufgelegt und nahm das Handy wieder ans Ohr.

Reiß dich zusammen – Nesra schaltete wieder in den Arbeitsmodus: „Ich bin gleich da", sagte sie knapp und beendete das Gespräch.

„Was ist?", fragte Scepter nur.

„Mein Kollege Marc Voss wurde entführt."

„Holy shit", entfuhr es Scepter.

„Du sagst es. Ich muss los. Und das da", dabei zeigte sie auf die Daten auf Scepters Bildschirmen, „ist jetzt wichtiger denn je."

„Du meinst, das hat mit der Entführung zu tun?“

Je länger sie darüber nachdachte, desto sicherer war sie. Es gab einen Zusammenhang. Die Entführung und vor allem der Zeitpunkt konnten kein Zufall sein.

Nesra nickte. „Ja, davon müssen wir ausgehen. Irgendwas braut sich da zusammen. Ich hoffe, du findest was, was uns hilft, ein paar Dinge zu verstehen. Ich brauche die Identität des Journalisten und muss mehr über die Spinner wissen, die plötzlich alle Urlaub im Süden Deutschlands machen wollen.“

„Doppelsafe“, sagte Scepter und wandte sich wieder seinem Computer zu.

Nesra wollte noch fragen, wie sie in Kontakt bleiben sollten, da fiel ihr ein, wie sie hergekommen war. Es würde für ihn kein Problem sein, sich bei ihr zu melden.

Vor der Tür wartete das Taxi, das sie schon hergebracht hatte. Als sie eingestiegen war, fuhr der Taxifahrer mit den verwuschelten Haaren kommentarlos los, scheinbar wusste er schon, wohin sie fahren wollte.

29

Nach 16 Uhr

Die kurzfristig einberufene Sonderkommission bestand aus einer gemeinsamen Ermittlungsgruppe der Zollfahndung und der Kripo Stuttgart. In aller Eile war die Freigabe der Staatsanwaltschaft für diese behördenübergreifende Form von Zusammenarbeit eingeholt worden, denn obwohl Entführung das Hoheitsgebiet der Kriminalpolizei war, konnte in diesem Fall davon ausgegangen werden, dass die Entführung eines Zollfahnders mit einem laufenden Ermittlungsfall des Zolls zu tun hatte. Hektor Cordes hatte als Zeuge schon eine Aussage gemacht und damit auch von ihren bisherigen Ermittlungen berichtet. Die Staatsanwaltschaft hielt es jetzt für nicht unwahrscheinlich, dass die vermeintlich verschwundenen Waffenlieferungen und Marc Voss' Entführung in direktem Zusammenhang standen. Und verschwundene Waffen aus dem Bundeswehrbestand über Landesgrenzen hinweg waren definitiv keine alleinige Sache der Kripo.

Das Meeting war kurzfristig ins Polizeipräsidium am Pragsattel im Norden der Stadt verlegt worden. Der Konferenzraum war bis auf den letzten Platz gefüllt. Die beiden Behörden hatten mehrere Ermittler für diese Soko abgestellt: Vonseiten der Zollfahndung waren Rico Schwarz, ein weiterer Kollege Danilo Schlitzer und Dr. Kilberta anwesend.

Neben Hektor Cordes, der Nesra gegenübersaß und einen ziemlich resignierten Eindruck machte, erkannte sie weitere Kollegen von der Kripo aus den Ressorts Kapitaldelikte, Staatsschutz und Organisierte Kriminalität. Cordes' Chefin, Gruppenleiterin Amari, saß in zweiter Reihe und starrte mit ernster Miene ins Leere.

Hauptkommissar Häfele, ein korpulenter Mann Ende Fünfzig mit luftig in die Höhe geföhnten Haaren und einem sackartigen, grauen Hemd, hatte die Gesamtleitung inne. Er stand am Kopf des Tisches vor einem Whiteboard und machte mit einem kaum hörbaren Räuspern auf sich aufmerksam. Das allgemeine Gemurmel im Raum verstummte augenblicklich.

„So, meine Damen und Herren, da wir jetzt endlich vollzählig sind, fangen wir an. Vor zweieinhalb Stunden, um genau zu sein um 13:43 Uhr, wurde Marc Voss, Zollfahnder bei der ZFA Stuttgart, vor den Augen von Hauptkommissar Cordes gewaltsam entführt."

Dann richtete er sich an Cordes: „Bitte schildern Sie in knappen Worten, was Sie beobachtet haben."

„Marc Voss, seine Kollegin Nesra Bukhari und ich haben uns gegen 11:30 Uhr in einem Café in der Johannesstraße getroffen. Wir haben uns zu den Ermittlungsergebnissen in der Mordsache Frank Leschmitz ausgetauscht. Nesra Bukhari ist dann etwas früher gegangen. Als Marc Voss und ich uns dann kurz darauf voneinander verabschiedet haben, wollte Voss gerade die Johannesstraße auf Höhe der Ludwigstraße überqueren, als direkt vor ihm mit quietschenden Reifen ein weinroter

Volvo Kombi anhielt. Zwei maskierte Männer sprangen aus dem Auto, haben Voss überwältigt und auf die Rückbank des Volvos verfrachtet."

Bei den nächsten Worten legte Cordes die Hände auf den Tisch und faltete sie langsam zusammen. Nesra konnte das Zittern trotzdem sehen.

„Ich war leider zu weit weg und konnte daher nicht einschreiten. Alles ging so schnell, ich konnte mir gerade noch das Nummernschild merken. Ansonsten war ich leider machtlos." Dabei blickte er entschuldigend in Nesras Richtung.

„Nach dem Volvo wird schon gefahndet, sämtliche Polizeibeamte in Stuttgart und Umgebung sind schon informiert. Die Nummernschilder sind leider gestohlen, das haben wir schon überprüft", fügte der Mann, der zu Cordes' Linken saß, bedauernd hinzu. Dann ergänzte er noch mit fester Stimme, die wohl Zuversicht vermitteln sollte: „Marc Voss' Ehefrau, Lucia Voss, wird gerade informiert, sie wird natürlich auch psychologisch betreut. Wir haben auch Personenschutz angeordnet. Die Kinder werden gerade vom Kindergarten abgeholt und eine Streife steht bei ihnen zu Hause vor der Tür." Er machte eine kurze Pause, dann blickte er Nesra direkt an.

„Wir haben natürlich auch eine Spezialeinheit vor Ort, falls die Entführer mit der Ehefrau Kontakt aufnehmen. Falls es um Lösegeld geht. Was allerdings eher unwahrscheinlich ist, oder was meinen Sie, Frau Bukhari?"

Jetzt ergriff wieder Hauptkommissar Häfele das Wort: „Warum wird Marc Voss, ein Zollbeamter, am helllichten Tag in der Stuttgarter Innenstadt entführt?

Wenige Tage, nachdem ein Kollege von ihm erschossen aufgefunden worden war. Frau Dr. Kilberta, ich glaube, es wird Zeit, dass Sie die Kollegen ins Bild setzen, was hier eigentlich läuft. Und wenn Sie es nicht können, dann sollte es zumindest Ihre Mitarbeiterin Frau Bukhari tun."

Dr. Kilberta sah Nesra mit einem undurchdringlichen Blick an, der alles besagen konnte. Nesra überlegte kurz, dann gab sie sich einen Ruck. „Sie haben recht, wir glauben auch nicht, dass es im Fall von Marc Voss eine Lösegeldforderung geben wird."

„Weil?"

„Weil Hektor Cordes und ich vermuten, dass die Entführung mit einem großen Ereignis in Verbindung steht, das in Kürze passieren wird. Ein Ereignis, das vermutlich ganz Deutschland erschüttern wird."

Mit einem Mal breitete sich Unruhe im Saal aus. Gelächter, ungläubiges Staunen, aber auch besorgte Zwischenrufe. Hauptkommissar Häfele hob die Hand und sofort kehrte gespannte Ruhe ein.

„Ich denke, Frau Bukhari, dass Sie uns ein paar Erklärungen schuldig sind."

Der strenge Unterton in Häfeles Stimme war nicht zu überhören. Sie wusste, dass sie jetzt einen kühlen Kopf behalten musste, wenn Marc überleben sollte.

„Als Frank Leschmitz vor einigen Wochen so plötzlich in den Urlaub verschwunden ist, haben Herr Voss und ich uns gefragt, ob da alles mit rechten Dingen zugegangen ist. Ein Urlaubsantrag per SMS, das passte einfach nicht zu Frank Leschmitz. Herr Voss und ich haben Frank Leschmitz auch sonst nicht erreicht. Er war also praktisch spurlos verschwunden, vollkommen abgetaucht. Das war der Ausgangspunkt, an dem wir uns gefragt haben, ob mehr hinter seinem Verschwinden stecken könnte. Also haben wir uns dafür interessiert, mit was er sich vor seinem Verschwinden im ZFA beschäftigt hat. Es gab nur einen Anhaltspunkt, und das waren dubiose Waffenlieferungen bei der Bundeswehr. Waffen, die über Monate ohne besonderen Grund quer durch Deutschland geschickt werden. Was merkwürdig war: Es gab von Frank Leschmitz dazu nur eine Andeutung gegenüber Marc Voss, aber keinerlei Notizen oder Aufzeichnungen. Sein Büro war so sauber wie noch nie. Absolut untypisch für Leschmitz. Da es offiziell keinen Grund gab, nach Leschmitz zu suchen, haben Herr Voss und ich das dann auf eigene Initiative gemacht. Allerdings ohne Erfolg." Nesra sah Cordes an, und der lächelte nur. Hoffentlich konnte sie sich auf ihn verlassen.

„Erst als die Leiche von Frank Leschmitz gefunden worden ist, haben wir das mit den Waffenlieferungen richtig ernst genommen. Vor allem, als wir nach seinem Tod eine Box erhalten haben, die Leschmitz' Recherchematerial enthielt. Jetzt gab es tatsächlich einen Anhaltspunkt, warum Leschmitz entführt und ermordet wurde."

„Welcher Anhaltspunkt?", hakte Häfele nach.

„Wie schon erwähnt, werden seit Monaten Waffen, Munition, Sprengstoff und andere Gerätschaften aus Bundeswehrbeständen von Dienststelle zu Dienststelle transportiert. Zum Beispiel über die Landesgrenze nach Frankreich und wieder zurück. So weit, so unspektakulär. Das Merkwürdige ist allerdings, dass diese Lieferungen ständig zirkulieren. Immer im Kreis. Zwischen denselben Dienststellen und laut Lieferscheinen und den Transportunterlagen handelt es sich immer um dieselben Mengen, also immer um die identischen Waren. Marc Voss nannte diese Lieferungen Karussell-Lieferungen.“

Häfele runzelte die Stirn: „Seit wann interessiert sich der Zoll für Managementprobleme im Beschaffungswesen der Bundeswehr? Was ist daran so besonders?“

Nesra zuckte mit den Schultern. „Weil sie ständig zirkulieren, werden sie nie geöffnet. Jedenfalls nicht offiziell. Solange das Gewicht stimmt, ist alles in Ordnung. Wir sprechen von Hunderten von Kisten. Marc Voss und ich haben uns die Frage gestellt: Was passiert da eigentlich wirklich? Ich habe mir also einige Kisten aus der Nähe angeschaut, sie geöffnet und siehe da: Die Waffen waren verschwunden. Sie standen auf den Lieferscheinen, in den Kisten waren aber nur Ziegelsteine. Die Waffen waren herausgeholt und so lange durch Steine ersetzt worden, bis das Gewicht bis aufs Gramm wieder identisch war. Dann wurden die Kisten zugenagelt und das Karussell hat sich weitergedreht. Da die Kisten nie an einem finalen Zielort ankommen, werden sie auch nicht geöffnet und damit auch nie kontrolliert. Stattdessen werden nur die Lieferscheine mit den Transportdokumenten abgeglichen. Ein perfektes System. In den Dienststellen des Bundes geht man davon aus, dass die Waren sowieso in Kürze wieder das Lager verlassen. Niemand macht sich die Mühe, die Kisten im Detail zu prüfen.“

„Wie kamen Sie denn an die Kisten ran?“, wollte Kilberta wissen.

„Für die Karussell-Lieferungen ist ein Logistikdienstleister aus Mannheim, die Optimum Logistics, zuständig. Ich habe mich in einem ihrer Lager umgesehen und ...“

„Warum haben Sie denn nicht ...?“, fuhr Kilberta dazwischen, doch sie wurde von Häfele unterbrochen: „Erzählen Sie weiter!“

Nesra nahm einen Schluck Wasser und fuhr fort: „Ich habe die Kisten der Optimum Logistics geöffnet und nur Steine vorgefunden.“

„Haben Sie Fotos gemacht?“

„Natürlich.“

„Wissen wir, wohin die Waffen verschwinden?“, fragte ein Ermittler aus den hinteren Reihen.

„Gute Frage“, sagte Nesra, „aber wir vermuten, dass sie noch in Mannheim sind. Zumindest waren sie es noch bis vor zwei Wochen. Es gibt ein zweites Lager und das wird bewacht wie ein Hochsicherheitstrakt.“

„Das würde bedeuten, dass die Waffen in Baden-Württemberg gestohlen werden“, sagte ein Vertreter des LKA.

„Was wissen wir über Optimum Logistics?“

„Die Geschäftsführerin heißt Cleopatra von Hasselberg.“

„Hasselberg?“, fragte Häfele verwundert.

„Ja. Die Tochter des Unternehmerehepaars Hasselberg.“ Nesra schaute neugierig in die Runde, weil sie wusste, was diese Information für die Ermittlungen bedeuten konnte. Die konsternierten Gesichter sprachen Bände. Nesra war klar, dass der bloße Umstand, dass die Hasselbergs in irgendeiner Weise damit zu tun haben könnten, die ganze Situation um ein Vielfaches verkomplizierte. Vermintes Gebiet.

Und sie wusste, dass es gleich noch viel komplizierter werden würde. Die Unruhe unter den Anwesenden war jetzt schon mit den Händen zu greifen.

Häfele versuchte, die Aufmerksamkeit wieder auf sich zu konzentrieren: „Ruhe, bitte. Kolleginnen und Kollegen. Lassen Sie uns bitte nicht vergessen, warum wir eigentlich hier sind. Die Entführung von Marc Voss." Er sah Nesra aufmunternd an. „Frau Bukhari, wie soll uns das helfen, die Entführer von Marc Voss zu finden?"

Nesra räusperte sich. „Im Rahmen der Ermittlungen sind wir auf eine Gruppe gestoßen, die sich Sithonen nennt. Offiziell eine Art Kulturverein, inoffiziell eine Gruppe von Leuten, die Kontakte zu Reichsbürgern und Querdenkern pflegen. In ihren Reihen gibt es einige ehemalige Polizisten, aber auch etliche ehemalige Bundeswehrsoldaten."

„Sithonen?" Häfele warf Hektor Cordes einen ungläubigen Blick zu.

Cordes räusperte sich. „Der Verfassungsschutz hat die Gruppe seit letztem Jahr auf der schwarzen Liste unter Beobachtung."

„Es existiert eine Art Geschäftsbeziehung zu den Hasselbergs. Genauer gesagt zu Arian von Hasselberg. Alte Seilschaften", ergänzte Nesra.

Häfele blickte wieder von Cordes zu Nesra und massierte sich mit Daumen und Zeigefinger den Nasenrücken. Seine ganze Körperhaltung verriet, dass ihm die Situation großes Kopfzerbrechen bereitete.

Nesra gab ihm einen Augenblick.

„Die Verbindung zur Reichsbürger-Szene ist im Augenblick unsere größte Spur. Dafür spricht auch, dass wir verstärkte Aktivitäten bei Axel Adamycz festgestellt haben.“

„Wer ist Axel Adamycz?“, kam eine Frage aus der Soko.

„Adamycz ist eine Art Galionsfigur der Reichsbürger. Auch bekannt unter König Heilmar. Er hat bereits ein eigenes Königreich ausgerufen.“

„Ha, das wird ja immer verrückter“, meldete sich ein etwas untersetzter Mann in den Sechzigern zu Wort. „Sicher, dass Sie sich das alles nicht nur irgendwie ausgedacht haben?“ Er saß auf der anderen Seite, Nesra gegenüber, in zweiter Reihe, mit verschränkten Armen und übereinandergeschlagenen Beinen. Seine dichten, grauen Haare und sein üppiger Schnauzbart erinnerten Nesra an einen gemütlichen Zauberer. Sein selbstgefälliges Verhalten machte sie wütend, aber sie bemühte sich darum, ruhig zu bleiben.

„Wir referieren hier nur das, was wir bisher wissen. Welche Schlüsse daraus gezogen werden, liegt an Ihnen“, antwortete Nesra gereizt. „Es gibt allerdings noch etwas, was Sie wissen sollten: Laut einem Informanten gibt es Hinweise darauf, dass die Entführung von Marc Voss nur Teil eines viel größeren Problems sein könnte.“

Der Zauberer mit dem grauen Haar drehte sich demonstrativ zur Seite und machte nicht den Anschein, als ob er sich weiter an der Diskussion beteiligen wollte.

Nach einigen Sekunden peinlichen Schweigens fragte Häfele: „Von welchem Informanten sprechen

Sie?“ Häfele begann, sich am Whiteboard Notizen zu machen, um etwas Struktur in das gerade Erfahrene zu bringen.

„Er nennt sich Scepter. Ich denke, jedem ist dieser Name ein Begriff?“

Ein Blick in die Runde und das Nicken der Kollegen bestätigte ihre Vermutung.

Cordes beugte sich über den Tisch: „Du stehst in Kontakt mit Scepter?“

„Ja, er war es, der Fränkies Aufzeichnungen an Marc geschickt hat. Fränkie und er haben zusammengearbeitet. Und er hat Dinge rausgefunden, die ich selbst noch nicht ganz verstehe, aber sie rücken die bisherigen Ermittlungsergebnisse womöglich in ein völlig neues Licht.“

„Was meinen Sie damit?“, hörte Nesra die Stimme Kilbertas neben sich.

„Scepter sind Transaktionen an der Börse aufgefallen, die zumindest ungewöhnlich sind. Es scheint so, als ob gezielt Leerverkäufe und Investitionen getätigt werden, die einen Anstieg von Aktien in Süddeutschland bei einer gleichzeitigen deutlichen Abschwächung der Aktienwerte im Rest Deutschlands erwarten. Das Ganze ist so organisiert, dass jede Transaktion für sich nichts Besonderes ist. Viele kleine Trades statt eines richtig großen. Der Haupttreiber dieser Käufe ist ein Investmentfonds, in dem zufälligerweise als Investoren auch die Hasselbergs gelistet sind.“

Häfele und Kilberta warfen sich vielsagende Blicke zu.

„Außerdem hat Scepter zum 1. September eine ungewöhnliche Häufung von Buchungen für Hotels und

Pensionen in Süddeutschland registriert. Es gibt praktisch keine freien Zimmer ab einer bestimmten Preisklasse. Und alle Buchungen wurden über einen Account in Stuttgart vorgenommen."

„Und wer hat gebucht?"

„Wissen wir nicht. Was wir wissen, ist, dass es in bestimmten Foren im Internet einen Aufruf gab, sich am 1. September in Süddeutschland aufzuhalten."

„Was für Foren?"

„Foren, in denen sich Reichsbürger, Nationalkonservative und auch Rechtsextreme rumtreiben."

Ein Beamter aus dem Ressort des Staatsschutzes unterbrach sie mit arroganter Stimme: „Unterschlagene Waffen, Bestechung von Unternehmensvorständen, Börsenzockereien und Bewegungen von bürgermilizähnlichen Verfassungsfeinden? Als Nächstes wollen Sie uns erzählen, dass wir kurz vor einem Bürgerkrieg oder einem Putsch stehen, oder was? Sind wir jetzt in Afrika?"

„Ein Putsch …", sagte Nesra mehr zu sich, während die anderen gerade wild durcheinander diskutierten. „Natürlich!" Und je länger sie darüber nachdachte, desto sicherer wurde sie. Das war das fehlende Puzzleteil.

Häfele rieb sich die Augen. „Ein Putsch. Mensch, Leute. Wenn das wahr wäre, dann hätte das eine Tragweite, die wir uns nicht vorstellen könnten. Nationale Sicherheit und so. Unter diesen Umständen würde es mich nicht wundern, wenn man uns den Fall in Kürze komplett entziehen würde und wir an das BKA und den Generalbundesanwalt übergeben müssen", sagte er bedrückt. Dann wendete er sich an eine junge Frau, die nahe an der Tür stand. „Wir brauchen sofort jemanden vom Verfassungsschutz." Nach kurzem Überlegen fügte er hinzu: „Fragen Sie nach Bentelli. Den kenn ich gut." Häfele wartete, bis seine Mitarbeiterin den Raum verlassen hatte, dann wandte er sich wieder den Anwesenden zu: „Wir unterbrechen die Besprechung für eine Stunde. Einige von uns müssen mal kurz durchatmen. Und ich muss sofort telefonieren. Bis dahin: Herr Bauer, Sie bringen in Erfahrung, was wir alles über diese Sithonen wissen! Kowalski, Sie holen mir einen Experten aus dem Ressort Wirtschaftskriminalität her, ich will eine zweite Einschätzung für die Entwicklungen an den Finanzmärkten. Wenn die wissen, wonach sie suchen müssen, finden Sie vielleicht auch etwas. An die Kollegen vom LKA: Durchleuchtet die Aktivitäten der von Hasselbergs und ihrer Stiftung, sucht nach Verbindungen in die Reichsbürger-Szene. Aber bitte nicht mit dem Holzhammer." Dann hob er den Zeigefinger und seine Augenringe schienen für einen Moment noch dunkler zu werden: „Leute, wenn wir hier wirklich kurz vor einem Putsch stehen, dann müssen wir jetzt entschlossen vorgehen, kühlen Kopf bewahren und parallel alle Hebel in Bewegung setzen. Dann geht es tatsächlich nicht mehr nur um Marc Voss, sondern um noch viel mehr. Alles klar?"

Eifriges Nicken in der Runde.

„Na, dann los", sagte er und machte mit den Händen eine Bewegung, als wollte er alle aufscheuchen.

Sofort kam hektische Bewegung auf. Jemand öffnete das Fenster, um frische Luft reinzulassen. Einige eilten aus dem Konferenzraum, um die Arbeitsaufträge, die Häfele verteilt hatte, direkt in die Tat umzusetzen. Nesras Blick fiel auf Rico Schwarz, der sie dünn anlächelte und nach einer Kanne Kaffee griff, die in der Mitte des Tisches stand. Dabei rutschte sein kurzärmeliges Hemd so weit nach oben, dass ein Teil seiner Tätowierung auf dem Oberarm zu sehen war. Eine Blume mit geschwungenen Linien.

Eher zufällig blickte sie zu Cordes rüber, der noch auf seinem Stuhl saß und mit einem Kollegen von der Mordkommission sprach. Auch er fixierte Rico Schwarz mit ungläubigem Blick. Dann gab er Nesra ein Zeichen, dass er sie sprechen wollte. Draußen.

„Hektor? Alles okay?“

„Äh, ja. Ja“, antwortete er, als sie beide auf dem Gang vor dem Besprechungsraum standen. Seine Miene sagte aber etwas anderes.

Dann räusperte er sich. „Können wir kurz vor die Tür? Ich wollte eh eine rauchen.“

Nesra zuckte mit den Schultern. „Klar.“

Sie schenkte Rico noch einen kurzen Blick, der ebenfalls gerade den Besprechungsraum verließ, und folgte dann Cordes nach draußen.

„Hast du die Tätowierung bei dem Kollegen gesehen?“, fragte Cordes, als sie ungestört waren.

„Ja, habe ich“, sagte Nesra düster.

„Und was meinst du?“

„Über die Tätowierung?“

„Ja, genau. Ich habe sie vor ein paar Tagen schon mal gesehen. Auf der Gerichtsverhandlung bei den Mitgliedern der Sithonen.“

„Ich verstehe nicht ganz.“

„Na, wie viele Leute kennst du, die exakt dasselbe Symbol tätowiert haben?“

„Du meinst …?“

„Ich meine, dass die blaue Blume so eine Art Erkennungszeichen ist. Ein Symbol“, sagte Cordes mit energischer Stimme.

Nesras Knie wurden weich.

„Der Kollege heißt Rico Schwarz. Ein Zollfahnder aus dem Ermittlungsbereich Waffen. Einer von uns. Das würde ja bedeuten, dass …“ Für einen Moment hielt Nesra inne und dachte nach. „Marc hat mir erzählt, dass er Rico in seinem Büro erwischt hat. Er fand das zwar komisch, aber Rico hatte eine Ausrede parat. Marc fand das allerdings so seltsam, dass wir uns heute Vormittag in dem Café getroffen haben.“

„Ja, ich erinnere mich. Könnte er der Maulwurf sein?“

„Puh, möglich wäre es. Er hatte Zugang zu Fränkies Arbeitsplatz, kann dort unbemerkt aufgeräumt und die Festplatte gelöscht haben. Das notwendige Wissen dazu hat er vermutlich auch.“

Plötzlich wich jede Farbe aus Nesras Gesicht. „Mensch, Hektor, wir sind so blöd.“

Cordes sah sie verständnislos an.

„Wer hat in unserer Behörde routinemäßig vor allem mit Rüstungsgütern zu tun?“

„Rico Schwarz?“

„Genau.“

„Folglich hätte ihm genau das auffallen müssen, was auch Leschmitz entdeckt hat.“

„Es sei denn, er hat ein Interesse daran, dass die Karussell-Lieferungen unbemerkt bleiben.“

„Was bedeuten würde, dass Frank Leschmitz für ihn zum Risiko wurde.“

„Und zwar in doppelter Hinsicht. Einmal, weil er sich gefragt hat, warum Rico Schwarz die

Waffenlieferungen nicht entdeckt hat. Und zum anderen, weil er die Pläne gefährdet, die hinter den Waffenlieferungen stehen."

„Er könnte also hinter dem Mord an Leschmitz stecken?" Hektor Cordes lief nervös auf und ab. Dann steckte er sich ein Eukalyptus-Bonbon in den Mund.

„Und hinter der Entführung von Marc. Wenn er tatsächlich in dem Büro rumgeschnüffelt und entdeckt hat, dass wir ihm und den Sithonen auf den Fersen sind, könnte das auch bedeuten, dass das der Grund für die Entführung ist."

Nesra spürte förmlich, wie sich das Grummeln im Magen verstärkte.

Dann fiel ihr etwas ein. „Schwarz ist mir vor ein paar Tagen direkt vor Marcs Tür in die Arme gelaufen. Vielleicht auch Zufall, aber ich glaube das nicht. Er muss bemerkt haben, wie nah wir an dieser ganzen Verschwörung dran waren. Vielleicht näher, als wir gedacht haben."

Cordes' Miene war wie versteinert.

„Hektor, wenn das stimmt, ..." Sie griff sich an den Kopf.

„Damit müssen wir sofort zu Häfele", erwiderte Cordes bestimmt.

„Ich glaube, ich habe eine bessere Idee", antwortete sie und sah einen Schatten hinter Cordes.

Cordes folgte ihrem Blick und drehte sich um. Rico Schwarz lief hastig den engen Flur entlang Richtung Notausgang.

„Scheiße", fluchten beide gleichzeitig und setzten sich in Bewegung.

Gegen 18 Uhr

Nesra stieg an derselben Station wie Rico Schwarz aus der U12. Sie war ihm eine knappe halbe Stunde in die Innenstadt gefolgt und hatte stets darauf geachtet, dass er sie nicht entdeckte. Aber er fühlte sich anscheinend sicher. Oder er war im Stress. Als sie die Bahn verließ, schickte sie Cordes wieder eine SMS mit ihrem aktuellen Standort und gab Rico Schwarz wieder ein paar Meter Vorsprung. Dann folgte sie ihm die Rolltreppe an der U-Bahn-Station „Rathaus" hinauf.

Am liebsten hätte sie ihn an Ort und Stelle verhaftet. Oder erwürgt. Doch sie wusste, dass ihr Rico Schwarz mehr nutzte, wenn er sich frei bewegen konnte. Sie hatten keine Ahnung, wo Marc festgehalten wurde, und so blieb ihr nichts anderes übrig, als Schwarz zu folgen. Weil er sie vielleicht zu Marc führen würde. Cordes und sie hatten vereinbart, dass er die Soko über die neueste Entwicklung informieren sollte und Nesra Schwarz so lange beschatten würde, bis die Kollegen von der Kripo die Personenüberwachung übernehmen würden.

Wenn Cordes' Vermutung sich bestätigte und sie Glück hatten, würde er sie hoffentlich direkt zu Marc und den Entführern bringen.

Sie hätte sich ohrfeigen können. Hatte Marcs Äußerungen als Spinnereien und Paranoia abgetan. Hätte sie ihn doch bloß ernst genommen.

Nesras Handy vibrierte. Cordes. Sie ging ran.

„Bist du noch an ihm dran?", fragte er.

„Ja. Er biegt gerade in die Tübingerstraße ein. Ich bin auf Höhe der Boa."

Das Boa war eine der ältesten und bekanntesten Diskotheken Stuttgarts, Cordes wusste sofort, wo sie sich befanden.

„Alles klar. In ein paar Minuten werden die Kollegen übernehmen."

„Gut." Nesra beendete das Gespräch, ohne Schwarz aus den Augen zu lassen.

Für einen Moment sah es so aus, als ob Schwarz sein Ziel erreicht hatte. Er wartete an der Ecke einer Einkaufsstraße und betrachtete die Waren im Schaufenster.

Nach ein paar Minuten tauchten aus einer Seitenstraße zwei hochgewachsene Männer auf. Einer nahm Blickkontakt zu Nesra auf und nickte ihr kaum merklich zu. Der andere hatte Kopfhörer im Ohr und sprach in ein unsichtbares Mikro an einem Kabel.

Nesra bestätigte den Zivilbeamten mit einem Nicken die Übergabe.

Sofort übernahmen die beiden die Verfolgung, indem einer unauffällig die Straßenseite wechselte, während der andere knapp zwanzig Meter hinter Schwarz in einem Hauseingang verschwand. Nesra war erleichtert. Schwarz würde ihnen jetzt nicht mehr entwischen.

Plötzlich blieb Schwarz stehen, zog ein Handy aus der Tasche und telefonierte. Während er mit dem Anrufer redete, beobachtete er die Umgebung. Eine ältere Dame, die sich kurz hinter ihm befand, wich ihm kopfschüttelnd aus und lief dann weiter. Schwarz kümmerte sich nicht darum. Er war vollkommen in das Gespräch vertieft. Jetzt wanderte sein Blick in Nesras Richtung.

Nesra machte einen Satz zur Seite und versteckte sich hinter einer Werbesäule. Nach einigen Herzschlägen wagte sie sich aus der Deckung und registrierte erleichtert, dass Schwarz sie nicht bemerkt hatte. Jetzt steuerte er einen Mülleimer an. Nesra runzelte die Stirn, dann begriff sie: Mit einer Selbstverständlichkeit, als wäre es ein Taschentuch, warf er sein Handy hinein.

Er verwischt seine Spuren!

Auf einmal hörte Nesra lautes Motorengeräusch hinter sich. Das Geräusch eines Motorrollers. Eine schwarze Vespa raste an ihr vorbei und durch die Fußgängerzone. Der Fahrer, ein muskulöser Typ, mit Motorradhelm und getöntem Visier, im engen Tanktop-Shirt und einer Trainingshose mit weiß-silbern glänzenden Adidas-Streifen an der Seite, fuhr mit viel zu hohem Tempo zwischen den Passanten zickzack, direkt auf Schwarz zu.

Als der Fahrer ihn erreichte, wollte sich Schwarz auf den Rücksitz schwingen. Doch die Zivilbeamten waren nur noch wenige Schritte von Schwarz entfernt und zogen ihre Waffen. Einer der Beamten deutete in Richtung Vespa und signalisierte dem Fahrer, stehen zu bleiben. Im selben Augenblick zog der Rollerfahrer einen Revolver und schoss Schwarz in die Brust. Einmal. Zweimal.

Chaos brach aus.

***

Nesra fluchte, weil sie ihre Dienstwaffe nicht trug, und rannte los. Vorbei an Passanten, die panisch versuchten, sich in Deckung zu bringen. Einige fielen übereinander, überschlugen sich oder drängten andere zur

Seite, um möglichst schnell das Weite zu suchen. Andere schrien nur, blieben wie angewurzelt stehen oder legten sich auf den Boden. Eine junge Mutter kam ihr mit ihrem Kinderwagen entgegen und fuhr direkt in Nesra, sodass sie in die Knie ging. Für einen Augenblick sah sie überhaupt nichts. Zwei weitere Schüsse übertönten das Geschrei der Menschen. Nesra rappelte sich wieder auf. Der Rollerfahrer drehte gerade den Gashahn auf und machte mit dem Roller einen Satz nach vorne. Einer der Beamten rannte hinter ihm her, die Pistole im Anschlag, doch er zögerte. Er hatte keine freie Sicht. Zu viele Menschen rannten kreuz und quer.

Der andere Beamte lag am Boden, hielt sich den Oberschenkel und versuchte, sich aufzusetzen. Daneben lag Schwarz in seinem eigenen Blut und rührte sich nicht.

Einen Moment später kniete der Beamte bei seinem verletzten Kollegen. Nesra sah ihn fragend an. „Glatter Durchschuss", sagte er und presste seine Jacke auf den Oberschenkel des Kollegen. Nesra war erleichtert. Sah zwar schlimm aus, war aber nicht lebensgefährlich, sofern gleich ein Krankenwagen kommen würde. Der verletzte Beamte sah Nesra mit schmerzverzerrtem Gesicht an. Sein Blick sagte mehr als tausend Worte. „Ich habe den Fahrer wohl erwischt, aber nur am Oberarm", sagte er zähneknirschend.

„Alles gut!" Dann kümmerte sie sich um Rico Schwarz. Er war tot, das war unschwer zu erkennen. Seine Augen standen weit offen, sein Blick hatte etwas Unerledigtes, etwas Verständnisloses. Seine Brust war durch die zwei Treffer aus nächster Nähe völlig zerfetzt.

Ein Anflug von Panik überkam Nesra. Sie zwang sich, tief und ruhig zu atmen, um wieder klar denken zu können.

Ihre Gedanken kreisten wieder um Marc. Wie sollten sie ihn nun finden? Sie blickte noch mal zu dem Beamten am Boden, der jetzt von einer neugierigen Menschenmenge umringt war. Die verständigten Kollegen müssten gleich da sein. In der Ferne hörte Nesra einen Krankenwagen, der schnell näher kam. Alles wird gut, beruhigte sie sich. Dann stand sie auf, ging ein paar Schritte zurück und steuerte auf den Mülleimer zu. Einige Augenblicke später hielt sie Rico Schwarz' Handy in der Hand.

30

Donnerstag, 30. August, gegen 19 Uhr

„Full House!", rief Sandalen-Ernie und das Grinsen auf seinem Gesicht wurde so breit, dass Olaf an Joaquin Phoenix in dem letzten Joker-Film denken musste.

Während er seine Karten auf den Tisch legte, grinste er schadenfroh und zog dann gierig den Haufen Pokerchips zu sich herüber.

„Verflixt!", knurrte Bruno, der All-in gegangen war und sein Blatt wütend auf den Tisch feuerte.

André, der gegenüber von Olaf saß, hob nur irritiert die Augenbrauen, machte ein verkniffenes Gesicht und sammelte die Karten ein.

Die beiden anderen, die noch mitspielten, Gerry und Jürgen Bloschke, sein neuer Kollege aus der Spedition, warteten auf das nächste Spiel.

Heute hatte Olaf mit Jürgen wieder ein paar Spezialaufträge in der Spedition erledigt. Sein Fehler beim letzten Mal war niemandem aufgefallen. Beruhigt und zufrieden blickte er in die Runde. Er schaute gerne zu und auch wenn er Menschen nicht gut einschätzen konnte, so fiel ihm doch auf, dass mit Bruno seit dem Anruf irgendetwas nicht stimmte. Eine Stunde war das jetzt her, und die tiefe Stirnfalte zwischen seinen Augen sprach Bände.

Immer noch war er nervöser als sonst, gereizter und rauchte Kette. Ständig blickte er auf sein Handy. Er war eindeutig nicht bei der Sache. Das war auch der Grund, warum er im Gegensatz zu sonst beim Pokern verlor.

Mampe kam vom Tresen herüber und brachte ihnen ein Tablett frisch Gezapftes.

„Hey, Mampe! Wir haben auch Durst!", schallte es aus dem hinteren Teil des Klubhauses.

Hinten saßen drei weitere Kameraden. Zwei von ihnen hatten vor ein paar Minuten eine Armdrück-Wette gestartet. Der Dritte mimte den Schiedsrichter.

Mampe signalisierte, dass er die Bestellung aufgenommen hatte und schlurfte wieder zum Tresen, um frisches Bier zu zapfen.

Während Bruno sich eine weitere Kippe ansteckte, bedachte er Olaf mit einem wohlwollenden Blick und sagte: „War echt 'ne geile Idee von dir, die Bullen wegzulocken."

Gerry, der neben ihm saß, boxte Olaf freundschaftlich in die Seite und krächzte: „Hahaha … Ich werde den Moment nie vergessen, wie der Königsbengel die Flasche Bier auf das Bullenauto wirft und dann auf dem Fahrrad die Straße runtersaust."

Olaf fühlte sich geschmeichelt, obwohl er eigentlich nicht viel gemacht hatte. Die Bullen waren wie erwartet auf das Ablenkungsmanöver reingefallen und dem Jungen gefolgt, sodass er und seine Kameraden genug Zeit gehabt hatten, die Kisten im Volvo zu verstauen und in aller Seelenruhe zu verschwinden.

Plötzlich flog die Tür zum Klubhaus auf. Fausti, den Olaf seit der Gerichtsverhandlung nicht mehr gesehen hatte, platzte rein und warf die Tür hinter sich zu.

Völlig außer Atem lehnte er sich mit dem Rücken dagegen. Von seinem linken Arm tropfte frisches Blut auf den alten Vinylboden. Seine rot unterlaufenen Augen waren weit aufgerissen. Schweißtropfen glänzten auf seiner kahlen Kopfhaut und rannen in kleinen Rinnsalen über sein Gesicht. Seine Körperhaltung verriet, dass er Schmerzen hatte.

Bruno stand ruckartig vom Tisch auf und starrte Fausti überrascht an. Das einzige Geräusch im Raum waren die Pokerchips, die klimpernd auf den Boden fielen.

„Fausti!", war das Einzige, das er herausbrachte.

„Ist schiefgegangen", presste der zwischen zwei Atemzügen heraus und wischte sich mit dem Handrücken den Schweiß von der Stirn.

„Wie meinst du das?", fragte Bruno mit schneidender Stimme.

Faustis Gesicht war käseweiß, und statt einer Antwort schleppte er sich zu Mampe an die Bar. „Scheiße, ich brauch jetzt was zur Beruhigung."

Mampe schenkte ihm einen Obstler ein. Doch bevor Fausti das Schnapsglas in der Hand hatte, stand Bruno neben ihm und legte ihm die Hand auf den Arm.

„Fausti! Was ist passiert, wo ist Rico?"

Fausti guckte ins Leere. „Als ich ihn abholen wollte, klebten ihm schon die Bullen am Arsch. Sie haben ihn anscheinend verfolgt. Ich ... Ich wusste nicht weiter ... Dann ist alles aus dem Ruder gelaufen."

„Aus dem Ruder gelaufen? Was meinst du damit?" Brunos Stimme hatte einen drohenden Unterton angenommen.

Fausti wich Brunos Blicken aus und griff sich an den blutenden Oberarm. „Es gab eine Schießerei." Dann blickte er zu Boden. „Rico ist tot."

Für einen Moment stand die Zeit im Klubhaus still. Niemand sagte ein Wort. Bruno zog die Hand zurück und sagte nur zu Mampe: „Ich brauch jetzt auch einen." An Olafs Tisch herrschte Stille. Gerry und Olaf blickten sich irritiert an. Die drei Kameraden hatten den Arm-drück-Wettbewerb längst abgebrochen und glotzten Fausti mit großen Augen an.

Olaf verstand kein Wort. Er kannte weder diesen Rico noch wusste er, was eigentlich vor sich ging. Eine Schie-ßerei? Ein toter Kamerad?

Nach dem dritten Schnaps nahm Faustis Gesicht langsam wieder Farbe an.

„Mensch, Fausti! Verdammte Scheiße!", sagte Bruno und schüttelte den Kopf. „Hast du wieder Mist gebaut?" Olaf konnte nicht einschätzen, ob er verzweifelt oder wütend war oder beides.

„Ich fass es nicht …" Bruno ließ den Satz in der Luft verhungern. Er ballte die Fäuste, sodass es für einen Moment so aussah, als ob er Fausti eine verpassen wollte.

Doch der verspürte wieder Oberwasser. „Bruno, was sollte ich machen? Für mich sah es so aus, als wäre Rico aufgeflogen. Ich konnte ihn unmöglich hierherbrin-gen, dann wären in wenigen Minuten die Bullen da und wir wären aufgeflogen. So kurz vor dem Ziel! Und ich konnte auch nicht riskieren, dass er redet. Also, finaler Rettungsschuss." Seinem Gesicht nach zu urteilen, er-wartete Fausti ein längst überfälliges Lob. Aber Bruno war nicht zu beruhigen.

„Du bist so ein hirnloser Idiot! Alles, was wir brauchten, war noch etwas Ruhe. Es war schon ein Risiko, den Zollfahnder auf offener Straße zu entführen, aber er war auch der Einzige, der uns gefährlich werden konnte. Die Bullen wären tagelang damit beschäftigt gewesen, die Ereignisse auf die Reihe zu kriegen, und genau das wollten wir ja. Aber jetzt hast du sie aufgeschreckt, und das heißt, sie werden jeden Stein umdrehen. Und das mit der großen Kavallerie. Das gefährdet die ganze Aktion."

Für einen Moment war es still im Klubhaus. Nur Faustis rasselnder Atem war zu hören.

„Ist dir jemand gefolgt?", fragte Ernie.

„Nein. Ich habe einen Roller geklaut, um Rico abzuholen. Den hab ich natürlich wieder entsorgt. Dann bin ich über tausend Umwege mit den Öffentlichen hierher und zum Schluss zu Fuß gelaufen. Ich bin mir sicher, dass mir niemand gefolgt ist."

„Es ist trotzdem nur eine Frage der Zeit, bis die Bullen hier sind", warf Ernie ein und fügte mit einem sarkastischen Unterton hinzu: „Sie müssen ja nur der Blutspur folgen."

André meldete sich ebenfalls zu Wort: „Was bedeutet das jetzt für unseren Plan?"

Plan? Aktion? Olaf verstand nur Bahnhof.

Bruno versuchte, die Fassung zu bewahren. Nach kurzem Zögern wandte er sich an Mampe: „Hol mal den Verbandskasten aus dem Keller. Wir müssen Fausti behelfsmäßig verbinden, für mehr ist jetzt keine Zeit."

Mampe verschwand so schnell er konnte.

Bruno kratzte sich nachdenklich am Kinn. „Wir müssen sofort weg hier. Die Operation Windschatten darf auf keinen Fall gefährdet werden", sagte er schließlich.

Olaf schaute Gerry fragend an. Was war hier los? Um was ging es hier? Bis vor wenigen Augenblicken hatte er noch gedacht, er wüsste, was seine Kameraden so trieben.

„Los jetzt. Die Bullen können jeden Moment da sein. Packt alles zusammen, wir verschwinden!"

Es kam Bewegung in die Gruppe, hastig wurde Bier ausgetrunken und Zigaretten ausgedrückt, jeder stand auf.

„Wohin?", fragte André.

„Zur Teufelsmühle. Ich glaube nicht, dass sie von dem Versteck im Wald wissen. Dort können wir untertauchen, bis die Operation Windschatten startet. Wir wären ohnehin bald aufgebrochen. Einige sind sowieso schon vor Ort", erklärte Bruno.

Teufelsmühle? Immerhin daran konnte er sich erinnern. An sein erstes Treffen mit den Sithonen. In der Nähe von Würzburg hatte er Bruno und ein paar andere Sithonen kennengelernt. Das war zwar erst knapp zwei Wochen her, doch seitdem war viel passiert. Es war ein komplett anderes Leben, das Olaf jetzt führte, zumindest dachte er das bis eben.

„Bruno", sagte Fausti bestimmt, während Mampe ihm einen Verband um seinen Oberarm wickelte. „Diese schwarze Bullenfrau, die Partnerin von dem Zollbeamten, den wir bei uns haben, die war auch da. Sie hat gesehen, wie ich Rico erschossen habe. Wenn die zwei und zwei zusammenzählt ... Ich glaube nicht, dass die locker lässt. Sie wird alles unternehmen, um ihren

Kollegen zu finden", meinte er und biss die Zähne zusammen, als Mampe den Verband festzog.

„Hmmm", Bruno nahm einen letzten Zug seiner Zigarette und drückte sie dann aus.

„Bei Gefahr und in der Not ist der Mittelweg der Tod", antwortete er fast schon poetisch und machte eine undefinierbare Geste mit den Händen. Nachdem ihn alle für einen Moment nur verdutzt angestarrt hatten, fügte er hinzu: „Wir müssen sie aus dem Verkehr ziehen. Die ist uns schon viel zu lange und viel zu dicht auf den Fersen. Erst schnüffelt sie in der Wohnung von Leschmitz rum und dann taucht sie in München mit diesem Bullen auf. Verflucht, sie saß sogar bei uns am Tisch. Sie ist ein zu großes Risiko und muss weg!"

Faustis Augen funkelten gefährlich. „Ich mach das."

Bruno schüttelte den Kopf. „Nein, mit dir rechnet sie, außerdem hast du schon genug Mist gebaut. Du musst verschwinden, so schnell wie möglich. Wir teilen uns auf. Du fährst mit Gerry, Olaf, André und Ernie zur Teufelsmühle." Bruno hob mahnend den Zeigefinger und blickte in die Runde. „Ab jetzt gilt für alle: Keine Handys mehr. Alle Geräte bleiben hier. Es wird ab sofort nicht mehr telefoniert! Haben das alle verstanden?"

Die anwesenden Sithonen nickten einträchtig.

Dann wandte er sich an zwei der drei Kameraden, die Olaf nur vom Sehen kannte. „Toni. Hasso. Wir kümmern uns um die Schnüfflerin vom Zoll."

Olaf warf Gerry einen fragenden Blick zu, doch der blickte ihn nur düster an. Er wirkte merkwürdig still, so als wäre er jetzt lieber an einem anderen Ort.

In Olaf reifte die Erkenntnis, dass die schöne Zeit mit den Kameraden ein für alle Mal vorbei sein könnte.

31

Donnerstag, 30. August, gegen 20 Uhr

„Der Roller war gestohlen. Die Halterin, eine zwanzigjährige Studentin, hat sich fast zeitgleich auf dem Revier 3 in der Gutenbergstraße gemeldet. Da der Flüchtige einen Helm trug, haben wir kaum Hinweise auf seine Identität. Die Leiche von Rico Schwarz ist schon in der Gerichtsmedizin. Wir benötigen die Kugeln, mit denen er erschossen worden ist. Vielleicht wurde die Waffe schon mal bei einer anderen Straftat verwendet. Aber es handelt sich um das Kaliber 9 mm. Wie Sie alle wissen, ist das weitverbreitet", brachte Häfele die neuen Erkenntnisse auf den Punkt.

Exakt die Munition, mit der auch Fränkie erschossen wurde, dachte Nesra. Aber das musste nichts heißen. Ein Blick zu Cordes verriet ihr, dass er ähnlich dachte.

„Die Daten aus dem Handy von Rico Schwarz werden gerade ausgelesen. Leider muss er es mit irgendeiner speziellen App auf die Werkseinstellungen zurückgesetzt haben, bevor es im Mülleimer landete. Mal sehen, was unsere IT noch retten kann, aber es sieht nicht gut aus. Außerdem wird es etwas dauern, und Zeit haben wir nicht."

Häfeles Gesicht sprach Bände.

Er war mehr als bedient. So hatte er sich den Tag sicherlich nicht vorgestellt.

Der Konferenzraum war jetzt noch voller als am Vormittag. So voll, dass Nesra neben ihrer Chefin Kilberta in zweiter Reihe stehen musste.

Eine merkwürdige Mischung aus Spannung und Ohnmacht lag in der Luft. Die Aktion in der Fußgängerzone hatte dem Ganzen noch einmal eine dramatische Wendung gegeben.

„Die Hintergrundchecks zu Rico Schwarz laufen auf Hochtouren", erklärte Bauer, einer der Kommissare der Kripo, um einfach irgendetwas zu sagen.

„Wir haben beim Staatsanwalt umgehend einen Durchsuchungsbefehl für seine Wohnung beantragt. Auch die Einzelverbindungsnachweise und Standortdaten seines Handys sind angefordert, werden aber noch auf sich warten lassen."

„Sind wir denn sicher, dass dieser ganze Tätowierungskram nicht nur bloßer Zufall ist?", fragte der grauhaarige Mann mit dem Schnauzer, der anscheinend große Lust hatte, noch immer den Pessimisten zu geben.

„Die Tatsache, dass ihn jemand erschossen hat, nachdem wir ihm gefolgt sind, spricht eine klare Sprache", erwiderte Cordes gereizt.

Der Alte sagte nichts mehr, sondern streichelte nur nachdenklich seinen Schnauzer.

Dann fuhr Cordes fort: „Schwarz muss so viel gewusst haben, dass er für die Sithonen eine zu große Gefahr war. Der Täter wollte unbedingt verhindern, dass Schwarz reden würde."

„Toller Verein", sagte jemand mit sarkastischem Unterton.

„Was wissen wir mittlerweile über diese Sithonen?“, fragte Häfele.

„Wie schon gesagt: ein Haufen Verfassungsgegner, Reichsbürger und Querdenker. Im Prinzip sind die meisten von ihnen enttäuschte oder entlassene Ex-Soldaten oder Ex-Polizisten.“ Bei den Worten war Bauer aufgestanden, hatte eine Mappe vom Tisch genommen und sich neben Häfele ans Whiteboard gestellt.

„Wir haben vom Verfassungsschutz einiges an Infomaterial erhalten. Außerdem haben wir aktuelle Fotos von Mitgliedern, die Hauptkommissar Cordes vor ein paar Tagen vor dem Landgericht gemacht hat.“

„Vor dem Landgericht?“, fragte Häfele.

„Ja“, antwortete Cordes, „Thorsten Halau, ein Mitglied der Sithonen, stand wegen schwerer Körperverletzung vor Gericht. Ich war erschrocken, mit welcher Dreistigkeit die Sithonen vorgehen.“

„Allen voran Bruno Blomkowski, der Präsident des Klubs“, übernahm nun wieder der Kollege Bauer das Wort und hielt für alle gut sichtbar ein DIN-A4-großes Farbfoto von Blomkowski hoch, dann befestigte er es an dem Whiteboard und zog das nächste Foto hervor. „Gerald Wichmeyer, genannt Gerry. Ein Ex-Polizist, der wegen Korruption entlassen wurde.“

„Und das hier ist Michael Faustmann – wird Mike oder auch Fausti genannt. Einer von der harten Sorte. Gegen ihn liegt ein Haftbefehl wegen verschiedener Gewaltdelikte, darunter auch sexuelle Straftaten, vor.“

„Und warum läuft der dann einfach vor dem Landgericht rum und niemand nimmt ihn fest?“, fragte der grauhaarige Alte mit scharfer Stimme.

Cordes verschränkte die Arme. „Ich bin nicht wegen Faustmann dort gewesen, sondern wegen des Prozesses. Ich kannte ihn da noch nicht, wusste auch nicht, dass gegen ihn ein Haftbefehl vorliegt. Außerdem sollten Sie das mal lieber den Verfassungsschutz fragen. Ich dachte, die beobachten diese Spinner", gab er frustriert zurück.

„Jetzt beruhigen sich alle mal wieder", ging Häfele dazwischen.

„Es wäre sowieso keine gute Idee gewesen, wenn ich ihn dort im Alleingang festgenommen hätte", sagte Cordes nach einem Moment der Stille. „Denn eins hat auch der Prozess klargemacht: Die Sithonen sind vielleicht eine Gruppe von Abgehängten und abgedrehten Querdenkern, aber inzwischen definitiv gefährlicher und tatsächlich deutlich organisierter und mächtiger, als der Verfassungsschutz bisher vermutet hat. Es scheint so, als ob sie sogar Teile der Justiz unterwandert haben. Der Richter hat sich nicht besonders viel Mühe gegeben, zu verheimlichen, dass er den Boden des Grundgesetzes längst verlassen hat. Das Strafmaß, das er angesetzt hat, ist eine absolute Frechheit."

Bisher hatte Nesra interessiert zugehört, aber zugleich spürte sie eine wachsende Unruhe. Zum einen, weil sie das Gefühl hatte, diesen Fausti schon einmal irgendwo gesehen zu haben, zum anderen, weil sie hier untätig rumsaß, während ihr Kollege noch immer in der Hand von Entführern war.

Inzwischen hängte Bauer noch weitere Fotos an das Whiteboard.

„Die übrigen hier sind bisher nicht polizeilich erfasst oder uns gänzlich unbekannt. Was nicht heißt, dass sie harmlos sind."

Einige Sekunden vergingen, in denen alle Anwesenden die Personen auf den Fotos betrachteten.

„Das sind aber längst nicht alle Sithonen. Es gibt mindestens sechzig Mitglieder im Stuttgarter Raum. Das Klubhaus befindet sich in der Mercedesstraße in Cannstatt. Ein Einsatzwagen ist seit zehn Minuten vor Ort und das SEK macht sich gerade bereit. Wir sollten in den nächsten fünfzehn Minuten das Okay der Staatsanwältin bekommen. Dann gehen wir rein", sagte Bauer, um Entschlossenheit zu demonstrieren.

„Gut", kommentierte Häfele und machte dann eine Kunstpause, bevor er alle Anwesenden ernst anblickte.

„Kommen wir zu den anderen Ansatzpunkten, die mit der mutmaßlichen Verschwörung zu tun haben. Ich habe mit der Staatsanwaltschaft telefoniert. Wir bekommen vorerst keinen Durchsuchungsbeschluss für die Optimum Logistics. Ob das zufällig was mit dem Nachnamen der Geschäftsführerin zu tun hat, dass die Bundeswehr dort Waffen und Sprengstoff lagert oder wir einfach nicht genug Hinweise auf eine Straftat vorweisen können, kann ich jetzt nicht beurteilen. Aber das müssen wir jetzt erst mal akzeptieren. Ich warte derweil noch auf einen Rückruf des MAD. Vielleicht können wir über die Kollegen des militärischen Abschirmdienstes entsprechenden Druck auf die Staatsanwaltschaft aufbauen."

Er blickte in die Runde und sah in fragende Gesichter. Dann wandte er sich an Kowalski: „Gibt es irgendwas Neues zum Thema Aktienverkäufe?"

„Ja, ein paar Dinge kann ich berichten", antwortete eine Frau mit blonden, hochtoupierten Haaren und einem teuer aussehenden Hosenanzug. Nesra schätzte sie auf Mitte fünfzig. Sie war eine der Neuen in der Runde.

„Sie sind …?", fragte Häfele und neigte dabei den Kopf zur Seite, so als müsse er nachdenken.

„Franziska Lehmann, Ressort Wirtschaftskriminalität."

„Willkommen", sagte er knapp. „Also, was können Sie uns sagen?"

„Es gibt Auffälligkeiten. Wir haben auch schon die Börsenaufsicht informiert. Unsere Analysten ermitteln aber natürlich auch selbstständig und stimmen sich dann mit der Aufsicht ab. Bisher sieht es so aus, als ob diese Bewegungen an der Börse von derselben Organisation ausgehen, viele Aktivitäten werden von einer Briefkastenfirma auf den Caymans getätigt."

Dann hob sie die Hände zu einer entschuldigenden Geste. „Bei der Briefkastenfirma kommen wir leider im Augenblick nicht weiter."

Häfele knurrte etwas, das Nesra nicht verstand, dann übernahm er wieder das Kommando: „Was ist mit dem Verfassungsschutz?"

„Müsste jeden Moment da sein", antwortete Amari, die Chefin von Cordes.

Wie aufs Stichwort betrat ein kleiner Mann mit langen, fettigen Haaren den Konferenzraum.

„Bentelli!", Häfele begrüßte den Neuankömmling mit einem Gesichtsausdruck, den man nur mit Mühe als ein Lächeln interpretieren konnte.

Die beiden gaben sich freundschaftlich die Hand.

„Klaus, lass uns gleich zur Sache kommen. Was ist das alles für ein Durcheinander hier?", antwortete er mit rauer Stimme. Sämtliche andere Anwesenden schien er zu ignorieren.

„Wir arbeiten mit Hochdruck an …", begann Häfele seine Ausführungen, wurde aber von einer jungen Frau unterbrochen, die in das Konferenzzimmer platzte.

„Herr Häfele, wir haben was!"

Sie war vielleicht Anfang zwanzig mit einem Notebook in der Hand, hatte rot gefärbte, kurze Haare und trug typische IT-Klamotten: dunkler Hoodie, zerrissene Jeans und ausgelatschte Sneaker. Scepters Schwester, dachte Nesra mit einem leichten Lächeln.

„Wir haben Schwarz' Handy entsperrt und konnten einige Daten retten", sagte die junge Frau, während sie sich an einigen Anwesenden vorbeidrückte und im Handumdrehen das Notebook an ein Kabel auf dem Konferenztisch anschloss.

Der Beamer fuhr mit lautem, wimmerndem Föhngeräusch hoch, irgendjemand ließ den Rolli an den Fenstern herunter, um die tief stehende Abendsonne auszusperren, und die Anwesenden postierten sich halbkreisförmig um das Bild, das auf die Leinwand projiziert wurde.

Nesras Mund war plötzlich wie ausgedörrt. Sie erkannte die Szenerie sofort wieder.

Auf dem Foto war Nesra in Fränkies Wohnung zu sehen, in der Nacht, als sie dort den Zahn und das Blut gefunden hatte.

Das Foto auf Rico Schwarz' Handy ließ eigentlich nur einen Schluss zu. Er war der Schatten gewesen, der sie beobachtet und fotografiert hatte.

Mehr und mehr Augenpaare drehten sich zu Nesra, die sich mit einer Hand den Nacken massierte, um die aufkommenden Kopfschmerzen zu unterdrücken.

Es dauerte einen Moment, bis sie begriff, was dieses Foto bedeutete. Wenn Rico Schwarz der unbekannte Fotograf auf dem Dach gewesen war, dann würde auch Blomkowski von ihr und Marc wissen. Was bedeutete, dass das möglicherweise der Grund für Marcs Entführung gewesen ist.

„Frau Bukhari, würden Sie bitte erklären, was wir hier sehen", hörte Nesra Kilbertas schneidende Stimme direkt an ihrem Ohr. Ihr Blick hätte ein Loch in Nesras Schädel brennen können.

Nesra räusperte sich: „Das bin ich, als ich Fränkie Leschmitz' Wohnung durchsuche." Betrübt fügte sie hinzu: „Laut Rechtsmedizin hat Fränkie zu diesem Zeitpunkt noch gelebt."

32

Die Fahrt dauerte quälend lange. Sie waren zu fünft in dem weinroten Volvo-Kombi aufgebrochen und auf dem Weg zur Teufelsmühle. Olaf saß mit Gerry und Fausti zusammengequetscht auf der Rückbank und versuchte, seine Gedanken zu ordnen. Er wusste noch immer nicht genau, was los war, und die überstürzte Flucht, auf der sie sich zweifelsohne befanden, trug nicht dazu bei, ihn zu beruhigen. Und dass offensichtlich einer der Sithonen ermordet worden war, verstörte ihn zusätzlich, auch wenn Olaf ihn nicht gekannt hatte. Dass er für den Zoll gearbeitet hatte, machte die Sache für ihn noch mysteriöser. Das beklemmende Gefühl in der Brust wurde noch stärker, weil niemand während der gesamten Fahrt ein Wort sagte.

Die Stimmung war gedrückt. Ein Gefühl, das ihm Angst machte. Sie blickten alle wie betäubt auf die Straße oder aus dem Seitenfenster. Die Ruhe im Auto war so unheimlich, dass Olaf sogar die grauenhafte Rockmusik, die Blomkowski so gerne hörte, vermisste.

Als sie die Lichtung an der Teufelsmühle erreichten, erkannte Olaf den Ort kaum wieder. Rund um die Mühle waren mehrere dunkelgrüne Bundeswehrzelte aufgebaut. Leute saßen zusammen, tranken Bier und plauderten. Die vielen Autos, die auf dem Waldweg querbeet parkten, erinnerten Olaf an eine Art Festival, das hier im Gange war.

Sie liefen an den Zelten entlang, schlängelten sich an den Autos vorbei und passierten einen langhaarigen Hünen, der mit nacktem Oberkörper an einem Holzkohlegrill stand und Fleisch brutzelte. Olaf roch den Geschmack von marinierten Steaks. Als sie den Grillmeister passierten, winkte er Sandalen-Ernie mit der Grillzange zu. Sein Grinsen entblößte ein paar ruinöse Zahnstumpen.

Olaf folgte Gerry schnell ins Innere der Mühle. Den muffigen, feuchten Geruch erkannte er sofort wieder. Auch an die Hirschgeweihe, die die Wände zierten, erinnerte er sich.

Das war aber auch schon das Einzige, was Olaf bekannt vorkam. Der Hauptsaal war nicht wiederzuerkennen. Die Möbel waren an die Seite geschoben worden, sodass Platz für die vielen, meterlangen Kisten war, die auf Klapptischen abgestellt und teilweise geöffnet waren. Es handelte sich um Kisten der Bundeswehr, wie er an dem Aufdruck unschwer erkannte. Während seiner Dienstzeit hatte er sie oft genug gesehen.

Er warf Gerry einen fragenden Blick zu, der sich allerdings nicht um ihn kümmerte. Stattdessen begrüßte er Lutz, den Kameraden mit der Beinprothese, der mit Olaf bei seinem ersten Besuch hier Bier getrunken hatte. Lutz, der nun auch Olaf entdeckte, winkte ihm zu und sagte etwas zu Gerry, der zurückgrinste.

Olaf hob schüchtern die Hand, zuckte mit den Schultern und begutachtete neugierig die Kisten.

Er ahnte, was sich in den Kisten befand, und deshalb beschlich ihn ein beklemmendes Gefühl. Gewehre, Handfeuerwaffen, Munition, Helme und andere Bundeswehrausrüstungsgegenstände lagen ein paar Meter weiter fein säuberlich sortiert auf den Tischen. Am Ende der Reihe entdeckte er eine kleine Kiste mit Handgranaten, und mit einem Mal verwandelte sich sein beklemmendes Gefühl in einen ausgewachsenen Knoten im Magen. Ihm war schlecht.

Wieder suchte sein Blick Gerry, der sich noch immer mit Lutz unterhielt. Er wunderte sich darüber, dass Lutz eine Camouflagejacke trug, dazu eine Hose in Tarnfarben und Kampfstiefel. An seinem Gürtel hingen ein langes Bajonett und eine Pistole.

So viele scharfe Waffen, das konnte keine Übung sein.

Er trat Gerry in den Weg und kam ohne Umschweife zur Sache. „Gerry, wir müssen reden."

Der sah ihn mit großen Augen an, dann nahm er Olaf zur Seite.

„Olaf, sag jetzt nichts. Hör einfach zu. Ich weiß, das ist jetzt vielleicht etwas viel für dich, aber ich denke, ich schenke dir jetzt einfach reinen Wein ein. Es ist sowieso schon allerhöchste Zeit dafür." Gerry kam einen Schritt näher. „Ich habe dir doch immer erzählt, dass irgendwann der Moment kommt, an dem du dich entscheiden musst, auf welcher Seite du stehst, an dem du deine Treue als Kamerad beweisen musst. Kannst du dich daran erinnern?"

Olaf nickte, sagte aber nichts.

„Also: Morgen Nacht startet die Operation Windschatten, und wir sind Teil davon. Ein wichtiger Teil“, sagte Gerry beschwörend.

„Was ist die Operation Windschatten?“, fragte Olaf, der sich daran erinnerte, dass Bruno schon im Klubhaus davon gesprochen hatte.

„Operation Windschatten wird seit Monaten, ach was, seit Jahren vorbereitet und von langer Hand geplant. Sie hat zum Ziel, Deutschland in seinen jetzigen Grenzen zu verändern. In einigen Stunden werden wir uns an der Nordgrenze zu Baden-Württemberg und Bayern vom restlichen Deutschland lossagen. Hoffentlich gewaltfrei, aber wenn nicht ...“ Gerry sah Olaf mit leuchtenden Augen an, dann wurde er wieder ernst. „Bitte behalte das, was ich dir jetzt gesagt habe, für dich, vor allem, dass der Einsatz unmittelbar bevorsteht. Das genaue Datum kennt fast niemand aus der Truppe. Ich selbst weiß nur Bescheid, weil ich es zufällig erfahren habe.“

Olaf wurde gleichzeitig heiß und kalt. Ein Schauer lief ihm den Rücken herunter, und als ihm die volle Bedeutung von Gerrys Worten bewusst wurde, fing er an zu zittern.

Gerry griff ihm an die Schultern, so als wollte er ihn schütteln. „Wir werden einen neuen Staat gründen, Olaf.“

In Gerrys Augen spiegelte sich ein Glanz wider, den Olaf als Stolz oder Vorfreude interpretierte. Vielleicht auch eine Spur Wahnsinn. Und Gerry wartete offensichtlich auf seine Antwort.

Und obwohl sich dieser Plan einfach völlig absurd anhörte, ahnte Olaf, dass alles, was Gerry sagte, der

Wahrheit entsprach. Als er die Tragweite von Gerrys
Worten endlich begriff, wurde ihm schwindlig. Er
stand inmitten einer Gruppe von selbst ernannten Soldaten, die Teil eines Putsches waren, der im Zweifels-
fall militärisch unterstützt würde. Die Sithonen, seine
Kameraden, waren offensichtlich bereit, in den Kampf
zu ziehen. Keine Sekunde glaubte Olaf daran, dass der
Rest Deutschlands diesem Putschversuch tatenlos zu-
sehen würde. Er blickte sich um und sah die anderen.
In bester Laune und viele mit einem Bier in der Hand.
Sandalen-Ernie stand gerade an einem der Klapptische
und hob freudestrahlend ein Sturmgewehr aus einer
der Kisten, das innerhalb einer Minute fast tausend
Schüsse absetzen konnte. Torti, der Kamerad, der bei
der Gerichtsverhandlung auf Bewährung aus dem Gefängnis entlassen worden war, stand neben Ernie und
grinste hässlich.

„Sag doch was, Olaf", forderte Gerry ihn auf.

Olafs Gedanken fuhren Achterbahn, aber er wusste
nicht, was er sagen sollte. Er war irgendwie enttäuscht.
Enttäuscht darüber, dass er nicht schon früher eingeweiht worden war. Er war trotzdem erleichtert, hier zu
sein. Teil der Gruppe zu sein. Denn nichts anderes war
es im Prinzip. Ein letzter Vertrauensbeweis. Für ihn als
Person und Kamerad. Und das war alles, was zählte.
Mehr als alles andere. Natürlich hatte er tausend Fragen. Doch das würde warten müssen. Denn jetzt wartete Gerry auf seine Antwort. Jetzt kam es erst mal nur
auf ihn an. War er Teil der Sithonen oder nicht?

Er spürte, wie das Hochgefühl, Teil dieser Operation
zu sein, dazuzugehören, stärker wurde und seine Zweifel, seine Unsicherheit, seine Ängste und damit auch

seine Fragen vergessen ließ. Er hatte nur den Drang zu zeigen, wie wichtig ihm die Gemeinschaft war und wie ernst es ihm mit der Kameradschaft war. Jetzt war alles nur noch Gefühl. „Ich bin dabei!", platzte es schließlich aus ihm heraus.

Gerrys Augen strahlten. „Ich wusste es!", sagte er erleichtert und legte seinen Arm um Olafs Schultern.

Olaf rang sich ein Lächeln ab.

„Komm, du bekommst noch was. Das wird dich aus den Socken hauen", sagte Gerry und zog Olaf mit sich.

33

Freitag, 31. August

Es war kurz nach Mitternacht, als Nesra die Tür aufschloss und ihre Wohnung betrat. Müde und kraftlos zog sie die Schuhe aus und warf sich aufs Sofa. Lucky lag in der Ecke an seinem Lieblingsplatz, hob den Kopf für einen Moment und kam schnurrend zu ihr herüber. Als ob er spürte, dass etwas nicht stimmte, denn er strich mit seinem Körper und seinem Schwanz ungewöhnlich oft an ihren Beinen entlang.

Als Nesra die seltene Aufmerksamkeit ihres Katers bemerkte, musste sie ungewollt lächeln, hob Lucky zu sich aufs Sofa und kraulte ihn zwischen den Ohren. Dann war sie in Gedanken wieder bei den Ereignissen der letzten Stunden.

Die Durchsuchung von Rico Schwarz' Wohnung hatte fast zeitgleich mit der des Klubhauses der Sithonen stattgefunden. Bei Rico Schwarz wurde allerdings nichts Außergewöhnliches entdeckt.

Das Klubhaus war offensichtlich überstürzt verlassen worden. Halb volle Bierflaschen, umgefallene Stühle und in der Ecke ein angeschalteter Fernseher. Auf dem Tresen wurden mehrere Handys in dem Spülbecken gefunden, das voller Seifenwasser war.

„Sie verwischen ihre Spuren", hatte Kommissar Bauer gesagt. Ansonsten hatte das SEK tonnenweise

Nazi-Propaganda, Drogen, ein paar Pornos sowie mehrere gefälschte oder gestohlene Nummernschilder und einige Hieb- und Stichwaffen wie Messer, Schlagringe und -stöcke in einem doppelten Boden gefunden.

Der militärische Abschirmdienst hatte sich dann irgendwann auch gemeldet und hatte die Übernahme des Falles angefordert, was laut Kilberta zu einem kleineren Kompetenzgerangel zwischen den Behörden LKA, Verfassungsschutz und dem MAD führte. Für die Durchsuchung der Firmengebäude der Optimum Logistics lag dagegen immer noch keine Genehmigung des Staatsanwalts vor, ganz zu schweigen von einer Hausdurchsuchung bei der Familie von Hasselberg.

Nesras Gedanken waren kurz bei Cleo, dann erhob sie sich und trat vor das große Panoramafenster, um einen Blick auf die Dächer Stuttgarts zu werfen.

Sie war müde, weil sie mehrere Stunden fast ohne Pause befragt worden war. Sie hatte dabei bis ins kleinste Detail die Ermittlungen, die sie mit Marc Voss in den letzten Tagen auf eigene Faust unternommen hatten, immer und immer wieder erklären müssen. Sie war vom LKA, aber auch vom Verfassungsschutz und schließlich auch vom MAD wie eine Zeugin und nicht wie eine Ermittlungsbeamtin behandelt worden.

Das konnte selbst Nesra nachvollziehen. Trotzdem konnte sie sich damit nicht anfreunden. Schon gar nicht mit Kilbertas Reaktion darauf.

Sie war bis auf Weiteres suspendiert worden. Ihre Dienstwaffe und den Dienstausweis hatte ihre Chefin höchstselbst an sich genommen.

Immerhin hatte sie noch Kontakt zu Hektor Cordes, der sie weiter auf dem Laufenden hielt.

Für einen Moment beobachtete sie ihr Spiegelbild, das sich in der Fensterscheibe spiegelte. Wie hatte es dazu kommen können? Die letzten Wochen schrumpften zu einem einzigen Film zusammen, und es fühlte sich wie gestern an, seit sie die Matyliok-Bande aus Frankfurt hatten hochgehen lassen und damit die Wildkatzen gerettet hatten. Von da an hatten sich die Ereignisse überschlagen.

Obwohl ihr Körper sich nach Schlaf sehnte, entschied sie sich für eine Dusche.

Der Blick auf ihr Handy verriet ihr, dass sie mehrere Anrufe von Marcs Frau verpasst hatte. Sie musste sich eingestehen, dass sie Lucia aus dem Weg ging, doch ihr war klar, dass sie ihre Feigheit nicht verdient hatte. Tief in ihrem Innern hoffte sie nur einfach, dass sie Marc lebend finden würden, denn alles andere wäre unerträglich.

Nachdem Nesra ausgiebig geduscht hatte, fühlte sie sich besser. Sie verzichtete bewusst auf Alkohol, griff sich eine Flasche Mineralwasser und ließ sich dann in ihr Bett fallen.

Wieder vibrierte ihr Handy. Genervt warf sie einen Blick darauf. Ein Anruf. Nicht von Lucia. Von einer unbekannten Nummer.

Stirnrunzelnd ging sie ran.

„Hallo, Nesra", Scepters Stimme klang durch das Telefon eine Oktave höher.

„Scepter."

„Es gibt Neuigkeiten. Wir haben endlich was. Ein Muster. Tausendvierhundertvierzig Personen, für die alle am selben Tag eine Unterkunft gebucht wurde und die einen vergleichbaren Background haben."

„Vergleichbarer Background?“

„Alt-Nazis, Neu-Nazis, Stammkundschaft auf Querdenkerdemos und so weiter.“

„Aha. Und das Muster ist dann was genau? Dass sie alles Spinner sind?“

„Nein, das Muster ist etwas anderes. Die Buchungen sind alle mit derselben Referenznummer vorgenommen worden.“

„Das heißt? Dass alle Buchungen von derselben Person abgeschickt worden sind?“

„Oder vom selben System, derselben Firma, sieht so aus, ja. Wir wissen noch nicht, wer hinter dieser Nummer steckt, aber zumindest taucht sie überall auf. In jedem Fall gehören die Buchungen zusammen und sie sind kein Zufall.“

„Tausendvierhundertvierzig Buchungen sind keine Kleinigkeit. Verdammt, was bedeutet das?“

„Keine Ahnung. Aber wir sind dran. Ich melde mich wieder, wenn wir was rausgefunden haben.“

„Okay. Und der Journalist?“, fragte Nesra.

„Bisher nichts. Was für ihn ja ein gutes Zeichen wäre, denn das heißt, dass er noch aktiv ist. Wer weiß, vielleicht ist er einer der tausendvierhundertvierzig Glücklichen. Obwohl, nein, der ist ja schon vor Ort.“

„Scepter“, Nesra wollte einfach nur ins Bett, „heute wurde mein Kollege entführt und ein weiterer Polizist getötet. Das Ganze ist kein Computerspiel. Wir brauchen Ergebnisse, und zwar schnell. Also kümmere dich um die Sachen, die wirklich wichtig sind.“ Für einen Moment herrschte betretenes Schweigen.

„Sorry, ich bin einfach nur müde. Ich weiß ja, dass du nur helfen willst. Melde dich einfach, wenn du was

Neues hast." Ohne auf eine Reaktion zu warten, beendete sie das Gespräch.

Anschließend rutschte sie tiefer ins Bett hinein und starrte an die Decke. Vermutlich hatte Scepter ihre Wut nicht verdient, aber seine aufgesetzt lockere Art nervte sie schon die ganze Zeit. Er war schließlich kein Kind mehr ...

Dann dachte Nesra an etwas, was Scepter erwähnt hatte. Wie viele Buchungen über denselben Account hatte Scepter registriert? Tausendvierhundertvierzig? Irgendetwas klingelte da, etwas zerrte an ihrem Unterbewusstsein. Sie machte für einen Augenblick die Augen zu, konzentrierte sich, als sich irgendwo in ihren Synapsen Cleos Stimme meldete. „Inkompetentes Pack." Schlagartig saß Nesra senkrecht im Bett. „Das ist es", rief sie, und war auf einmal hellwach.

Cleo hatte telefoniert. In ihrer ersten gemeinsamen Nacht in der Suite. Sie hatte diesen Streit mit diesem Typ in der Spedition, wie hieß er noch, Franzen, ja genau. Dabei war die Zahl Tausendvierhundertvierzig gefallen, war sich Nesra sicher.

Cordes hatte die Firma doch sogar schon gegoogelt. Expand DPS. Die andere Logistikfirma. Im Nu hatte Nesra ihren Laptop aufgeklappt. Bingo! Laut Google war die Firma in Stuttgart ansässig. Um genau zu sein im Nordosten Stuttgarts in der Nähe des Fußballstadions und mit direktem Zugang zum Neckarhafen. Keine zwanzig Minuten entfernt.

Könnte das der Ort sein, an dem Marc gefangen gehalten wurde? Sie blickte auf die Uhr. Es war nach 1 Uhr. Die perfekte Zeit für einen Besuch. Einen Versuch könnte es wert sein.

Als sie Jeans und Shirt angezogen hatte, rief sie Cordes an. Ihr einziger verbliebener Verbündeter. Er ging sofort ran.

„Auch noch wach?", fragte er anstelle einer Begrüßung.

„Hektor, pass auf, ich habe gerade mit Scepter gesprochen und dabei hat er erwähnt, dass für heute auffällig viele Hotelbuchungen über eine einzige Referenznummer vorgenommen wurden!"

„Was heißt viel?"

„Tausendvierhundertvierzig."

„Stimmt, das ist auffällig."

„Ich weiß jetzt auch, wer diese Buchungen durchgeführt hat, denn dieselbe Zahl ist vor Kurzem schon einmal gefallen. In einem Gespräch, das Cleo von Hasselberg geführt hat."

Cordes hörte weiter zu.

„Das könnte natürlich Zufall sein, aber das glaube ich nicht. Optimum Logistics ist die Spedition, die die Waffenlieferungen organisiert, Expand DPS das Unternehmen, das die Hotelbuchungen abgewickelt hat. Und in beiden Fällen führt die Spur zu Arian von Hasselberg ..."

„... und damit auch zu den Sithonen", beendete Cordes Nesras Gedankengang.

„Und damit auch zu Marc Voss."

„Gut, jetzt wissen wir, wer noch alles mitspielt bei diesem rätselhaften Aufstand. Aber das hilft uns nicht viel bei der Suche nach Marc", sagte Cordes, und Nesra fühlte, wie ihre Zuversicht sich in Luft auflöste. Cordes hatte recht. Sie mussten Marc finden, und zwar schnell.

„Es könnte nun ziemlich schnell großes Chaos herrschen und dann möchte ich nicht in Marcs Haut stecken", sprach Cordes aus, was Nesra insgeheim befürchtete.

„Wir treffen uns im Revier, okay?", sagte sie trotzig, „aber vorher muss ich noch etwas überprüfen." Sie legte auf und schnappte sich ihren Schlüssel. Nicht einmal eine Minute später stand sie vor ihrem Jaguar. Sie wollte gerade ihr Handy in der Innentasche ihrer Lederjacke verstauen, als sie zwei Schatten bemerkte, die sich hinter den Betonsäulen herausschälten.

„Wen haben wir denn da?", hörte sie einen der beiden Gestalten in ihre Richtung krächzen.

Nesra erstarrte. Die Schatten kamen langsam näher und standen nun direkt unter dem diffusen Lichtkegel, der von der flackernden Tiefgaragen-Neonröhre ausgestrahlt wurde.

Der Rechte, mittelgroß, ein paar Kilo zu viel, trug eine Cap, auf der HKNKRZ geschrieben stand. Sein Gesicht hatte er mit einem karierten Halstuch verdeckt, sodass nur seine Augen zu sehen waren. Der Linke, deutlich durchtrainierter, hatte eine Skimaske über dem Kopf und kam langsam näher. Nesra stand jetzt mit dem Rücken zu ihrem Auto und suchte nach einer Fluchtmöglichkeit. Doch die beiden Männer bildeten eine Wand, die sie durchbrechen musste. Sie verfluchte sich und Kilberta, weil ihre Dienstwaffe in der Schublade des Zollamtes lag. Jetzt machte der Typ mit dem Halstuch einen Schritt auf sie zu. „Na, du Negerhure, jetzt bist du still, was", brüllte er in ihre Richtung und hob die Hand. Er schwang einen schwarzen Teleskopstock. Mittlerweile war er bis auf zwei Meter an Nesra rangekommen. Eine ekelhafte Fahne aus Bier, Nikotin und schlechtem Körpergeruch drang in ihre Nase, während sie fieberhaft überlegte, wie sie aus der Situation herauskommen konnte. Mehr Sorgen als der stinkende Gnom vor ihr machte ihr der Mann mit der Skimaske. Die Art, wie er sich bewegte, zeigte Nesra, dass er eindeutig die härtere Nuss war, die sie knacken musste. Seine Körperspannung verriet ihn als Kampfsportler. Dann ergriff Nesra die Initiative. Sie machte einen plötzlichen Schritt auf den Typ mit dem Teleskopschlagstock zu, drehte sich im letzten Moment um neunzig Grad herum und versetzte dem anderen einen Tritt mit der Fußkante in den Magen, um dann in einer geschmeidigen Bewegung dem verblüfften Typen mit dem Schlagstock einen Schlag mit dem Ellbogen auf den Kehlkopf zu verpassen. Er ging röchelnd zu Boden und schnappte nach Luft. Der Typ mit der Skimaske, dem sie den Tritt in den Magen verpasst hatte, war jetzt hinter ihr und warf sich mit voller Wucht auf sie. Sie gingen beide zu Boden und Nesra kämpfte mit aller Macht darum, dass er sie nicht zu fassen bekam. Sie spürte sein Gewicht auf ihrem Unterleib und versuchte, einen Wirkungstreffer in seinem Gesicht zu landen, aber sie waren sich so nahe, dass die Schläge wirkungslos verpufften. Mit wachsender Verzweiflung trat Nesra mit den Füßen nach dem Mann, aber er grunzte nur angriffslustig.

Dann ging er überraschend zum Gegenangriff über und bekam Nesra am Hals zu fassen. Reflexartig versuchte sie, sich aus dem Würgegriff zu befreien. Sie spürte seine volle Kraft, mit der er ihr die Luft abdrückte. Keine Chance für sie, den Griff zu lockern.

Sein Gesicht fing an, vor ihr zu verschwimmen. Panik kam in ihr auf, als sie spürte, wie ihre Halswirbel zu brechen drohten. Sie änderte ihre Taktik und schlug ihm mit den flachen Händen auf die Ohren. Einmal. Zweimal. Nesra konnte keinen klaren Gedanken mehr fassen. Einfach weiterschlagen ...

Beim dritten oder vierten Schlag ließ er endlich von ihr ab und sackte benommen auf die Knie.

Das war knapp, dachte sie hustend und versuchte, wieder auf die Beine zu kommen. Sie wusste, dass ihr nicht viel Zeit blieb.

Gerade, als sie den Mann mit der Skimaske mit einem Schlag gegen die Schläfe endgültig außer Gefecht setzen wollte, nahm sie eine Bewegung hinter sich wahr. Sie drehte sich kurz zur Seite und sah aus den Augenwinkeln das grinsende Gesicht eines Mannes, das ihr bekannt vorkam. Vor allem das hängende Augenlid.

„Blomkowski", kam es ihr noch flüsternd über die Lippen, bevor ein dumpfer Schlag alles um sie herum schwarz werden ließ.

34

Freitag, 31. August, gegen 1 Uhr

Gerry führte Olaf eine Wendeltreppe hinauf in den ersten Stock. Sie passierten einen langen Flur. An dessen Ende, vor einer schmalen Tür, blieb er schließlich stehen, klopfte mehrmals, zwinkerte Olaf verschwörerisch zu und trat dann ein.

Das Zimmer hatte etwas von einem fensterlosen, etwas zu groß geratenen Abstellraum. An der Decke baumelte eine einzelne Glühbirne, die für ein schummriges Licht sorgte. Unwillkürlich dachte Olaf an ein geheimes Hinterzimmer, wie es in dem alten Mafia-Film vorkam, in dem der Pate wortkarg über das Schicksal der Verräter entschied.

Zu ihrer Linken befand sich ein deckenhohes Wandregal voller handschriftlich markierter Pappkartons, zu ihrer Rechten ein hüfthoher grau lackierter Safe-Schrank, dessen dicke Stahltür offen stand. Olaf registrierte verblüfft die übereinander gestapelten Goldbarren, die dem Ganzen den Glanz eines religiösen Altars verliehen.

In der Mitte des Zimmers stand ein Tisch, auf dem Dutzende Geldbündel lagen.

Hinter dem Tisch saß ein hagerer, adrett gekleideter Mann mit kahl geschorenem Kopf und ordentlich gestutztem Schnurrbart. Vor ihm lagen Listen mit

Zahlenkolonnen, die er mit einem Lineal und einem Bleistift bearbeitete. Er schaute nicht auf, als Olaf und Gerry das Zimmer betraten.

Gerry räusperte sich. „Herr Engerling, entschuldigen Sie die Störung."

Wache, blaue Augen musterten die beiden Störenfriede über den Rand der Lesebrille hinweg.

„Schon gut, was gibt es denn?" Engerling legte den Ordner beiseite und schenkte ihnen nun seine ganze Aufmerksamkeit.

„Mein Kamerad, Olaf Gallweber, ist gerade angekommen. Er hat noch keine Papiere."

„Dann schauen wir mal", murmelte Engerling, erhob sich gemächlich und kramte in einem Karton in seinem Rücken. „Gallweber, Gallweber", sagte er immer wieder zu sich selbst.

Als er gefunden hatte, was er suchte, öffnete er einen Deckel und zog ein Mäppchen heraus.

„Ihr neuer Pass, Herr Gallweber", sagte er mit einem Unterton, in dem neben Strenge auch etwas Stolz mitschwang, und überreichte Olaf ein braunes Lederetui.

„Mein neuer Pass?" Stirnrunzelnd nahm Olaf das Mäppchen entgegen und zog einen fremd aussehenden Ausweis heraus.

„DNI – Dokument zur nationalen Identifikation – Süddeutsches Reich" war in goldener Schrift auf den braunen Ledereinband gedruckt. Darüber prangte das stilisierte Symbol, das Olaf schon anderswo gesehen hatte. Das Haus mit dem schwarzen Karo auf dem Dach – das Zeichen der „Hoffnung Heimat".

Ehrfürchtig klappte er den Ausweis auf, der seinem Reisepass, den er irgendwo zu Hause liegen hatte, ziemlich ähnlich war. Er enthielt seine persönlichen Daten wie Geburtsdatum, Geburtsort, Größe und Gewicht, aber auch merkwürdige Kategorien wie Truppenzugehörigkeit „Sithonen" und Blutgruppe „A Rhesus-positiv". Ansonsten sah der Ausweis wie ein amtliches Dokument aus. Das Datenblatt war laminiert und mit verschiedenen aufwendig aussehenden, bunt flirrenden Hologrammen versehen.

„Echt beeindruckend", sagte er, während er den Ausweis vor und zurück wedelte, um die Hologramme zu erkennen.

Aus der linken, oberen Ecke blickte ihm sein eigenes Gesicht entgegen.

Er warf Gerry einen überraschten Blick zu. „Wo habt ihr denn das Foto her?"

„Von dem Anwärtertreffen hier in der Mühle. Ist so üblich", Gerrys Augen hatten wieder diesen besonderen Glanz angenommen.

Olaf erinnerte sich vage, dass sie damals von allen Neuen ein Foto gemacht hatten. Am Eingang.

Er wusste nicht, ob er diese Aktion gutheißen sollte. Auf jeden Fall, so musste er anerkennen, überließen die Sithonen nichts dem Zufall.

„Und meine Blutgruppe?", fragte Olaf weiter.

„Die Handschuhe." Gerry kam aus dem Grinsen nicht mehr heraus.

„Ist ja ein Ding", kommentierte Olaf jetzt schon etwas ärgerlicher.

„Und hier noch Ihr Reichsbürgergeld für die Zeit danach", sagte Engerling und legte Olaf ein Bündel Geldscheine hin.

„Die Zeit danach?", fragte Olaf, während er die merkwürdig aussehenden Geldscheine an sich nahm.

„Mit der Operation Windschatten beginnt eine neue Zeitrechnung. Neuer Staat, neuer Ausweis, neues Geld", erklärte Gerry.

„Aha", sagte Olaf und betrachtete die Geldnoten: 25 Südreichsmark, 50 Südreichsmark, 100 Südreichsmark. Bunte, ausländisch aussehende Scheine. Wie auf dem Ausweis prangte auch auf den Geldscheinen in der Mitte das Haus mit dem schwarzen Karo auf dem Dach.

„Wahnsinn." Olaf war beeindruckt und gleichzeitig beunruhigt. Diese sogenannte Operation wurde immer ungeheuerlicher. Er rang sich ein Lächeln ab und bedankte sich bei Engerling, der hier offensichtlich so eine Art Finanzminister war.

„Wenn Sie mich jetzt bitte entschuldigen würden. Ich muss noch ein paar Transaktionen gegenprüfen." Engerling setzte sich wieder an den Tisch und widmete sich wieder seinen endlosen Zahlenkolonnen.

Gerry drehte sich achselzuckend um. „Komm, wir verdrücken jetzt ein Steak."

Olafs Miene hellte sich auf. „Gute Idee, ich sterbe vor Hunger." Dabei steckte er Ausweis und Geld in die Gesäßtaschen.

Gerry schlug ihm kameradschaftlich auf die Schulter. „Ich denke, ein oder zwei kühle Bierchen werden wir auch noch bekommen."

Bevor Olaf die Tür zum Finanzamt schloss, schaute er noch einmal nach Engerling.

Der hatte sie längst vergessen. Mit dem Bleistift zog er gerade gewissenhaft eine akkurate Linie über das Blatt. Olaf schüttelte den Kopf.

„Olaf, kommst du?“, hörte er Gerry ungeduldig rufen, schon auf der Suche nach dem Steak.

35

31. August, gegen halb 5 Uhr morgens

„Hey!"

Ein brennender Schmerz in ihrem Gesicht folgte dem Schlag ins Gesicht.

„Hey!"

Ein weiterer Schlag und wieder der Schmerz.

Nesra blinzelte, musste allerdings die Augen gleich wieder schließen, weil sie ein heller Lichtstrahl blendete. Vorsichtig versuchte sie es noch mal, bis sie sich an das Licht gewöhnt hatte.

Sie brauchte einen Moment, um zu verstehen, was passiert war.

Zähneknirschend ärgerte sie sich über ihre Naivität. Allerdings hätte sie sowieso kaum eine Chance gehabt. Zumindest unbewaffnet.

Blomkowski musste ihr einen harten Schlag auf den Hinterkopf verpasst haben, denn ihr war ziemlich übel und der pochende Schmerz in ihrem Kopf wurde mit jedem Atemzug schlimmer.

Wie lange war sie bewusstlos gewesen?

Als sie jetzt wieder die Augen aufschlug, sah sie, dass sie nicht allein war. Vor ihr standen mehrere Gestalten im Halbkreis. Ein muskelbepackter Typ mit braunen, kurzen Haaren, der sie mit einem irren Blick anstarrte. Die Trainingshose und das verschwitzte Tank-Top erkannte sie sofort wieder. Sein linker Arm war bandagiert. Der Typ auf dem Roller, der Rico Schwarz erschossen und den Kripo-Kollegen verletzt hatte. Faustmann, so hieß er. Jetzt wusste sie auch, warum ihr das Foto, das Häfele ans Whiteboard gehängt hatte, bekannt vorgekommen war.

Als er bemerkte, dass sie bei Bewusstsein war, funkelte er sie heimtückisch an und griff sich in den Schritt. Dann holte er ein weiteres Mal aus und schlug ihr unvermittelt ins Gesicht. Einfach weil er Spaß hatte, da war sie sich sicher.

Sie hörte ihr eigenes gedämpftes Stöhnen. Tränen stiegen ihr in die Augen.

Arschloch, dachte Nesra nur und versuchte, den Schmerz und die Übelkeit zu ignorieren, die in ihr aufstiegen. Trotzig hob sie den Kopf.

Hinter Faustmann, der sich mit dem Handrücken den Speichel aus dem Mundwinkel wischte, standen noch mehr Gestalten, deren Gesichtsausdruck nichts als Häme spiegelte. Diabolisch grinsende Fratzen, die ihre Hilflosigkeit sichtlich genossen.

Sie erkannte die beiden Schläger aus der Tiefgarage, die allerdings einigermaßen derangiert aussahen. Diesmal hatten sie keine Masken vor ihrem Gesicht. Der Dickere, der in der Tiefgarage ein Halstuch getragen hatte, hatte eine aufgeplatzte Oberlippe, ihr Schlag mit dem Ellbogen hatte ganze Arbeit geleistet und vermutlich seine Nase gebrochen. Sie blutete noch immer und stand grotesk zur Seite ab. Hoffentlich litt er dieselben erbärmlichen Schmerzen wie sie, dachte Nesra, während sie den anderen Typen musterte. Der hatte leider kaum was abbekommen, wenn man von den dunkelroten Ohren absah. Lässig hielt er eine Flasche Doppelkorn in der Hand. Als sich ihre Blicke trafen, setzte er grinsend zu einem großen Schluck an.

Dann war da noch Blomkowski, der seine Arme verschränkt hatte und sie durchdringend ansah. Daneben der Kerl, den sie zuletzt auf dem Galadiner in München gesehen hatte. An ihrem Tisch. Nesra kramte in ihren Erinnerungen: Bornemann, André Bornemann. Außerdem waren noch zwei weitere Sithonen anwesend. Ein leicht untersetzter Kerl mit runden, geröteten Backen, komisch deformierten Ellenbogen und einem Blick, der im Gegensatz zu den anderen keine Häme ausdrückte, sondern etwas anderes. Angst? Und dann noch dieser ehemalige Polizist, den sie als Gerry Wichmeyer von dem Foto des Briefings wiedererkannte. Insgesamt also sieben.

Dann hörte Nesra Blomkowskis Stimme: „Ich glaube, sie ist wach, Fausti", sagte er in ruhigem Ton.

„Na, und?", sagte Fausti mit einem schiefen Grinsen, „ich schlag die Negerhure, solange ich will." Die anderen lachten, bis auf den Typen mit den großen Ellenbogen.

Nesra versuchte, einen klaren Kopf zu behalten. Fausti, besser gesagt Michael Faustmann, war der Typ, der beim Briefing als harter Hund beschrieben wurde. Das hatte Nesra jetzt am eigenen Leib erfahren dürfen. Außerdem hatte er Rico Schwarz kaltblütig erschossen. Aber Faustmann war nicht nur ein Sadist, offensichtlich hatte er auch Probleme mit seiner Impulskontrolle. Vielleicht konnte sie das zu ihrem Vorteil nutzen, aber jetzt konzentrierte sie sich auf die Männer, die vor ihr standen. Sie taxierte ihre Überlebenschancen. Dafür musste sie erst einmal wissen, wie der Raum aussah, in dem sie festgehalten wurde.

Es war eine Art Gewölbekeller, der offensichtlich als Lebensmittellager genutzt wurde. Meterhohe Regale voller staubiger Wasserkanister, Bierkisten und Weinkartons verdeckten zum größten Teil das alte, pelzig aussehende Gemäuer. Es gab kein Fenster, stattdessen hing über ihr an der Decke eine einzelne Glühbirne. Die traurige Lichtquelle, die den Raum in einen schimmernden und zugleich trüben Kokon hüllte. Es roch nach Moder und Schimmel. Am Ende des Raumes sah sie eine Stahltür. Sie war anscheinend der einzige Weg nach draußen.

Sie saß auf einem Holzschemel und war mit den Armen an einen Stützbalken gebunden. Ein kurzer Ruck an den Fesseln und ein stechender Schmerz an ihren Handgelenken bestätigte ihr, was sie schon vermutet hatte. Kabelbinder. Der gleiche, den sie um ihre Fußgelenke trug. Er war fest um ihre Knöchel gezogen und drückte ihr das Blut in den Schuhen ab.

Ein herzerweichendes Stöhnen hinter ihr ließ sie über die Schulter blicken.

Marc!

Er saß gefesselt und geknebelt auf dem Boden, mit dem Rücken an die Wand gelehnt. Mit schief hängendem Kopf blickte er sie an und versuchte zu sprechen. Sie vernahm nur undefinierbare Laute, weil er auch einen Knebel im Mund hatte. Sein Anblick ließ Nesra erschaudern. Seine Lippen waren blutverkrustet und das rechte Auge zugeschwollen. Sein schweißnasses Gesicht war eingefallen und er starrte wie im Delirium ins Leere.

Nesra presste die Zähne auf den Knebel, um nicht vor Wut aufzuschreien.

„Nachdem die Kollegen vom Zoll wieder so schön vereint sind, würde ich sagen, erzählst du uns jetzt mal, was ihr alles über uns und die Operation wisst", schlug Blomkowski im väterlichen Ton vor. Dabei ging er vor ihr in die Hocke und befreite sie von dem Knebel. Sein Gesicht kam ihr so nahe, dass sie seinen alkoholgeschwängerten Atem riechen konnte.

Nesra spielte in Gedanken die Möglichkeiten durch, die ihr blieben: Mit Blomkowski zu reden, war keine Option. Flucht momentan aussichtslos. Irgendwas erfinden, um Blomkowski hinzuhalten? Dafür war er zu clever. Einfach nichts sagen und auf Zeit spielen? Das war riskant, könnte aber funktionieren. Cordes würde schon was einfallen. Hoffentlich. Er saß nun vermutlich mit den Kollegen im Büro und wartete auf sie. Aber wo befand sie sich eigentlich? Wie lange war sie bewusstlos gewesen? Verdammt, sie hatte jedes Zeitgefühl verloren. Wie lange würde es dauern, bis Cordes merken würde, dass sie nicht kam und irgendetwas passiert sein musste?

Nesra wusste, dass die nächsten Stunden schmerzhaft werden würden. Faustmann war ein Psycho und Blomkowski würde einen Teufel tun, ihn zurückzuhalten. Aber sie musste so lange wie möglich durchhalten. Ihr selbst und vor allem Marc zuliebe.

„Du solltest lieber reden, denn mein Kamerad hier", dabei machte Blomkowski mit dem Kopf eine Bewegung Richtung Fausti, „kann nämlich ganz schön unangenehm werden." Dann blickte er kurz zu Fausti und meinte: „Und ich auch, wenn es sein muss."

Nesra nutzte Blomkowskis Auftritt, um die Chancen abzuwägen, einen der Männer auf ihre Seite zu ziehen. Faustmann war leicht zu berechnen: brutal und durchgeknallt, Blomkowski war das Hirn der Sithonen, kalt wie Hundeschnauze, aber nicht dumm. Hatte sie etwas, das sie ihm anbieten konnte? Die Schläger aus der Tiefgarage waren genau das: Handlanger, die Befehle befolgten und sonst keine Fragen stellten.

Blieb noch Bornemann. War er die rechte Hand von Blomkowski, weil er mit auf der Gala gewesen war? In seinem Blick war etwas, das man auch als Widerwillen oder Missbilligung lesen konnte, als Faustmann sie geschlagen hatte. Auch die beiden anderen Typen, der Kräftige mit den ramponierten Ellenbogen und sein kleinerer Freund, waren definitiv nur Mitläufer. Sie würden wahrscheinlich das Weite suchen, wenn es hart auf hart kommen würde.

Blomkowskis kehliges Lachen beendete ihre Überlegungen. Da er vor ihr gekniet hatte, stützte er sich beim Aufstehen mit einer Hand auf ihrer Schulter ab. Dann drehte er sich für einen kurzen Moment weg, um ihr dann mit voller Wucht ins Gesicht zu schlagen. Der Schlag kam so schnell und unerwartet, dass Nesra hart mit dem Hinterkopf an den Balken schlug und Angst hatte, das Bewusstsein zu verlieren. Als der Schmerz abebbte und sich zu einer trügerischen Taubheit ausbreitete, schmeckte sie Kupfer im Mund. Hustend spuckte sie Blut und tastete mit der Zunge ihren Mundraum ab. Mindestens zwei Zähne wackelten.

Dann hörte sie Marcs gedämpftes Gebrabbel, der versuchte, durch den Knebel zu schreien. Sie blickte zu

ihm hinüber und erkannte Angst in seinem Gesicht. Todesangst.

„Du willst immer noch nicht reden", hörte sie nur
noch, dann traf sie Blomkowskis nächster Schlag, der
Nesra das Bewusstsein raubte.

36

Einige Stunden später

Ein hektisches Klopfen an der Kellertür unterbrach die Tortur der Polizistin.

„Was?", brüllte Blomkowski, ohne sich von ihr abzuwenden. Ihr Gesicht war stark geschwollen, aus der Nase und aus ihrem Mundwinkel lief Blut. Sie war über Minuten nicht ansprechbar gewesen, was Faustmann mit einem wütenden Tritt in ihre Magengegend quittiert hatte. Während Blomkowski darauf wartete, dass sie wieder bei Bewusstsein war, tigerte Faustmann wie ein Irrer durch das Kellergewölbe, so als wäre er auf der Suche nach dem nächsten Opfer.

Olaf hatte sich in der letzten halben Stunde mehrmals auf die Zunge gebissen, weil er die Folter der Polizistin nicht mehr mit ansehen konnte. Er fragte sich sowieso, was Blomkowski eigentlich von ihr wissen wollte. Er hatte zunehmend das Gefühl, dass es fast etwas Persönliches war. Nicht dass er etwas daran ändern konnte. Niemals würde sich Olaf trauen, sich Fausti oder dem Präsidenten in den Weg zu stellen. Dennoch fühlte er sich hundeelend, auch weil er nicht den Mut hatte, dieses unwürdige Szenario zu beenden. Die junge Frau sollte sterben, und damit hatte Olaf große Probleme.

Vorhin hatte er noch mit Gerry ein Steak verputzt und ein paar Bierdosen geleert. Dann war mit einem

Mal Bruno aufgetaucht. Sie hatten die leblose Frau in den Keller getragen und Bruno hatte Gerry und Olaf nach unten beordert.

Als sie dann den Keller betreten hatten und er dort den anderen Polizisten auf dem Boden entdeckte, war Olaf vor Schreck die Luft weggeblieben. Vor allem, weil dieser Polizist mehr tot als lebendig aussah.

Nachdem sie die bewusstlose Zollbeamtin erst gefesselt und dann mithilfe von Faustis Maulschellen ins Leben zurückgeholt hatten, begann das eigentliche Verhör. Und es war auch für Olaf offensichtlich, dass es für Fausti nicht um Ergebnisse, sondern nur um sein sadistisches Vergnügen ging. Ein Schlag nach dem anderen prasselte auf die junge Frau nieder und in Olafs Innerem tobte ein Kampf, der von Minute zu Minute drängender wurde.

Ihn widerte nicht nur bloße Gewalt an, sondern auch die derben Beleidigungen und Drohungen, die ihr die beiden ins Gesicht schrien. Vor allem Faustmann entpuppte sich als lupenreiner Rassist, der jede Hemmung verloren hatte.

Olaf schaute verzweifelt zu Bornemann, der sich offensichtlich ähnlich unwohl fühlte. Er hatte zwischendurch ein „Es reicht, Fausti", eingeworfen, aber der hatte nicht reagiert. Olaf war kein Menschenfreund, ganz im Gegenteil, aber er machte keine Unterschiede zwischen Frauen und Männern, welche Farbe ihre Haut hatte oder woher die Eltern kamen. Für ihn war ein Deutscher genauso nervig wie ein Ausländer.

Umso mehr fragte er sich nun, warum er den Hass gegenüber Ausländern bei den Sithonen bislang ignoriert hatte.

Mitglied einer Gruppe zu sein, die eine neue Ordnung in Deutschland herstellen wollte, und somit eben auch Teil eines Größeren zu sein, war schön und gut, aber mit dem, was hier gerade passierte, wollte er eigentlich nichts zu tun haben.

Unvermittelt fragte er sich, wie hoch die Gefängnisstrafe für Entführung und Misshandlung zweier Zollbeamter war. Aber würde er überhaupt ins Gefängnis müssen, wenn die Sithonen die neue Ordnung bestimmten?

Olafs Gedanken fuhren Achterbahn und er sehnte sich nach seinem eigenen Keller, in dem er in aller Ruhe seinem Hobby nachgehen konnte, ohne Sithonen, ohne Bruno und vor allem ohne Operation Windschatten.

„Bruno! Es geht los! Du musst hochkommen! Sie sind da", ertönte eine dumpfe Stimme von der anderen Seite der Kellertür.

„Verdammt, jetzt schon", fluchte Bruno und warf einen Blick auf die Armbanduhr, die er auf den Tisch in der Ecke gelegt hatte.

Gelassen legte er die Rolex-Imitation wieder an, dann schaute er mit glänzenden Augen in die Runde.

„Jungs, es geht los."

„Operation Windschatten?", fragte André, und Bruno nickte.

„Etwas früher als geplant, aber wir sind bereit. Wir brechen die Zelte ab und verschwinden von hier."

Fausti, der noch immer vor der bewusstlosen Polizistin kniete und ihr Gesicht am Unterkiefer festhielt, fragte: „Was ist mit den beiden hier?"

„Das klären wir oben. Knebel sie wieder und dann komm nach, wir müssen noch einiges in die Autos verladen“, antwortete Bruno, öffnete die Kellertür und verschwand im Gang.

37

31. August, gegen Mittag

Als Nesra wieder zu sich kam, wusste sie nicht, wie viel Zeit vergangen war. Vorsichtig öffnete sie die Augen. Sie fühlte fast nichts, und sie war dankbar, dass ihr Körper in einer Art Parallelwelt verschwunden war, die die Schmerzen in einem kleinen Kästchen eingeschlossen hatte. Alles, was sie sah, war Marc, der auf dem Boden kauerte. Offensichtlich waren sie allein. Unbewacht. Die Tür war verschlossen, und sie waren noch immer gefesselt. Vorsichtig bewegte Nesra ihre Arme und Hände, aber nur kurz, dann kam der Schmerz. Das Kästchen hatte sich wieder geöffnet.

Sie registrierte beunruhigt, dass Marc immer noch oder wieder bewusstlos war. Sie rief nach ihm, aber der Knebel verschluckte ihre Stimme. Dann bewegte sie ihre Beine und Füße. Keine Antwort aus dem Schmerzkästchen. Gut! Sie stampfte mit den Füßen auf den Boden, doch Marc reagierte nicht. Einen Moment befürchtete sie schon, er wäre tot, doch dann sah sie erleichtert, dass sich seine Brust hob und senkte.

Als Nächstes versuchte sie, sich aus dem Kabelbinder zu winden, was ihr allerdings nicht gelang. Sie hatte mal gelesen, dass man das eigene Blut der Handgelenke als eine Art Schmiermittel nutzen konnte, um sich aus den Fesseln zu befreien. Das Problem war nur, dass sie kein Gefühl mehr in den Händen hatte und sie schlicht nicht wusste, ob sie schon blutete.

Die nächsten Minuten kümmerte sie sich um die Kabelbinder an den Fußgelenken, was sich allerdings als noch auswegloser entpuppte.

Dann kam ihr die Idee, aufzustehen und mit dem Kabelbinder an dem Stützbalken nach oben zu rutschen.

Sie zog die Beine zur Seite, stützte sich zunächst auf die Knie, dann stemmte sie sich nach oben, während sie gleichzeitig die Hände hinter ihrem Rücken am Stützbalken entlangscheuerte. Nach fast zehn Minuten unmenschlicher Kraftanstrengung hatte sie es geschafft: Sie kniete mit zitternden Beinen am Stützbalken und atmete durch. Sie hatte kein Gefühl mehr in den Armen und schnaufte schwer durch den Mund. Sie fühlte sich völlig erledigt und bekam keine Luft, denn ihre Nase war geschwollen und mit Blut verstopft. Aber weil sie nun in einer Art Hocke saß, konnte sie nun mehr Druck auf die Fesseln an ihren Fußgelenken ausüben.

Genau in dem Moment, in dem sie fast spürte, dass der Kabelbinder nachgeben würde, hörte sie Schritte vor der Tür. Dann wurde ein Riegel weggeschoben, und Marc und sie waren nicht mehr länger allein.

38

Fausti ließ die Kellertür hinter sich ins Schloss fallen, drehte sich um und setzte einmal mehr sein breites, diabolisches Grinsen auf.

Olaf hatte den Blick, den ihm die Zollbeamtin zugeworfen hatte, durchaus registriert. Er hatte Verzweiflung darin gesehen, aber vielleicht auch Hoffnung. Jetzt fühlte er sich noch elender. Die letzten Stunden hatten sie gemeinsam mit einer anderen befreundeten Gruppe, die sich „Die Stiernacken" nannte, damit verbracht, Kisten voller Waffen, Munition, Sprengstoff, ja sogar Landminen in Transportern zu verstauen. Damit hatte er die beiden Gefangenen im Keller eine Weile vergessen können. Bis jetzt.

Bruno hatte Fausti die Aufgabe übertragen, sich um die beiden Zollbeamten zu „kümmern" und dann nachzukommen.

Er hatte von Fausti verlangt, dass er sich zwei Helfer auswählen sollte, denn es gab ein ehernes Prinzip bei den Sithonen: keine Alleingänge, oder wie es Gerry nannte: mitgefangen, mitgehangen. Sehr zu seiner Verwunderung hatte Fausti zuerst auf ihn gedeutet, was dazu führte, dass ihm auf der Stelle schlecht wurde.

Dass Fausti André Bornemann als Zweiten auswählte, nahm er nur am Rande wahr.

André Bornemann schien es nicht anders zu gehen, als sie im Schlepptau von Faustmann nach unten gingen und auf Anweisungen warteten. Er schluckte schwer. „Was ... Was hast du denn jetzt mit ihr vor?“, stammelte er, und seine Stimme klang schwach und heiser.

Statt einer Antwort rieb sich Fausti die Hände und überlegte anscheinend, wen er sich zuerst vorknöpfen würde.

Der Polizist war offensichtlich noch immer bewusstlos. Sein Kopf hing nach unten, sein Kinn lag auf der Brust. Auch die Polizistin war ein Häufchen Elend, aber wenigstens bei Bewusstsein und starrte Fausti wütend an. Sie hatte immerhin die Energie aufgebracht, sich in die Hocke hochzuarbeiten. Fausti hatte ihr sofort die Beine weggetreten und sie nach unten gedrückt.

„Wir knallen sie ab, vergraben sie im Wald und räumen dann auf. Dann folgen wir den anderen“, sagte Fausti, als wäre es das Normalste der Welt.

Er schien sich an den angsterfüllten Blicken der Frau zu weiden, denn das Grinsen in seinem Gesicht wich unverhohlener Freude, als er sah, wie sie sich vor Panik und Wut aufbäumte und vergeblich versuchte, sich von ihren Fesseln zu befreien.

Als Olaf begriff, was Faustis Entscheidung tatsächlich bedeutete, blieb ihm die Luft weg. Er schwitzte und versuchte, einen klaren Gedanken zu fassen. Ihm wurde dabei so übel, dass er wieder Galle im Mund schmeckte.

„Fausti ...“, begann André und hob dabei die Hände zu einer beruhigenden Geste.

„Du hältst jetzt die Schnauze!“, unterbrach der ihn direkt.

„Auch wenn du ständig mit unserem Präsidenten rumkumpelst, vergiss nicht, wie lange ich schon dabei bin." Dabei präsentierte er stolz die Kornblume auf seinem Oberarm. „Er hat mir den Befehl gegeben. Mir! Ich hätte es auch allein erledigt. Aber zu dritt sind wir schneller beim Verscharren!"

In Bornemanns Gesicht spiegelte sich nun pures Entsetzen. Er senkte den Blick, schluckte schwer und schaute dann zu Olaf rüber. Der wollte nur noch im Erdboden verschwinden, weil er ahnte, was kommen würde. Faustis Blick war unmissverständlich, und das unwirkliche Gefühl, mitten in einem Albtraum zu stecken, lähmte ihn.

„Olaf", sagte Fausti plötzlich in einem Ton, der das Blut in seinen Adern gefrieren ließ.

„Du machst es!"

39

Ein paar Stunden zuvor

„So eine Scheiße!"

Cordes' flache Hand knallte so heftig auf den Tisch, dass die Kaffeetassen klirrten.

Dann blickte er der Reihe nach in betretene Gesichter: Bauer, sein Kollege aus dem Bereich Organisierte Kriminalität, Kowalski von den Kapitaldelikten und der alte Rattlinger vom Staatsschutz, der grimmig den grauen Schnauzer im Gesicht glatt strich und sich dann räusperte: „Damit konnte keiner rechnen."

„Ach, hört doch auf", fuhr Cordes ihn an, „wir hätten sie unter Polizeischutz stellen sollen. Erst Leschmitz, dann Voss und jetzt Nesra Bukhari."

Keiner erwiderte etwas.

Die Tür des Besprechungsraums wurde aufgerissen. Hauptkommissar Häfele trat schnellen Schrittes ein, gefolgt von Kilberta.

Sie nickte den Anwesenden zu und setzte sich auf einen freien Stuhl.

Häfele stellte sich an den Kopf des Tisches. „Herr Cordes, auch wenn Sie momentan nicht Teil der Soko sind, fassen am besten Sie die Ereignisse der letzten Stunden für Frau Dr. Kilberta zusammen."

Cordes zögerte nicht eine Sekunde. „Vor etwa zwei Stunden hat mich Nesra Bukhari angerufen. Sie hat eine merkwürdige Übereinstimmung entdeckt, die uns möglicherweise zu Marc Voss führen könnte. Scepter hatte uns darüber informiert, dass jemand für die Zeit zum 1. September hin eine größere Zahl von Hotelbuchungen im süddeutschen Raum vorgenommen hat, nämlich exakt tausendvierhundertvierzig Buchungen. Diese Zahl entspricht genau der, die Frau Bukhari in einem Zusammenhang in einem Telefonat von Cleo von Hasselberg aufgeschnappt hat. Wie es aussieht, können wir jetzt die Buchungen einer Firma aus Stuttgart, der Expand DPS, zuordnen. Expand DPS ist ebenfalls ein Logistikunternehmen, das zur Firmengruppe von

Arian von Hasselberg gehört. Es besteht zumindest die Möglichkeit, dass Marc Voss dort gefangen gehalten wird. Frau Bukhari wollte sich die Spedition näher anschauen, aber ich hatte mit ihr besprochen, dass sie zuerst ins Präsidium kommen soll. Dann ist der Empfang plötzlich abgebrochen. Ich bin dann auf direktem Weg hierhergekommen.

Leider ist Frau Bukhari bisher noch nicht aufgetaucht. Sie ist auch telefonisch nicht zu erreichen. Weil wir wissen, was mit ihrem Kollegen Marc Voss passiert ist, sind Bauer und ich mit einer Streife zu ihr nach Hause gefahren.“

Der Rest des Satzes war dann kaum zu verstehen, so brüchig war Cordes' Stimme.

„In der Tiefgarage haben wir frische Blutspuren gefunden.“

„Mein Gott!“ Kilbertas hageres Gesicht glich dem einer bleichen Schaufensterpuppe.

Für einen Moment war es vollkommen still im Besprechungsraum.

„Jetzt verstehen Sie sicher, warum ich Sie aus dem Bett geklingelt habe", meinte Häfele entschuldigend.

Kilberta nickte abwesend, dann fragte sie entschlossen: „Ist es viel Blut?"

„Nein, die Spurensicherung vor Ort sagt, dass Frau Bukhari, wenn überhaupt, nur leicht verletzt sein kann. Außerdem wissen sie noch nicht, ob das Blut tatsächlich von ihr ist", erklärte Bauer.

„Ich bin sicher, dass es Frau Bukharis Blut ist. Es muss einen Kampf gegeben haben. Jetzt suchen wir zwei Ihrer Mitarbeiter", sagte Cordes resigniert.

Kilberta stand auf und rieb sich die Schläfen. „Gott, was für eine Riesensauerei! Zuerst einer meiner erfahrensten Zollfahnder – tot. Gefoltert und ermordet. Ein anderer Ermittler wechselt die Seiten und wird vor unseren Augen erschossen. Mein bester Analyst wird entführt, und jetzt haben sie auch noch meine beste verdeckte Ermittlerin geschnappt."

Dann wandte sie sich wieder an die Runde, ihr Blick durchbohrte aber Hektor Cordes. „Und wir haben immer noch keine Ahnung, wo meine Leute gefangen gehalten werden?"

Cordes schüttelte den Kopf und starrte teilnahmslos auf den Tisch.

Häfele ergriff das Wort: „Wir haben sämtliche Adressen der Sithonen überprüft. Das Vereinsheim, Kneipen, in denen sie öfter gesehen wurden, dazu noch die Wohnungen der wichtigsten Köpfe. Nichts. Weder Hinweise auf andere Verstecke noch Informationen darüber, was eigentlich bevorsteht. Und auch die Spedition Expand DPS haben wir inzwischen durchsucht. Wieder nichts. Immerhin wissen wir, dass auf

Blomkowskis Mutter ein weinroter Volvo zugelassen ist. Der BfV hat bestätigt, dass Blomkowski und seine Klubkameraden öfter mal mit dem Auto unterwegs sind. Vor ein paar Tagen war Blomkowski mit ein paar anderen damit auch bei Axel Adamycz."

Die kleine Runde guckte ihn fragend an.

„Dem König. König Heilmar", schob Häfele hinterher. „Adamycz wird von dem BfV ebenfalls beobachtet. Die Fahndung nach dem Auto ist jetzt auf den ganzen süddeutschen Raum ausgeweitet worden."

Kilbertas Miene hellte sich für einen kurzen Moment plötzlich auf. „Dieser Reichsbürger, dieser König Heilmar? Könnten Marc Voss und Frau Bukhari ..."

Häfele zuckte bedauernd mit den Schultern. „Seine Villa wird lückenlos überwacht, aber weder Bukhari noch Voss wurden dort gesehen."

„Na toll. Und was ist nun mit diesem durchgeknallten König? Wann durchsuchen wir sein Haus?", wollte Kilberta wissen.

„Das gestaltet sich schwieriger als gedacht. So, wie es aussieht, sitzt er noch in seiner Villa und rührt sich nicht. Wir haben jetzt auch einen Durchsuchungsbeschluss, aber es gibt Komplikationen. Das SEK ist vor Ort, allerdings haben die Kollegen beim Öffnen des Gartentores eine Sprengfalle entdeckt. Wie es scheint, ist die ganze Villa vermint."

„Ist nicht Ihr Ernst", sagte Kilberta entgeistert.

„Doch", fuhr Häfele fort und warf einen besorgten Blick auf seine Armbanduhr. „Ich hoffe, dass nichts Schlimmeres passiert ist und das SEK demnächst Vollzug meldet. Ich erwarte jeden Augenblick ein Update. Bis dahin müssen wir uns noch gedulden."

„Gibt es Neuigkeiten von Scepter?“

„Funkstille. Ich habe keine Ahnung, wie Nesra mit Scepter Kontakt aufgenommen hat“, sagte Hektor Cordes ratlos.

„Mist! Und die von Hasselbergs?“ Aus Kilbertas Stimme sprach pure Verzweiflung und nach ihrem Gesichtsausdruck zu urteilen, kannte sie die Antwort schon.

Häfele schüttelte nur stumm den Kopf und blickte zu Boden.

Bauer, Kowalski und Rattlinger warfen sich ratlose Blicke zu. Dann hing jeder seinen Gedanken nach. Cordes sah ihnen an, dass sie sich genauso fühlten wie er. Elend. Machtlos. Er musste unweigerlich an die Leiche des Zollfahnders, Frank Leschmitz, denken. Bleich und kalt in dem Erdloch. Dann waren seine Gedanken wieder bei Marc und Nesra.

Wenn sie wirklich in den Händen der Sithonen waren, dann blieb nicht mehr viel Zeit. Er blickte auf die Uhr an der Wand. Der 31. August war bereits drei Stunden alt.

„Ruhig bleiben“, sagte er sich und klaubte ein Bonbon aus der Tasche.

In die Stille hinein klingelte das Smartphone in Häfeles Brusttasche.

„Das SEK“, sagte der Soko-Leiter und ging ran.

***

31. August, 4:30 Uhr

Im Schritttempo passierten sie die Straßensperre, die die Kollegen von der Schutzpolizei im Umkreis von etwa zweihundert Metern um Axel Adamycz' Anwesen errichtet hatten. Cordes wusste, dass dies das übliche Prozedere bei einem bestätigten Sprengstofffund in Wohngebieten war. Das Blaulicht der Streifenwagen, der Feuerwehr und der Ambulanz, die ebenfalls routinemäßig dazugerufen wurden, tauchte die Straße in ein diffuses Licht und verwandelte die Umgebung damit in ein fremdes, fast schon unwirkliches Ambiente.

Nach dem Anruf waren sie sofort aufgebrochen. Häfele, der es sich nicht nehmen ließ, selbst zu fahren, Kowalski, Kilberta und natürlich Cordes, der wie Kilberta auch offiziell nichts hier zu suchen hatte. Seit Nesras Verschwinden nahm es Häfele mit dem Dienstweg nicht mehr so genau. Außerdem war er dankbar für jede Hilfe, die er bekommen konnte.

Häfeles Dienstwagen kam direkt hinter dem Transporter des Spezialeinsatzkommandos zum Stehen. Der Soko-Leiter stellte den Motor ab, zog die Handbremse und öffnete mit einem „Na, dann los" die Fahrertür. Vorsichtig näherten sich Häfele, Cordes, Kilberta und zwei weitere Mitglieder der Soko dem Eingang der Villa, die in das grelle Licht eines Scheinwerfers getaucht war. In einiger Entfernung vor dem Haus hatte sich trotz der frühen Stunde eine stattliche Menschenmenge eingefunden, die den Einsatz neugierig verfolgte.

Kopfschüttelnd nahm Cordes den Schriftzug auf, der in den breiten Torbogen des villa-gleichen Anwesens graviert war.

Königreich freies Neu-Deutschland.

„Ich fasse es nicht", murmelte Dr. Kilberta.

Häfele sprach kurz mit dem SEK-Einsatzleiter, um auf den aktuellen Stand gebracht zu werden. Ein großer, breitschultriger Mann in den Vierzigern mit einem ordentlich gestutzten, sandfarbenen Bart und dunklen Augen. Er trug einen schwarzen Overall und eine Schutzweste, drückte ab und an auf den Knopf in seinem Ohr und sprach leise in das Mikro an seinem Hemdkragen.

„Es ist nun alles gesichert. Wir haben hoffentlich alle Sprengfallen auf dem ganzen Grundstück entschärft."

Häfele nickte zufrieden und fragte dann: „Adamycz?"

„Nicht im Haus, niemand war da. Weder er noch sein Sohn."

„Er hat einen Sohn?", fragte Cordes überrascht.

„Ja, aber wie gesagt: Das Haus ist sauber. Offensichtlich ist er über einen Tunnel raus, den wir im Keller entdeckt haben. Er führt rund dreißig Meter auf die gegenüberliegende Seite und endet dort in einer Garage." Der SEK-Leiter deutete auf ein Gebäude auf der anderen Straßenseite.

Cordes schüttelte den Kopf. „Unglaublich."

„Da Adamycz vor knapp zwei Stunden noch am Tor gesehen wurde, kann er noch nicht allzu weit weg sein. Ich habe einen Hubschrauber bestellt, der gerade die weitere Umgebung von oben absucht. Die Straßensperren haben leider noch nichts ergeben", sagte er bedauernd.

„Wissen wir, mit was Adamycz unterwegs ist?"

„Nein. Wir vermuten, er ist zunächst zu Fuß und dann wahrscheinlich in einem Wagen weiter. Wir checken ein paar Kameras, die in der Nähe stehen, aber das hier ist ein klassisches Wohngebiet, das wäre purer Zufall, wenn wir fündig würden."

Cordes' Laune wurde immer schlechter.

Dann kratzte sich der Einsatzleiter am Kopf und sagte: „Das ist schon echt verrückt. Ich meine nicht nur die Sprengfallen und der Fluchttunnel. Auch im Innern des Hauses." Er schüttelte den Kopf. „Die haben echt einen Knall, diese bescheuerten Reichsbürger."

Als er in fragende Gesichter blickte, deutete er in Richtung der Villa: „Am besten, Sie schauen sich das Gruselkabinett selbst an. Folgen Sie mir!"

Der SEK-Einsatzleiter bewegte sich auf dem lang gezogenen Kiesweg nach oben und Häfele, Kowalski, Kilberta und Cordes folgten ihm. Vorbei an einer Deutschlandfahne aus dem Dritten Reich und diversen Warnschildern, die neben dem Weg in den gepflegten Rasen gehauen waren und ihnen unmissverständlich mitteilten, dass Bundesbürger mit deutschem Pass hier nichts zu suchen hatten.

Die massive Haustür stand weit offen, in dem grauen Metall waren faustgroße Löcher eingebrannt. Spuren des SEK, das die Tür aufgebohrt und die Verriegelungen aufgesprengt hatte.

Sie folgten dem Einsatzleiter durch einen Flur in eine Diele, von der sternförmig mehrere Zimmer abgingen.

„Vier Stockwerke, vierzehn Zimmer, hier links geht es in den Keller", fasste der Einsatzleiter wie ein Makler zusammen. „Dort haben wir das übliche Zeug gefunden, was so ein Reichsbürger hortet, um möglichst lange autark und unabhängig zu leben. Unmengen an Trinkwasser, Verpflegung, hauptsächlich selbst Gekochtes in Einmachgläsern, Kartoffelsäcke, Reis,

Nudeln und Milch – Gott, Hunderte Liter von Milch. Dann kistenweise Medikamente, Seife, Batterien und mehrere Fässer Dieselöl für einen kleinen Generator, der aber sehr wahrscheinlich nicht mehr funktioniert. Sieht ziemlich verrostet aus. In jedem Fall hat Adamycz Wert auf eine stattliche Auswahl an Weinflaschen gelegt und die eigene Bierbrau- und Abfüllanlage hat selbst mich überrascht."

Häfele schaute ihn fragend an.

„Der Typ hatte doch tatsächlich seine eigene Biermarke. Der Dieselgenerator ist Schrott, aber die Abfüllanlage kann sich sehen lassen", meinte er fast entschuldigend. Dann deutete er auf eine Treppe, die einen Stock höher führte.

„Im Obergeschoss haben wir Handfeuerwaffen, Gewehre und genug Munition für eine ganze Hundertschaft gefunden. Anscheinend haben wir ihn überrascht, sonst hätte er die Waffen garantiert in Sicherheit gebracht. Es gibt auch Sprengstoffrückstände und Baumaterial, um Sprengfallen herzustellen. Sieht so aus, als hätte die jemand erst vor Kurzem zusammengebaut."

„Das heißt, er hat damit gerechnet, dass wir kommen", schlussfolgerte Cordes.

„Davon gehen wir aus, ja."

„Die Sithonen", sagte Häfele, warf der Gruppe einen ernsten Blick zu und erntete nickende Zustimmung.

Ein SEK-Beamter kam aus einem der angrenzenden Zimmer und machte Meldung.

„Wir haben im Garten hinter dem Haus etwas gefunden, das seltsam ist, sieht aus wie ein oder mehrere Gräber."

Cordes zog es den Magen zusammen.

„Gräber?“

„Na ja, offensichtlich waren da kleine Kisten vergraben. Aber die Löcher sind jetzt ausgehoben und leer. Egal, was da drin war, es ist nicht mehr da.“

„Die würde ich gerne sehen“, sagte Häfele und ließ sich von dem SEK-Beamten hinausführen.

Kowalski folgte seinem Chef nach draußen. Cordes warf Kilberta einen fragenden Blick zu.

„Ich würde mich noch gerne weiter im Haus umschauen.“

„Ich bin dabei“, sagte Kilberta.

„Glauben Sie wirklich, dass wir hier einen Hinweis finden, der uns zu Frau Bukhari führen wird?“, fragte Kilberta, als sie allein waren.

„Wo sollen wir sonst suchen?“, erwiderte Cordes wenig hoffnungsvoll. „Lassen Sie uns im Keller anfangen und uns dann bis auf den Dachboden durcharbeiten.“

***

Schon nach einigen Minuten war klar, dass sie die Nadel im Heuhaufen suchten. Und noch viel schlimmer war, dass sie gar nicht wussten, wie die Nadel eigentlich aussah.

Das Haus war vollgestopft mit den seltsamsten Dingen. Neben einem ganzen Schrank voller selbst gestalteter Geldscheine und von Hand gestochener Kupfermünzen hatten sie auch Stempel, eine Laminiermaschine, einen Dokumentendrucker sowie Präge- und Beschriftungsgeräte im Untergeschoss entdeckt. Cordes war sich sicher, dass König Heilmar damit Fantasiedokumente für das noch auszurufende neue

Königreich hergestellt hatte. Dazu kamen antisemitische Hetzschriften und allerhand Nazidevotionalien: Mützen, Orden, Besteck, sogar eine Sanduhr, Hauptsache, das Hakenkreuz war eingestickt, aufgedruckt oder eingraviert.

Sie durchquerten das gewaltige Wohnzimmer, dessen Fußboden zum größten Teil mit Waffen ausgelegt war. Die SEK-Beamten hatten alles auf dem frisch gewachsten Fischgräten-Parkett nebeneinander aufgereiht. Als sie die Stichwaffen begutachteten, machte ein Beamter gerade Fotos und Notizen fürs Protokoll.

Kilberta und Cordes schauten den Beamten eine Weile zu, dann gingen sie in den 1. Stock.

Oben angekommen, teilten sie sich auf, um schneller voranzukommen.

Cordes betrat einen kleinen Raum, der wie ein Büro eingerichtet war. Ein Schreibtisch, dahinter ein Stuhl und an der Wand ein Sideboard. Alles aus altem Holz, glänzend lackiert und aus einer anderen Zeit.

Auf dem Schreibtisch waren einige antik aussehende Landkarten ausgebreitet. Cordes warf einen flüchtigen Blick darauf. Auf einer Karte waren die historischen Landesgrenzen zwischen dem Königreich Württemberg und dem Großherzogtum Baden aus dem 19. Jahrhundert verzeichnet. Eine andere Karte zeigte eine Übersicht des Schwarzwalds. Zwischen Basel, Freiburg und Stuttgart waren kleine Dreiecke entlang einer gedachten Linie vermerkt.

Stirnrunzelnd ließ Cordes die Landkarten liegen, warf noch einen Blick auf das Sideboard, fand nichts Auffälliges und verließ das Zimmer. Der nächste Raum diente wohl als begehbarer Kleiderschrank. Mehrere lebensechte Schaufensterpuppen trugen nostalgisch anmutende Uniformen. Cordes tippte darauf, dass sie aus der Kaiserzeit stammten. Über einem Stuhl hing ein langer roter Samtumhang, der schon bessere Tage gesehen haben musste. In einer staubigen Vitrine wurden eine an den Spitzen angelaufene Krone und ein polierter Ritterhelm ausgestellt. Der Helm hatte die Form eines tiefen Topfes und auf Augenhöhe war ein schmaler Sehschlitz zu erkennen. Cordes musste an einen alten Monty-Python-Film denken, „Die Ritter der Kokosnuss". Er erlaubte sich ein kurzes Schmunzeln, dann dachte er an den Grund ihres Besuchs, die Nadel im Heuhaufen, und durchsuchte die letzten beiden Räume. Es waren Schlafzimmer, eines etwas kleiner als das andere. Cordes tippte auf eine Art Jugendzimmer. Der Einrichtung nach zu urteilen, hatte der Junge keine besonders schöne Kindheit gehabt. Sein Zimmer war spartanisch und schlicht eingerichtet. Keine Poster von Kinofilmen, Actionhelden oder Boybands. Stattdessen hing über seinem einfachen Bett ein vergilbtes Werbeplakat für die Hitler-Jugend aus den Dreißigern. Der König selbst hingegen pflegte in einem pompösen Himmelbett zu nächtigen. Die Matratze verströmte einen eigenartig säuerlichen Geruch, der Cordes an seine Kindheit bei seiner Großmutter erinnerte. Überhaupt hatten alle Gegenstände, selbst die Möbel in diesem Haus, etwas Ranziges und Speckiges an sich.

Cordes durchsuchte die beiden Schlafzimmer, deren Schränke offen standen, und fand auch hier nichts, was ihnen weiterhalf, irgendwie auf Nesras Aufenthaltsort oder wenigstens den der Sithonen zu schließen.

Im Flur wartete schon Kilberta, die wohl zum selben Schluss gekommen war.

Sie warf ihm einen düsteren Blick zu.

„Ein Badezimmer mit goldenen Wasserhähnen, eine kaputte Toilette und ein Nähzimmer", fasste sie resigniert zusammen.

„Nähzimmer?", fragte Cordes.

„Fragen Sie mich bitte nicht", entgegnete Kilberta kraftlos. „Und bei Ihnen?"

„Auch nichts", antwortete Cordes und rieb sich die Augen.

„Lassen Sie uns Häfele suchen", schlug sie vor und machte sich auf den Weg nach unten.

Frustriert und unzufrieden mit sich selbst folgte Cordes Kilberta nach unten. Was hatte er auch erwartet, hier zu finden? Sie hatten nur Zeit verschwendet, die sie nicht hatten.

Auf dem Weg ins Erdgeschoss fielen ihm gerahmte Fotos ins Auge. Das Bild eines Jungen, der feierlich einen Kelch in die Höhe hielt. Ein Foto mit dem König im Porträt, die Krone erkannte Cordes als die Krone im Ankleidezimmer wieder. Auf einem Foto eine Gruppe von vier Männern, die sich die Arme auf die Schultern gelegt hatten.

„Moment mal", sagte er und blieb bei dem letzten Bild stehen. Kilberta drehte um und kam näher.

Cordes nahm das Foto von der Wand und betrachtete es sorgfältig. Es war alt und ausgeblichen, in einen bronzenen Rahmen eingefasst. Die vier Männer standen vor einem alten Tor, lachten in die Kamera. Es musste warm gewesen sein, denn sie sahen verschwitzt aus und trugen Shirts und Hemden, die an den Ärmeln hochgekrempelt waren. Links unten in der Ecke hatte jemand mit einem Edding „Teufelsmühle 99“ geschrieben.

Kilberta sagte kein Wort, aber Cordes spürte, dass sie genauso elektrisiert war wie er.

„Die Männer kommen mir bekannt vor.“

Cordes zögerte kurz, dann sagte er: „Sie haben recht. Der da ...“, dabei zeigte er auf den zweiten Mann von links, „... ist Adamycz. Ist halt über zwanzig Jahre her, da war er so Mitte vierzig.“

Dann fügte er entschieden hinzu: „Ja, ich bin mir sicher. Das ist Adamycz.“

„Ja, das könnte sein“, bestätigte sie.

Cordes zeigte auf einen weiteren Kerl der Vierergruppe: „Der da, das müsste Bruno Blomkowski sein. Auf dem Foto hat er bestimmt dreißig Kilo weniger, aber ... Das hängende Augenlid, ich hätte ihn nicht auf Anhieb erkannt, aber wie viele Personen kennen Sie, die ein hängendes Augenlid haben?“

„Stimmt. Sie haben recht, Cordes“, antwortete Kilberta.

„Moment ... Das gibt es doch nicht“, platzte es plötzlich aus ihr heraus und sie riss Cordes das Foto förmlich aus den Händen.

„Wir haben die Nadel, Cordes.“ Sie starrte noch immer auf das Foto.

„Was ist?“, fragte er gespannt.

„Ich weiß, wer die beiden anderen Männer auf dem Bild sind, und wenn wir ganz viel Glück haben, dann habe ich auch eine Ahnung, wo Frau Bukhari und Herr Voss festgehalten werden.“

40

Nesra blickte durch einen dichten Schleier aus Tränen und Blut. Ihr rechtes Auge war inzwischen völlig zugeschwollen.

Dazu hatte sie Probleme beim Atmen, denn Blomkowski hatte ihr zum Abschluss brutal auf den Brustkorb getreten.

Das nasse Tuch, mit dem sie geknebelt worden war, drückte ihr zusätzlich die Luft ab und der Schweiß brannte auf ihren aufgeplatzten Lippen.

Alle Hoffnung, den Keller lebend zu verlassen, hatte sich in Luft aufgelöst, als Faustmann das ausgesprochen hatte, was sie eigentlich schon die ganze Zeit geahnt hatte.

Das Herz schlug ihr bis zum Hals, als dieser Scheißkerl seinem Kameraden, diesem komischen Vogel mit den geschwollenen Ellenbogen, die Pistole hinhielt und von ihm verlangte, sie zu erschießen.

Nesras Empfindungen wechselten in Sekundenschnelle zwischen Hoffnung und Panik; Hoffnung, weil sie mitansah, wie der Mann von Minute zu Minute blasser um die Nase wurde. Nesra wusste, was ein Killer ist, und dieser Typ war es nicht.

Nervös und unkontrolliert zuckte sein Mund in alle Richtungen und sein Blick irrte von Faustmann zu

Bornemann und wieder zurück. Es sah aus, als ob er gleich einen Herzanfall bekommen würde. Nesra hätte nichts dagegen gehabt, allerdings wusste sie, dass Faustmann diese Sache allzu gern auch selbst erledigen würde.

„Ich ... Ich kann das nicht", winselte der dickliche Typ und hielt Faustmann die Waffe hin.

Bei den Worten gaben seine Beine nach und er wäre beinahe zu Boden gestürzt. Er konnte die Tränen nur mühsam zurückhalten. Faustmann sah ihn nur verächtlich an, wollte schon die Waffe greifen, als Bornemann dazwischenging.

„Ich mach's", sagte er mit fester Stimme und schnappte sich die Pistole.

Faustmann grinste. „Zuerst die Schlampe", sagte er und wischte sich Spucke aus dem Mundwinkel.

Ausdruckslos nahm Bornemann die Waffe in die Hand, lud sie routiniert durch und richtete sie auf Nesra.

„Fausti", sagte er, während er Nesra aus unergründlichen Augen fixierte, „nimm ihr den Knebel ab, damit sie ihre letzten Worte sprechen kann."
Der Psycho lachte und ging vor Nesra in die Hocke.

Nesra versuchte zu schlucken, doch die Angst, die Todesangst, die in ihr hochgekrochen war, hatte ihren Mund mittlerweile völlig ausgetrocknet.

Ihre Gedanken fuhren Achterbahn, ohne Sinn und Verstand. Todesangst übernahm die Regie. Sie glaubte, dass sie jeden Augenblick ohnmächtig werden würde.

Dann überkam sie plötzlich eine nie gekannte Ruhe. Sie ignorierte Faustmann, der sich mit einer grinsenden Grimasse an ihrem Knebel zu schaffen machte, und blickte regungslos in Bornemanns Gesicht.

Er spannte den Hahn. Der Finger am Abzug krümmte sich. Ein Lichtblitz schoss aus der Waffe: Faustmanns Hinterkopf explodierte, und mit kurzer Verzögerung hallte der Schuss der Pistole im Kellergewölbe wider. Sein Körper fiel wie ein nasser Sack auf den Boden, während Nesra zu verstehen versuchte, was gerade passiert war.

41

Bevor Olaf realisierte, dass Faustmann tot war, zeigte der Lauf von Bornemanns Waffe schon in seine Richtung.

Als André sprach, klang seine Stimme entschlossen: „Olaf. Hör mir jetzt genau zu.“

Olaf versuchte, seinen Blick von der Waffe abzuwenden und André direkt anzuschauen, doch das Zittern in seinem Körper war zu stark. Gleichzeitig fühlte er eine grenzenlose Erleichterung, auch wenn er nicht verstand, was gerade vor sich ging. Warum hatte André das gemacht?

„Ich bin nicht der, für den du mich hältst. Ich gehöre nicht zu den Sithonen, ich bin Journalist. Mehr musst du im Augenblick nicht wissen.“

„J... Journalist?“ Olaf machte unwillkürlich ein paar Schritte zurück und spürte plötzlich die Regale in seinem Rücken.

„Wieso ...?“, brabbelte er vor sich hin.

André sah ihn mitleidig an. „Ich bin nur Mitglied bei den Sithonen geworden, um mehr über das Innenleben eurer kriminellen, rechtsextremen Gruppierung herauszubekommen. Wenn ich gewusst hätte, in was ich da hineingerate, hätte ich das Spiel schon früher beendet. Aber dann war es irgendwann kein Spiel mehr.“

Olaf sah ihn immer noch ungläubig an.

„Ich weiß, dass du nicht so bist wie die anderen, Olaf. Ich habe dich beobachtet. Du bist kein Rassist. Du suchst Freunde und glaubst, sie bei den Sithonen gefunden zu haben. Aber da gibt es ein Problem."

„Was weißt du schon", sagte Olaf trotzig. Er mochte es nicht, wenn andere ihm sagten, was gut für ihn ist. „Du bist ein Verräter, und dafür werden dich die anderen zur Rechenschaft ziehen." Bornemann blieb unbeeindruckt.

„Es ist vorbei, Olaf. Beinah hättest du für die Sithonen einen Mord begangen. Das wäre für Blomkowski sehr praktisch gewesen, dann wärst nämlich du derjenige gewesen, der in den Knast geht, nicht er."

Olaf schüttelte ungläubig den Kopf. Er wollte Andrés Worte nicht hören, nicht wahrhaben, doch er konnte nicht verhindern, dass sie ausgesprochen waren und nachwirkten. Wie ein Gift, das sich langsam in ihm ausbreitete.

„Was meinst du denn, warum Gerry dich angeworben hat? Weil du für Blomkowski nützlich warst und ein leichtes Opfer."

Das Wort Opfer traf Olaf hart. Die Wut trieb ihm die Tränen in die Augen. Er wollte kein Opfer sein. Er blinzelte die Tränen weg, wollte etwas Freches erwidern, doch als er den Mund aufmachte, spürte er schon, dass er selbst nicht mehr so sicher war. „Du hast ja keine Ahnung", sagte er schließlich mit viel weniger Überzeugung, als er es sich gewünscht hätte.

„Wo sind sie denn jetzt, deine Kameraden? Bruno! Gerry! Weg sind sie! Die haben sich aus dem Staub gemacht."

„Die Operation ..."

„Die Operation Windschatten ist nichts anderes als ein grotesker Putschversuch, der zum Scheitern verurteilt ist“, fiel ihm André ins Wort.

Olaf wollte erwidern, wie wichtig diese Sache war, wie wichtig die Sithonen für ihn waren, nur das Problem war, dass er es selbst nicht mehr glaubte. Schmallippig blickte er zu Boden und sagte nichts. Einige Sekunden verstrichen.

Die Polizistin hatte den beiden fast atemlos zugehört, jetzt stampfte sie mit den Füßen auf den Boden. André befreite sie von dem Knebel im Mund, bevor er ihre Fesseln löste.

„Danke“, krächzte sie trocken, rappelte sich mühsam hoch, schnappte sich als erste Amtshandlung die Waffe und giftete Olaf mit einem kurzen, aber umso zornigeren Blick an: „Du bewegst dich keinen Millimeter, sonst schieß ich dir in die Kniescheiben!“

Olaf brachte nur ein selbstmitleidiges Nicken zustande. Selbst wenn er gewollt hätte, er hätte sich nicht bewegen können. Er war völlig durcheinander, in seinem Kopf schien sich alles zu drehen.

Dann kümmerte sich die Polizistin um ihren Kollegen, der immer noch bewusstlos war. Sein Kopf hing leblos nach vorne, seine Augen waren geschlossen. Ein kleines Rinnsal Speichel, gemischt mit Blut, lief ihm aus dem offenen Mund. Sie prüfte zuerst seinen Puls, dann seinen Atem und drehte ihn anschließend in die stabile Seitenlage.

„Er braucht dringend einen Arzt“, stellte sie fest und erhob sich. Für einen Moment wurde ihr schwindlig. Dann hatte sie sich wieder gefangen und wandte sich André zu: „Ich brauche mein Handy. Sofort!“

André zuckte mit den Schultern. „Glauben Sie wirklich, Blomkowski wäre so dumm, ein Handy mit hierherzubringen? Der Standort ist geheim. Ihre Kollegen wären sonst schon längst hier."

„Dann geben Sie mir Ihres!", sagte die Polizistin mit flehentlichem Unterton.

„Wir haben unsere Handys im Klubhaus zurücklassen müssen. Alle. Eine der Vorsichtsmaßnahmen. Teil der Operation Windschatten."

„Und was machen wir jetzt?" Nervös fuhr sie sich durch die schweißnassen Haare.

Olaf war noch immer nicht in der Lage, sich zu bewegen. Seine Gefühle pendelten zwischen Enttäuschung und Erleichterung und sie lähmten ihn. Sein Blick wanderte zwischen Bornemann, der Polizistin und dem toten Faustmann hin und her. Eine große Blutlache hatte sich um dessen zerschossenen Hinterkopf ausgebreitet.

„Sie sind wirklich Journalist?", fragte die Polizistin in Andrés Richtung.

„Ja", antwortete er, blickte einen Moment zu Boden und fuhr dann fort: „Ich habe mit Ihrem Kollegen vom Zoll zusammengearbeitet, das Ganze ist dann leider völlig aus dem Ruder gelaufen."

„Was genau ist passiert?", fragte die Polizistin, während sie ihren Kiefer massierte.

André nickte traurig. „Die ganze Geschichte ist zu kompliziert, um sie jetzt zu erzählen. Ich kannte Leschmitz aus einer früheren Zollermittlung, deshalb habe ich ihn vor ein paar Wochen kontaktiert. Ihm einen Tipp gegeben, in welche Richtung er ermitteln sollte. Wir wollten uns dann auf der Preisverleihung in München treffen. Er sagte, er hätte Informationen über ein größeres Netzwerk, das im Hintergrund agieren würde, von dem die Sithonen selbst nichts wissen würden. Bis auf Blomkowski vielleicht. Dann muss Leschmitz einen Fehler gemacht haben, jedenfalls ist er Faustmann über den Weg gelaufen. Als er auf der Gala nicht aufgetaucht ist, habe ich schon das Schlimmste befürchtet."

„Er war da schon tot, das wissen Sie, oder?"

„Wie gesagt, ich habe eins und eins zusammengezählt, als Blomkowski mir erzählt hat, dass sie einen neugierigen Bullen festgesetzt haben. Aber gewusst habe ich es nicht. Zumindest nicht zu dem Zeitpunkt. Blomkowski hat mir nicht gesagt, dass er bereits tot ist."

„Hören Sie, über Leschmitz reden wir später", sagte die Polizistin mit wachsender Ungeduld. „Wir brauchen einen Krankenwagen", sagte sie mit Blick auf Marc. „Und ich muss sofort meine Leute informieren. Der Verfassungsschutz muss umgehend von der ganzen Sache erfahren. Gibt es im Haus ein Telefon?"

André zuckte mit den Schultern. „Keine Ahnung."

„Warum ist eigentlich keiner von den Sithonen hier unten?", fragte die Polizistin. „Ich meine, der Schuss war doch laut genug, oder?"

„Ich denke, die sind alle schon weg", antwortete André.

„Ich gehe jetzt nach oben. Kommen Sie mit dem Typen hier für einen Moment allein klar?"

„Ja, keine Sorge, ich glaube, dass der noch unser geringstes Problem ist."

Sie schenkte ihm ein müdes Lächeln und verschwand dann mit der Pistole im Anschlag durch die Tür.

42

Ein paar Minuten später hatte Nesra das gesamte Anwesen durchsucht. Bornemann hatte recht gehabt, die Sithonen waren alle ausgeflogen. Alles sah nach einem überstürzten Aufbruch aus. Aufgerissene Kartons, leer geräumte Kisten, ein offener Safe in einem der oberen Zimmer und meterweise leere Regale ließen keinen anderen Schluss zu. Die Sithonen hatten sich aus dem Staub gemacht. Leider gab es im ganzen Gebäude kein funktionierendes Telefon.

Sie orientierte sich Richtung Ausgang, öffnete die Eingangstür und warf einen Blick nach draußen.

Es war taghell. Vermutlich schon Mittag. Nesra hatte längst jegliches Zeitgefühl verloren. Sie ging einige Schritte Richtung Wald, um ein Gefühl für die Umgebung zu bekommen. Wohin sie auch blickte, Nesra sah nur Bäume. Von dem Haus weg verlief ein kleiner Waldweg, der scheinbar ins Nichts führte. Sie hatte keinen Schimmer, wo sie sich befand. Vielleicht wusste Bornemann, wo dieses Gemäuer lag. Dann entdeckte sie ein paar Meter entfernt Spuren der Sithonen: Leere Bierkisten und Essensreste auf der Lichtung vor dem Eingang. Auf dem verrußten Grill lagen verkohlte Würstchen, die vergessen worden waren. Oder die Sithonen hatten tatsächlich Hals über Kopf das Weite gesucht. Reifenspuren auf dem Waldboden bestätigten, dass hier mehrere Autos gestanden haben mussten.

Aber wohin waren sie verschwunden? Was hatten die Sithonen vor?

Sie überlegte kurz, was sie nun als Nächstes tun sollte, als sie Motorengeräusche hörte, die schnell lauter wurden.

Nesra ging hinter einem großen Baum in Deckung und entsicherte die Pistole.

Ein gepanzerter Einsatzwagen pflügte schwerfällig über den Waldboden, gefolgt von mehreren Streifenwagen und zwei Krankenwagen. Das SEK.

Nesra fürchtete schon, dass sie halluzinierte, als die ersten Spezialeinsatzkräfte aus dem Einsatzwagen sprangen und die Umgebung sicherten. Dann erkannte sie Cordes.

Sie nahm die Waffe herunter und wischte sich Tränen der Erleichterung aus dem Gesicht.

43

31. August, nach 14 Uhr

„Auch eine?", fragte Cordes und hielt Nesra die Zigarettenschachtel hin.

Mit zittrigen Händen angelte sie sich eine Zigarette aus der Packung und ließ sich Feuer geben.

Für einen Augenblick rauchten sie schweigend und ließen die unwirkliche Szenerie auf sich wirken.

Sie saßen ein paar Meter abseits am Rande der Lichtung auf einer rustikalen Holzbank. Vor ihnen die mittelalterliche Mühle, deren steinerne Fassade trotz der hochstehenden Mittagsonne durch das flirrende Blaulicht der Streifenwagen einen surrealen Anstrich erhielt.

Nesra ließ den Rauch aus ihren Lungen entweichen und blickte in das undurchdringliche Dickicht des Waldes.

Dann waren ihre Gedanken wieder im Keller der Teufelsmühle. Sie hatte Glück gehabt, riesiges Glück. Sie und Marc.

Wenn Bornemann nicht gewesen wäre, würden sie und Marc nun vermutlich hier irgendwo in der Nähe in zwei Meter Tiefe verscharrt im Schatten einer Eiche liegen.

Marc ging es nach wie vor sehr schlecht, er musste künstlich beatmet werden und war auf dem Weg ins Krankenhaus.

Auch Nesra hatte eine Weile an einem Tropf mit Kochsalzlösung und Ibuprofen gehangen, um die Schmerzen zu verringern und den Kreislauf zu stabilisieren. In dieser Zeit hatten die Kollegen vom SEK das Gebäude und die nähere Umgebung gesichert und bestätigt, was Bornemann und Nesra schon befürchtet hatten: Die Sithonen waren ausgeflogen.

Was hatte Bornemann noch gesagt? „Sie tauchen unter. Es ist Teil des Protokolls, kurz bevor der Putsch beginnt. Wir müssen unbedingt rausfinden, wo sie sich verstecken."

„Die Frage ist doch vor allem, was die Sithonen eigentlich vorhaben", sagte Nesra nur und drückte ihre halb gerauchte Zigarette auf dem Boden aus.

„Woher wusstet ihr, dass wir hier sind?"

„Kilberta", antwortete Cordes und reichte Nesra eine Flasche Wasser, „du solltest was trinken, du …"

„Kilberta?"

„Ja. Wir haben im Haus von Adamycz ein altes Foto entdeckt, auf dem er mit Blomkowski und zwei weiteren Männern vor dieser alten Mühle zu sehen ist. Kilberta hat schließlich die beiden anderen Männer erkannt und sie war es auch, die die Idee hatte, dass die Bande sich hier verstecken könnte."

Nesra zog fragend die Augenbrauen hoch. „Und wer waren die beiden anderen Männer?"

„Richter Wallner und Arian von Hasselberg."

Nesra war zu erledigt, um sich wirklich zu wundern. „Also sind nicht nur Blomkowski und von Hasselberg alte Freunde?"

„Genau. Auch Wallner und Adamycz kennen sich schon ewig. Sie haben zusammen die Sithonen gegründet und sind seitdem so was wie beste Freunde. Wallner war damals noch kein Richter, sondern Jurastudent. Dann hat er den Marsch durch die Institutionen angetreten. Als er dann später zum Richter ernannt wurde, ist er pro forma aus dem Klub ausgetreten. So war er für die Sithonen natürlich sehr viel nützlicher. Er hat als Richter Gnadenlos konsequent Migranten ins Gefängnis gebracht und bei allen anderen auch mal ein Auge zugedrückt, wenn die Gesinnung gestimmt hat. Ist anscheinend jahrelang niemandem aufgefallen."

„Puh", brachte Nesra nur hervor.

„Wie sie es allerdings geschafft haben, ihm immer wieder genau solche Fälle zuzuschanzen, ist mir ein Rätsel."

„Vermutlich haben sie auch bei der Staatsanwaltschaft jemanden im Sack", sagte Nesra mehr zu sich selbst. „Welche Rolle spielt König Heilmar in diesem Schurkenstück?"

„Bei Adamycz war es etwas Spezieller. König Heilmar dürfte wohl irgendwann mit seinem immer verdrehteren Reichsbürger-Weltbild ein zu großes Risiko für die Sithonen gewesen sein. Immerhin steht er seit einiger Zeit unter Beobachtung des Verfassungsschutzes. Offiziell musste Heilmar also die Sithonen verlassen, wobei seine Verbindungen zu anderen Reichsbürgern, Querdenkern und gewaltbereiten Gruppierungen im Untergrund für Blomkowski natürlich goldwert waren."

Nesra konnte sich eine Frage nicht verkneifen. „Wenn die Behörden das alles gewusst haben, warum hat man die Sithonen dann nicht früher aus dem Verkehr gezogen? Wahrscheinlich wäre Fränkie dann noch am Leben ...“

„Das übliche Problem, Nesra. Viele haben Detailwissen, niemand guckt auf das große Ganze. Für den Verfassungsschutz waren die Sithonen sogar nützlich, weil man damit die Reichsbürger-Szene im Blick hatte. Allerdings hätten spätestens dann die Alarmglocken klingeln müssen, als diese Heimat-Bewegung ins Spiel gekommen ist. Die ist ein anderes Kaliber.“

„Und jetzt sind alle verschwunden?“

„Bis auf Wallner. Mit dem Foto aus Heilmars Villa war die Verbindung zwischen den Sithonen und Wallner praktisch bewiesen. Auch wenn Richter unabhängig sind, Wallner ist eindeutig zu weit gegangen. Der Staatsanwalt hat ihm mit Wissen des Innenministers einen Deal angeboten: Sofortige Versetzung in den Ruhestand, wenn er auspackt. Immerhin droht ihm eine Anklage wegen eines Verbrechens gegen die Bundesrepublik Deutschland, außerdem ist er möglicherweise Mitwisser bei einem oder mehreren Tötungsdelikten. Beim Verhör ist er nach kaum fünf Minuten eingeknickt und hat geredet wie ein Wasserfall. Er hat auch erzählt, wo dieses Foto aufgenommen wurde und wo die Mühle liegt. Aber das wussten wir zu dem Zeitpunkt Gott sei Dank schon. Den Rest der Geschichte kennst du ja.“ Cordes zündete sich eine weitere Zigarette an. „Von unserem König Adamycz fehlt allerdings noch immer jede Spur. Vermutlich ist er mit den Sithonen untergetaucht.“

„Und von Hasselberg?“

„An ihn ranzukommen, wird sicherlich nicht einfach werden. Hängt auch davon ab, was Wallner noch so alles ausplaudert. Von Hasselberg hat immer noch großen Einfluss und wird einen Teufel tun, sich selbst anzuklagen. Das Foto beweist ja nur, dass von Hasselberg die zwei Putschisten und einen korrupten Richter kennt, aber mehr nicht. Die Speditionen gehören zwar ihm, aber Geschäftsführerin ist seine Tochter. Nein, wir brauchen viel mehr, um an ihn heranzukommen.“

Nesra nahm einen weiteren Schluck aus der Wasserflasche. „Ich kann mir schwer vorstellen, dass Hasselberg selbst Mitglied bei den Sithonen war“, sagte Cordes. „Irgendwie ist er nicht der Bierflaschen-Typ, weißt du, was ich meine?“

Nesra nickte. „Ja, mir geht es auch so. Aber ich bin mir sicher, er hat sie finanziert. Und wenn wir ein bisschen graben, werden wir auch etwas finden, das von Hasselberg mit den Sithonen direkt in Verbindung bringt.“

Dann wollte Nesra nur noch eins wissen: „Hektor, um was geht es hier eigentlich konkret? Was genau haben die Sithonen jetzt vor?“

„Das ist genau die Frage, die deine Chefin gerade weiter oben diskutiert. Kilberta und Häfele sind mit dem Verfassungsschutz beim Innenminister geladen. Und dieser Journalist Bornemann ist wohl auch mit dabei.“

Nesra verkniff sich eine Antwort. Stattdessen beobachtete sie, wie ein SEK-Beamter Olaf Gallweber zum Einsatzwagen führte. Er war an den Händen gefesselt und blickte wie betäubt auf den Boden.

„Irgendwie tut er mir leid“, sagte Cordes.

„Aber auch er sollte Bürger dieses ungewöhnlichen neuen Staates sein.“

„Ungewöhnlich?“

„Jepp. Süddeutsches Reich, eigene Gerichtsbarkeit, Währung und was weiß ich noch so. Völlig verrückt. Schätze, wir wissen nun, was es mit der Verbindung von Adamycz zu der österreichischen Staatsdruckerei auf sich hat.“

„Die haben tatsächlich eigene Ausweise ausgegeben?“, fragte Nesra.

Cordes nickte amüsiert. „Und die Ausweise sind wirklich gut. Und, wie gesagt, Geld haben sie auch gedruckt. Gallweber hatte die Taschen voll mit Scheinen einer Reichsbürger-Währung.“ Cordes Gesicht verzog sich zu einer Grimasse. „Genauer: Südreichsmark.“

Nesra schüttelte ungläubig den Kopf. „Wahnsinn. Die wollen es tatsächlich durchziehen, das ganze Ding. Ein richtiger Staatsstreich.“

„Jepp. Bornemann sagte, dass sie das Operation Windschatten genannt haben. Und noch wissen wir nicht, wo sie sind. Und wer noch dabei ist.“

„Operation Windschatten?“

„Genau.“

„Was für ein blöder Name.“

Nesra zündete sich eine weitere Zigarette an. „Wie geht's jetzt weiter?“

„Der Verfassungsschutz ist in Alarmbereitschaft. Das ganze Programm. Der MAD hat eure Theorie mit den Waffenlieferungen überprüft und vor ein paar Stunden Alarm geschlagen. Die Waffen sind tatsächlich verschwunden, und jetzt haben sie im Verteidigungsministerium Schnappatmung. Vor ein paar Minuten“,

Hektor schaute auf seine Uhr, „dürfte in Berlin der große Krisenstab zusammengekommen sein. Das Szenario ist zwar eigentlich undenkbar, aber die Fakten sprechen eine eindeutige Sprache: Es geht um die Sicherheit Deutschlands.“

„Das heißt …“

„Das heißt, dass wir jetzt raus sind. Die landesweite Fahndung nach Blomkowski und seinen Kameraden läuft und Häfele versucht noch immer, beim Innenminister gute Miene zum bösen Spiel zu machen. Das Problem ist nur: Die Zeit rennt uns weg. Der 1. September ist morgen.“

Der Einsatzwagen, in dem Olaf Gallweber saß, fuhr gerade von der Lichtung, als zwei weitere SEK-Beamte den Journalisten zu einem weiteren Einsatzwagen eskortierten.

„Warum hat Bornemann eigentlich nicht früher Alarm geschlagen? Ich meine, der wusste doch, was im Busch war.“

Cordes winkte ab. „Blomkowski war wohl verdammt misstrauisch. Hat alle Sithonen im Unklaren gelassen, um was es bei der Operation Windschatten ging. Und den Mord an Frank Leschmitz hat Bornemann angeblich nicht mitbekommen. Aber die Kollegen vom Verfassungsschutz nehmen ihn jetzt in die Mangel. Übrigens heißt er in Wirklichkeit Tilman Fischer und ist tatsächlich als freiberuflicher Investigativ-Journalist tätig. Die Redaktion des Spiegels hat bestätigt, dass er für sie schon vor Monaten einen Rechercheauftrag angenommen hat, bei dem es um rechtsradikale Netzwerke geht. Aber ob er nicht doch mit der ganzen Sache sympathisiert hat und sich jetzt nur rausreden will, wissen wir noch nicht."

„In jedem Fall hat er Marcs und mein Leben gerettet. Es war praktisch Notwehr. Faustmann hätte uns einfach abgeknallt, wenn Bornemann nicht geschossen hätte."

Cordes sah sie eindringlich an, sagte aber kein Wort. Bei dem Gedanken an Faustmann lief Nesra erneut ein Schauer über den Rücken.

Cordes überlegte lange, dann sprach er aus, was auch Nesra schon gedacht hatte. „So blöd es klingt: Wenn Faustmann Fränkie nicht entführt und umgebracht hätte, wäre die ganze Sache nie ans Tageslicht gekommen. Ihr hättet still und heimlich ein bisschen ermittelt, Dr. Kilberta den Ball flach gehalten und alle zusammen hätten wir auf Zeit gespielt. Jetzt wissen wir zumindest, dass Frank nicht umsonst gestorben ist. Und Marc hat überlebt." Cordes knuffte sie freundschaftlich in die Seite.

Nesra stöhnte auf. Ihr tat jeder Knochen weh.

„Entschuldige, das wollte ich nicht", sagte Cordes und machte nicht den Eindruck, dass es ihm wirklich leidtat.

„Schon gut, ich bin ja nicht aus Pappe." Nesra erhob sich schwerfällig.

„Wo willst du hin?", fragte Cordes.

„Na, was glaubst du? Bei der Suche nach den Sithonen helfen."

„Sind das erste Anzeichen von Größenwahn, Nesra? Du bist immer noch suspendiert, und ich habe es schriftlich, dass wir raus sind. Außerdem musst du ins

Krankenhaus. Nimm's nicht persönlich, aber du siehst schrecklich aus.“

Zu seiner Überraschung protestierte Nesra nicht. „Gut. Dann erst ins Krankenhaus, da kann ich auch mit Marc reden, sofern er schon wieder bei Bewusstsein ist. Habt ihr denn schon seine Frau informiert?“

„Ja, sie weiß Bescheid. Sie ist schon auf dem Weg.“

Nesra fiel ein Stein vom Herzen. „Dann also erst ins Krankenhaus, dann sehen wir weiter“, sagte sie und bewegte sich wie ein Zombie Richtung Einsatzwagen.

44

Zwei Stunden später

Unruhig rutschte Olaf auf dem harten Metallstuhl hin und her.

Er hatte jedes Zeitgefühl verloren und starrte in den übergroßen Wandspiegel, in dem er nur sich selbst sah. Verlassen. Allein. Ratlos.

Wenn er ehrlich war, fühlte er sich so einsam wie noch nie in seinem Leben. Wie war er nur in diese beschissene Situation geraten? Waren die letzten Wochen, in denen er so glücklich gewesen war, wirklich passiert? Jetzt fühlte er sich wie ein Fallschirmspringer im freien Fall. Ohne Fallschirm.

Er dachte an Gerry, dann an Bruno und Fausti. Die unglaubliche Brutalität, mit der sie die beiden Polizisten im Keller misshandelt hatten. Die Stunden in der Teufelsmühle, in denen er mitansehen musste, zu was die Sithonen imstande waren, was sie anderen, sogar Polizisten, angetan hatten. Schlimmer noch: Er war sogar Teil dieses widerlichen Spiels.

Wie hieß es so schön: Mitgefangen, mitgehangen.

Übrig geblieben war nur er. Fausti war tot. Und André war nicht André, sondern ein Spitzel, ein Verräter. Ein Journalist, der alle getäuscht hatte. Der aber den Polizisten das Leben gerettet hatte. In Olaf überschlugen sich die Gedanken. In einem Augenblick fühlte er nur grenzenlose Erleichterung, im nächsten Moment Wut.

Jetzt saß er allein hier. In diesem Verhörraum.

Tausend Dinge gingen ihm durch den Kopf. Was sollte er nun tun und was würde nun auf ihn zukommen?

Er kniff die Augen zusammen und versuchte, durch den Spiegel zu schauen.

Auf der anderen Seite, da war sich Olaf sicher, stand der Kommissar, der ihn verhaftet hatte, und beobachtete ihn.

Sein Blick wanderte durch den Raum, nach oben, und er registrierte ein Mikrofon, das wie ein lang gezogener Stift von der Decke hing. In allen vier Ecken starrten ihn kleine, schwarze Kameras mit rotem Blinklicht an.

Wie auf dem Präsentierteller.

Als er versuchte, sich mit den gefesselten Händen an den feuchten Ellenbogen zu kratzen, ging endlich die Tür auf.

Zwei Männer betraten den Raum. Sie setzten sich auf die Stühle ihm gegenüber und legten jeweils eine Mappe vor sich.

Der Mann links von ihm schlug die Unterlage auf und begann konzentriert zu lesen. Der andere beobachtete ihn und sagte kein Wort. Minuten verstrichen, in denen Olaf immer nervöser wurde.

Olaf räusperte sich. „Entschuldigen Sie ...“

Der Mann links von ihm blickte auf. „Ja?“

„Ich ... Ich möchte meinen Anwalt sprechen.“

„Sie haben einen Anwalt?“, fragte jetzt der Mann rechts von ihm interessiert.

Natürlich hatte Olaf keinen Anwalt. Er hatte zwar im Klubhaus mal einen Anwalt kennengelernt, Ludwig. Doch dummerweise fiel ihm der Nachname nicht ein.

„Nein, ich glaube nicht", sagte er schließlich kleinlaut und blickte stumm auf den Tisch.

„Gut, es ist so, Herr Gallweber. Mein Name ist Schmidt, ich bin vom LKA, und das ist mein Kollege Leinbach. Als Verdächtiger haben Sie selbstverständlich Anspruch auf einen Anwalt. Dieser wird Ihnen dann zur Verfügung gestellt. Ein Pflichtverteidiger. Das dauert allerdings eine Weile. Momentan sind alle sehr beschäftigt. Sie sind für mich aber nicht nur ein Verdächtiger, sondern auch ein Zeuge. Das heißt, wenn Sie sich bei der Befragung kooperativ zeigen, könnte Ihnen das zum Vorteil gereichen. Haben Sie mich verstanden?"

Olaf musste schlucken, weil er von der Situation überfordert war. Der Mann links von ihm, den Namen hatte er sich nicht gemerkt, blickte ihn eindringlich an und sagte mit schneidender Stimme: „Wenn wir Ihnen jetzt ein paar Fragen stellen könnten und Sie diese zu unserer Zufriedenheit beantworten, wäre diese Vernehmung auch schnell zu Ende, Herr Gallweber."

Olaf gefiel nicht, wie der Polizist seinen Namen immer wieder betonte.

Trotzdem nickte er beflissen.

„Gut", sagte der LKA-Beamte rechts von ihm, klappte die Mappe vor sich zu, rutschte mit dem Stuhl etwas nach hinten und schlug die Beine übereinander.

„Dann verraten Sie uns doch, wo Ihre Freunde stecken. Zum Beispiel Bruno Blomkowski und Gerald Wichmeyer."

Olaf zuckte mit den Schultern: „Ich weiß es nicht. Wirklich nicht.“

Sein Gegenüber setzte eine enttäuschte Miene auf. „Hören Sie, Herr Gallweber, Kooperation sieht anders aus.“

„Ich weiß es wirklich nicht.“

„Gibt es noch mehr Orte wie die Teufelsmühle, an denen sich die Sithonen nun aufhalten könnten?“

Wieder zuckte Olaf mit den Schultern.

„Was wissen Sie über *Operation Windschatten*?“

„Nicht viel“, antwortete Olaf wahrheitsgemäß und überlegte fieberhaft, was er den beiden LKA-Beamten sagen könnte, um diese Befragung zu beenden. Dann fiel ihm ein, dass André bestimmt längst alles verraten hatte, was für sie interessant war. Was könnte er denn wissen, was André nicht wusste?

„Ich …“, krächzte Olaf mit dünner Stimme, brach dann aber ab und verstummte wieder.

Der Mann rechts von ihm schlug mit der flachen Hand auf den Tisch.

„Dann also anders“, sagte er, als Olaf weiter schwieg.

Er klappte nun eine andere Mappe auf und zog ein paar Fotos heraus, die er vor Olaf auf dem Tisch ausbreitete.

Der erste Abzug zeigte Olaf mit den anderen vor dem imposanten Eingangstor des Königreichs von König Heilmar.

Das zweite Foto zeigte Olaf auf der Demonstration mit den Kameraden in Stuttgart, kurz bevor sie in die Schlägerei verwickelt wurden.

Olaf starrte stumpf auf den Tisch vor ihm.

Auf dem dritten Bild war er zusammen mit Bruno und Gerry zu sehen. Sie verließen gerade das Landgericht. Olaf hob den Kopf und blickte den LKA-Beamten an. Der schenkte ihm ein Lächeln und beugte sich vor. Dann sagte er scharf: „Raus mit der Sprache. Und am besten, Sie fangen ganz vorne an. Denken Sie bloß nicht, dass Sie bei Richter Wallner landen. Der hat jetzt genug eigene Probleme."

Olaf versuchte zu schlucken, aber sein Mund war nun strohtrocken.

Während der LKA-Beamte sprach, konzentrierte sich Olaf auf die Maserung des gebürsteten Metalltisches vor ihm. Der Schweiß tropfte von seiner Stirn. Er knetete die Hände, weil er nicht wusste, was er mit ihnen machen sollte.

„Ich weiß nur ...", sagte Olaf und ließ den Kopf dabei hängen, „dass alles morgen passieren wird." Und dann begann Olaf zu reden.

45

2. September, morgens

Ein vertrautes Geräusch riss Nesra aus einem unruhigen Schlaf. Noch bevor sie richtig wach war, spürte sie, dass Frau Metzger vor ihr stand. Plötzlich hörte sie einen lauten Schrei. Dann ließ die alte Dame ihren Schlüsselbund fallen.

„Frolei Bukhari! Wolled Se mich zu Tode erschregge?", sagte sie mit erschrockenem Gesichtsausdruck, nur um im nächsten Moment zu einem Lächeln zu wechseln, in dem sich Sorge und eine besondere Form von Mitleid um die Vorherrschaft stritten. Niemand verstand sich besser auf diese Mischung als Frau Metzger.

„Ach du lieber Herrgott, was isch denn mit Ihrem G'sicht passiert?" Die Haushälterin hob erstaunlich flink den Schlüsselbund auf und schaute Nesra mit großen Augen an.

Nesra war jetzt wach und ahnte, warum Frau Metzger so ein fassungsloses Gesicht machte. Sie befand sich in ihrem Wohnzimmer auf dem Sofa, trug nur Unterwäsche und sah aus, als wäre sie vom OP-Tisch geflohen. Ihr Bauch war komplett bandagiert, um die Rippen zu stabilisieren. Neben dem Sofa lagen ihre Klamotten, die sie völlig übermüdet auf den Boden geworfen hatte. Sie waren voller Blutflecken und teilweise zerrissen. Und wie ihr Gesicht aussah, daran wollte Nesra lieber nicht denken.

Kaum hatte sie sich aufgesetzt, meldeten sich mit Macht die Kopfschmerzen. Sie wusste allerdings nicht, ob es an Blomkowskis Schlägen oder an der halben Flasche Wein lag, die sie fast auf Ex getrunken hatte. Vermutlich am Wein, denn die Flasche war offensichtlich völlig leer.

„Guten Morgen, Frau Metzger", murmelte sie mit wenig Überzeugung, aber sie wollte unbedingt ein Lebenszeichen von sich geben.

Die Haushälterin schüttelte nur den Kopf. „Ich mach Ihne erschd mal ein ordentliches Frühstück." Auf dem Weg in die Küche las sie Nesras Kleidungsstücke vom Boden auf und grummelte etwas von Salz und Backpulver.

Nesra seufzte schicksalsergeben und versuchte, einen klaren Gedanken zu fassen.

Cordes hatte sie nach ihrer Rückkehr nach Stuttgart direkt ins Marienhospital gefahren. Sie hatte darauf bestanden, zuallererst Marc zu sehen, doch das war keine gute Idee gewesen. Sein Anblick hatte sie mehr erschüttert, als sie sich im ersten Moment eingestehen wollte. Sein Zustand war zwar nicht lebensbedrohlich, aber er hatte einen gebrochenen Kiefer, ein geplatztes Trommelfell und vermutlich eine Gehirnerschütterung. Bei Nesras Besuch hatte er so kraftlos und apathisch gewirkt, dass sich Nesra nicht sicher war, ob er ihre Anwesenheit überhaupt bemerkt hatte.

Aber auch sie selbst war nicht in Bestform gewesen. Nachdem die Ärzte sie notdürftig versorgt und sie ein paar Schmerztabletten eingeworfen hatte, war sie

gegen jeden ärztlichen Rat in Richtung Cordes' Auto ge-
wackelt, der sie dann auch kopfschüttelnd nach Hause
gefahren hatte.

Er wollte bei ihr bleiben, doch Nesra hatte abgelehnt.
Sie brauchte keinen Babysitter. Das war allerdings ein
bisschen optimistisch gewesen. Nachdem sie in einen
unruhigen Halbschlaf versunken war, kamen die Fratzen von Faustmann und Blomkowski wieder hoch –
und das Gefühl ihrer eigenen Hilflosigkeit.

Das war der Moment gewesen, in dem Nesra beschloss, mit zwei Schlaftabletten und dem besten Rot-
wein, den sie im Schrank hatte, für Ruhe zu sorgen. Innerhalb weniger Minuten war sie dann in einen komat-
ösen Schlaf gefallen.

Als sie jetzt auf die Uhr ihres Smartphones schaute,
war sie sofort wach. Es war 9 Uhr morgens. Sonntag,
der 2. September! Sie hatte den 1. September komplett
verschlafen.

Fluchend zwang sie sich hoch und schleppte sich ins
Bad. Trotz ihres Schlafmarathons fühlte sie sich hundeelend. Das, was sie im Badespiegel sah, ließ sie für einen
Moment erstarren. Kein Wunder, dass Frau Metzger
bei ihrem Anblick fast einen Herzinfarkt bekommen
hatte. Sie sah übel aus. Richtig übel. Frankensteins
Tochter. Über dem rechten Auge befühlte sie vorsichtig
den Cut, der im Krankenhaus mit ein paar Stichen genäht worden war. An dem anderen Auge hatte sich ein
mächtiges Veilchen und eine Schwellung gebildet, die
durch ihren dunklen Teint nicht weiter auffiel. Ihre
Unterlippe war dick geschwollen und auf einer Seite
eingerissen.

Getrocknetes Blut klebte an ihrem Hals.

Durch die Bandage an den Rippen fiel ihr das Atmen schwer. Sie bekam kaum Luft, weil die Schmerzen inzwischen wieder unerträglich waren. Die Wirkung der Tabletten hatte nachgelassen. Unter den Verbänden waren großflächige Blutergüsse zu erkennen.

Wenn Bornemann nicht gewesen wäre, würde sie jetzt nicht vor dem Spiegel stehen, denn dann wäre sie tot. Sie verdankte dem Journalisten nichts weniger als ihr Leben, musste sich Nesra erneut eingestehen. Dann wusch sie sich, so gut es ging, und quälte sich in frische Kleidung.

Sie roch den verführerischen Geruch nach frisch gebrühtem Kaffee und gebratenen Eiern, der aus der Küche zu ihr herüberwehte, und spielte trotzdem mit dem Gedanken, direkt ins Präsidium zu fahren. Sie musste unbedingt wissen, was in den letzten vierundzwanzig Stunden passiert war. Während sie sich in graue Jeans und ein schwarzes Shirt zwängte, spürte sie allerdings, wie ihr Kreislauf Karussell fuhr. Auch ihr hungriger Magen meldete sich und mit jeder Minute wurde ihr Appetit größer. Sie setzte sich dann doch an den Küchentisch und gierte nach dem Frühstück à la Metzger: Rührei, Sucuk und eine große Tasse schwarzer Kaffee. Sie fuhr sich über die trockenen Lippen und machte sich wortlos über das Frühstück her.

Frau Metzger hatte zwar nicht gefragt, was Nesra passiert war, aber weil Nesra wusste, dass sie neugierig war, hatte sie ihr eine verworrene Geschichte von einem aus dem Ruder gelaufenen Boxtraining erzählt. Frau Metzger glaubte ihr zwar kein Wort, aber sie bohrte nicht weiter nach.

Drei Tassen Kaffee später waren die Nachwirkungen von Schlaf, Wein und den Tabletten so weit verdaut, dass Nesra bereit war, dem Tag ins Auge zu schauen. Die Kopfschmerzen waren leider geblieben, doch das würde sie nicht daran hindern, endlich aufzubrechen.

***

10:45 Uhr

Die Luft in dem Besprechungsraum der Soko, in dem sie drei Tage zuvor das letzte Mal gesessen hatte, roch abgestanden und nach Schweiß. Nesra verkniff sich beim Eintreten jeden Kommentar und ließ die mitfühlenden Blicke der Anwesenden einfach über sich ergehen. Anwesend waren Cordes, seine Kollegen Bauer und Kowalski, Bentelli vom Verfassungsschutz und die Führungskräfte, Häfele als Soko-Leiter, Cordes' Chefin Amari und ihre eigene Chefin Dr. Kilberta, die mit verschränkten Armen und finsterem Blick darauf wartete, dass Häfele das Wort ergriff. Immerhin hatte sie Nesra freundlich zugenickt.

Als Cordes sie entdeckt hatte, war er sofort zu ihr herübergekommen. Er hätte sie beinahe umarmt, stattdessen strahlte er sie an und tätschelte ihre Hand.

„Wie geht's dir?", fragte er. Ein Anflug von Mitleid huschte über sein fahles Gesicht. Möglicherweise besser als dir, dachte Nesra nur. Cordes musste schon ewig auf den Beinen sein.

„Wird schon wieder", antwortete sie und dachte dann an ihren Kollegen im Krankenhaus, von dem sie noch nichts gehört hatte. „Wie geht es Marc?"

„Er ist stabil und auch wieder bei Bewusstsein. Seine Frau weicht nicht von seiner Seite."

Nesra lächelte beruhigt. Lucia war eine geborene Kümmerin und das beste Medikament, das Marc jetzt benötigte. Und sie war tapfer.

„Und was gibt es Neues zu dem Putschversuch?"

Bevor Cordes antwortete, ergriff Kilberta das Wort.

„Es ist einiges passiert. Am besten, Sie setzen sich, Frau Bukhari. Kaffee?"

Nesra dachte an ihr ausgiebiges Frühstück und verneinte, ließ sich aber auf dem nächstbesten Sitzplatz nieder. Sie war froh darüber, dass sie überhaupt hier sein durfte, denn offiziell war sie weiterhin suspendiert.

Sie schaute voller Tatendrang in die Runde.

„Also, wo stehen wir?"

Häfele räusperte sich. „Die wichtigste Nachricht, Frau Bukhari, zuerst: Wir haben, auch dank Ihrer Hilfe, das Schlimmste verhindern können. Es wird morgen vielleicht ein paar Erschütterungen an den Börsen geben, aber insgesamt haben wir Glück gehabt."

Nesra blickte in erleichterte Gesichter.

„Kein Putsch?"

„Ein Putschversuch, das schon, aber bis auf wenige Ausnahmen unblutig."

„Sie sagen das so, als ob schon alles vorbei wäre?"

„Nicht ganz, aber wir konnten die meisten der gewaltbereiten Gruppierungen, die sich an diesem Verrat beteiligt haben, lokalisieren und ausschalten. Darunter auch die Sithonen. Unsere Einsatzkräfte haben außerdem auch eine Menge schweres Gerät und einen Haufen Waffen sichergestellt."

„Wie haben Sie die Waffenverstecke denn ausfindig gemacht?“, fragte Nesra.

„Das ist hauptsächlich Scepter und seinen Hackerfreunden zu verdanken. Sie haben uns die Zugangsdaten zu einem Online-Computerspiel im Darknet zugespielt. Das Spiel heißt ‚Windschatten‘ und ist ein ziemlich übles Ego-Shooter-Spiel. In den Chatprotokollen haben unsere IT-Spezialisten verschlüsselte GPS-Daten entdeckt, an denen die Waffen versteckt waren. Zusammen mit einer Art Marschbefehl.“

Nesra schüttelte ungläubig den Kopf.

Jetzt übernahm Bentelli vom Verfassungsschutz. „Da die GSG 9 sowieso schon in Alarmbereitschaft war, haben wir direkt zugeschlagen. Die GPS-Daten ausgelesen, mit Drohnen die Lage erkundet und dann mit Unterstützung der Bundeswehr einen Ring um die entsprechenden Einrichtungen gezogen. Es waren hauptsächlich alte Scheunen und leer stehende Lagerhallen, eben Orte, an denen man sich gut verstecken konnte. Und mittendrin bis an die Zähne bewaffnete Milizeinheiten, die nur darauf gewartet haben, dass sie losschlagen können. Sie müssen kurz vor dem Aufbruch gewesen sein. Durch die starke Präsenz vor Ort haben wir das Schlimmste verhindern können. Die meisten dieser Reichsbürger haben einfach aufgegeben. Nach ersten Befragungen wissen wir, dass auch einige ehemalige Bundeswehrsoldaten und auch Polizisten unter den Putschisten sind, was uns natürlich großes Kopfzerbrechen bereitet.“

„Kein gewaltsamer Widerstand?“, fragte Nesra überrascht.

„Einige haben sich mit Waffengewalt zur Wehr gesetzt, aber das war die Ausnahme. Wir sind gerade dabei, die letzten Verstecke koordiniert auffliegen zu lassen und die Verschwörer festzunehmen. Aber wie Kollege Häfele schon sagte, gehen wir davon aus, dass wir die Lage im Griff haben. Wir glauben nicht, dass durch die letzten verbliebenen Putschisten noch eine ernsthafte Gefahr für die Sicherheit Deutschlands ausgeht.“

Nesra war beeindruckt. „Krass“, war alles, was sie herausbrachte. Dabei blickte sie Kilberta und Hektor Cordes an, der sich gerade ein Eukalyptus-Bonbon in den Mund schob.

„Und was ist mit den Sithonen? Blomkowski?“

„Die überwiegende Zahl der Sithonen haben wir festgenommen. Zumindest die, von denen wir glauben, dass sie Mitglieder sind. Dieser Sithone aus der Teufelsmühle, ich glaube, er heißt Gallweber, ist sehr kooperativ. Er und der Journalist helfen uns dabei, die festgenommenen Mitglieder zu identifizieren. Bruno Blomkowski war leider bisher nicht dabei. Wir hoffen, dass er in einem der Verstecke ist, die noch durchsucht werden. Wir rechnen jede Minute mit der Vollzugsmeldung.“

„Es ist unglaublich, was neben dieser selbst ernannten Milizarmee noch in den Verstecken gefunden wurde“, sagte Häfele ernsthaft erschüttert. „Baumaterialien, Betonpoller und sogar Schranken, um eine neue Landesgrenze ziehen zu können. Die hatten doch im Ernst vor, Süddeutschland vom Rest des Landes abzuspalten.“

Nesra wunderte sich nicht wirklich, denn sie hatte die Entschlossenheit der Sithonen am eigenen Leib gespürt.

„Wir haben Adamycz, diesen selbst ernannten König, und seinen Sohn in einem Wohnwagen auf der Autobahn gestellt. Sie haben sich allerdings der Verhaftung widersetzt und das Feuer eröffnet. Als die GSG 9 den Zugriff vorbereitet hat, ist der Wohnwagen in die Luft geflogen. Wir wissen nicht, ob die Explosion von Adamycz selbst gezündet wurde oder ob die GSG-9-Kollegen mit den Schüssen den Sprengstoff im Innern des Wagens getroffen haben. Denn der Wohnwagen war randvoll mit Waffen und Munition gewesen. Beide, Adamycz und sein Sohn, sind bei der Explosion ums Leben gekommen.“

Nesra konnte kaum glauben, was sie da hörte. Gott, sie hatte die spannendsten Stunden verschlafen. Was war bitte noch alles geschehen?

Cordes schien ihre Gedanken lesen zu können: „Das ist aber noch nicht alles. Scepter und seine Hackerfreunde haben ziemlich belastendes Material über

Arian und Arite von Hasselberg und ihre Stiftung zusammengetragen.“

„Inwiefern?“

„Es lässt sich belegen, dass dieser Querdenker-Verein ‚Hoffnung Heimat‘ von den Hasselbergs finanziell getragen wurde. Die Überweisungen liefen über Strohfirmen, aber mit ein bisschen Recherche sind wir bei von Hasselbergs Hausbank gelandet. Aus dieser Nummer kommt er nicht raus.“

Vielleicht sollte sie sich bei Scepter tatsächlich entschuldigen, dachte Nesra vergnügt.

Nun meldete sich Lehmann, Cordes' Kollegin aus dem Bereich Wirtschaftskriminalität, zu Wort: „Und wir haben zusammen mit der BaFin festgestellt, dass die verdächtigen Börsenbewegungen durch Fondsgesellschaften initiiert wurden, die zumindest indirekt mit von Hasselberg in Verbindung gebracht werden können. In einigen davon sitzt Arian von Hasselberg direkt im Aufsichtsrat, hält Anteile oder ist sogar Mehrheitsaktionär."

„Dann stecken also die Hasselbergs hinter dem Ganzen?"

Häfele verzog das Gesicht und kratzte sich am mittlerweile vogelwilden Dreitagebart. „Mutmaßlich ja. Aber können wir das beweisen? Die Unterstützung der Sithonen, die wirtschaftlichen Aktivitäten, die Beteiligung an den Waffentransporten – ja, das können wir beweisen. Aber all das ist nicht strafbar, denn von Hasselberg wird immer sagen, dass er von dem Rest nichts gewusst hat. Allerdings würden wir ihn nur allzu gern dazu befragen, da gibt es aber ein Problem." Häfele machte eine Kunstpause. Nesra hörte förmlich den imaginären Trommelwirbel. „Arian von Hasselberg und seine Frau sind verschwunden. Wie vom Erdboden verschluckt. Bisher konnte uns noch niemand sagen, wo sie sich aufhalten. Selbst ihre Anwälte behaupten, nicht zu wissen, wo sie sind, mal abgesehen davon, dass sie das nicht verraten müssen."

„Die können doch nicht so einfach verschwinden?", fragte Nesra verwundert. „Was ist mit den Flugdaten, mit Kreditkarten und anderen digitalen Spuren?"

„Na ja, sie besitzen eine eigene Airline, und gestern sind zeitgleich drei Privatjets in Stuttgart, Frankfurt-

Hahn und Karlsruhe/Baden-Baden gestartet. Alle drei mit unbekanntem Ziel ins außereuropäische Ausland."

Für einen Augenblick schwiegen alle.

„Aber es gibt noch eine Überraschung, Nesra", sagte Cordes, so als müsste er sie auf etwas ganz Besonderes vorbereiten.

„Was denn?"

„Vor etwa einer Stunde hat sich Cleopatra von Hasselberg bei den Kollegen in Mannheim gemeldet und will eine Aussage machen."

„Wie bitte?"

„Ja, sie wollte Selbstanzeige stellen, da sie bei Optimum Logistics auf Unregelmäßigkeiten gestoßen ist, die laut ihrer Aussage strafrelevant sind. Ich vermute, sie hat einfach mit ihrem Anwalt gesprochen."

„Und um was geht es?"

„Als sie ihren Vater nicht mehr erreichen konnte, ist sie mit einem Mitarbeiter in das Hauptlager von Optimum Logistics gefahren und hat ein paar Kisten der besagten Lieferungen öffnen lassen. Und, Überraschung, sie hat dasselbe vorgefunden wie du."

„Steine?", fragte Nesra.

Cordes nickte. „Sie hat wohl Panik bekommen, und da sie als Geschäftsführerin für den Laden verantwortlich ist, hat sie sich sozusagen selbst angezeigt."

„Das wundert mich nicht", meinte Nesra, „die Verantwortung für ihre Eltern zu übernehmen, ist etwas, das tief in ihr drinsteckt. Leider wird genau das von ihrem Vater ausgenutzt. Sie ist doch nur Mittel zum Zweck."

„Interessanter ist aber, was sie in einer Halle noch entdeckt hat."

Nesra schaute Cordes neugierig an.

„Zwei schwarze SUVs, versteckt unter einer Plane. Keine Nummernschilder. In den Autos aber Waffen und eine dunkle Sturmhaube unterm Sitz. Die Spurensicherung meint, dass es auch massig DNA gibt, obwohl die Wagen gesäubert wurden. Allerdings mehr schlecht als recht."

„Was heißt das?", fragte Nesra, obwohl sie einen Verdacht hatte.

„Erinnern Sie sich an die Überfälle auf die Bars in Stuttgart und München? Wir sind uns ziemlich sicher, dass das die Wagen sind, in denen die Täter geflüchtet sind."

„Aber das heißt ja ..." Nesra verstummte, als ihr die Ungeheuerlichkeit der Schlussfolgerung bewusst wurde.

„Um auf Frau von Hasselberg zurückzukommen", sagte Häfele, „wir haben ihr die Auflage erteilt, die Stadt erst einmal nicht zu verlassen. Der Staatsanwalt wollte sich nicht auf Untersuchungshaft einlassen, trotz der Fluchtgefahr."

Für einen Moment sagte niemand etwas. Zeit für Nesra, all die Neuigkeiten zu verdauen. Und das war in der Tat nicht so leicht. Denn sie war gerade dabei, ihre Welt wieder zu sortieren.

Auf der einen Seite spürte sie Erleichterung und große Dankbarkeit. Weil sie und Marc lebend aus dem Keller der Teufelsmühle herausgekommen waren. Auch wenn sie es sich nicht eingestehen wollte, sie hatte die Hoffnung schon fast aufgegeben und mit dem Leben abgeschlossen. Sie war natürlich erleichtert, weil keine unmittelbare Gefahr mehr bestand.

Auf der anderen Seite war sie enttäuscht. Enttäuscht darüber, dass sie die entscheidenden Stunden verschlafen hatte, die Verschwörer nicht selbst gefasst hatte und sie auch nicht dabei gewesen war, als der Putschversuch vereitelt wurde. Am größten aber war die Enttäuschung darüber, dass Blomkowski noch frei herumlief. Ihm hätte sie liebend gerne selbst die Handschellen angelegt, natürlich erst, nachdem sie ihm noch einen unvergesslichen Tritt in die Eier spendiert hätte.

Plötzlich klingelte Häfeles Smartphone. „Na endlich", sagte er, als er einen kurzen Blick auf das Display warf.

Zwei lange Minuten vergingen, in denen der Soko-Leiter das Gespräch führte und alle Anwesenden ihn nur stumm anblickten. Aus seinen kurzen und knappen Sätzen war nicht zu entnehmen, um was es eigentlich ging. Dann legte er endlich auf.

„Das war die Einsatzleitung vor Ort", sagte er, während er das Handy wieder in seiner Brusttasche verschwinden ließ.

„Die letzten Glutnester der Putschisten sind jetzt ausgetreten. Alle Milizeinheiten, die sich aus den Sithonen und anderen Banden formiert hatten, sind ausgeschaltet worden. Es gab auch diesmal leichte Gegenwehr. Zwei Beamte wurden verletzt, aber nichts Lebensbedrohliches. Damit ist der Spuk jetzt hoffentlich vorbei."

Bauer klatschte in die Hände und Kowalski strahlte über beide Ohren.

Nesra interessierte eigentlich nur eines: „Und was ist mit Blomkowski?"

Häfele schüttelte den Kopf. „Leider Fehlanzeige. Er ist nach wie vor auf der Flucht, genauso wie dieser Gerald Wichmeyer."

„Schade." Sie verzog das Gesicht.

Jetzt war es an Bentelli, Nesra zu beruhigen. „Ich würde sagen, dass wir Grund zur Freude haben. Blomkowski wird früher oder später auftauchen. Das ist nur eine Frage der Zeit, bis wir ihn schnappen. Es sei denn, er sitzt in einem von den Privatjets. Anyway: Was jetzt gefeiert werden sollte, ist das erfolgreiche Abwehren eines landesweiten Putschversuchs und Angriffs auf die Bundesrepublik und letzten Endes damit auch auf die Demokratie."

Cordes grinste. „Amen. Aber mit einem haben Sie recht, Kollege Bentelli: Leute wie Blomkowski tauchen irgendwann fast automatisch wieder auf, weil sie zu gern oben schwimmen."

Häfele quittierte die Worte der Kollegen mit einem Nicken, dann sagte er mit einem Ton, der keine Widerworte duldete: „Leute. Das war es jetzt. Blomkowski und die Hasselbergs sind jetzt nicht mehr unsere Sorge. Herr Cordes, Sie sind vorerst freigestellt. Bezahlter Zwangsurlaub sozusagen." Dann warf er Kilberta einen fragenden Blick zu, wartete auf ihr Einverständnis und fuhr fort: „Das Gleiche gilt für Sie, Frau Bukhari. Und die Suspendierung ist, wie ich gehört habe, auch aufgehoben. Für alle anderen gilt: Für heute ist Schluss. Nehmen Sie sich den Rest des Tages frei, gehen Sie mit Ihren Liebsten spazieren oder schlafen Sie sich mal ordentlich aus, die letzten Tage waren für uns alle nicht einfach."

Dabei deutete Häfele mit einer Geste an, dass er jetzt allein sein wollte.

Cordes erhob sich und blickte Nesra fragend an. „Noch eine gemeinsame Zigarette?"

„Na klar“, antwortete Nesra nachdenklich.

Cordes schob sie sanft, aber bestimmend aus dem Raum, noch bevor sie sich von Kilberta verabschieden konnte.

„Was hast du jetzt vor?“, fragte Cordes zwischen zwei tiefen Zügen, als sie vor dem Polizeipräsidium standen.

Nesra unterdrückte erneut ein Gähnen, zog dann an ihrem Glimmstängel und blies nachdenklich einen Kringel in Richtung Himmel.

„Gute Frage. Ich denke, ich werde zuerst bei Marc vorbeischauen. Auch mit seiner Frau, Lucia, sollte ich mal reden. Das schulde ich ihr.“

Sie dachte auch an Drago, dem wollte sie auch einen Besuch abstatten, doch das brauchte Cordes nicht zu wissen.

„Hm“, sagte Cordes und schaute sie etwas merkwürdig an.

„Warum fragst du?“

„Ich würde dir gerne etwas zeigen. Als vorläufigen Schlusspunkt der Ermittlung, sozusagen. Es geht um das, was wir gestern bei der Durchsuchung des Hauses von Olaf Gallweber entdeckt haben. Das wirst du nicht glauben, wenn du es nicht selbst gesehen hast.“

Seine müden Augen hatten jetzt einen schelmischen Glanz angenommen.

„Du machst es aber spannend“, antwortete sie und schaute ihn provozierend an. „Und wann?“

Cordes zuckte mit den Schultern. „Jetzt sofort, oder?“

„Na, dann los“, sagte Nesra und trat die Zigarette aus.

13:10 Uhr

Das kleine Mittelreihenhaus, auf das Nesra und Cordes zusteuerten, wirkte ziemlich unscheinbar. Der ockerfarbene Anstrich, die braunen, angelaufenen Fensterrahmen und das mit Moos bewachsene Ziegeldach verliehen dem Häuschen sogar etwas Schäbiges.

Neben dem neuen Türschloss, das vermutlich nach dem Aufbrechen der Haustür eingebaut wurde, klebte ein Siegel, das kenntlich machte, dass die Polizei für die Sachbeschädigung an der Tür verantwortlich war. Olaf Gallweber saß noch in Untersuchungshaft und natürlich musste die Polizei dafür sorgen, dass das Haus nicht frei zugänglich war.

Cordes hatte einen Schlüssel.

Als sie im dunklen, engen Flur standen, fiel Nesra zuerst die miefige, abgestandene Luft auf. In diesem Haus war schon länger nicht mehr gelüftet worden.

Alles in allem bestätigte sich auch hier der Eindruck, den Nesra schon von außen hatte. Klein und schäbig.

Das Wohnzimmer war winzig. Es gab ein Sofa, eine TV-Front und einen kleinen Beistelltisch in der Mitte. Die blassgrüne Papiertapete mit ihren Barockmustern stammte aus dem letzten Jahrtausend.

„Wir müssen runter in den Keller", flüsterte Cordes und bedeutete Nesra, ihm zu folgen. Er öffnete die schwere Tür, die nach unten führte, und suchte nach einem Lichtschalter. Die Lampe an der Wand zu ihrer Linken hüllte den Weg nach unten in einen trüben Schleier. Die steile Treppe knarrte unter ihren Schuhen, als sie die abgewetzten Teppichstufen hinunterstiegen. Am Ende eines kurzen Ganges blieb Cordes vor einer schlichten Holztür stehen. Er fixierte Nesra mit einem festen Blick, grinste kurz und sagte dann: „Bereit?" Als sie nickte, betrat er den geheimnisvollen Raum. Nesra folgte ihm.

Die Atmosphäre des Zimmers, das sich als überraschend weitläufiger Hobbyraum entpuppte, wandelte sich mit einem Mal komplett. Ein sanftes, grünes Leuchten durchbrach die schummrige Dunkelheit und das Surren von elektrischen Beleuchtungen wurde hörbar. An den Wänden standen Regale, die bis zur Decke reichten. Auf jeder der einzelnen Ebenen befanden sich Gläser, die wie Terrarien aussahen, in den unterschiedlichsten Größen und Formen. Die Behälter waren ordentlich angeordnet und mit Beschriftungen versehen, die exotische Namen trugen.

„Dicranum viride", „Mannia triandra", „Meesia longiseta" ...

Nesras fragender Blick huschte kurz zu Cordes, der als Antwort nur knapp nickte und sich ein Grinsen nicht verkneifen konnte. Dann ging sie einen Schritt näher an die geheimnisvollen Terrarien heran. Sie spürte eine leichte, kühle Feuchtigkeit auf ihrer Haut, als sie ihre Nase fast ans Glas drückte. Das ganze Innere des Terrariums war mit dichtem Moos bedeckt, das eine Szenerie wie in einem Dschungel schuf. Sie suchte nach einer Vogelspinne oder einer Schlange, doch außer der Mooslandschaft waren die Schaukästen leer.

Auch beim nächsten Gefäß ein ähnliches Bild: Die dichten Blättchen des Mooses bildeten eine üppige, grüne Landschaft innerhalb des Glases. Doch diesmal, so erkannte Nesra, handelte es sich um eine andere

Moosart. Die Blättchen waren kleiner, dafür ein paar Zentimeter länger und hatten Knöspchen an ihren Enden, die in einem satten Rot leuchteten und von einer Wärmelampe sanft beleuchtet wurden.

Im dritten Terrarium befand sich ein grasartig wirkendes Moos mit zarten, filigranen Blättern, das unter einer speziellen UV-Lampe fast blau wirkte.

Sie bemerkte winzige Wassertropfen, die auf den Blättern glitzerten und von einer unsichtbaren Quelle von oben herabtropften.

Nesra verfolgte die Bewässerungssysteme, die sich von den Regalen herabschlängelten und in den verschiedenen Behältern mündeten. Dieser fein abgestimmte Mechanismus war offensichtlich der Grund dafür, dass die verschiedenen Moose prächtig gediehen und eine erstaunliche Fülle an Farben und Texturen zeigten.

Jetzt entdeckte Nesra auch die Messinstrumente und Thermometer an den Wänden, um die Luftfeuchtigkeit und die Temperatur der einzelnen Terrarien zu überwachen.

Mit wachsender Faszination setzte Nesra ihren Rundgang fort, las die Beschriftungen auf den Gläsern und stellte schließlich fest, dass diese außergewöhnliche Sammlung aus Hunderten von verschiedenen Moosen bestand.

„Wahnsinn", sagte sie zu sich selbst. Dann wandte sie sich ihrem Kollegen zu. „Ich hätte nicht gedacht, dass es so viele unterschiedliche Moosarten geben könnte. Und ich habe auch noch nie von jemandem gehört, der solche Moose züchtet und sammelt."

Cordes lächelte und kratzte sich am Hinterkopf. „So ging es mir auch. Und das ist noch nicht alles. Als die Kollegen von der KTU diese Sammlung hier entdeckten, haben sie einen Bryologen, das ist ein Moosexperte, so eine Art Mooswissenschaftler, herbestellt und dem sind fast die Tränen gekommen. Er meinte, das wäre die außergewöhnlichste Sammlung, die er je gesehen hat. Und nicht wenige von den Moosen hier stehen auf der Roten Liste. Sie sind also stark gefährdet und es ist strengstens verboten, mit den Arten zu handeln."

„Verrückt", antwortete Nesra nur und fragte: „Und was ist das? Die Schaltzentrale unseres Hobbygärtners?" Dabei ging sie auf einen Tisch zu, der mitten im Raum stand und auf dem sich ein Computer und mehrere Ordner befanden.

„So eine Art Arbeitsplatz", sagte Cordes, während sie in einem der Ordner blätterte.

Neben einigen Notizen waren zu jeder Moosart akribisch Daten und Beobachtungen festgehalten. Manchmal hatte Olaf Gallweber auch Zeichnungen von Blättern, Blüten, Stängeln oder Sporenkapseln gemacht – und die waren ziemlich gut, wie Nesra neidlos anerkennen musste.

Nesra legte den Ordner kopfschüttelnd zurück und dachte an den seltsamen Mann aus dem Keller der Teufelsmühle, der auf der einen Seite gemeinsame Sache mit den Sithonen gemacht hatte und auf der anderen Seite sehr unsicher, fast schon kindlich wirkte.

„Ich weiß nicht, wen ich unheimlicher finden soll. Diesen Gallweber, der scheinbar den einsamsten Zeitvertreib der Weltgeschichte hat, oder ein

Hauptkommissar, der der Meinung ist, dass seine Kollegin das alles gesehen haben muss."

Cordes hob achselzuckend die Schultern. „Ich wollte dir das einfach nicht vorenthalten. Bevor die Kollegen der KTU hier ein zweites Mal auftauchen und alles beschlagnahmen. Zumindest die verbotenen Moose."

„Danke, sehr aufmerksam, lieber Kollege, und du willst nicht zufällig auch ins Moosgeschäft einsteigen?"

Cordes wollte gerade zur Antwort ansetzen, doch auf einmal hörten sie ein dumpfes Geräusch, das aus dem Stockwerk über ihnen kam. Es klang, als ob ein Stuhl umgefallen war.

Nesra und Cordes blickten sich fragend an.

„Die Kollegen von der KTU?", flüsterte Nesra.

Cordes schüttelte den Kopf. „Die haben sich erst für morgen angekündigt." Dann zog er seine Dienstwaffe.

***

Nesra schlich in Cordes' Deckung die Treppe hoch. Da sie unbewaffnet war, war es Cordes, der voranging.

Als er die letzte Stufe erreicht hatte und in den Flur schlich, hörten sie gedämpfte Stimmen aus der Küche. Nesra hielt sich direkt hinter Cordes. Für einen kurzen Moment standen sie still und lauschten.

„Komm schon, wir hauen ab, das ist mir zu gefährlich hier", hörten sie eine Stimme aus der Küche.

„Sekunde noch, ich will nur kurz prüfen, ob etwas im Kühlschrank ist, was wir mitnehmen können, dann können wir los. Ich sterbe vor Hunger." Eine andere männliche Stimme, die Nesra verdammt bekannt vorkam.

Lautlos formte sie das Wort „Blomkowski", und Cordes signalisierte, dass er verstanden hatte.

Dann suchte sie im Flur nach einer Art Waffe, um sich einen Vorteil zu verschaffen. Das Einzige, was sie auf die Schnelle in die Finger bekam, war ein antiker Kerzenständer aus Messing, der auf dem Sideboard stand. Sie schnappte sich das Teil, das deutlich schwerer war, als es aussah, hielt es wie einen Knüppel in der Hand und gab Cordes zu verstehen, dass sie bereit war.

Cordes nickte und näherte sich, die Schusswaffe auf Schulterhöhe, den Stimmen aus der Küche.

Dann hörten sie das Klirren von Glasflaschen, fast so, als hätte jemand mit jemand anderem angestoßen.

„Jetzt können wir los, Gerry. Hier, nimm das", hörte sie Blomkowski sagen.

Vom Flur aus sahen Cordes und Nesra zwei Schatten, die sich hinter dem Glas in der Küche bewegten.

Dann öffnete sich die Küchentür. Blomkowski und ein kleiner, kompakter Kerl, der auch schon im Keller der Teufelsmühle dabei gewesen war: Gerald Wichmeyer.

„Stehen bleiben, Polizei!", rief Cordes und legte mit der Waffe auf die beiden an. Blomkowski und Wichmeyer erstarrten, keine zwei Schritte von Cordes entfernt, zu Salzsäulen.

Nur einen Augenblick später gab Blomkowski seinem Kompagnon, der mit beiden Händen einen vollen Rucksack vor der Brust hielt, einen heftigen Schubser in Richtung Cordes. Wichmeyer stolperte dabei direkt in Cordes' Schussfeld, bevor er dann über seine eigenen Füße fiel, das Gleichgewicht verlor und mit seinem schweren Rucksack Cordes mit zu Boden riss.

Ein Schuss löste sich. Es war fast unmöglich, in dem entstandenen Chaos den Überblick zu behalten. Wichmeyer, auf der Seite liegend und noch immer mit dem Rucksack vor der Brust, rangelte mit Cordes um die Waffe.

Blomkowski beobachtete das Schauspiel einen Herzschlag lang und blickte dann zu Nesra, als wäre sie eine Außerirdische. Dann bedachte er sie mit einem deftigen Schimpfwort, drehte sich um und rannte zur Haustür.

„Nein!", brüllte Nesra. „Diesmal kriege ich dich."

Sie drückte sich an Cordes vorbei, der gerade die Oberhand gegen Wichmeyer gewonnen hatte.

Jetzt oder nie, dachte sie und schleuderte den Kerzenständer mit all ihrer Kraft, die sie aufbringen konnte, in seine Richtung.

Volltreffer!

Blomkowski wollte gerade durch die Haustür hinaus, als ihn der Sockel des Kerzenständers mit Wucht am Hinterkopf traf.

Wie vom Blitz geschlagen stoppte er mitten in der Bewegung und sackte in sich zusammen.

Mit zwei Schritten war Nesra bei ihm, um ihm den Rest zu geben, doch Blomkowski regte sich nicht mehr. Aus einer großen Wunde am Hinterkopf lief viel Blut.

„Sauberer Wurf, Nesra", hörte sie Cordes hinter sich. Er kam aus dem Flur hervor und nickte ihr anerkennend zu.

„Ist er tot?"

„Nein, nur bewusstlos, der wird gleich wieder aufwachen. So einfach wollen wir es ihm doch nicht machen", antwortete sie mit spöttischem Unterton. Dann verzog sie vor Schmerz das Gesicht. „Meine Rippe“, fluchte sie, „die mag gerade keine Action.“

Cordes grinste. „Der hier“, dabei schubste er ein Häufchen Elend vor sich her, das mittlerweile Handschellen auf dem Rücken trug, „heißt übrigens Gerald Wichmeyer. Er wohnt ein paar Meter weiter hier in der Straße. Wir haben sein Haus gestern natürlich durchsucht, genauso wie das von Gallweber.“

„Ja, ich erkenne ihn. Ich vermute, sie haben gewartet, bis die Luft wieder rein ist und sich in der Nähe versteckt. Jetzt haben sie nach Proviant und Geld für die Flucht gesucht“, mutmaßte Nesra. Nachdem Wichmeyer keine Anstalten machte, irgendwas zu sagen, drehte sie Blomkowski auf die Seite und begann, ihn zu ohrfeigen, um ihn zu wecken.

Nach etwa zehn Versuchen – Cordes hatte mittlerweile eine Streife angefordert – wachte Blomkowski auf und blickte sie aus großen, verständnislosen Augen an.

„Bruno Blomkowski, ich verhafte Sie wegen einer Million Straftaten, ich habe keine Lust, sie jetzt alle aufzuzählen, aber vor allem für die Anstiftung zur Entführung und Ermordung von Frank Leschmitz. Allein dafür werden Sie hoffentlich in der Zelle verrotten!“

Blomkowski starrte sie nur mürrisch an. Sein Blick sagte mehr als tausend Worte. Er wusste, dass er verloren hatte. Endgültig.

Nachdem Cordes ihn ebenfalls gefesselt hatte, entspannte sich Nesra endlich und musste unwillkürlich lächeln.

„Was ist los?“, fragte Cordes irritiert.

„Weißt du, Hektor, wenn du mir nicht diesen seltsamen Mist im Keller gezeigt hättest, wären uns die beiden Penner entwischt."

Cordes verzog das Gesicht zu einer Grimasse. „Ende gut, alles gut, würde ich sagen."

Danksagung

Erst wenn man eigene Danksagungen schreibt, fällt einem auf, wie interessant Danksagungen eigentlich sind, denn sie beschreiben oft die Art und Weise, wie der Weg aussieht, von einer Idee über einen Plot zu einem Manuskript und schlussendlich zu einem fertigen Buch. Auch meine Danksagung ist Spiegelbild dieses (steinigen) Weges und meiner großen Dankbarkeit.

Mein besonderer Dank gilt den freundlichen und hilfsbereiten Kolleg:innen aus den Ermittlungsbehörden, die geduldig all meine Fragen während des Plottens und Schreibens beantworteten – auch wenn manchmal die ein oder andere Frage vielleicht etwas naiv wirkte (ja, es gibt dumme Fragen).

Ein herzliches Dankeschön geht an das Hackerkollektiv „Anonymous Germany" und insbesondere an „AnonLeaks", die mir die „rote Pille" und damit Zugang in das Kaninchenloch der Reichsbürger- und Querdenkerszene und in dunkle Ecken von rechtsextremen Gruppierungen ermöglicht haben.

Ein großer Dank gebührt meinem Lektor Stefan Lutterbüse von textundgeschick.de, der mit unermüdlicher Energie und Hingabe mein Manuskript verbesserte. Deine ehrliche Kritik war oft der Anstoß, um Ideen zu überdenken und das Beste aus meinem Werk rauszuholen.

Ebenso danke ich dem dp Verlag, insbesondere Francesca Hintz, für das Vertrauen, die Unterstützung und die großartige Zusammenarbeit, sowie der wunderbaren Lektorin Katrin Gönnewig (datlektorhuus.de) für das tolle und abschließende Lektorat und Korrektorat.

Ein herzliches Dankeschön geht an meine Testleser:innen Nadine, Franzi, Senay, Theresa und Sven – für das hilfreiche Feedback und fürs Finden von so vielen kleinen und großen Fehlern – ihr lasst mich einfach besser dastehen. Ich bin euch unendlich dankbar.

Ein weiterer Dank gebührt allen Autorenkolleg:innen, Blogger:innen und allen anderen inspirierenden Menschen, die ich durch meine Reise in der Literaturbranche kennenlernen darf. Besonders erwähnen möchte ich die Stuttgarter Bücherträume, den BVjA und das Syndikat.

Natürlich danke ich auch meiner Familie und meinen Freunden für die Unterstützung und die Liebe, die ich bekomme. Ihr seid mein Fels in der Brandung.

Ein ganz besonderer Dank gilt meiner Frau Becci, die mich in schwierigen Momenten unterstützt hat, sei es beim stundenlangen Grübeln über „Plotholes" oder beim Zuhören von kruden Textfragmenten. Ohne dich wäre dieses Buch nicht möglich gewesen.

Zu guter Letzt möchte ich meinen treuen Leser:innen danken!

Durch euch werden Nesra, Hektor Cordes und Co. lebendig. Eure Unterstützung gibt mir die Motivation weiterzuschreiben.

Ich hoffe, die Geschichte hat euch genauso gefesselt wie mich.

Ich freue mich auf den weiteren Austausch mit euch, sei es auf Instagram (@niko_mahle_autor), bei einer Lesung oder in einem Café in Stuttgart.